rororo

Ilona Maria Hilliges lebte mehrere Jahre in Afrika. Ihr biographischer Bericht *Die weiße Hexe* über ihre Erfahrungen in Nigeria stand monatelang auf den Bestsellerlisten. Die Diplom-Betriebswirtin arbeitete als Managerin internationaler Konzerne und leitete soziale Projekte in Kanada, England, Nigeria und Deutschland. Sie ist verheiratet, hat vier Kinder und wohnt in Berlin.

Im Wunderlich Verlag erscheint im März 2009 als Fortsetzung dieses Romans *Ein Kind Afrikas*.

Weitere Informationen unter
www.ilona-maria-hilliges.de

Ilona Maria Hilliges

Sterne über Afrika

Roman

Rowohlt Taschenbuch Verlag

2. Auflage August 2009

Veröffentlicht im Rowohlt Taschenbuch Verlag,
Reinbek bei Hamburg, März 2009

Karte S. 542/43 Peter Palm, Berlin
Umschlaggestaltung any.way, Hamburg,
nach einem Entwurf von PEPPERZAK BRAND
(Illustration: Getty Images)
Satz Swift PostScript (InDesign)
bei Pinkuin Satz und Datentechnik, Berlin
Druck und Bindung CPI – Clausen & Bosse, Leck
Printed in Germany
ISBN 978 3 499 24628 9

Warum reisen wir? Auch dies, damit wir Menschen begegnen, die nicht meinen, dass sie uns kennen ein für allemal; damit wir noch einmal erfahren, was uns in diesem Leben möglich sei – es ist ohnehin schon wenig genug.

Max Frisch, Tagebuch 1946–49

Berlin, im Wedding.
März 1885

Die Mutter hatte sich ein Tuch in den Mund gestopft; niemand sollte ihre Schreie hören. Sie wand sich unter dem mit Stroh und Zeitungen gefüllten grauen Bettzeug. Ihre Tochter presste den Rücken gegen die feuchtkalte Wand. Zitternd wartete sie darauf, dass die Mutter endlich aufhörte zu stöhnen. Von draußen drangen die Geräusche des Hinterhofs herein: die polternden Holzkarren, das Geschrei der Kinder, die Rufe der Kohlenträger. Das schlitzförmige einzige Fenster, weit oben an der Decke, ließ jetzt, am späten Nachmittag, so gut wie gar kein Licht mehr in die Kellerwohnung.

Ich müsste die Lampe anzünden, dachte die Kleine. Doch sie bewegte sich nicht; der flackernde Schein würde die erstarrten Gespenster zum Leben erwecken.

Die Mutter zerrte sich das Tuch aus dem Mund. Sie hustete. «Amalia ... gib mir Wasser.»

Der helle Blechbecher zeichnete sich auf der schwarzen Gusseisenplatte des Küchenherdes, der gleichzeitig die Stube beheizen sollte, deutlich ab. Das letzte Feuerholz hatte das Kind am Morgen nachgelegt; der Trinkbecher war noch lauwarm. Mühsam trank die Mutter ein paar Schlucke und rang nach Atem.

«Wir brauchen Licht.»

«Ja, Mutter.»

Das Mädchen ging die wenigen Schritte zum Tisch unter dem Fenster, auf dem die einzige Petroleumlampe stand. Kindliche Ungeschicklichkeit ließ die Flamme für einen Moment in verschwenderischer Kraft aufflackern. Sobald das Mädchen, bedacht auf den sparsamen Umgang mit dem kostbaren Brennstoff, das Licht herunterdrehte, verschwand das einst kräftige Grün und Rot des Blumenmusters der Tapete. Wo die feuchten Papierbahnen an die Decke der Stube stießen, hatten sie sich gelöst; wie die Flügel schwarzer Krähen hingen sie herab.

«Du musst beten, dann wird alles gut.»

«Ja, Mutter.»

Die Mutter schob sich das Tuch wieder zwischen die Zähne. Ihr schweißnasses Gesicht war verzerrt. Sie riss den Kopf in den Nacken, die dick geschwollenen Adern traten auf dem sehnigen weißen Hals hervor.

Die Augen des Mädchens wanderten zum einzigen Wandschmuck, einer schwarzen Tafel mit verschnörkelten weißen Buchstaben. Die Mutter hatte ihr oft gesagt, was dort stand.

Danket dem Herrn, denn er tut Gutes!

Der Kleinen fiel kein Gebet ein. In ihrem Kopf waren nur Leere und Angst. Sie hob den Becher auf, den die Mutter fallen gelassen hatte, stellte ihn auf den Küchenherd und schüttete noch etwas Wasser aus der für sie viel zu schweren Kanne nach.

Die Mutter bäumte sich auf, ihr vom Schmerz entstelltes Gesicht glich einer Fratze. Schließlich stieß sie die Decke fort. Zwischen ihren angewinkelten mageren Beinen hatte sich eine dunkle Pfütze ausgebreitet. Darin, klein und bläulich-weiß, lag etwas in Größe und Form einer Puppe. Die Mutter schob es sich auf den Bauch. Bellender Husten schüttelte sie.

«Hol die Stoffschere vom Tisch.»

Starr vor Entsetzen war die Tochter zu keiner Bewegung fähig.

«Mach, steh nicht rum!»

Die Schere lag zwischen der Lampe und einem Packen Weißwäsche, die mit neuen Knöpfen und Knopflöchern zu versehen war. Bis zu diesem Morgen hatten sie daran gearbeitet. Die Schere war das wichtigste Werkzeug für Mutters Arbeit als Näherin. Sie durfte niemals nass werden, sonst rostete sie.

Die Kleine wagte nicht, auf das zu blicken, was auf dem Bauch der Mutter lag.

«Schneid hier durch.»

Ich kann das nicht, wollte sie sagen. Doch kein Ton kam über ihre Lippen. Sie wünschte sich zurück in die feuchtkalte Mauerecke zwischen Eingangstür und Tisch.

Die Mutter nahm die Schere selbst in die Hand. Ihre Kraft reichte nicht. Das dicke Band, das sie mit dem Etwas verband, war zu fest. Erneut schüttelte der Husten sie.

«Mach du es.»

Mit zitternden Händen umfasste die Kleine die Stoffschere. Die eiskalte Hand der Mutter führte sie an Schleim und Blut heran. Das Mädchen schloss fest die Augen und öffnete sie erst wieder, als die große Hand ihre kleine freigab.

«Gott meint es gut mit uns. Es lebt nicht.» Die Mutter atmete stoßweise. «Wickle es in eine Zeitung. Dann leg es in die Waschschüssel. Die schieb unters Bett.»

Gehorsam, aber widerwillig berührte die Tochter das blutige und schleimige *Es*, um zu tun, was ihr aufgetragen worden war. Dann wischte das zarte Mädchen sich die Hände an Zeitungsresten ab, die sie am Vortag gesammelt hatte, um damit die Kochmaschine anzuheizen. Das geronnene, fast schwarze Blut ließ sich kaum entfernen.

Die Mutter wandte sich zur Seite, spuckte hustend einen Schwall Blut. Überall war es; tropfte sogar durch die Strohmatratze auf den Boden. Die Mutter zitterte, während ihre Tochter die schwere, harte Decke über sie zog.

«Mutter? Mutter! Sag doch was.»

Das Kind bekam keine Antwort. Verzweifelt blickte es hinauf zu dem schlitzförmigen Fenster; der schwache Schein der Gaslaterne im Hof drang nicht hinab in die Kellerwohnung. Die Stimmen der Menschen waren verklungen, es war Nacht geworden. Die Kleine kehrte in die Nische neben der Tür zurück. Am liebsten wäre sie davongelaufen. Aber sie durfte ihre Mutter nicht allein lassen. Es gab doch nur sie beide auf der ganzen Welt.

Das unregelmäßige Atmen der Mutter verstummte. Die Kleine kauerte sich in ihrer Ecke auf den Boden. Unter der Tür kroch die Winterkälte in den Raum. Doch das Kind traute sich nicht, zur Mutter in das einzige Bett zu kriechen. Es fror und wickelte sich in den zu großen Mantel der Mutter. Der Mantel wärmte nicht, das Zittern kam direkt aus dem Bauch und breitete sich bis in die Hände und Füße aus. Die Kleine verkrampfte die Hände vor dem Gesicht. Sie wollte beten, so, wie die Mutter es ihr oft gesagt hatte.

Erschrocken riss die Sechsjährige die Finger auseinander und starrte ihre blutverschmierten Hände an.

Was hatten sie getan?

Deutsch-Ostafrika,
im Usambaragebirge.
Juli 1891

Laut war die Nacht. Viel lauter, als ein zwölfjähriges Mädchen, das in der Millionenstadt Berlin aufgewachsen war, es vom Leben im Urwald erwartet hätte. Doch das Geräusch, das Amelie in dieser Nacht weckte, war fremd. Ein eigentümliches Rauschen erfüllte die Luft.

Amelie lag still unter dem Moskitonetz auf dem einfachen Bett aus Seilen und Bananenblättern und lauschte in die afrikanische Nacht. In den Wänden der Hütte krabbelte Getier. Die weiten Flügel einer Fledermaus kratzten federleicht gegen das Dach aus Reisig und Palmblättern. Von fern klangen die Rufe der Wächter, die sich an den Rändern der Maisfelder gegenseitig Mut machten; sie schoben Wache, um die Affen zu vertreiben, die im Schutz der Dunkelheit die Früchte des Feldes rauben wollten und bereit waren, ihre Beute mit langen Fangzähnen zu verteidigen.

Nur die Wände der Hütte, gerade so dick wie Amelies Unterarm, boten den Bewohnern Schutz vor dem Urwald.

Das klare Licht des Mondes bleichte den durchscheinenden Gazestoff der Gardinen. Auf der Kiste, die als Nachttisch diente, erzitterte das Wasser im Glas. Kurz darauf brachen ganz in der Nähe mit lautem Knacken Äste von den Bäumen.

Etwas Schweres schob sich durch das Dickicht und kam immer näher.

Hellwach blickte Amelie in das Bett neben sich; der blonde Haarschopf ihres älteren Bruders rührte sich nicht.

Ein lauter Trompetenstoß ließ das Mädchen zusammenfahren. Elefanten!

Das Herz schlug ihr bis zum Hals, als Amelie sich aufsetzte, vorsichtig Netz und Vorhang hob und in die Finsternis hinausstarrte. Im hellen Licht des Mondes schwankten einige der skeletthaft dünnen Bäume am Rande des Urwalds. Die Elefanten schoben sich dicht an der Hütte vorbei, aber ihre Umrisse waren im Dickicht kaum zu erahnen.

Amelie setzte die Füße auf den kühlen Lehmboden und tastete sich zur Tür.

«Nein, Amelie, bleib hier! Das ist zu gefährlich!»

«Jetzt komm schon, Georg, die Elefanten dürfen nicht in die Plantage. Sie zertreten die Setzlinge!»

«Besser, als wenn sie dich zertrampeln. Du weißt, was Vater gesagt hat: Bleibt im Haus!»

Das Mädchen blickte angestrengt in die Nacht. Es musste eine Herde sein, die da in nicht allzu großer Entfernung bergauf lief. Große, schwere Tiere. Und dennoch nur schwarze Schatten.

Der einheimische Vorarbeiter Damasso hatte vor ein paar Tagen gesagt, dass die Elefanten kurz vor Einbruch der Dämmerung aus dem Tal heraufkämen, um sich in den oberhalb der Farm gelegenen, noch viel dichteren Urwald zurückzuziehen.

«Glaubst du, sie können unsere Hütte kaputt machen?», fragte sie leise.

«Dumme Frage. Natürlich. Aber warum sollten sie?» Die Stimme des zwei Jahre älteren Bruders klang mürrisch. «Schlaf jetzt.»

Amelie umklammerte die Bambusstreben, die das Glas

der Fenster ersetzten, aber weder Mäuse, Spinnen noch Schlangen aufhalten konnten. Draußen verklang das Knacken der Zweige. Das Mädchen sah auf das Wasserglas neben seinem Bett, das wie ein Seismograph das Nahen der Herde angekündigt hatte und nun deren Abzug signalisierte.

Sie kroch unter das Moskitonetz, sank zurück aufs Bett und starrte zur Decke, wo ein undeutlicher Schatten kopfüber am Längsbalken des Dachs hing. Vom Bett neben ihr hörte sie schon wieder gleichmäßiges Atmen. Wie machte Georg das nur? Wie konnte er schlafen, wenn die Nacht so unruhig war? Ihr selbst fielen tagsüber die Augen zu, sobald sie irgendwo einen Platz im Schatten fand. Am Tag konnte sie alle Gefahren erkennen, aber die Nächte waren schwarz, und die Petroleumlampe durfte nicht brennen.

Amelie hatte längst verstanden, dass es nicht wegen des Ungeziefers war; dagegen gab es die Moskitonetze. Sondern wegen der Angst, die kam, wenn das künstliche Licht ausgedreht wurde. Deshalb hatte der Vater in diesen ersten Monaten des neuen Lebens in Afrika die Kinder zu Bett geschickt, wenn die Dunkelheit sich über die Farm legte. Aber der Vater kannte kein Mittel, um die Geräusche zum Schweigen zu bringen, die die Nacht lauter als den Tag erscheinen ließen.

Die von der Nachtfeuchtigkeit klamme Decke unters Kinn gezogen, wartete das Mädchen auf die Rückkehr des Schlafs; es zitterte. Hier oben am Berg, in zwölfhundert Meter Höhe, betrug der Temperaturunterschied zwischen Tag und Nacht zwanzig Grad: dreißig am Tag und zehn in der Nacht. Wieso wurde es in Afrika so kalt, wenn die Sonne hinter den Bergen unterging? Oder war es die Angst, die einen frieren ließ?

Vater und Mutter waren ein paar hundert Meter weiter

entfernt zusammen mit Hanns im Eingeborenen-Hospital geblieben; der älteste Bruder, obwohl so viel robuster als sie und Georg, war als erster krank geworden. Durchfall und hohes Fieber. Ausgerechnet Hanns, der in Tanga die deutsche Schule besuchte und endlich für zwei Wochen Ferien heimgedurft hatte! Er war ihr so viel lieber als der schweigsame Georg, der immer noch so viel Heimweh hatte. Wenn Hanns die Elefanten gehört hätte – er wäre mit ihr hinausgelaufen und hätte die Dickhäuter verfolgt. Hanns liebte Abenteuer; er war der erste gewesen, der sich von den drei Kindern der Freyers auf Afrika gefreut hatte.

Unruhig rollte Amelie sich zur Seite. Ihre Erinnerung entführte sie in die große Wohnung in der Lietzenburger Straße. Es war Abend, alles war voller Licht, die Mutter spielte Klavier, der Vater empfing in seinem Arbeitszimmer Besuch, das Kindermädchen bereitete in der Küche das Abendessen.

Der Hund bellte und wollte sich nicht beruhigen.

Das Mädchen riss die Augen auf. Das Bellen stammte nicht von Charlie, ihrem Foxterrier. Es war überall, da draußen, auf der anderen Seite der dünnen Wand.

Es waren die Affen, die mit ihren hohen, heiseren Stimmen Alarm schlugen.

Das hatten sie vor ein paar Wochen schon einmal getan. Damals war ein Leopard um die Hütten gestrichen. Für die Hundsaffen ein schlimmerer Feind als der Mensch, dem sie sich mit gefletschten Zähnen entgegenstellten. Der Leopard jedoch konnte ihnen in die Bäume folgen und den Müttern ihre Babys entreißen. Doch nicht nur sie fürchteten den Leoparden. Auch die Wächter in den Feldern warfen ihre Fackeln weg und rannten in ihre Häuser, sobald jemand *chui!* rief. Vor ein paar Wochen hatte der Vater das Gewehr aus der Kiste geholt und sich mutig auf die Suche nach *chui*, dem Leoparden gemacht. Im Ziegenstall hatte die gefleckte Katze gewütet, neun Zicklein bereits getötet, als der Vater ihr mit dem Gewehr im Anschlag gegenüberstand. Und am Mittag trocknete das edle Fell, in Salz- und Alaunlösung gewaschen, über Ästen in der Sonne. Respektvoll hatte Amelie vor dem Kopf des Räubers gestanden und die spitzen Fangzähne bewundert.

Das aufgeregte Gebell der Affen wurde leiser, und Amelie schloss daraus, dass der Leopard weitergezogen war. Doch plötzlich zerriss ein markerschütternder Schrei die Stille.

Amelie fasste ihren Bruder unsanft an der Schulter. «Georg, Georg, wach auf! Da ruft jemand um Hilfe. Hörst du das nicht?»

«Wie soll ich was hören, wenn du so schreist?» Aber er setzte sich auf.

Wieder vernahmen sie einen Schrei. Die Kinder blickten sich an, die Augen vor Schreck geweitet. Und jetzt hörten sie den Alarmruf, mehrstimmig klang es von überall: *«Chui, chui!»*

«Wir müssen etwas unternehmen, Georg!», flüsterte Amelie aufgeregt.

«Was, zum Teufel, willst du denn machen? Der Leopard wird schon verschwinden, wenn die Schwarzen so einen Lärm machen.»

Das Licht hinter den Vorhängen hatte den grauen Schleier der Dämmerung angenommen. Draußen schrien Stimmen durcheinander, aufgeregt, besorgt, ängstlich. Amelie konnte nicht verstehen, was sie riefen. Sie redeten in einem der Dialekte der Bergstämme, die ihr bislang allesamt ein Rätsel waren. Amelie schwang die Beine aus dem Bett, riss dabei unvorsichtig das Moskitonetz herunter.

«Pass doch auf!», rügte der ältere Bruder.

Sie beachtete ihn nicht. In ihrem bodenlangen grauen Nachthemd rannte sie zu der aus Reisig und Bananenblättern geflochtenen Tür, legte den als Riegel fungierenden Ast zur Seite und trat hinaus. Der Ausblick war wie jedes Mal überwältigend. Weit unter ihr lag die Steppe, in der Ferne deutete ein schwaches Rot bereits den Sonnenaufgang an.

Ein weiterer Schrei ertönte gellender als alle anderen. Kurz entschlossen machte das Mädchen kehrt, schlüpfte in die bereitstehenden Stiefel und öffnete zielstrebig die in der Ecke stehende Kiste.

«Das darfst du nicht!», schrie Georg. Er kroch unter dem Moskitonetz hervor. «Vater wird furchtbar ärgerlich, wenn du an seine Gewehre gehst.»

Amelie umfasste den langen Lauf der Winchester 1886. «Du bist der Ältere, Georg, dann tu du es. Jemand muss einen Schuss abgeben, damit Vater uns hört. Sonst weiß er nicht, dass hier jemand in Gefahr ist.»

«Du weißt nicht, was überhaupt los ist», erwiderte der Ältere und wich zurück, als er den entschlossenen Blick des Mädchens sah. Ihre blonden Locken waren wild zerzaust.

Das schwere Gewehr mit beiden Händen fest umklammert, verließ Amelie die Hütte, um den Schreien entgegenzugehen.

Die Winchester war stets geladen, aber Amelie hatte die Waffe nie zuvor berührt. Sie hatte jedoch bereits einige Male beobachtet, wie der Vater die erst vor der Abreise nach Afrika erstandene Waffe gereinigt und geölt hatte, hatte zugesehen, wie er den Hahn gespannt und geschossen hatte.

Ein langgezogener Schrei, viel näher als zuvor, wies Amelie den Weg zur Hütte des Vorarbeiters Damasso und seiner Familie. Die vom Boden aufsteigende Feuchtigkeit verwischte die Umrisse der Hütten. Kein Mensch war zu sehen. Das Mädchen zitterte und wäre am liebsten zurückgekehrt hinter die dünne und dennoch Schutz bietende Wand der Hütte. Doch dort lauerte der triumphierende Blick des Bruders.

«Damasso? Wo bist du? Damasso?», fragte sie auf Kisuaheli in die neblige Stille.

«Lauf weg, *bibi* Amelie! Schnell! *Chui* ist in unserer Hütte!»

In diesem Moment huschte der Leopard aus Damassos Häuschen heraus; er trug etwas im Maul. Wie in einem Traum richtete Amelie das Gewehr auf den fliehenden Schatten, spannte den Hahn und zog den Abzug. Der unerwartet heftige Rückstoß des amerikanischen Gewehrs schmetterte das Mädchen zu Boden.

1.

Im Indischen Ozean.
April 1906

«Darf ich den Herrschaften noch eine neue Flasche Mosel bringen?»

«Ach, Herr Ober! Gerade hat Fräulein Doktor so spannend erzählt.»

Aus der Stimme von Kapitän Hasserts Frau hörte Amelie echte Enttäuschung heraus. Die Wangen der Mittvierzigerin waren leicht gerötet. Was sowohl an Amelies Erzählung als auch an der Luft im Speisesaal der Ersten Klasse lag. Die wenigen Ventilatoren unter der weißen Kassettendecke verrührten die Luft kaum; das nahe Afrika sandte seine ersten schwülwarmen Vorboten über das Meer.

Nach Tagen auf schwerer See fuhr der *Reichspostdampfer Admiral* nun über das spiegelglatte Wasser des Indischen Ozeans, und seine rund dreihundert Passagiere genossen diesen ersten ruhigen Abend seit vielen Tagen. Gläser klirrten, Besteck stieß gegen Porzellan, gedämpfte Gespräche und hin und wieder das Lachen einer der wenigen Frauen.

«Nun bringen Sie schon den Wein, Herr Ober. Und Sie, liebes Fräulein Doktor, erzählen Sie weiter von Ihrer Jugend im wilden Afrika. Meine Güte, was für aufregende Zeiten!»

Amelie nahm einen Schluck Wasser. Sie war froh gewesen über die Unterbrechung und hatte gehofft, dass jemand anders nun seine Abenteuer zum Besten geben würde. Sie schmückte sich ungern mit den alten Geschichten. Aber die Abende am Kapitänstisch waren lang, und da jeder von ihrer Vergangenheit als *Afrikanerin der ersten Stunde* wusste, wäre es unhöflich gewesen, sich in Schweigen zu hüllen.

«Also Sie schossen auf diesen Leoparden», drängte Kapitän Hassert auf eine Fortsetzung. «Die Winchester 1886 ist zwar ein vergleichsweise leichtes Gewehr, aber in der Hand eines Kindes ...» Er wog bedächtig den Kopf.

«Ich schoss nicht auf den Leoparden», wehrte Amelie ab, «ich gab einen Schuss ab, aber ich konnte nicht davon ausgehen, dass ich treffen würde. Um Himmels willen! Dieses Gewehr war ja fast so groß wie ich und ziemlich schwer. Es war mehr eine Verzweiflungstat. Hätte es einen Sinn gehabt, dann hätte ich stattdessen gewiss nach Vater gerufen.»

«So kleine Kinder allein im Busch. Also, ick muss schon sagen: Ihre Eltern hatten echtes Jottvertrauen, Frollein Doktor!» Kaufmann Messingnagel hatte sich in seinem unbequemen Stuhl zurückgelehnt und spielte mit dem Zigarrenetui in seiner linken Brusttasche.

«Haben Sie getroffen?», fragte Frau Hassert aufgeregt.

«Det Mädchen war ja selbst jetroffen!» Messingnagel lachte und erntete einen erbosten Blick der Kapitänsfrau.

«Wie sehr meine Schulter schmerzte, merkte ich da noch gar nicht. Ich sah nur Qualm, und dann schrien alle durcheinander ...»

«Kind, komm sofort zurück! Du hast hier nichts zu suchen!»

Die Köpfe der Anwesenden wandten sich zur Mitte

des Speisesaals. Einer der in frisch gestärkte, weiße Uniformen gekleideten Stewards eilte einem kleinen Mädchen nach, das ihm immer wieder zwischen den Reihen der abendlich eingedeckten Tische entwischte. Sosehr sich der Steward auch mühte, das Kind war barfuß und hatte somit auf dem blanken Holzboden einen wesentlich besseren Halt. Als der Mann schließlich ausrutschte, war das Rennen entschieden: Die Offiziere in den weißen, bis zum Kinn mit goldenen Knöpfen streng geschlossenen Ausgehuniformen der deutschen Schutztruppe, die Regierungsbeamten, Ingenieure und Kaufleute in Anzug mit Weste und Binder, den Stehkragen fest umschließend, das Haar mit Pomade gescheitelt – sie alle lachten. Ein zweiter, nun herbeigeeilter Steward fing das um seine Freiheit strampelnde Kind.

«Ick muss zum Kapitän. Janz dringend, bitte, nu lassen Se mir doch!», flehte das Mädchen, dessen einfache Kleidung es als Passagier der Dritten Klasse auswies.

«Bringen Sie die Kleine her!» Kapitän Hassert winkte seinen Untergebenen heran. Inzwischen waren alle Gespräche im Saal erstorben, die Menschen reckten die Hälse. Als die Kleine, deren Alter Amelie zwischen sieben und neun Jahre schätzte, vor ihm stand, blickte der Kapitän sie über den Rand seiner Brille an. «Na, was gibt's denn, mein Kind? Wo brennt's?»

Das Mädchen war sehr schmächtig, trug einen billigen dunklen Wollrock und eine zu kleine graue Bluse. Ein blasses Kellerkind mit dunklen Augenringen, das um die halbe Welt fuhr und dessen Perspektive sich dennoch nicht änderte. Es gehörte zu denen, die immer unten leben.

«Können Se kommen, Herr Kapitän? Mutter kommt nich mehr ausm Klo.»

Der ganze Saal brach in Gelächter aus.

Amelie konnte den Blick nicht von der Kleinen abwenden. Es war ihr, als stände sie selbst an deren Platz.

Sie bemerkte die dezente Geste des Kapitäns. In wenigen Sekunden würde man die Kleine packen und hinunterbringen. Dorthin, wo sie hergekommen war. Gescheitert, verlacht, zur falschen Zeit am falschen Ort. Umso mehr bewunderte Amelie den Mut, mit dem die Kleine einfach in den Speisesaal der feinen Leute gestürmt war.

Und das musste einen tieferen Grund haben.

Aus den großen dunklen Augen des Mädchens sprach Unverständnis über die allgemeine Heiterkeit. Es sagte so leise, dass nur die Gäste am Kapitänstisch seine Worte verstehen konnten: «Ick jloob, Mutter is tot.»

Auf der fast dreiwöchigen Fahrt nach Deutsch-Ostafrika starben oft Passagiere, die in der drangvollen, armseligen Dritten Klasse reisten.

Amelie fasste nach der Hand des Kindes. «War deine Mutter in den letzten Tagen krank?», fragte sie sanft.

Das Mädchen blickte zu ihr auf und nickte stumm.

«Wo tat es deiner Mama weh? Zeig's mir!»

Die Kleine führte die Hand der fremden Frau an ihren Bauch heran. «Da, gnädije Frau.»

«Wie lange denn schon?»

In den Augen des Kindes stand Hilflosigkeit. «Weeß nich jenau.»

Schon packten die Stewards das Mädchen und zerrten es hinaus. «Entschuldigen Sie vielmals die Störung, Herrschaften!»

Amelie faltete ihre Serviette, legte sie neben ihren Teller und erhob sich. «Entschuldigen Sie mich, bitte.»

«Aber Fräulein Doktor! Sie werden doch nicht ...» Kapitän Hassert, ein sich aufrecht haltender Mann von Mitte 50 mit dem Habitus eines gezähmten Seebären, war seinerseits aufgestanden. «Sie können da nicht einfach runtergehen. Sie machen sich keine Vorstellung, wie es da unten nach Wochen auf See zugeht.»

«Die Kinder, die dort reisen, halten es auch aus», erwiderte Amelie mit freundlichem Lächeln.

Die Offiziere, Regierungsbeamten, Ingenieure und Kaufleute starrten der schlanken Frau mit den in mildem Gold leuchtenden Locken, die von einem schlichten Schildpattkamm am Hinterkopf unzureichend gebändigt wurden, nach, als sie mit festen, ausgreifenden Schritten durch den Saal eilte, dem Kind und den beiden Stewards hinterher.

Der niedrige, schlecht beleuchtete Gang in der Dritten Klasse der *Admiral* war voller Passagiere, die nach Abwechslung gierten, und sei sie noch so bescheiden. Die Menschen drängten und stießen sich unsanft beiseite, um besser sehen zu können, was da vorn geschah.

«So machen Sie doch auf, Frau!»

«Die hört Sie nicht! Die ist eingeschlafen. Ein Klo für hundert Leute. Und die blockiert's!»

«Ich breche jetzt die Tür auf.» Ein schmächtiger Matrose fuhr mit einer Stange in den schmalen Spalt zwischen Holmen und Tür. Der Schnapper sprang zurück, doch die dünne Tür ließ sich nur wenige Zentimeter weit nach innen bewegen. Der Matrose, ein hochgeschossener Junge mit roten Haaren, lehnte sein mageres Körpergewicht gegen die Tür, die jedoch nicht nachgab.

«Nu' lass mal richtige Männer ran, Jungchen», knurrte ein kräftiger Kerl in der schwarzen Kluft eines Zimmermanns. Er hielt einen schweren Hammer in der Hand, mit dem er die versperrte Tür einschlagen wollte.

«Nein, bitte warten Sie!», rief eine Frauenstimme höflich, aber bestimmt.

Der Zimmermann hielt inne und drehte sich um. Auf der schmalen Treppe, die in die Dritte Klasse hinabführte, stand eine schlanke junge Frau, die nicht hierhergehörte.

Nach einer Sekunde des Erstaunens fragte der Mann: «Und warum soll ich wohl warten, Fräulein?»

Amelie nutzte die allgemeine Verblüffung, die ihr Auftreten ausgelöst hatte. Entschlossen kämpfte sie sich durch die Menge nach vorn, die sich nur unwillig für sie und das kleine Mädchen, das sich an ihren Rockzipfel klammerte, teilte.

«Ich», sie räusperte sich, um mit kräftiger Stimme fortzufahren, «ich möchte helfen. Ich bin Ärztin.»

«Ärztin?» Ärger, Verwunderung und Ablehnung lagen in diesen zwei Silben. Vor allem aber Misstrauen.

Sah so ein *Doktor* aus?

Die großgewachsene, schlanke junge Frau trug einen knöchellangen, leichten grauen Rock und eine schlichte weiße Bluse, deren Stehkragen ihren schlanken Hals fest umschloss. Allein ihre Augen, die so blau waren wie der Sommerhimmel und ihre goldenen Locken, von denen sich eine widerspenstig aus der Frisur gelöst hatte, nahmen ihrer Aufmachung die formelle Strenge.

«Ja, Ärztin.» Amelies Gesicht drückte keinerlei Emotion aus. Sie stand dicht vor dem Zimmermann, der sie um anderthalb Köpfe überragte, und schob das kleine Mädchen vor sich. «Ihre Mutter ist da drin. Ich vermute, dass sie ohnmächtig geworden ist. Nun versperrt ihr Körper die Tür. Wenn Sie die Tür einschlagen, kann in den nächsten Tagen hier niemand mehr ungestört austreten. Und Sie könnten die Frau hinter der Tür verletzen. Wenn Sie sich mit Ihrer ganzen Kraft gegen die Tür stemmen, werde ich versuchen, hineinzuschlüpfen.»

Der Zimmermann stellte seinen Hammer ab. «Wenn Sie

meinen», knurrte er und tat, worum er gebeten worden war.

«Wenn das 'n Doktor is ...», hörte Amelie eine männliche Stimme raunen, als sie in das Kabuff hineinschlüpfte.

In der engen, von einer flackernden Birne nur schwach erleuchteten Toilette stank es intensiv nach Fäkalien und Urin. Darüber lag jener süßlich-penetrante Geruch, der die Anwesenheit des Todes verriet. Der Verwesungsgeruch, der extrem schwache Puls und die Blässe der Frau ließen Amelie auf ein Drama schließen, das die einsame Frau auf der Toilette ganz allein mit sich selbst auszumachen versucht hatte. Wenigstens schien die Ohnmächtige noch kein Fieber zu haben; es bestand also Hoffnung, ihr Leben zu retten. Aber Eile war geboten. Die Ärztin packte vorsichtig die Beine der Bewusstlosen und drehte sie zur Seite. Dann öffnete Amelie die Tür. «Wir brauchen dringend eine Trage», sagte sie zu dem rothaarigen Matrosen.

Ein älterer untersetzter Mann mit verschmierten Brillengläsern baute sich vor Amelie auf: «Mal langsam!»

Der Matrose, schon zum Gehen bereit, hielt inne.

«Kaltenbrenner. Bin der Bordarzt. Wenn hier jemand Hilfe braucht, dann entscheide ich, was zu tun ist.» Seine Alkoholfahne wehte Amelie ins Gesicht. Ihr Gegenüber musterte sie, sodass sie unweigerlich ihre Schultern straffte. Sie kannte diesen Blick und hielt ihm seit Jahren stand; er resultierte aus dem männlichen Vorurteil, dass eine Frau kein Arzt sein kann.

«Ein Frauenleiden, Herr Kollege», sagte Amelie sachlich und setzte so leise hinzu, dass das daneben stehende Mädchen ihre Worte nicht hören konnte: «Die Frau befindet sich in Lebensgefahr.»

Der Schiffsarzt wich einen halben Schritt zurück. «Frauenleiden sind nicht mein Fachgebiet.» Amelie hatte Kaltenbrenner in den vergangenen zwei Wochen nur flüchtig wahrgenommen; Kapitän Hassert bat den Doktor niemals an seinen Tisch.

«Dann werden Sie die notwendigen Instrumente und Medikamente wohl auch nicht an Bord haben?», vermutete Amelie.

«Haben *Sie* sie denn?», fragte der um gut dreißig Jahre ältere Schiffsarzt zurück in der sicheren Erwartung, dass diese vorwitzige junge Frau dem Schicksal einer Sterbenden ebenso wenig entgegensetzen konnte wie er. Die Sanitätsräume eines Dampfers waren weder Frauenarztpraxis noch Lazarett, sondern eher ein Trostpflaster für Durchfall- oder Seekranke. Eine größere Bedeutung kam auch dem Schiffsarzt nicht zu.

Behutsam erklärte Amelie dem älteren Kollegen, dass sich im Frachtraum zwölf Überseekoffer befanden, die für die Urwaldklinik in Mombo bestimmt waren. Somit sei sie in der glücklichen Lage helfen zu können. Sie beschrieb, welche Koffer sie brauchte, und der Schiffsarzt willigte nach kurzem Zögern ein, sie holen zu lassen. Zwei Matrosen trugen die noch immer ohnmächtige Frau aus der engen Toilette heraus. Nur zögerlich machten die Zuschauer Platz.

«Hat jemand ein paar Zündhölzer?», fragte Amelie zur allgemeinen Verblüffung. Der kräftige Zimmermann reichte ihr welche, und sie betrat die Toilette, um nach wenigen Augenblicken zurückzukehren.

«Was haben Sie da drin gemacht?», fragte der Schiffsarzt verwundert.

«Darf ich das später erklären?» Sie blickte sich suchend um. «Wo ist das kleine Mädchen?»

«Die ist hinter ihrer Mutter hergelaufen», antwortete eine der umstehenden Frauen.

Der enge Behandlungsraum befand sich auf dem Oberdeck gleich neben der Kajüte von Kapitän Hassert. Die Ohnmächtige lag auf dem Behandlungstisch, ihre Tochter presste den Rücken in die Zimmerecke. Für die eintretende Ärztin hatte das Kind keinen Blick. Es starrte auf die Mutter, deren dunkelgraues, in der Taille locker geschnürtes Wollkleid voller Blut war.

Amelie beugte sich zu dem eingeschüchterten Mädchen hinunter. «Wie heißt du?», fragte sie sanft.

«Maria Doll.» Sie sprach so leise, dass Amelie es kaum verstand.

«Ich komme aus Berlin. Ihr auch?», fragte Amelie.

Die Kleine nickte. «Wat machste mit Mama?»

«Ich werde ihr helfen, Maria. Du suchst inzwischen deinen Papa und bringst ihn her.»

«Wird Mama sterben?»

Amelie schob das Kind mit einem tröstenden «Alles wird gut» zur Tür hinaus und machte sich an die erste Untersuchung. Die Ohnmacht hatte Frau Doll von den Schmerzen eines qualvollen Geburtsvorgangs erlöst. Der Fetus war schon vor einiger Zeit im Mutterleib abgestorben. Es klopfte, der Schiffsarzt ließ die beiden Koffer hereintragen. Kaltenbrenner nahm den durchdringenden Fäulnisgeruch und die Blutmengen wahr; er zog sich augenblicklich zurück. Amelie desinfizierte ihre Hände mit Karbolsäure. Sie erledigte die Nachversorgung mit Instrumenten, die sie sterilen Verpackungen entnahm, und tamponierte anschließend die Blutungen. Die Untersuchung des etwa 16 Wochen alten Fetus ergab, dass er bereits in Verwesung übergegangen war. Die Folgen davon waren erst in 24 Stunden absehbar; bekäme die Patientin dann Fieber, so hatte der Fetus auch die Mutter vergiftet. Selbst in der Berliner Charité, an der die junge Ärztin bis vor wenigen Wochen praktiziert hatte, würden Frau Dolls Überlebenschancen dann schlechtstehen. Aber hier, auf einem Schiff im Indischen Ozean, zwei Tagesfahrten bis zum Zielhafen Tanga, hing ihr Leben an einem seidenen Faden.

Amelie sah das schmale silberne Kreuz auf der Bluse ihrer Patientin. Eine gläubige Frau. Also hatte Maria gewiss noch Geschwister. Warum fuhr eine Familie gerade jetzt nach Deutsch-Ostafrika? Auswanderer? So kurz nach dem schrecklichen Aufstand im Schutzgebiet, der Hunderttausende von Menschenleben gekostet hatte?

Als Ärztin sollte sie diese Frage nichts angehen; außerdem galt es ein dringendes Problem zu lösen: Frau Dolls hohen Blutverlust. Gerade, als Amelie den Laborkoffer öffnete, hörte sie ein schweres Stöhnen hinter sich. Die Patientin kam zu sich.

«Frau Doll?» Amelie schlug sacht gegen die Wangen der Frau.

Es war nicht einfach, ihr Alter zu schätzen; ein unter Entbehrungen geführtes Leben ließ früh altern. Aufgrund von Marias Alter vermutete Amelie, dass Frau Doll nicht älter als dreißig sein konnte, eher wohl Mitte zwanzig. «Hören Sie mich? Ich bin Ärztin. Ich kümmere mich um Sie. Bleiben Sie ruhig liegen. Sie müssen sich schonen.» Während sie beruhigend auf ihre Patientin einsprach, flößte sie ihr mit viel Wasser Medizin ein und entnahm sodann ihrem Medikamentenvorrat eine Ampulle Morphin, die sie auf eine der frischen Spritzen aus ihrem Laborkoffer aufzog.

Sobald Frau Doll wieder eingeschlafen war, streckte Amelie den Kopf aus der Tür. Für das, was nun kam, brauchte sie Hilfe.

Draußen standen drei Männer, die sie erwartungsvoll musterten.

«Doktor, würden Sie bitte bei der Patientin bleiben?», bat sie den Schiffsarzt. «Ich habe Morphium gespritzt.»

«Wie lange wollen Sie die Frau da liegen lassen?», fragte Kaltenbrenner unwillig.

«Bis sie stabil ist», lautete Amelies sachliche Antwort.

Kapitän Hassert, den weißen Vollbart auf die Brust gesenkt, sah Kaltenbrenner mahnend an, sodass er murrend in der Kabine verschwand. In Kapitän Hasserts Begleitung befand sich Stabsarzt Dr. Dietrich, ein Mann von Anfang vierzig, der wie alle Herren zu dieser Abendstunde einen dunklen Anzug trug. Um seine schmalen Lippen spielte ein süffisantes Lächeln, die Daumen steckten in den Taschen seiner Weste. «Fräulein von Freyer, Sie wollen doch nicht etwa den guten Samariter spielen?»

Dr. Dietrich hatte es während der am Kapitänstisch eingenommenen Mahlzeiten vermieden, sie mit ihrem akademischen Titel anzusprechen und keine Gelegenheit zu ironischen Anspielungen ausgelassen, mit denen er deutlich machte, dass er sie als Frau und auch als *Afrikanerin* respektierte. Nicht jedoch als Kollegin. Im Gegenzug hatte Amelie es sich abgewöhnt, dem Militärarzt, der auf dem Weg zum deutschen Krankenhaus von Daressalam war, Paroli zu bieten.

Diesmal jedoch musste Amelie sich der Auseinandersetzung stellen. «Ich halte mich an Professor Virchow: Der Arzt ist der natürliche Anwalt der Armen.»

Dietrich, ein Mann von drei Zentnern, wippte auf den Zehenspitzen. «Sie sind Berlinerin, Fräulein von Freyer, da ist Ihnen der selige Virchow natürlich näher.» Er strich sich die Enden seines schwarzen, eingeölten Schnauzbartes glatt. «Was also haben Sie vor?»

«Eine Blutübertragung», sagte Amelie so ruhig, wie sie konnte.

Dietrich lachte gequält auf. «Sie sind ja verrückt! Bei einer Blutübertragung stirbt jeder dritte Patient. Halten Sie sich für Gott, junge Frau?»

«Selbstverständlich nicht. Aber Sie kennen doch sicherlich die neuesten Forschungsergebnisse von Doktor Landsteiner aus Wien?»

Dietrich wirkte unwillig, Amelie weiterhin zuzuhören.

«Landsteiner hat entdeckt, dass es verschiedene Blutgruppen gibt. Bislang starben viele Patienten bei Übertragungen, weil das Blut sich nicht verträgt», führte Amelie aus. «Der Patient überlebt jedoch, wenn Spender und Empfänger dasselbe Blut haben. Das erkennt man unter dem Mikroskop. Sie werden sehen: Mit der gleichen Methode können Sie vielen Soldaten das Leben retten!»

Dr. Dietrich hatte am Kapitänstisch viel von seinen Erlebnissen im Krieg gegen die Herero in Deutsch-Südwestafrika erzählt, wo er zwei Jahre zuvor als Stabsarzt gewirkt hatte.

«Darum geht es Ihnen doch gar nicht!» Dietrich sprach erregt. «Sie kommen von der berühmten Charité und wollen einem altgedienten Stabsarzt etwas beweisen. Mich können Sie damit nicht beeindrucken.»

Natürlich war ihr Vorhaben riskant; der Reichspostdampfer war nicht die Charité, und die mittellose Patientin konnte in den Augen der Männer diesen Aufwand nicht rechtfertigen. Aber Amelie hatte der kleinen Maria jenes Versprechen gegeben, an dessen Einlösung das Kind in ihr nach all den Jahren immer noch glauben wollte: Alles wird gut.

«Ich brauche Freiwillige, die ihr Blut testen lassen», sagte sie.

Dietrich schickte einen ironischen Seitenblick zum Kapitän. Dann sah er Amelie an. «Und dann wollen Sie Blut übertragen? Hier auf dem *Admiral* wollen Sie das zuwege bringen?»

«Ich habe eine nahezu komplette medizinische Ausrüstung mit an Bord gebracht, die für das von meinem Vater in Mombo ins Leben gerufene Eingeborenenhospital vorgesehen ist.»

Kapitän Hassert atmete hörbar aus. Er legte seine schwere Hand auf Dietrichs Schulter. «Tja, Doktor, Ihre Samariter-Kollegin hat Mumm in den Knochen, muss ich schon sagen.» Er sah Amelie wohlwollend an. «Was passiert denn, wenn Sie diese Blutübertragung nicht machen?», fragte der Kapitän.

«Wie hoch schätzen Sie den Blutverlust?», mischte sich Dr. Dietrich ein.

«So hoch, dass ihr Leben in Gefahr ist», sagte Amelie und umriss kurz, was Frau Doll widerfahren war. «Ohne fremdes Blut fällt sie ins Koma und stirbt», schloss sie an den Kapitän gewandt.

In diesem Moment bog Maria um die Ecke. Ihr folgte ein sehr großer, dünner Mann in ordentlicher, aber abgetragener Kleidung, dem sich wiederum ein kleiner, schmächtiger Junge an die Fersen geheftet hatte.

Auch der Kapitän sah die drei kommen. «Mein Gott, so kleine Kinder», sagte er leise. «Und dann in Afrika ohne Mutter.» Gerührt ergriff er Amelies schmale Hand. «Sie schaffen das, Frau Doktor.»

«Ich werde für kurze Zeit eine weitere Kabine brauchen», sagte Amelie schnell.

Kapitän Hassert deutete auf seine eigene, die gleich nebenan lag. «Bitte.» Er und Dr. Dietrich wollten sich gerade zurückziehen, als Amelie ihnen nachrief: «Ich brauche ein paar kräftige Männer, die bereit sind, Blut zu spenden.»

«Wir hören uns um, nicht wahr, Doktor?», sagte der Kapitän an Dietrich gewandt und ließ Amelie mit den Dolls allein.

Amelie bedankte sich. Noch hatte sie keinen Sieg errungen, sondern lediglich die Genehmigung erhalten, den Kampf gegen den Tod führen zu dürfen.

Herr Doll überragte Amelie um einen halben Kopf, und dennoch wirkte er auf eigentümliche Weise klein, als wäre er in sich zusammengesunken. Die langen Arme hingen schlaff am Körper herunter, sein Blick war gesenkt. Diesem Mann eine blutverschmierte, bewusstlose Ehefrau zu zeigen – diesen Gedanken verwarf Amelie sofort. Er würde es nicht verkraften.

«Ich muss Ihnen etwas Blut abnehmen. Das geht schnell und tut nicht weh», sagte sie. Beinahe gleichgültig ließ er es geschehen. Danach entnahm sie der schlafenden Patientin etwas Blut, um sodann beide Blutproben unter Zuhilfenahme einer Lösung auf ihre Verträglichkeit auszutesten.

«Was haben Sie eigentlich mit den Streichhölzern gemacht, als Sie noch mal in die Toilette gegangen sind? War das auch so ein neumodischer Zauber?», hörte sie Kaltenbrenner fragen.

Amelie arbeitete konzentriert weiter, während sie fast beiläufig antwortete: «Ich wollte sichergehen, dass das Kind nicht darin liegt.»

Der Kollege schwieg betroffen.

Unter dem Mikroskop, das aus ihrem Laborkoffer stammte, stellte Amelie fest, dass die Mischung aus dem Blut des Ehepaars Doll verklumpte. «Wär' ja auch zu schön gewesen», sagte sie mehr zu sich selbst.

«Was tun Sie da eigentlich?», erkundigte sich der Schiffsarzt.

Amelie gewährte ihm einen Blick durch das Mikroskop. «Sehen Sie: Es wird fest. Darum sterben so viele Patienten nach Übertragungen. Diese neue Entdeckung haben wir uns in der Charité mit Erfolg Zunutze gemacht.»

Kaltenbrenner blickte sie über den Rand seiner Brille

an: «Und jetzt?» Wieder wehte ihr der Alkoholatem ins Gesicht.

«Ich muss so lange Blut unterschiedlicher Personen testen, bis ich jemanden finde, dessen Blut zu dem von Frau Doll passt.»

«Sie brauchen von demjenigen sicherlich eine Menge Blut», stellte der Schiffsdoktor fest, was Amelie bestätigte.

Sie eilte hinaus. Draußen unterhielt sich Kapitän Hassert mit dem Kaufmann Messingnagel. Sein selbstgefälliges Auftreten ließ den Mittdreißiger zehn Jahre älter wirken. Amelie hatte Gottlieb Messingnagel in den letzten Wochen fast täglich am Kapitänstisch erlebt, wo er die Gesellschaft mit spritzigen Anekdoten aus seinem Leben zu unterhalten pflegte. Nicht alles, was er bei diesen Gelegenheiten zu berichten wusste, war wirklich lustig, aber der Berliner schaffte es mit seinem trockenen Humor stets, selbst dem Grauen noch amüsante Seiten abzugewinnen. Wie etwa die Geschichte eines Fischers, der seinen eigenen Fuß im Magen eines später erlegten Hais wiederfand ...

«Der Käpt'n sagt, Sie brauchen Menschenblut, Fräulein Doktor», dröhnte Messingnagel. Er streckte ihr seinen fleischigen Arm entgegen, an dem er bereits den Manschettenknopf geöffnet hatte.

Der Kreuztest mit Messingnagels Blut verlief ebenso negativ wie der mit einem weiteren Dutzend Freiwilligen.

«Und die Kinder?», fragte der Schiffsarzt. «Vielleicht haben die das Blut der Mutter.»

«Die sind zu klein. Sie würden es nicht verkraften, wenn man ihnen diese Menge Blut abnimmt», sagte sie. Kurzerhand wiederholte sie den Versuch unter den Augen des verblüfften Schiffsarztes mit ihrem eigenen Blut.

«Ja!», sagte sie laut.

Der Schiffsarzt verstand, was sie meinte. «Sie sind eine Frau!», rief er empört. «Ungefähr einen Liter haben Sie gesagt, nicht wahr? Das halten Sie nicht aus.»

«Wir haben noch zwei Tage bis Tanga. Bis dahin bin ich wieder auf der Höhe.» Sie entnahm dem Laborkoffer das Gerät zur Blutübertragung. «Das kann ich nicht bei mir selbst durchführen. Wollen Sie? Oder soll ich Dr. Dietrich bitten?»

«Wenden Sie sich an Dr. Dietrich!»

Eine Stunde später lagen Amelie und die im tiefen Morphiumschlaf ruhende Frau Doll Seite an Seite in der Kapitänskabine, während das Blut der Ärztin in die Vene der Patientin floss. Mit ruhigen Worten wies Amelie dabei Dr. Dietrich an und ließ, um sich abzulenken, die Augen durch die Kabine schweifen. Über dem Schreibtisch des Kapitäns war eine kleine Galerie goldgerahmter Fotografien angebracht: Kinder und junge Frauen, die mit ernsten Mienen kleine Kinder in die Kamera hielten. Der Kapitän und seine ausnahmsweise mitreisende Ehefrau hatten bei Tisch oft über ihre erwachsenen Töchter und Enkel gesprochen, die Hassert viel zu selten sah, weil er um die Welt reiste. Nun wurde Amelie bewusst, dass sie es dieser wunden Stelle im Herzen des Kapitäns verdankte, dass er ihr alle Widerstände aus dem Weg geräumt hatte.

Nach einiger Zeit, als Dr. Dietrich und sie zu der Ansicht gekommen waren, dass die Menge ausreichen müsste, beendete der Stabsarzt die Übertragung.

«Die Patientin kommt zu sich», hörte die geschwächte Amelie ihren Kollegen sagen und wandte sich Frau Doll zu.

«Leb' ick noch? Mir is janz blümerant», sagte die Kranke.

«Sie leben, Frau Doll, aber Ihr Kreislauf ist im Keller. Ich erkläre Ihnen später alles. Jetzt müssen Sie nur ganz ruhig im Bett liegen bleiben. Versprechen Sie mir das?»

Dr. Dietrich betrachtete die beiden Frauen mit gerunzelten Augenbrauen. Es war ein ungewohnter Anblick; Ärztin und Patientin befanden sich Seite an Seite in der Horizontalen.

«Wat haben Se mit mich jemacht? Wer sind Sie?», fragte Frau Doll.

«Ich bin Ärztin und habe Ihnen etwas von meinem Blut abgegeben, weil Sie so viel verloren hatten. Ihre Maria hatte mich gerufen ...» Amelie richtete sich langsam auf, aber sie spürte, dass ihr eigener Blutdruck sehr niedrig war. Erschöpft blieb sie auf der Bettkante sitzen.

«Vorsicht, Frau Kollegin», sagte Dr. Dietrich und sprang herbei, um sie zu stützen. Ratlos blickte er auf die ungewöhnliche junge Frau herab, die ihm manche Kenntnisse voraushatte und gleichwohl wie eine Frau aus dem Volke zu sprechen vermochte. «Ich hole jemanden, der Sie in Ihre Kabine begleitet.»

Frau Kollegin. Amelie konnte sich ein Lächeln nicht verkneifen. Manchmal musste man ungewöhnliche Dinge tun, um einen anderen von der Richtigkeit der eigenen Absichten zu überzeugen. Und um Leben zu retten. Dieser Kampf allerdings war noch nicht entschieden.

2.

Nicht eine Wolke stand am strahlend blauen Nachmittagshimmel. Amelie stellte ihre Teetasse auf den kleinen Tisch neben ihrem Deckstuhl und legte die Hände auf den warmen Stahl des Decks.

Die zwei großen Motoren versetzten den 120 Meter langen Leib der *Admiral* in beständige Schwingung und brachten die sechseinhalbtausend Bruttoregistertonnen mit der teutonischen Beharrlichkeit von 13 Knoten pro Stunde dem fernen Ziel näher. Doch Amelie schien es, als würde sich der Dampfer nicht von der Stelle bewegen. Wieder blickte sie in jene Richtung, in der irgendwann die Küste Afrikas auftauchen würde. Doch noch zeichneten sich die hohen Berge, die von der Nähe ihrer wahren Heimat kündeten, nicht am Horizont ab. Die still ruhende Oberfläche des Ozeans, auf der die Bugwelle des *Admiral* kräuselnd verebbte und deren Anblick sie sonst beruhigte, hatte diesmal die gegenteilige Wirkung.

Amelie wusste nur zu gut um die Ursache ihrer Unruhe. Die Zeit war ihr Feind. Ungeduldig goss sie sich erneut eine Tasse Tee ein und trank sie zügig leer, obwohl sie den Nachgeschmack des bitteren und inzwischen erkalteten, stark gesüßten Kräutertees verabscheute. Entschlossen schlug sie die Decke zurück, setzte die Füße auf den Boden und wagte ein paar Schritte bis zur Reling. Na bitte, es ging. Ihre Kraft kehrte zurück. Sie leerte den Rest des Tees in die Tasse. Es war die fünfte Kanne an diesem Tag. Sie hielt sich die Nase zu und hob das Getränk an den Mund.

«Wahre Helden müssen leiden, Fräulein Doktor!»

Erschrocken hielt Amelie inne. Gottlieb Messingnagel zog genüsslich an seiner dicken, gerade angerauchten Upmann-Zigarre, dem untrüglichen Zeichen, dass er soeben ein vorzügliches Stück Torte genossen hatte, das nun verdaut werden wollte. Er blies den Qualm mit vorgeschobener Unterlippe in die Luft und grinste Amelie verschmitzt an. Sein weißer, etwas verknitterter Anzug, zu dem er eine hellgraue Weste mit schwerer goldener Uhrkette trug, war ein wenig zu eng.

«Lassen Se sich nich' stören, Fräulein Doktor. Das ganze Schiff spricht von Ihnen, aber mir wird die Ehre zuteil, die Schattenseiten des Ruhmes erleben zu dürfen.» Der füllige Mann trat näher. «Brennnesseltee, wie ich hörte. Hilft das denn? Ich lass unseren Gärtner das Zeug abbrennen.»

Ohne sich die Nase zuzuhalten, trank Amelie die Tasse leer, konnte aber nicht verhindern, dass sie sich schütteln musste. Sie hob die Schultern. «Wenn es Sie gestern Abend getroffen hätte, hätten die Stewards dies alte Hausmittel für Sie gekocht.»

«Det hätt' ick nich jetrunken, Fräulein Doktor. Ooch, wenn et von Ihnen kommt. Det is' doch Unkraut und keene Medizin!»

«Unkraut, Herr Messingnagel, vergeht nicht!»

Er legte seine Hand vertraulich auf ihren Oberarm. «Ich habe großen Respekt vor Ihnen. Wie Sie es diesen alten Klugscheißern gezeigt haben! Der Käpt'n erzählt die Geschichte jedem, der sie nich' hören will, und morgen wissen es die Kaffern am Kap der Guten Hoffnung.»

Amelie mochte das anbiedernde Auftreten des Kaufmanns nicht. Bislang hatte der Mann kaum das direkte Gespräch mit ihr gesucht; seine Erzählungen hatten bei ihr den Eindruck erweckt, dass er nicht viel von Frauen hielt. Er hatte erzählt, dass er weltweit mit Kolonialwaren handelte und hatte sich damit gebrüstet, unter anderem Schiffe der *Ostafrika-Linie*, zu der auch der *Admiral* gehörte, mit Tauen aus Sisalhanf ausgestattet zu haben. Er war stolz, dass sich die Zentrale seines schnell wachsenden Unternehmens seit kurzem an einer der repräsentativsten Adressen der Hauptstadt befand, dem quirligen Leipziger Platz.

Amelie war jedoch nicht klar, warum der Kaufmann gerade jetzt ihre Nähe suchte. Sie stellte sich an die Reling, um etwas Distanz zwischen sich und ihn zu bringen.

Wie in den vergangenen Tagen begleitete eine Hand voll Tigerhaie den Weg des Schiffs. Küchenreste, die regelmäßig von den Köchen über Bord gekippt wurden, hatten die Meeresräuber angelockt. Die jungen, wohl zwei Meter langen Tiere kamen so nah, dass Amelie die silbrig gemaserte Haut, die perfekt die Kräuselung kleiner Wellen imitierte, erkennen konnte.

«Ich mag Haie», stellte Messingnagel fest. «Eleganz, Kraft, Ausdauer. Die warten, bis ihre Stunde kommt.»

«Ja, das mag ich auch an ihnen», pflichtete Amelie bei und zog sich die Decke enger um die Schultern. «Aber mir gefallen ihre Tischsitten nicht.»

«Wie recht Sie haben!» Messingnagels gerötete Backen strahlten, als er seine Upmann noch einmal an die Lippen führte, zufrieden inhalierte und die rot glühende Zigarre sodann im hohen Bogen über die Reling warf. Unwillkürlich folgte Amelies Blick dem Flug der fünf Reichsmark teuren Rauchware, die immerhin den Wert eines Paares einfacher Lederschuhe darstellte. Kurz bevor die Zigarre die Wasseroberfläche erreichte, schoss der nahezu viereckige Schädel eines Hais aus dem Wasser hoch und schnappte die Upmann.

«Sie wussten ooch nich', dass Fische rauchen, nich' wahr?» Messingnagel grinste.

«Haben eben denselben Geschmack wie Sie», erwiderte Amelie freundlich.

«Wie man's nimmt», sagte Messingnagel amüsiert. «Vor ein paar Jahren war ich dabei, als die Fischer so 'n Hai ausgenommen haben. Im Magen waren eine Speerspitze und ein Enterhaken und sonst noch so einiges.»

Amelie lag es auf der Zunge – in Anspielung auf Messingnagels Lieblingsanekdote – zu sagen: und der Fuß eines Fischers. Bei den jungen Tigerhaien hatte Messingnagels eigenwillige Gabe den Wunsch nach weiterer Kost geweckt.

«Warum haben Sie das gemacht?», fragte Messingnagel übergangslos.

Amelie sah ihn verwundert an. «Was meinen Sie?»

«Das Leben einer Tischlerfrau aus dem Wedding gerettet, die Ihnen keinen Pfennig dafür zahlt. Unter Einsatz der eigenen Gesundheit.»

Amelie schluckte betroffen. Der Mann wusste mehr über ihre Patientin als sie selbst! «Ich wusste nicht, wer sie war und das spielte auch keine Rolle», gab sie zu. «Ich helfe ohne Ansehen der Person. So hat es mir mein Vater beigebracht, als ich noch ein Kind war.»

«Sie sind dort aufgewachsen, im Busch bei den Negern, nicht wahr?»

«Einheimische», verbesserte sie ihn, «das hört sich freundlicher an. Aber aufgewachsen bin ich dort nicht, nein. Ich war zwölf, als meine Familie die Farm in der Nähe von Mombo aufbaute. Doch die Farm war nicht das wahre Anliegen meines Vaters. Vielmehr wollte er als Arzt und Anthropologe das Leben der Einheimischen erforschen.»

«Und dann ließ Ihr Vater Sie gegen Leoparden kämpfen», sagte Messingnagel mit einem Grinsen. «Haben Sie das Biest eigentlich erwischt?», fragte er.

«Ja», sagte Amelie. «Es war ... sagen wir: unwahrscheinliches Glück.»

«Der Leopard hatte noch nicht gemordet?», fragte Messingnagel lauernd.

Die aufwallende Erinnerung schnürte ihr die Kehle zu. Sie atmete tief durch und warf einen Blick hinab zu den Haien. «Ein Raubtier schnappt sich die Beute, die es bekommen kann.» Sie wollte nicht die Neugier eines Mannes befriedigen, der auch diese Geschichte bei passender Gelegenheit in eine süffige Anekdote verwandeln würde. «Entschuldigen Sie mich bitte, Herr Messingnagel. Ich muss nach der Tischlerfrau sehen.» Amelie wandte sich zum Gehen.

«Frau Doll hat Fieber. Und das ist nicht gut. Stimmt's?»

Seine Worte trafen Amelie wie ein Peitschenhieb. Sie blieb stehen und drehte sich dann langsam um. «Ihnen bleibt wohl nichts verborgen.»

Das gebräunte Gesicht des Kaufmanns war plötzlich sehr ernst. Er kam ihr nach. «In Tanga gibt es ein Hospital. Es wird von einem Dr. Heim geleitet. Bitten Sie Kapitän Hassert, er soll Tanga anfunken, damit Heim benachrichtigt wird. Bei unserer Ankunft kann Frau Doll dann sofort in seine Klinik gebracht werden. Sie haben doch eine gute Ausrüstung dabei. Können Sie damit Frau Doll behandeln?»

Der jungen Ärztin verschlug diese unerwartete Wendung des Gesprächs für einen Augenblick die Sprache. «Ja, wahrscheinlich schon», sagte sie schließlich.

Messingnagel nickte. «Gut.» Er lächelte, zog eine neue Zigarre aus dem Lederetui in seiner Brusttasche und zündete sie an, während er aufs Meer hinausblickte.

Die spiegelglatte Oberfläche des Indischen Ozeans leuchtete im milden Licht der späten Nachmittagssonne trügerisch einladend. Die Haie sah man nicht mehr.

Kapitän Hassert hatte für Frau Doll eine Kabine, die ihm als Kartenlager zur Verfügung stand, zu einem behelfsmäßig ausgestatteten Krankenzimmer umrüsten lassen. Es war ein winziger, aber ruhiger Raum, in dem das Bett den meisten Platz in Anspruch nahm. Als Amelie eintrat, hielt die kleine Maria gerade Wache bei ihrer Mutter. Frau Doll war ansprechbar, aber auf Oberlippe und Stirn stand ein Schweißfilm.

In den fieberglänzenden Augen ihrer Patientin las Amelie die Angst.

«Geh ein bisschen spielen, Maria», sagte die Ärztin. «Ich bleib jetzt bei deiner Mutter.» Die Kleine verschwand wortlos.

«Wie jeht et Ihnen, Frau Doktor? Haben Se sich wieder erholt?»

Die Frage rührte Amelie, weil sie die Verhältnisse auf so skurrile Art auf den Kopf stellte. Sie rückte den Stuhl, auf dem Maria gesessen hatte, nah an Frau Doll heran und legte die Hand an die Halsschlagader ihrer Patientin.

«Ick bin am Überkochen, wa?»

«Wenn Sie so weitermachen, sind Sie bald gar.»

«Hat det nich jeholfen, mit Ihrem Blut, Frau Doktor?»

«Das liegt nicht am Blut, Frau Doll. Sie waren schwanger, wussten Sie das?»

«Als et zu spät war, ja. Dann war ick weg.»

«Gar nichts vorher gemerkt?»

Frau Doll schüttelte den Kopf. «Wissen Se, da war so ville zu tun. Die Kisten, die Koffer, die Kinder.» Sie versuchte ein Lachen, das ihr misslang. «Na so wat, lauter K's!» Übergangslos traten Tränen in ihre Augen. «Der Doktor hier, der, der immer nach Schnaps riecht, sagt: Steht schlecht um mir. Is det wahr?» Sie ergriff Amelies Hand. «Sagen Se mir die Wahrheit, Frau Doktor! Ihnen trau' ick. Wir ham ja nun det gleiche Blut.»

Amelie betupfte die heiße Stirn der Frau mit Wasser aus einer Porzellanschüssel und half ihr sodann, ein paar Schlucke Wasser zu trinken. Sie wollte Zeit gewinnen, um eine Antwort zu finden.

Kaltenbrenner hatte recht: Es stand schlecht. Das in den letzten Stunden gestiegene Fieber wies auf eine beginnende Puerperalsepsis hin, eine Vergiftung durch die infizierte Gebärmutter. Dummerweise hatte Amelie dem Schiffsarzt diesen Zusammenhang heute früh erklärt. Nicht nur, dass er allem Anschein nach sein Wissen an Messingnagel weitergegeben hatte; überdies hatte er auch die Patientin selbst verunsichert.

Es gab nur eine Möglichkeit, Frau Dolls Leben zu retten: die Entfernung der Gebärmutter. Und dies müsste eigentlich sofort geschehen. Jede Stunde, die der *Admiral* über den Ozean fuhr, verringerte Frau Dolls Überlebenschancen.

Doch das war nicht das einzige Problem: Der Eingriff an sich war so schwerwiegend, dass er sowohl mit der Patientin als auch mit ihrem Ehemann besprochen werden musste. Denn nach einer Totaloperation würde Frau Doll nie mehr Kinder bekommen können. Und das würde aller Wahrscheinlichkeit nach nicht zu vereinbaren sein mit dem christlichen Glauben dieser einfachen Frau. An der Charité hatte Amelie erlebt, wie Patientinnen erfolgreich eine Hysterektomie überstanden hatten und danach von ihren Männern, die sich eine gebärfreudige Ehefrau wünschten, verlassen worden waren.

«Na? Sagen Se 's mir, Frau Doktor?»

Es hatte keinen Sinn, die Frau im Ungewissen lassen, das würde ihre Angst nur vergrößern.

«Ihr Kind war schon lange tot, Frau Doll. Es war ...»

Sie konnte es nicht aussprechen; sie hatte diese Patientin ins Herz geschlossen. Es gibt Grenzen, die ein Arzt nicht übertreten darf. Ein Mann hätte das nie getan, hätte Gefühle gar nicht erst zugelassen, schalt sie sich. Aber stimmte das? Es ging doch darum, ein Leben zu retten. Hatte der berühmte Landsteiner die Blutgruppen nicht auf die gleiche Weise entdeckt, durch einen Test mit dem eigenen Blut? Aber hatte er sein Blut einem Patienten übertragen? Nein, es war ein Versuch im Labor gewesen, nicht mehr.

Diese Grenze hatte Amelie überschritten. An der Charité hätte man ihr diesen Verstoß gegen die ärztlichen Vorschriften niemals durchgehen lassen.

«Et war faulig? Meinen Se det? Ick kenn' mir so 'n bisken aus.»

Amelie nickte. *Es*, hatte Frau Doll gesagt. Nicht: *mein Kind*. Denn das war es ja nie geworden; sie hatte es nie gespürt und nie gesehen. In dieser Sachlichkeit erkannte Amelie die Lösung ihres eigenen Gefühlsproblems.

«Die Leibesfrucht steckt in einer Hülle, und die wurde beim Geburtsvorgang verletzt. Als Sie versucht haben, allein auf der Toilette zurechtzukommen. Verwesungsstoffe dringen dann ins Blut der Mutter ein. Aber es gibt eine Möglichkeit: Ich kann Sie in Tanga operieren. Dann jedoch werden Sie nie mehr Kinder bekommen.»

In Frau Dolls Gesicht standen Hoffnung und Verzweiflung gleichzeitig. «Dann hab' ick doch 'ne Chance. Ick mein', Sie hätten mir doch nich Ihr Blut jejeben, wenn ick todjeweiht wär', oder?» Sie lächelte matt. «Ne tote Blutsschwester taugt ja nischt.»

Amelie stutzte; was für ein ungewöhnliches Wort. Nicht nur für die Beziehung zwischen Ärztin und Patientin. Es erinnerte sie an jene lange zurückliegende Zeit in Afrika, in der sie noch fast ein Kind gewesen war. Doch es wäre zu kompliziert gewesen, diese Zusammenhänge einer fiebernden Frau zu erzählen. Aber vielleicht würde sich diese Gelegenheit einmal bieten, irgendwann.

«Wie heißen Sie eigentlich mit Vornamen?», fragte Amelie aus einem Impuls heraus. Sie streckte ihre Hand aus. «Ich bin Amelie.»

Noch eine Grenze war überschritten, aber das spielte jetzt keine Rolle. Sie waren auf einem Schiff, das sie beide einem neuen Lebensabschnitt entgegenbringen sollte. Außerdem war da noch etwas, was sie mit Frau Doll verband.

«Hermine.» Frau Doll hatte die ihr entgegengestreckte Hand ergriffen.

«Wo in Berlin leben Sie, Hermine?» Diesen kleinen Abstand der Anrede wollte sie sich bewahren.

«Werden Se nich kennen, Frau Doktor: Wedding, Ackerstraße.»

«Doch, doch, ich kenn' die Ackerstraße», sagte Amelie lebhaft. «Ich ...» Sie rief sich zur Ordnung. «Die Charité ist nicht so weit von dort», schob sie eilig nach.

«War ick noch nie drinne. Ick war immer jesund.» Hermine Doll forschte in Amelies Gesicht. «Jibt nich ville Ärztinnen, oder?»

«Nein. Frauen dürfen in Deutschland nicht Medizin studieren. Mit 18 bin ich deshalb nach Zürich gegangen.» Sie erinnerte sich wieder an den wahren Grund ihres Krankenbesuchs und flößte Hermine Wasser ein. «Haben Sie Schmerzen?»

Frau Doll nickte.

«Soll ich Ihnen Morphium geben? Dann schlafen Sie.»

«Nee.» Die Augen der Kranken füllten sich mit Tränen. «Sie sind der erste Doktor, der überhaupt mit mich redet. Unsereinen nimmt doch keener wahr. Aber det hat schon so seine Richtigkeit. Sind so ville Menschen in der Stadt.»

«In Afrika leben nicht so viele Menschen wie in unserm Berlin. Und Sie werden bald dort sein. Bäume, Savanne, Berge, Himmel. Hermine, der Himmel! Wenn Sie den gesehen haben, wollen Sie nie wieder woandershin.» Kaum waren die unbedachten Worte ausgesprochen, lief ihr ein Schauer über den Rücken: Sie sprach mit einer Frau, die kaum eine Chance hatte, die nächsten 24 Stunden zu überleben.

Aber Hermine Doll hatte es so verstanden, wie Amelie es gemeint hatte. «Und die Tiere! Da jibt's doch Löwen und Schlangen. Und 'n Elefanten will ick sehn. War'n Se mal im Zoo? Ick liebe diese mächtijen, mächtijen Tiere. Einmal war'n ma mit de Kinder da. Det war schön. Als ick hörte, die Missionsjesellschaft sucht 'nen Tischler, hab' ick zu mei'm Willem jesacht: Det mach' ma.» Der glasige Blick der Fiebernden entschwand in die Ferne.

«Und Ihr Mann war gleich einverstanden? Was war mit den Kindern, die haben sich doch bestimmt gefreut?»

Frau Dolls Gedanken kehrten wieder zurück, ihr Blick fokussierte die Ärztin, die dies erleichtert zur Kenntnis nahm.

«Denen haben wir nischt jesacht. Erst, als et so weit war.»

«Wie alt ist Maria?»

«Neun, und der Heinrich is sieben. Ick hoff' so, Heinrich tut die Luft in Afrika jut. Der war immer so 'n bisken kränklich, halbe Portion, der Kleene. Maria ham Se ja jesehen, die is meene Sonne.»

Was für ein schönes Bild, dachte die Ärztin und erinnerte sich daran, dass es das Kind und nicht der Ehemann gewesen war, das Hilfe geholt hatte. So hatte das Schicksal ihre Wege miteinander verbunden. Aber wohin würde sie das führen? An ein Grab in Afrika?

Nein, so weit durfte es nicht kommen.

Amelie gab Frau Doll erneut zu trinken und erhob sich dann. «Ich muss ein paar Dinge erledigen, Hermine, damit Sie die Elefanten zu sehen bekommen. Es kann sein, dass das Fieber steigt. Dann denken Sie ganz fest an Ihre Kinder und dass Sie denen Afrika zeigen wollen. Ich hole jemanden, der bei Ihnen bleibt.» Sie drückte die Hand der Kranken und ging leise hinaus.

Welche Verantwortung hatte sie sich aufgeladen! Wie sollte sie ihren Ansprüchen an sich selbst gerecht werden, wo es doch so viele Faktoren gab, die sie nicht bestimmen konnte.

Sie traf Kapitän Hassert, als er gerade mit Dr. Dietrich seine Kabine verließ. Hassert hielt einen Zettel in der Hand.

«Unsere Samariterin! Sie laufen ja schon wieder munter herum.» Er schüttelte seinen grauen Kopf. «Brennnesseltee. Was Sie alles wissen!» Er drückte ihr den Zettel in die Hand. «Wir wollten Sie gerade suchen. Lesen Sie mal.»

Verwundert nahm Amelie den Schrieb entgegen. Es waren wenige in steiler Sütterlinschrift notierte Sätze, in denen dringend um einen Operationssaal für eine Hysterektomie gebeten wurde.

Und dann kam der Zusatz, der Amelie völlig sprachlos machte: *An Bord des R. P. D. Admiral befindet sich Doktor Freyer und wird, die Erlaubnis von Doktor Heim vorausgesetzt, selbst operieren.*

«Das hat der Funker gerade als Nachricht abgesetzt.» Der Kapitän setzte wieder seinen väterlichen Blick auf, als er hinzufügte: «Dr. Dietrich und ich haben lange an der letzten Formulierung gebastelt.»

«Kollege Heim hat noch nie eine Frau operieren lassen.» Dietrich räusperte sich. «Ich glaube, er hat auch noch nie eine Ärztin kennengelernt.» Er stutzte. «Sie trauen sich das doch zu? Kollege Heim kennt sich mit Frauenleiden nämlich nicht aus.»

Was ging hier vor sich? Welche Kraft bewegte auf diesem Schiff Dinge, die in Berlin völlig undenkbar gewesen wären? Weder hätte man sie ohne weiteres operieren lassen. Noch hätte Hermine Doll, die Tischlerfrau aus der Ackerstraße, jemals solch eine Chance erhalten. Einfach, weil niemand die Kosten getragen hätte.

Wer war hier der wahre Samariter?

Amelie verbarg ihre grenzenlose Verwunderung. «Danke», sagte sie. «Und zwar im Namen von Hermine Doll. Sie ist eine prächtige Frau und eine gute Mutter.»

Den Mienen der beiden Männer war anzusehen, dass ihnen diese Antwort gefiel.

«Wann werden wir in Tanga ankommen, Kapitän?», fragte sie. «Wird es länger als 24 Stunden dauern?»

Zwischen Dr. Dietrichs Augen bildeten sich zwei scharfe Falten. «Sie glauben, die Patientin schafft es nicht?»

«Ich habe kein Mittel gegen das steigende Fieber.»

«Ich habe die stärksten Männer an Sepsis elend zugrunde gehen sehen. Und ich war auch machtlos», sagte der Stabsarzt bitter.

«Ich werde zusehen, dass der Pott schneller dampft.» Der Kapitän wandte sich zum Gehen. «Viel versprechen kann ich nicht.»

Amelie blieb allein mit Dr. Dietrich zurück. «Können Sie mir etwas über das Krankenhaus in Tanga und Dr. Heim erzählen?»

Das Gesicht des Stabsarztes hellte sich auf: «Neu gebautes Krankenhaus. Ich war noch nicht dort», schränkte er gleichwohl ein, «aber man hört nur Bestes. Und Kollege Heim ist sehr engagiert.» Er machte eine bedeutungsvolle Pause. «Übrigens kennt er Dr. Koch sehr gut, er war lange Zeit einer seiner Assistenten.»

Robert Koch war ein gefeierter Held des Kaiserreichs, in dem in diesen Jahren die größten Entdeckungen auf dem Gebiet der Medizin gemacht wurden. Im Dezember des Vorjahres erst war Koch mit dem Nobelpreis für Medizin ausgezeichnet worden. Denn 1882 hatte er den Erreger einer der damals verheerendsten Krankheiten entdeckt, der Tuberkulose. Viele seiner einstigen Mitarbeiter hatten es ihrerseits zu Ruhm gebracht. Doch in Amelie weckte der Name des von ihr ebenfalls verehrten Forschers überaus gemischte, rein private Gefühle, die sie sich Dr. Dietrich gegenüber nicht anmerken lassen wollte.

«Jetzt weiß ich erst wirklich zu schätzen, wem Sie mich empfohlen haben, Herr Kollege», sagte Amelie mit einem angedeuteten Neigen des Kopfes.

Der Stabsarzt lächelte vielsagend. «Obwohl Sie eigentlich zu einem anderen Zweck nach Afrika reisen. Ihr Bruder wird sich nicht wenig wundern, wenn seine Schwester gleich im Operationssaal verschwindet.»

Dass eine ansehnliche und obendrein unverheiratete junge Frau ganz allein diese weite Reise angetreten hatte, war am Kapitänstisch schon Thema gewesen, bevor der *Admiral* den Hafen von Neapel verlassen hatte. Deshalb hatte Amelie bereits am ersten Abend in das Gespräch einfließen lassen, dass ihr Bruder Hanns sie eingeladen hatte, ihn auf seinen Plantagen in den Usambara-Bergen zu besuchen. Das stimmte nur zur Hälfte; die Initiative dazu war von Amelie selbst ausgegangen. Doch zumindest hatte sie in diesem Kreis nicht erklären müssen, wer Hanns von Freyer war. Ihr vier Jahre älterer Bruder galt als Vorzeige-Pflanzer, als einer der Hoffnungsträger der hoch gespannten und bislang noch unerfüllten Träume von einem prosperierenden Schutzgebiet, das es mit dem benachbarten Britisch-Ostafrika an Bedeutung aufnehmen konnte. Im ganzen Schutzgebiet gab es gerade einmal 180 Pflanzer; wer es da zu etwas gebracht hatte, dessen Name war bekannt.

«Neben meinem Vater war Hanns immer einer der Menschen, die meine Berufswahl intensiv unterstützt haben», erklärte sie Dr. Dietrich. «Ich denke, er wird sich freuen, wenn er sieht, dass ich mich im Schutzgebiet nützlich machen kann.»

Der Stabsarzt sagte mit überraschender Ernsthaftigkeit: «Am Ende wird nicht nur Ihr Herr Bruder Wert darauf legen, dass Sie dem Schutzgebiet erhalten bleiben.»

Es war bereits Nacht geworden und Amelie hatte viele Stunden am Bett ihrer hochfiebrigen Patientin verbracht, als es der kleinen Maria endlich gelang, ihren Vater ausfindig zu machen.

«Lassen Sie uns an die frische Luft gehen», schlug Amelie vor, als sie Herrn Doll im Gang vor dem Krankenzimmer begrüßte. Sie führte den Tischler auf das Sonnendeck hinauf. Das klare Mondlicht spiegelte sich auf dem ruhigen Meer. Erst, als Amelie die verwaisten Deckstühle sah, fiel ihr ein, dass Doll bestimmt noch nie an diesem den Erste-Klasse-Passagieren vorbehaltenen Ort gewesen war. Die elegante Atmosphäre würde den Mann, der seit Wochen unter Deck gelebt hatte, einschüchtern. Doch ihr fiel kein anderer Platz ein, an dem sie ungestört mit ihm hätte sprechen können. Und letzten Endes tat die frische Nachtluft ihnen beiden gut.

«Wir kommen morgen gegen Mittag in Tanga an», begann sie, entschlossen gleich auf den Punkt zu kommen. «Ich möchte Ihre Frau sofort in die dortige Klinik bringen und operieren lassen.» Kapitän Hasserts Anregung aufgreifend, vermied sie eine konkrete Formulierung. Die Sache war schwerwiegend genug; ihre eigene Rolle würde den Handwerker zusätzlich verunsichern, daran hatte sie keinen Zweifel.

Wilhelm Doll verschränkte die Arme vor der Brust. Amelie wartete, dass er sich äußern würde, aber der Mann schwieg.

«Sie müssen dieser Operation allerdings zustimmen, Herr Doll. Denn Ihre Frau wird danach keine weiteren Kinder mehr bekommen können.» Sie machte eine Pause und versuchte im Licht der wenigen Decklaternen eine Reaktion im Gesicht ihres Gegenübers zu erkennen. Aber sie konnte keine wahrnehmen. «Wenn Sie sich gegen eine solche Operation entscheiden, wird Ihre Frau wahrscheinlich sterben.»

«Was soll ich da noch entscheiden?», fragte Herr Doll. Er wich dem Blick der jungen Ärztin aus. «Das haben die klugen Herren sich alles sehr gut ausgedacht.»

«Wie meinen Sie das?»

«Das sollten Sie doch wissen!» Er lachte kurz und gequält.

Herrn Dolls offene Feindseligkeit verwirrte sie. «Ich dachte eigentlich, dass wir beide das entscheiden.»

Doll fixierte sie mit einem fast wütenden Blick. «Hätten Sie meiner Frau in Berlin Blut gespendet?» Er ließ ihr keine Gelegenheit zu einer Antwort, sondern fuhr wütend fort: «Wäre in Berlin ein reicher Kaufmann aufgetaucht und hätte sich ganz generös bereit erklärt, die Kosten für eine Operation zu übernehmen?» Wilhelm Doll schüttelte den Kopf. «Unsereinem schenkt keiner was.»

«Aber es geht doch um das Wohl Ihrer Frau und Ihrer beiden Kinder. Maria und Heinrich brauchen ihre Mutter. Und Sie lieben doch Ihre Frau?»

Was konnte falsch daran sein, einer Frau das Leben zu retten?

Doll trat schweigend von einem Bein aufs andere. Das

Gespräch über seine intimsten Verhältnisse war ihm peinlich, das war verständlich. Und Amelie ahnte plötzlich, dass es ein Fehler gewesen war, selbst mit Doll zu reden. Dr. Dietrich wäre geeigneter gewesen. So ein Von-Mann-zu-Mann-Gespräch. Andererseits war Hermine ihre Patientin, und sie war der Überzeugung, dass Männer sich an den Gedanken gewöhnen mussten, dass es Ärztinnen gab. Nur – was zählte aller Eifer, wenn sie einen Mann wie Doll deshalb nicht erreichen konnte, weil sie eine Frau war?

Diese Einsicht kam zu spät.

Sie versuchte einen neuen Anlauf. «Ich habe Hermine ins Herz geschlossen. Sie hat Humor und ist unglaublich tapfer. Sie freut sich so auf Afrika und die Elefanten.»

Der Tischler machte eine abrupte Bewegung und sah sie direkt an. «Die Ehe ist dazu da, um Kinder zu bekommen. So sagt es die Bibel.»

Wieder einmal stand der Glaube gegen den Fortschritt. Amelie wusste nicht weiter. «Ich brauche ein Ja oder ein Nein, Herr Doll.»

Doll hob die Schultern. «Unser Leben ist in Gottes Hand.» Mit diesen Worten ließ er sie stehen.

Wie sollte ein Mann wie er seinen Gewissenskonflikt lösen, wenn nicht mit dem Verweis auf die höhere Macht, in der alles Menschenleben lag?

Amelie erinnerte Dolls Haltung an jene Jahre, in denen Vater die Eingeborenen mühsam überzeugen musste, seine Hilfe als Arzt anzunehmen. Doch er hatte sich durchgesetzt und der Tochter den Weg aufgezeigt, den sie entschlossen war zu gehen.

Doch da war noch etwas, das ihr zu denken gab.

Ein reicher Kaufmann würde die Kosten der Operation übernehmen, hatte Doll gesagt. Dafür kam nur einer infrage: Messingnagel. Warum? Welches Interesse hatte er? Selbstlosigkeit wollte nicht zu diesem Mann passen. Wollte er sie beeindrucken, die junge Frau? Indem er der jungen Ärztin einen roten Teppich ausrollte? Also kein Samariter? Sondern ein Mann, dessen schwerer Körper auf Freiersfüßen tänzelnd verschlungene Pfade wählte, um sein Ziel zu erreichen?

Sie hatte Berlin den Rücken gekehrt, weil ihr nicht einmal Theodor Brach diese Chance zugestehen wollte. Nein, schalt sie sich, gerade Theodor war nicht der Mann, der in ihr die Ärztin sah. Wie dumm von ihr, das erst so spät zu bemerken, fast zu spät.

Amelie setzte sich in einen der Deckstühle und sah in den von unzähligen Sternen betupften Himmel. Wie kräftig ihr Licht war, wie unendlich fern und dennoch vertraut sie schienen! Die Dimensionen schienen auf den Kopf gestellt: Nicht die Erde war die sprichwörtliche Mutter, sondern das Universum. Nur hier in Afrika, direkt am Äquator spürte Amelie diese Nähe zum Ursprung allen Lebens. Das war schon damals so gewesen, als sie von den Eltern aus der vertrauten Berliner Umgebung herausgerissen und in die wilde Unberührtheit der ursprünglichen Natur verpflanzt worden war. Das unverrückbare Koordinatensystem des nächtlichen Himmels hatte der Heranwachsenden durch die Erkenntnis Zuversicht gegeben, dass die Hindernisse eines Tages nicht mehr waren als ein Sandkorn im Auge der Unendlichkeit.

Amelie nahm ihren Schildpattkamm vom Hinterkopf und begann ihr schulterlanges Haar damit zu kämmen. *Meine Goldlocke*, hörte sie Theodor sagen und ließ missmutig die Hand sinken. Für ihr Haar konnte sie nichts, das war ihr mitgegeben. Ihren Verstand, den hatte sie sich erarbeitet. Den jedoch hatte Theodor mit keinem zärtlichen Wort gestreichelt.

Vielleicht hatte Dr. Dietrich recht, sinnierte sie. Warum

wollte sie überhaupt zurück nach Berlin? Was hielt sie dort? Sie hatte die komplette Ausrüstung für Mombo dabei. Sie musste es nicht dabei bewenden lassen, den alten Doktor Wilkening in den Gebrauch der mitgebrachten medizinischen Geräte einzuweisen. Wilkening ging auf die sechzig zu und würde ihr wohl bald die Leitung der Urwaldklinik übertragen.

Und sie wäre in der Nähe von Hanns.

Wieder auf der Farm arbeiten. Ein Samenkorn in die Erde stecken und zusehen, wie es wächst. Spuren hinterlassen, die bleiben, so hatte es Hanns formuliert.

Der Geruch der Erde am Morgen nach einem nächtlichen Regen. Der aus dem Tal aufsteigende Nebel auf den Berghängen. Suahibus offenes Lachen, wenn die sie *bibi dactari* nannte ...

3.

Der schwere Hall des Kanonenschusses rollte wie Donner über die weitgestreckte Bucht von Tanga. Den Reisenden bot sich ein Bild dar, das wie die Erfüllung aller Sehnsüchte anmutete. Die Berge des Usambaragebirges reichten fast bis ans Meer, davor der weiße Strand, an dem grüne Palmwipfel sich in der Brise wiegten. Die sanften Wellen des Meeres schimmerten im hellen Licht der Mittagssonne in Grün und Blau. Als wollte das Wasser zum Wohlgefallen der Menschen mit den Elementen Luft und Erde in einen Schönheitswettstreit treten.

Ein kleiner Küstendampfer dümpelte verschlafen in der Mitte der Bucht zwischen Strand und einer von Mangroven gesäumten Insel. Doch zahllose Ruderboote lösten sich vom Ufer und hielten auf den *Admiral* zu. Sie bildeten die Vorhut für motorbetriebene Lastkähne, die dessen Ware löschen sollten. Das natürliche Hafenbecken war zu seicht, um den Hochseeschiffen direkten Zugang zur Landungsbrücke zu gewähren.

Der von einer Kanone oberhalb des Hafens an der Steilküste abgefeuerte Begrüßungsschuss für den *R.P.D. Admiral* war für den 6000 Köpfe zählenden Ort das ersehnte Signal, den Dornröschenschlaf zu beenden, in dem die Hafenstadt geruht hatte. Die Ankunft der in zweiwöchigem Abstand einlaufenden Postdampfer stellte einen Höhepunkt im Kolonieleben dar; brachten sie doch den Nachschub an heiß ersehnten Luxusgütern, die das Paradies auf der anderen Seite der Erde nicht zu bieten hatte

– unverzichtbare Kostbarkeiten wie Zigarren, Wein und Cognac. Aber der *Admiral* hatte auch allerhand Nützliches in seinem Bauch wie Baumaterial, Eisenbahnschienen und Saatgut, mit dem das deutsche Vaterland seinem Schutzgebiet den Anschluss an die Zivilisation ermöglichen wollte. Vor allem aber fieberten die an den Strand Eilenden der Post mit Nachrichten aus der Heimat entgegen. Nur wenige Glückliche konnten zwar auf Besuch hoffen, aber jeder Urlauber oder Rückkehrer wurde nach Neuigkeiten aus der Heimat befragt.

In den engen Schiffsgängen drängten sich die Menschen. Die schwülwarme Luft roch nach dem Heizöl der Dampfermotoren, aber Amelie nahm vor allem das so lang ersehnte salzige und gleichzeitig süße Aroma der nahen Küste wahr. Doch sie konnte es nicht recht genießen, das Gedränge und Geschiebe der sich gegenseitig auf die Schönheit des sie erwartenden Paradieses hinweisenden Passagiere machte sie gereizt. Deren Vorfreude wollte so gar nicht zu ihrer eigenen Nervosität passen; Hermine hatte inzwischen das Bewusstsein verloren.

«Da, das muss es der Beschreibung nach sein», hörte Amelie Dr. Dietrich sagen. Sie hatte nicht bemerkt, dass er neben ihr aufgetaucht war. Ihr Blick folgte seinem ausgestreckten Arm. Hoch oben am Kliff schimmerten zwischen Palmenwipfeln die roten Ziegel eines gewaltigen Gebäudes. Das Krankenhaus.

«Es ist das größte an der Küste», sagte der Kollege mit unüberhörbarem Stolz in der Stimme. «Hat der Ehemann eigentlich der Operation zugestimmt?», fragte er übergangslos.

Kapitän Hasserts Auftauchen ersparte Amelie eine Lüge.

«Kommen Sie, Frau Doktor, wir fieren Sie zusammen mit Ihrer Patientin jetzt aus.»

Zu Amelies Überraschung saß Messingnagel schon in dem Boot, an dem die Trossen bereits befestigt waren, mit denen es zu Wasser gelassen werden sollte. Eine lederne Reisetasche zwischen den Füßen hockte er auf einer Bank hinter der Trage, auf der die bewusstlose Hermine Doll ruhte, und blickte Amelie erwartungsvoll an.

Die Ärztin sah sich suchend unter den neugierig Zuschauenden um. Wo waren Maria und Heinrich? Wo der Vater? Wenn der Mann die Operation wirklich verhindern wollte, so könnte er jetzt noch einschreiten. Stimmte er also doch zu? Auch wenn dies eine Totaloperation bedeutete? Oder wollte er diesen entscheidenden Augenblick nicht ertragen?

«Fehlt noch jemand?», fragte Kapitän Hassert, Amelies Blick folgend.

«Nein. Kann losgehen», sagte sie und wandte sich noch einmal an den zurückbleibenden Hassert: «Danke, Herr Kapitän.» Wenige Augenblicke später bewegte sich das Beiboot ruckelnd und schaukelnd in die Tiefe. Auf dem Wasser angekommen, wurden die Taue gelöst, die Matrosen griffen in die Ruder.

«Mutter!»

Eine Kinderstimme rief so verzweifelt laut, dass Amelie zusammenzuckte. Maria! Auf dem Deck, von dem sie herabgefiert worden waren, konnte Amelie das Mädchen nicht ausmachen. Endlich sah sie die Hand, die sich knapp oberhalb der Wasseroberfläche aus einem Bullauge reckte und winkte.

Erst jetzt verstand Amelie: Weder Wilhelm Doll noch seine Kinder – Passagiere der Dritten Klasse – hatten nach oben gedurft! Das Kind war in seinem Trennungsschmerz höchstwahrscheinlich in genau jene Toilette gestürmt, in der seine Mutter ohnmächtig geworden war, um ihr Lebewohl zu sagen.

Meine Sonne.

Amelie riss einen Arm hoch und erwiderte den Abschiedsgruß des Kindes. Sie öffnete den Mund, um etwas zu rufen. Doch kein Ton kam über ihre Lippen.

Dr. Dietrich musterte sie von der gegenüberliegenden Bank mit hochgezogenen Augenbrauen. Die Frauen, mochte er wohl denken, immer vermischen sie Gefühl und Arbeit. Messingnagel, einen weißen Hut auf dem Kopf, den er vorsorglich festhielt, obwohl kein Wind ging, zeigte keinerlei Regung. Amelie hatte das Gefühl, dass ihn der ganze Vorgang nicht interessierte. Der Kaufmann blickte aufmerksam zum Strand, dem sie sich nun allmählich näherten. Ein Mann wie er wurde gewiss erwartet. Und diese Art der Ankunft unterstrich seine Bedeutung.

Ob Hanns da sein würde? Er würde sich wundern, wenn er seine Schwester auf dem ersten Boot entdeckte, das den *Admiral* verließ.

Als sie neun Jahre zuvor von ihm an diesem Hafen Abschied genommen hatte, hatte ihr Bruder sie in die Arme genommen: «Wenn du wiederkommst, bist du eine richtige Ärztin, Amelie. Und ich werde stolz auf dich sein. Zeig es den eingebildeten Herren Doktoren! Beweis ihnen, dass du eine Freyer bist.»

Damals – und auch in den langen Jahren, die seitdem vergangen waren – hatte sie sich nicht vorstellen können, dass ihre Heimkehr so ausfiele.

Sie tastete nach Hermines heißer Hand. Nur wenn ein gütiger Engel ihr beistand, würde diese Frau ihre Kinder wiedersehen. In den Stunden vor dem Ausschiffen hatte Amelie jeden Koffer überprüft, um keine wertvolle Zeit mit der Suche nach Instrumenten zu verlieren und war die bevorstehende Operation in Gedanken durchgegangen.

Sie scheute es sich selbst einzugestehen, aber es ging nicht allein um Hermines Leben. Wenn ihr diese Patientin starb, so würde sich das Versagen der Operateurin – der ersten Frau, die dies in Afrika wagte – herumsprechen.

«Wenn ein Arzt hinter dem Sarg seines Patienten geht, so folgt nicht selten die Ursache der Wirkung.» Robert Kochs pointierter Ausspruch stand Amelie wie eine Drohung vor Augen.

Und sie wusste, was Dr. Dietrich entweder nicht bekannt war oder was er verschwiegen hatte: Der bewunderte Koch würde in wenigen Tagen, Anfang Mai, ebenfalls in Tanga eintreffen. Kaiser Wilhelm II. höchstselbst hatte den berühmtesten Arzt des Reichs ausgeschickt, um endlich den Erreger der Schlafkrankheit zu entdecken und zu vernichten. Tausende von Afrikanern, etliche Europäer und riesige Rinderherden hatte die Seuche bereits dahin gerafft.

Mit wohl hundertprozentiger Sicherheit würde Dr. Koch auf seinen einstigen Assistenten Dr. Heim treffen. Und sie würden reden. Über die junge Ärztin von der Charité, die sich unter solch schwierigen Umständen an eine Entfernung der Gebärmutter gewagt hatte.

Fräulein von Freyer, würde Koch sagen, diese junge Dame kenne ich. Und die stechenden Augen hinter seinen runden Brillengläsern würden Amelies Zukunft so deutlich vor sich sehen, wie er für gewöhnlich unter dem Mikroskop ein Bakterium als Ursache eines viel größeren Übels auszumachen pflegte.

Amelie schüttelte sich, als gälte es, einen bösen Traum zu verjagen. Sie war in Afrika, endlich zu Hause, wo alle Probleme weit hinter ihr liegen sollten. Doch Hermines Gegenwart erinnerte sie daran, dass dem nicht so war.

Im leuchtenden Sand standen in kleinen Gruppen weiß gekleidete Männer, in deren Nähe schwarze Diener und Askaris auf Befehle warteten. Etwas weiter entfernt ließen zwei in weiße Tropenuniformen gekleidete deutsche Offiziere eine Kompanie schwarzer Soldaten antreten. Einer der in khakifarbenes Hemd und Hose gewandeten Askaris schlug den Takt auf einer kleinen Trommel, die er vor den Bauch gebunden trug.

Die Augen von einem breitkrempigen, elfenbeinfarbenen Sonnenhut verschattet, hielt Amelie nach ihrem Bruder Ausschau. Dieser blonde Riese fiel überall auf! Doch je näher sie kamen, umso klarer wurde, dass Hanns nicht da war. Seine in anderthalb Jahrzehnten den Afrikanern abgeschaute Lässigkeit im Umgang mit der Zeit ersparte seiner Schwester den sonst unvermeidlichen Konflikt: Wie hätte sie ihn ausgerechnet jetzt so begrüßen können, wie ihr Herz eigentlich empfand – voll ungestümer Freude? Sie spürte eine plötzliche Traurigkeit.

Mit kräftigen Schlägen trieben die Ruderer das Boot auf den Sand, sprangen flink hinaus. Sofort eilten andere Schwarze herbei und halfen ihren uniformierten Landsleuten, das Schiff mit den weißen Passagieren weiter auf den Strand zu ziehen.

«Nu kann's losgehen!», verkündete Messingnagel und stemmte sich schwerfällig hoch. Als einer der Matrosen ihm die Hand hinhielt, stützte er sich auf den Afrikaner und sprang ungelenk in den Sand. «Na, det fängt ja jut an!», rief er gleich darauf mit vor Zorn gerötetem Gesicht: Der Kaufmann stand bis zu den Knöcheln im feuchten Sand. Amelie wartete, bis die Männer das Boot so weit auf den Strand gezogen hatten, dass sie trockenen Fußes an Land gehen konnte, dann folgte sie Dr. Dietrich.

Mehrere Menschen eilten auf die Eintreffenden zu. Ein dünner, mittelgroßer Mann, dessen Strohhut in den

Nacken gerutscht war, das Gesicht vor Erregung gerötet, erreichte die drei Europäer und die auf der Trage liegende Hermine, blieb stehen und blickte ratlos von einem zum anderen.

Der Zivilist Messingnagel kam nicht infrage. Und der wurde auch bereits mit steifer Höflichkeit von einem schmächtigen Mann mit gelblicher Haut, unter dessen weißem Turban sich im Nacken dichte graue Löckchen hervorkringelten, begrüßt. Der Inder überreichte Messingnagel ein Telegramm. Amelie schnappte nur flüchtig die englisch gesprochenen Worte des Inders auf: «Schlechte Nachrichten aus Morogoro, lieber Freund.»

Somit blieb nur Dr. Dietrich, den seine Uniform als Stabsarzt auswies. «Verehrter Kollege Freyer, endlich lerne ich Sie kennen. Ich habe so viel von Ihnen gehört. Es ist alles bereit, Sie können unverzüglich beginnen. Selbstverständlich stehe ich zu Ihrer Verfügung.» Er warf einen kurzen Blick auf Hermine, stutzte. «Die Patientin?» Dann erst nahm er Amelie in Augenschein und stellte sich kurz angebunden vor: «Gestatten, Heim.»

Seine offensichtliche Verwunderung war begreiflich. Dem Tropenarzt erschien dieser Aufwand für eine Angehörige des Personals wenig angemessen.

«Darf ich bekannt machen», sagte Stabsarzt Dietrich und deutete eine Handbewegung in Amelies Richtung an, «Doktor von Freyer.»

Dr. Heim öffnete den Mund und schloss ihn tonlos. «Oh», entfuhr es ihm nach einer Schrecksekunde.

«Frau Kollegin hat hervorragende Arbeit geleistet», sagte Dietrich. «Ich habe viel von ihr gelernt.»

Amelie ärgerte sich, dass sie errötete. Eine derart freundliche Vorstellung hatte sie nicht erwartet.

«Herr Kollege, Sie und Dr. Freyer sollten keine Zeit verlieren», fuhr der Stabsarzt fort. «Ich selbst muss mich lei-

Güte, die schon früher sein Wesen geprägt hatte, noch verstärkt. «Und du? Freust du dich gar nicht?»

Er lachte breit. «Nein, *bibi*, ich bin ganz traurig!» Er sprach nahezu akzentfreies Deutsch, was sehr ungewöhnlich war. «Willkommen zu Hause.» Damasso wurde ernst und deutete auf die sich langsam entfernende Krankenkarawane mit Heim an der Spitze. «Was ist passiert?»

Mit wenigen Worten umriss Amelie ihr Vorhaben und bat Damasso, ihr persönliches Gepäck entgegenzunehmen, sobald es an den Strand gebracht wurde. «Wo ist Hanns?», fragte sie schließlich.

«Der *bwana* ist auf Salama, er hat viel Arbeit wegen der Regenzeit. Er sagt, du würdest das verstehen. Aber er freut sich, dass du kommst.» Sein Blick bat um Nachsicht. «Der *bwana* mag die Stadt nicht.»

Amelie erklärte ihm, dass sie ein paar Tage in Tanga bleiben müsse und bat Damasso, sich für diese Zeit ein Quartier zu suchen. «Hast du Nachricht von Vater?», fragte sie dann.

Damasso schüttelte den Kopf. «Professor *dactari* ging vor vielen Wochen nach Norden. Ein Freund rief ihn. Er kommt nicht bald zurück nach Salama.»

Hanns hatte ihr geschrieben, dass der Vater zum Victoriasee aufgebrochen war, um sich der Expedition eines befreundeten Anthropologen anzuschließen.

«Ist noch viel Kummer in Vaters Herz?», fragte sie, die bildhafte Ausdrucksweise des Landes benutzend, die ihre Familie ins Deutsche übernommen hatte.

Der alte Mann nickte. «Es tut mir so leid. *Bibi* Charlotte war eine wunderbare Frau. Wir alle werden sie immer vermissen.»

Es wäre dem alten Farmaufseher nie in den Sinn gekommen, sich anders als in dieser etwas distanzierten Weise über Professor von Freyers Frau zu äußern. Zwischen Schwarz und Weiß lag für ihn eine Schranke, die weder Zuneigung noch der Tod aufheben konnte. Nur, weil Amelie sie in ihrer Kindheit mit der Naivität der Jugend niedergerissen hatte, war sie gelegentlich zwischen ihm und der nunmehr erwachsenen *bibi* nicht sichtbar.

Aus den Augenwinkeln sah Amelie, wie Messingnagel und sein indischer Freund in einiger Entfernung der Stadt zustrebten. Sie senkte die Stimme: «Damasso, kennst du den Inder, der dort mit dem Weißen geht?» Es konnte nicht schaden, etwas über den Umgang des Mannes zu erfahren, der ihr immer ein paar Schritte voraus war.

Damasso verstand, wie die Frage gemeint war: «Ich werde mich umhören, *bibi* Amelie.»

«Der Weiße ist *bwana* Messingnagel, Damasso. Finde auch bitte heraus, was er hier macht.» Tanga war nicht viel mehr als ein größeres Dorf, jeder kannte jeden.

Damasso nickte. *Bibi Amelie* war voller Energie und Neugier, wie früher. Aber sie war erwachsen geworden. In ihren Zügen erkannte der lebenskluge Mann eine Härte, die ihm an ihr noch unbekannt war. Es tat ihm leid, sie entdecken zu müssen.

Dr. Heims kleine Karawane war inzwischen verschwunden. «Ich muss los», sagte Amelie und widerstand dem Wunsch, den Vertrauten zum Abschied zu umarmen.

Damasso half ihr beim Besteigen der inzwischen eingetroffenen Rikscha, die von einem schwarzen Boy gezogen wurde. Er hielt ihre zierliche Hand einen Moment zu lang: «*Bibi* Amelie, du bist wieder zu Hause.» Die Wärme, mit der er das sagte, erweckte für einen Augenblick das junge Mädchen, das vor langer Zeit in Afrika Wurzeln geschlagen hatte.

Die Stadt hatte sich verändert, seit Amelie sie vor neun Jahren das letzte Mal gesehen hatte. Neue Häuser waren gebaut worden, deren Stil unentschlossen zwischen wilhelminischer Geltungssucht und der Leichtigkeit der Tropen schwankte. Die weiten, palmengesäumten Alleen spiegelten eine Weltläufigkeit, die von der kosmopolitischen Einwohnerschaft aus Arabern, Indern, Deutschen, Engländern, Franzosen, Portugiesen und Italienern geprägt wurde. Stattliche Paläste, die von arabischen Kaufleuten mehr als hundert Jahre zuvor erbaut worden waren, versinnbildlichten den Reichtum, den Völker anderer Herren Länder mit den natürlichen Schätzen Afrikas verdient hatten – lange bevor die Deutschen vor zwanzig Jahren ihren Fuß auf diesen Boden gesetzt hatten. Dass die Vermögen bis vor kurzem durch den Handel mit Sklaven entstanden waren, war den Prachtbauten nicht anzusehen.

Der Rikschafahrer zog seinen mit einem Stoffbaldachin bespannten Karren den Sandpfad hinauf, der zu dem auf der Steilküste oberhalb Tangas gelegenen Krankenhaus führte und erreichte dessen Vorplatz gerade, als Heims kleine Karawane dort eintraf.

Amelie war noch nie hier gewesen; als sie Afrika verlassen hatte, war gerade mit dem Bau der Klinik begonnen worden. Der stolze Eingang, groß wie ein Kathedralenportal und mit einer runden Glasrosette verziert, wurde rechts und links von düsteren Laubengängen gerahmt – die ganze Anlage glich mehr einer Burg als einer Heilstätte.

Amelie stieg leichtfüßig aus der Rikscha und eilte zu Dr. Heim. «Tut mir leid, dass ich Sie allein gehen ließ. Das war der Aufseher unserer Farm in Mombo. Er hatte Nachrichten von meinem Bruder.»

Dr. Heim hatte sich während des Marschs seines Jacketts entledigt, Schweiß stand ihm auf der Stirn. «Verstehe», sagte er schmallippig und führte Amelie in das Krankenhaus hinein.

Amelie wurde von einer Krankenschwester begrüßt, die Heim als seine Frau vorstellte. Frau Heim, eine schlanke Person wie ihr Mann, war zwar erst Mitte vierzig, wirkte durch ihr fast vollständig ergrautes, zu einem Knoten gebundenes Haar jedoch zehn Jahre älter. Vor ihren Augen waren schon viele, meist zu junge Menschen gestorben.

«Wir beide führen das Krankenhaus», sagte Dr. Heim. «Es steht schlecht um Personal; wir bekommen kaum welches.»

Die Kolonialabteilung des Auswärtigen Amts in Berlin hatte für die Jahre 1904 und 1905 ermittelt, dass in Deutsch-Ostafrika viereinhalb Millionen Farbige lebten, jedoch nur 1491 Europäer. Wenige Wochen zuvor erst war der *Maji-Maji*-Aufstand weitgehend niedergeschlagen worden, mit dem sich die Einheimischen gegen Hüttensteuer und Kopfsteuer aufgelehnt hatten. 120 000 waren dabei getötet worden. Wegen der Unruhen kamen kaum noch Zivilisten freiwillig ins Schutzgebiet. Die Folge für die 6000 Menschen zählende Stadt Tanga und ihren zehnmal so großen Einzugsbereich: Dr. Heim war der einzige weiße Arzt vor Ort.

Dieses große Haus, lag es Amelie auf der Zunge zu fragen, wie schaffen Sie das? Aber sie verbiss sich ihre Neugier. Dies war nicht der Augenblick für Konversation. In dem großen und hellen, mit den neuesten technischen Geräten ausgestatteten Saal wurde alles für die Operation vorbereitet. Sogar ein Gerät für die richtige Dosierung des Äthers war vorhanden, die medizinischen Instrumente für einen chirurgischen Eingriff lagen bereit.

Amelie wählte deshalb nur zwei ihrer Koffer aus und ließ sie in den Vorraum des Operationssaals schaffen.

Zunächst holte sie das Mikroskop aus dem Laborkoffer und untersuchte sodann Hermine. Die *Blutsschwester* – dieser Begriff ging Amelie nicht mehr aus dem Kopf – hatte schweren Schüttelfrost. Die Ärztin entnahm vaginale Abstriche und Blut aus der Armvene.

Dr. Heim stand neben ihr, als sie durch das Mikroskop blickte. «Was versprechen Sie sich davon?», fragte er misstrauisch.

«Es hat keinen Sinn mehr zu operieren, wenn die Staphylokokken sich zu stark vermehrt haben.» Die sachliche Erklärung umschrieb Hermines mögliches Todesurteil.

Amelie war zu beschäftigt, um die erstaunte Reaktion des Kollegen zu registrieren; die medizinische Diagnostik hatte Fortschritte gemacht, von denen er in Afrika nicht viel mitbekommen hatte.

Die Untersuchung bestätigte Amelies Verdacht: Die lebensgefährlichen Bakterien waren zwar sowohl in den Abstrichen als auch im Blut sichtbar, jedoch nur in einem Maß, dass Hoffnung bestand.

«Wir können es riskieren», sagte sie.

Sie bat die Heims, das Licht anders auszurichten. Dr. Heim erkannte, was Amelie vorhatte. «Sie wollen nicht von oben schneiden?», fragte er verwundert.

«Nein, ich mache eine vaginale Totalexstirpation des Uterus», antwortete sie kurz aufblickend.

Das Ehepaar wechselte einen überraschten Blick. Nie zuvor hatten sie davon gehört, dass eine Gebärmutterentfernung auf diese Weise vorgenommen werden konnte.

«Die Patientin hat ohnehin schon viel Blut verloren. Ein Eingriff durch die Bauchdecke würde sie noch mehr schwächen», führte die Ärztin kurz aus. «Andererseits hat sie mindestens zwei erfolgreiche Schwangerschaften gehabt, was diese Methode begünstigt.»

«Wie wollen Sie die Blutungen unterbinden?» Dr. Heim klang alarmiert.

Amelie erklärte dem Kollegen, wo sie abzubinden gedachte und machte sich schweigend an die Arbeit. Sie ließ sich nun von nichts mehr ablenken. Nur mit wenigen Worten bedeutete sie dem Ehepaar Heim gelegentlich, wo sie dessen Assistenz benötigte.

Angestrengt führte die junge Ärztin jeden Handgriff mit äußerster Präzision aus, lauschte in sich hinein auf jene Worte, die ihr die Professoren der Charité mitgegeben hatten. In einer der winzigen Pausen, die sie brauchte, um nach einem neuen Besteck zu greifen, suchte ihr Blick das apathische Gesicht Hermines und glitt sodann auf deren silbernes Kreuz, das auf ihrer Brust lag.

Gott, steh ihr bei, dachte sie.

Amelie hatte schon lange nicht mehr gebetet, aber sie spürte, dass Hermine es jetzt getan hätte. Als die junge Operateurin alles getan hatte, was in ihrer Macht stand, richtete sie sich langsam zwischen den Beinen der Patientin auf. Ihr aschfahles Gesicht war mit Schweißperlen bedeckt, ihre Augen glänzten wie in einem Fieber.

Die Leidenschaft für ihre Arbeit hatte von der zarten Ärztin derart Besitz ergriffen, dass Frau Heim eine geradezu mütterliche Fürsorge empfand: «Schnell, Fritz, Frau Doktor bekommt einen Schwächeanfall!»

Dr. Heim stützte die junge Kollegin, als die auf den Operationsstuhl sank.

Amelie sah auf ihre Hände. Sie waren voller Blut. Erschöpft lehnte sie sich zurück und schloss die Augen.

Die Operation war geglückt und die Patientin fürs Erste in Sicherheit. Zwar kannte Amelie die Heims nicht, aber ihre Menschenkenntnis sagte ihr, dass Hermine hier gut versorgt werden würde. Sie durfte ihre Schwäche zulassen. Und die Erinnerung an eine kalte Nacht im März vor

21 Jahren. Als ihre eigene Mutter in einer feuchten Kellerwohnung im Berliner Wedding nach einer Totgeburt gestorben war.

4.

«Wie geht es Ihnen, Frau Doktor?»

Amelies Mund war trocken, der Hals kratzte, der Kopf schmerzte. Sie kannte dieses Gefühl, wenn sie sich wieder einmal zu viel zugemutet hatte. Jedes Mal wurde sie dann vom Schlaf übermannt, dessen Notwendigkeit sie bis dahin einfach ignoriert hatte. Sie befand sich in einem Bett, vollständig bekleidet. Durch zugezogene Vorhänge fiel milchiges Licht. Es war totenstill.

«Sie haben 14 Stunden geschlafen, Frau Doktor. Völliger Erschöpfungszustand.»

«Wie geht es meiner Patientin?», fragte Amelie fast automatisch.

«Gut, Frau Doktor, sie kommt wohl durch. Sie haben es geschafft. Das Fieber sinkt, der Kreislauf macht mit.» Frau Heim, in die graue Tracht einer Krankenschwester gekleidet, beugte sich zu Amelie herab und reichte ihr eine Tasse dampfenden Tees. «Sie müssen trinken. Ich habe viel Honig hineingetan. Sie mögen doch Honig?»

«Ja, wahnsinnig gern. Danke.» Sie trank in kleinen Schlucken.

«Stabsarzt Dietrich war hier», fuhr Frau Heim fort. «Er hat nach Ihnen und Ihrer Patientin gefragt.» Ihre Stimme hatte einen angenehm weichen Klang, den Amelie so nicht in Erinnerung hatte. «Er hat uns alles erzählt, Frau Doktor. Auch das mit Ihrem Blut, das Sie Ihrer eigenen Patientin übertragen haben. Dr. Heim und ich haben es kaum glauben können.» Sie schüttelte den Kopf. «Sie müssen wirklich mehr auf sich achtgeben, Kind ..., Entschuldigung, Frau Doktor.»

Gehorsam trank Amelie ihren Tee aus: «Das hat gutgetan!» Sie raffte sich auf und stellte die Füße auf den blank gewischten Holzfußboden. «Ich muss meine Patientin sehen.»

«Die schläft, und Dr. Heim sieht nach ihr. Nehmen Sie erst mal ein Bad.» Sie machte eine winzige Pause. «Draußen wartet ein Boy auf Sie.»

«Damasso? Ein Mann mit weißem Haar?»

«So genau habe ich ihn mir nicht angesehen. Aber ich glaube, das dürfte hinkommen.»

«Ach», sagte Amelie unbeschwert, «dann schicken Sie ihn rein.»

«Frau Doktor?» Die Krankenschwester musterte sie verwirrt. «Sind Sie sicher?»

«Aber ja! Damasso hat mich schon im Matsch spielen sehen!»

«Das wird aber doch etwas zurückliegen?» Frau Heim versuchte dafür zu sorgen, dass Amelie die Umgangsformen wahrte. Und musste dennoch tatenlos zusehen, wie sie sich erhob, ihr offenes Haar schüttelte und es achtlos am Hinterkopf zusammensteckte. Frau Heim ließ den Schwarzen rufen. «Ich bereite Ihnen ein Bad, Frau Doktor.» Dann verließ sie den Raum.

«Damasso! Komm rein, ich lebe wieder.» Amelie lachte wie ein junges Mädchen, das einen Scherz gemacht hatte. «Wartest du schon lange?», fragte sie den Farmaufseher.

Der lächelte schief. «Die Weißen haben die Zeit erfunden.»

«Bei dir weiß ich nie, ob du ein Diplomat bist oder einfach nur weise.» Sie trat ans Fenster und zog die Vorhänge zurück. Licht fiel matt in den großen Raum, in dem noch drei weitere, frisch bezogene, aber unbenutzte Betten standen. Amelie öffnete die beiden Flügeltüren. Dahinter lag eine Loggia, von der aus der Blick in den von Palmen bestandenen Hof ging. Die Sonne stand hoch, es musste auf Mittag zugehen. Sie atmete tief aus und ein, was ihr Kreislauf mit einem leichten Schwindel quittierte. Mit einem Lächeln überspielte sie ihre Schwäche und wandte sich Damasso zu.

«Ich habe noch nicht nach deiner Familie gefragt. Wie geht es Suahibu und Sara, was macht David?», fragte sie.

«*Bibi* Suahibu geht es gut!» Damasso lachte, seine Hände deuteten den Umfang seiner Frau an. «Sara ist eine schöne junge Frau geworden. Du wirst sie kaum wiedererkennen, *bibi* Amelie. Und David ...» Damassos Gesicht drückte Kummer aus. «Die Schulter ist nicht besser geworden.» Doch dann leuchteten seine Augen auf: «Dafür ist sein Verstand umso schärfer!»

«Ich freu mich so auf zu Hause», sagte die Heimkehrerin und wurde ernst. «Hast du etwas über die Männer vom Strand herausgefunden?»

«*Bibi* Amelie, du solltest nicht so sehr nach meinen Neuigkeiten hungern, sondern besser den Hunger deines Magens stillen. Du bist sehr dünn!» Damassos Zeigefinger war mahnend erhoben.

«Ich ess' gleich etwas, jetzt erzähle erst mal, was du erfahren hast.» Sie setzte sich auf einen Stuhl auf der Loggia und bedeutete Damasso, neben ihr Platz zu nehmen. Er blieb stehen.

«Die beiden Männer, die du mir am Strand gezeigt hast, arbeiten zusammen. Mister Gupta ist ein Inder. Man redet nicht gut über ihn. Es heißt, er macht schmutzige Geschäfte mit schlechten Leuten. Arabern und Jumben.»

Dass Inder mit Arabern Geschäfte machten, war an der Küste jahrhundertealte Tradition; über die Handelswege der Meere wurden immense Reichtümer verschifft.

An Herrn Gupta missfiel Damasso jedoch, dass der Inder sich mit jenen schwarzen Ortsvorstehern aus dem Inneren des Landes einließ, die ihre eigenen Landsleute verkauften. Deren Familien wurden als Pfand behalten, damit kräftige Männer wie Sklaven in den Karawanen arbeiteten, die in monatelangen Märschen durch das Land zogen. Gegen diese Machenschaften waren die Deutschen nicht nur machtlos; viele Offiziere schützten vielmehr die so genannten Jumben, um die eigene, schwankende Macht zu stabilisieren.

«Und der andere, der Europäer?», fragte Amelie.

Damasso hob die Schultern. «Ich weiß nicht viel von ihm. Er redet mit diesem und mit jenem. Ich glaube, er sucht jemanden.»

Es klopfte, und Frau Heim trat ein, auf einem Holztablett einen Porzellanteller und eine weitere Tasse Tee balancierend.

«Schwarzbrot mit Butter, Frau Doktor! Damit Sie zu Kräften kommen.» Die Krankenschwester warf einen argwöhnischen Blick auf Damasso.

«Damasso ist unser ältester Aufseher», erklärte Amelie. Sie blickte zu ihm. «Wann hat Vater dich eingestellt? Das muss kurz nach unserer Ankunft gewesen sein.» Sie wollte, dass Frau Heim den Stellenwert dieses Besuchers richtig ermessen konnte. Amelie lachte. «Die Weißen haben die Zeit erfunden, ich weiß.» Dann gab sie sich selbst die Antwort. «Sommer 1891», sagte sie, «da war ich zwölf.»

Frau Heim stutzte, rechnete sie das Alter ihres Gastes nach? Sie zog sich zurück. «Ich wollte nicht stören.»

Amelie biss herzhaft in das noch warme Brot; es schmeckte sehr gut. «Wen mag Herr Messingnagel wohl suchen?», fragte sie.

«Ich weiß es nicht, *bibi*. Ich glaube, er braucht weiße Männer, die für ihn arbeiten.»

Da wird er vermutlich lange suchen müssen, dachte Amelie.

Damasso blickte sie nachdenklich an: «Wer gutes Wasser mit schlechtem Wasser mischt, trinkt schlechtes Wasser.»

Bevor sie Damasso gehen ließ, bat sie ihn um einen weiteren Gefallen: «Frage bitte bei der Missionsgesellschaft nach *bwana* Doll, einem langen, dünnen Weißen mit zwei kleinen Kindern. Wenn du ihn findest, sag ihm, er soll hierherkommen.»

Als sich Amelie wenig später in einer Badewanne entspannte, gingen ihr Damassos Worte nicht mehr aus dem Kopf.

Schlechtes Wasser.

In seiner blumigen Sprache bedeutete das nichts anderes, als dass Amelie den Umgang mit Messingnagel meiden sollte. Es erschien ihr jedoch unwahrscheinlich, dass sie dem Kaufmann noch einmal begegnen würde.

«Sie machen mich verlegen, Dr. Heim», sagte Amelie. Das Angebot des Krankenhausleiters war mehr als schmeichelhaft. Es war eine große Anerkennung, mit der sie nicht gerechnet hatte.

Dr. Heim blieb ernst. «Wenn Sie hier als Ärztin arbeiten, wären Sie nicht nur die erste Frau, die solch eine Position in Afrika bekleidet. Sie wären auch eine der ersten im ganzen Deutschen Reich, bedenken Sie das.» Er hob sein Weinglas, in dem sich die Kerzen der Tischbeleuchtung warm spiegelten. «Auf uns ruht das wohlwollende Auge Seiner Majestät des Kaisers, Frau Kollegin. Hier am Äquator wird ein Stück deutscher Zukunft geschrieben. Wir brauchen die Besten.»

Die pathetischen Worte des Tropenarztes hatten für Amelie den Beiklang bitterer Ironie. In Berlin hatte sie zwei Jahre lang als Assistenzärztin an der Charité gearbeitet, doch als ihr Vertrag verlängert werden sollte, hatte der neue Professor abgelehnt.

«Warum?», hatte sie gefragt und ihre Arbeit ins Feld geführt.

«Eine Frau bringt immer Unruhe ins Kollegium.» Der Professor hatte sie gemustert. «Heiraten Sie. Sie wären dem Kollegen Brach eine prächtige Gattin und eine gute Mutter für seine Söhne.»

Im ersten Moment hatte Amelie diesem offen gezeigten Ignorieren ihres fachlichen Könnens sprachlos gegenübergestanden. Dann hatte sie spitz geantwortet: «Wer sagt Ihnen, dass ich keine Töchter bekomme?»

Der Professor, selbst keine vierzig Jahre alt, hatte indigniert geguckt. «Ich verstehe nicht.»

«Nun, Sie selbst haben zwei Töchter», hatte Amelie mit gespielter Höflichkeit erwidert, «gewiss werden sie ganz nach Ihnen kommen, Herr Professor. Dann können meine Töchter gemeinsam mit Ihren Töchtern unsere Arbeit fortsetzen.» Sie hatte eine leichte Verbeugung angedeutet. «Einen schönen Tag.» Sie war hinausgegangen, sich mühsam aufrecht haltend, hatte die Tür ins Schloss gezogen und sich dann schweratmend gegen die Wand gelehnt.

Das war das Ende ihrer Laufbahn als hoffnungsvolle Wissenschaftlerin und Ärztin gewesen; sieben Wochen lag diese schwere Stunde erst zurück. Konnte sie hier und jetzt, bei einem Abendessen in Tanga, auf einen Neuanfang hoffen?

«Frau Doktor, Sie haben ja kaum gegessen. Und Sie brauchen doch jedes Gramm auf den Rippen!» In Frau Heims Blick lag echtes Mitgefühl. Sie wandte sich an ihren Mann: «Fritz, nun lass Fräulein von Freyer doch etwas Zeit. Sie ist keine 36 Stunden bei uns, und du bestürmst sie so arg.» Vermittelnd richtete sie ihre Worte wieder an Amelie:

«Aber eines muss ich Dr. Heim lassen – er hat recht. Sie wären wirklich eine Bereicherung. Und nun essen Sie erst mal.»

Die Speisen, die Frau Heim hatte zubereiten lassen, waren vorzüglich. Es gab Tomatensuppe und Wild. Die Tafel war festlich eingedeckt mit edlem Meissener Porzellan und blinkendem Silberbesteck. Heims Angebot, an seiner Seite zu arbeiten, war die Krönung dieses Essens.

In Tanga zu arbeiten hatte seinen Reiz, sie könnte sich ärztliche Praxis zulegen, und Hanns war nur eine Tagesreise entfernt. Diesem großzügig ausgestatteten Krankenhaus würde auch ihr Vater einen Besuch abstatten; abgesehen davon, dass es ihn mit Stolz erfüllen würde, die Tochter als fest angestellte Ärztin erleben zu dürfen. Und noch etwas machte das Angebot verlockend: Nicht nur, dass es hier in Tanga auf ihrem Fachgebiet viel zu entdecken gab. Vor allem könnte sie der einheimischen Bevölkerung helfen, für die Heims Zeit nicht ausreichte.

«Ich sehe, Sie denken über mein Angebot nach!» Dr. Heim lächelte.

Sie nahm einen Schluck Wasser. «Sofern es meine Zeit erlaubt, würde ich gern meine in Berlin begonnene Forschung weiterführen», sagte sie, entschlossen die Möglichkeiten des Angebots auszuloten. Und dann spielte sie die Karte aus, von der sie wusste, sie würde stechen. «Berlin ist nicht der Nabel der Welt. Man kann auch in der tiefsten Provinz bedeutende Entdeckungen machen», sagte sie bedächtig.

Ihr Gastgeber, von dem sie dank Dr. Dietrich wusste, dass er einst Assistent des Nobelpreisträgers Koch gewesen war, würde diese Anspielung einzuordnen wissen: Robert Koch war Landarzt in einem ostpreußischen Dorf gewesen, das weniger Einwohner als die Charité Patienten hatte. Er hatte sich nicht ausgelastet gefühlt und deshalb herausfinden wollen, warum ganze Rinderherden am Milzbrand verendeten. So hatte er sich daran gemacht, neben seiner Arzttätigkeit den Milzbrand-Erreger im Blut ausfindig zu machen und auf diese Weise den Grundstein für seine steile Karriere gelegt. Dr. Heim tauschte mit seiner Frau einen verstehenden Blick. «Sie sind doch sicherlich morgen Abend noch unser Gast? Dr. Koch und seine Gemahlin werden mit uns speisen.» Glücklich über seine eigene Bedeutung ließ er die Worte wirken.

«Wir hatten uns in Berlin getroffen», erwiderte Amelie. Eigentlich hatte sie nicht darüber sprechen wollen. Doch wenn sie Koch morgen begegnete, war das unumgänglich. «Leider», fuhr Amelie fort, «hatte ich einen unglücklichen Start bei Professor Koch.»

Frau Heim lehnte sich aufmerksam nach vorn. «Nanu? Was ist passiert?»

Amelie nahm einen kleinen Schluck Wasser, weil ihre Kehle wie ausgetrocknet war. «Als Assistenzärztin in der Frauenklinik musste ich sehr viele an Syphilis erkrankte Patientinnen behandeln. Gegen Ende vorletzten Jahres bat mich ein Forscher um Punktate von Geschwüren einiger Patientinnen. Wenn ich frei hatte, mikroskopierte ich mit ihm. Den ganzen Winter über. Bis wir diesen Teufel gefunden hatten, der ...»

«Schaudinn?» Dr. Heim flüsterte den Namen voller Ehrfurcht. «Sie? Sie haben mit Dr. Schaudinn den weißen Dämon entdeckt?» Heim griff nach der Hand seiner Frau. «Ich hatte keine Ahnung, in welch tiefem Sinne wir Kollegen sind! Ich hatte einst die Ehre, Professor Koch zu assistieren, als er den Tuberkelbazillus entdeckte.»

Amelie schlug die Augen nieder. Es war eher Zufall gewesen, dass sie eine Sternstunde der Forschung erleben durfte. An einem dunklen Februarnachmittag hatte

Schaudinn Amelie an sein Mikroskop gebeten: «Sehen Sie diese Spirale, die sich dort schlängelt?»

Angestrengt hatte Amelie durch die Linse geblickt. Dieses wurmähnliche Gebilde schraubte, wand und drehte sich, peitschte geradezu. Als ob es sich gegen seine Entdeckung wehrte.

«Hat man ihn einmal gesehen, findet man ihn immer wieder. Aber erst muss man diesen Dämon ausgemacht haben! Amelie, helfen Sie mir, alle Proben nach dieser Spirochäte zu durchsuchen!»

Schaudinns Worte klangen Amelie so lebendig im Ohr, als hätte er sie gestern erst ausgesprochen. Doch wie viel war inzwischen geschehen.

Dr. Heims Augen glühten: «Erzählen Sie! Ich will alles hören!»

Sie berichtete von jenem Vierteljahr, das dem Mai 1905 vorausgegangen war. Dann kam sie zu jenem Tag, an dem Schaudinn seine Entdeckung vor der Berliner Medizinischen Gesellschaft vorgestellt hatte. Als Frau hatte Amelie keinen Zutritt, aber ihr Vater berichtete ihr hinterher, was geschehen war.

Sie gab seine Worte jetzt wieder: «Man hat Schaudinn ausgelacht. Wir vertagen die Diskussion so lange, bis der nächste Erreger gefunden ist, hieß es abfällig.» Sie lächelte traurig: «Dr. Schaudinn ist ein sehr empfindsamer Mann. Er war zutiefst verletzt.»

«Und mit Recht!» Dr. Heim schlug so überraschend mit der Faust auf den Tisch, dass seine Frau zusammenzuckte.

«Nur wenige Monate danach», fuhr Amelie fort, «meldeten sich aus der ganzen Welt Forscher zu Wort, die Schaudinns Beobachtungen bestätigten. Sie alle hatten gesehen, was Schaudinn so anschaulich beschrieben hatte, den Tanz des blassen, todbringenden Teufels.»

«Dann war doch alles gut», warf Frau Heim ein.

Ihr Mann schüttelte den Kopf. «Nein, Hilde, nichts war gut. Der erlauchteste Kreis Berliner Ärzte hatte Schaudinn kurz zuvor verlacht. Die standen jetzt alle blamiert da.» Er sah Amelie fragend an. «Er ging nach Hamburg zum Tropeninstitut, nicht wahr? Und dann kam diese Geschichte mit der Expedition.» Dr. Heim stöhnte auf. «Jetzt werden mir die Zusammenhänge klar.»

«Mir nicht, Fritz», protestierte Frau Heim.

Amelie probierte höflich von dem Schokoladenkuchen, den ein Dienstmädchen hereingetragen hatte und der wunderbar süß und bitter zugleich schmeckte.

«Fräulein von Freyer, bitte, nehmen Sie jetzt keine Rücksicht auf meine Verehrung des Kollegen Koch: Schaudinn wollte die Schlafkrankheit erforschen. Er stand kurz davor, vom Kaiser den Auftrag zu bekommen. Nicht wahr? Und Sie hatten seinen größten Erfolg mit ihm vorbereitet. Und», er sah kurz zu seiner Frau, «Doktor Freyer ist eine *Afrikanerin*. Kombiniere ich richtig? Schaudinn wollte Sie auf diese so wichtige Expedition mitnehmen. Weil Sie sich in mehrfacher Hinsicht auskennen. Stimmt das?»

Schon während Heim so leidenschaftlich zu sprechen begonnen hatte, hatte Amelie den Kuchenteller kaum merklich von sich geschoben. «Ja», sagte sie schlicht.

«Dann hielt Kollege Koch die große Rede vor Seiner Majestät», fuhr Heim fort, «und schnappte Schaudinn den sicher geglaubten Auftrag vor der Nase weg.» Heim griff nach der Rotweinflasche und schenkte sich ein. Amelie sah ihm an, dass er noch etwas hinzufügen wollte. Doch stattdessen hob er das Glas an den Mund und trank es in einem Zug leer.

Frau Heim tastete nach der Hand ihres Mannes.

Und jetzt verstand Amelie. Der Assistent des großen Koch war weit gelaufen, um dem Schatten seines einstigen Chefs zu entkommen. So weit wie Amelie selbst, bis nach Ostafrika. Dennoch würden sie ihm alle beide morgen gegenübersitzen und höflich plaudern.

Während Heim sich erneut ein Glas einschenkte, fragte er: «Sie meinten eben, Sie hatten einen unglücklichen Start bei Professor Koch. Haben Sie etwa ...?»

Amelies Lächeln hatte etwas Unschuldiges, als sie erwiderte: «Ja, ich war so naiv Professor Koch zu bitten, mich mitzunehmen. Ich habe ihm gesagt, was Sie soeben als meine Qualifikation beschrieben: Ich kenne Afrika, spreche Kisuaheli, bin Ärztin und Forscherin. Und ich möchte von Ihnen lernen.»

«Das war doch nicht naiv, das war mutig!», entfuhr es Frau Heim. «Warum hat er Sie abgelehnt?»

«Mein Team ist komplett, hat er gesagt, für eine Frau ist kein Platz darin.» Amelie spürte dem bitteren Geschmack des Kakaos auf ihrer Zunge nach.

«Aber hier ist ein Platz für Sie!» Dr. Heims Stimme war laut.

Vielleicht wäre es ihm lieb, wenn Koch ihn jetzt hören könnte, dachte Amelie.

Frau Heim knabberte irritiert an ihrer Unterlippe. Sie tastete nach der Hand ihres Mannes, der sich ihr sofort zuwandte. Eine Geste, die Amelie auch bei ihren Adoptiveltern so gemocht hatte, dieses stumme Aussenden eines Signals.

«Sag mal, Fritz, Dr. Koch bringt doch wie im letzten Jahr seine junge Frau mit. Und er schrieb dir doch, dass sie ihn nach Amani begleiten würde. Dann hätte er doch ebenso gut auch eine Assistentin mitnehmen können.»

Dr. Heim warf einen fast schon um Verzeihung bittenden Blick in Amelies Richtung. Aber er sagte plötzlich kein Wort mehr.

«Da muss man fast übern Jordan jehn, damit man so'n jutet Essen kriegt.» Hermine Dolls Gesicht hatte etwas Farbe bekommen, sie wirkte glücklich. «Wie 'ne Fürstin leb' ick, Frau Doktor!»

Die Reste des Frühstücks standen noch auf einem Tablett neben dem Bett; es glich jenem Amelies – frisches Brot, Speck, Ei, Marmelade, Butter, Tee. Das Zimmer war genauso groß wie jenes von Amelie, und die restlichen Betten waren gleichfalls leer. Amelies Rundgang am frühen Morgen hatte ergeben, dass nur noch ein paar deutsche Männer zur Behandlung in der Klinik weilten, von denen nur einer ernsthaft an Malaria erkrankt war. Mindestens zwei Dutzend schwarze Mädchen und Boys ermöglichten den wenigen Kranken einen angenehmen Aufenthalt.

«Ihr Mann und die Kinder waren leider noch gar nicht hier», sagte Amelie, die sich bereits bei Frau Heim nach den Dolls erkundigt hatte. Von Damasso hatte sie erfahren, dass die drei nicht bei der Missionsgesellschaft wohnten. Obwohl die kleine Familie ein auffälliges Gespann abgab, hatte der Einheimische sie auch sonst nirgendwo in Tanga ausfindig machen können, aber er hatte versprochen, weiter zu suchen.

Ein Schatten legte sich auf Hermines Gesicht. «Weeß nich', ob det überhaupt so 'ne jute Idee wär', wenn die mir so sähen.» Hermine wandte ihr Gesicht ab. «Ick hab det nich' verdient.»

«So dürfen Sie nicht denken, Hermine», sagte sie sanft. «Ihre Familie ist jetzt in Afrika. Weil Sie die Idee dazu hatten. Sie haben Maria und Heinrich aus dem Wedding rausgeholt. Das ist Ihr Verdienst. Seien Sie nicht so streng mit sich selbst.»

«Ick wollt zu die Elefanten und nich' in 'n Krankenhaus. Ooch, wenn et schön is.» Sie drehte ihren Kopf zu Amelie. «Frau Doktor, können Se nich' hier in Tanga zu die Missionsjesellschaft jehn und meenem Willem sagen, er muss sich keene Sorjen machen um mir?»

Es lag Amelie auf der Zunge zu sagen, was sie von Damasso wusste. Aber das hätte Hermine wohl kaum beruhigt. «Mache ich, Hermine.»

Die kleine Lüge würde ihr ein wenig Zeit verschaffen. Doch was sollte sie machen, wenn Damassos Recherchen erfolglos blieben?

Als Amelie an Dr. Heims Büro vorbeiging, hörte sie durch die angelehnte Tür eine bekannte Männerstimme. «Sie werden nicht jünger, lieber Doktor. Ick biete Ihnen ne Gelegenheit, die nich' so rasch wieder kommt.» Messingnagel, der Samariter, der ihr stets einen Schritt voraus war! Warum suchte er hier Menschen für sein wie auch immer geartetes Unterfangen, von dem Damasso ihr erzählt hatte? Was wollte er von Doktor Heim? «Überlegen Se in Ruhe, und in ein paar Tagen sprech' ich noch mal vor. Gott zum Gruße!»

Schwere Schritte näherten sich der Tür. Beherzt hob Amelie im selben Moment die Hand und klopfte an die sich öffnende Tür.

Messingnagel stand ihr gegenüber. «Fräulein Doktor!», tönte er, «welch angenehme Überraschung.»

«Durch Ihr Eingreifen wurde ein Menschenleben gerettet. Dafür wollte ich mich bedanken», sagte Amelie so ungezwungen wie möglich.

Der Kaufmann dachte eine Sekunde lang nach, was sie wohl meinen könnte. «Natürlich, die Tischlerfrau. Ja, Doktor Heim ist voll des Lobes über Ihre Taten.»

«Schade, dass Herr Doll seine Frau noch nicht besucht hat», tastete Amelie sich vor.

«Ach, hat er das nicht? Na, seine Frau wird ihn im Moment wohl kaum brauchen.» Er deutete eine Verbeugung an und ging gemessenen Schrittes dem Ausgang zu.

Amelie betrat Dr. Heims Arbeitszimmer, in dem der Duft von Messingnagels Zigarre hing.

«Ohne Männer wie Gottlieb Messingnagel würde es in unserem Schutzgebiet nicht so rasch aufwärtsgehen. Das ist noch der Geist der ersten *Afrikaner* wie Carl Peters», lobte Heim.

In ihren Kindertagen war Amelie dem deutschen Ostafrika-Pionier begegnet. Ohne damals dessen Bedeutung ermessen zu können. Als reisender Kaufmann hatte jener Peters Ostafrika für Deutschland erobert: Zuerst hatte er Blutsbrüderschaft mit den Häuptlingen geschlossen und ihnen dann gegen Gewehre, Glasperlen und Goldtaler deren Ländereien abgekauft. Jahre später hatte Amelie aufgeschnappt, dass Peters seinen einheimischen Diener am Galgen aufhängen ließ; er habe Peters mit dessen schwarzhäutiger Geliebter betrogen. Seitdem nannte man den einst einflussreichen Mann verächtlich «Hänge-Peters». Dennoch sahen manche Kreise dem Pionier den Mord als dummen Fehler nach. Und es ärgerte Amelie, dass sie dessen skrupellose Methoden mit dem Argument verteidigten, dies sei eben Afrika.

Amelie wollte nicht in die Falle einer Diskussion um die Rechte der Eingeborenen tappen, in die Heim sie wohl zu gern gelockt hätte, um ihre Einstellung zu erfahren. «Ich kenne Herrn Messingnagel zu wenig», sagte sie leichthin. «Aber wo wir gerade über ihn sprechen: Ich vermute, er kommt für Frau Dolls Nachbehandlung und Aufenthalt auf.»

Heim zögerte einen Augenblick mit der Antwort. «Die wenigen Aufrechten, die sich in diesen Zeiten ins Schutzgebiet wagen, verdienen unsere ganze Unterstützung», sagte er schließlich.

Eine seltsame Antwort. Sie klang, als spräche im fernen Deutschland der Kaiser höchstselbst. Hier in Afrika, das hatte Amelie in ihrer Jugend gelernt, herrschte ein enges Geflecht gegenseitiger Abhängigkeit oder zumindest von Hilfe. Jeder, der mit oder in Ostafrika zu tun hatte, kannte alle anderen Mitspieler auf dieser weiten und doch so kleinen Bühne, egal ob sie Koch, Messingnagel oder Freyer hießen. Es war ein verschworener Kreis, in dem gleichwohl jeder seine eigenen Interessen verfolgte.

Wem aber nutzte eine Tischlerfrau? Oder war es der Tischler, dessen Fähigkeiten in Zeiten gefragt waren, in denen im Schutzgebiet großer Mangel an Handwerkern bestand?

Die glutrot verglühende Sonne ließ die Schatten des Klinikparks bedrohlich wirken. Der Rikschafahrer hastete so schnell über den abschüssigen Sandweg hinab zu Heims Haus, dass seine Füße kaum den Boden zu berühren schienen. Amelie sah dem Abendessen mit Koch mit gemischten Gefühlen entgegen. Er würde sie vermutlich wie ein kleines Mädchen behandeln. Dennoch war sie gewillt, dem berühmten Forscher gegenüberzutreten. Aus dem elterlichen Salon an der Lietzenburger Straße, in dem die Mutter früher regelmäßig Empfänge gegeben hatte, waren ihr die Gesetze der Gesellschaft vertraut. Eines lautete, dass man dabei sein sollte, wenn über einen gesprochen wurde.

Sie hatten das Klinikgelände kaum verlassen, als Amelie dumpfe Schläge und unterdrücktes Stöhnen hörte. Direkt neben dem Weg sah sie die schattenhaften Umrisse von zwei Männern, die auf etwas einschlugen. Es waren nur Sekunden, in denen Amelie das Bild erfassen und verarbeiten konnte.

Schon als sie ein Kind gewesen war, hatte der Vater ihr eingeschärft, dass sie sich nicht in solche Auseinandersetzungen einmischen dürfe. «Die Eingeborenen sind keine Kinder, Amelie», hatte der Professor die Tochter ermahnt. «Du musst lernen, das zu respektieren.» Der Heranwachsenden war es oft schwergefallen, zusehen zu müssen, wie mancher Zwist blutig ausgetragen wurde.

Dennoch bat sie den Rikschafahrer umzukehren. Die beiden Männer, die die Uniformen der Schutztruppe trugen, schwangen noch immer ihre Stöcke. Sie taten, als bemerkten sie die Europäerin nicht. Amelies Gefühl hatte sie nicht getäuscht. Am Boden lag ein halb nackter Mann. Er rührte sich nicht.

«Hört auf!», rief Amelie auf Kisuaheli. «Seht ihr nicht, dass der Mann sich nicht mehr wehrt?»

Noch ein hastig ausgeführter Schlag traf den Einheimischen am Rücken. Dann wandten sich beide Soldaten der jungen Frau zu und sahen sie mit ausdruckslosen Gesichtern an.

«*Bibi*, wir machen nur unsere Arbei.t»

«Warum schlagt ihr ihn? Was hat er getan?»

«Er hat ein Messer», lautete die lakonische Antwort.

Amelie raffte ihr langes Abendkleid, das sie eigens für das bevorstehende Essen aus dem Koffer geholt hatte. Umständlich entstieg sie der Rikscha.

«Bringt den Mann her», sagte sie mit fester Stimme.

Die Askaris schleiften ihr bewusstloses Opfer vom Wegesrand herbei. Die Dunkelheit verhüllte barmherzig das verschwollene und von Schlägen entstellte Gesicht des Mannes. Als Amelie mit geübtem Griff nach der Halsschlagader tastete, bemerkte sie, dass die Drüsen auf beiden Seiten seines Nackens so dick angeschwollen waren, als steckten zwei Kinderfäuste unter seiner Haut. Der Puls war nicht mehr fühlbar.

«Bringt ihn ins Eingeborenen-Krankenhaus, rasch!», befahl sie.

Die Askaris tauschten einen einvernehmlichen Blick, packten den Mann und schleppten ihn zurück unter die Büsche. Nein, von dieser weißen *bibi* ließen sie sich nichts vorschreiben.

«Frau Doktor, um Himmels willen! Was ist geschehen? Sind Sie verletzt?»

Im hellen Licht der Eingangshalle schimmerte Blut auf Amelies Händen. Auch auf dem hellblauen Seidenstoff ihres Abendkleides waren Blutflecken.

«Ich brauche nur etwas Wasser, um mich zu waschen.»

«Kommen Sie, ich helfe Ihnen!» Frau Heim führte Amelie in ein großes Badezimmer im ersten Stock. Während Amelie sich die Hände wusch, brachte Frau Heim einen Tontopf. «Salz lässt Blutflecken auf Seide verschwinden», sagte sie, und die beiden Frauen machten sich daran, die Flecken zu betupfen. «Erzählen Sie doch», drängte Frau Heim.

Amelie gab das Geschehen wieder. «Ich glaube, der Mann litt an der Schlafkrankheit.»

Frau Heim blickte überrascht auf. «Gewiss hatte dieser Mann ein Problem mit dem Alkohol – wie leider so viele in einer Hafenstadt wie Tanga. Die meisten sind Träger aus den Karawanen, die aus dem Inneren Afrikas kommen. Sie erhalten ihren Lohn und ...»

«Ich weiß nicht», unterbrach Amelie sie. «Um mich auf seine Expedition vorzubereiten, war ich zwei Wochen lang bei Dr. Schaudinn im Tropeninstitut in Hamburg. Dort wurde mir der Fall eines Missionars vom oberen Tanganjikasee vorgestellt. Der Patient hatte die gleichen auffällig geschwollenen Nackendrüsen wie der Eingeborene im Klinikgarten. Eine furchtbare Geschichte. Manchmal packte ihn der Wahnsinn. Dann entwickelte er solche Kräfte, dass selbst die stärksten Männer ihn kaum bändigen konnten.»

Frau Heim tupfte vorsichtig mit einem Wolllappen Wasser und Salz auf die Flecken. In ihrem zwar schlichten, aber eleganten Abendkleid und der nunmehr gepflegten Hochsteckfrisur hatte sie nichts mehr mit der verhärmten Krankenschwester vom Vortag gemein. «Das ist ja furchtbar!» Frau Heim ließ ihre Arme sinken. «Möge sich Gott seiner armen Seele erbarmen. Was ist aus dem Missionar geworden?»

«Er ist ein paar Monate später gestorben, wie ich hörte.» Die genauen Umstände ersparte Amelie der Krankenschwester. Es hätte sie schockiert zu erfahren, dass der Gottesmann schließlich in Ketten gelegt werden musste, um seiner Raserei Einhalt zu gebieten. «Hätte man einen an Schlafkrankheit leidenden Missionar erschlagen, weil er ein Messer mit sich führte?», fragte Amelie, und ihr Tonfall klang so leicht, dass ihre anklagenden Worte gar nicht passen wollten.

Frau Heim starrte Amelie entsetzt an. «Frau Doktor!» Sie legte den Lappen auf die weiße Marmorplatte des Waschtischs und nahm ein Handtuch, um sich die Hände abzutrocknen. «Man merkt, dass Sie mit den Negern aufgewachsen sind.»

Amelie trocknete ihre Hände mit dem anderen Ende des von Frau Heim benutzten Handtuchs. «Seien Sie nicht über meinen Vergleich schockiert, liebe Frau Heim. Ob Schwarzer oder Weißer, Gott hat alle Menschen gemacht. Es ist das Herz, das einen Bedürftigen sieht. Nicht das Auge, das nach der Farbe der Haut urteilt.»

Die Krankenschwester hielt Amelies Blick nicht stand. «Ich denke oft, Gott ist gar nicht hier.» Sie nestelte ein Taschentuch hervor und putzte sich die Nase. «In Afrika hat er das Paradies erschaffen, und dann war er so zufrieden mit seinem Werk, dass er es einfach vergessen hat.» Sie schüttelte energisch den Kopf: «Aber so darf man nicht denken, das ist Blasphemie.» Sie deutete auf Amelies Kleid. «Es ist alles fort, sehen Sie, Frau Doktor. Sie müssen immer Salz nehmen.»

Es klopfte an der Tür.

«Wir sind schon fertig!», rief Frau Heim mit der aufgesetzten Unbeschwertheit der bemühten Gastgeberin und öffnete. «Oh, Frau Professor, haben wir Sie warten lassen? Das tut mir leid.»

Auf die Angesprochene schien der Titel nicht recht zuzutreffen. Amelie schätzte die zarte junge Frau auf allerhöchstens Anfang dreißig. Das blonde Haar fiel ihr in einem feinen Pony in die Stirn, ihre großen dunklen Augen waren wach und neugierig, die blassen Wangen frisch gerougt, der schmale Mund lächelte. Das kräftige Kinn verriet, dass sich hinter Hedwig Kochs puppenhaftem Aussehen eine durchaus energische junge Frau verbarg.

«Ich warte doch gern, liebe Frau Heim», erwiderte die junge Dame.

«Dies ist zwar nicht der ideale Ort, aber wenn es sich so fügt ...» Frau Heim deutete mit der nach außen gekehrten Handfläche auf Amelie. «Frau Professor Koch, darf ich Ihnen Frau Doktor von Freyer vorstellen?» Mit gleicher Geste wiederholte sie das Spiel für Frau Koch.

Die Damen nickten sich höflich zu, und Frau Koch verschwand im Bad. In diesem Moment öffnete sich die dem Treppenabsatz nächstgelegene Tür und ein mittelgroßer Mann mit schütterem weißem Haar, grauem, sorgfältig gepflegtem Spitzbart und einer kleinen Nickelbrille trat auf den Flur. Als er Amelie und Frau Heim bemerkte, deuteten seine müden Augen ein Lächeln an, das eher mürrisch als freundlich wirkte. Keinerlei Erkennen lag darin.

«Bitte», sagte Robert Koch, «Schönheit hat immer Vortritt.»

«Dann werde ich die seltene Gelegenheit nutzen, Ihnen vorauseilen zu dürfen, Herr Professor.» Amelie neigte den Kopf und raffte ihre Röcke, um beim Treppensteigen nicht darüberzufallen. Erst, als sie neben Frau Heim die Stufen hinab schritt, sah sie, dass der Saum ihres Kleides noch von einigen Blutflecken beschmutzt war. Der Nobelpreisträger hatte noch nicht die letzte Stufe erreicht, als der Hausherr aus dem Speisezimmer eilte. Dr. Heim trug jetzt einen dunklen Abendanzug mit Weste und Binder, während sein Gast einen hellen Sommeranzug gewählt hatte, dessen Jacke zugeknöpft war.

«Herr Professor, ich hoffe, Sie haben ein wenig ruhen können nach der anstrengenden Reise!» Es war bekannt, dass Koch an einer Herzschwäche litt. Man führte sie auf seine zahllosen Reisen in die Tropen zurück, die den weltweit gefragten Seuchenexperten in den letzten zehn Jahren bis ins ferne Neuguinea geführt hatten.

«Ach, Heim, was ist denn daran anstrengend? Man sitzt wochenlang auf einem dummen Schiff und kann die verstreichende Zeit kaum nutzen.» Kochs scharfer Blick streifte Amelie. «Und dabei wird man immer älter.»

«Sie sehen blendend aus, Herr Professor», beeilte sich Frau Heim zu sagen. Aber sie erntete für ihr Kompliment nur eine wegwerfende Handbewegung des alten Mannes.

«Wir haben einen unverhofften Gast in unserer Runde. Sie erinnern sich gewiss an Frau Doktor von Freyer?», fragte Heim.

Dr. Koch schob seine schmale Brille auf die Nasenwurzel. «Sollte ich?»

Kochs schlechtes Erinnerungsvermögen für Gesichter

war legendär; Anekdoten, denen zufolge er seine engsten Assistenten, die seit Tagen mit ihm im selben Raum arbeiteten, auf dem Flur nicht wiedererkannt hatte, machten in Berliner Wissenschaftlerkreisen schon lange die Runde. Als Amelie mit Schaudinn darüber gesprochen hatte, hatte der dazu nur gemeint: «Dafür erkennt Koch ein Bakterium unter hundert anderen heraus.»

«Doktor Freyer?», wiederholte Koch. «An Ihr Gesicht erinnere ich mich nicht. Aber der Name ...» Nun blickte er Amelie intensiv an, die sich wie durch ein Vergrößerungsglas betrachtet fühlte. «Ich habe Ihren Namen schon gehört.» Er schüttelte den Kopf. «Aber woher ... ich entsinne mich nicht.»

Leichtfüßig kam Frau Koch die Treppe hinunter. «Doch, doch, mein Lieber», sagte sie, «du kennst Frau Doktor von Freyer.» Mit charmantem Lächeln hakte sie sich bei ihrem Mann ein und blickte Amelie an: «Sie haben mit Schaudinn an der Syphilis geforscht und hatten bei Professor Koch angefragt, ob er Sie zu dieser Expedition mitnimmt.» Ihre schmale Hand wischte einen imaginären Fussel vom Sakko des Gelehrten. «Ich hatte die Zeit im Bad genutzt, um mir Ihren Namen in Erinnerung zu rufen.»

Dr. Kochs Züge wurden noch eine Spur härter. «Richtig. Nun sind Sie ja doch hier.»

Von dem Professor ging eine unangenehme Kälte aus, dennoch fühlte sich Amelie zu diesem überragenden Mann hingezogen. Es war das Gefühl einer unerwiderten Liebe. Keinen Bissen würde sie in seiner Gegenwart runterbringen.

Zu ihrer Erleichterung sprang ihr Dr. Heim bei. Indem er die Vorgänge auf der *Admiral* umriss, rechtfertigte er die Anwesenheit ausgerechnet dieser jungen Frau bei dem Essen mit dem erlauchten Kollegen. Heim endete mit den Worten: «Mit ihrem Wissen und ihrem Geschick hat sie einer jungen Mutter das Leben gerettet. Und als ich erfuhr, dass Doktor Freyer sich ebenfalls für die Schlafkrankheit interessiert, dachte ich, dass Sie heute Abend eine anregende Konversation führen können.»

«Dann lassen Sie uns speisen. Ich muss später noch einiges für die morgige Weiterreise vorbereiten», sagte Dr. Koch. Die fünf Personen betraten das mit Kerzen und nur wenigen Lampen einladend hergerichtete Speisezimmer, in dem sie von schwarzen Dienstboten erwartet wurden.

Während des Essens, bei dem Koch auf dem Ehrenplatz an der Stirnseite der Tafel saß, nahm der Professor keinerlei Notiz von Amelie, und sie bemühte sich vergeblich, die liebevoll zubereiteten Speisen zu genießen. Der beeindruckende Kopf eines Schwertfischs prangte in der Mitte der Tafel; seine toten Augen starrten Amelie an.

Das Gespräch, das ausschließlich von den beiden Männern bestritten wurde, drehte sich größtenteils um die gemeinsam in Berlin verbrachten Jahre. Offenkundig hatte Heim einen so großen Anteil an der Erforschung des Tuberkulins gehabt, dass der Professor ihm dafür immer noch dankbar war.

Endlich sah Amelie die Gelegenheit, in den Dialog eingreifen zu können. «Sie reisen morgen schon nach Amani, ins Usambaragebirge?», fragte sie in jenem Plauderton, der bei Tisch erwartet wurde. «Eine wunderbare, so klare Höhenluft», schwärmte sie weiter.

In Amani befand sich seit drei Jahren das von einem Schüler Kochs eingerichtete Biologisch-Landwirtschaftliche Institut.

Das Gesicht des alten Herrn entspannte sich. «Ein schönes Fleckchen Erde. Aber leider, wie Sie wissen, wird die Arbeit mir wenig Gelegenheit zur Muße gönnen.»

«Nun ja, mein Lieber», meldete sich Hedwig Koch zu Wort, «ein gelegentlicher Spaziergang wird dir gewiss guttun.» Sie lächelte Amelie an. «Wir haben die Usambaraberge schon vor bald zehn Jahren für uns entdeckt. Mein Gatte hat dort den Erreger der Malaria erforscht.»

«Da hätten Sie sich damals bereits treffen können!», rief Frau Heim erfreut. «Frau Doktor von Freyers Familie besitzt eine Farm bei Mombo.»

«Vermutlich waren Sie vor zehn Jahren noch ein wenig zu jung für die Forschung», antwortete Dr. Koch, ohne wirkliches Interesse erkennen zu lassen.

Amelie versuchte dem Seitenhieb auf ihre Jugend auszuweichen. «Ich habe sozusagen vor Ort die Notwendigkeit der Forschung erkennen müssen, Herr Professor. Die Tsetsefliegenplage raffte unsere Kühe und Pferde dahin», erzählte Amelie im Plauderton. «Wir siedelten dann ein paar hundert Meter höher, und Vater stellte auf Kaffee um. Glücklicherweise kommen die Glossinen ab einer gewissen Höhe nicht mehr vor, sodass wenigstens unsere Haustiere überlebten.»

In Gegenwart des berühmten Forschers musste sie das Fachwort für Tsetsefliege gebrauchen. Dieses heimtückische Insekt hatte ein britischer Forscher drei Jahre zuvor als Überträger der Schlafkrankheit identifiziert. Jedoch war noch nicht erforscht, wie die Übertragung vonstatten ging. Dies sollte Koch in seiner auf mehrere Monate veranschlagten Expedition herausfinden. Dafür hatte ihm der Kaiser den astronomisch hohen Betrag von 185 000 Mark zur Verfügung gestellt, wie der gescheiterte Konkurrent Schaudinn seiner Vertrauten Amelie berichtet hatte.

Allerdings war die Tsetsefliege dort eine wesentlich größere Plage, wo die Menschen sich nicht in sichere Gebirgshöhen zurückziehen konnten. Nämlich in den Feuchtgebieten der beiden großen Seen des Schutzgebiets, dem Victoria- und dem Tanganjika-See. Dorthin zu reisen war jedoch erheblich aufwändiger und gefährlicher, als mit der Bahn in die nahen Usambaraberge zu fahren und von dort aus noch einen sechsstündigen Aufstieg zur Forschungsstation zu unternehmen. Schaudinn hatte die strapaziösere, der Wissenschaft jedoch einen größeren Erfolg versprechende Route an einen der Seen wählen wollen. Aber ihr ehemaliger Mentor war fast dreißig Jahre jünger als der Nobelpreisträger. Und Amelie vermutete, dass Koch um seiner angeschlagenen Gesundheit willen die Laborbedingungen in Amani vorzog.

Mit dem feinen Gespür eines auch im Alter noch ehrgeizigen Forschers empfand der Professor Amelies hingeworfene Bemerkung über das Nicht-Vorhandensein der Glossinen auf den Berghöhen als versteckte Kritik an der Wahl seines Forschungsstandorts, wie Amelie an seiner scharfen Reaktion erkannte.

«Mein Fräulein, Sie dürfen überzeugt sein, dass ich das Ziel meiner Expedition mit Bedacht gewählt habe», sagte Dr. Koch und blickte Amelie streng an. «Wie Ihnen gewiss bekannt ist, war ich letztes Jahr in Amani. Die Glossinen werden in den Tälern gesammelt und oben untersucht.» Dann wandte er sich Heim zu: «Ich werde den Entwicklungsgang der Parasiten im Insekt verfolgen. Wie Sie wissen, Heim, sind solche Forschungen nur möglich, wenn die Glossinen im Labor gezüchtet werden. Andernfalls kommen Sie zu unklaren Ergebnissen.»

«Keine angenehme Vorstellung, diese Quälgeister heranzuzüchten», erwiderte Heim mit aufgesetztem Lachen in Richtung der Damen.

Das Personal trug die Nachspeise, eine Karamell-Creme, herein, die mit Rum übergossen war, den der Gastgeber selbst entzündete, um die Creme zu flambieren. Sekundenlang stand die blassblaue Flammenschicht über der bräunlichen Zucker-Milch-Speise, bevor sie erlosch.

«Wann werden Sie den Menschen, die an der Schlafkrankheit leiden, Hoffnung machen können, dass ihnen geholfen werden kann, Herr Professor?», fragte Amelie in jenem Konversationston, der bei Tisch angebracht war.

«Wissenschaft ist nichts für Heißsporne. Als Schaudinns Assistentin dürfte Ihnen das ja bekannt sein», erwiderte Koch knapp.

Amelie war sich nicht sicher, ob Kochs Worte feindselig oder nur herablassend gemeint waren. Aber sie ärgerte sich, dass der berühmte Mann die Rehabilitation Schaudinns glatt ignorierte. Da sie sich jedoch nun schon vorgewagt hatte, wollte sie nicht aufgeben.

«Und das Atoxyl? Es heißt, diese Parasiten, die Trypanosomen, würden durch Atoxyl abgetötet, sodass damit behandelte Patienten als Überträger der Schlafkrankheit ausscheiden. Halten Sie das für einen richtigen Ansatz, Herr Professor?»

Aller Augen waren auf den alten Wissenschaftler gerichtet, der schon so vielen Seuchen den Kampf angesagt hatte. Von Frau Heim erntete Amelie einen kurzen, bewundernden Seitenblick dafür, dass sie es trotz der reservierten Haltung Kochs wagte, das Gespräch fortzusetzen.

«Ihre Frage ist so gut, dass ich sie mit meiner Antwort nicht verderben möchte, Fräulein von Freyer», erwiderte Koch ironisch und widmete sich der Karamell-Creme. Es war offensichtlich, dass Koch dieses Thema, das Amelie als weiße Afrikanerin persönlich berührte, nicht erörtern wollte. Obwohl auch alle anderen Anwesenden sich interessiert zeigten an diesem sich abzeichnenden Fortschritt in der Bekämpfung der Seuche.

Frau Heim versuchte sich einzubringen: «Frau Doktor Freyer wurde heute Zeugin eines Übergriffs von Askaris auf einen Schlafkranken.»

Dr. Koch richtete sich in seinem Stuhl auf. «Wie sind Sie zu dem Schluss gekommen, der Mann könne an der

Schlafkrankheit leiden?», fragte er mit mürrischem Unterton. Amelie berichtete von der auffälligen Schwellung der Nackendrüsen. «Tanga ist keine typische Gegend für Schlafkranke», entgegnete der Professor.

Amelie übernahm Frau Heims Vermutung: «Wahrscheinlich ist der Mann als Träger mit einer der Karawanen aus dem Landesinneren hierhergekommen.»

«Auf den Augenschein können Sie sich nicht verlassen. Vor kurzem war ich in Uganda. Dort trafen wir auf einige Kranke, bei denen sich die Syphilis mit einem ähnlichen äußeren Erscheinungsbild darstellte.» Er mahnte mit erhobenem Finger. «Um nicht fehlzugehen, müssten Sie da schon genauer nachforschen, am besten mit einem Punktat aus den Lymphdrüsen des Erkrankten.»

Amelie hob lächelnd die Hände. «Das war angesichts der Situation nicht möglich. Ich war im Abendkleid auf dem Weg hierher.»

Dr. Kochs Augen sprühten Funken. «Damals als Sie mich fragten, ob ich Sie mitnähme, da habe ich mir genau das gedacht: Vielleicht ist sie begabt. Schaudinn ist ja letzten Endes ein kluger Mann. Na ja ...» Er brummelte etwas, das Amelie nicht verstand. «Aber ich habe Ihnen die fatale Leidenschaft des Weibes angesehen. Gefühle sind der Feind der Wissenschaft. Nur die Präzision, die Geduld und die scharfe Analyse führen zum Ziel.»

Ein leichtes Zittern, das sich von der Magengegend her in Wellen auszubreiten begann, überkam Amelie; sie versuchte vergeblich es zu bändigen. «Ganz gewiss, so arbeite ich wissenschaftlich. Aber ich weiß nicht, Herr Professor, ob Sie schon einmal dieses dumpfe Knacken gehört haben, wenn ein Schlagstock auf Knochen trifft. In diesem Augenblick bin ich ein Mensch mit Empfindungen. Wenn ich Ihr Alter erreicht habe, so hoffe ich, dass diese mir nicht abhanden gekommen sind.» Sie zwang sich zu einem Lächeln, das angesichts ihrer unverhohlenen Kritik an dem weltberühmten Mann kaum noch etwas gutmachen konnte.

Dr. Koch zögerte einen Moment, ob er etwas erwidern sollte, doch er wandte sich seinem einstigen Assistenten zu. «Mein lieber Heim, Sie hatten letztes Jahr einen vorzüglichen Mosel hier. Ist davon wohl noch ein Tropfen übrig?»

«In der Bibliothek, Herr Professor, steht eine Flasche für Sie bereit.»

Die beiden Herren gingen in den Nebenraum und schlossen die Tür. Die drei Frauen blieben am Tisch zurück. Frau Koch entschuldigte sich bald, um sich schlafen zu legen.

Frau Heim blickte Amelie offen an. «Sie waren wunderbar, Frau Doktor. Ich an Ihrer Stelle wäre ihm ins Gesicht gesprungen», sagte sie leise.

«Dann hätte ich ihm nur recht gegeben!»

Frau Heim verschränkte die Arme vor der Brust. «Was müssen Sie durchgemacht haben, bis Sie Ärztin wurden! Wie haben Sie diese Demütigungen ausgehalten?»

Amelie nahm ihre Serviette vom Tisch und legte sie über die Augen des toten Schwertfischs, der sie so unverwandt angestarrt hatte. «Ich habe es nicht mehr ausgehalten. Ich bin in gewisser Weise davongelaufen. Darum bin ich hier.» Sie nahm einen Schluck Wasser und überlegte kurz, ob sie weitersprechen sollte. Da sie in der stillen Frau Heim eine verwandte Seele zu erkennen glaubte, fuhr sie fort: «Wissen Sie, es gibt da ein neues Medikament, eine Verbindung aus Arsen und Quecksilber, das ich ein paar Monate lang zur Behandlung von Patientinnen nutzen konnte, die sich im Endstadium der Syphilis befanden. Es ist jenes Atoxyl, das ich vorhin im Zusammenhang mit der Schlafkrankheit erwähnte. Ich hatte damit bei meinen Patientinnen überraschend gute Ergebnisse erzielt. Als ich mir sicher war, dass Atoxyl tatsächlich bei einer ausreichend großen Anzahl von Frauen anschlug, wenn man es richtig dosierte, wagte ich mich an einen Vortrag im großen Hörsaal der Charité. Ein mir wohlgesinnter Professor hatte mich dazu ermutigt, diese neue Erkenntnis bekannt zu machen.»

Amelie lachte, aber es klang eher verzweifelt. «Ich war die einzige Frau vor hundert Männern! Eigentlich hätte ich gar nichts zu sagen brauchen, sie hätten mich auch so verhöhnt. Aber ich hielt meinen Vortrag. Ich hatte kaum geendet, da scharrten die Männer im Auditorium mit den Füßen, pfiffen durch die Finger. Als sie sich endlich beruhigten, blieb ich sachlich, bat um Fragen, um meine Arbeit zu verteidigen. Da rief einer: Frollein, Sie leiden selbst unter Gehirnerweichung!»

Frau Heim blickte Amelie entsetzt an. Die Krankenschwester wusste, dass mit dieser Beleidigung eine der Folgen der Syphilis im Endstadium gemeint war.

«Ich wollte auch Medizin studieren», bekannte Frau Heim. «Aber man hat mich gewarnt. Und wenn ich Sie jetzt höre, dann weiß ich, dass es richtig war, es zu lassen.»

«Nein!», widersprach Amelie heftig, «wer sich beugt, wird nicht den Kopf erheben können!»

«Frau Doktor, nehmen Sie das Angebot meines Mannes an», sagte Frau Heim mit glühenden Augen. «Ich bitte Sie inständig. Sie werden forschen können. Ich kenne Fritz. Wir sind zwar erst seit zwei Jahren verheiratet, aber ich weiß, er wird Ihnen keine Steine in den Weg legen.» Sie fasste so vertraut nach Amelies Hand, wie sie es bei ihrem Mann gelegentlich tat. «Wenn ich schon nicht Medizin studieren konnte, so will ich wenigstens einer Frau zur Seite stehen, die mutiger ist als ich.»

Eines der Mädchen betrat das Speisezimmer und blieb vor Frau Heim stehen. «Draußen ist ein *bwana*, der zu *bibi* Amelie will», sagte sie auf Kisuaheli.

Frau Heim sah zu Amelie, die ratlos die Schultern hob, und dann zu ihrer Bediensteten. «Ein *bwana*, sagst du?» Damit konnte nicht Damasso gemeint sein, den würde die Einheimische nicht als *Herrn* bezeichnen; diese Anrede stand nur Weißen zu.

Amelie stand auf. «Das wird Herr Doll sein. Ich hatte sowohl Ihren Mann als auch Herrn Messingnagel gebeten, ihn zu suchen», erklärte sie kurz.

«Bitte *bwana* Doll herein», sagte Frau Heim, und das Mädchen eilte hinaus. «Er scheint ein einfacher Mann zu sein», meinte die Krankenschwester, «weiß er um die Folgen der Operation, Frau Doktor?»

Es überraschte Amelie, wie schnell Frau Heim zwischen den verschiedenen Facetten ihres Daseins umschalten konnte. «Ohne sein Einverständnis hätte ich nicht operieren können», antwortete Amelie pflichtschuldig. Nach einem kurzen Augenblick setzte sie – auf das zwischen den beiden Frauen gerade entstehende Vertrauen bauend – hinzu: «Er ist sehr christlich eingestellt und sieht den Sinn der Ehe in vielen Kindern. Es könnte sein, dass er die Tragweite des Eingriffs nicht ganz verstanden hat. Doch das Leben meiner Patientin, einer Mutter von zwei kleinen Kindern, erschien mir so wichtig, dass ich dies in Kauf nahm.»

Die beiden Frauen gingen zur Tür.

«Das haben Sie richtig gemacht, Frau Doktor. Ab jetzt übernehme ich den Mann. Der weiß ja gar nicht, was er Ihnen zu verdanken hat.» Sie umfasste Amelies Hand kurz und drückte sie fest wie die einer Schwester. «Setzen Sie sich am besten hin. Ich kenne mich mit diesem Menschenschlag aus.»

Amelie kehrte gehorsam um, da hörte sie, wie die Tür nicht geöffnet, sondern aufgerissen wurde. Doll schien erfahren zu haben, was geschehen war. Möglicherweise hatte er, während sie alle mit Dr. Koch zu Abend speisten, mit Hermine gesprochen. Dankbar für Frau Heims Opfer atmete Amelie tief durch und legte sich ihre Worte zurecht.

«Gut, dass Sie gekommen sind!», hörte sie Frau Heim hinter ihrem Rücken sagen. «Sie wurden schon vermisst. Wo haben Sie nur gesteckt?»

«Afrika ist groß, die Wege sind weit!»

Amelie drehte sich auf dem Absatz um und stürmte auf den Mann zu, der sie mit offenen Armen erwartete.

Erstaunt beobachtete Frau Heim, wie sich diese ungewöhnliche Frau Doktor in die Arme des blonden Hünen warf. Er drehte sich mit ihr einmal im Kreise herum, und sie küsste den unrasierten Burschen auf jede Wange!

Was für ein Bild von einem Mann! Einsfünfundachtzig mit breiten Schultern und schmalen Hüften, ausgebeulten hellen Hosen, deren Beine in halbhohen Schnürstiefeln steckten. Sein ursprünglich weißes Hemd hatte einen bräunlichen Ton angenommen. Dazu trug er eine nachlässig gebundene Krawatte und ein Flanelljackett. Zu seiner verwegenen Kleidung, die so gar nicht der üblichen Aufmachung weißer Herren entsprach, gehörte überdies ein weit in den Nacken zurückgeschobener amerikanischer Cowboyhut, der ihm während der ungestümen Begrüßung ganz vom Kopf gerutscht war und seine von der Sonne strohblond gebleichten, kurz geschorenen Haare entblößt hatte. Sein Gesicht war von gesunder Bräune.

«Gott, du bist wirklich kein Kind mehr!», rief der Bursche ungestüm und betrachtete Amelie, wobei er sie an den Schultern fasste. Dann zog er sie mit einer solchen Herzlichkeit an sich, dass Amelie kein Wort mehr hervorbrachte. «Es tut so gut, dich zu sehen.» Er ließ sie los und schaute ihr tief in die Augen. «Damasso hat einen Boten nach Salama geschickt, der hat nur was von Krankenhaus erzählt und dass du später kommst. Ich habe mich sofort auf den Weg gemacht. Amelie, was ist los?»

Amelie brachte ihre völlig aufgelöste Frisur notdürftig in Ordnung, während sie sagte: «Frau Heim, das ist mein Bruder. Hanns, wie er leibt und lebt. Besser könnten Sie ihn gar nicht kennenlernen.» Sie deutete auf die Gastgeberin: «Meine Freundin, Frau Heim. Sie ist die ...», Amelie suchte das treffende Wort, «... die Seele des Krankenhauses.»

«Entschuldigen Sie, wir haben jemand anders erwartet», sagte Frau Heim. Wieder ging eine Wandlung mit ihr vor sich. «Sie müssen großen Hunger haben. Und hier steht so viel. Ich lasse es gleich aufwärmen.»

Hanns von Freyer ging mit langen Schritten zur Tafel und hob die von Amelie über den Fischkopf gelegte Serviette. «Sieht nach deiner Handschrift aus, Schwesterchen, du hast noch nie tote Fische gemocht», sagte er, nahm sich ein Stück mit bloßen Fingern und sagte dann genüsslich kauend: «Frau Heim, ich nehme Ihr Angebot gern an.»

In der Tür hatten sich inzwischen ein paar der Mädchen eingefunden; Frau Heim trug ihnen auf, den erkalteten Fisch aufzuwärmen.

«Was ist das für eine Geschichte mit dem Krankenhaus, Melli?», hakte Hanns nach und benutzte ihren vertrauten, lange nicht mehr gehörten Kosenamen. «Du siehst zwar so aus, als könntest du Urlaub vertragen, aber nicht krank.»

«Auf dem Schiff ...»

Sie beendete den Satz nicht, denn gerade öffnete Dr. Heim die Tür zur Bibliothek. Erstaunt sah er dem neuen

Besucher entgegen, den Amelie ihm vorstellte. Sobald er erfuhr, wen er vor sich hatte, hellte sich die Miene des Arztes auf.

«Welche Ehre, Sie in meinem Haus begrüßen zu dürfen. Man hört nur Gutes über Ihre Leistungen», sagte er und schüttelte die Hand des späten Gastes. «Und bevor es Ihnen Ihre Schwester sagt: Ich habe Großes mit ihr vor.» Er zwinkerte Amelie verschwörerisch zu, der dieser erneute Vertrauensbeweis nach dem unglücklichen Gespräch mit Dr. Koch guttat.

«Ich werde dir später alles erzählen», sagte Amelie zu Hanns; denn auch Dr. Koch kam nun näher.

Heim wandte seine Aufmerksamkeit seinem einstigen Chef zu: «Herr Professor, ich möchte Sie bekannt machen mit Herrn von Freyer, einem Mann, auf dem die Hoffnungen des Schutzgebiets liegen.»

Hanns deutete nur eine Verbeugung an, sagte aber kein Wort. Wer ihn nicht so gut wie Amelie kannte, mochte annehmen, der ungehobelte Pflanzer wüsste nicht, wem er ehrenvollerweise vorgestellt wurde.

Professor Koch runzelte die Stirn, als er erwiderte: «Ja, ja, die Hoffnungen, mein lieber Heim. Die sind oftmals nicht so groß wie die Enttäuschungen, die ihnen folgen.» Er schien schon gehen zu wollen, hielt dann jedoch noch einmal inne und sah Amelie streng an. «Sie werden es nicht leicht haben an einem Krankenhaus wie diesem. Unsere Soldaten schätzen es nicht, von einer Frau behandelt zu werden.»

Amelie schoss die Röte ins Gesicht. Dann antwortete sie mit leicht belegter Stimme: «Jedes Ihrer Worte, Herr Professor, war mir heute Abend eine Ermutigung.»

«So?» Die Andeutung eines Lächelns schien für eine Sekunde über Kochs Gesicht zu huschen. «Grüßen Sie Schaudinn von mir», setzte er hinzu. «Ich bitte mich zu entschuldigen. Die Arbeit ruft.» Er nickte dem Ehepaar Heim freundlich zu: «Das Essen war vorzüglich, liebe Frau Heim.»

Hanns hatte sich an die frisch für ihn eingedeckte Tafel gesetzt, die Dienstboten servierten. Er neigte den Kopf zu seiner Schwester, um leise zu fragen: «Waren eure Tischgespräche genauso kalt wie gerade eben?»

Amelie seufzte. «Die Jahre meines Studiums, meine Assistenzzeit, Hanns ... Du hast sie in zwei Minuten vorgeführt bekommen.»

«Und du bist dennoch eine echte Frau Doktor geworden», erwiderte Hanns feierlich. Er legte den Arm um ihre Schulter und zog die Schwester kurz an sich.

Frau Heim musterte die Geschwister mit offenkundiger Rührung. «Sie müssen sehr glücklich sein, sich wieder zu haben.»

«Glücklich?» Hanns blickte Amelie an; seine Augen schienen feucht zu werden. «Das ist noch untertrieben! Was meine Schwester in den letzten neun Jahren mitgemacht hat! Und über jeden ihrer Schritte hat sie mich in langen Briefen informiert. Ich war in unserem wunderbaren Afrika und las von ihrem Studium in Zürich. Du beklagtest dich, wie grau, kalt und nass es war.» Er wandte sich den Heims zu: «Sie wohnte in einem winzigen Untermietzimmer, das die knauserige Vermieterin nicht richtig beheizte. Und machte ihr Praktikum in der Irrenanstalt Burghölzli, deren Insassen an den Folgen des Alkohols zugrunde gingen. Ja, ich bin glücklich. Glücklich, sie äußerlich unversehrt wiederzusehen. Glücklich, sie dort zu wissen, wo Menschen sind, die sie lieben.»

Die emotionale kleine Rede des Bruders verletzte alle Tischsitten von höflich dezenter Konversation. Und hatte damit Amelie Tränen der Rührung in die Augen getrieben. Sie war ihren Weg gegangen, hart gegen sich selbst. Aber sie hatte nie daran gedacht, dass ihre schonungslosen Berichte nach Afrika den Bruder derart aufwühlen würden.

«Ich bin so froh, endlich wieder hier zu sein», sagte sie.

Hanns aß mit großem Appetit. Zwischen zwei Bissen Fisch fragte er das Ehepaar Heim genüsslich: «Hat Amelie Ihnen eigentlich schon erzählt, wie sie im Busch die Fährte eines Leoparden aufgenommen hat, den sie angeschossen hatte?»

Amelie schickte ihrem Bruder einen empörten Blick: «Lass doch die alte Geschichte, Hanns. Ich war so dumm.»

Der blonde Landmann grinste schelmisch: «Auf alle Fälle war es wohl eine gute Übung, einem großen Tier nachzustellen, um später mal einem Nobelpreisträger eine schnippische Antwort geben zu können.»

Frau Heim erschrak. «Das ist doch gefährlich, einen Leoparden zu verfolgen, Frau Doktor!»

«Natürlich ist es das», pflichtete Amelie ihr bei. «Aber ich war noch ein Kind.» Sie hoffte, das Thema damit abgewürgt zu haben.

«Ein Kind?» Dr. Heim, ein Glas Moselwein in der Hand, setzte sich. «Umso gefährlicher war das doch!»

Hanns trank einen Schluck Rotwein. «Wie man es nimmt. Vater gab ihr daraufhin eine Woche Stubenarrest. Eine harte Strafe, wenn man in der Wildnis lebt.»

Dr. Heim blickte seine beiden Besucher gespannt an. «Erzählen Sie uns vom wilden Afrika.»

5.

Der kleine Zug zuckelte so langsam dahin, dass Amelie glaubte, neben den beiden Personenwaggons der Usambarabahn herlaufen zu können. Sie schob die Spitzenvorhänge beiseite. Den Kopf aus dem geöffneten Fenster gestreckt, atmete Amelie die nach Sonne, vertrockneten Gräsern und wilden Kräutern duftende Luft tief ein. Gelegentlich legte sich über die langgestreckten Kurven des Schienenstrangs der Geruch der in den Kesseln der Lokomotive verbrennenden Kohle. Er kündete von Fortschritt und Bewegung, von Abenteuer und Weite, verhieß einen Neuanfang.

Vor Amelies Augen erstreckte sich ein Land von unendlich scheinender Weite. Grüne Adern wanden sich durch das hoch stehende, gelb verdorrte Gras, über das ein sanfter Wind strich. Es hatte lange nicht mehr geregnet, doch aus dem Usambaragebirge erreichte noch immer genügend Feuchtigkeit die Savanne. Und an den Ufern kleiner Flüsse gedieh saftiges Grün. Die dunklen runden Stämme der Baobab-Bäume, Jahrhunderte alt, leuchteten im gleißenden Sonnenlicht wie Riesen. Die Schirmakazien breiteten ihre flachen Kronen schützend über die Erde. In der Ferne kreisten zwei Geier am Himmel. Die Flügel majestätisch ausgebreitet, wirkten sie wie das Sinnbild von Ruhe und Gelassenheit. Die Greifvögel zeigten an, was dem Auge verborgen war – den Kosmos einer vielgestaltigen Tierwelt. Der sich ins Landesinnere hinein erhebende Kamm der Usambara-Berge, bläulich gefärbt von der aufsteigenden Feuchtigkeit, flirrte in der heißen Luft. Amelie konnte sich nicht satt sehen an diesem von einem begnadeten Maler mit sanfter Hand getuschten Gemälde. Wie hatte sie es nur so lange in einer Welt aushalten können, die nicht von so erhabener Schönheit war?

Die hellgelb verdorrte Savanne brach ab, und ein Teppich aus sorgsam gezogenen Linien erstreckte sich vor Amelies Augen. Gelegentlich wichen die akkurat wie mit einem riesigen Lineal gezogenen Reihen mächtigen Baobabs aus, die inmitten der Agaven-Pflanzungen stehen gelassen worden waren.

Amelie wandte sich ihrem Bruder zu. «Du meine Güte», sagte sie, «das ist ja Wahnsinn! Da drin steckt eine unglaubliche Arbeit.»

Hanns hatte seinen Cowboyhut an einen der an der Holzvertäfelung angebrachten Haken gehängt und lehnte sich mit dem Rücken in eine Nische. Etwa zwanzig Männer befanden sich im Abteil, alle korrekt in Anzug und Krawatte gekleidet, manche mit Hut oder Safarihelm. Fast alle kannten Hanns, manche besaßen Farmen, andere waren Einkäufer von Handelsgesellschaften. Auf dem langen Tisch zwischen den beiden längsseitigen Holzbänken standen Weinflaschen und Gläser. Amelie war sich bewusst, dass man sich über die Afrika-Euphorie der Heimkehrerin freute, die den Ausblick so offenkundig genoss. Doch man war höflich, unterhielt sich untereinander, trank und rauchte.

«Das Urbarmachen des Bodens ist quälend», erzählte Hanns mit gedämpfter Stimme. «Dann muss man nur darauf achten, dass kein Unkraut zwischen den Pflanzen wächst. Der Rest geht fast von allein, sie brauchen nicht mal Wasser. Das ist keine wirkliche Herausforderung, Schwesterchen. Aber Sisal bringt gutes Geld. Die Welt ist verrückt nach dieser Faser, und ich habe Gott sei Dank früh genug erkannt, dass es so kommen wird.» Er schien ganz in sich zu ruhen, überzeugt von seiner Arbeit.

«Gehört das etwa alles schon zu Salama? Hast du so viel Land dazugekauft? Wie viel Morgen sind das?», fragte Amelie.

Hanns winkte ab. «Viele, viele tausend. Das, was du siehst, habe ich gepachtet. Die Verträge sind alt und deswegen günstig, heute würde man dafür ein kleines Vermögen bezahlen, jeder will in Sisal machen. Man muss schon wieder einen Schritt weiter sein. Entfaserungsmaschinen, Amelie. So ein Gerät ist zwar teuer, aber dadurch kann der Rohstoff an Ort und Stelle verwertet und in Säcke verpackt werden. Das spart Träger, und man ist schneller auf dem Markt. Das heißt: draußen in der Welt, in Europa.» Sein Lächeln war das eines Mannes, der wusste, was er tat. Der aber auch erfahren hatte, dass einem kein Erfolg in den Schoß fiel. «Das Afrika, das du kennst, hat sich sehr verändert.»

Zwischen den Sisal-Reihen bemerkte Amelie mehrere schwarze Arbeiter, die mit langen Messern die bis zu anderthalb Meter langen Agaveblätter abtrennten. Es fiel ihr auf, dass keiner von ihnen barfuß war. «Sind das alles deine Leute?», fragte sie, ohne sich umzuwenden.

«Du machst dir keine Vorstellung, wie heiß umkämpft gute Arbeiter sind. Es ist viel schlimmer als vor dem Aufstand. Die meisten Einheimischen verlangen hohe Löhne und sind weg, sobald sie ihre Zahlkarte voll haben. Wenn ich Damasso nicht hätte, sähe es böse aus. Aber er wird alt, und das macht mir Sorge.»

Der Aufseher hatte schon am Vortag die Rückreise zur Familienfarm der Freyers angetreten und Amelies sämtliches Gepäck, inklusive der zwölf für die Eingeborenenklinik bestimmten Überseekoffer mitgenommen. Das Ehepaar Heim hatte es mit Wehmut gesehen. Doch es hatte ihm eingeleuchtet, dass Amelie nach Salama weiterreisen musste. Denn als Tochter von Professor Freyer hatte sie die Verpflichtung, das Werk des Vaters fortzuführen. Zumindest, wenn sie in Afrika bleiben würde ...

Amelie rückte ein Stück näher an Hanns, griff nach seinen Händen. Am liebsten hätte sie den Kopf an seine Schulter gelehnt. Doch so viel Intimität war in Gesellschaft der anderen Mitreisenden nicht standesgemäß. «Ich habe dich vermisst.»

«Ich dich auch, meine Kleine.» Er drückte sie. «Klein ist gut! Meine große Schwester. Muss mich langsam umgewöhnen.»

«Du darfst ruhig meine Kleine sagen.» Sie blickte zu ihm auf und grinste ihn an. «Bei anderen bin ich da empfindlicher.»

«So wie gestern habe ich dich noch nie erlebt.» Er pustete eine ihrer Locken fort, die ihn unter der Nase kitzelte. «Wie souverän du mit dieser Patientin umgegangen bist.»

«Hermine», warf Amelie ein und lehnte sich entspannt an Hanns' muskulöse Schulter. Da Hanns den Aufenthalt in Tanga für Geschäfte nutzen musste, hatte sie sich noch in der Klinik umgesehen und sich von den Heims und Hermine verabschiedet. Wobei aus einer Stunde mehrere geworden waren, sodass Hanns für ein paar Minuten Zeuge des Gesprächs geworden war.

«Genau. Hermine. Du hast ihr klipp und klar gesagt, dass sie vierzehn Tage das Bett hüten muss, und dennoch war es, als würdest du mit einer Freundin sprechen.»

«Das ist sie auch», sagte Amelie nachdenklich. «Wir sind Blutsschwestern. Der Ausdruck stammt von ihr. Sie hat mir viel von ihrem Leben in der Ackerstraße erzählt.»

«Tatsächlich?» Hanns' kräftige Hand legte sich auf ihre verspannte Schulter. «Du bist eine Freyer, Amelie», sagte er. «Durch und durch.» Es klang, als beschwöre er sie, sich immer wieder an diesen Umstand zu erinnern.

Amelie drehte sich abrupt zu ihm um. «Ich weiß, Hanns!» Sie schluckte und konnte es nicht verhindern, dass ihr Tränen über die Wangen liefen. Wie ein Kind zog sie sie durch die Nase hoch. «Ich habe Hermines Gebärmutter entfernt.» Sie streckte die Hand aus. «Gib mir mal ein Taschentuch.»

Ihr Bruder reichte ihr das Erbetene.

«Plötzlich sind die Erinnerungen an jene Nacht, in der meine leibliche Mutter starb, hochgekommen. Ich war ihnen wehrlos ausgeliefert, Hanns, es war so furchtbar.» Amelie schnäuzte sich geräuschvoll. «Weißt du, ich habe schon so viele Frauen in der Charité behandelt. Zwar habe ich noch nie eine Gebärmutterentfernung ganz allein verantwortlich durchgeführt. Aber ich habe die Vor- und Nachuntersuchungen gemacht und mit jeder Patientin ausführlich geredet, um sie zu trösten und ihr Mut zuzusprechen. Wieso hat mich die Erinnerung ausgerechnet bei Hermine überfallen?»

Hanns wusste nichts zu antworten; das kleine Mädchen, das seine Eltern vor zwanzig Jahren adoptiert hatten, hatte er vergessen. Wohl nicht willentlich, sondern weil das Mädchen, zu dem sie danach wurde und die junge Frau, die sie nun war, so gar nicht zu der verschüchterten Waise passten, die monatelang kein Wort gesprochen hatte.

Amelie reichte das Taschentuch zurück. Mit der gleichen Selbstverständlichkeit steckte ihr Bruder es zurück an seinen alten Platz.

«Eine Gebärmutter ist mehr als ein Organ.» Amelies Blick schweifte nach draußen, wo die Sisalplantage jetzt endete und die ersten Ausläufer des Waldes begannen. «Sie steht für die Kraft der Frau, Leben zu schenken. Sie ist der Beginn von allem. Und das habe ich Hermine genommen.»

«Warum hast du es getan?», fragte Hanns.

«Sonst wäre Hermine gestorben.» Amelie blickte aus dem Fenster, ohne etwas Bestimmtes zu erkennen. «Irgendwann kommt man an einen Punkt im Leben, an dem es keinen Ausweg gibt. Als ich Hermines Gebärmutter in den Händen hielt, da war es mir, als hielte ich meinen eigenen Ursprung in den Händen. Meine Wurzel, meine Herkunft. Ich hatte sie gekappt.»

Hanns tupfte zärtlich ihre Tränen fort. «Das ist lange her, Melli.» In seiner Stimme lag die Hilflosigkeit eines Farmers, dessen Aufgabe es war, nach vorn zu blicken. In dem Versuch sie abzulenken, deutete er nach draußen auf den immer dichter werdenden Wald.

Die Gleise führten jetzt oberhalb des Pangani dahin. Die Bahn befuhr diese Strecke erst seit einem Jahr. An den Ufern des aus dem Kilimandscharo-Gebiet kommenden Flusses, der im Meer mündete, sonnten sich träge Krokodile, wohlgenährte Echsen, deren helle Panzer sich auf dem dunkelbraunen Schlamm deutlich abzeichneten. Der Schienenstrang verließ das Flusstal und wand sich allmählich bergan. Bäche stürzten aus Schluchten herab und fingen sich in beschatteten, kleinen Becken. Aus Tümpeln tranken bunte Vögel, die der vorbeituckernde Zug nur kurz aufscheuchte.

«Ich kann mich noch erinnern, wie wir hier das erste Mal mit den Maultieren entlangzogen, bevor es die Bahn gab», sagte Hanns. «Das waren schöne Zeiten. Alles war so ursprünglich. Damals hatte ich das Gefühl, schon immer hier gelebt haben zu müssen. Es war wie eine Heimkehr.» In seinen blauen Augen lagen die Neugier und Begeisterung, die sie vermisst hatte, als Hanns so abgeklärt von seiner Sisalplantage gesprochen hatte. «Hier wurden wir, was wir sind, Schwesterchen. Als ob ein Samen von einem dieser wunderbaren Bäume in unser Herz gefallen wäre. Es ist doch egal, ob man aus der Ackerstraße kommt oder aus der Lietzenburger! Das zählt hier nicht mehr.»

Amelie hätte ihm gern widersprochen, gesagt, dass es ihr sehr wohl etwas bedeutete, wo sie herkam. Und dass sie darüber gern mehr gewusst hätte, was in jenen dunklen Jahren ihres Lebens geschehen war. Vielleicht, überlegte sie, hätte sie noch offener mit Hermine darüber sprechen sollen. Aber sie hatte sich nicht getraut zu sagen, wer sie wirklich war. Nun war es zu spät; sie wusste nicht einmal, ob sie ihre *Blutsschwester* jemals wiedersehen würde. Zumindest hatte Frau Heim versprochen, nach dem Verbleib der übrigen Dolls zu forschen.

«In wenigen Stunden bist du zuhause», sagte Hanns. «Damasso wird Boys mit Maultieren geschickt haben.» Er strich sanft über ihre Wange. «Freust du dich», er lächelte sie ermutigend an, «*bibi dactari* ...?»

Ein Gefühl der Dankbarkeit durchströmte Amelie, es kam wie das sie so oft peinigende Zittern direkt aus dem Magen und breitete sich in Wellen über den ganzen Körper aus und wärmte sie von innen. Sie wusste nicht, ob dieses wohlige Gefühl durch die Liebe ausgelöst wurde, die sie für den Bruder empfand. Oder durch das intensive Empfinden, heimgekehrt zu sein. Oder gar beides. Aber sie spürte in diesem Augenblick, dass sich Glück genau so anfühlte.

Das hübsche braune Maultier fand den Weg bergauf ohne Zutun seiner Reiterin, die sich nicht satt sehen konnte an dem prächtigen Grün, das sie in üppiger Fülle umgab. Hier in der Höhe gab es immer genug Feuchtigkeit, sodass der Urwald niemals sein Blätterkleid abwarf. Während die Savanne schon längst wegen der sich verspätenden Regenzeit darbte. Die überbordende Natur überforderte das an die Perspektiven von Oben und Unten gewöhnte Auge der Städterin. Am Rande steiler Schluchten standen dickstämmige Urwaldriesen von bis zu achtzig Meter Höhe und von solch gewaltigem Umfang, das mehrere Männer nötig gewesen wären, sie zu umfassen. Ihre mächtigen Stämme entsprangen dem undurchdringbaren Gewirr anderer Bäume und Büsche. Armdicke Ranken und die Stämme bewuchernde Bartmoose legten sich vor und in das Gewirr. An manchen Stellen wuchsen Gruppen von Baumfarnen von bis zu zehn Meter Höhe, Gewächse von urzeitlicher Dimension, neben denen sich die Heimkehrerin unbedeutend klein vorkam.

Amelie überließ sich ganz dem Schwanken ihres gemächlich trottenden Tieres. Der Weg durch den Wald war breiter geworden, an manchen Stellen waren Kartoffeläcker angelegt, an anderen kleine Mais-, Zuckerrohr- oder Maniokfelder. Dann tauchten traditionell aus Bambus, Lehm und Bananenblättern gefertigte Rundhäuschen mit Kegeldach aus dem Dickicht auf, die den Arbeiterfamilien als Zuhause dienten und von kleinen Gärten umgeben waren. Amelie erinnerte sich nicht an diese Anzeichen von schnell wachsender Besiedlung des Urwaldes. Die Wildnis schien von Menschenhand bedrängt, aber noch lange nicht in ihre Schranken verwiesen.

Hanns ritt seiner Schwester voraus, zwei Boys – Kinder noch – trieben das dritte und vierte Maultier, die mit Lasten beladen waren, hinter Amelie her. Obwohl der Weg mit nicht geringer Steigung bergauf führte, hatten sie noch genug Puste, um sich die ganze Zeit über in ihrer Stammessprache zu unterhalten. Amelie verstand nicht, worüber sie redeten. Doch zumindest eine Weile hatte sie das Gefühl, dass sie über die weiße Frau sprachen, die vor ihnen herritt.

Die Lichtverhältnisse änderten sich, es gab kaum noch hohe Bäume und wenn, dann standen sie vereinzelt und waren noch sehr jung. An diesen Vorzeichen spürte die Heimkehrerin, dass sie fast angekommen war. Schließlich öffnete sich eine weite, fast ebene Fläche, in deren Mitte das mit frischem Gras neu eingedeckte Dach eines langgestreckten Steinhauses leuchtete. Für einen Augenblick glaubte Amelie, die Jahre seien nicht vergangen. Damals, als sie nach Europa aufgebrochen war, hatte das Haus in genau dem gleichen, fast jungfräulichen Zustand da gestanden.

Doch während sie näher ritten, sah Amelie die Veränderungen. Jetzt war das Haus von einem europäisch grünen Rasen umgeben, der mit weit geschwungenen, üppig dunkelrosa blühenden Nelkenrabatten geschmückt war. Die Orangenbäume, die Amelie niemals hatte tragen sehen, hingen voller leuchtender Früchte, die Pfirsiche waren gerade reif. Ein Garten Eden, dachte sie. Welch unglaubliche Fortschritte Salama gemacht hatte! Es war eine richtige Farm geworden, nicht mehr das Provisorium, das sie verlassen hatte.

Aber es war fremd. Und gleichzeitig in gewisser Weise vertraut.

Aus allen Ecken kamen Kinder herbeigerannt, mit Lederschurzen bekleidete Winzlinge, die noch nicht auf der Welt gewesen sein konnten, als Amelie fortgegangen war.

Hanns war längst von seinem Maultier gesprungen, das ganz allein davontrabte, um sich irgendwo zu stärken. Er eilte ihr mit glühenden Wangen entgegen und streckte die Arme aus, um ihr aus dem Sattel zu helfen, was angesichts ihrer weiten Röcke unumgänglich war.

«*Karibu*, Amelie!», rief er überschwänglich den Kisuaheli-Willkommensgruß, und dann pfiff er kurz auf den Fingern. Im nächsten Moment sprangen zwei Hunde hinter dem Haus hervor auf die Geschwister zu.

«Kennst du die beiden noch?», fragte Hanns.

Einer der Hunde hatte weiß und schokoladenbraun gesprenkeltes Fell, der andere war bis auf ein paar wenige weiße Punkte komplett schwarz. Hanns hob kurz die Hand, und beide setzten sich aufrecht vor ihrem Herrn hin und blickten ihn aufmerksam an.

«Brave Hunde», lobte der Farmer. «Und nun sagt *Karibu* zu Amelie!»

Beide Tiere sprangen auf Amelie zu – und legten sich ihr mit ausgestreckten Vorderläufen zu Füßen, die Köpfe anmutig erhoben, die wachen Augen auf sie gerichtet.

Aus den Welpen, von denen Amelie sich neun Jahre zuvor schweren Herzens verabschiedet hatte, waren erwachsene, wohlerzogene Jagdhunde geworden. Doch ihren braungefleckten Liebling Jago hätte sie unter hundert anderen Deutschen Kurzhaar erkannt. Sein treues Hundeherz hatte auch sie nicht vergessen. Seine bernsteinfarbenen Augen, in denen ein Grünschimmer lag, blickten sie sehnsüchtig an. Nun streichle mich schon, schien er sagen zu wollen. Die Heimgekehrte kniete vor Jago und seiner Schwester Juno und drückte beider Köpfe an sich. Die Hunde vergaßen ihre in langer Arbeit antrainierte Erziehung, sprangen auf, legten stürmisch ihre Pfoten auf Amelies Schultern und schmiegten sich eng an sie. Juno wandte sich jedoch nach der Begrüßung Hanns zu, während Jago sich auf den Rücken rollte und sich an seine Kindheit zu erinnern schien, in der Amelie ihm seinen braun-weißen Bauch gekrault hatte.

«Willst du den Kaffee sehen?», fragte Hanns.

Von den beiden Hunden begleitet, schlenderten die Geschwister gute hundert Meter zum Vorplatz, um den grandiosen Ausblick zu genießen, der sich ihnen bot. Amelies Blick schweifte von den niederen, blühenden Büschen über die vereinzelt stehenden schlanken Kokospalmen zu den sich linker Hand in sanfter Kette hintereinanderreihenden grünen Bergen. Auf der rechten Seite sah man die weit unten liegende Savanne. Zu dieser Zeit war sie bräunlich gefärbt, nur die Büsche laubloser Dornbäume verliehen ihr dunkle Tupfen. Ein schlafendes Land, das vom Regen träumte, um sich ein grünes Laubkleid überstreifen zu können, das seine wahre Schönheit wieder erweckte. Die wenigen am tiefblauen Himmel schwebenden Wolken warfen winzige Schatten. Gerade so, als deuteten die Finger der Ewigkeit auf eine Schöpfung von zeitloser Gültigkeit, in der die Menschheit nur zu Gast war.

«Der Regen kommt dieses Jahr spät», sagte der Pflanzer.

Im Gegensatz zu Amelie sah er nicht mehr die großartige Endlosigkeit. Doch sie hatte in den grauen Straßen der großen Städte gerade diese Freiheit so vermisst. Erst der Klang von Hanns' Worten machte Amelie auf etwas aufmerksam, das ihr sonst entgangen wäre: wie still es war. Eine Stille, wie sie in keiner Kathedrale denkbar war. Eine Stille, die jeder menschliche Laut zu beschmutzen schien.

Über die Hänge, die sich dem Tal zu neigten, erstreckten sich die akkurat angelegten, mit groben Steinen befestigten Terrassen mit den Kaffeebüschen, die im Schatten von vor vielen Jahren gepflanzten Bäumen gediehen. Diese Arbeit, die das mühselige Roden des Urwaldes voraus gesetzt hatte, war unter der Leitung von Professor Freyer begonnen worden, der sich dabei auf den Rat seines Vorarbeiters Damasso verlassen hatte. In den vergangenen Jahren hatte Hanns die Flächen vergrößert. Zarte, wohl gerade zweijährige Büsche, die in weiteren zwei Jahren erste Früchte tragen würden, warteten auf den ersten Beschnitt. Die Arbeit auf Salama würde niemals abreißen; ein Pflanzer lebte im ständigen Wettlauf mit der Natur.

Schweigend blickte Amelie zu ihrem Bruder, dessen Miene trotz des friedlichen Anblicks nicht entspannt wirkte. «Bist du nicht zufrieden mit dem, was du geschafft hast?», fragte sie nach einer Weile.

Hanns atmete hörbar aus. «Doch. Nein. Ich weiß nicht. Schwer zu sagen.» In seinem Lächeln lag Schwermut.

Amelie blickte ihren Bruder an. «Warum so ernst? In Berlin wurde so viel über die Aufstände im Schutzgebiet gesprochen. Doch Salama ist verschont geblieben. Das ist dein Verdienst. Weil du die Arbeiter anständig behandelt hast.»

Es gab zwar schon seit einigen Jahren Gesetze, die den Pflanzern verboten, ihre schwarzen Arbeiter über die Maßen zu züchtigen. Doch das bedeutete immer noch, sie fünfzehn Peitschenhieben aussetzen zu dürfen, ohne den Gouverneur um Erlaubnis bitten zu müssen. Und in der Weite des Landes fand sich im Zweifelsfall kein Kläger, der einen Weißen zur Rechenschaft zog. So blieb es oft im Ermessen der deutschen Herren, wie sie mit den Eingeborenen umgingen.

«Anständigkeit ist das eine», sagte Hanns nachdenklich. «Die Politik das andere. Die Araber haben die Einheimischen versklavt, wir sind gekommen, um sie zu befreien. Dann haben wir nach guter deutscher Manier Steuern eingeführt. Hüttensteuer und Kopfsteuer – wer nicht zahlt, muss Zwangsarbeit leisten. Das sind dieselben Sklavenmethoden wie bei den Arabern. Nimmt es wunder, wenn die Menschen deshalb einen Aufstand wagen? Ich hatte einfach Glück, dass es bei uns ruhig geblieben ist. So ein Aufstand ist wie ein Flächenbrand. Da kannst du noch so gerecht gewesen sein. Wenn deinen Nachbarn der Satan reitet, springt der Funke auch auf dich über. Und ich kann die Leute verstehen, wenn jeder *mzungu* für sie gleich ist. Den Weißen geht es doch nicht anders. Für die sieht ein Schwarzer wie der andere aus.» Er stöhnte kaum hörbar. «Die Hautfarbe ist für viele das einzig Entscheidende. Was sich darunter für ein Mensch verbirgt ... danach fragt doch keiner.» Er deutete zum Himmel. «Da hat er da oben leider einen Riesenfehler gemacht. Er hätte sich entscheiden sollen. Entweder alle schwarz oder alle weiß. So hat er die Zwietracht mitten ins Paradies gesät. Und wir wundern uns, dass der Samen aufgeht.» Er schenkte Amelie ein schiefes Grinsen. «Wo hier doch sonst alles gedeiht.»

Amelie wollte nicht auf seine Stimmung eingehen, zu groß war das Glücksgefühl, das sie empfand. «Ich will jetzt alle sehen! Suahibu, Damasso, Sara, David. Wo sind sie?»

Hanns warf einen raschen Blick über die Schulter, dann drehte er Amelie um 180 Grad herum. «Da sind sie, Schwesterchen!»

Ein ohrenbetäubender Lärm brach los. Pfeifen, Klatschen, Singen und Trommeln – alles gleichzeitig. Es mochten fünfzig oder gar hundert Menschen sein, die Amelie willkommen hießen. Tänzer bildeten einen Kreis, sprangen auf und nieder, dann wichen sie zurück, einer führte ein ekstatisches Solo auf, und als er erschöpft war, übernahm ein anderer. Ein Vorsänger stimmte ein Lied an, der vielstimmige Chor seines Stammes fiel ein. Es waren großgewachsene Wapare, die sich für diesen Anlass in ihr traditionelles Lederzeug gekleidet hatten und Pfeil und Bogen sowie leichte Speere trugen; auch Damasso entstammte diesem Bauernvolk, das sich auf die Kunst des Terrassenbaus verstand. Dann übernahm eine Gruppe von Waschambaa die Darbietung, Menschen von kräftigem, gedrungenem Körperbau, die in den Bergen zu Hause waren und ihre Häuser am liebsten auf die Gipfel schwer zu erreichender Berge bauten. Hanns und Damasso stellten sie besonders gern ein, weil sie treue Arbeiter waren. Dann vollführten die Wambugu ihre Tänze, Menschen mit edlen Gesichtern, groß und schlank wie Massai, mit kahl rasierten Köpfen, gekleidet in Fellmäntel und -schurz. Diese kleinste der drei Gruppen schien mit noch mehr Stimmkraft, noch heftigerem Getrommel und noch wilderen Tänzen aufzuwarten. Wie ein Wettstreit mutete die Show an, die der Heimkehrerin beweisen sollte, wie willkommen sie war. Jetzt begann die *ngoma*, das Fest, und es würde noch andauern, wenn die Nacht sich schon längst über Salama gelegt hätte. *Pombe* wurde in großen Eimern herbeigeschleppt, das säuerliche Hirsebier, das die Gefühle befreite und die Glieder der Tänzer lockerte.

Amelie begrüßte Damassos kleine Familie. Suahibu brachte vor Rührung kaum ein Wort hervor. Schwerer und runder war sie geworden, aber die Mütterlichkeit, die sie nun noch mehr als früher ausstrahlte, stand ihr gut. Zur Feier von Amelies Rückkehr hatte sie sich für ein Kleid Charlotte von Freyers entschieden, das sie ihren eigenen Körpermaßen angepasst hatte. Es bauschte und rüschte sich und wirkte viel fröhlicher, als Amelie den immer ernsten Stil ihrer Mutter in Erinnerung hatte.

«Meine afrikanische Mama.» Amelie schloss Suahibu in die Arme.

«*Bwana* Hanns sagt, du bist jetzt eine wirkliche *bibi dactari*», sagte Suahibu, die im Gegensatz zu ihrem Mann nur wenige Brocken Deutsch gelernt hatte, auf Kisuaheli. «Aber ich wusste es schon lange, bevor du es wusstest.»

Auch früher schon hatte Suahibu Amelie *bibi dactari*

genannt. Doch es war als liebevoller Scherz gemeint gewesen. Erst jetzt kam den beiden so zärtlich klingenden Kisuaheli-Worten ihre wahre Bedeutung zu: Frau Doktor.

Suahibus und Damassos Tochter Sara hätte Amelie nicht wieder erkannt. Als Amelie gegangen war, hatte sie zu einem kleinen Mädchen heruntergeblickt. Nun sah sie einem bildschönen, großgewachsenen Mädchen in die Augen, in denen ein völlig neues Leuchten lag. Im ersten Moment irritierte dieser fremde Ausdruck Amelie, aber dann umarmte sie Sara so, wie sie deren Mutter an ihr Herz gedrückt hatte.

Im Gesicht von Saras Bruder David lag eine Mischung aus Freude und Skepsis. «Bist du gekommen, um zu bleiben, meine weiße Schwester?», fragte der 15-jährige in fehlerfreiem Deutsch.

Die Formulierung der Frage, der Zeitpunkt und vor allem die Offenheit, mit der er sie stellte, verblüfften Amelie. Sie wollte nicht auf seinen rechten Arm sehen, sondern den ganzen jungen Mann wahrnehmen. Aber ihr Blick fiel instinktiv auf die kraftlos herabhängende rechte Schulter, die unter einem europäischen Sakko noch schmächtiger wirkte. Aus dem damals sechsjährigen Knaben war dennoch ein kräftiger Jüngling geworden, der seine Kraft in der linken Körperhälfte konzentriert hatte. Sie wollte ihn ebenso wie seine Schwester umarmen, aber sie spürte, dass da eine eigentümliche Distanz zwischen ihnen war. Obwohl sie beide so viel verband.

Die Heimkehrerin rettete sich in eine etwas hilflose Gegenfrage: «Möchtest du denn, dass ich bleibe, David?»

«Unser Kaffee braucht den Schatten der Bäume, um zu gedeihen», antwortete David mit wohl überlegten Worten.

Amelies Befangenheit wuchs. Die Ernsthaftigkeit des jungen Mannes, der wie ein Afrikaner sprach, aber offenbar wie ein Europäer dachte, verunsicherte sie. Sie hatte verstanden, was er meinte: Indem sie ihm das Leben gerettet hatte, hatte sie eine Verantwortung übernommen. Doch sie war gegangen, als er ein kleiner Junge war und sein Verstand sich zu schärfen begann. Sein Schicksal hatte sie in den folgenden turbulenten Jahren aus dem Blick verloren. Während er gewartet hatte. Auf ihre Rückkehr. Das wurde ihr jetzt bewusst, während sich im Hintergrund das Willkommensfest wie ein bunter tropischer Garten darbot.

«Die Bäume sollen den Kaffee beschützen», sagte Amelie, als sie sich gefangen hatte. «Aber sie müssen wachsen, um genug Schatten spenden zu können.» Dann trat sie den entscheidenden kleinen Schritt auf David zu, umfasste seine gesunde linke Schulter und drückte ihn fest an sich: «Ich werde dir antworten, David, wenn der Zeitpunkt gekommen ist. Mehr weiß ich im Moment nicht.»

Amelie mit ihrem Leoparden, stand in steifer Sütterlinschrift unter der gelbstichigen Fotografie. In einem Rahmen aus dünnem Bambusholz hing das Bild am prominentesten Platz der Eingangshalle. Darüber war die eigentliche Trophäe befestigt, das zu den Seiten gestreckte Fell der Wildkatze. Der zahnbewehrte Kopf starrte gen Boden.

Das Bild zeigte ein struppig blond gelocktes Mädchen in einem leicht zerknitterten, angeschmutzten weißen Kleid. Es war wohl eigens für dieses Foto hastig übergeworfen worden. Denn das Kind war barfuß. Das Mädchen blickte ernst in die Kamera und umfasste das Ende des Laufs einer mit dem Kolben am Boden stehenden Winchester. Zu seinen Füßen lag ein toter Leopard.

Amelie wandte den Blick rasch wieder ab. Sie war sich nicht klar, was sie empfand; es war eine eigentümliche

Mischung aus Wehmut und leichter Verärgerung. «Das ist ja, als ob die Zeit still stehen würde», sagte sie.

«Du siehst das anders als ich, Amelie», entgegnete Hanns in einem Tonfall, als hätte er mit ihrem Protest gerechnet. «Indem du damals dem *chui* nachstelltest, hast du den Menschen gezeigt, dass man sich nicht unterkriegen lassen darf.»

«Du weißt, dass es so nicht war.»

«Natürlich.» Er lächelte verständnisvoll. «Doch darauf kommt es nicht an. Afrika – vielleicht hast du das vergessen – braucht Mythen. Hierher kommen Menschen, deren Heimat sechs Monate im Jahr kalt ist. Palmen wachsen dort in Wohnzimmern hinter Gardinen und werden gelegentlich abgestaubt. Diese Leute wollen sich hier zu einem neuen Selbst aufschwingen. Sie treffen auf Eingeborene, die so viel Angst vor ihren Göttern haben, dass sie kaum atmen können. Doch die Weißen kennen diese Angst nicht; sie haben das Schießpulver und Gewehre. Das zarte Mädchen, das riesige Gewehr, die tote Bestie. Das symbolisiert den Triumph des Willens. Eine Botschaft, die wir in Afrika leben.»

Amelie sah die Begeisterung ihres Bruders, der letzten Endes seine eigene Rolle als *bwana* den Eingeborenen gegenüber zu rechtfertigen suchte. «Danke, dass du meiner Heldentat einen so wichtigen Platz in diesem Haus eingeräumt hast.»

Hanns war siebzehn gewesen, als er die Aufnahme von seiner Schwester gemacht hatte. Und er hatte darum kämpfen müssen, die sperrige Fotokamera ins Gepäck nach Afrika einschleusen zu dürfen. Insofern stellte das Bild auch seinen eigenen kleinen Sieg dar. Er hatte es damals unter primitivsten Umständen selbst entwickelt. Beim Belichten war Helligkeit in die mühsam verdunkelte Hütte gefallen und hatte das Fotopapier am oberen Rand, dicht neben Amelies Lockenkopf, gebleicht. Nun sah es so aus, als verdrängte die Sonne den dichten Urwald im Hintergrund, um die Porträtierte zu beleuchten. Und Amelie wusste, dass ihr großer Bruder über dieses Manko sogar glücklich war, es als Zeichen ansah.

Die Rhythmen der Trommeln und des Gesangs, die durch die dicken Wände des Farmhauses klangen, vertrieben Amelies Nachdenklichkeit. «Und jetzt will ich das Haus sehen!», rief sie.

Familie Freyer hatte nur wenige Monate in dem Steinhaus gelebt gehabt, als Amelie zum Studium nach Zürich gegangen war. In den fünf Jahren zuvor hatte sich die Berliner Professorenfamilie mit der schlichten, aus Bambus, Reisig und Bananenblättern gefertigten Hütte zufriedengegeben. Für den Bau des herrschaftlichen Hauses hatten die Zeit und das Geld gefehlt; die Plantagen und die Einrichtung der Eingeborenenklinik hatten Vorrang gehabt. Wenn Amelie sich in den zurückliegenden Jahren an Salama erinnert hatte, dann stets an das alte Haus.

In dem neuen bestanden die Fußböden aus langen, schweren Holzdielen, die an einigen wenigen Stellen von Büffel-, Zebra- oder Antilopenfellen bedeckt waren. Ein indischer Schreiner, der auch am Bau des Hauses beteiligt gewesen war, hatte dunkle Holzmöbel gefertigt. Alles wirkte praktisch und durchdacht, nichts protzig. Die großen Räume flossen, durch Steinbögen unterteilt, ineinander. Erst vier Jahre zuvor waren Professor Freyer und seine Frau wieder nach Berlin zurückgekehrt. Seitdem hatte Hanns das riesige Haus für sich. Doch die Heimkehrerin spürte die weibliche Hand, die hier noch immer unsichtbar Regie führte: Die eleganten Vorhänge aus chinesischer Seide trugen eindeutig die Handschrift Charlotte von Freyers. Die üppigen Schalen mit Veilchen entsprangen zwar deutscher Tradition, aber sie waren frisch. Ebenso wie die in einem Bastkorb hübsch dekorierten Bananen, Pfirsiche und Apfelsinen.

«Suahibu hat viel von Mutter gelernt», bemerkte Amelie anerkennend.

«Das hat Sara gemacht. Sie hat Spaß an so was. Sara ist viel lieber im Haus als draußen. Sie ist eine richtig geschickte Hausfrau. Du wirst sehen, wie schön sie den Tisch zum Essen eingedeckt hat. Komm!»

Hanns zog sie mit jungenhaftem Schwung in den anderen Seitenflügel des Hauses. Um einen runden, sogar mit einer roten Wolldecke verzierten Tisch standen vier Stühle, aber es war nur für drei Personen eingedeckt. In der Mitte stand eine schlanke Glasvase, die einzige, die Charlotte von Freyer fünfzehn Jahre zuvor gegen den Widerstand ihres Mannes aus Berlin mitgebracht hatte, weil sie auf etwas Zivilisation Wert legte, wie sie gesagt hatte. Darin steckten rote Rosen.

«Setz dich», bat Hanns und zog galant den Stuhl für sie zurück. «Sara hat die Suppe bestimmt schon fertig.»

Amelie deutete auf das dritte Gedeck: «Wer speist mit uns?»

«Wilkening wird gleich hier sein.» Hanns blickte sich unruhig um. Er wirkte seltsam aufgeregt.

«Wir könnten ihm entgegengehen», schlug Amelie vor und rückte schon ihren Stuhl.

«Nein, nein, bleib sitzen! Sara bringt gleich die Suppe.» Hanns erhob sich. «Magst du ein Glas Wein?»

«Ich trink nie, das weißt du doch.»

«Na, zur Feier des Tages, komm schon.»

«Einverstanden.» Hanns wollte alles richtig machen und Amelie fragte sich, warum er sich dabei so verkrampfte.

«Da ist sie», sagte Hanns.

Sara brachte die alte weiße Suppenschüssel mit dem

Goldrand herein, die Charlotte von Freyer erst ausgepackt hatte, als dieses Haus eingeweiht worden war.

Den Korkenzieher und die Flasche in Händen blickte Hanns dem eintretenden Mädchen entgegen. Sara trug eines der abgelegten Kleider Charlottes, das Amelie jedoch erst auf den zweiten Blick wieder erkannte. Entweder hatte das Mädchen selbst oder eine geschickte Schneiderin es so verändert, dass nun Saras schlanke Arme frei sowie eine Schulter ganz unbedeckt waren. Über dem leichten Stoff aus schlichtem Leinen hatte sie in Taillenhöhe einen breiten dunkelroten Schal aus chinesischer Seide gebunden, der ursprünglich dazu gedacht gewesen war, die Vorhänge zur Seite zu binden. Eine Kombination, die gleichzeitig eigentümlich und schmückend wirkte, sowohl Anleihen bei europäischer Eleganz als auch bei afrikanischer Bodenständigkeit nahm. Wo mochte das Mädchen das gelernt haben?

Dann sah Amelie Saras klaren, strahlenden Blick. Er galt nicht ihr, der Heimkehrerin.

Wortlos beobachtete sie, wie Sara mit geübter Hand zuerst den Teller des Gastes und dann jenen des Hausherrn mit einer Kelle orangefarbener Kürbissuppe befüllte. Ihre Bewegungen waren von anmutiger Geschmeidigkeit, ihre Hände groß und schlank, so wie ihr ganzer Körperbau, den sie von ihrem Vater Damasso geerbt hatte, in dessen Adern ein Teil Massai-Blut floss. Ihre Haut war heller als die ihres Bruders David, das Haar zu langen Zöpfen geflochten, die Nase schmal, der Mund klein, die Lippen gut geschnitten. Nur die beiden abgefeilten Schneidezähne verrieten ihre Zugehörigkeit zu den Wapare.

«Iss doch mit uns, Sara», schlug Amelie unkompliziert vor.

Sara sah verwirrt auf Hanns, der gerade die Weinflasche entkorkte. Nach einer Sekunde verblüfften Schweigens lachte er verlegen, und Amelie sah ihm an, dass er wusste: Sie hatte ihn durchschaut. «Sara hat noch in der Küche zu tun», entgegnete Hanns. Mochte Afrika manche Freiheiten schenken – Konventionen ließen sich nicht so rasch umwerfen.

Amelie zog sich die Massai-Decke fester um die Schultern. Die Nächte auf dem Berg waren kühl, doch von der Veranda aus, auf der sie und Hanns saßen, bot sich ein so spektakulärer Blick auf die vom Sternenzelt überspannte Landschaft, dass man dafür ruhig ein wenig frieren konnte. Von der anderen Seite des Hauses hörte man immer noch Gesang und Trommeln herüberklingen.

«Und wie soll es mit Sara und dir weitergehen?», fragte Amelie und sah den neben ihr auf einem robusten Holzstuhl sitzenden Bruder an. Zu Füßen der Geschwister hatten sich die Hunde niedergelegt, jeder bei seinem Favoriten – Juno vor Hanns und Jago vor Amelie.

Hanns zog an seiner Pfeife, und für die Kürze eines Funkenschlags beleuchtete der aufglimmende Tabak sein Gesicht. «Ich werde Sara heiraten», sagte er mit fester Stimme.

Amelie nickte bedächtig. «Das habe ich von dir erwartet.»

Sie wunderte sich selbst, wie gelassen sie die Neuigkeit aufnahm. Sein Wunsch ließ sich mit dem Unterfangen eines Samenkorns vergleichen, gegen den Wind fliegen zu wollen. Nicht nur, dass Ehen zwischen Eingeborenen und Deutschen der persönlichen Zustimmung des Gouverneurs bedurften. Vielleicht würde Hanns diese wegen seines Bonus als Vorzeigesiedler noch bekommen. Oder gerade deswegen auch nicht: Im Reichstag wetterten viele gegen die Vermischung der Rassen und würden solch einen Präzedenzfall deshalb bekämpfen. Das deutsche Blut dürfe nicht durch das minderwertige des Negers geschwächt werden, befanden diese Herrenmenschen.

Und das war nur die Theorie. In der Praxis waren da noch zwei Männer, ohne deren gewichtiges Wort es kein Happy End geben würde: Professor Freyer und Damasso.

«Du würdest Vater gar nicht erst fragen, bevor du Sara heiratest, stimmt's?», vermutete Amelie.

Hanns schüttelte den Kopf. «Doch, doch, ich würde es ihn wissen lassen, bevor es so weit ist», widersprach er.

«Was glaubst du, wie würde er reagieren?»

Hanns nahm einen nachdenklichen Zug aus seiner Pfeife und blies den Rauch lang aus. «Als Vater vor vier Monaten hierherkam, blickte er sich um, als interessiere es ihn nicht. Erst dachte ich, es liegt vielleicht daran, dass er hier mit Mutter glücklich war und es ihn schmerzt, dass sie nun nicht mehr hier ist.»

Amelie streichelte etwas hilflos seinen Oberarm. «Sie ist jetzt erst 14 Monate tot, Hanns. Vater braucht Zeit.»

Hanns legte seine Hand auf ihre. «Das habe ich mir auch gesagt. Aber das allein ist es nicht. Vater hat mit seinen Söhnen abgeschlossen, weil die einfach keine Wissenschaftler werden wollten. Georg hat das früher eingesehen als ich.» Er lächelte resigniert. «Oh, Georg hat mir übrigens einen Brief aus Paris geschrieben. Scheint ihm gutzugehen. Er hat sogar schon ein Bild verkauft.»

Amelie hatte seit der Beerdigung Charlotte von Freyers im Februar des Vorjahres nichts mehr von Georg gehört, der sich in Paris als Maler versuchte.

«Aber um deine Frage nach Vaters möglicher Reaktion zu beantworten, Melli: Er hätte keinerlei Verständnis. Für ihn sind die Afrikaner letzten Endes Studienobjekte. Er vermisst ihre Schädel.»

«Das stimmt nicht», widersprach Amelie heftig, «das

hat er früher getan. Weil es einfach zu seiner Arbeit als Anthropologe gehört hat. Heute jedoch hilft er den Menschen. Das weißt du so gut wie ich.»

«Das sagst du, weil das dein Grund war, diesen Beruf zu ergreifen. Vater würde nie an seine Gebärmutter denken, selbst, wenn er eine hätte!» Hanns lachte gequält.

Amelie gab ihm insgeheim recht, der Professor war ein nüchtern urteilender Mensch. Selbst ein Wagnis wie das Afrikaabenteuer seiner Familie war er erst eingegangen, nachdem sein Freund Wilkening den Boden bereitet hatte.

«Um Sara heiraten zu können, brauche ich Vaters Segen nicht», sagte Hanns. «Und umgedreht wird auch ein Schuh draus: Ich lebe hier. Siehst du Vater irgendwo?»

Am liebsten hätte Amelie geantwortet: In dir sehe ich ihn, du bist wie er. Stolz und störrisch, klug und verantwortungsbewusst. «Und Damasso?», fragte sie. «Bist du sicher, dass Suahibu ihm noch nichts von euch beiden gesagt hat?»

«Sara hat ihrer Mutter kein Wort gesagt, und darum weiß auch Damasso nichts», beantwortete Hanns ihre Frage. «Sara und ich, wir sind sehr vorsichtig.»

Amelie konnte sich ein Kichern nicht verkneifen. «Vorsichtig? Hanns, man muss euch beide nur ansehen und weiß, was los ist! Sara ist schon eine halbe Deutsche. Ich bin sicher, dass zumindest Suahibu sich ihren Teil denkt. Und eines kannst du mir glauben: Frauen sagen dem Mann, für den sie sich entschieden haben, nicht unbedingt die Wahrheit. Sie wissen genau, wie schnell Liebe an einem Wort zu viel zerbrechen kann.»

«Da spricht jetzt die Erfahrung aus dir?»

Amelies knappe Antwort wurde von einem kurzen Aufstöhnen begleitet: «Ja.»

«Das hört sich gar nicht gut an, Melli. Was ist mit Dr.

Brach? Vater hat von eurer Verlobung erzählt. Es war so ziemlich das Einzige, wovon er längere Zeit gesprochen hat.»

«Die Verlobung war auch schön, keine Frage. Aber ich habe dabei etwas Wichtiges übersehen, worauf ich erst vor gut zwei Monaten aufmerksam wurde: Doktor Brach will keine Frau, die als Ärztin arbeitet.»

«Sondern eine Ehefrau und Mutter? Das wollen alle Männer. Und es ist eine der guten Seiten an Vater, dass er so nicht ist. Dafür hat Mutter ihn auch über alles geliebt.»

Amelie beugte sich zu Jago hinunter und fuhr mit den Fingerspitzen über sein festes, drahtiges Fell. «Warum kann ich nicht solch einen Mann finden, Hanns? Der mich liebt und sein lässt, wie und was ich bin.»

«Liebst du denn Theodor?», fragte Hanns.

«Liebe ...», sagte Amelie gedehnt und sah verschmitzt zu Hanns. «Weißt du noch, wie Mutter früher in Berlin so gern Weihnachtsstollen gebacken hat?»

«Was hat Christstollen mit der Liebe zu Theodor zu tun?», erwiderte Hanns verblüfft.

«In dem Stollen waren immer saftige Rosinen, die es sonst nie gab, die waren viel weicher als alle anderen.»

«Sie wurden zuvor in Rum eingelegt.»

«Ach ja? Das wusste ich gar nicht.»

«Die Küche war nicht gerade dein Revier.»

«Und wieso weißt du das?»

«Wegen des Rums!»

Sie lachten wie Kinder.

«Ich habe immer diese Rosinen aus dem Stollen herausgepickt», sagte Amelie, «und sie mir auf der Zunge zergehen lassen. Der Rest des Stollens war mir unwichtig; Mutter schimpfte, weil ich immer so eine Sauerei auf dem Teller machte. Und so wie diese Rosinen, so ist auch die Liebe zu Theodor. Du siehst einen großen Stollen, perfekt bestäubt mit Zucker. Das ist die ganze Verpackung von Theodor, diese Steifheit eines wichtigen Arztes. Die Rosinen, das ist die Zartheit, die in ihm verborgen ist. Sie ist wunderbar. Aber man muss eine Schweinerei auf dem Teller machen, um die Rosinen zu entdecken, die Theodor liebenswert machen.»

Hanns entzündete seine Pfeife neu. «Für meine Schwester ist Liebe also die Rosine im Stollen», sagte er nachdenklich. «Und auf deinem Teller ist im Moment eine große Sauerei deswegen, richtig?»

Amelie nickte schwer.

«Hast du etwa keine Rosinen mehr gefunden?», fragte er.

In diesem Moment wurden beide Hunde gleichzeitig unruhig und schlugen an, obwohl sie seit Amelies Ankunft kein einziges Mal gebellt hatten. Sie standen auf und witterten angespannt in die Finsternis.

«Was haben sie?», fragte Amelie.

«Eine Hyäne streift in letzter Zeit herum.» Hanns wirkte keineswegs beunruhigt. «Gewiss haben die Hunde sie gewittert.» Schweigend stellte er sich neben seine Tiere und starrte in die Schwärze der Nacht.

Ein heiseres, nicht einmal sehr lautes Jaulen war zu hören.

Hanns beugte sich zu seinen Hunden herab. Wie ein eingespieltes Team wirkten der Mann und die Tiere, die seinen Willen befolgten. Er deutete auf Augenhöhe der Hunde hinaus in die Dunkelheit. «*Kama fissi*», sagte er eindringlich, aber nicht laut. Jago und Juno rannten sofort los, um die Hyäne zu jagen.

Der Bruder blickte ihnen noch einen Moment lang nach, dann starrte er in den weiten Himmel und deutete auf die Sterne: «Weißt du noch, wie wir uns als Kinder vorgestellt haben, dass man ein Schiff bauen müsste, das wie ein großes Segelboot über den Himmel reisen kann?»

Amelie schüttelte den Kopf. Eigentümlicherweise erinnerte sie sich an diese Träumerei nicht mehr, aber das wollte sie nicht zugeben. Vielleicht hatte nur Hanns diesen Traum gehabt, weil er sich so oft mit seinem Vater gestritten und manches Mal weit fort gewünscht hatte.

«Du hast damals gefragt: Warum sind alle Sterne silbern? Warum kann man keinen goldenen Stern entdecken? Ich habe gesagt: Es gibt den Mond, der ist doch golden. Und du hast gesagt: Der ist zu nah, das ist kein richtiger Stern. Erinnerst du dich?»

«Habe ich das wirklich gesagt?», fragte Amelie. Ihr Blick verlor sich in dem weiten Firmament. «Meinst du, ich versuche Unerreichbares zu erreichen?»

«Das hast du bereits, Amelie. Wie viele Frauen gibt es in Deutschland, die als Ärztin arbeiten?»

Es war eine rhetorische Frage – sie wussten beide, dass es vielleicht ein Dutzend waren. Die meisten von ihnen kannte Amelie von ihrem Studium in Zürich.

Amelie beobachtete, wie Hanns die erneut erloschene Pfeife in Gang setzte. Sie mochte den süßlichen Geruch des verbrennenden Tabaks und die Ernsthaftigkeit, mit der sich ihr Bruder diesem kleinen Ritual widmete; er schien dann so ganz bei sich selbst zu sein, und sie wartete darauf, dass er danach weitersprach.

«Was ist dein goldener Stern?», fragte er schließlich.

«Ich bin 27», erwiderte sie, «in Berlin haben die meisten Frauen in meinem Alter Kinder, mindestens zwei. Sie haben ein Mädchen, das ihnen den Alltag und ein Kindermädchen, das ihnen die Gören vom Hals hält.» Sie gebrauchte absichtlich einen negativen Ausdruck, weil Theodor dieses Wort während eines Spaziergangs verwendet hatte. «Aber diese Ehefrauen haben kein eigenes

Leben. Sie sind Frau Doktor, Frau Geheimrat, Frau Professor, Frau Was-weiß-ich. Aber sie waren nie auf einer Universität. Weil sie entweder nicht dürfen oder gar nicht erst von goldenen Sternen träumen. Wenn ich Theodor heirate, bin ich Frau Doktor Theodor Brach.» Amelie zog die Beine an den Körper und umklammerte die Decke fester. «Dafür habe ich nicht studiert. Mich all den Anfeindungen ausgesetzt.»

«Dennoch hast du dich mit Theodor verlobt», stellte Hanns fest.

«Und er sich mit mir», hielt sie bockig dagegen.

«Habt ihr denn nie über deine Pläne gesprochen? Über deinen Beruf?»

«Goldlocke, das kann doch nicht dein Ernst sein, dass du mit Schaudinn nach Afrika willst, hat er gesagt. Ich habe ihm erklärt, warum ich das wichtig finde. Das erlaube ich nicht, hat er geantwortet. Und dann starb Mutter. Es hat eine Weile gedauert, aber irgendwann wurde mir klar, dass ich mich im Grunde nur ihretwegen mit Theodor verlobt hatte. Weil sie wollte, dass ich in guten Händen bin.» Sie machte eine kurze Pause und setzte dann hinzu: «Ich war Mutter zutiefst dankbar. Ich meine, das bin ich heute noch. Sie hat mich aus einem Kellerloch geholt und mir ein neues Leben geschenkt. Was wäre sonst aus mir geworden? Eine Hausfrau wie meine leibliche Mutter, die sich als Näherin durchschlagen musste?» Das Zittern aus dem Bauch meldete sich, sie schlang die Arme um den Leib. «Und jetzt, wo Charlotte tot ist, denke ich oft, wie viel Kummer ich ihr gemacht habe. Ich war immer viel zu wild. Ihre Erwartungen habe ich doch nie erfüllt, sondern nur die von Vater. Er war das Vorbild eines Kindes, dessen Vater früh gestorben war.» Sie blickte zu Hanns. «Darum, Hanns, wollte ich es Charlotte einmal recht machen.»

«Und das ausgerechnet bei einer so weit reichenden Entscheidung.»

«Es war ihr die wichtigste, Hanns. Charlotte kränkelte bereits, die Verlobung und das Ausrichten des Fests gaben ihr neuen Auftrieb.» Amelie atmete tief ein und aus und fuhr dann mit kloßiger Stimme fort: «Ich wollte Mutter ein Geschenk machen.»

«Das ist dir auch gelungen, Melli. Du hast es richtig gemacht.»

Amelie legte den Kopf auf die Knie. «Dann kam die Absage von Koch, der mich nicht mitnehmen wollte, kurz danach wurde mein Vortrag an der Charité verlacht. Und was sagt Theodor? Das ist ein guter Zeitpunkt zum Heiraten, Goldlocke. Dann bist du versorgt.»

«Der hat dich wohl nicht besonders gut gekannt, der Doktor Brach»,warf Hanns ein.

«Ich habe ihm den Verlobungsring zurückgeschickt», gestand Amelie kleinlaut. «Der Bote kam wieder; er habe Theodor nicht mehr angetroffen. Da habe ich den Jungen erneut losgeschickt und ihm aufgetragen, den Ring dennoch dort abzugeben.»

Amelie hörte, wie ihr Bruder die Luft ausstieß. «Oje, Melli, da hast du aber was angerichtet! So etwas darf man in Berlin nicht tun. Hier übrigens auch nicht», setzte er leiser hinzu. «Damit bist du in Berlin gesellschaftlich ... na ja ... Du weißt es wohl selbst.»

«Hanns, warum dürfen Männer so viel und Frauen so wenig?»

«Und jetzt bist du hier und suchst unter dem Himmel Afrikas deinen goldenen Stern.»

«Nein, nein, nein!» Amelie warf ihre Decke fort und sprang auf. «Es geht nicht um den verflixten goldenen Stern! Es geht auch nicht um Liebe. Es geht um Respekt. Es geht darum, dass Männer wie Theodor Frauen als unmündige Kinder behandeln.» Sie dachte kurz nach und bestätigte ihre Worte mit einem festen Kopfnicken. «Genau: um Frauen und Männer geht es!»

Hanns erhob sich gemächlich und trat zu ihr. «Sieht so aus, als hätten wir das gleiche Problem: Frauen und Männer. Aber wahrscheinlich lassen sich die meisten Probleme auf diesen Kern reduzieren», sagte er mit spöttischem Lächeln, den Blick in die Schwärze der afrikanischen Nacht gewandt. Seine Sentimentalität war von kurzer Dauer, er legte die fortgeworfene Decke um ihre Schulter und deutete dann zum Nachthimmel hinauf. «Da, eine Sternschnuppe, siehst du sie? Wünsch dir etwas.»

«Schwindler», sagte Amelie und lehnte sich an ihn.

6.

Zum ersten Mal in den zwei Wochen, die sich Amelie inzwischen auf Salama aufhielt, regnete es den ganzen Tag lang. In der Nacht war ein Unwetter mit Donner und Blitz über den Berg gezogen und hatte ein dichtes Grau aus tief hängenden Wolken zurückgelassen. Mit dem Regen war es kühler geworden; jeder lief in Decken eingehüllt herum. Die meisten Einheimischen bevorzugten die roten der Massai, was dem nebelhaften Grau melancholische Lichtpunkte aufsetzte. Verträumt beobachtete Amelie das ständige Kommen und Gehen der roten Gestalten rund um das alte Farmhaus, in dem sie den entscheidenden Teil ihrer Jugend verbracht hatte.

Von ihrer Warte unter der Veranda hatte sie einen guten Überblick. Auch diese Lohn-Schauri lief mit der gleichen Gemächlichkeit ab, in der sich alle Tage auf Salama abspulten. *Friedlich* bedeutete das Wort auf Kisuaheli, das Professor Freyer als Motto und Namen für seinen Neuanfang in Afrika ausgewählt hatte.

Vor Amelie auf dem Tisch lag ein dickes Buch. Dort waren die Namen der Arbeiter aufgelistet und wie lange jeder gearbeitet hatte. Die Höhe des Lohns bemaß sich nach der Schwere der Arbeit. Hatte jemand zehn Tage lang Unkraut auf den Gemüsefeldern gezupft, gab es fünf Rupien, etwa vier Mark. Doch die Leute wollten mehr, und dann musste Hanns mit ihnen aushandeln, was sie dafür zu tun hatten. Manche mussten überredet werden zu bleiben. Deshalb dauerte die *shauri* Stunden. Amelie kannte das noch aus Vaters Zeiten. Erst wenn Hanns ihr das Ergebnis der Verhandlung zurief, würde sie wieder achtsam sein.

Ihre innere Uhr hatte noch nicht zu dem gemächlichen Rhythmus Afrikas gefunden. Besonders deutlich war ihr das in der *Poliklinik Mombo* geworden. Sie galt zwar als das Werk von Professor Freyer, doch geführt hatte sie stets der wesentlich beständigere und weniger ambitionierte Junggeselle Wilkening.

«Amelie, du hältst mir mit deinem neumodischen Zeugs den ganzen Laden auf», hatte der alte Arzt gestöhnt, als sie ihr Mikroskop ausgepackt hatte.

Ringsum hatten die Patienten an den Wänden der aus einem einzigen großen Raum bestehenden Hütte gelehnt oder gesessen. Manche hatten Schnüre aus Palmstroh um den Kopf, andere um den Bauch gebunden, mancher hatte seinen Hals eingewickelt. Es war die vertraute Methode, um dem *dactari* Beschwerden anzuzeigen. Niemand hatte geklagt oder gejammert. Man nahm sein Los hin, und wenn der weiße Doktor eine Medizin gab, ein Geschwür aufschnitt, so war man zufrieden. Um Krankheitsursachen auf den Grund zu gehen, dafür war das Eingeborenenhospital nicht der rechte Ort. Noch schlimmer hatte es in den beiden großen Krankensälen im Nebenhaus ausgesehen, in denen Hühner Eier unter die Betten legten. Es wurde dort gekocht und gelebt und manchmal wurde man gesund und gelegentlich starb jemand.

«Du wirst den Lauf Afrikas nicht verändern», hatte Wilkening mit stoischer Ruhe gesagt.

Seine einstige Schülerin hatte dem alten Mann nicht widersprochen. Vor vielen Jahren hatte er sie auf Bitten ihres Vaters in Mathematik, ein wenig in Latein und gelegentlich, wenn Charlotte von Freyer noch weniger Zeit als er gehabt hatte, in Deutsch unterrichtet. Vor allem hatte er sie an das Handwerk eines Urwaldarztes herangeführt. Amelie war ihm für vieles dankbar. Doch alle Sentimentalität konnte sie nicht davor bewahren zu erkennen, dass die erste Poliklinik für Eingeborene in Deutsch-Ostafrika mittlerweile ein Relikt von gestern war.

Es war doch ein Witz, überlegte sie, dass der große Koch ein paar Bergzüge weiter forschte. Der Feind aller Bakterien, der weltweit gefeierte Entdecker von Seuchenerregern. Und hier? Das Krankenhaus, das Amelie übernehmen wollte, glich einem Seuchenherd und verhöhnte ihre Prinzipien. Man müsste einen neuen Anfang wagen, ein modernes Krankenhaus bauen. Nicht groß, nur so, dass die Menschen angemessen versorgt wurden. Wo man mikroskopieren konnte, um vernünftige Diagnosen zu stellen. Wo man – sie wagte es kaum zu denken – auch mal ein Kind per Kaiserschnitt zur Welt bringen konnte. Was gegenwärtig unmöglich war: Ein Baby, das nicht auf natürliche Weise zur Welt kommen konnte, war dem Tode geweiht. Ebenso wie die Mutter.

Das war der «Lauf Afrikas» … Aber war sie hier, damit sie alles beim Alten beließ?

Es dunkelte bereits, als die Lohn-Schauri beendet war. Die Geschwister gingen Seite an Seite bergauf zum höher gelegenen Steinhaus.

«Das lief heute gut», sagte Hanns unbeschwert. «Wir sind schneller fertig geworden, als ich gedacht hatte.» Er blickte sie glücklich an, von seinem Cowboyhut lief der Regen, seine Kleidung war durchnässt; doch es störte ihn nicht. «Weißt du was? So wenige Arbeiter wie dieses Mal haben noch nie gekündigt. Hast du nachgezählt?»

«Elf», antwortete Amelie einsilbig und konzentrierte

sich auf den aufgeweichten Untergrund, um nicht auszurutschen.

«Elf von 147! Das ist nicht übel. Und von denen kommen garantiert vier oder fünf zurück. Das heißt, Damasso muss keine neuen Leute anwerben. Neue Leute bringen immer Unruhe rein, und man muss Zeit aufwenden, um ...»

«Ich weiß, Hanns», warf Amelie leicht gereizt ein.

«Stimmt was nicht, Amelie?» Ihr Bruder griff nach ihrer Hand, als seine Schwester gerade den Halt zu verlieren drohte.

«Ich hasse dieses Wetter», antwortete Amelie, um sich vor der Wahrheit zu drücken. Seit ihrer Jugend war ihr bekannt, dass man für Regenwetter dankbar sein musste.

«Das ist das beste Wetter, Schwesterchen! Sechsundzwanzig Millimeter!» Er bezog sich auf die Niederschlagsmenge pro Quadratmeter, die einem Pflanzer darüber Auskunft gab, ob dies ein guter oder ein schlechter Tag war. «Und morgen wird es wieder regnen. Darum ist hier alles so schön grün.»

Jago kam wie ein gefleckter Blitz vom Steinhaus her durch die Dunkelheit geschossen und gesellte sich zu Amelie. Juno folgte ihm auf den Fuß, ihr schwarzes Fell bot ihr eine bessere Tarnung. Hanns tätschelte den klatschnassen Rücken Junos, und Amelie beugte sich geistesabwesend zu Jago hinunter, dessen hartes Fell mit Unmengen von Dreck bespritzt war. Beide Hunde schienen das Schmuddelwetter zu genießen.

Sobald sie beide die trockene Veranda des Steinhauses erreicht hatten, warf Amelie ihre schwere Wachstuchjacke schwungvoll auf einen der Stühle und reckte sich; eine echte Last war von ihr genommen. Ihr Blick fiel auf die Koffer, die sie mitgebracht hatte. Die Aufschrift *Poliklinikum Mombo* nahm sich inzwischen wie blanker Hohn angesichts der bestehenden Verhältnisse aus. Jago legte sich direkt davor, als wollte er das Gepäck bewachen und blickte zu Amelie auf, wobei er ein Augenlid weiter hob als das andere, was seinem Gesicht einen Ausdruck von Skepsis verlieh. Ausgerechnet jetzt kam ihr Professor Kochs Ausspruch in den Sinn, mit dem er sich an jenem Abend verabschiedet hatte: Die Hoffnungen sind oftmals nicht so groß wie die Enttäuschungen, die ihnen folgen.

«Hanns, ich will morgen an die Küste, die Heims besuchen», sagte Amelie ohne Vorwarnung.

Hanns drehte seinen Hut in den Händen. «Was ist los, Amelie?», fragte er sanft.

«Du gehst in deiner Arbeit auf, und meine Anwesenheit erinnert Wilkening daran, dass er sich zum Buschdoktor zurückentwickelt hat», bilanzierte Amelie nüchtern.

Hanns betrachtete die Koffer ebenso wie sie. «Wir bauen ein neues Krankenhaus», verkündete er kurz entschlossen. «Aus Stein. So solide wie dieses hier.» Er legte die Hand auf die grob behauenen Brocken, die als Säulen für das Verandadach dienten. Dann beugte er sich zu den Koffern hinab. «Geh mal weg, Jago», sagte er, und der Hund folgte. Hanns las die Aufschriften, die den Inhalt des jeweiligen Koffers anzeigten. Er richtete sich auf. «Du brauchst ein Labor», stellte er fest. «Ich hatte darüber neulich schon nachgedacht, als du so empört von den Hühnern in den Krankenzimmern gesprochen hattest. Wenn man hier so lange lebt, dann schleicht sich ein Schlendrian ein. Darum ist es gut, dass du jetzt hier bist.» Er gab Juno einen Abschiedsklaps aufs Hinterteil und öffnete die Tür des Hauses. «Fahr nach Tanga, aber komm wieder», sagte er schlicht. «Ich möchte dich nicht verlieren, kaum dass du wieder da bist.»

«Dein Vorschlag ist wunderbar, ich hatte heute flüchtig

die gleiche Idee», sagte Amelie im Hineingehen. «Wann meinst du denn, dass wir anfangen können?»

«Mach Pläne, und dann fahren wir nach Mombo zu dem Inder, der dieses Haus gebaut hat», erwiderte Hanns. Er sah Amelie ernst an: «Vater ist ein hervorragender Stratege. Das ist noch eine seiner guten Eigenschaften. Erinnerst du dich, dass die Klinik als Erstes fertig war, während wir noch in Zelten lebten? Er hatte damals gesagt: Mit der Klinik halten wir die Arbeiter und gewinnen neue hinzu. Und die Leute kamen von überall her zu ihm.»

Amelie lächelte: «Du und unser Vater!» Sie war erleichtert über die plötzliche Wende, die dieser graue Tag genommen hatte. «Wovon willst du den Bau einer Klinik bezahlen?», fragte sie dennoch.

«Lass mich darüber nachdenken, Melli, dann fällt mir etwas ein. Von heute auf morgen wird das ohnehin nicht gehen; der Inder ist auf Monate ausgebucht.»

Sara begrüßte sie – wie immer in ihrem hübschen Kleid, das sie am ersten Abend getragen hatte.

«Was gibt es heute Leckeres zu essen?», rief Amelie übermütig. Dass sie in Salama niemals gezwungen sein würde zu kochen, war ein Glück, für das sie jeden Tag dankbar war.

«Ich habe Kudu-Steak mit Süßkartoffeln und Bohnen gemacht. Du und *bwana* Hanns mochten es letztes Mal so gern», antwortete Sara in dem gleichen fehlerfreien Deutsch, von dem Amelie inzwischen wusste, dass Hanns es den Damasso-Kindern beigebracht hatte. Sara warf einen kurzen glücklichen Blick zu Hanns.

«Sehr zu empfehlen, die Küche des Hauses, Frau Doktor!», rief eine Stimme mit volltönendem Bariton.

Amelie war, als träfe sie ein Schlag auf die Schulter. Sie blickte zum Durchgang des Speisezimmers, den eine schwere Gestalt nahezu ausfüllte.

Hanns fand seine Sprache als Erster wieder. «Wer sind Sie?», fragte er.

«Messingnagel mein Name, Gottlieb Messingnagel aus Berlin, Leipziger Platz. Wünsche einen wunderbaren Abend und werde mein Möglichstes zum Gelingen desselben beizutragen bestrebt sein. Ha, ha, ha. Na, Frollein Doktor, nicht wahr, man trifft sich immer zwei Mal im Leben. Und manchmal auch öfter.» Er wandte sich an Hanns. «Schön ham Se's hier, Herr von Freyer. Und die Frau Schwester auch endlich wieder da. Ach, det Leben kann doch so anjehm sein. Na ja, der Regen – davon ham Se ein bisschen viel heut' erwischt. Aber nen Pflanzer freut so wat ja letzten Endes, nich?»

«Ja», sagte Hanns und blickte ratlos zu seiner Schwester.

Amelie fühlte sich komplett an die Wand gedrückt. Die erschlagende Präsenz des Kaufmanns schnürte ihr regelrecht die Luft ab. Sein Auftauchen ließ sie an Hermine denken und das unerklärliche Verschwinden der drei Dolls. Nach wie vor vermutete sie, dass Messingnagel etwas damit zu tun hatte. Hanns' Äußerung, dass der Inder das Krankenhaus erst in einigen Monaten bauen könnte, bestätigte den Mangel an qualifizierten Arbeitern: Ein Wilhelm Doll war hier ein gefragter Mann – und er wusste es wahrscheinlich nicht einmal.

Die junge Ärztin gab sich einen Ruck und ging mit dem Lächeln der guten Gastgeberin auf Messingnagel zu. «Sara hat Sie bereits bewirtet?»

Messingnagel hob abwehrend die Hände: «Ich habe nur den köstlichen Duft gerochen.»

«Na, dann sollten wir essen, und Sie erzählen, was Sie zu uns führt.» Das sichere Parkett des leichten Wortgeplänkels tat gut. Wahrscheinlich, überlegte Amelie, war Messingnagel aus einem ganz simplen Grund hier: Er wollte den auf dem Schiff entstandenen Kontakt zu Amelie nutzen, um mit ihrem Bruder ins Geschäft zu kommen.

Sobald der erste Gang serviert war, sagte Messingnagel: «Ihre Schwester hat von meiner Wenigkeit wohl nichts erzählt.»

«Ihr Name sagt mir durchaus etwas, Herr Messingnagel. Aber ihr Kompagnon, Mister Gupta, hat mir bislang für meinen Sisal zu wenig geboten. Deshalb sind wir noch nie ins Geschäft gekommen. Wollen Sie daran etwas ändern?», fragte Hanns mit der ihm eigenen Offenheit.

Amelie beschloss sich nicht weiter einzumischen, wenn die beiden Männer ihre Felder absteckten. Die sich nun entspinnende Fachsimpelei über die Preise der begehrten Rohstoffe würde wohl zu einem einvernehmlichen Ende führen. Denn Messingnagel hätte sich kaum auf den Weg nach Salama gemacht, wenn er nicht mit Hanns ins Geschäft kommen wollte. Ihr Bruder hatte bei ihrem letzten nächtlichen Gespräch auf der Veranda angedeutet, dass er mit seinem bisherigen Vertragspartner unzufrieden war. So würde also die eigentümliche Begegnung auf der *Admiral* auch Hanns nutzen.

Sara servierte die Kudu-Steaks, die sie wie in einem vornehmen Berliner Restaurant auf Salatblätter gebettet hatte. Das Lob, mit dem die beiden Männer sie bedachten, ließ sie verschämt die Augen senken.

«Is'n hübschet Kind», sagte Messingnagel. «Tut 'nem Mann in der Einsamkeit der Berge jut.» Als er Hanns' abweisenden Blick bemerkte, setzte der Kaufmann rasch in Hochdeutsch hinzu: «Schöne Menschen sind stets eine Zierde. Ist doch nichts Verkehrtes dabei.»

Nein, für diesen kumpelhaften Männerton war ihr Bruder der falsche Gesprächspartner. Liebe erlaubte keine Anzüglichkeit, nur den geraden Weg.

Mit der Wendigkeit einer jagenden Wildkatze wandte

sich Messingnagel unerwartet Amelie zu. «Frau Doktor», begann er mit süßlichem Lächeln, «wissen Sie eigentlich, dass ich vor allem Ihretwegen hier bin?»

Amelie lief ein kalter Schauer über den Rücken. Welches Ziel verfolgte dieser Mann? Hatte sie sich doch nicht geirrt, und er machte ihr den Hof?

«Das war mir bislang entgangen», erwiderte sie mit freundlicher Tapferkeit.

Messingnagel schob sich seine Gabel in den Mund, etwas Soße tropfte auf seinen nicht sehr üppigen dunkelblonden Bart. Er tupfte sie mit der Serviette fort, die seine kräftigen Finger nur mit den Spitzen hielten, was bei einem so dicken Mann auf bizarre Weise mädchenhaft wirkte.

«Köstlich, wirklich sehr delikat», sagte er, «und so zart. Is nicht einfach, Kudu richtig zuzubereiten.» Er blickte Amelie an. «Haben Sie das dem Mädchen beigebracht?»

«Ich kann so gut wie gar nicht kochen», sagte Amelie, deren Verwirrung wuchs, und sie ahnte, dass Messingnagel genau darauf setzte. «Meinetwegen sind Sie hier?», fragte sie. «Das ehrt mich.»

Messingnagel nahm den nächsten Bissen, kaute und sagte dann: «Sie sind einer der wenigen Menschen in Deutschost, der sich mit Atoxyl auskennt.»

Amelie spürte, wie ihr der Schweiß den Rücken hinunterlief. Was konnte Messingnagel dieses noch in der Erforschungsphase befindliche Mittel nutzen? Ihm, einem Kaufmann! Sie sah Messingnagel aus Heims Büro kommen und erinnerte sich an Heims eigentümliches Lob für Messingnagel: «Ohne Männer wie Gottlieb Messingnagel würde es in unserem Schutzgebiet nicht so rasch aufwärts gehen. Das ist noch der Geist der ersten Afrikaner.» Und dann hörte sie Damasso berichten, dass Messingnagel jemanden suchte.

«Sie machen mich neugierig», sagte sie.

«Sie werden gleich mehr als neugierig sein, denn ich mache Ihnen das Angebot, das Ihnen ein Professor Koch verweigert hat.» Messingnagel schob sich einen weiteren Bissen in den Mund.

Amelie lächelte irritiert: «Herr Messingnagel, Sie verblüffen mich.» Sie wandte sich Hanns zu. «Weißt du, dass unser Gast Haie mit Zigarren füttert? Dasselbe Spiel treibt er gerade mit mir.»

Hanns verschränkte die Arme vor der Brust. «Wenn ich mitreden soll, dann muss ich eingeweiht werden», forderte er.

Messingnagel nickte. «Kurz und gut, ich biete Ihrer Frau Schwester die Möglichkeit, an einer Expedition teilzunehmen, die an den Tanganjika führt. Am Ziel sollen Eingeborene», er machte eine bedeutungsvolle Pause und Amelie erinnerte sich, ihn darauf verwiesen zu haben, nicht das gebräuchliche Wort Neger zu verwenden, «sollen Eingeborene mit Atoxyl gegen die Schlafkrankheit behandelt werden», sagte er an Hanns gewandt. «Wie wir alle wissen, sind die Schwarzen das wichtigste Kapital, das wir im Schutzgebiet haben. Also liegt es im Interesse – und jetzt komme ich zu meiner Wenigkeit – eines Kaufmanns, dass die Leute gesund sind, für deren Arbeit man gutes Geld zahlt. Ja», er pikste sich ein paar Bohnen auf die Gabel, «das war's.» Messingnagel lächelte die Geschwister freundlich an. «Nun erwarte ich Ihre Fragen.» Er kaute genüsslich und fixierte Amelie dabei.

«Professor Koch ist ganz in der Nähe, in Amani. Warum wenden Sie sich nicht an ihn?», fragte Amelie. Das Angebot war zu überraschend, und es kam von der falschen Seite, als dass sie es ernst hätte nehmen können.

«Geld, ja, das habe ich vergessen, Fräulein Doktor», schob er nach, ohne direkt zu antworten. «In diesem

Punkt bin ich sehr großzügig. Und was Sie – das ist ja für eine Forscherin nicht unwichtig – über die Wirkungsweise des Atoxyl in Erfahrung bringen, das dürfen Sie selbstverständlich publizieren.»

«Sie wissen wirklich, womit man Leute fängt», sagte Amelie anerkennend. Der Kaufmann hatte sie an ihrem wunden Punkt erwischt – der Eitelkeit einer ehrgeizigen Wissenschaftlerin. Wenn es ihr, einer Frau noch dazu, gelingen würde, möglicherweise vor Koch zu veröffentlichen ...

Messingnagel deutete auf den Wein. «Der ist hervorragend. Dürfte ich noch ein Glas ...?»

«Entschuldigung», antwortete Hanns, der seinen Gast angestarrt hatte. «Ihre Neuigkeiten sind überraschend, Herr Messingnagel. Das muss ich offen gestehen.»

«Ach», erwiderte Messingnagel, «mein Geschäft funktioniert wie Ihres. Um Kaffee ernten zu können, müssen Sie bei den Arbeitern anfangen. Wenn Sie Leute von den falschen Stämmen verpflichten, gehen Sie rasch pleite. Sie haben hier Wapare, wie ich vorhin gesehen habe. Die kennen sich mit Terrassenbau aus. Sie nehmen die Besten. Und ich brauche auch die Besten.» Er hob das Glas in Amelies Richtung. «Dies ist eine fremde, komplizierte Welt. Aber wir sind hier, weil wir uns zutrauen, all die Verflechtungen zu erkennen, die es braucht, um Erfolg zu haben.» Er nahm einen kleinen Schluck und stellte das Glas ab. «Also, zum Professor: Seine Majestät hat viel Geld, da kann ich nicht mithalten. Das ist das eine. Das andere: Ich brauche rasche Ergebnisse. Während der Professor an seinen, ach, dieser Name, Tripa...-was-weiß-ich, forscht – was gut und wichtig ist –, schicke ich meine Expedition los, um konkret vor Ort Wirkung zu erzielen.»

«Moment mal, Herr Messingnagel», sagte Hanns bedächtig, «Ihre Expedition ... So etwas braucht viel Vorbereitung. Wahrscheinlich an die hundert Träger. Soweit ich weiß, bekommt man die zurzeit nicht so einfach. Und Ausrüstung. Und nur mit Amelie können Sie so etwas kaum bewältigen.»

Messingnagel winkte großzügig ab. «Sie können von mir erwarten, dass ich das alles habe. Die Leute sind bereits in Morogoro, wo ich vor kurzem noch gewesen bin. Aber sie können nicht aufbrechen, weil der wichtigste Mann ausfällt.»

Von *schlechten Nachrichten aus Morogoro* hatte der Inder Gupta bei Messingnagels Begrüßung gesprochen. Der Ort lag an der ins Landesinnere führenden alten Karawanenstraße.

«Dann haben Sie die letzten zwei Wochen mit der Suche nach einem Ersatzmann verbracht?», folgerte Amelie.

«Ich hatte lange auf Dr. Heim gehofft, aber der Doktor ist kein Afrikaner. Zu so etwas braucht man Abenteuergeist. Aber er hat mir Sie ans Herz gelegt.» Messingnagel nahm einen Schluck Wein. «Natürlich, dachte ich mir, eine Ärztin, die schon als Kind den *chui* geschossen hat, ist genau die Richtige.»

«Sie sagen es», warf Amelie mit lauerndem Unterton ein, «ich bin eine Frau.»

«Das mag in Berlin eine Rolle spielen. Aber dies ist Afrika. Wir wären nicht hier, wenn wir nicht die Freiheit suchten.»

Die pathetische Bemerkung drückte auch den wahren Grund für Amelies Heimkehr aus. Es war jene Freiheit, die Amelie durch den Wagemut ihres Vaters kennengelernt hatte: Die Vorstellung von einer Welt, in der man Träume verwirklichen konnte, einte Menschen, die das Unmögliche schließlich machbar werden ließen. Grenzen, die das von Moral und gesellschaftlichen Zwängen wie in ein Korsett eingeschnürte Deutschland auferlegte, konnten hier überwunden werden. In Afrika tat jeder, was er konnte und nicht, was ihm die Konventionen gestatteten. Darin lag gleichzeitig etwas Erschreckendes; nicht wenige Weiße leiteten aus dieser Freiheit das Recht ab, sich jenen überlegen zu fühlen, die diesen Willen nicht aufbrachten.

«Ihr Angebot kommt natürlich unerwartet», sagte Amelie nach langem Schweigen, das auch der redselige Messingnagel nicht unterbrochen hatte; er schien sehr genau zu wissen, wann er seine Worte nachklingen lassen musste. Inzwischen hatte Sara den Nachtisch serviert, eine Schale mit frischem Obst von den Bäumen Salamas. «Ich hatte eigentlich andere Pläne», deutete Amelie an.

Messingnagel schälte sich eine Orange mit dem Messer und wandte sich dabei an Hanns. «Ihre Schwester spricht von Ihnen, nehme ich an. Ich hätte vollstes Verständnis, wenn Sie ihr die Erlaubnis verweigerten.»

Hanns schüttelte den Kopf. «Meine Schwester trifft ihre Entscheidungen selbst. Aber mir ist nicht klar, ob sie genug über das Vorhaben weiß, zu dem sie eingeladen wird.»

Der Kaufmann schob sich eine Orangenspalte in den Mund. «Sie haben sich hier ein Paradies erkämpft, und ich locke mit der Wildnis. Man wird aus Dosen essen, das Wasser wird oft brackig sein und manchmal knapp, die Träger verschwinden über Nacht. Die Tiere werden Ihnen keine Angst machen. Aber die Menschen, wilde Gesellen, die Karawanen ausrauben.»

«Haben Sie schon mal so etwas mitgemacht?», fragte Hanns und konnte die leichte Belustigung nicht ganz verbergen, die er bei dieser Vorstellung empfand.

Messingnagel verneinte. «Nicht jene zwölfhundert Kilometer, die diese Expedition zurücklegen muss. Aber ein paar hundert habe ich mir angetan, weil es nicht anders ging.» Er tippte sich gegen die Stirn. «Meine Abenteuer finden mehr hier drin statt. Planung fasziniert mich, Menschen zusammenzubringen – das ist eine Herausforderung, die mich reizt.»

«Sie sind sehr ehrlich», stellte Hanns fest. «Und ich hoffe, Sie sind nicht nur ein Meister der Verstellung. Ich lebe schon so lange in diesem Land, dass ich fast jeden Regierungsbeamten persönlich kenne, und sie kennen mich.»

Mehr als diese Andeutung machte Hanns nicht, aber Amelie war überzeugt, dass Messingnagel verstand, was er meinte.

«Sehr richtig, Herr von Freyer», gab Messingnagel zurück, «ich kann es mir nicht leisten, meinen guten Ruf zu ruinieren. Ich lebe von meiner Reputation; sie bedeutet mir so viel wie Ihnen Salama.»

«Meine Schwester bedeutet mir noch wesentlich mehr.»

Männer, dachte Amelie. Anstatt um Inhalte zu streiten, mussten sie Muskeln spielen lassen. Viel wichtiger erschien ihr die Frage, ob solch eine Expedition überhaupt Erfolg haben konnte.

Doch Messingnagel nahm ihr die Chance, danach zu fragen, indem er sagte: «Ich zahle Ihnen achttausend Mark, wenn Sie an der Expedition teilnehmen, Frau Doktor Freyer.»

In ihrem ganzen Leben hatte Amelie niemals Geld für ihre Arbeit erhalten; die Ehre, dass man sie als Frau überhaupt in den medizinischen Kreisen zugelassen hatte, war ihr Lohn gewesen. Messingnagel versprach ihr das Jahresgehalt eines Geheimrats in Berlin. Eines Mannes wie Professor Freyer, ihrem Vater. Aber seltsamerweise beeindruckte Amelie diese Tatsache nicht.

Vor ihren Augen zogen die Gesichter von Theodor Brach und Professor Koch vorbei. Der Mann, der sie heiraten wollte und der Mann, den sie aufgrund seines hartnäckigen Forscherdrangs bewunderte, hatten ihr eine Chance verweigert, die ihr ausgerechnet ein Messingnagel zu Füßen legte. Würde sie annehmen, so würde ihr wahrer Lohn darin bestehen, diesen Männern beweisen zu können, dass sie ihnen nicht zwangsläufig deshalb unterlegen war, weil sie eine Frau war. Sie würde nach Berlin zurückkehren und einen mit nachvollziehbaren Beweisen gespickten Vortrag über die Wirkung von Atoxyl genau dort halten, wo sie vor wenigen Wochen erst verlacht und verhöhnt worden war.

Afrika hatte sie geprägt. Gab Afrika ihr nun eine neue Chance?

Amelie spürte den Blick ihres Bruders auf sich ruhen. Gerade mal eine Stunde war vergangen, dass sie sich über sein großherziges Angebot gefreut hatte – ihr eigenes Krankenhaus. Und nun brach Messingnagels Angebot mit der entfesselten Kraft eines durch plötzlichen tropischen Regen zu einem Strom angeschwollenen Gebirgsbachs in die Idylle von Salama.

«Wie lange wird die Expedition dauern?», fragte sie.

«Ich gehe von einem Jahr aus», erwiderte Messingnagel ohne Zögern; er machte weder Hanns noch ihr Hoffnungen auf ein Zusammensein. «Selbstverständlich zahle ich die gesamte Summe vorher», fügte er hinzu. Dann erhob er sich und wandte sich an Hanns. «Ich bin bei den Gesprächen mit Ihrer Schwester einer zu viel. Es war für mich ein langer Tag. Ob Sie die wunderbare junge Dame, die uns so zuvorkommend bedient hat, bitten könnten, mir ein Bett in Ihrem Haus zu richten?»

«Das hat Sara gewiss längst getan», sagte Hanns. «Ich werde dennoch nachsehen.»

Unter den Weißen war es üblich, auch völlig Fremde unkompliziert aufzunehmen; die wenigen Hotels lagen vorwiegend in den Küstenstädten.

Messingnagel deutete eine Verbeugung an, als er zu Amelie sagte: «Wenn ich Sie früher gekannt hätte, wären Sie von Anfang meine erste Wahl gewesen. Aber Berlin ist groß, da hat man keinen so guten Überblick wie in Afrika.»

Amelie lachte. «Ich dachte immer, Afrika wäre größer.» Sie wurde ernst. «Wann müsste ich eigentlich aufbrechen?»

Hanns starrte in den schwarzen Nachthimmel; noch immer fiel Regen. «Morgen», sagte er mehr zu sich selbst, «er möchte also, dass du morgen nach Morogoro reist.»

Amelie hatte die Knie an den Körper gezogen und umklammerte die bis auf ihre Füße reichende Decke.

«Er hat schon so viele Träger angeheuert, die ihn jeden Tag viel Geld kosten», gab sie Messingnagels in Hanns' Abwesenheit gegebene Begründung wieder. «Hanns, ich habe nachgedacht. Wir wollen doch das neue Krankenhaus bauen.»

Hanns blickte sie an. «Wer soll sich darum noch kümmern?» Die Bitterkeit in seiner Stimme war unüberhörbar.

«Es muss doch erst mal gebaut werden.»

Hanns stand so rasch auf, dass Juno zur Seite sprang. «Und dann? Wer soll es mit Leben füllen? Es wäre dein Krankenhaus, Schwesterchen, nicht das vom alten Wilkening.»

«Ich komme zurück, Hanns.» Es war ein Versprechen, das sie in diesem Moment seinetwillen gab. Sie hatte zwar die Absicht, es zu erfüllen, aber in ihrer Brust schlugen zwei Herzen. Jenes der Forscherin, die den Männern beweisen wollte, wie sehr sie sich irrten. Das andere war das der Afrikanerin, die ihre Wurzeln niemals vergaß.

Langsam trat Hanns auf sie zu, verharrte einen Moment und zog dann den anderen Stuhl neben sie. «Melli, du weißt nicht, mit wem du dich einlässt.» Er blickte sie ernst an. «Ich müsste erst mal Erkundigungen über Messingnagel einholen; ich weiß zu wenig über ihn.»

«Damasso hat sich in Tanga umgehört. Er sagt, man soll nicht gutes und schlechtes Wasser mischen.»

«Siehste.»

«Trotzdem, Hanns, es ist meine Chance.» Amelies Stimme war weich; vor Hanns konnte sie nicht verbergen, dass sie durchaus Zweifel hatte, ob sie das Richtige tat. «Messingnagel will die ganze Summe vorher zahlen. Davon kannst du unsere Poliklinik bauen.» Sie wollte sich mit diesem Argument so freikaufen, wie Messingnagel sie mit dem Geld zu ködern versucht hatte. Amelie war das bewusst und es machte ihr ein schlechtes Gewissen.

«So viel kostet das niemals. Einen Bruchteil davon, höchstens.»

«Egal. Es bedeutet Zukunft für Salama. Und wenn ich wiederkomme, dann kann ich anfangen.» Sie verdrängte den anderen Gedanken, der laut dagegen anschreien wollte: Sie konnte nicht gleichzeitig eine Urwaldklinik führen und als Forscherin Erfolg haben.

So weit dachte Hanns nicht. Er sprach die naheliegenden Fragen an: «Amelie, solch eine Expedition ist eine gefährliche Sache. Das hat nichts damit zu tun, dass du eine Frau bist, versteh mich nicht falsch. Kräftige Kerle werden in den Sümpfen vom Rückfallfieber, von Malaria oder Durchfall geschwächt. Und wenn sie es überleben, dann kommt irgend so ein dussliges Krokodil und beißt sie in den Hintern. Oder ein Flusspferd hat plötzlich verflixt schlechte Laune. Amelie, du willst eine Krankheit bekämpfen, aber du musst dafür zur Abenteurerin werden. Ich beschwöre dich, überlege gut, bevor du dich entscheidest!»

Hanns stand schwer atmend auf, wandte sich wieder der verregneten Nacht zu.

«Der goldene Stern», sagte er. «Da kann ich lange reden, nicht wahr? Jetzt ist er nicht da, wenn man ihn mal braucht. Auch der Mond ist ein Stern. Ein dicker, aber ein Stern. Weil er an diesem Himmel hängt. Ansonsten wäre er doch auf der Erde!» Hanns drehte sich zu ihr. «Was ich sagen will: Wir müssen keinem goldenen Stern nachjagen, weil alles da ist. Wir müssen es nur sehen.» Er wandte sich erneut der vor ihm liegenden Finsternis zu.

Amelie löste sich aus ihrer zusammengekauerten Haltung, legte die Decke fort und trat neben Hanns. «Ich werde Messingnagel sagen, dass morgen nicht geht. Ich müsste sowieso erst mal alles Notwendige organisieren. Und außerdem fahre ich nur hin und sehe mir an, was er in Morogoro für eine Mannschaft hat», sagte sie, lehnte die Stirn an seinen Rücken und schlang die Arme um seine Schultern.

Hanns drehte sich langsam zu ihr um und schloss sie in die Arme. «Ich habe Angst um dich», sagte er mit brüchiger Stimme.

Amelie blickte zu ihm auf. So vieles wollte sie ihm sagen. Ihn daran erinnern, dass sie es von den Kellern des Wedding bis an den Tisch von Robert Koch geschafft hatte. Doch es wären nur Worte gewesen. Und die hatten kein Gewicht gegen das Gefühl der Liebe, das Hanns für sie empfand.

Der Regen strömte mit beständiger Beharrlichkeit vom grasgedeckten Dach auf die Steine der Terrasse; es klang wie das Rauschen eines Wasserfalls. Ansonsten war alles ruhig, kein anderer Laut war zu hören. Die Hunde lagen mit ausgestreckten Beinen auf der Seite und schliefen. Kostbar war eine Nacht, in der man nicht ausgeschickt wurde, die Hyäne zu verjagen.

Hohe, maßgeschneiderte ungarische Reitstiefel, mehrere Hosen, ein Tropenhelm, warme Pullover, dicke wollene Unterhemden und Schlafanzüge aus leichtem Flanell lagen auf dem Bett und am Boden verstreut. Es hätte die Reiseausstattung eines Mannes sein können. Eine Ärztin, die auf einer Farm Kranke betreute, brauchte keine derart aufwändige Garderobe. Dennoch hatte sie all das aus Berlin mitgebracht ... Dort, wo sie hingehen wollte, würde es wohl das Richtige sein. Amelie nahm die weiten Safarihosen hoch, von denen sie sich in Berlin noch rasch zwei Stück hatte schneidern lassen, faltete sie zusammen und legte sie in einen der noch leeren Blechkoffer, die ihre Kleidung vor der Feuchtigkeit der Tropen schützen würden. In dem aus Tropenhölzern geschreinerten schlichten Schrank hingen Röcke, Kleider, Blusen. Sie griff einiges heraus, warf es aufs Bett, betrachtete das Chaos. Was würde sie brauchen? Plante sie wirklich nur einen Besuch in Morogoro, wie sie es Hanns gesagt hatte? Oder war sie bereit zu einem Abenteuer, dessen Ausgang ungewiss und dessen Erfolg nicht absehbar war?

Fünfundzwanzig bis dreißig Kilo konnte ein Träger schleppen, das galt für alle Safaris als Faustregel. Gleichzeitig waren Träger kostbar. Folglich war das oberste Gebot, möglichst wenige der großen, aus verzinktem Eisenblech gefertigten Koffer mitzunehmen. Die schlossen dank ihrer Gummilitzen so dicht, dass Staub, Feuchtigkeit und vor allem Termiten und Ameisen draußen blieben. Ein Koffer mit medizinischer und wissenschaftlicher Ausrüstung käme ohnehin hinzu, und Hanns hatte ihr dringend geraten, sich mit Tauschware einzudecken, die im Inneren Afrikas das wichtigste Zahlungsmittel darstellte. Diese Einkäufe wollte sie jedoch erst angehen, wenn Messingnagel ihr Einblick in seine Unterlagen gewährt hatte, die er in einem Hotel in Daressalam aufbewahrte.

Amelie kniete sich aufs Bett und begann ihre Garderobe zu verteilen. Sosehr sie sich auch mühte: Allein die Kleidung erforderte vier Koffer. Ein warmer Mantel, eine Decke – Afrika konnte kalt sein. Welche Bücher sollte sie mitnehmen? Mary Kingsleys Reisebericht *Travels in West Africa* oder Manns *Buddenbrooks*, das schon so lange darauf wartete, endlich gelesen zu werden. Sie schlug Manns bürgerliche Welt auf, blätterte, las ein wenig. Als es an der Tür klopfte, rief sie: «Komm rein!» Sie blickte nicht mal auf, denn sie erwartete Hanns.

«Es stimmt also», hörte sie David sagen und blickte nun in die ernsten Augen des 15-Jährigen. «Du gehst weg.»

Verlegen stand Amelie auf. Sie fühlte sich ertappt wie eine Diebin, die sich heimlich aus dem Staub macht.

«Ich komme wieder, David», sagte sie, legte die *Buddenbrooks* beiseite und ihr Idol Kingsley in den Koffer; vielleicht käme eine schwere Stunde, in der sie den trockenen Humor der nie verzagten Britin als Ermutigung nötig hatte.

Krumm und schief stand der sie um eine Kopfeslänge überragende Junge vor ihr, eingewickelt in eine rote Massai-Decke. Seine nahezu kraftlose rechte Schulter stützte ein langer Stecken, den seine steifen Finger umklammerten. Er starrte sie aus großen, dunklen Augen an.

«Nimm mich mit», sagte David. Kein Wort mehr, keines weniger.

«Ich weiß doch gar nicht, was mich erwartet, David», erwiderte sie ratlos.

«Darum wirst du Hilfe brauchen», sagte er sachlich.

Amelie trat langsam auf ihn zu und sah ihm ins Gesicht. Er war hübsch, seine der Kindheit gerade entwachsenen Züge hatten noch etwas Weiches, fast Mädchenhaftes. «Du bist mir ein Bruder, David. Ich darf dich nicht in Gefahr bringen.»

David fasste nach ihrer Hand, und erst jetzt wurde ihr bewusst, dass sie die Wange des Jungen sanft berührt hatte. Er schob ihre Hand fort aus seinem Gesicht. «Ich bin kein Kind», sagte er. Einen Moment lang rührte er sich nicht, dann drehte er sich um und verließ den Raum. Sie hatte seinen Stolz als heranwachsender Mann verletzt. Als Bruder und Beschützer, gewiss als Sohn eines angesehenen Mpare.

Was war geblieben von ihrer kindischen, heroischen Tat? Ein Mensch schleppte sich zeit seines Lebens mit einem Handicap herum. Würde David jemals bei seinen Leuten als echter Mann anerkannt werden, jemals eine Frau finden? War er überhaupt glücklich? Hanns hatte dafür gesorgt, dass David an der Regierungsschule in Tanga eine gute Schulausbildung bekommen hatte, und er lernte ihn gerade an, die Bücher auf Salama zu führen. Doch all diese Anstrengungen wirkten falsch angesichts von Davids Bitte, ihn mitzunehmen. Er wollte ein richtiger Mann sein. Jemand, der zurückgeben konnte, was ihm geschenkt worden war.

Während Amelie diesen Gedanken nachhing, ging sie auf die Veranda, schleppte einige der Klinikkoffer in die Halle hinein und betrachtete nun, was sie mehr oder weniger automatisch zusammengestellt hatte. Natürlich musste das eigene Mikroskop mit, das war für die anstehende Arbeit am wichtigsten.

Sie sah Hermine Doll im kleinen Zimmer des Schiffsarztes, sich selbst, wie sie Hermine Blut abnahm. Und vor diese Bilder schob sich die Erinnerung an ihren Vater, wie er gemeinsam mit Wilkening die Schulterwunden des vom Leoparden verletzten Kleinkindes David versorgt hatte.

«Weißt du eigentlich, was du getan hast?», hatte der Professor gefragt. Amelie hatte ratlos die Schultern gehoben. «Du hast dein Leben eingesetzt, um ein anderes zu retten», hatte der Vater seine eigene Frage beantwortet. «Aber du warst dir dessen nicht bewusst. Rette ich als Arzt ein Leben, so ist dies eine Sache. Tue ich das Gleiche aus Mitgefühl, so ist das etwas anderes, Amelie. In beiden Fällen trage ich zwar Verantwortung. Für den Arzt endet sie, sobald der Patient als geheilt entlassen ist. Ein Mensch jedoch, der aus Nächstenliebe ein Leben rettet, verbindet sein Schicksal mit dem eines anderen Menschen. Ob er es will oder nicht. Du bist zu jung, mein Kind, um das in seiner Tragweite zu verstehen. Aber was du für David getan hast, verbindet für immer.» Der Professor hatte seine Tochter ernst angesehen. «Ich werde Damasso sagen, dass sein Sohn von nun an auch dein Bruder ist.» Dann hatte er sich geräuspert. «Dafür, dass du dem Leoparden nachgegangen bist, müsste ich dich strafen. Du hast dich kopflos in höchste Gefahr gebracht. Eigentlich wollte ich dich zur Strafe für eine Woche in dein Zimmer sperren. Aber Wilkening hatte eine bessere Idee: Du wirst diese Woche hier an Davids Bett verbringen, seine Wunden pflegen, seine Verbände wechseln. Denn die Wunden werden eitern.»

«Und wo soll ich schlafen, Vater?»

«Neben David wirst du ruhen und auf seinen Atem achten. Tag und Nacht. Es ist eine Prüfung, Amelie, aber du wirst sie bestehen.»

Regungslos saß die junge Ärztin mitten in der Eingangshalle zwischen den neun halb ausgepackten Klinikkoffern. Sie riss sich zusammen und wandte sich ihrer begonnenen Arbeit zu. Mit flinken Händen sortierte sie Verbandsmaterial, Spritzen und Medikamente. Dinge, von denen sie vage annahm, dass sie sie brauchen könnte.

Sie wusste plötzlich, wie sie David um Vergebung für ihre schroffe Ablehnung seines Angebots bitten konnte. Sie stapelte die nunmehr acht Koffer an der Seite neben dem Eingang und wuchtete den neunten auf die Veranda hinaus. Aus ihrem Zimmer holte sie einen Bogen Papier und rannte durch den immer noch herniedergehenden Regen zum alten Haus, das inzwischen als *Bureau* bezeichnet wurde.

David saß in dem einzigen Raum hinter einem der Schreibtische, die am Vortag auf der Veranda gestanden hatten. Er hatte den Kopf auf die Schreibtischplatte gelegt und schien zu schlafen. Vor ihm lagen die Bücher.

«Ich möchte dich bitten, mich in meiner Abwesenheit zu vertreten», sagte sie und rollte das mitgebrachte Papier auf den Buchhaltungsbüchern aus; es war die Grundriss-Skizze des geplanten Krankenhauses, die sie am Morgen entworfen hatte.

Der Junge reagierte nicht.

«Wir werden eine Klinik bauen, eine richtige. Und du wirst die Arbeiten beaufsichtigen. Von Anfang an», sagte Amelie.

David richtete sich auf. Er hatte nicht geschlafen. Sie sah, dass er geweint hatte. Was er nie zugegeben hätte; Wapare-Männer weinten nie, das war unmännlich, wie groß der Schmerz auch war, den es auszuhalten galt.

Amelie hätte ihn gern berührt, den kleinen Bruder aus einer anderen Kultur, um ihn spüren zu lassen, dass sie ihn liebte. «Ich meine es ernst», sagte sie. «Mit jedem Tag, an dem an der Klinik gebaut wird, wirst du wissen, dass ich zurückkomme.» Und Hanns wird es auch sehen, fügte sie in Gedanken hinzu.

Der junge Mpare sah sie ernst an. «Du wirst kommen», sagte er und fügte leise hinzu: «Und wieder gehen.»

Amelie wich seinem Blick aus. «Nein», erwiderte sie mit einem Lächeln, «du irrst dich. Ich bin hier zu Hause. So wie der Kaffee.» Ihr versöhnliches Lächeln sollte ihn fröhlich stimmen.

«Dein Vater hat den Kaffee aus Westafrika holen lassen. Er wird hier nur angebaut, damit ihn weiße Menschen in Europa trinken», sagte der Junge, der ein Mann geworden war.

Der Regen hatte aufgehört, graue Wolken hingen noch in den Bergen, während die nun von einem zarten Grün betupfte Savanne bereits von der Sonne beschienen wurde. Es war eine Stimmung voller Melancholie. Amelie erinnerte sich, den Ausblick, in dem so viel Widersprüchlichkeit lag, auch in ihrer Jugend genossen zu haben. Weil darin Verheißung lag, die Möglichkeit hinauszuziehen und sich dennoch geborgen zu fühlen in der Friedlichkeit eines Zuhause. Davids prophetische Worte jedoch hatten sie an Hanns erinnert, an seinen goldenen Stern.

Warum stellte sie sich jetzt einem Abenteuer, anstatt hier klar vorgezeichnete Wege zu gehen? Hatte sie nicht schon ähnlich gefühlt, als Dr. Heim ihr angeboten hatte, in Tanga zu arbeiten? Sie wollte forschen. Aber wozu? Um die Ergebnisse im fernen Berlin zu präsentieren, um sich den erhofften Lohn bei jenen Männern abzuholen, die sie verlacht hatten. Doch in den Berliner Salons würde man ihr den Rücken zuwenden, sobald sie durch eine der weiten Flügeltüren schritte. Und dann würde sie das Sehnen nach der Weite Afrikas erneut überkommen.

Zerrissenheit, niemals ankommen ... Das kleine Mädchen mit dem Gewehr, stets auf der Pirsch.

Amelie beugte sich zu Jago hinab und tätschelte seinen kräftigen Rücken. «Wie ist das, du Jagdhund? Ist man erst zufrieden, wenn man jagt? Ist die Jagd an sich das Ziel?»

Jago blickte sie fragend an. Seufzend wandte sich Amelie dem grandiosen Ausblick zu.

«Hier bist du!» Hanns näherte sich mit raschem Schritt. «Was ist los?» Er legte den Arm um ihre Schulter.

Und Amelie schob ihn fort. «Tu das bitte nicht, Hanns. Sonst kann ich nicht gehen.»

Hanns lachte. «Ach, Melli, wenn du hierbleibst, bist du doch nicht glücklich. Dein Verstand ist nicht mehr dort heimisch, wo dein Herz sich geborgen fühlt.»

Amelie drehte sich zu ihm. «Hanns, wann ist ein Mensch glücklich?»

«Oh, mein Gott, Melli!» Er nahm sie lachend in die Arme. «Die wenigsten Menschen wissen wahrscheinlich, wann sie glücklich sind. Sie merken es erst, wenn sie es nicht sind.»

«Bin ich so ein Mensch?»

Hanns studierte lange ihr offenes, jetzt so verletzlich wirkendes Gesicht, dann sagte er: «Vater hat mal gesagt, dass am Anfang jeder Reise eine Frage steht. Vielleicht ist dies deine Frage.»

Amelie schüttelte den Kopf. «Es geht um Atoxyl, Hanns.»

Ihr Bruder gab ihr einen flüchtigen Kuss auf die Wange. «Geht es nicht, Amelie. Das ist nur der Vorwand für die Reise. Den wahren Grund wirst du erst erfahren, wenn du unterwegs bist.» Er ließ sie los und beugte sich zu Jago hinab. «Mein Guter, weißt du eigentlich, dass auch du eine Reise machen wirst? Du begleitest Amelie.» Er knuddelte den Hund. «Und, wehe, du passt nicht gut auf sie auf. Vor allem, wenn der *chui* in der Nähe ist. Da wird Frauchen gern rabiat und vergisst ihre Vorsicht.»

«Du willst ihn mir mitgeben?» Amelie war überwältigt; die Hunde waren sein ganzer Stolz.

Noch einmal umarmte Hanns sie. Dann schob er sie sanft von sich. «Wenn du merkst, dass Messingnagel ein Schwindler oder gar ein Hasardeur ist, dann brich die Sache ab, bevor es zu spät ist», sagte er eindringlich. «Das musst du mir versprechen. Und natürlich, dass du einen klaren Kopf behältst bei allem.»

7.

Von einem deutschen Leutnant hatte Amelie durchaus etwas mehr Haltung erwartet. Der schmächtige Offizier hatte sich am Bahnhof von Daressalam schneidig vorgestellt: «Von Forsell, stets zu Ihren Diensten, gnädige Frau.» Doch jetzt kippte er in jeder der zahlreichen Kurven, die der Bauzug nahm, gegen Amelie. Auf der harten Holzbank des Güterwaggons gab es keinen Platz zum Ausweichen. Dass der kleine Mann mit dem Mausgesicht so überaus anlehnungsbedürftig war, lag wohl weniger an einem schwach ausgebildeten Muskeltonus. Die junge Ärztin tippte eher darauf, dass Herr von Forsell in den nächsten Monaten auf weibliche Nähe verzichten musste.

Die Mittellandbahn würde erst in vielen Jahren das von der Reichsregierung in Berlin angestrebte Ziel erreichen, den Tanganjikasee. Von dieser 1400 Kilometer langen Strecke waren im Mai 1906 erst hundertfünfzig Kilometer für den Personenverkehr frei gegeben. Für weitere sechzig Kilometer konnte man den Bauzug benutzen, der aus rohen Holzplanken bestand und für die Strecke drei Stunden benötigte.

Staub und Hitze drangen durch die Öffnungen der Fensterschlitze. Die Getränke, Limonade und Wasser, waren von den anwesenden Herren so rasch verbraucht worden, dass sie gar nicht erst warm geworden waren. Und das obwohl die Küche des *Kaiserhof* in Daressalam die mitgeführten Picknickkörbe reichlich befüllt hatte. Amelie jedoch hatte weit weniger unter Durst zu leiden als ihr

Reisegefährte Messingnagel, der ihr mit hochrotem Kopf und schweißüberströmt gegenübersaß.

Eine gute Woche war vergangen, seitdem sie von Salama Abschied genommen hatten. In Tanga hatte Amelie zunächst noch Dr. Heim für seine Vermittlung gedankt. Von Frau Heim hatte sie erfahren, dass Hermine ohne ein Wort des Dankes verschwunden war. Die Krankenschwester war ebenso in Sorge wie Amelie, ob Hermine sich etwas angetan haben könnte. Doch niemand wusste etwas über ihren Verbleib. Mit dem Küstenschiff waren sie dann in einer Tagesreise nach Daressalam gefahren und hatten dort im feudalen *Kaiserhof* übernachtet. Während Messingnagel zahlreiche Erledigungen unternommen und für Genehmigungen im Gouvernement vorgesprochen hatte, hatte Amelie sich bei den indischen und arabischen Händlern mit Tauschware eingedeckt. Glasperlen, Goldmünzen, Handspiegel und Seidenstoffe füllten einen ganzen Koffer. Denn Messingnagels Unterlagen hatten Amelie von der Seriosität seines Unterfangens überzeugt. Gleichwohl hatte sie sich eine Hintertür offen gehalten: Zunächst wollte sie in Morogoro die Teilnehmer der Expedition kennenlernen.

Dass Messingnagel nun in einem so elenden Zustand war, lag am guten, in der Hauptstadt des Schutzgebiets gebrauten deutschen Bier. Der Berliner hatte ihm ordentlich zugesprochen und dabei den erst seit April amtierenden Gouverneur Rechenberg in höchsten Tönen gelobt: «Rechenberg is keen Militär wie seine Vorjänger, sondern ’n Mann mit praktischen Ansichten, und Ministerialdirektor Dernburg – sein neuer Chef in Berlin – is ’n kaufmännisch denkender Beamter. Die beeden werden unser Schutzjebiet inne Perle verwandeln.»

Der Kopf des Kaufmanns hing nun schwer auf seiner Brust und folgte den eckigen Bewegungen des Zuges.

Amelie wandte den Blick ab. Durch die schmalen Fensterschlitze war von der herben Schönheit der Ulugurberge kaum etwas zu sehen. Nur ab und zu konnte sie einen Blick auf die schroffen Felsen erhaschen, an die sich dürre Bäume klammerten. Unvermittelt sich auftuende Schluchten ließen ahnen, welch gewaltige Regenmassen hier manchmal zu Tal schossen.

«Trügerischer Friede.» Forsell war wieder zu sich gekommen, blinzelte aus kleinen Augen nach draußen. «Ist noch nicht lange her, dass die Neger uns das Leben hier schwer gemacht haben. Immer noch werden Patrouillen ausgeschickt, um Störenfriede dingfest zu machen», erzählte der Leutnant unaufgefordert. «Sind Sie sicher, gnädige Frau, dass Sie hier richtig sind?» Bei der nächsten Kurve nahm er Amelies Schulter erneut als willkommene Stütze.

«Starke Männer wie Sie sind doch Garanten des Friedens», erwiderte Amelie unbekümmert. Sie schenkte dem Offizier ein freundliches Lächeln und sehnte das Ende der Fahrt herbei.

Es kündigte sich mit einem ausgedehnten Pfeifen der Lokomotive an, woraufhin ein unbarmherziges Ruckeln den primitiven Zug durchschüttelte. Draußen wimmelte es von Askaris in der schlammfarbenen Uniform der Schutztruppe. Die Männer waren tatsächlich mit Gewehren bewaffnet. Hatte von Forsell nicht übertrieben? War dies wirklich noch Kriegsgebiet? Oder wollte ein pflichtbewusster Kommandant mit der Demonstration militärischer Stärke mögliche Aufrührer abschrecken?

«Ist das wirklich schon Morogoro?», fragte Amelie. Sie sah keine Anzeichen einer Siedlung, vielmehr befand sich der Zug noch auf offener Strecke, kurz hinter einer Schneise, die für die Trasse ins Gestein gesprengt worden war.

«Nein, gnädige Frau, jetzt folgt der dritte Teil der Reise. Es geht mit Maultieren weiter. Die Schienen wurden nur bis hier verlegt. Morogoro ist noch etwa zwanzig Kilometer entfernt.» In Forsells Augen lag ein triumphierendes Grinsen, das wohl männliche Überlegenheit ausdrücken sollte.

Amelie beugte sich zu Messingnagel vor. Sie stupste ihn an der Schulter. «Umsteigen, Herr Messingnagel. Uns erwartet ein neues Abenteuer.»

Der Kaufmann richtete sich leicht verwirrt auf und blickte sich um. «Wissen Se, Frau Doktor, et heißt zwar immer: Reisen bildet. Wenn Se mir fragen: Reisen bildet nur nen kaputten Rücken!» Er erhob sich schwerfällig. «Nun ja, wenn's der juten Sache dient – denn woll'n wa mal!» Sobald er stand, fasste er sich an seinen hochroten Kopf. Aber er beschwerte sich nicht.

Neben dem Zug hatten sich zahllose Menschen versammelt, Maultiere und Eselkarren erwarteten die Ankommenden. Unter den wachsamen Augen der schwarzen Soldaten, die stramm nebeneinanderstanden, das Gewehr bei Fuß, luden Boys die zahlreichen Gepäckstücke der Reisenden auf Maultierkarren. Vor allem Lebensmittel hatte der Zug geladen, aber auch lebende Schweine, Hühner und Ziegen.

«Wenn die Askaris nicht aufpassen, kommen die Neger sofort wie die Affen aus den Bergen herunter und klauen alles!» Von Forsell hatte neben Amelie Posten bezogen, als sei er zu ihrem persönlichen Schutz berufen.

Amelie ärgerte sich über den abfälligen Ton des mausgesichtigen Mannes. «Warum machen die das?»

«Hunger haben sie. Das ist alles.»

«Und warum gibt es nichts zum Essen?»

Von Forsell zuckte gleichmütig die Achseln. «Strafe muss sein.»

Amelie rückte ihren Sonnenhut zurecht und sagte so beiläufig wie möglich: «Herr Leutnant, was werden wir nur mit einem Schutzgebiet machen, dessen Einwohner verhungert sind?»

Von Forsell räusperte sich verwirrt. «Ich muss mich um meine dienstlichen Belange kümmern. Bitte mich zu entschuldigen.» Er ging zu den Askaris hinüber.

Messingnagel schenkte Amelie ein schiefes Lächeln. «Dem ham Se aber hübsch vors Schienbein jetreten, Frau Doktor.»

Ein paar Meter weiter ließ in diesem Moment ein Boy eine der gerade eingetroffenen Kisten fallen. Einer der weißen Reisenden schlug ohne Zögern mit seinem Spazierstock zu.

«Bitte das zu unterlassen», schnauzte der vorbeieilende von Forsell kurz angebunden den Reisenden an.

Messingnagel warf Amelie einen kurzen Blick zu. «Ham Se den Leutnant etwa ooch schon bekehrt?», fragte Messingnagel. Er tupfte sich mit einem Taschentuch den Schweiß von der Stirn. «Schön, dieses Afrika», stöhnte er, «aber irgendwann könnten die Nejer die Sonne ooch mal ausschalten.»

«Sagen Sie das lieber nicht zu laut», antwortete Amelie. «Es gibt hier Regenmacher, Herr Messingnagel. Wenn die ihr Handwerk beherrschen, dann marschieren wir im Matsch zum Tanganjika.»

«Die Regenmacher, Frau Doktor», erwiderte der Kaufmann gelassen, «um die müssen wir uns keene Sorgen mehr machen. Die haben unsere Truppen allesamt uffjehängt.»

Amelie wollte nicht glauben, was sie soeben gehört hatte. «Das ist nicht Ihr Ernst!»

«Durchaus», erwiderte Messingnagel und sah sich gleichzeitig nach jemandem um, «sie wurden bezichtigt, die Aufstände gegen uns Deutsche angezettelt zu haben.» Erst jetzt bemerkte er Amelies entsetztes Gesicht. «*Maji-Maji*, Wasser-Wasser. Die Zauberer haben ihren Leuten eingeredet, dass die Kugeln aus den deutschen Gewehren sich in Wasser verwandeln würden, wenn die Neger eine bestimmte Zaubermedizin verwenden würden. Da sind die Neger tapfer auf die Deutschen losgegangen. Haben Se zwar nich überlebt, aber Glaube versetzt eben Berge. Damit der Unsinn aufhörte, wurden die Zauberer uffjeknüpft. Wussten Se det nich?»

Amelie hatte es nicht gewusst, und langsam wurde ihr klar, dass sie sich mit einer gewaltigen Portion Unwissenheit auf die Reise ins Innere des Schutzgebiets gemacht hatte: Die Idylle, die der um das Verständnis zwischen Schwarz und Weiß ringende Hanns auf seinem Berg erschaffen hatte, hatte nichts mit der brutalen Wirklichkeit jenes Krieges zu tun, mit dem die deutschen Soldaten die Afrikaner bekämpft hatten. Wasserzauber gegen Kugeln, deutlicher konnte das Missverhältnis zwischen Einheimischen und Eroberern nicht ausfallen.

Jago, dem die lange Fahrt zugesetzt hatte, nutzte die endlich wieder gewonnene Freiheit, um herumzutoben. Die fremden Gerüche ließen den Jagdhund begierig jeder Fährte nachschnüffeln. Mit gelegentlichem Rufen brachte Amelie sich bei ihm in Erinnerung. Messingnagel wurde inzwischen von jenem Inder begrüßt, der Amelie schon am Hafen von Tanga aufgefallen war und den der Kaufmann offensichtlich gesucht hatte. Der Mann drehte Amelie den Rücken zu und sprach eindringlich auf Messingnagel ein. Gelegentlich blickten beide kurz zu Amelie.

Amelie schloss daraus, dass der indische Partner bislang nichts von ihr wusste. Messingnagels arg saloppe Umschreibung des Kriegs ging ihr nicht aus dem Kopf. Je länger sie darüber nachdachte, desto wütender machte sie ihre eigene Naivität. Außerdem fühlte sie sich in dem Gedränge reichlich verloren. Um sich zu beschäftigen, machte sie sich auf die Suche nach ihren Koffern; sie hatte ihr Gepäck gerade gefunden, als Messingnagel und sein Partner endlich auf Amelie zukamen.

Der Inder gab sich wenig Mühe, freundlich zu wirken. Sein Gesicht war starr wie eine Maske. Umso liebedienerischer tat der deutsche Kaufmann, der sich nun in nahezu perfektem Englisch an Amelie wandte.

«Darf ich Ihnen Mister Gupta vorstellen, Frau Doktor? Wie Sie wissen, sind wir schon lang Geschäftsfreunde.»

Gupta deutete eine leichte Verbeugung an, unterließ es aber, Amelie die Hand zu reichen. «Willkommen», sagte er schlicht auf Englisch.

«Es würde mich freuen, wenn Sie es auch so meinen», erwiderte Amelie. Es fiel ihr schwer, sich zu einem freundlichen Lächeln zu zwingen. Hanns hatte ihr Gupta als unangenehmen Zeitgenossen beschrieben, Damasso hatte sie vor ihm gewarnt, und der Augenschein machte ihn nicht sympathischer.

«Gewiss doch», sagte Gupta mit eingefrorener Miene. «Sie wissen, dass dies kein Land für eine Lady ist?»

«Ist es denn ein Land für einen Gentleman?», gab Amelie zurück und bedachte den Mann mit einem Lächeln, vom dem sie wusste, dass man ihm ansah, wie gezwungen es war.

Messingnagel strahlte über beide Backen. «Na det jeht ja janz hervorragend los!», sagte er in seinem breiten Berlinerisch, von dem Gupta kein Wort verstand. «Bin bloß froh, dass Se nich aufn Mund jefallen sind, Frau Doktor!» Er wandte sich kurz an Gupta und schaltete ins Englische um: «Eine Minute, bitte.» Er hakte sich bei Amelie ein und führte sie ein paar Schritte zur Seite. Nun war er wieder

der gewandt Hochdeutsch parlierende Weltmann: «Sie müssen verstehen, Frau Doktor: Das hier ist Männerland. Ich hatte keine Gelegenheit, meinen Partner auf Ihre Teilnahme vorzubereiten. Darum bitte ich um Verzeihung, dass er sich so unhöflich benimmt. Aber das bekommen wir schon hin.»

«Ich kann die Expedition nicht mitmachen, wenn mich nicht mal Ihr Partner unterstützt. Was sagt er dann erst seinen Leuten?»

«Sie haben völlig recht.» Messingnagel nickte scheinbar betroffen. «Folgender Plan, Frau Doktor: Wir fahren nach Morogoro, dort werden Sie in der französischen Mission übernachten.» Mit mädchenhaft zarter Geste strich er über seinen dünnen Bart. «Sie sprechen doch Französisch?», fragte er in der Annahme, dass sie seine Frage bejahen würde. Von einer Frau ihres gesellschaftlichen Standes war dies zu erwarten.

«Es geht. Ich habe einige Zeit in der Schweiz gelebt und war öfters in Genf.»

Messingnagel nickte. «Wunderbar. Die Nonnen sind sehr gastfrei, und es ist auch nur für eine Nacht. Oder zwei. Na, wir werden sehen. In der Zwischenzeit werde ich im Lager den Boden für Sie bereiten. Einverstanden?»

Amelie signalisierte Zustimmung; sie hatte keineswegs erwartet, dass man für sie in der Wildnis einen roten Teppich ausrollte. Der Kaufmann führte sie mit kurzen hektischen Schritten zu Gupta zurück, der inzwischen seinen Boys Order gegeben hatte, das Gepäck auf zwei Maultierwagen zu verladen. Amelie nahm mit Jago auf dem zweiten Gefährt Platz, wo ihre Koffer lagen, und ließ die beiden Männer vorausfahren.

Die Ebene von Morogoro wurde von den über zweitausend Meter hohen Bergen des Uluguru-Gebirges umstanden, deren steile Felswände wie unüberwindbare Mauern den Ort nach Süden hin abschirmten, nach Westen hingegen lag zwischen zwei Bergen ein breites Tal. In diese Richtung würde die Karawane zum Tanganjikasee ziehen. Auf einer Anhöhe fiel Amelie ein schlossartiges, rötlich schimmerndes Bauwerk auf. Der Ausblick von dort musste fantastisch sein.

Messingnagel ließ sein Gefährt stoppen und wartete, bis Amelies Eselkarren neben ihm anhielt. Es war offenkundig, dass er nervös war, er überspielte es jedoch elegant. «Frau Doktor, Sie werden mir nicht allzu böse sein, wenn ich Sie bitte, allein zu den Klosterschwestern zu fahren. Ich werde Sie morgen gegen Mittag abholen und im Lager vorstellen.» Er wartete Amelies Antwort gar nicht erst ab, deutete eine Verbeugung an und gab Amelies Boy Anweisung, die Abzweigung zum Kloster zu nehmen.

Erst jetzt verstand Amelie, dass das Anwesen auf dem Berg jenes Kloster war, in dem sie übernachten sollte. Ihr wurde ein wenig mulmig. Sie hatte nicht erwartet, so schnell sich selbst überlassen zu werden. Messingnagel schien mit der Situation überfordert zu sein. Was, fragte sie sich, trieb den Kaufmann in Abenteuer, die im Grunde nicht zu ihm passten? Geltungssucht? Gier nach Geld? Sein joviales Auftreten erschien ihr zunehmend als Maskerade. Aber welche Persönlichkeit verbarg sich dahinter?

Amelie schickte einen zweifelnden Blick hinauf zum Kloster. Wie würden die Nonnen auf sie reagieren – eine allein reisende Dame mit Hund?

Ein zartes Bimmeln ertönte von der anderen Seite der hohen, mit rotem Lehm verputzten Mauer. Nichts geschah. Jago war als Jagdhund das Warten gewöhnt und starrte vor sich hin. Der schwarze Boy sah aus, als wäre er nicht anwesend. Die Sonne begann sich hinter die Berge zu verziehen. Amelies Unbehagen wuchs. Ließ man sie nicht in diese rote Klosterburg, würde die Nacht unangenehm werden.

Nach einer Ewigkeit des Wartens öffnete sich die Pforte. Ein junges schwarzes Mädchengesicht, umrahmt von einem graublauen Kopftuch, blickte Amelie fragend an.

«Oui?»

Amelie trug ihre Bitte nach einem Platz zum Schlafen vor.

Das Mädchen blickte auf Hund, Gepäck und Amelie. *«Attendez, madame.»*

Nach langem Warten öffnete sich die Pforte endlich wieder. Eine Europäerin in bodenlangem, schlichtem, gelblich-weißem Gewand, das nur von einem Strick um die Taille gehalten wurde, an dem ein Rosenkranz hing, musterte Amelie mit hochgezogenen Augenbrauen. Auf ihrer Brust ruhte ein schweres goldenes Kreuz. «Das ist Ihr Hund?», fragte sie ohne Umschweife auf Französisch.

«Ja, er ist sehr lieb», antwortete Amelie, da ihr der Ausdruck für «wohlerzogen» nicht einfallen wollte. «Jago komm her. Mach Platz», sagte sie auf Deutsch; der schöne Hund zeigte sich von seiner besten Seite.

«Sie hätten gleich sagen sollen, dass Sie Deutsche sind», kam es nun mit leichtem französischem Akzent freundlich zurück. «Kommen Sie rein.» Die Nonne klatschte ein Mal kurz in die Hände. Eine Schar Mädchen, graublau gekleidet wie jene, die geöffnet hatte, übernahm das Gepäck.

«Was führt Sie her?», fragte die *mère supérieure*, die Leiterin des Ordens. Amelie berichtete von der Expedition gegen die Schlafkrankheit, an der sie teilzunehmen gedachte. Die Nonne wirkte keinesfalls überrascht. «Es ist ein Jammer, dass so wenig Frauen sich berufen fühlen, in Afrika mit anzupacken. Unsere Welt wäre friedlicher, wenn nicht nur die Männer sie nach ihrem Gutdünken ordnen würden, *n'est-ce pas*?»

Sie führte Amelie in den weitläufigen Innenhof, dessen Mauern ebenso rot waren wie die äußeren. Einige Mädchen knieten am Boden und pflanzten Kartoffeln. Um das praktische Feld herum blühte ein schmaler Streifen Blumen. Konzentrierte Ruhe ging von diesem Ort hoch oberhalb des afrikanischen Alltags aus. Die Oberin geleitete Amelie, die Jago jetzt angeleint hatte, zu einer winzigen Zelle, in der nur ein Bett, ein Tisch und ein Stuhl standen. Über dem Bett hing eine Auferstehungsszene, in kitschigen Ölfarben gemalt. Ein Fensterchen befand sich so weit oben an der Decke, dass es unmöglich war hinauszuschauen. In seiner düsteren Schlichtheit erinnerte der Raum Amelie an jene Kellerwohnung, in der sie die ersten sechs Jahre ihrer Kindheit verbracht hatte.

«Es gibt gleich Abendessen. Die Luft ist heute angenehm warm. Möchten Sie auf der Veranda mein Gast sein? Ich bin sehr gespannt auf Ihre Erzählung.» Die Oberin neigte den Kopf und zog sich zurück.

Jago stand mitten in der Zelle neben den viel zu großen Koffern und blickte Amelie mit schiefgelegtem Kopf an. «Und das ist erst der Anfang», sagte Amelie und hockte sich vor den Hund. «Du wirst dich noch wundern, was du alles zu sehen bekommst. Bei mir ist es nicht so feudal wie bei deinem Herrchen.»

Erschöpft ließ sich Amelie auf das harte Lager fallen. Sie spürte, wie die Müdigkeit ihre Augen schwer werden ließ und raffte sich unverzüglich auf. Ratlos öffnete sie einen der Koffer. Was trug man zum Abendessen bei einer Nonne?

«Hier zu sitzen, das ist wie Meditation», sagte die Leiterin des Klosters. «Alles Böse in der Welt ist nah und trotzdem weit entfernt.»

Die Schwärze der Nacht hatte sich über die Ebene gelegt. Dass hundert Höhenmeter weiter unten Menschen waren, verriet lediglich der Schein offener Feuerstellen – rubinrote Tupfen auf einem pechfarbenen Teppich –, von denen Amelie inzwischen wusste, dass sie das Lager von Messingnagels Expedition markierten. Von der Karawanenstraße, die seit tausend Jahren unterhalb des Berges von der alten Hauptstadt Bagamoyo im Südosten kommend hinauf in den Westen nach Udjidji am Tanganjikasee verlief, war nichts zu sehen. Wer diesen Weg nahm, konnte über den Kongo, die Sahara bis nach Algerien gelangen. Unzählige Menschen waren auf dieser Route verdurstet, verhungert, an Krankheiten gestorben, ermordet oder von wilden Tieren gefressen worden. Noch mehr Unglückliche waren diesen Weg als Sklaven gegangen. Einige wenige nur als Herren, die dieses Elend unermesslich reich machte.

Die *mère supérieure* sprach vom Schicksal der Heimatlosen Afrikas, während einige der in stumpfblaue Gewänder gehüllten Schülerinnen die restlichen Speisen auftrugen. Das Mahl war karg; nicht, weil es die Bescheidenheit der französischen Mission vorschrieb, sondern weil es nur gab, was der Garten des Klosters abwarf – Süßkartoffeln und Kürbis. Die Oberin hatte Amelie bereits erzählt, dass die Bauern kaum mehr Vieh hatten, das sie schlachten konnten.

«Es gibt nichts mehr», sagte die Ordensfrau jetzt. «Die deutschen Truppen haben den Menschen genommen, was sie hatten. Das war ihre Strategie, darum konnten sie den Aufstand so schnell niederschlagen. Wer hungert, kann nicht kämpfen. So einfach ist das. Und so hart für die unschuldigen Menschen.» Ein bitterer Zug lag auf ihrem Gesicht. «Neulich klopfte ein kleiner Junge an die Pforte. Wo ist dein Vater, fragte ich. Er ist gebunden, antwortete der Knabe. Und ich wusste, was er meinte: Sein Vater war in Eisen geschmiedet und musste Strafarbeiten auf den Feldern verrichten.»

Das melodische, französisch gefärbte Deutsch der Nonne nahm den traurigen Worten ihre Schwere. «Die Kinder in diesem Land haben so wunderschöne Augen. Ein Blitzen liegt meist darin, voller Übermut. Aber die Augen dieses Knaben waren ohne Glanz, seine Pupillen geweitet. Sein Körper war mager, aber der Bauch gebläht. Er hatte Gras und Wurzeln essen müssen, um nicht zu verhungern. Wir nahmen den Jungen auf und pflegten ihn. Aber, Madame Freyer, er war nur einer von Hunderten, vielleicht Tausenden, die dort unten, jetzt, in der Dunkelheit liegen und nicht schlafen können, weil der Hunger sie quält. Und wir haben gerade genug, um nicht selbst zu verhungern. So viele musste ich schon fortschicken. Dabei bin ich gekommen, um zu helfen. Aber mir bleibt nur die Ohnmacht einer Frau.» Sie machte eine Pause und fügte dann hinzu, als hätte sie etwas vergessen: «Und das Gebet.»

Eine breite, flache Feuerwand stand seit einiger Zeit mitten in der dunklen Nacht, so als schwebte sie am finsteren Himmel. Bislang hatte Amelie ihre Gastgeberin nicht gefragt, was das zu bedeuten hatte. Doch der Bericht der Nonne ließ das ferne Feuer nahezu bedrohlich wirken.

«Es sieht aus», antwortete die gottesfürchtige Frau auf Amelies Frage, «als ob das Höllenfeuer aus den Tiefen emporgestiegen wäre, *n'est-ce pas*? Um die Menschen zu mahnen, dass sie die Erde nicht in einen Höllenschlund verwandeln sollen.» Ihr Lächeln war gequält. «Die Wahrheit ist profaner: Dort oben am Berg brennen Bauern Felder oder Wiesen ab. Sie hoffen auf den Regen, der danach alles fruchtbar macht. Aber der kommt nicht. Und sie sagen, es ist wegen der Regenmacher.» Die alterslose Frau – sie mochte dreißig oder fünfzig sein – seufzte: «Genug der schweren Gedanken. Lassen Sie uns von Ihnen sprechen. Ich habe nie zuvor eine Ärztin kennengelernt. Was führt Sie ausgerechnet hierher?»

Amelie umriss ihren Werdegang, berichtete von Messingnagels Angebot und sagte schließlich: «Und das alles ist passiert, weil ich während der Überfahrt von einem Mädchen zu Hilfe gerufen wurde, deren Mutter auf der Toilette ohnmächtig geworden war. Es gelang mir, Hermines Leben zu retten.»

«Und dadurch erfuhr Ihr eigenes eine Wende», ergänzte die Ordensfrau nachdenklich. «Was ist aus der Frau geworden?»

«Ich weiß es nicht. Hermine ist spurlos verschwunden. Und auch ihr Mann mit den beiden Kindern», sagte Amelie.

Die Nonne richtete sich auf und legte das Kinn nachdenklich in ihre Hand. «Hermine? Hier war eine Frau, die hatte einen Namen, der klang so ähnlich. Sie bat um Essen für ihre Kinder. Es war sehr ungewöhnlich, weil sie eine Weiße war. Warten Sie!» Die Oberin erhob sich und eilte mit so leichten Schritten ins Haus, als schwebte sie.

Amelie blickte ihr verwundert nach. Sollte Hermine hier sein? Das war doch unmöglich!

Ein eiskalter Schauer lief ihr über den Rücken. Messingnagel! Natürlich ... dann wäre es möglich.

Wie elektrisiert stand Amelie auf und trat an die Brüstung der Veranda, die nur von einer einzigen Petroleumlampe spärlich beleuchtet wurde. Sie starrte hinunter auf die weit entfernt brennenden Lagerfeuer, als könnte sie erkennen, wer sich dort unten aufhielt.

Hinter sich hörte sie den leichtfüßigen Schritt der Missionsleiterin nahen. «Ich hatte recht», sagte die Oberin. «Die Frau hieß Hermine, und sie hat zwei Kinder. Sie waren dabei, ein Junge und ein Mädchen. Sie sahen schlecht aus, sehr ärmlich, sagt die Schülerin, die ihnen Essen gab.»

Amelie hatte das Gefühl, der Boden würde sich unter ihr auftun. Sie hatte Hermine samt ihrer Familie Messingnagel in die Hände gespielt! Der *Samariter*, der ihr stets einen Schritt voraus war, hatte die Situation ausgenutzt – er brauchte Arbeitskräfte: einen Tischlermeister und eine Köchin. Dass sie Kinder hatten, nahm er dabei in Kauf.

«Ist Ihnen nicht gut, *ma chère*?», fragte die Ordensfrau.

«Ich bin einen Pakt mit dem Teufel eingegangen», sagte Amelie tonlos.

«Wovon sprechen Sie?», fragte die Oberin entsetzt.

Amelie sank auf den nächsten Stuhl. Sie vergrub den Kopf in den Händen. «Das ist kein Mensch, der zwei kleine Kinder hierherlockt, wo noch nicht einmal die Einheimischen genug zu essen haben.» Sie sah auf. «Wann war Hermine hier?»

Die *mère supérieure* wandte sich an eine Schwester, um Amelies Frage auf Französisch weiterzugeben. Die Oberin musste die Antwort nicht übersetzen. Hermine hatte vor drei Tagen um Essen gebettelt.

Amelie war wie ein Mann gekleidet, in Hosen, kniehohen Stiefeln, Safarijacke mit breitem Ledergürtel und Tropenhelm, der ihr langes Haar völlig verbarg. Jago führte sie an der kurzen Leine, als sie nach einstündiger Wanderung talwärts im Morgengrauen das Lager erreichte. Die noch kühle, feuchte Luft roch nach verrauchenden Holzfeuern, vor denen auf ihrem Wachposten eingeschlafene Askaris saßen. Wenn dies wirklich eine so unsichere Gegend war, wie der anlehnungsbedürftige Forsell behauptet hatte, so war diese Mannschaft leicht zu überrumpeln.

Je tiefer Amelie in das Lager vordrang, umso bewusster wurde ihr die Größe der Expedition. Unzählige Zelte reihten sich aneinander, aus vielen klang noch das Schnarchen der Schläfer. Es gab sogar ein paar aus dünnen Stämmen, Gras und Blättern errichtete Hütten, was darauf schließen ließ, dass das Lager schon länger bestand. Durch den grünen Stoff einiger Zelte fiel das Licht bereits entzündeter Petroleumlampen; Köche waren damit beschäftigt, das Frühstück zu bereiten.

Lagerleben, daran erinnerte sich Amelie lebhaft, begann stets lange, bevor die ersten Sonnenstrahlen den Boden berührten. Dies galt auch, wenn kein Marschtag anstand; es war eine Frage der Disziplin. Eine Safari – das Kisuaheli-Wort hieß nichts anderes als Reise – war kein Freizeitspaß, sondern diente stets einem Zweck. Zu Amelies Kinderzeiten war es die Erkundung des Landes gewesen, in diesen Jahren ging es darum, die im Landesinneren vermuteten Schätze zu erbeuten.

Die Menge der Menschen war unüberschaubar. Amelie konnte keine Ordnung erkennen. Vor einem der größeren Zelte erblickte Amelie eine Gestalt. Der halbnackte Mann reckte sich, ließ sein Becken kreisen, streckte die Arme hoch, drehte den Oberkörper mit angewinkelten Armen bald nach rechts, bald nach links und drückte das Kreuz durch, wie es wohl nur ein Deutscher tat, der die morgendliche Steifheit aus den verspannten Muskeln vertreiben wollte. Dabei hatte er der sich forsch nähernden Amelie den Rücken zugewandt.

«Guten Morgen», sagte Amelie, als sie etwa zehn

Schritte entfernt war. «Tut mir leid, wenn ich Sie störe. Aber ich suche jemanden.»

Der Fremde drehte sich herum. Es war noch zu dunkel, als dass Amelie sein Gesicht hätte erkennen können. Er war ein stattlicher Kerl, breitschultrig, mit vollem, dunkel gelocktem Haar, das auch seine Brust zierte.

«Wer, zum Teufel, sind Sie?» Dass er nicht zu einer passenden Äußerung fähig war, war angesichts der ungewöhnlichen Situation verständlich. Er trat ein paar Schritte auf sie zu, was Jago mit deutlichem Knurren beantwortete. «Sie sind eine Frau!»

«Ja, ich weiß.» Amelie streckte ihm die Hand entgegen. «Amelie von Freyer.»

Der Fremde ergriff sie. «Klemm», sagte er so knapp, dass es eher nach einem Bellen klang, und fragte sofort: «Was tun Sie hier?»

«Mein Name sagt Ihnen also nichts?»

«Nein. Sollte er?»

Der Mann schien erst jetzt seinen unpassenden Auftritt zu erkennen und blickte sich irritiert um. Auf einem Klappstuhl lagen ein Safarihemd und eine Jacke. Während er beides anzog und sorgfältig zuknöpfte, fragte Amelie: «Herr Messingnagel hat noch nichts von mir erzählt?»

«Hätte er?»

Messingnagel hatte den Boden für sie bereiten wollen... Weit war er damit anscheinend noch nicht gekommen. Amelie sah ein, dass sie wieder einmal viel zu voreilig gewesen war. «Ich suche eine Hermine Doll, eine Frau mit zwei kleinen Kindern», sagte sie um einiges freundlicher.

«Wir haben einen Tischler. Ein sehr geschickter Mann, hat es sogar geschafft, aus Zweigen und Blättern primitive Hütten zu bauen, die als Magazine dienen. Der heißt Doll, ja, stimmt, der hat eine Frau dabei und Kinder», sagte Klemm und deutete vage in eine Richtung. «Die sind irgendwo dort hinten. Aber was wollen Sie von den Leuten? Sind Sie die Ehefrau eines Offiziers?»

Forsell hatte Amelie erzählt, dass die Schutztruppen in der Nähe ihre Quartiere hatten. Bevor sie antworten konnte, setzte Klemm nach: «Haben Sie überhaupt eine Erlaubnis, hier zu sein?»

«Ich bin auf Einladung von Herrn Messingnagel hier. Er hat mich gebeten, an der Atoxyl-Expedition zum Tanganjika teilzunehmen», erwiderte Amelie so unkompliziert sie konnte.

«Eine Frau kann doch einen Friedel Stein nicht ersetzen!», rief Klemm mit unerwarteter Heftigkeit. «Das ist ein Witz!» Er versetzte dem Klappstuhl einen heftigen Tritt. Das Ding fiel um und riss ein Blechgeschirr mit, das mit lautem Scheppern zu Boden stürzte.

Jago beantwortete den Ausfall auf seine Weise: Er legte die ihm von Hanns mühsam antrainierte Zurückhaltung ab und stimmte lautes Gebell an.

Sein Lärm und Jagos Bellen hatten die Askaris geweckt, mit geschulterten Gewehren kamen drei von ihnen herbeigeeilt. «*Mbwana mkubwa, sababu unakasirika sana?*», fragte einer der Männer ängstlich.

«Diese Sprache!», zürnte Herr Klemm. «Ich versteh kein Wort!»

«Er fragt: Großer Herr, warum bist du so zornig?», übersetzte Amelie. Sie fühlte sich unbehaglich, die Situation war ihr völlig entglitten.

«Sagen Sie ihnen bitte, es ist nichts.» Klemm hatte sich wieder im Griff.

Amelie nickte den drei Wachen freundlich zu, die sich zurückzogen. «*Asante sana.*» Sie wandte sich an ihr Gegenüber: «Wer ist Friedel Stein?»

Klemm trat unwillig von einem Bein aufs andere. «Dr. Friedemann Stein war als Leiter dieser Expedition vorgesehen.» Das klang so, als ob Amelie das eigentlich nichts anginge.

«Ist Doktor Stein etwas zugestoßen?»

Klemm musterte Amelie von oben bis unten. «Sie sagen, Messingnagel hat Sie eingeladen? Und er hat nichts von Friedemann Stein gesagt? Und Sie haben nicht gefragt, wer die Expedition überhaupt leitet? Sie konnten doch unmöglich davon ausgehen, dass Messingnagel dies tut.»

Dieser Punkt ging eindeutig an den jähzornigen Herrn Klemm, das musste Amelie eingestehen. Sie ärgerte sich über sich selbst. Ihr kindischer Stolz, an der Expedition teilnehmen zu dürfen, hatte sie blind gemacht. Sie versuchte, die Situation irgendwie zu retten. «Ich bin Ärztin», begann sie ihre Rechtfertigung. «Ich habe Dr. Schaudinn an der Charité assistiert, und er wollte mich auf seine Expedition nach Ostafrika mitnehmen ...»

«Ärztin?» Klemm unterbrach sie, die Arme vor der Brust verschränkt. «Ist das nicht etwas anmaßend, sich als Frau so zu bezeichnen?»

Amelie zwang sich zu einem Lächeln; sie hatte plötzlich das deutliche Gefühl, es mit einem Kollegen zu tun zu haben. «Ich denke nicht, dass ich mich Ihnen gegenüber für meine Berufswahl rechtfertigen muss.»

Klemm hob einen weißen Seidenschal auf, der durch seinen Wutanfall zu Boden gefallen war und klopfte den Sand heraus. «Sie sind wohl eine von diesen Frauenrechtlerinnen.» Er band sich den Schal um. «Wünsche angenehme Rückreise, Gnädigste.» Klemm ging in sein Zelt zurück und ließ Amelie stehen.

Es wäre besser gewesen, keinen der Deutschen anzusprechen, um sich nach Hermine zu erkundigen, resümierte Amelie. Doch diese Einsicht kam zu spät. Wenn sie mit Klemm gemeinsam auf die Safari gehen würde, so hatte sie es bereits vor dem Start geschafft, ihn sich zum Feind zu machen. Der Ärger über ihr ungeschicktes Vorgehen hielt sich dennoch in Grenzen; ein Mann, der eine Frau für eine Frauenrechtlerin hielt, nur weil sie Ärztin war, sah die Welt ohnehin nur in zwei Farben – schwarz und weiß.

Ausgelöst durch das Schicksal der Familie Doll hatte sich Amelie in der vergangenen Nacht zu einem schweren Entschluss durchgerungen – auf die Expedition zu verzichten. Denn Hanns hatte vermutlich recht: Messingnagel war entweder ein Schwindler oder ein Glücksspieler. Und Damasso hatte ebenfalls gewarnt: *Schlechtes Wasser ...*

Das törichte Verhalten von Herrn Klemm erweckte Amelies Kampfeslust jedoch aufs Neue. Warum sollte ausgerechnet ein Mann wie Klemm solch eine Expedition mitmachen. Und sie nicht?

Das Lager war inzwischen auf den Beinen. Kinder jagten hintereinander her, Frauen kochten Wasser über offenen Feuerstellen. Plötzlich wurde Jago unruhig und zerrte ungewohnt heftig an der Leine, sodass Amelie Mühe hatte, ihn zu beruhigen. Dann erst entdeckte sie den Anlass: Ein junger Hundsaffe war mit einer Gliederkette an einem in den Boden geschlagenen Pflock angebunden und fletschte die Zähne. Sein Besitzer, ein dünner Sudanese, widmete sich am Boden kauernd gemeinsam mit einer Handvoll anderer Männer dem Putzen seines langen Gewehrs. Die groß gewachsenen Männer aus dem Nordosten galten überall in Afrika als ergebene Söldner, die in der Regel ihrem Dienstherrn nicht von der Fahne gingen, solange sie ihren Lohn pünktlich bekamen; sie wurden als die Legionäre Afrikas geschätzt. Solche Leute waren für das Nichtstun ungeeignet; sie waren wie Rassepferde, die nicht im Stall stehen durften, wenn sie das Laufen nicht verlernen sollten.

Amelie erschrak über ihre eigenen Gedanken; sie stufte die Männer bereits in Kategorien ein, wie es wohl auch der Inder Gupta tat. Hier zählte nur Effizienz. War sie bereit, sich auf solch eine Welt einzulassen? Wie würde sie sich selbst verändern, wenn sie möglicherweise ein ganzes Jahr mit diesen Menschen leben würde? Wenn dieser Stein ausfiele, würde etwa Klemm die Karawane führen? War der nicht viel zu unbeherrscht? Sein Wutausbruch wegen einer Nichtigkeit – und so würden die Augenzeugen das Gespräch mit einer Frau auslegen – gälte bei den sowohl disziplinierten als auch anspruchslosen Männern wie den Sudanesen als Zeichen von Schwäche. Eine Karawane kannte klare Rangordnungen. Wer als Weißer nicht von Anfang an Führungsqualitäten bewies, galt nichts.

Ich weiß zu wenig über Messingnagels Leute, rief Amelie sich zur Ordnung und konzentrierte sich auf die Suche nach den Dolls. Was immer schwieriger wurde, denn überall liefen die Menschen durcheinander.

«Frau Doktor, was machen Sie denn schon hier?»

Amelie fuhr herum. Messingnagel kam auf kurzen Beinen auf sie zu, er schien mehr zu rollen als zu laufen.

«Wie war die Nacht? Alles bestens?»

«Ich weiß nicht», sagte Amelie, «ob wirklich alles bestens ist, Herr Messingnagel.» Sie spürte, wie allein der Anblick des Kaufmanns ihren Blutdruck in die Höhe trieb.

«Was meinen Sie?», fragte Messingnagel irritiert.

«Die Dolls», antwortete Amelie. «Was für ein Spiel treiben Sie mit dieser Familie?»

Messingnagel tat empört: «Die sind doch freiwillig hier, Frau Doktor!»

«Sie haben Frau Dolls Operation und den Aufenthalt im

Krankenhaus bezahlt, weil Sie im Gegenzug Herrn Doll als Tischlermeister bekamen!»

Messingnagel wand sich. «So kann man das nicht sagen, Frau Doktor. Ich habe ihm ein Angebot gemacht. So wie ich Ihnen eines gemacht habe.»

«Er bekam seine Frau zurück. Wie sollte er da ablehnen?»

Amelie ärgerte sich, dass sie auf den unzugänglichen Tischler nicht näher eingegangen war. Hatte er nicht deutlich genug sein Misstrauen zum Ausdruck gebracht, als er gesagt hatte: «Wäre in Berlin ein reicher Kaufmann aufgetaucht und hätte sich ganz generös bereit erklärt, die Kosten für eine Operation zu übernehmen?»

Die junge Ärztin blieb beherrscht: «Ich war so naiv zu glauben, Sie würden wirklich aus reiner Menschenfreundlichkeit helfen. Dabei haben Sie die ganze Zeit nur an diese Expedition gedacht.»

«Ja, habe ich!» Messingnagel steckte die Daumen in seine Westentaschen und blickte sie herausfordernd an. Amelie hatte ihn in die Enge getrieben und lernte ihn nun von einer anderen Seite kennen. Er griff an. «Ist das falsch, Frau Doktor Freyer? Das Ehepaar Doll bekommt von mir einen sehr guten Lohn. Und den verrechne ich nicht mit den Krankenhauskosten. Dr. Heim verlangt keine Rupie.»

«Das konnten Sie erst hinterher mit Dr. Heim aushandeln. Aber auf der *Admiral* war Ihnen doch schon klar, dass die Dolls zwei kleine Kinder dabeihaben. Angenommen, Hermine wäre gestorben ...» Sie nahm den Safarihut vom Kopf. Ihr war plötzlich heiß, und sie spürte, dass sie Hunger hatte. Keine gute Position, um sich zu streiten. Es war alles so verworren. Und es machte keinen Sinn, die ganze Geschichte von vorn aufzurollen.

Messingnagel trat dicht an sie heran. Sein Atem roch

nach Kaffee. Er fasste Amelie an der Schulter, sein Ton wurde väterlich: «Ich habe auf Sie gebaut, und das werde ich weiterhin tun, Frau Doktor. Und Sie haben mich nicht enttäuscht. Afrika heißt Improvisieren, das wissen Sie so gut wie ich. Sehen Sie sich doch um. Für all das trage ich die Verantwortung.»

So leicht ließ sich Amelie nicht von ihm einwickeln. Sie deutete auf das rote Kloster; die ersten Sonnenstrahlen brachten dessen Mauern zum Leuchten. «Dort oben haben Hermine und ihre Kinder um Essen gebettelt. Wie konnten Sie das zulassen?»

Der Kaufmann blickte ihr beschwörend in die Augen. «Was soll ich sagen? Wir beide waren nicht hier, aber jetzt sind wir es. Der Koch hat ein gutes Frühstück bereitet, Eier und Speck. Die Dolls sollen mitessen. Einverstanden?»

Wenn ein reicher Kaufmann vom Leipziger Platz die Familie eines Tischlers aus dem Wedding an seinen Tisch bat, so musste man das geradezu großherzig nennen ...

«Und nach dem Frühstück stelle ich Sie den Herren vor», sagte er.

«Die Herren wissen noch nichts von mir?»

«Bedauerlicherweise. Gestern Abend herrschte nicht die rechte Stimmung dafür. Es war Herrenabend.» Messingnagel sah aus, als ob er sich in einer Runde kerniger Abenteurer auch nicht richtig wohl fühlte.

«Wo finde ich die Dolls?», fragte Amelie.

«Gleich dahinten.» Messingnagel deutete auf eine sorgfältig errichtete Grashütte. Dann zeigte er in die entgegengesetzte Richtung, dorthin, wo auch Klemms olivfarbenes Zelt stand. «Und dann kommen Sie rasch zum Frühstück.»

Klemm näherte sich, Amelie wandte sich mit Jago der Grashütte zu.

«Du wirst gleich Frau Doktor von Freyer kennenlernen, Eduard. So eine Person braucht man für unser Unternehmen», hörte sie Messingnagels Bariton in ihrem Rücken so laut tönen, dass sie es mitbekommen musste. Was für ein ausgekochtes Schlitzohr, dachte sie. Er war wie ein Zirkus-Jongleur, der mit unzähligen Bällen gleichzeitig arbeitete. Sie hoffte nur, dass er niemals den Überblick verlieren würde.

Maria saß vor der Hütte und starrte Amelie entgegen. Amelie trat näher und hockte sich vor sie. «Du hast mich die ganze Zeit beobachtet, was?»

Amelie lächelte das Mädchen aufmunternd an. Ihre dunklen Augenringe waren nicht mehr ganz so deutlich; die Sonne und mangelnde Hygiene hatten ihre blasse Haut gefärbt. Aber die Kleine gab durch nichts zu erkennen, dass sie sich an Amelie erinnerte.

«Hast du Hunger?», fragte Amelie.

Das Mädchen nickte stumm.

«Ich auch», bestätigte Amelie. «Gleich gibt es was zum Essen. Wo ist deine Mama?»

«Drinne», antwortete das Kind und zeigte scheu auf die Hütte.

Amelie knuddelte den Kopf ihres Hundes. «Maria, willst du Jago streicheln?»

Maria schüttelte den Kopf. «Der beißt bestimmt.»

Amelie blickte ihren vierbeinigen Gefährten an. «Jago, beißt du?» Der Hund sah sein Frauchen mit einer hochgezogenen Augenbraue an. «Nein, heute beißt er nicht, sagt er. Also kannst du ihn ruhig streicheln.» Sie legte die Leine neben den Hund auf den Boden. «Jago, pass auf Maria auf. Ich komme gleich wieder. Warte.» Der Gefährte legte sich hin, beide Vorderläufe ausgestreckt, die Hinterbeine angezogen, den Kopf wachsam aufgerichtet – ein Modellhund.

In der fensterlosen Hütte war es nahezu stockdunkel. Amelies Augen gewöhnten sich nur langsam an die Lichtverhältnisse. Hermine saß auf einem Lager aufgeschichteten trockenen Grases, über das eine Decke gebreitet war. Neben ihr hockte der kleine Heinrich, verschüchtert und hungrig. Herr Doll war nicht zu sehen.

«Bei Messingnagel gibt es Eier und Speck», sagte Amelie ohne weitere Erklärung. Die drei brauchten erst mal etwas zum Essen, bevor man sich aussprach. «Kommt.»

«Det jeht doch nich, Frau Doktor. Wir sind doch keene so feinen Herrschaften nich», antwortete Hermine kaum hörbar.

«Dürfen nur feine Herrschaften satt werden? Nee, Hermine, keene falsche Bescheidenheit.» In der an ein Kellerloch erinnernden Hütte hatte sie unbewusst einen Tonfall angeschlagen, den Charlotte von Freyer ihr vor Jahrzehnten mühsam abgewöhnt hatte. «Draußen scheint die Sonne, es wird gerade warm», schob sie rasch nach. Sie musste sofort raus aus diesem muffigen Verlies – und prallte mit dem Kopf gegen die Wand oberhalb der Tür. Doll hatte die Hütte nach afrikanischem Muster gebaut; der Eingang reichte gerade bis zur Brust. Beim Eintreten hatte sie sich zwar gebückt, aber es nun im Eifer des Gefechts vergessen.

«Verdammt», rutschte es ihr raus. Sie wandte sich um: «Entschuldigung. Wenn ich hungrig bin, werde ich leicht ungehalten.»

Als sie draußen stand, blickte Amelie in die großen dunklen Augen von Maria. Das Mädchen kniete am Boden, den Arm vertraut um Jagos Hals gelegt. Und sie grinste. «Du hast jeflucht», triumphierte die Kleine.

«Tut mir leid», sagte Amelie und lächelte Maria an.

Sobald Hermine und Heinrich nachgekommen waren, gab sie mit Jago an der Leine die Richtung vor.

«Darf ich die Leine nehmen?», fragte Maria.

Sosehr sich Amelie über das rasch gefasste Zutrauen des Mädchens freute, so sehr wusste sie auch, dass dieses Zugeständnis ein Schritt zu schnell wäre. «Bevor du einen solchen Hund führen kannst, musst du erst sein Vertrauen gewinnen. Er muss wissen, dass du so stark bist wie er. Verstehst du, was ich meine, Maria?»

Die Kleine blickte zu ihr auf, und Amelie hatte das Gefühl, die Zeit liefe rückwärts. Weil sie selbst wohl mit dem genau gleichen fragenden Blick einst zu Frauen aufgesehen hatte, die so auf Amelie gewirkt hatten, wie sie jetzt auf Maria wirken mochte.

«Wir werden gleich einige Männer treffen, die sehr wichtig sind», sagte sie zu Maria. «Wenn sie dich fragen, ob du etwas essen möchtest, dann tust du es. Du wirst nicht nachfragen, ob du darfst. Denn sie wollen, dass du satt wirst. Aber iss langsam. Sonst bekommst du furchtbares Bauchweh. Du bist ein großes Mädchen, Maria. Jetzt geh zu deinem kleinen Bruder, nimm ihn an der Hand und erkläre Heinrich, was ich dir gerade gesagt habe. Hast du verstanden?»

«Ja, gnädige Frau.»

«Für dich bin ich Amelie. Und jetzt lauf.»

Amelie wartete, bis Hermine sie eingeholt hatte. Erst hier im klaren Sonnenlicht sah Amelie, dass Hermine erschreckend blass war und enorm abgenommen hatte. Am liebsten hätte sie die *Blutsschwester* untergehakt, aber sie spürte, dass Hermine zu so viel Nähe noch nicht bereit war. Erst mussten sie ein paar klärende Worte sprechen.

«Ich will nur eines wissen, Hermine», begann Amelie. «Stimmt es, dass Sie und Ihr Mann von Herrn Messingnagel einen Lohn dafür bekommen, dass Sie diese Expedition mitmachen?»

Hermine sah zu Boden. «Jetzt werden Se mir verachten, Frau Doktor, wa?»

«Nein. Dazu habe ich kein Recht, Hermine. Ich will nur wissen, warum Sie hier sind.»

«De janze Wahrheit?»

Amelie nickte.

Hermine strich sich ihr dichtes dunkles Haar, durch das sich ein paar feine graue Strähnen zogen, aus dem Gesicht. «Ick hab Se anjelogen, Frau Doktor, so isset, hilft keen Leugnen nich. Der Herr Messingnagel is bei mich gewesen in dem Krankenhaus.»

«Wann?»

«Kurz nachdem ick Ihnen jebeten hatte, meinen Mann zu suchen. Da hat er jesagt, dass Willem und de Kinder bei dem Mister Gupta sind und jefragt, ob ick mit uff ne Safari will, und Geld hat er mir jeboten. Tausend Mark, Frau Doktor, und ick müsse nischt zahlen fürs Krankenhaus. Und Elefanten würd' ick ooch sehen.» Hermine sackte in sich zusammen. «Denken Se jetzt schlecht von mich?»

«Nein, Hermine. Bestimmt nicht», antwortete Amelie.

Was sie wirklich dachte, durfte sie nicht sagen. Wie konnte sie einer Frau aus dem Wedding vorwerfen, dass sie ihre kleinen Kinder in Lebensgefahr brachte? Einer Frau, die sich unter Afrika die Elefanten im Berliner Zoologischen Garten vorstellte. Die nichts wusste von Rückfallfieber und Malaria und noch viel weniger von einem gerade erst verebbenden Krieg, in den sie mit ihrer Familie hineinspaziert war wie an einem schönen Sonntag in den Zoo.

Anzuklagen wäre jener Mann, der dieses Angebot gemacht hatte. Ein Mann, der auf eine solche Anklage nur antworten würde: Wir sind in Afrika, Frau Doktor. Und damit sämtliche moralischen Gesetze aushebelte. Hier zählte nur Stärke, kompromissloser Durchsetzungswillen. Rührseligkeit hatte in der Welt eines Gottlieb Messingnagel keinen Platz. Sein Vorhaben war ein riesiges Räderwerk, und Amelie und die Dolls waren darin nur winzige Rädchen.

Das warme Licht der aufgehenden Sonne beschien das Lager. Es war eine Stimmung, über der das Versprechen eines baldigen Aufbruchs lag. Die Berge des Uluguru-Gebirges, bekannt für ihren reichen Gehalt an Glimmergestein, funkelten wie mit unzähligen Edelsteinen übersät.

«Is det nich wundervoll, Frau Doktor», sagte Hermine schwärmerisch. «Man könnte jlooben, der Herrjott hätte Sterne vom Himmel regnen lassen. Ick hab jeden Morjen hier jestanden und nur noch jestaunt über so ville Schönheit.»

8.

Der nahe Tod hatte aus Friedemann Stein einen alten Mann gemacht. Dabei war er bestimmt nicht älter als Ende dreißig. Sein eingefallenes, wachsgelbes Gesicht war schweißnass. Eine Decke verbarg seinen Körper. Den fiebernden Kranken auf der Bambustrage quälte Schüttelfrost, aber er wollte keine Schwäche zeigen. Gerade jetzt nicht, wo es um sein letztes Unternehmen ging. Und er musste es unvollendet zurücklassen.

Es hätte seine größte Expedition werden sollen, wie Amelie beim gemeinsam mit den Dolls eingenommenen Frühstück von Messingnagel erfahren hatte. Obwohl die Situation inzwischen eine ganz andere war, sprach der Kaufmann immer noch voller Stolz davon, dass es ihm gelungen war, den trotz seiner Jugend erfahrenen Afrika-Pionier für sein Unternehmen gewonnen zu haben. Der einstige Stabsarzt hatte sich keine geringere Aufgabe gestellt, als dem alten Nobelpreisträger Koch im sicheren Usambaragebirge zu zeigen, dass er, Friedemann Stein, der wahre Bezwinger der Schlafkrankheit sein würde. Doch ein unbarmherziges Schicksal verwehrte dem ehrgeizigen Arzt, in die Annalen der Erforschung dieser Seuche einzugehen. Am Ende seines Lebens blieb Stein nur eines: sein unbeugsamer Wille.

Als Amelie den Todgeweihten am Mittag des Tages vor dem geplanten Abmarsch aus Morogoro endlich zu Gesicht bekam, bedauerte sie, diesen Mann nicht früher kennengelernt zu haben. In gewisser Weise erinnerte

Stein sie an ihren Vater; er war ein Mann, der sich selbst längst nicht so wichtig nahm wie die Sache, die er verfocht. Jeder der Männer sprach den todgeweihten Nachkommen ostpreußischer Landedelleute beinahe liebevoll als Friedel an.

«Sie sind das also», begrüßte er Amelie und musterte sie voll wachem Argwohn. «Mein Schwager ist sehr glücklich, dass er Sie für die Safari gewinnen konnte. Er spricht voller Anerkennung von Ihnen. Afrikanerin sind Sie? Dann haben Sie wohl schon Männer wie mich gesehen, die geglaubt haben, sie seien stärker als Afrika. Verdammtes Land. Fällt die Stärksten und spuckt auf sie. Merken Sie sich meine Worte, wenn Sie auf die Neger in den Sümpfen treffen, die Ihnen ... Ach, ich will Ihnen nicht den Mut rauben. Sie wissen ja, was Sie erwartet.» Ein Frösteln ließ den geschwächten Körper Steins erzittern. Doch er riss sich zusammen und setzte seinen Monolog fort. «Sie bekommen meine ganze Ausrüstung. Alles. Dort, wohin ich gehe, brauche ich nichts.»

Amelie schluckte trocken. Sie wusste nichts zu sagen. Sie hatte schon etliche Menschen wie Stein versorgt, die der Wundbrand auffraß. In diesem Zustand gab es keine Rettung mehr.

«Doktor Klemm hat mir schon das rechte Bein abgenommen.» Stein schlug die Decke zurück. Als würde er etwas zeigen, das nicht Teil von ihm war. Amelie musste dem Wunsch widerstehen, den Blick abzuwenden. Der vorhandene linke Fuß war grauschwarz verfärbt. Auch er würde abgenommen werden müssen; Stein starb stückchenweise.

«Wie ist das geschehen?», fragte Amelie. Sie versuchte Stein in die Augen zu sehen. Doch sie brachte die Kraft nicht auf.

«Dummheit», sagte Stein schlicht. «Die Dummheit von

Männern, die ihren Willen für stärker halten als ihren Körper.» Ihn durchfuhr ein lang anhaltendes Frösteln. Messingnagel führte eine Tasse schwarzen Tees an die Lippen des Mannes, von dem Amelie nun wusste, dass es Messingnagels Schwager war. Dieser Aspekt – und die Person Steins – gab der Unternehmung ein ganz anderes Gewicht.

«Friedel, bitte, du musst dich schonen.»

«Für den Tod, Gottlieb?» Stein hustete.

«Doktor Stein wollte schon vor Wochen nach Udjidji aufgebrochen sein», sagte Messingnagel an Amelie gewandt, «doch der Aufstand hielt ihn hier in Morogoro fest. Er schloss sich den Schutztruppen an und kämpfte an ihrer Seite. Dabei zog er sich eine Verletzung an einer Zehe zu und ...» Messingnagel verstummte sofort, als er erkannte, dass der Todkranke etwas sagen wollte.

«Eine Kleinigkeit. Ich hatte nicht darauf geachtet. Dummheit, wie gesagt, Frau Kollegin. Dummheit führt zum Tode. Also seien Sie klug. Sind Sie es?»

Die Schroffheit eines das Leben schonungslos bilanzierenden Menschen war schockierend. Mit solch einem Gespräch hatte Amelie nicht gerechnet. Obwohl die Sonne schon erbarmungslos vom wolkenlosen Morgenhimmel schien, fror sie und schlang die Arme reflexartig um den Körper.

«Mein Schwager sagt, Sie haben schon Safaris unternommen?», fragte Stein.

Amelie war 15 gewesen, als der Vater sie das erste Mal auf eine seiner Expeditionen mitgenommen hatte. Es war ein Reinfall geworden: Nach wenigen Tagen schüttete es wie aus Eimern, und dann liefen die Träger davon. Zwei Jahre später hatte der Professor eine glücklichere Hand, und Amelie war alt genug gewesen, um dabei aktiv mitzuhelfen.

Um den Kranken von seinem eigenen Los abzulenken, erzählte Amelie: «Unser Ziel war Port Florence am Viktoriasee. Wir waren sechs Wochen unterwegs. Anfangs lief ich zwar an der Spitze mit, sah aber trotzdem nie irgendwelche Tiere. Die waren schon längst über alle Berge. Am Abend saß ich oft bei den einheimischen Frauen und hörte ihnen zu. Und die hatten am Morgen die Elefanten und Giraffen gesehen. Also schlossen sich mein Bruder und ich ein paarmal den Frauen an und brachen mit ihnen vor der Karawane auf. Das war interessant! Wenn Vater mit der Karawane eintraf, hatten die Frauen begonnen, den Lagerplatz vorzubereiten und in den Dörfern Essen gekauft oder getauscht.»

«Da haben Sie viel gelernt. Wahrscheinlich könnten Sie sogar diese Safari führen. Aber die Männer würden Sie nicht akzeptieren», sagte Stein. Er winkte Klemm heran, der ein paar Meter weiter entfernt auf einem Klappstuhl saß und die ganze Zeit schweigend zugehört hatte. Seit der misslungenen Begrüßung war der Arzt Amelie konsequent aus dem Weg gegangen. Amelie hatte keinen Versuch unternommen, die Kluft zwischen sich und ihm zu überwinden; dies musste von den Männern getan werden.

«Eddi, setz dich bitte zu uns», bat Stein, und Klemm trug seinen Stuhl neben die Trage des Kranken. «Als Gottlieb mich gefragt hat, wie es ohne mich weitergehen soll, habe ich ihm gesagt: Wenn er niemanden findet, der sich in Afrika auskennt, muss er alles abblasen. Und dann brachte er Frau von Freyer. Du kennst Gottlieb als Mann, der ungewöhnliche Wege geht.» Er sah Klemm an. «Eddi, du brauchst jemanden, der dich unterstützt.»

«Schmitt ist da, Friedel.» Eduard Klemm meinte einen dicken einstigen Sergeanten, dem die Führung der Askaris unterlag. Amelie hatte ihn bisher nur aus der Ferne gesehen.

Stein winkte ab. «Schmitt ist Soldat. Du aber brauchst einen Strategen, der gleichzeitig wie ein Weißer und wie ein Einheimischer denkt. Nur eine Lösung ist möglich: Ihr beiden seid der Kopf.»

Klemm blickte unwillkürlich zu Amelie. Dann sah er Stein an. «Friedel ...», begann er. «Ich bitte dich, das geht nicht.»

Ein Ruck ging durch Steins geschwächten Körper, er richtete sich auf: «Eddi, hast du eine andere Idee?» Er ließ sich wieder nach hinten fallen. Sofort schob Messingnagel ihm ein Kissen unter den Kopf.

«Frau Freyer hat schon als Kind Expeditionen unternommen. Für dich ist es die erste.»

Klemm gab nicht auf: «Wir haben Rashid.»

In Rufweite hielt sich ein Araber bereit. Der schlaksige Mann im weißen Kaftan mit roter Kappe auf dem kahl rasierten hellbraunen Kopf hockte regungslos auf einem Baumstumpf, aber seine wachen Augen erfassten jede Bewegung. Rashid erinnerte Amelie an einen majestätischen Greifvogel: Der etwa 35 Jahre alte Mann hatte einen langen Hals und gebogene große Nase über vollen Lippen.

Amelie war ihm bereits von Messingnagel vorgestellt worden und hatte erfahren, dass der Ägypter mehrere Karawanen quer durch Afrika geführt hatte. Er war einer von Guptas Leuten und genoss dessen uneingeschränktes Vertrauen. Mit Amelie hatte er praktisch kein Wort gesprochen. Der unnahbare Stolz dieses Mannes drückte seine Missbilligung darüber aus, dass eine Frau sich anmaßte, das Gleiche leisten zu können wie ein Mann. Über die Beweggründe für seine Verpflichtung zu dieser Expedition hatte Amelie keinen Zweifel – Rashid arbeitete des Geldes wegen.

«Rashids Aufgabe bleibt so, wie wir sie festgelegt haben», beschied Stein, nachdem er sich Tee hatte geben lassen. «Du wirst Frau Freyer brauchen, um mit den Jumben und Sultanen zu verhandeln. Für Verpflegung, für die Quartiere. Der Ägypter soll das nicht machen, das wäre taktisch ungeschickt. Er ist Afrikaner, er wird stets an den eigenen Vorteil denken. Aber wenn ihr beiden gemeinsam auftretet, kann es klappen.» Der Husten unterbrach ihn. «Vor allem der Sultan von Kilimatinde wird euch Probleme machen. Der Schlüssel zu seiner schwarzen Seele ist seine grenzenlose Eitelkeit. Seien Sie diesem Mann gegenüber großzügig, Frau Kollegin, und Sie bekommen alles, was Sie brauchen.» Er sprach mit großem Nachdruck.

Amelie hatte keine Vorstellung, was er meinen konnte; sie war noch nie einem Sultan begegnet. Der Einfluss der lokalen muslimischen Machthaber war vor allem im Inland ungebrochen; die Deutschen hatten sich ihr Wohlwollen nur erkauft. Der Ort Kilimatinde markierte etwa ein Viertel der gesamten Wegstrecke, daran erinnerte sich Amelie vom gemeinsamen Kartenstudium mit Messingnagel. Ihr war unwohl, plötzlich die große Verantwortung zu spüren, die auf ihr lag. Doch mit diesem Gespräch gab es kein Zurück mehr. Wenn Stein ihr sogar die Leitung der Expedition zutraute, konnte sie nicht mehr abreisen. Obwohl ihr Misstrauen gegenüber Messingnagel immer noch bestand.

«Und dann ist da vor allem Kassei», fuhr Stein fort. «Von den Eingeborenen ist er der wichtigste Mann. Er kennt den Weg, ist ihn mehrere Male gegangen. Ich habe ihn bereits für meine letzte Expedition verpflichtet und es zu keinem Zeitpunkt bereut. Kassei ist ein Eingeborener, wie ich keinen zweiten kenne. Er ist absolut loyal, intelligent und ausgesprochen flexibel, wenn es unerwartete Schwierigkeiten gibt. Er beherrscht ebenso wie Rashid verschiedene Sprachen und hat eine natürliche Art, sich Autorität bei Fremden zu verschaffen.» Der geschwächte Mann schenkte Amelie ein schwaches Lächeln: «Außerdem hat Kassei noch eine weitere Fähigkeit: Er ist so etwas wie ein Kollege. Man nennt solche Leute einen *mganga*. Was nicht verkehrt sein kann, wenn ein paar hundert Träger durch den Busch wandern.»

Der Mann, von dem die Rede war, war eine überaus auffällige Erscheinung. Kassei trug einen Mantel, der von Ferne an eine Art Kleid erinnerte. Er fiel in weiten Falten von den Schultern bis zu den Knien. Das eigentümliche Gewand war so bunt, als hätte ein Maler seine Farbpalette darüber ausgegossen. Große rote, braune, schwarze, grüne, gelbe und alle denkbaren anderen Tupfen sprenkelten diesen eigentümlichen Kaftan. Erst bei näherem Hinsehen war zu erkennen, dass er aus unterschiedlichen Stoffen und Tierfellen zusammengefügt war.

In diesem Moment spielte Kassei mit dem kleinen Heinrich Doll. Er zeigte ihm, wie man das Holz eines Papayabäumchens aushöhlte, das weiche Baummark zu einer Kugel rollte, die man dann durch den hohlen Stamm blasen konnte. Als Amelie zu ihm blickte, unterbrach er das Spiel mit Heinrich und sah sie an. Nur kurz, so, als hätte er ihren Blick gespürt. Die Andeutung eines Lächelns lag in seinen Augen, während er sonst keine Miene verzog. Dann widmete er sich wieder dem Jungen. Der kurze Moment hatte gereicht, um Amelie zu verwirren. Es war unmöglich, Kasseis Alter zu schätzen: Zahllose Schmucknarben, von größeren an der Stirn bis zu kleineren am Kinn, bedeckten die Gesichtshaut des kleinen, sehnigen Mannes mit dem graumelierten vollen Haar.

Stein hatte Kassei einen *mganga* genannt, das Kisuaheli-Wort für Medizinmann. Amelie hatte jedoch noch nie davon gehört, dass ein Medizinmann sich als Führer einer

Karawane verdingt hätte. Das war mit seinem Ansehen nicht zu vereinbaren. Aber vielleicht brauchte auch ein *mganga* gutes deutsches Geld?

«Schwager Gottlieb hat mir die Geschichte von Ihrem Leoparden erzählt, Frau Kollegin. Also gehe ich davon aus, dass Sie auch heute noch schießen können. Ich selbst habe ebenfalls stets die Winchester bevorzugt. Deshalb überlasse ich Ihnen die meine. Es sei denn, Sie haben ein Gewehr dabei?» Als Amelie verneinte, fuhr Stein fort: «Sie, Kassei und Klemm bilden die Spitze. Rashid, als Aufseher über sämtliche Träger, wird immer wieder an anderen Stellen auftauchen.» Er blickte Klemm an. «Es kann also vorkommen, dass ihr schon längst das Ziel erreicht habt und Quartier machen müsst, wenn Rashid sich noch Kilometer weiter hinten vergewissert, dass auch alle Träger mitkommen.»

Eduard Klemm nickte schwer mit dem Kopf: «Ich habe verstanden, Friedel. Du hast alles genau durchdacht, und so werden wir es machen.»

Der geschwächte Stein holte Atem. Amelie nutzte die Gelegenheit: «Wäre es möglich, dass Frau Doll und die beiden Kinder in meiner Nähe bleiben?»

Stein blickte zu Klemm: «Gib das bitte an Rashid weiter.»

Klemm notierte es in sein Tagebuch.

Stein wandte seine Aufmerksamkeit wieder Amelie zu: «Wie wollen Sie reisen, Frau Doktor Freyer? Ich habe einer gen Küste ziehenden Expedition eine *kitanda* abschwatzen können. Sie kennen diese Tragsessel? Ich habe mich darin wie ein Bündel gefühlt. Möchten Sie Bann haben?»

Der edle Muskathengst, schneeweiß mit schwarzer Mähne, dunklen Nüstern und Augen wie glimmende Kohle, war enorm muskulös, mit verhältnismäßig kurzen Beinen und einem kräftigen Körper. Amelie hatte Rashid darauf reiten sehen, und er beherrschte den quecksilbrigen Schimmel hervorragend.

«Ich denke, bei Rashid wäre das Pferd besser aufgehoben», sagte sie.

«Gut. Das wird er als Auszeichnung auffassen und seine Loyalität steigern.» Stein holte mühsam Luft: «Dann bleiben Ihnen nur Maultiere. Die sind zwar langsam, aber zuverlässig.»

«Mit einem Maultier werde ich gut zurechtkommen», sagte sie. «Aber wie reisen die Dolls?»

«Daran habe ich bereits gedacht», antwortete Messingnagel.

Stein fuhr fort. «Nächster Punkt: das Atoxyl. Acht Röhren, wasserdicht in Aluminium verpackt. Eddi, das nimmt einer deiner Askaris.»

«Könnte man es nicht aufteilen», schlug Amelie vor. Als sie Klemms ärgerlichen Blick auffing, setzte sie hinzu: «Die ganze Safari wird wegen des Atoxyls gemacht. Warum soll einer allein das Risiko auf sich nehmen?»

«Sie hat recht. Einer von Frau Freyers Gewehrträgern nimmt die andere Hälfte», korrigierte Stein sofort seine eigenen Worte. «Nun zum Lager in Udjidji.» Er richtete seine Worte an Amelie; die anderen schienen bereits Bescheid zu wissen. «Ich habe vor vielen Monaten einige Kilometer vom Ufer des Tanganjika entfernt ein Lager anlegen lassen. Darin sind damals mehrere hundert an Schlafkrankheit leidende Neger eingesperrt worden. Sie werden dort auf unsagbares Elend stoßen und mit Ihrem Schicksal hadern, Frau Kollegin. Aber Sie dürfen einen großen Fehler nicht machen.» In den Augen des Todkranken loderte noch einmal das Feuer des leidenschaftlichen Arztes auf, der von seiner Arbeit zutiefst überzeugt war. «Lassen Sie Ihre Gefühle aus dem Spiel! Gerade Ihnen als Frau muss ich das so nachdrücklich sagen.»

Allzu bekannt erschien Amelie diese Warnung. Sie hatte sich jedoch vorgenommen, kein unbedachtes Wort zu sagen.

Doch Stein spürte, was in ihr vorging. «Doktor Klemm trägt für das Lager die alleinige Verantwortung. Sie werden ihm assistieren.» Jetzt wandte er mühsam den Kopf in Klemms Richtung. «Das heißt nicht, Eddi, dass du taub für Frau Doktor Freyers Vorschläge sein musst.»

Das Schicksal des Missionars im Hamburger Tropeninstitut stand Amelie vor Augen. Einige hundert solcher Menschen sollten bei Udjidji eingesperrt sein? «Wer hat seit Ihrer Abreise aus Udjidji für die Kranken gesorgt? Sind dort oben Ärzte oder Sanitäter?», fragte sie.

«Deswegen gehen wir doch dort hin!» Klemm war gereizt.

«Später wird sie mich nicht mehr fragen können, warum ich das so entschieden habe», sagte Stein an den Freund gewandt. «Ich werde es Ihnen erklären, Frau Kollegin.» Er versuchte, sich nicht anmerken zu lassen, dass es ihm zunehmend schwerer fiel zu sprechen. «Die Eingesperrten werden von ihren Familien mit Essen versorgt. Der dortige Bezirkshauptmann bürgt für die Sicherheit. Wenn wir die Schlafkranken nicht daran hindern, ziehen sie weiter. Die Glossinen saugen am Blut der Kranken und infizieren mit dem nächsten Stich gesunde Menschen. So breitet sich die Seuche immer weiter aus. Verbleiben die Männer jedoch im Lager, so wird das Problem lokal begrenzt. Das ist der Grund.» Der Geschwächte rang nach Atem.

Nachdem er lange geschwiegen hatte, meldete sich nun Messingnagel zu Wort. «Wir hoffen, das Atoxyl bewirkt, dass wir gesunde Männer aus dem Lager entlassen können. Wenn sie dort verbleiben, sind sie für uns wertlos.»

«Mit wie vielen Kranken rechnen Sie?», fragte Amelie sachlich.

«Es mögen Hunderte sein. Gar Tausende. Das wird man erst wissen, wenn man die Untersuchungen durchführt», antwortete der Stabsarzt so leise, dass er kaum zu verstehen war.

Die Arbeit, die ihnen bevorstand, war unvorstellbar! Sie mussten von jedem, der dem Augenschein nach erkrankt war, eine Probe nehmen. Diese musste dann unter dem Mikroskop analysiert werden. Im Fall eines positiven Befundes würde dann der Patient mit Atoxyl behandelt werden. Mit dem Umgang von Atoxyl hatten sich Stein und Klemm bei den Herstellerwerken in Berlin vertraut gemacht.

Insgeheim musterte Amelie Klemm. Ob der blendend aussehende Doktor aus der deutschen Provinz ahnte, was ihm bevorstand – nachdem er einen mehrmonatigen Marsch durch Afrika überstanden hatte? Sie gestand sich ein, dass sie selbst es nicht wusste.

Oder war dies gar der einzige Weg: Nichts von den Gefahren, den Strapazen und den Entbehrungen wissen zu wollen, die vor einem lagen? Aus der Nähe scholl das Lachen von Maria und Heinrich zu ihr herüber. Amelie gefror das Blut in den Adern.

«Icke uff'm Maultier quer durch Afrika? Nee, Frau Doktor, det is Tierquälerei.» Hermine betrachtete das hübsche Maultier, als sollte sie einen Drachen besteigen. Amelie hatte einen der für die Reittiere zuständigen Boys gebeten, es zu den Dolls zu bringen.

«Sie können auch getragen werden», sagte Amelie. «Zwei lange Bambusrohre, dazwischen Segeltuch. Wenn die Träger mal müde werden, wird es allerdings ungemütlich. Ich habe mir sagen lassen, dass man dann schon mal hart auf den Boden knallt.»

«Na ja, ick kann's ja mal probieren», räumte Hermine ein. «Tun die mich auch nix, so 'ne Maultiere?»

Der Boy hob Maria und Heinrich auf den Esel und führte sie herum; sie juchzten vor Freude.

«Das Reiten wird das geringste Problem, Hermine», sagte Amelie. «Sie machen sich keine Vorstellung, was Sie erwartet. Wenn Maria und Heinrich meine Kinder wären, würde ich sie nicht an den Tanganjika mitnehmen. Ich werde zwar tun, was ich kann, aber ärztliche Kunst hat Grenzen in Afrika.»

Mit jedem Wort Amelies wurde Hermine immer starrer.

«Niemand kann garantieren, dass jede Infektion Ihrer Kinder rechtzeitig bemerkt wird. Ich kann auch nicht stets danebenstehen, wenn sie mal müssen und wir irgendwo im Busch sind. Es müssen Flüsse durchquert werden, und die beiden können gewiss nicht schwimmen.»

Hermine schüttelte langsam den Kopf. Sie war bleich geworden. «Frau Doktor», fragte sie zaghaft, «wenn det so jefährlich is, warum machen Se det denn?»

Amelie hob die Schultern. «Ich bin in Afrika groß geworden.»

«Wirklich? Frau Doktor ... Det wusst' ick nich.»

«Sie wissen noch vieles nicht von mir, aber wir werden Zeit haben. Jetzt geht es um Ihre Kinder, Hermine.»

Während Amelie gesprochen hatte, war eine Handvoll Askaris mit einem deutschen Offizier an der Spitze direkt auf sie zugekommen. Sie erkannte Forsell, den anlehnungsbedürftigen Leutnant aus dem Zug. Er hatte ihr im Zug erzählt, dass er nahe Morogoro in einer *Boma*, einer mit Türmen befestigten Station der Schutztruppe, stationiert war. Als sie ihm entgegensah, fiel ihr Blick auf das rote Kloster hoch oben am Berg.

«Guten Tag, gnädige Frau», wandte Forsell sich direkt

an Amelie, ohne Hermine auch nur eines Blickes zu würdigen. «Ich suche den Expeditionsleiter. Ich überbringe eine wichtige Nachricht aus Udjidji.»

«Doktor Stein ist schwer erkrankt. Der Zeitpunkt ist sehr ungünstig. Da ich die Expedition ebenfalls führe, können Sie mir sagen, um was es geht.»

Forsell zögerte einen Augenblick, ob er der männlich gekleideten Frau Auskunft geben sollte. «Nun ja», meinte er schließlich, «es betrifft das Ziel Ihrer Expedition. Uns wurde gemeldet, dass ein in Udjidji stationierter Regierungsbeamter an der Schlafkrankheit erkrankt ist.»

«Wurde Ihnen mitgeteilt, seit wann der Mann Symptome zeigt?»

«Nein, gnädige Frau.»

«Vielen Dank, Herr Leutnant. Wir führen Medizin mit uns und werden für den Mann tun, was in unserer Macht steht.»

Forsell knallte die Hacken zusammen und reichte Amelie die Hand. Aber er ließ sie nicht sofort los. «Gestatten Sie mir eine Bemerkung, gnädige Frau: Habe noch nie eine Dame in einer solchen Aufmachung gesehen. Mein Kompliment.» Er verneigte sich und befahl seinen Männern den Abmarsch.

«So'n Otto! Een Beamter, der schlafkrank is», meinte Hermine trocken, sobald die Männer abgezogen waren.

Amelie konnte sich ein Grinsen nicht verkneifen. «Darin liegt eine traurige Komik, denn an dieser Krankheit kann der Mann tatsächlich sterben», erklärte sie. Nun wurde sie ganz ernst: «Schlafkrankheit ist tödlich, Hermine. Das ist kein Witz. Sie heißt so, weil die Kranken im Endstadium nur noch dumpf vor sich hindösen. Zuvor machen sie unvorstellbare Qualen durch.» Sie blickte Hermine in die Augen. «Dort, wo wir hingehen, können wir alle an so etwas erkranken. Auch Maria und Heinrich.»

«Mir wird janz anders, Frau Doktor!», sagte Hermine bang.

«Messingnagel hat Ihnen nie erklärt, worum es bei dieser Safari geht», stellte Amelie fest. Sie wusste jetzt, was sie zu tun hatte und ging raschen Schrittes zu Messingnagel hinüber, der gemeinsam mit Klemm und Rashid an Steins Krankenbett lange Listen mit Ausrüstungsgütern durchging. Sie besprachen gerade die Aufteilung von Büchsenfleisch, Reis, Mehl, Salz, Tee, Kaffee, Zucker und Branntwein auf die Träger.

Amelie trug ihr Anliegen ohne Umschweife vor: Maria und Heinrich so lange im roten Kloster zu lassen, bis die Eltern zurückkehrten. Das bedeutete zwar eine schmerzhafte Trennung. Doch es geschähe zum Wohl der Kinder, die dort auch in die Schule gehen könnten.

Der sterbenskranke Expeditionsleiter wandte den Kopf zu Amelie. «Ich bin froh, Frau Kollegin, dass Sie hier sind. Sie bewahren uns vor furchtbaren Konsequenzen», sagte Stein und wandte sich an seinen Schwager: «Gottlieb, dafür musst du eine angemessene Summe lockermachen.»

Während der Kaufmann Amelie eine beträchtliche Anzahl rasch abgezählter Rupienscheine reichte, sagte Stein zu ihr: «Sie übernehmen die Sache?» Als sie zustimmte, fuhr er fort: «Auf dem Rückweg bringen Sie gleich Ihr Gepäck mit. Ich werde mein Zelt bis dahin geräumt haben. Wenn Sie morgen früh aufbrechen, sollten Sie schon hier geschlafen haben.»

«Und Sie?», fragte Amelie. In Steins Stimme hatte ein seltsamer Unterton gelegen, den sie nicht einordnen konnte.

«Ich werde alles Notwendige geregelt haben», erwiderte der Arzt. Es bereitete ihm Mühe, seine Hand so weit zu heben, dass er Amelie angemessen verabschieden konnte.

«Leben Sie wohl», sagte er mit erstarkender Stimme. «Und denken Sie an meine Worte: Lassen Sie sich niemals von Ihren Gefühlen leiten. Weder als Ärztin noch als Leiterin einer Expedition.»

Er rang nach Luft und fuhr dann fort: «Die Neger haben längst erkannt, dass wir Weißen ihnen nicht in allem überlegen sind. Wir werden krank und schwach wie sie. Was wir ihnen voraushaben, ist das, was wir an Ausrüstung mitbringen. Doch letzten Endes ist jeder ersetzbar. Wenn man das eingesehen hat, ist der Rest eine Frage der Contenance», schloss Stein. Ein schwaches Lächeln umspielte seine blutleeren Lippen. «Und nun gehen Sie. Möge Gott Sie schützen.»

«Es war mir eine Ehre, Sie kennengelernt zu haben», erwiderte Amelie und ließ die eiskalte Hand des Kollegen los. Sie spürte, wie ihr die Tränen in die Augen schossen. Als sie sich abwandte, bemerkte sie eine Spritze und ein Fläschchen Morphium auf einem faltbaren Tischchen neben Steins Bett.

«Weiter geht's, Gottlieb, die Zeit läuft uns davon», hörte sie Stein sagen.

Max Schmitt, ein untersetzter Mann mit rundem Bauch, der sich unter dem hellbraunen Uniformhemd gewaltig spannte, hielt eine Nilpferdpeitsche lässig in der Hand, während er das gute Dutzend sudanesischer Söldner antreten ließ.

«Stillgestanden! Präsentiert das Gewehr!» Schmitt nahm militärisch korrekt Haltung an. Der schlichte Sarg aus eilig zusammengezimmerten Holzlatten, über den die schwarz-weiß-rote Fahne des Deutschen Reichs gelegt worden war, wurde an den Zelten vorbeigetragen. Ohne jemanden anzublicken, kletterte Gottlieb Messingnagel umständlich auf den Platz neben dem Boy, dann fuhr der Wagen davon.

Zum Abtransport wurde jener Maultierkarren benutzt, mit dem Amelie und Hermine eine halbe Stunde zuvor vom roten Kloster zurückgekehrt waren. Unter vielen Tränen hatten sich Maria und Heinrich von ihrer Mutter verabschiedet.

«Weggetreten», bellte Schmitt. Seine Askaris gingen schweigend zu ihren Zelten, während Amelie dem in eine Staubwolke gehüllten Maultiergespann nachsah. Gespenstische Stille lag über dem Lager. Neben Amelie standen Sanitätshelfer Manfred Hohlbein und der Laborgehilfe Hans Schneider. Die beiden sollten Klemm und Amelie in Udjidji assistieren. Schmitt gesellte sich zu ihnen. Aus einem Lederbeutel, den er an der Hüfte trug, holte er Tabak hervor.

«Wir hätten etwas singen sollen», sagte Hohlbein, ein hagerer Mann mit bürstenartig kurz geschorenem, schlohweißem Haar. Auf den ersten Blick wirkte er wie ein Mann von Mitte vierzig, aber ein Gefühl sagte Amelie, dass er deutlich jünger war. «Zumindest ein Trommelwirbel wäre gut gewesen, finde ich. So still zu gehen, ich weiß nicht, das ist irgendwie traurig. Er war ein großer Mann. Bis zuletzt.»

«Mag sein, dass er ein guter Organisator war. Aber sein Abgang war nicht in Ordnung.» Schmitt stopfte sich eine kurze Pfeife, wobei er konzentriert auf den Beutel vor seinem Bauch blickte. «Er hat sich davongeschlichen. Darum wollte er auch keine Musik. Stein ist gescheitert, an sich, an Afrika.»

«Ich verbitte mir diesen Ton!»

Amelie hatte Eduard Klemm nicht kommen sehen. Sein uniformartiger Safarianzug war perfekt geknöpft, der lässig ungebundene Seidenschal gab ihm eine verwegene

Note. Im warmen Licht des Sonnenuntergangs wirkte er männlich und souverän.

«Sie kannten Doktor Stein doch kaum», wies Klemm den einstigen Soldaten zurecht. «Wie können Sie sich anmaßen, so über ihn zu sprechen. Sie verdanken ihm, dass Sie hier sind!»

Schmitt entzündete seine Pfeife und musterte Klemm. Dann erwiderte er langsam: «Bleibt abzuwarten, wer wem was zu verdanken hat.» Er straffte seine runden Schultern und verzog sich.

Hohlbein, der als Sanitätshelfer und Kartograph schon einige Expeditionen mitgemacht hatte, wandte sich mit einem unsicheren Lächeln an Amelie. «Ich muss mich entschuldigen für den Ton unseres Feldwebels, Frau Doktor. Er ist ein ungehobelter Bursche. Aber leider braucht man solche Männer. Sie sind der grobe Keil, der einen groben Klotz spaltet.» Damit meinte Hohlbein zweifellos Schmitts Befehlsgewalt über die sudanesischen Söldner.

Es war das erste Mal, dass Hohlbein Amelie von sich aus angesprochen hatte. Sie wusste über den asketisch wirkenden Mann nur, dass er in der Schutztruppe gedient hatte.

Mit Schmitt, der sich in seiner Freizeit zumeist bei seinem Zelt aufhielt, das nahe jenem der Sudanesen stand, hatte Amelie bislang noch kein Wort gewechselt. In Schmitts Gesellschaft befand sich der Laborgehilfe Hans Schneider. Mit ihm hatten Klemm und Amelie am frühen Nachmittag dieses langen Tages eine letzte, peinlich genaue Inventarliste sämtlicher Gegenstände erstellt, die für den medizinischen Teil des Unternehmens notwendig waren. Schneider war ein blutjunger Mann von 23 Jahren, der sich Amelie gegenüber sehr wortkarg gab, aber als aufmerksam, hilfsbereit und gelehrig erwies. Seinen abwertend klingenden Rufnamen Hansl verdankte er

Schmitt, der ihn als vierten Mann beim Skat brauchte. Jetzt stand er verloren neben Wilhelm Doll, der ebenfalls auf eine Anweisung wartete. Wenn die Expedition am nächsten Morgen aufbrechen sollte, so war noch einiges zu tun. Und es war nun Klemms Aufgabe, die Männer auf Trab zu bringen.

Über den plötzlichen Tod Friedemann Steins sprach niemand. Amelie hatte das Gefühl, alle warteten nur darauf, zu seinem Zelt zu gehen und seinen langen Monologen zu lauschen, um neue Anweisungen zu erhalten. Doch dieses Zelt war jetzt jenes von Amelie; die Boys hatten Amelies Koffer davor aufgereiht.

Amelie fragte sich, ob sie sich nach Steins Todesursache erkundigen sollte. Schmitts abfällige Bemerkung legte den Schluss nahe, dass Stein sein Leiden abgekürzt hatte. Da er sein ganzes Leben in den Dienst der Sache gestellt hatte, wollte er so unauffällig wie möglich davongeschafft werden. Jegliche Unruhe sollte vermieden werden. Die Größe stiller Helden konnten Radaubrüder wie Schmitt nicht begreifen.

Als Amelie sich verlegen räusperte, blickten die vier anwesenden Männer sie gleichzeitig an. Sie spürte, wie sie rot wurde und war froh, dass man es bei diesen Lichtverhältnissen nicht sah. «Herr Dr. Klemm», fragte sie, «was muss heute Abend noch erledigt werden?»

Der Arzt atmete hörbar aus; er schien aus einer Trance zu erwachen. «Ja, wir müssen weitermachen.» Er wandte sich Doll, Schneider und Hohlbein zu. «Die Tiere», begann er fahrig. «Die müssen alle eingesperrt werden, damit morgen früh keines fehlt. Da sind die Rinder, die Ziegen und das alles. Ja, die Maultiere, natürlich. Hohlbein, Sie wissen ja, wie das geht.»

«Selbstverständlich, Herr Doktor», erwiderte Hohlbein und verzog sich mit Schneider und Doll.

Hermine hatte sich gleich nach der Rückkehr vom roten Kloster in das Kochzelt begeben, das hinter Steins Zelt aufgebaut war. Amelie hatte mit ihr ausgemacht, dass sie von nun an bei Steins Koch Ahmet und dessen Helfer Aleppo lernen sollte, unter den Bedingungen einer Expedition ein Essen zuzubereiten. Eine Notwendigkeit dafür bestand zwar nicht, doch Amelie wollte, dass Hermine beschäftigt war. Im Übrigen konnte es nicht schaden, wenn sie Bescheid wusste – gute Köche gingen einer Expedition schon mal verloren. Ahmet genoss einen guten Ruf, allerdings kam bei ihm kein Schweinefleisch in den Topf.

Amelie und Klemm wechselten einen kurzen, scheuen Blick. Der sich bis zu Steins Tod so selbstsicher gebende Arzt hob die Schultern. «Es tut mir leid», sagte er unvermittelt.

«Ja, mir auch», erwiderte Amelie. «Ich hätte Dr. Stein gern besser kennengelernt. Er war ein großer Mann.»

«O ja, natürlich ...» Klemm fuhr sich durch seine dichten Locken. «Aber das wollte ich nicht sagen. Ich wollte ...» Klemm kratzte sich unsicher mit der linken Hand am glatt rasierten Kinn. «Ich war nicht freundlich zu Ihnen», stieß er hervor. «Dafür wollte ich in aller Form um Verzeihung bitten.»

Amelie glaubte nicht recht gehört zu haben. Vor ihr stand ein Kollege von jener Sorte, die sie in der Charité verlacht hatten! Sie überlegte angestrengt, was sie antworten sollte. Doch in ihrem Kopf breitete sich lähmende Leere aus.

«Wir ...» Klemm räusperte sich. «Wir werden über Monate hinweg zusammenarbeiten.» Der Arzt klang, als ob er sich jedes einzelne Wort aus der Zunge schneiden müsste. «Ich meine, da wäre es sicher angebracht, wenn wir einen entspannten Umgangston fänden, Frau Doktor von Freyer.»

«Herr Doktor Klemm, ich stimme Ihnen völlig zu», antwortete Amelie. Sie verwandte ihre gesamte Energie darauf, nicht in lautes Gelächter auszubrechen. Das Ringen um den passenden Umgangston glich der Suche nach der richtigen Therapie für einen Schwerkranken.

«Ich würde es begrüßen, wenn wir uns in aller Form mit Vornamen ansprechen könnten», fuhr Klemm fort. Er streckte seine rechte Hand aus. «Eduard. Ich heiße Eduard, wenn Ihnen das angenehm wäre.»

Einen kurzen Augenblick lang zögerte Amelie noch, dann ergriff sie Klemms Hand. «Finden Sie es noch anmaßend, dass ich mich als Ärztin bezeichne?» Sie gab Klemms Hand nicht frei.

Der Kollege konnte nicht entkommen. «Ein hitzig gesprochenes Wort. Verzeihen Sie.»

«Gewährt. Ich heiße Amelie.» Sie wollte seine Hand freigeben und stellte verwundert fest, dass nun er nicht losließ.

«Es wird nicht einfach werden», sagte er. «Wir sollten zusammenhalten. Ich bin seit sechzehn Tagen in diesem Lager. Doch mir erscheinen die Tage wie Monate. Die Männer saufen und prügeln sich. Und jeden Tag verschwinden welche.» Endlich gab er ihre Hand frei, mit einem schüchternen Lächeln, als würde es ihm erst jetzt auffallen. «Als ich Friedel Stein zusagte, sein Assistent zu sein, war ich auf so etwas nicht vorbereitet gewesen.» Der Doktor aus Niedersachsen klang, als meinte er: Auf keiner Universität der Welt kann man das lernen. «Sie gestatten, dass ich Sie zu Ihrem Zelt begleite?», fragte er.

Dort angekommen, rief Amelie Steins einstigen Boy Mundu heran, einen hellhäutigen Watussi, der nun sie bedienen sollte. Der etwa 14-jährige hatte ihre Koffer inzwischen ins Zelt gebracht. Die Garderobe einer Dame überforderte seine Kenntnisse jedoch; er hatte sich nicht getraut, Amelies Kleidung aus den Koffern zu nehmen. So standen sie lediglich geöffnet im Zelt.

«*Dactari* Stein hat abends immer ein Bad genommen», sagte der Boy auf Kisuaheli.

«Ein Bad?» Amelie war verblüfft. Das Angebot klang verlockend, seit der Abreise aus Daressalam hatte sie nicht mehr gebadet. «Wo ist es?», fragte sie.

Mundu führte Amelie zu einem kleinen Extrazelt hinter dem Hauptzelt des Expeditionsleiters, in dem tatsächlich eine Badewanne bereitstand. Während der Safaris des Vaters hatte sie einen solchen Luxus niemals erlebt. Die aus Blech und Gummi gefertigte Wanne war zerlegbar. Zu ihrem Transport war mindestens ein Träger nötig; und unterwegs würde es oftmals tagelang kaum genug Wasser zum Trinken geben ...

«Wird die Wanne mit auf die Expedition genommen?», fragte sie ihren Boy.

«Ja, *bibi dactari,* so machte es *dactari* Stein», antwortete der Junge gleichmütig.

«Dann bereite mir ein Bad», sagte Amelie, ohne sich ihre Skepsis anmerken zu lassen. Es erschien ihr angebracht, möglichst viele Dinge beizubehalten, die Stein eingeführt hatte. Der Nachteil, sich erst am Vorabend des Aufbruchs in die Riege der Expeditionsteilnehmer eingliedern zu können, wog ohnehin schwer genug.

«Frau Doktor», Messingnagel schenkte Amelies elegantег Aufmachung einen bewundernden Blick, «die Blumen der Tropen werden vor Neid erblassen.»

«Danke», erwiderte Amelie, glücklich über die Anerkennung der vorangegangenen Plagerei mit der Schönheit.

Das Bad hatte zwar erfrischt, doch es war umständlich gewesen, Mundus neugierige Blicke auf ihre weiße Haut zu verhindern. Das anschließende Frisieren der verfilzten Locken hatte gedauert, und in einem Zelt, das sich ein Mann eingerichtet hatte, gab es keinen geeigneten Ersatz für einen Toilettentisch und nur einen Rasierspiegel. Solche Extravaganzen würde sie künftig möglichst selten unternehmen. Dazu gehörte auch das leichte, langärmelige Kleid mit hochgeschlossenem Rüschenkragen. Es war zwar das einzige, das für eine Abendgesellschaft taugte, erforderte jedoch eigentlich das Tragen eines Korsetts. Für das Schnüren brauchte man die Hilfe eines Mädchens, was für eine allein reisende Dame ein Problem darstellte. Stattdessen besaß Amelie die in der Modewelt noch kaum verbreiteten Büstenhalter. Ein weites, elfenbeinfarbenes Tuch, zu einer Stola gefaltet, täuschte damenhafte Eleganz vor und verbarg allzu offenkundige weibliche Formen.

Doktor Klemm, ein Glas Cognac in der einen, eine Zigarre in der anderen Hand, hatte sich offenbar gerade mit Messingnagel und dem Sanitätsgehilfen Hohlbein unterhalten. Alle drei trugen weiße Anzüge und Krawatte; sie wirkten, als würden sie bei einem Empfang in der Stadt zu Gast sein. Gupta und Rashid, der eine in den traditionell gelegten Gewändern der Inder, der andere im bodenlangen Kanzu mit weißer Hose darunter, musterten Amelie kurz und sahen dann fort.

Eine Tafel für zehn Personen war inmitten der von den Herren genutzten Zelte aufgebaut worden. Petroleumlampen waren herbeigeschafft worden, und Hermine, die ihren besten Rock und ihre schönste Bluse trug, stellte gerade Windlichter auf die hellen Decken des Tischs. Ihr Mann stand verlegen abseits bei dem Laborgehilfen Schneider und dem einstigen Sergeanten Schmitt. Der trug als Einziger eine ausrangierte Schutztruppen-Uniform, von der – ebenso wie bei den ihm unterstellten Askaris – die militärischen Abzeichen abgetrennt waren.

«Sie haben nicht einmal ein Mädchen, das Ihnen behilflich sein könnte», sagte Klemm zur Eröffnung des Gesprächs.

Statt auf seine Bemerkung einzugehen, erwiderte Amelie: «Aber Doktor Stein hat eine Badewanne! Mit solch einem Luxus hatte ich gar nicht gerechnet.»

«Anders ließe sich Afrika doch nicht aushalten», sagte Klemm.

Messingnagel kam einer möglichen Antwort Amelies zuvor: «Eduard hat mir erzählt, dass Sie beide sich ausgesprochen haben.» Er ergriff Amelies Hand und deutete einen Handkuss an, was übertrieben wirkte. Dann nahm er Klemms Hand. «Sie beide werden unser Vorhaben zu einem großen Erfolg führen.»

Er wirkte so feierlich, dachte Amelie, als wollte er sie im nächsten Moment fragen, ob sie sich ewige Treue schwören. Sie entzog Messingnagel ihre Hand und tat einen Schritt in Richtung des festlich gedeckten Tischs. «Das sieht sehr hübsch aus.»

Die Boys hatten sich darum aufgestellt, bereit, die weißen Herrschaften zu bedienen. Jeder von ihnen trug saubere Kleidung, Amelies Boy Mundu sogar eine schwarze Weste über dem weißen Hemd zur schwarzen Hose. Allerdings war er barfuß wie alle anderen Boys auch.

«Als ich das geplant hatte, wusste ich nicht, dass heute jemand fehlt», sagte Messingnagel, der an diesem Abend wesentlich ernster als sonst wirkte. Er ging zum Tisch und öffnete eine Flasche Champagner. Mit lautem Knall flog der Korken hoch, und der zu warme französische Schaumwein spritzte heraus. Einige der Boys zuckten zusammen, ebenso wie Amelie und Hohlbein. Messingnagel reichte die Flasche an Mundu weiter, der mit geübter Hand echte Sektkelche befüllte. Nun kam Bewegung in die Anwesenden, die sich um die Tafel versammelten.

«Eigentlich ist das heute kein Tag zum Feiern», begann Messingnagel. «Wir haben jenen Mann verloren, der dieser Expedition vorstehen sollte.» Er hob sein Glas. «Auf meinen Schwager, Doktor Friedel Stein.» Zu Amelies Überraschung trank er nicht sofort, sondern goss – einen afrikanischen Brauch imitierend – ein paar Tropfen Champagner auf den Boden. Nur Amelie und Hohlbein folgten seinem Beispiel.

Der Kaufmann brauchte einen Moment, um sich zu sammeln. Amelie fragte sich, ob sich in diesem jovialen, fast skrupellosen Mann tatsächlich ein empfindsamer Kern verbarg. Oder ob er einfach ein guter Schauspieler war.

«Wir müssen nach vorn sehen», setzte der Berliner seine Rede fort. «Hier sind die Besten versammelt, die Doktor Steins Arbeit fortsetzen können.»

Amelie hörte nicht mehr richtig zu. Ihre Augen glitten über die Anwesenden, mit denen sie die nächsten Monate verbringen würde. Messingnagel und Gupta, die an den Stirnseiten saßen, waren die Einzigen, die nicht dabei sein würden.

Klemm, Amelie gegenüber in der Mitte der Tafel, sah in seinem Anzug mit Weste sehr würdevoll aus. Doch sein fast faltenloses Gesicht war schweißnass, er starrte auf einen Punkt in der Ferne. Sein Freund Stein hatte ihn gewiss vor allem deshalb mitgenommen, weil sie einander blind vertrauen konnten. Aber was war Klemm ohne diesen Mann?

Hohlbein, neben Klemm, lauschte konzentriert Messingnagels langatmiger Ansprache. Der Sanitätssergeant wäre gewiss nicht hier, dachte Amelie, wenn Stein nicht viel von ihm gehalten hätte. Hohlbein würde eine wichtige Stütze des ganzen Unterfangens sein. Er hatte die nötige Erfahrung, neben Schmitt wohl die meiste von allen

Weißen. Und er schien über vernünftige Umgangsformen und Bildung zu verfügen. Amelie beschloss, sich zunächst Hohlbein gewogen zu machen. Wenn der Mann nur nicht so unzugänglich wirkte!

Die Art, wie Schmitt Klemm abgekanzelt hatte, ließ darauf schließen, dass der Sergeant wenig von dem afrikaunerfahrenen Doktor hielt. Schmitts Gesicht war hochrot, und die junge Ärztin fragte sich, ob er an Bluthochdruck litt oder ob er einfach zu viel getrunken hatte. Da Schmitt für die Sicherheit der Safari zu bürgen hatte, kam ihm eine wichtige Rolle zu. Aber er war von aufbrausendem Temperament. Es erschien Amelie angebracht, Schmitt mit Entschlossenheit entgegenzutreten.

Während Messingnagel nun von der für das Deutsche Reich so bedeutsamen Aufgabe der Expedition sprach, blickte Amelie zu Hans Schneider und Wilhelm Doll. Doll war schwer einzuordnen; Amelie war überzeugt, ihn auf dem Schiff völlig falsch eingeschätzt und sich ihren Vorurteilen hingegeben zu haben. – Aber wie freiwillig war seine Anwesenheit? Und welchen Einfluss hatte Hermine auf ihren Mann? Der junge Schneider erschien Amelie noch am ehesten formbar, vielleicht etwas naiv, aber Unbekanntem gegenüber aufgeschlossen. Was bei einer Expedition durchaus Gefahren in sich barg.

Und Rashid? Von Messingnagels deutsch gehaltener Rede verstand der Mann kein Wort, aber er ließ es sich nicht anmerken. Sein unruhiger Blick traf sich für Bruchteile von Sekunden mit Amelies und kehrte dann zu Messingnagel zurück. Den Ägypter umgab eine besondere Aura der Autorität, die für seine Arbeit gewiss unverzichtbar war. Doch wie würde er reagieren, wenn man anderer Meinung war als er? Vor allem war er Gupta ergeben, neben dem er saß. Und der machte keinen Hehl daraus, nichts von Frauen wie Amelie zu halten. Das galt zwar auch für fast alle anderen Männer, doch die wollte Amelie durch Taten überzeugen. Bei Rashid war die Chance gering, dass ihr dies gelingen würde. Dieser Gedanke erschreckte Amelie besonders.

«... ganz besonderen Dank an sie», sagte Messingnagel in diesem Moment. Hohlbein, Schneider und Klemm nickten Amelie höflich zu, die sich wie eine unaufmerksame Pennälerin ertappt fühlte.

Und wie füge ich mich in diese Machtstrukturen ein? Wie angenehm wäre es jetzt, mit Hanns auf der Veranda zu sitzen und in die Sterne zu blicken, dachte sie.

Nach dem Abendessen zog Amelie sich zeitig zurück. Es sollte eine Höflichkeitsgeste den Männern gegenüber sein, die an diesem letzten Abend vor dem großen Marsch gewiss lieber unter sich sein wollten. Um sich ungestört entkleiden und die Garderobe für den ersten Safaritag herrichten zu können, gab sie Mundu frei. Der Boy nahm das Angebot gerne an; es war offensichtlich, dass er Jagos Anwesenheit nicht schätzte. Vor allem, weil der Hund in Amelies Zelt schlafen durfte. Eine Praxis, die sie beizubehalten gedachte. Jago hatte zwar schon Hyänen gejagt, jedoch nur in seinem eigenen Revier. Während der Reise würde nichts für ihn vertraut sein; das Zelt sollte ihm eine Rückzugsmöglichkeit bieten.

Schon um neun Uhr legte Amelie sich hin; sie hatte Mundu gebeten, sie um vier Uhr zu wecken, eine halbe Stunde bevor der Trompeter das Lager weckte. Als Frau musste sie vor den Männern aufstehen: Brannte im Zelt Licht, so sah man von außen jeden Schattenriss. Männer, egal ob schwarz oder weiß, wussten ein solches morgendliches Schauspiel durchaus zu schätzen.

Steins Feldbett war angenehm hart, aber die ungewohnte Umgebung irritierte sie. Während sie das Moskitonetz anstarrte, das das Bett vollständig umhüllte, rechnete sie nach, wie lange es her war, dass sie zuletzt in einem Zelt geschlafen hatte. Sie war gerade 18 geworden, die endgültige Trennung von Afrika stand kurz bevor. Da hatte Hanns ihr – als Geschenk zum Abschied und zum Geburtstag gleichermaßen – vorgeschlagen, noch einmal eine dreitägige Wanderung durchs Usambaragebirge zu machen. Vor dem Einschlafen hatten sie sich von ihren großen Plänen erzählt, die so unterschiedlich waren. Wenn sie geschwiegen hatten, hatten draußen die Affen weiter geschwatzt, das Fiepen von Nachttieren war zu hören gewesen, Frösche hatten gequakt, ein Vogel aufgeschrien. Es waren Nächte gewesen, in denen Amelie gar nicht schlafen wollte, so kostbar waren sie gewesen. Sie hatte gewusst, dass sie so schnell nicht wiederkommen würden.

Und jetzt war sie hier und hörte nur Männerstimmen. Allenfalls mal die Rufe von Kindern der Träger und der Askaris oder das heisere Schreien eines Maultiers. Würde das jede Nacht so sein? Mitten in Afrika – und dennoch auf eigentümliche Weise von der Natur abgeschnitten?

Was Messingnagel und seine Männergesellschaft besprach, war nicht genau zu verstehen. Amelie versuchte, gleichmäßig zu atmen, der Schlaf würde kommen ... Gerade als sie wieder den Rückweg in die Usambaraberge erträumen wollte, hörte sie einen Reiter nahen.

«Bring mich zu Frau von Freyer!», verlangte Leutnant Forsell.

«Ich leite die Expedition. Ich bin Dr. Klemm. Was gibt es?»

«Sie gedenken morgen in Richtung Kilossa aufzubrechen?»

«Allerdings.»

«Nicht weit von Kilossa ist eine Karawane überfallen worden. Es gab Tote.»

Amelie erinnerte sich, dass Kassei bei der Besprechung der Tagesetappen für die kommende Woche gesagt hatte, dass Kilossa vier Tagesmärsche entfernt war.

«Wann ist das geschehen?», fragte Klemm.

«Vor zwei, drei Tagen. Es wurde gerade eben erst gemeldet.»

«Kommen Sie bitte mit», sagte Klemm.

Amelie fuhr aus dem Bett. Sie zog sich ihren Mantel über den Herrenschlafanzug, den sie nachts trug. Als sie draußen vor dem Zelt stand, war niemand mehr zu sehen. Aus Messingnagels Zelt drangen Stimmen zu ihr herüber.

«Warten Sie auf meine aus Daressalam kommenden Kameraden», hörte Amelie Forsell sagen.

«Wir können nicht länger warten, Herr Leutnant», antwortete Messingnagel. «Wir haben schon zu viel Zeit verloren.»

«Seien Sie froh, sonst wären Sie in den Hinterhalt der Neger gelaufen.» Das war wieder Forsell.

Ich muss da rein, dachte Amelie, der Offizier hat recht. Nervös strich sie durch ihre aufgelöste Frisur. So konnte sie sich unmöglich blicken lassen, sie würde sich lächerlich machen. Eine hysterische Frau im wilden Afrika – dass man so über sie dachte, hatte gerade noch gefehlt.

Sie hastete zu ihrem Zelt zurück und zog die für den folgenden Tag bereitliegende Safarikleidung an. Die hautengen Stiefel ließen sich nur mit viel Geduld anziehen. Schließlich hatte sie es geschafft, stopfte die aufgelöste Frisur unter den Tropenhelm und eilte dann wieder zurück.

Als sie das Zelt betrat, war Forsell weg.

Messingnagel trug Hose und Hemd, Klemm einen eleganten Morgenrock. Der Dritte im Bund war Gupta, der noch gekleidet war wie beim Abendessen. Sie starrten Amelie mit offenen Mündern an.

Der Kaufmann fand seine Sprache als Erster wieder: «Frau Doktor, haben Sie gar nicht geschlafen?» Er schlüpfte in sein Jackett.

Gupta schickte einen zornigen Blick zu seinem Geschäftspartner, aber er sagte nichts.

Ihr Instinkt riet Amelie, dass es besser war, wenn der Inder zunächst nicht verstand, was gesprochen wurde. «Leutnant von Forsell hat mich gesucht», begann Amelie auf Deutsch. «Ist er schon fort?»

«Es war nichts», antwortete Messingnagel.

«Sind Sie sicher?», hakte Amelie nach. «Ich werde ab morgen ebenso wie Dr. Klemm Verantwortung für die Karawane tragen. Wenn Leutnant von Forsell schlechte Nachrichten hat, sollte ich sie wissen.» Es erschien ihr offenkundig, dass man genau dies verhindern wollte. Weil sie eine Frau war? Dann hätte man sie gar nicht erst mitnehmen sollen! Ihrem aufflackernden Zorn zum Trotz zwang Amelie sich zur Ruhe. Sie blickte Klemm offen an: «Eduard, was ist geschehen?»

Klemm antwortete ohne Zögern. «Die Rede war von einem Hinterhalt, in den eine Karawane geraten war, die Waren von Tabora an die Küste bringen wollte.»

«Kein Grund zur Beunruhigung, Frau Doktor», mischte sich Messingnagel ein. «Sergeant Schmitt hat vierzehn bewaffnete Askaris unter seinem Befehl. Das ist erheblich mehr als einer Karawane normalerweise zur Verfügung steht. Die werden ein zuverlässiger Schutz sein.»

«In einer Woche werden Soldaten aus Daressalam erwartet. Der Offizier hat vorgeschlagen, dass wir auf sie warten sollen, damit sie uns Geleitschutz geben», sagte Klemm.

Amelie kannte ihn nicht genug, aber sie hatte das Gefühl, dass Klemm das für keine schlechte Idee hielt.

Messingnagel blickte auf seine Armbanduhr. «In sechs Stunden wird begonnen, dieses Lager aufzulösen.»

9.

Das Signal des Trompeters, mit dem das Lager geweckt wurde, machte Amelie klar, dass sie verschlafen hatte. Von draußen hörte sie bereits zahllose Stimmen und die Schritte eilig vorbeihastender Menschen.

Schon in ihrer Jugend hatte Amelie sich gewundert, wie Afrikaner es fertig brachten, von einer Sekunde zur anderen hellwach zu sein, während ihr eigener Kreislauf noch im Tiefschlaf ruhte. Und dann waren sie auch sofort bereit, den Tag anzugehen. Ohne einen einzigen Bissen gefrühstückt zu haben. Was das betraf, dachte Amelie, werde ich nie eine Afrikanerin. Die stickige Luft im Zelt und die Gedanken an das Bevorstehende hatten sie in dieser viel zu kurzen Nacht kaum ein Auge zutun lassen. Sie rief ihren Boy.

Mundu hing die entzündete Petroleumlampe auf und wünschte mit viel zu munterer Stimme: «Guten Morgen, *bibi dactari*!» Dann brachte er eine Tasse mit dampfendem Kaffee, mit der er im Eingang verharrte. Der Junge traute sich keinen Schritt weiter, denn Jago beschnüffelte seine Beine.

Erst während ihrer Zeit in Europa hatte Amelie sich angewöhnt, morgens starken Kaffee zu trinken. Obwohl sie auf einer Kaffeeplantage groß geworden war, hatte es dort meistens Tee gegeben.

«Mundu, wie spät ist es?»

«Vier Uhr dreißig, *bibi.*»

«Du solltest mich um vier Uhr wecken. Warum hast du

das nicht getan?» Sie rief den Hund zurück, Mundu stellte den Kaffee ab.

«Die *bibi* schlief ganz fest», sagte der Junge.

«Dann musst du mich wecken!» Sie nahm den Kaffee. «In zehn Minuten bin ich fertig.»

Der Junge ging, der Kaffee war stark und zu heiß, um getrunken zu werden. Sie warf sich zuerst den Mantel über die Schultern und zog sich sodann darunter um. Die der Schamhaftigkeit geschuldete, umständliche Prozedur verdarb ihre Laune zusätzlich.

Als sie wenig später mit Jago das warme Zelt verließ, fror sie in der feuchten Morgenkühle. Rund um Amelie begann eine wie von Geisterhand gesteuerte Maschinerie ihre Arbeit. Mundu schleppte die von Amelie am Vorabend fertig gepackten Koffer aus dem Zelt. Währenddessen begannen schon ein paar Boys damit, Bett und Toilettenstuhl zu zerlegen.

Rashid ritt auf Bann herbei, in seinem Gefolge nur mit dünnen Kanzus bekleidete und offensichtlich frierende Träger. Der Ägypter grüßte kurz wortlos vom Pferd herab, wendete das edle Tier und ließ die Männer zurück. Diese zwölf Mann waren für Amelies Sachen zuständig; auf drei von ihnen wurde das 85 Kilo schwere Zelt samt Vorzelt verteilt, sechs würden sich Amelies Koffer auf die Köpfe packen, drei weitere das bewegliche Inventar wie Bett, Toilettenstuhl, Liegestuhl, die zwei Segeltuchstühle, Tischchen, Decken, Laken sowie das aus Leder gefertigte Kopfkissen und die beiden Laternen. Zusätzlich zu diesen, in Leinwand verschnürten Lasten mussten die Träger außerdem ihre persönliche Habe schleppen, die meist nur aus Schlafmatte, einer Kalebasse als Essgefäß und bei einigen aus einer Trommel bestand.

Das Waschzelt mitsamt der Badewanne war bereits verschwunden. Von allen Seiten hörte man Kommandos, unangenehm schrill erscholl die Pfeife von Sergeant Schmitt, der seine Askaris antreten ließ. Amelie schlang eilig ein vom Koch Ahmet bereitetes Rührei hinunter, als Messingnagel sich zu ihr gesellte. Der Kopf-Abenteurer war ebenfalls aufbruchbereit gekleidet.

«Juten Appetit, Frau Doktor, wollte nur rasch Wiedersehen sagen. Ich werde übermorgen in Tanga eintreffen und sogleich Ihrem Bruder einen Boten schicken.»

Sie hatte mit dem Kaufmann vereinbart, dass er einen Scheck auf Hanns' Namen ausstellen und bei einer vereinbarten Bank in Tanga hinterlegen sollte. Hanns würde Amelies Safari-Honorar seinem Konto gutschreiben lassen, da es ihr als Frau verboten war, ein eigenes Konto zu unterhalten.

Auf einem Blatt ihres Tagebuchs notierte sie einen Gruß an ihren Bruder und überreichte es Messingnagel mit der Bitte, es an Hanns weiterleiten zu lassen.

«Ich werde Sie in ein paar Monaten in Udjidji besuchen. Lassen Se sich bis dahin nicht unterkriegen. Ha, ha. Als echte Afrikanerin werden Se sich durchbeißen.» Der Kaufmann klang so unbeschwert, als hätte die unangenehme Begegnung in seinem Zelt nicht stattgefunden.

Eine Gruppe von Frauen mit schweren Lasten auf dem Kopf marschierte bereits an ihnen vorbei, in Richtung der westlich gelegenen Mkata-Ebene. Die Frauen eilten der gesamten Karawane voraus. Sobald sie das Lager verlassen hatten, würden sie einen Gesang anstimmen, um sich selbst auf dem Weg durch die pechschwarze Nacht Mut zu machen.

«Sie wollen wirklich nach Udjidji?», nahm Amelie das Gespräch auf. «Ich dachte, Sie erleben Ihre Abenteuer lieber im Kopf?»

«Ich reise über Mombasa mit der Bahn durchs englische Schutzgebiet und fahre dann über den Victoriasee und komme vom Nordosten zum Tanganjika», erklärte Messingnagel.

«Warum nehmen wir diese Route nicht?», fragte Amelie, deren schläfriger Kopf noch nicht richtig arbeiten mochte.

«Annähernd 700 Leute mit der Bahn?» Messingnagel schüttelte den Kopf. «Das ist zu teuer, Frau Doktor. Ich selbst werde nur mit ganz wenigen Trägern reisen.»

«700? So viele sind das? Ja, das wäre wirklich sehr teuer», pflichtete Amelie ihm bei.

Erst viel später, als Amelie längst im ungewohnten Damensattel ihres Maultieres saß, um sich auf die Suche nach Hermine zu machen, erinnerte sie sich wieder an die Worte ihres Auftraggebers. Und plötzlich ergab das, was zuvor so logisch klang, keinen rechten Sinn mehr: Die Bahnstrecke über das angrenzende Britisch-Ostafrika hätte die vielen Träger überflüssig gemacht. Hätte man nicht eine wesentlich geringere Zahl erst in Port Florence am Victoriasee anheuern können? Überdies wäre die Strecke von dort nach Udjidji viel kürzer.

Das sich auflösende Lager glich einem Ameisenhaufen. Was zuvor in Magazinen verborgen gewesen war, in die Amelie nie hineingeblickt hatte, wurde nun auf die Schultern und Rücken der Träger und Esel verladen. Sogar drei lange Kanus wurden mitgeführt, denn die Expedition würde mehrere Flüsse überqueren müssen. Im flüchtigen Vorbeireiten zählte Amelie etwa zwei Dutzend Männer, die sich Blechkisten auf die schmalen Schultern luden, die mit nur einem Wort gekennzeichnet waren: *hatari* – das Kisuaheli-Wort für *gefährlich*.

Als Amelie mit Jago an ihrer Seite weiterritt, stieß sie auf Hohlbein, dessen Aufgabe es war, den Transport der medizinischen Ausrüstung zu überwachen, in der auch Amelies einziger Arztkoffer aufgegangen war. Mitsamt den dafür notwendigen Zelten waren es nach Amelies Schätzung achtzig Träger, die dafür gebraucht wurden. Hohlbein wirkte trotz der frühen Stunde ausgeruht und sehr entspannt. Auf einer Liste hakte er jeden Träger ab, der aufbrach.

Schließlich gelang es Amelie, Hermine ausfindig zu machen, die etwas unglücklich im Sattel hing.

«Wat für viele Menschen. Warum muss man denn mitten inne Nacht los?»

Es war noch nicht richtig hell und nur ein kurzes Stück des Weges vor ihnen zu erkennen. Amelie erklärte Hermine, dass es schon bald nach Sonnenaufgang so heiß werden würde, dass alle froh sein würden über den frühen Aufbruch.

«Hätt' ick mich ja nie träumen lassen, dass ick so wat mal erleben darf!»

Schmitt befahl seinen Askaris einen Trommelwirbel, das Startsignal zum endgültigen Aufbruch. Vielstimmiges Geheul, Gerufe und Gesang antworteten. Das Ganze wirkte wie ein Fest, und Amelie war überzeugt, dass die Leute es nach der wochenlangen Warterei auch so empfanden. Kassei, der bunt gekleidete Karawanenführer, lief barfuß vorneweg. Klemm und seine zwei Boys, die zwar die Gewehre des Expeditionsleiters trugen, jedoch selbst nicht schießen durften, folgten. Schmitt schloss sich mit seinen 14 mit Gewehren bewaffneten Askaris an. Erst dann durften sich auf Rashids Befehl hin Amelie und Hermine in die Karawane einreihen. Ebenso wie Klemm wurden sie von zwei schmächtigen Gewehrträgern mit Atoxyl-Behältern im Gepäck begleitet. Hinter ihnen folgte die eigentliche Karawane.

Die rasch Kraft gewinnende Sonne entzog dem Boden die Feuchtigkeit der Nacht. Aufsteigende Nebelschwaden schwebten über dem Staub, den die Füße Hunderter von

Menschen aufwirbelten und verbanden sich mit ihm zu einer silbrig und rötlich schimmernden Wolke. Gelegentlich blitzte das silbrige Hell eines Metallkoffers auf. Die Silhouetten der Esel und Maultiere reihten sich aneinander. Zwischendurch überholte ein nur als dunkler Umriss erkennbarer Schatten die Karawane, hielt inne und machte kehrt. Rashid, einsam unterwegs auf dem schnellen Bann, kontrollierte den Zug der Expedition.

Das rote Kloster oben am Berg leuchtete klar im Sonnenlicht. Amelie fragte sich, ob die *mère supérieure* jetzt dort oben auf ihrer Veranda stand und auf die abziehenden Menschenmassen herabblickte. Wie sie schon so oft auf jene gesehen hatte, die ihr Glück in der Ferne suchten. Bestimmt würde Maria neben ihr stehen und winken.

Hermine hatte Amelies Blick bemerkt: «Is man bloß jut, dass die Kinder jetzt nich dabei sind. Det wär' wat jewordn, wa, Frau Doktor?»

Ich hätte gern gehört, was du von der Ackerstraße zu erzählen hast, Maria, dachte Amelie. Wie lebte man dort heute? Waren die Keller noch so feucht und die Kleidung am Morgen so klamm, dass man sich in seiner eigenen Haut nicht zu Hause fühlte?

Nach wenigen Kilometern bot die von Rashid sorgsam aufgestellte Karawane ein vollkommen anderes Bild: Hatte Stein noch am Vortag gefordert, dass Klemm und Amelie stets in Rufweite voneinander entfernt sein sollten, so erwies sich dies bereits als undurchführbar. Amelie sah den hellen Tropenhelm des Kollegen in weiter Ferne leuchten. Dazwischen liefen die Söldner, ihre Träger, die Träger dieser Träger, Frauen und Kinder. Denn jeder der angeheuerten Einheimischen wurde von verschiedenen Männern begleitet, die sein Gepäck trugen und sein kleines Zelt aufbauten, von Frauen, die am Ziel sein Essen bereiteten und sein Lager wärmten. Seit Vaters Safaris wusste Amelie, dass es so mancher von ihnen genoss, in der Hierarchie noch mal jemanden unter sich zu haben, dem er sagen konnte: Besorg mir etwas zum Essen, hol Wasser. Unglaublich viele Kinder waren es, die von ihren Müttern mitgenommen wurden. Die älteren von ihnen verdingten sich als Hausboys oder Laufburschen oder Betreuer der Mulis. Für winzige Hellerbeträge, manchmal auch nur wegen der Aussicht auf Essen, marschierten sie wochen-, manchmal gar monatelang mit den Karawanen mit. Je nachdem, wie lange derjenige, bei dem sie angeheuert hatten, gewillt war, eine Safari mitzumachen. Oder ihre Mutter bei dem Mann blieb, mit dem sie aufgebrochen war.

Eine Karawane, dachte Amelie, glich der Suche nach dem Glück von morgen. Was mochte jetzt gerade in Klemm vorgehen? Ob er sich das Abenteuer so vorgestellt hatte? Hatte er sich tatsächlich nur aus Freundschaft zu Stein anheuern lassen? Hatte gar Messingnagels Patriotismus ihn entflammt? Es gab natürlich auch eine andere Möglichkeit – Schulden. Geldsorgen trieben etliche deutsche Männer in die Ferne oder zu den Schutztruppen, wo sie ihre Gesundheit teuer verkauften. Oder, bei diesem Gedanken lächelte sie, lief er vor großem Liebeskummer davon? Klemm war ein schmucker Mann, das ließ sich nicht leugnen. Ob er auch ein Abenteurer war, würde sich bald herausstellen.

Und was suche ich, grübelte Amelie und hörte die Worte ihres Bruders, dass am Anfang einer Reise eine Frage steht.

Direkt vor ihr hing Hermine schlaff im Sattel ihres Maultiers, einen gestrickten, dunkelroten Hut auf dem Kopf. Anfangs hatte Hermine noch voller Enthusiasmus um sich geblickt, wohl hoffend, schon hier einen der ersehnten Elefanten zu erblicken. Doch noch gab es nur hohes gelbes Gras, vereinzelte Felsen, Büsche, Bäume.

Mit dem Erreichen der weiten Mkata-Ebene änderte sich das Bild. Das von Flüssen durchzogene Land wurde weiter und unübersichtlicher. Hier begann jenes Afrika, von dem Hermine Doll bislang geträumt hatte. Aber in der glühenden Hitze zeigte sich keine Giraffe und kein Wasserbüffel und erst recht kein Elefant. Immer wieder reckte Amelie den Hals, um einen der sagenhaften Titanen der Steppe für Hermine ausfindig zu machen.

Der Schweiß rann Amelie den Rücken hinunter, die Locken klebten unter dem luftdichten Safarihut, die Augen brannten. Daran, dass die Träger inzwischen ihren aufmunternden Gesang und das die Stimmen begleitende Klopfen auf die Traglasten eingestellt hatten, erkannte sie, dass die safarierprobten Männer ebenfalls zu ermüden begannen. Eine kurze Pause, in der Amelie Jago etwas Wasser aus einer ihrer Feldflaschen zu trinken gab, half dem unermüdlichen Jagdhund über weitere Kilometer.

Und dann bemerkte sie ihn: Der Löwe lag einige hundert Meter vom Karawanenweg entfernt reglos auf einem umgestürzten Baum, das Fell so sandfarben wie die Savanne. Die dunkle Mähne verschmolz übergangslos mit den Spitzen des braun verdorrten Grases. Amelie trat ihrem verdutzten Maultier sanft in die Flanken, um es zu munterer Gangart aufzufordern.

«Hermine, Ihr erster Löwe!», rief sie. «Sehen Sie dort drüben!»

Hermine starrte Amelie an. «Frau Doktor, jetzt ham Se mir aber erschreckt!» Dann folgte ihr Blick Amelies ausgestrecktem Arm.

«Ick seh nischt», stellte Hermine nüchtern fest. Auch

nach eingehender Beschreibung änderte sich daran nichts.

«Sie wollten mir bloß 'n bisken aufmuntern, wa, Frau Doktor?»

Der Platz für die erste Übernachtung, den Karawanenführer Kassei ausgesucht hatte, war ideal. Es gab genügend Schirmakazien, die Schatten spendeten, ein kleiner Fluss war nicht weit entfernt. Die Männer begannen sofort damit, das hoch stehende Gras platt zu treten, damit die Zelte aufgebaut werden konnten. Je mehr Menschen eintrafen, desto rascher arbeitete die eingespielte Maschinerie des Karawanenbetriebs. Die Lasten wurden sortiert abgelegt, die jeweiligen Aufseher kontrollierten die Bestände, und währenddessen errichteten die Boys bereits die Zelte. Die mitgeführten Tiere – Maultiere, Rinder und Ziegen – wurden in Gatter aus trockenen Dornbüschen gesperrt, die sicher genug sein mussten, um Leoparden und Löwen fernzuhalten.

Amelie bat die Boys darum, das Zelt des Ehepaares Doll nahe ihrem eigenen aufzuschlagen; die erste Nacht in der Wildnis, ohne eine größere menschliche Ansiedlung in der Nähe, würde für die Städter gewiss ungewohnt werden. Auch Klemms Zelt wurde neben ihrem aufgestellt. Mit Jago an der Leine unternahm Amelie einen Rundgang. Unweit der Zelte ließ Wilhelm Doll einen Verschlag aus ineinander geflochtenen Zweigen errichten, der für jene seltsamen Blechkisten mit der Aufschrift *hatari* gedacht war.

Rashid zählte den Bestand gerade durch. Als er Amelie bemerkte, fragte er: «Was tun Sie hier?»

«Mich vergewissern, dass alles mitgekommen ist.»

«Alles in Ordnung, *Madam*.»

Kaum hatte Amelie sich abgewandt, berichtete Schmitt in holprigem Englisch: «Rashid, es fehlen drei Kisten und drei Träger.»

Amelie tat so, als würde sie Jagos Pfoten untersuchen. Wobei sie feststellte, dass die durchaus etwas Vaseline gebrauchen konnten. Der Ägypter wies seinen Boy an, Bann zu holen. Kurz darauf ritt Rashid den Weg zurück, den sie gekommen waren. Amelie hatte keinen Zweifel, dass die drei Diebe von dem ehrgeizigen Karawanenführer eingefangen werden würden. Mit den schweren Lasten konnten sie nicht weit kommen. Die Strenge, mit der die Diebe bestraft werden würden, würde eine Menge über den weiteren Verlauf der Expedition aussagen. So, wie Amelie Rashid einschätzte, würde er wohl mit Härte reagieren.

Vor Klemms Zelt berieten sich der Doktor und Sanitätssergeant Hohlbein. Beide hatten Gewehre geschultert.

«Sie sehen unternehmungslustig aus», sagte Amelie.

«Der Helfer unseres Kochs ist wie fast alle Frauen mit leeren Händen aus dem nahen Dorf zurückgekehrt. Die Menschen hatten nicht mal Hühner, die sie verkaufen konnten», erklärte Klemm.

«Aleppo sagt, es waren nicht viele Menschen im Dorf, nur ein paar Alte. Wahrscheinlich sind die Menschen geflohen, weil sie Angst haben», vermutete Hohlbein. «Ich habe dem Doktor vorgeschlagen, dass wir unser Jagdglück versuchen.»

Klemm umfasste den Gurt seines Gewehrs. «Friedel Stein hat immer gesagt, ich soll mehr schießen.» Er lächelte hilflos. «Und ich habe geantwortet, dass meine Waffe Spritze und Skalpell sind.» Der Arzt wandte sich Hohlbein zu. «Versuchen wir unser Glück.»

«Es wird Ihnen gefallen, Doktor!» Hohlbein wandte sein wie fast immer ernstes Gesicht Amelie zu: «Bitten Sie Ahmet sicherheitshalber, schon mal eine Ziege zu schlachten.»

Die Boys brachten zwei Maultiere. Von einer Handvoll einheimischer Träger gefolgt, zogen die beiden Weißen davon. Amelie setzte sich vor ihr Zelt, trank von Mundu bereiteten Tee und spürte, wie ihre Glieder bleischwer wurden.

Koch Ahmets Ziegencurry war so scharf, dass der Geschmack des Tieres zwar nicht mehr erkennbar, jedoch nur mit Hilfe des *Ugali* genannten dicken Mehlbreis genießbar war.

«Det is Mord, was der Mann mit uns macht», stöhnte Hermine. Ihr Mann und Schneider stimmten keuchend zu, Schmitt aß ungerührt weiter. «Ick dachte schon: Det is zu ville, wat er da rin schmiss.» Sie hatte Ahmet geholfen – und gelernt, dass sie dem Koch künftig noch genauer auf die Finger sehen musste ...

Zwar war es bei Expeditionen üblich, dass die Mitglieder sich von ihren eigenen Köchen bekochen ließen. Weil sie jedoch die familiäre Atmosphäre während der Safaris so gemocht hatte, hatte Amelie angeregt, dass die wenigen Deutschen zusammen essen sollten. Ihr bot das die Gelegenheit, die bisher fremden Reisegefährten besser kennenzulernen. Das scharfe Essen war dazu bestens geeignet, man litt gemeinsam und kam so ins Gespräch.

Vor dem Glutrot der rasch versinkenden Sonne zeichneten sich die Silhouetten zweier Reiter ab. Dahinter zwei Träger, die eine Antilope schleppten.

«Für Anfänger nicht schlecht», lobte der mild gestimmte Sergeant Schmitt. Das scharfe Essen war ihm ein willkommener Anlass gewesen, dem dazu gereichten Rotwein ausgiebig zuzusprechen. Je näher die Gruppe kam, desto deutlicher wurde Eduard Klemms desolater Zustand. Der Arzt hielt sich nur mit Mühe im Sattel, während Hohlbein aufrecht vorneweg ritt. Die Boys hielten Klemms Maultier, erschöpft stieg er ab.

Hermine eilte ihm mit einem Glas Wasser entgegen. «Trinken Se erst mal, Herr Doktor. Sie sehen ja erschossener aus als det tote Tier.»

Klemm stürzte das Wasser hinunter und sank auf einen freien Stuhl am Tisch. Mundu servierte ihm und Hohlbein vom Curry. Beide begannen ausgehungert zu essen. Sie versuchten es zumindest – und bekamen noch mehr Durst. Klemm spülte mit Rotwein nach, der Abstinenzler Hohlbein hielt sich an Wasser. Amelie fand, dass Klemm vorsichtiger mit dem Alkohol umgehen sollte. Doch eine solche Bemerkung stand ihr nicht zu. Sie winkte Mundu heran und bat ihn leise auf Kisuaheli, dem *bwana mkubwa* ein Bad in der Reisebadewanne zu richten. Während Klemm zu müde war, um zu erzählen, gab Hohlbein ehrlich zu, dass der unerwartete Jagderfolg ein echter Glückstreffer gewesen war.

«Ich habe dieses Tier nicht mal gesehen», gestand Klemm. Er hob sein Glas in Richtung Hohlbein: «Gratuliere. Ein ermutigender Auftakt.»

Hohlbein strahlte über das ganze Gesicht. Es war das erste Mal, dass Amelie ihn so gelöst sah. Wäre Stein dabei gewesen, hätte sich Hohlbein die Chance zu diesem kleinen Triumph wohl nicht geboten.

Mundu verneigte sich vor Klemm. «Das Wasser ist gut, *bwana mkubwa*», sagte er auf Deutsch.

Klemm hob ratlos die Schultern.

«Ich habe ihn gebeten, für Sie die Wanne vorzubereiten», erklärte Amelie.

Bevor Klemm im Badezelt verschwand, sagte er glücklich grinsend: «Das Wasser ist gut.»

Rashid ritt schneidig heran und tauchte die im Aufbruch begriffene Runde in eine Wolke aus Staub. Sein Raubvogelblick glitt über die wenigen Weißen. Mit der *kiboko,* der gefürchteten Nilpferdpeitsche, dem Sinnbild der Macht des Karawanenführers, deutete er auf Schmitt. «Wo ist Doktor Klemm?», fragte er auf Englisch. Die schwierige Abfolge aus K und L ließ Klemms Namen wie *lamb* klingen, das englische Wort für Lamm.

Amelie kam Schmitts Antwort zuvor: «Er ist beschäftigt. Worum geht es?»

Der Ägypter ignorierte Amelie und sagte an Schmitt gewandt: «Ich erwarte Doktor Klemm am Platz des Gerichts.»

«Wat will er?», fragte Hermine.

Obwohl Amelie ahnte, was kommen würde, fragte sie nach. «Genau. Was will er?»

«Drei Träger sind verschwunden. Die wird er gefangen haben. Der Doktor soll ein Urteil über sie fällen», klärte Schmitt auf. «Strafe muss sein.» Er bewegte sich nicht und trank Wein. Diese Sache ging ihn nichts an.

Amelie hatte solch ein improvisiertes Tribunal, das abschreckend wirken sollte, noch nie erlebt. Gäste ihres Vaters auf Salama hatten jedoch davon erzählt. Sie waren schockiert gewesen von der dabei angewandten Brutalität. Rashids martialischer Auftritt ließ darauf schließen, dass er Ähnliches plante. Und dabei den wahrscheinlich mit der Situation völlig überforderten deutschen Doktor zu blamieren gedachte. In der Folge würde Klemm ein gutes Stück seiner Autorität einbüßen, wenn nicht sogar ganz verlieren. Damit wäre der Weg frei für Rashid, der sich dann überhaupt nichts mehr sagen lassen würde. Weder von Klemm und erst recht nicht von Amelie. Dass die empfindliche Machtbalance schon am ersten Tag auf eine Probe gestellt würde, hatte sie nicht erwartet.

Aus dem Badezelt drang Dr. Klemms Stimme. Er sang vergnügt und völlig falsch aus Mozarts *Zauberflöte*: «Ein Mädchen oder Weibchen wünscht Papageno sich ...»

«Herr Doktor Klemm!» Amelie räusperte sich. Ihn jetzt auch noch Eduard zu nennen, wäre in der Tat zu peinlich gewesen.

Glücklicherweise näherte sich Mundu, und sie beauftragte ihn, den *bwana mkubwa* zu informieren.

«Was ist denn?», fragte Klemm aus dem Zelt heraus. «Das Bad tut so gut.»

Amelie legte ihm die Situation dar. Sie sprach mit gedämpfter Stimme gegen die grüne Zeltwand an; die anderen mussten nicht unbedingt jedes Wort verstehen.

«Ich soll über die Diebe zu Gericht sitzen? Ich bin kein Jurist! Und außerdem bade ich.»

«Darum geht es nicht. Rashid will ein Exempel statuieren.»

«Was haben die denn geklaut?», fragte der Doktor mürrisch.

«Ich weiß es nicht. Drei Lasten mit irgendetwas.»

«Können Sie das nicht machen, Amelie?»

«Ich würde Sie nicht stören, wenn es nicht notwendig wäre. Sie müssen sich dort zeigen, Eduard. Es geht nicht zuletzt um Ihre Autorität.» Unbeherrschtes Fluchen von der anderen Seite antwortete ihr.

Rashids nächtliche Inszenierung war so dramatisch geraten, wie Amelie es befürchtet hatte: Jeder der drei Übeltäter hatte Eisenringe um Hals und Handgelenke, die mit einer Kette verbunden waren. Vor ihnen brannte laut knisternd ein ansehnliches Feuer. Der Ägypter selbst hatte sich auf dem unruhig scharrenden Bann sitzend seitlich vom Feuer aufgebaut.

In einem Halbkreis um die Delinquenten hatte sich das ganze Lager versammelt: Eine Bestrafung war ein Abwechslung versprechendes Spektakel, das sich niemand entgehen lassen wollte. Als die beiden Deutschen auf ihren Maultieren eintrafen, gab Rashid einem seiner Leute ein Zeichen. Der Mann blies in ein Kuhhorn, woraufhin sämtliches Gemurre und Gerede erstarb.

«Wie im Mittelalter», stöhnte Klemm leise. «Will der die armen Kerle umbringen?»

«Was auch immer Rashid denen antut, es geschieht unter Ihrer Verantwortung», flüsterte Amelie.

Klemm schien erst jetzt den Ernst der Lage zu erfassen. «Mein Gott. Wenn die sterben, macht man mir den Prozess.»

Rashid nannte die Namen der drei Diebe und zählte auf Kisuaheli ihre Taten auf: Sie hätten Mehl, Mais und Kartoffeln gestohlen. Dann setzte er hinzu: «Der *bwana mkubwa* wird jetzt eure Strafe sagen.»

Klemm begriff, dass von ihm die Rede war. Er bat Amelie, auf Kisuaheli zu fragen, wie viele Säcke fehlten. Sie stutzte: Hatte sie nicht erlauscht, dass Schmitt den Verlust von drei Kisten gemeldet hatte? «Diese Männer haben sechs Säcke gestohlen. Das ist ein schweres Verbrechen», sagte Rashid so laut, dass es jeder hören konnte. «Was diese Männer stehlen, fehlt allen, um ihren Hunger zu stillen.»

Amelie hatte nicht die geringste Vorstellung, wie die Strafe in so einem Fall auszusehen hatte. Sie musste Zeit zum Nachdenken gewinnen und übersetzte für Klemm. Auch ihre eigene Ratlosigkeit teilte sie ihm mit: «Eine zu harte Strafe ist Unrecht, mit einer zu milden schaden wir uns selbst. Dann verschwinden die Träger schon heute Nacht reihenweise.»

«Rashid soll einen Vorschlag machen», sagte Klemm.

«Fünfzehn Schläge mit der *kiboko* für jeden!»

Ein Raunen ging durch die Menge.

Amelie war innerlich zusammengezuckt; das war zwar das im Schutzgebiet gerade noch erlaubte Höchstmaß für Prügelstrafen. Rashids Nilpferdpeitsche bestand aus hartem Leder; es war weniger eine Peitsche als eine Waffe, die Muskelrisse, Knochenbrüche oder innere Verletzungen bewirken konnte.

Die Umstehenden blickten auf Klemm, dem Amelie inzwischen Rashids Vorschlag übersetzt hatte. «Höchstens fünf», sagte er gepresst. «Ich bin hier, um Menschen zu heilen, nicht um sie massakrieren zu lassen», stöhnte er kaum hörbar.

«Kassei soll kommen!», rief Amelie einer plötzlichen Eingebung folgend in die Menge.

Zu ihrer Überraschung war der Medizinmann bereits in ihrer Nähe. «*Bibi dactari*, möchten Sie, dass ich die Männer hinterher behandele?», fragte er auf Deutsch.

Amelie nickte, dann sagte sie so laut auf Kisuaheli, dass alle sie verstanden: «Der *bwana mkubwa* befiehlt fünf Schläge für jeden. Aber zuerst werden den Männern die Eisen abgenommen!»

Nach kurzem Zögern gab Rashid seinen Boys einen Wink, die Männer zu befreien. In Eisen gelegt liefen sie bei solch einer Bestrafung Gefahr, sich selbst zusätzlich zu verletzen, wenn sie ihre Körper unter der Einwirkung der Schläge zu sehr anspannten.

«Wir sollten gehen», sagte Klemm.

Amelie schüttelte schweigend den Kopf. Wenn sie das täten, würde Klemm als Feigling dastehen.

Rashid zelebrierte die Schläge mit grausamer Langsamkeit. Er schien förmlich darauf zu warten, dass die Missetäter vor jedem Hieb lauthals riefen: «*Mamma, nna kufa* – Mama, ich sterbe!»

Amelie ertrug das trockene Klacken des Leders, das auf nackte Haut knallte, nur mit Mühe. Wenigstens traf Rashid nur den Rücken. Beine, Arme und Weichteile sparte er aus. Doch die offenen Wunden würden sich entzünden, wenn sie unbehandelt blieben.

Sobald Rashid fertig war, sagte Amelie laut: «Kassei nimmt die Bestraften jetzt mit.» Sie zögerte einen Augenblick und setzte dann hinzu: «Der *bwana mkubwa* sagt: Wenn wieder jemand mit Lasten davongeht, gibt es sechs Schläge mit der *kiboko*!» Sie hoffte inständig, dass dies nicht notwendig sein würde.

Während sie an Klemms Seite zu den Zelten zurückritt, schoss Amelie ein Gedanke durch den Kopf, den sie Klemm sofort mitteilte: «Niemand hat die drei Männer zu ihren Taten befragt!»

«Jetzt ist es zu spät.» Klemm eilte auf sein Zelt zu.

«Bis morgen früh», rief Amelie ihm nach. Sie wendete ihren Maulesel, um sich auf die Suche nach Kassei zu machen.

Als Amelie einige Zeit später in Gedanken versunken zu ihrem Zelt ritt, waren viele Feuer bereits gelöscht. Die Tiere waren hinter den Dornenhecken sicher eingesperrt, die sudanesischen Askaris gingen bereits Patrouille, das Gewehr geschultert. All das, dachte Amelie, funktionierte unter der Leitung Rashids perfekt. Doch was sie gerade von Kassei erfahren hatte, zeigte die andere Seite dieses Mannes. Die Bestrafung, die sie selbst mitgetragen hatte, erschien ihr nun noch fragwürdiger. Das Schlimmste daran war jedoch ihre eigene, unbedacht ausgesprochene Drohung, dass der nächste Dieb eine verschärfte Strafe erhalten sollte. So hatte sie dazu beigetragen, das Unrecht weiter zu vergrößern.

Sie war zu aufgewühlt, um sich sofort schlafen zu legen. Es war wie immer, wenn sie in Afrika war: Die klare, kühle Nacht und der Blick in den Sternenhimmel regten sie zum Nachdenken an. Sie bat Mundu um einen Kräutertee. Bei einem Inder in Daressalam hatte sie sich mit einigen – und dennoch zu wenigen – Päckchen eingedeckt. Dann wickelte sie sich in eine Decke und machte es sich in einem Liegestuhl bequem. Die Sterne funkelten klar und deutlich am Firmament. Gelegentlich waren noch Lachen und Schimpfen zu hören, aber die Geräusche der Natur gewannen die Oberhand über jene des Lagers. Der Schatten einer Fledermaus zischte vorbei, aus weiter Ferne hörte sie das Heulen einer Hyäne und dann das vertraute Geschrei der Hundsaffen.

«Stör ick, Frau Doktor? Konnte nich schlafen.» Hermine, mit Wollrock und Strickjacke bekleidet, hatte sich eine Decke um die Schultern gelegt. «Ick muss immerzu an die armen Kerls denken. Wie können Menschen so grausam sein?»

Mundu brachte den Tee und schenkte ihnen zwei Tassen ein. Hermine starrte ihn verwundert an. Sie konnte immer noch nicht glauben, dass die Boys sie mit dem gleichen Respekt wie Amelie behandelten.

«Wat kann man schon gegen so'n Deibel wie den Rashid ausrichten?», brachte Hermine die Sache auf den Punkt.

«Wachsamer sein», antwortete Amelie und setzte erklärend hinzu: «Ich habe die drei Männer gerade befragt, während der Medizinmann ihre Wunden behandelt hat. Sie schwören, sie hätten keinen einzigen Sack mit Lebensmitteln entwendet, aber drei von diesen Blechkisten, auf denen *hatari* steht. Während der Flucht hätten sie die Kisten geöffnet in der Hoffnung, Gewehre darin zu finden. Stattdessen wären sie nur auf etwas gestoßen, was sie als harten Sand bezeichnen. Da ließen sie ihre Beute zurück.»

«Dann ham die jar nischt jeklaut!»

Amelie legte den Zeigefinger mahnend vor die Lippen und schüttelte den Kopf.

Unter der Akazie tanzten Glühwürmchen, und als Hermine sie zu erhaschen versuchte, entwichen sie nach oben. Amelie freute sich, dass Hermine ihre Unbeschwertheit so rasch wieder gefunden hatte.

Hermine deutete in die Äste des Baums: «Wat iss'n det?» In der laublosen Krone der Schirmakazie zeichnete sich der Leib der von Hohlbein erschossenen Antilope ab. «Is det so'n jeheimer Nejerzauber?»

Auf diese Weise sicherte man Wild, das erst am nächsten Tag zubereitet werden sollte, vor Löwen. Doch Amelie wollte Hermine nicht beunruhigen: «Das werden die Köche gewesen sein. Da oben ist es nachts kühler.»

«Aha. Schönen Dank ooch für den Tee, Frau Doktor. Is schön bitter.» Hermine ging zu ihrem Zelt zurück, aus dem das Schnarchen ihres Mannes laut zu hören war.

Amelie schrak sofort hoch, als Jago anschlug. Es war stockdunkel. Sie war verschwitzt und wischte sich mit dem Ärmel ihres Schlafanzugs über die Stirn. Jetzt hörte auch sie das Geräusch, das Jago alarmiert hatte. Es kam von oberhalb ihres Zeltes, ein Knurren. Amelie hielt den Atem an. Dann hob sie ganz langsam das Moskitonetz. Friedemann Steins Winchester lag unter dem Bett, wo sie das Gewehr schon in der Nacht zuvor verwahrt hatte. Plötzlich gab es ganz in ihrer Nähe einen dumpfen Schlag, dem lautes Scheppern folgte. Amelie schnappte sich die Waffe, wobei der Tisch umfiel und das Wasserglas mitriss.

Die Liegestühle, in denen Amelie und Hermine gesessen hatten, lagen demoliert auf dem Boden. Die im Baum vermeintlich sicher deponierte Antilope war verschwunden.

«*Simba!*», schrie eine Stimme.

Im nächsten Augenblick stürzten von überall her Menschen herbei. Schmitt fuchtelte mit einem Revolver, Hohlbein lud sein Gewehr, und die Boys hasteten kopflos herum. Schmitt und Hohlbein, beide in weißer Unterwäsche mit dreiviertel langen Hosen und langärmeligen Hemden rannten in verschiedene Richtungen los, die ihnen die Boys wiesen.

Auch Hermine war wach geworden. «Frau Doktor, wat is'n?»

«Gehen Sie besser in Ihr Zelt», sagte Amelie gefasst. «Es sieht so aus, als ob ein Löwe sich die Antilope geholt hätte.» Hermine verzog sich sofort in ihre Unterkunft.

Die Schleifspur, die der Kadaver hinterlassen hatte, entdeckte Amelie erst, nachdem sie die Petroleumlampe aus dem Zelt geholt hatte. Sie führte allerdings in keine der Richtungen, in die Schmitt und Hohlbein davongestürmt waren. Sondern zu einem Dornengestrüpp, das zwischen den Zelten der Weißen und dem Lager der einheimischen Hilfskräfte lag. Amelie umrundete langsam die Sträucher, bis sie zu einer dunklen Öffnung kam. Das Licht der Laterne wurde von einem Paar oszillierender Augen reflektiert. Der Löwe knurrte nicht einmal besonders laut, eher unwillig.

Amelie hob das Gewehr – und ließ es sinken; die Antilope im Baum war wesentlich schwerer zu erbeuten gewesen als die großteils unter freiem Himmel lagernden Einheimischen. Amelie sicherte das Gewehr und ging zurück.

Hermine streckte den Kopf aus ihrem Zelt: «Ham Se die Bestie erschossen, Frau Doktor?»

«Die war schon fort», erwiderte Amelie.

10.

Nachdem die Karawane den dritten richtigen Marschtag unterwegs war, rechnete Amelie damit, dass die Expedition spätestens Mitte Juli am Tanganjika eintreffen müsste. Kassei, der drahtige kleine Mann im bunten Umhang, den Amelie den ganzen Tag über nichts trinken sah, verlangte dem gesamten Trupp ein scharfes Tempo ab – im Schnitt zwanzig Kilometer.

Man wanderte über weite Strecken parallel zu einem Flusslauf. In dem offenen Buschland leuchtete immer wieder mal grünes Gras, auf dem Rinder mit weit geschwungenen Hörnern weideten. Oftmals zeichneten sich in der Ferne Dörfer ab, die nicht weit vom Karawanenweg entfernt lagen. Waren jene Stellen schließlich erreicht, so schienen die grasenden Rinder nur eine Fata Morgana gewesen zu sein. Kein Hirte und kein Tier weit und breit, die um einen Innenhof gruppierten Hütten lagen verlassen, die gerade erstickten Feuer rauchten noch. Und es ergab sich auch nicht die Möglichkeit, die dezimierten Vorräte durch Tausch oder Kauf aufzufüllen.

«Die Aufständischen machen es so mit uns wie wir mit ihnen», sagte Kassei am Abend zu Amelie, als sie sich zu ihm an sein Feuer setzte. Seine Bemerkung sollte keine Klage darüber sein, dass die deutschen Schutztruppen den Einheimischen in vielen Gebieten durch Hunger ihren Willen aufzwangen. Der *mganga* ging einfach davon aus, dass sie seine Anspielung verstand.

Seit Rashids «Gericht» besuchte Amelie den *Kollegen* –

Amelie rätselte immer noch, ob Stein das spöttisch oder anerkennend gemeint hatte – jeden Abend an dessen spartanischem Lager, das nur aus einer im Freien ausgerollten Grasmatte bestand. Ursprünglich hatte sie nur mit ihm über den vergangenen oder den folgenden Tag sprechen wollen. Doch rasch überwog ihr Interesse an dem zurückhaltenden Mann. Er verkörperte jenes geheimnisvolle Afrika, von dem sie in ihrer Jugend viel zu wenig verstanden hatte.

Mit einer Direktheit, die zwischen Schwarzen und Weißen unüblich war, fragte sie ihn: «Hast du an jenem Abend, als Rashid die Männer auspeitschen ließ, gehört, was der *bwana dactari* und ich miteinander besprachen?»

Kassei gab eine seltsam verschlüsselte Antwort: «Lange bevor der Mensch sie erreicht hat, kriecht die Schlange in ihr Erdloch.»

Er hatte also zugehört, schloss Amelie daraus. «Wusstest du zu diesem Zeitpunkt schon, dass Rashid ein Unrecht beging?»

Der Afrikaner erhob sich wortlos, wandte Amelie seinen Rücken zu und ließ den Stoff des bunt betupften Kaftans ein Stück von seinen Schultern gleiten. Die Spuren großer Demütigungen waren selbst im flackernden Schein des Feuers zweifelsfrei zu erkennen.

«War das Rashid?»

Kassei setzte sich mit angezogenen Beinen neben das Feuer. Der weite Stoff umfloss seinen schmalen Leib wie ein Zelt. «Weiße Menschen kamen vor langer Zeit in mein Land, um Menschen wie Rashid daran zu hindern, Menschen wie mich als Sklaven zu nehmen. Aber Menschen sind Menschen. Sie kennen nur ein Recht. Sie erschaffen es selbst. So töteten die Weißen die Regenmacher und lassen die Menschen hungern, obwohl sie eigentlich gekommen waren, um den Menschen dieses Landes zu helfen.

Wenn du mich also fragst, ob ich wusste, dass Rashid ein Unrecht begeht, so kennst du nun meine Antwort.» Keine Geste hatte seine Worte unterstrichen.

«Also nimmst du das Unrecht in Kauf? Weil du findest, es ist ein Teil des Lebens?»

«Wenn der Mensch unachtsam auf die Schlange tritt, so wird sie den Menschen beißen. Aus Rache wird er sie töten. Wer, *bibi uleia*, ist im Unrecht?»

Frau aus Europa hatte er sie genannt.

Seitdem Amelie mit ihren Eltern afrikanischen Boden betreten hatte, wollte sie den Einheimischen helfen. So wie jetzt. Doch Kassei schien zu denken, dass die Anwesenheit der Weißen alles nur noch komplizierter machte.

«Wenn du so über Weiße denkst, warum führst du sie, weiser Mann?» Amelie wusste, wie ungebührlich es war, den *mganga* derart aus der Reserve zu locken. Der Gedanke, ihr Leben einem Mann anzuvertrauen, dessen Freunde getötete Zauberer waren, machte ihr jedoch Angst.

«Hast du schon einmal gesehen, wie eine Schlange frisst?» Kassei sah sie abwartend an.

«Sie schlingt eine Maus hinunter, und irgendwann würgt sie aus, was sie nicht verdaut. Knochen, Fell.»

Kassei nickte.

«Wer ist die Maus, Kassei?», fragte Amelie.

Kassei lächelte. «Du fragst, wer die Maus ist. Und du fragst, warum ich die Weißen führe. Ich bin ein Nyamwesi und wir Wanyamwesi reisen gern.» Er sah Amelies verständnislosen Blick. «Die Haut der Schlange wird niemals schmutzig, obwohl sie sich durch den Staub windet.»

Kasseis Worte erinnerten sie an ein Gespräch mit Damasso vor mehr als einem Jahrzehnt. Damals hatte Damasso ihr etwas über Seelentiere erzählt. Es ging darum, dass jeder Mensch ein Seelentier hat, das ihm Kraft gibt. War man krank, so zog man jenen Medizinmann zu Rate, der mit dem entsprechenden Seelentier verbunden war. Umgekehrt war es undenkbar, dass man sein eigenes Seelentier töten oder gar essen durfte. Dann würde es einem schlecht ergehen. Denn in dem Seelentier verbarg sich der Geist eines verstorbenen Verwandten. Der Gedanke hatte sie damals enorm beeindruckt, und wenn es ihr schlechtging, hatte sie sich eingebildet, der Leopard wäre ihr Verwandter. Da sie ihn erschossen hatte, würde das Seelentier an ihrer Seele Rache nehmen. Damasso hatte ihr das halbwegs ausreden können. Was nichts daran änderte, dass sie seither nie wieder ein Tier erschossen hatte.

Ein Frösteln überlief sie. «Dann bist du die Schlange. Wem stellst du nach?» Bin ich es etwa, fragte sie sich im Stillen.

«Warte, was geschieht», sagte Kassei, der Karawanenführer. Mit einem Zweig löschte er das Feuer.

Die flirrende Hitze trocknete Amelies Mund aus, die Kleider klebten am Körper. Amelies Gedanken schweiften zu Kassei ab. Hatte der mysteriöse Nyamwesi sie ausersehen, etwas für sie zu tun? Doch sosehr sie sich auch den Kopf zerbrach, sie konnte sich nicht vorstellen, wozu sie einem Medizinmann zunutze sein konnte. Oder hatte der geheimnisvolle Zweck, den er verfolgte, etwas mit seinem rätselhaften Gerede über Schlangen zu tun?

Amelie war zu jung gewesen, um sich Damassos Worte genau einzuprägen. Und ihr Gehirn hatte in der Zwischenzeit so viele Eindrücke aus einer Welt gespeichert, in der Logik zählte. Die analytische Schärfe des europäischen Denkens, der sie sich unterworfen hatte, glich einer mathematischen Rechnung. Die mystische Welt Afrikas erschien ihr wie die unendlichen Windungen des Gedärms, in denen sich fortwährend der Wissenschaft noch unzugängliche Vorgänge abspielten.

Ein Gedankenblitz zuckte auf: Hatte Stein eventuell versucht, die mystische Welt des Medizinmannes mit dem analytischen Vorgehen moderner Wissenschaft in Verbindung zu bringen? Sprach er deshalb möglicherweise voller Anerkennung – und nicht etwa voller Ironie – von dem *Kollegen* Medizinmann?

Am Anfang einer Reise steht eine Frage … Amelie war plötzlich wie elektrisiert. Es passte alles zusammen: Damasso und das Seelentier. Wilkening und das Buschkrankenhaus. Ihr langes Studium und die Jahre an der Charité. Und jetzt die über Monate währende Gelegenheit, sich dem Wissen eines Medizinmannes anzunähern! Wenn sie als Ärztin und junge Frau Afrika endlich verstehen wollte, dann musste sie diese Chance nutzen.

Schon auf der *Admiral* hatte man sie eine Afrikanerin genannt. Männer wie Schmitt und Hohlbein begriffen sich als Afrikaner. Afrikaner, das waren jedoch Menschen wie Kassei, Damasso und Suahibu. Ein Europäer benutzte diese Bezeichnung allenfalls so wie die Jäger, die sich die Köpfe erschossener Antilopen an die Wand hingen oder ein Zebrafell auf den Boden legten, um wie auf einem Teppich darauf herumzulaufen. Sie schmückten sich damit.

Mitten in der Wildnis, während der Schweiß über ihr Gesicht rann, begriff Amelie auf einmal, warum sie das Foto mit dem erlegten Leoparden, das in Salama in der Eingangshalle hing, nicht mochte: Sie war keine Afrikanerin. Und sie würde niemals eine werden. Aber sie konnte versuchen, so wie Afrikaner zu denken.

Hatte Kassei das gemeint? Sie wischte sich den Schweiß aus den brennenden Augen und blickte sich nach Jago um. Der Hund folgte ihrem Maultier mit heraushängender Zunge. Er brauchte dringend eine Pause.

Wenig später machte die Karawane in einem Gebiet Rast, in dem die Dornbüsche nicht so dicht standen. Die Fläche war groß genug, um den vielen hundert Menschen Platz zu bieten. Rashid trieb alle so zusammen, dass sie sich in einem riesigen Kreis einfanden. Man legte sich auf die Erde, trank Wasser, die Weißen ließen sich von Ahmet und Aleppo Sandwichs reichen.

Nach zwei Stunden blies der Trompeter zum Aufbruch.

«Achtet auf Gefahren. Bleibt dicht zusammen», warnte Kassei die Weißen ebenso wie die Anführer der Träger. Im Folgenden würde die Strecke durch gelb verdorrtes, bis zu zwei Meter hohes Gras führen. Das bot Angreifern den besten Schutz. Die safarierfahrenen Anwesenden wussten, was das bedeutete: Einzeln marschierende Träger konnten von Räubern oder von wilden Tieren unbemerkt aus der Gruppe herausgezogen werden.

«Wenn wir durch das hohe Gras gehen, achten wir auf die Schwachen und die nicht so Schnellen. Alle bleiben dicht zusammen. Wenn jemand zurückfällt, ruft er dem Vorausgehenden zu, langsamer zu gehen. Und der meldet es dem Mann, der vor ihm geht. Werden wir angegriffen, so ruft laut: *adui!* Lauft nicht fort! Bleibt immer zusammen!»

Die Askaris steckten sich Bajonette auf die Gewehrläufe; die im Sonnenlicht glänzenden Stahlspitzen wurden in einem möglichen Nahkampf als Stichwaffen benutzt. Der Einsatz der Schusswaffe selbst war in den Grashainen kaum möglich: Bis das Gewehr entsichert und abgefeuert war, konnte ein Angreifer längst zugeschlagen haben.

Sobald sich die Karawane in Bewegung setzte, wurden Trommeln geschlagen, die Männer sangen laute Lieder, die eintönig denselben Refrain wiederholten, der die Mühsal des Marsches beklagte. Amelie hatte den Eindruck, als sängen sie kräftiger als sonst. Wie Kinder, die sich Mut machten.

Weißlich-gelb verfärbtes, nah am Weg stehendes Gras überragte die Reiter wie eine Mauer. Wäre es nur eine, dachte Amelie, dann würde ich mich wohler fühlen. Der unerwartet späte nächtliche Besuch Forsells fiel ihr wieder ein. Eigentümlicherweise hatte seither niemand mehr davon gesprochen. Verständlich war das schon: Jeder, der an einer Karawane teilnahm, konnte sich die möglichen Gefahren ausmalen. Sie heraufzubeschwören, machte die Reise nicht gerade angenehmer.

Eigentlich war alles wie immer, versuchte Amelie sich zu beruhigen. Hermine, eher schief im Sattel hängend als sitzend, ritt zwei Meter vor Amelie, davor marschierte der letzte sudanesische Söldner. Hinter Amelie trotteten Jago und die beiden jungen Gewehrträger. Was danach kam, konnte sie nicht einsehen, der Weg nahm eine Kurve. Bewegte sich da etwas im undurchdringlich erscheinenden Gras? Unsinn, schalt Amelie sich, da ist nichts. Die Sonne stand hoch, es war Mittag. Kein Löwe würde jetzt auf Beutezug gehen. Und dennoch: Das kribbelige Gefühl, das eine nahe Gefahr signalisierte, wollte nicht weichen. Seit ihrer Jugend kannte sie die Geschichten von Reisenden, an die sich Räuber angeschlichen hatten. Und stets hatte es geheißen: Auf einmal waren die da gewesen.

War da nicht doch eine Bewegung, erst seitlich, jetzt hinter ihr? War da ein Rascheln? Sie sah hinunter zu Jago. Der Hund schien keine Gefahr zu spüren, folglich hielt sich kein Raubtier in der Nähe auf. Aber würde er anschlagen, wenn sich menschliche Räuber anschlichen?

Hanns hatte ihn gewiss nicht auf Menschen abgerichtet.

«Adui!»

Der Ruf kam von weiter hinten.

«Adui!»

Amelie hatte sich nicht getäuscht: *Feind*. Der Alarmruf wanderte von Kehle zu Kehle. Ohne weiter nachzudenken, rief Amelie lauthals nach vorn: *«Adui!»* Damit sie auch sicher verstanden wurde, schrie sie: «Die Karawane wird angegriffen!»

Was sollte sie jetzt tun? Sie hatte keine Ahnung. Niemand hatte Anweisungen gegeben, was im Ernstfall zu tun war! Außer, dass niemand davonlaufen solle.

«Wat is, Frau Doktor?» Hermine blickte sich ratlos zu Amelie um.

Schon ging ein Regen von Pfeilen hernieder. Amelie hielt ihr Maultier an und rief Hermine zu, dasselbe zu tun: «Gehen Sie hinter Ihrem Maultier in Deckung.»

Warum kehrten die Askaris nicht um? Hatten sie Amelie nicht verstanden? Hatten sie ihre Warnung nicht ernst genommen?

Der Beschuss mit Pfeilen hörte so rasch auf, wie er begonnen hatte. An das Maultier gedrückt, Jago an ihrer Seite, bewegte sich Amelie zu Hermine. Der gelang es erst jetzt von ihrem Reittier abzusteigen.

«Sind Sie verletzt?», fragte Amelie.

«Nee.»

«Wir stellen uns zwischen die Tiere und ziehen die Köpfe ein», sagte Amelie. Ihre beiden Gewehrträger hatten sich auf den Boden geworfen, die Hände schützend über die Köpfe gelegt. Amelie rief die beiden zu sich und bat um Steins Winchester. Einer der Jungen reichte ihr das Gewehr mit zitternden Händen. Sie schob die beiden Burschen zu Hermine.

«Wen woll'n Se denn erschießen? Is ja keener da!», sagte Hermine, als Amelie die Waffe entsichern wollte. Noch nie hatte sie auf einen Menschen geschossen.

Im nächsten Augenblick rannten einige Träger, die ihre Lasten fortgeworfen hatten, an ihnen vorbei. Ehe Amelie reagieren konnte, folgten ihnen die beiden Gewehrträger. Sekunden später setzte der Pfeilregen erneut ein. Amelies Maultier wurde am Rücken getroffen und rannte davon. Jago jedoch blieb bei seinem Frauchen.

«Wir sollten ooch verduften, Frau Doktor!»

Zwar hatte Kassei gesagt, dass sie genau das nicht tun sollten – doch die Askaris hatten sich auch nicht daran gehalten. Amelie half Hermine in den Sattel. Die Angst machte die Berlinerin gelenkiger, als Amelie erwartet hatte.

«Ich führe den Maulesel. Denn wenn der mit Ihnen durchgeht, sind Sie verloren», sagte Amelie. Sie hielt das Tier mit der linken Hand, rechts trug sie die Winchester.

Immer noch waren keine Askaris zu sehen. Amelie hatte auch keine Schüsse gehört. Wozu waren die Söldner da, wenn sie im entscheidenden Moment nichts nutzten? Auf einmal standen die beiden Frauen einem mit Pfeil und Bogen bewaffneten Krieger gegenüber. Der Afrikaner schlug sich sofort seitwärts ins Gras.

Dann fiel ein Schuss, und gleich darauf war lautes Krachen zu hören. Es war von einer Lautstärke, dass es Amelie in den Ohren schmerzte. Das Maultier wollte sofort losrennen, mit ganzer Kraft zerrte es an Amelies Hand. Sie hielt es fest und schlug dabei versehentlich mit dem Gewehrlauf auf die Nase des Tiers. Es blieb wie angewurzelt stehen. Ein weiterer Schuss fiel, und in der nächsten Sekunde entlud sich ein zweiter Knall mit der Stärke eines Donnerschlags. Das Maultier zitterte, dann knickten seine Vorderbeine ein.

«Lassen Sie sich zu mir rüberfallen!», schrie Amelie.

Hermine reagierte nicht. Sie ging mit dem Maultier zu Boden. Ein erneuter Knall ließ beide Frauen zusammenzucken. Gewöhnliche Schüsse machten keinen solchen Lärm. Mit vor Angst weit aufgerissenen Augen starrte Hermine Amelie an. «Is jetzt Krieg?» Das Knallen klang eher so, als ob etwas explodiert wäre. *Hatari* – gefährlich! Wovor warnte diese Aufschrift? Die Munition für die Gewehre? Amelie freute sich beinahe, als sie Schmitt und seine Askaris nahen sah.

«Sind Sie verletzt?», fragte der zum Kämpfen ausgebildete Soldat. Sein Gesicht war hochrot und schweißnass.

Die Frauen schüttelten die Köpfe. Daraufhin ritt er sofort weiter.

Hermine guckte Amelie verdutzt an. «Da hört sich doch de Weltjeschichte uff!», stieß sie empört hervor. «Wat für'n Schafskopp.» Dann schrie sie den davonhastenden Männern nach: «Schmitt, können Se uns nich 'nen Mann da lassen?»

Schmitts Maulesel machte noch ein paar Schritte, dann hielt der Sergeant den Arm hoch, seine kleine Truppe stoppte und kehrte um. «Ich stelle Ihnen einen Askari ab», sagte Schmitt und machte sich mit den übrigen Soldaten auf in Richtung der irgendwo auf dem Weg zurückgebliebenen Karawane. Das eigentümliche Verhalten des für die Sicherheit zuständigen Sergeanten überraschte Amelie so, dass sie ihn nicht einmal fragte, wohin die Spitze der Karawane und mit ihr Klemm und Kassei verschwunden waren.

Der Askari stakste auf langen Beinen voraus, die beiden Frauen konnten kaum Schritt halten.

«Wenn ick jetzt die Kinder dabei jehabt hätte.» Hermine sprach mehr zu sich selbst. Erschrocken sah sie Amelie an: «Meen Willem! Ick muss zurück!»

Amelie konnte sie gerade noch am Ärmel ihrer Bluse packen. In der Ferne fielen diesmal mehrere Schüsse, kurz darauf war wieder das an den Nerven zerrende Krachen zu hören. Hermine versuchte sich frei zu machen.

«Seien Sie vernünftig», beschwor Amelie sie. «Sie bringen sich in Lebensgefahr.»

«Jut, det Se mir's sagen.» Hermine blickte finster.

Der ihnen zum Schutz mitgegebene Askari hatte nicht bemerkt, dass die beiden Frauen stehen geblieben waren; Amelie rief ihn zurück. «Ihr Wilhelm wird schon auf sich aufpassen, Hermine. Wie wollen Sie ihm denn helfen? Sie können sich doch selbst kaum helfen.»

«Ham Se ja recht, Frau Doktor.» Hermine gab auf. Enttäuscht schüttelte sie den Kopf. «War 'ne Schnapsidee, det Afrika.»

Amelie wusste nichts zu antworten. Der großer Traum ihrer *Blutsschwester* begann sich offensichtlich in einen Alptraum zu verwandeln.

Sie fanden Kassei neben einem der Askaris. Der sudanesische Söldner lag ausgestreckt am Boden. Klemms Gewehrträger standen verloren abseits, doch nur einer trug eine Waffe. Amelies eigene Träger waren verschwunden und mit ihnen das Atoxyl.

Kassei erhob sich und vergewisserte sich, dass den beiden Frauen nichts geschehen war. «Ein Askari ist tot», teilte er dann Amelie mit.

Amelie blickte sich um. Ringsum Gras, das sie um eine Kopflänge überragte. «Wo ist Doktor Klemm?»

Kassei sah zu Boden. Er schwieg.

«Ist er etwa tot?», fragte Amelie entsetzt.

Kassei schüttelte den Kopf. «Der *mbwana mkubwa* ritt fort.»

Hermine hatte die Lage rasch erfasst: «Is nich schussfest, der Dokter.»

Es fiel Amelie schwer, sich das Lachen zu verkneifen. Sie räusperte sich und rief mehrfach Klemms Namen. Doch es kam keine Antwort. Was sollte sie tun? Klemm suchen, während weiter hinten Verwundete Hilfe brauchten? Unter Umständen war Klemm ja doch verletzt. Konnte sie ihn dann einfach zurücklassen? Ohne Klemm war das ganze Unterfangen gescheitert, und sie müssten nach Morogoro und letzten Endes nach Daressalam zurückkehren.

Schon in Berlin hatte sie in letzter Zeit so viele Niederlagen hingenommen. Sollte das in Afrika weitergehen?

«War der *mbwana mkubwa* verletzt?», fragte Amelie noch einmal. Kassei verneinte. «Wir kehren um», entschied sie.

«Gut, *bibi dactari*», sagte Kassei. «Wir legen das Lager dort an, wo wir zuletzt Rast gemacht hatten.»

Sie machten sich auf den Weg, doch jetzt kamen ihnen immer mehr Träger, Frauen, Boys und auch Kinder entgegengerannt. Amelie bat Kassei den Leuten zu sagen, dass sie nicht davonlaufen, sondern mit ihnen umkehren sollten. Aber die Menschen rannten einfach weiter.

Was erwartet uns da hinten, fragte sich Amelie voller Sorge.

Was Amelie sah, war erschütternd. An vier Stellen war der harte Boden aufgerissen, das hohe Gras von Explosionen platt gedrückt. Vor allem an diesen Orten der Verwüstung entdeckte die schockierte Ärztin teilweise schwer verwundete Träger und Boys, die ihre Schmerzen lauthals beklagten. Jene, die nicht weggelaufen und auch nicht verletzt worden waren, saßen entweder apathisch am Boden oder kümmerten sich um die Verletzten. Das Durcheinander war kaum zu überblicken, die fortgeworfenen Lasten lagen verstreut herum.

Zu ihrer großen Erleichterung war wenigstens weder Hohlbein noch Schneider etwas zugestoßen. Und auch Hermine konnte ihren Wilhelm wieder in die Arme schließen. Der Tischlermeister hatte wohl das größte Glück von allen gehabt: Ausgerechnet an diesem Tag hatte er sich nicht in der Mitte des Trecks aufgehalten. Dort, wo vier Tote gefunden wurden.

Nach Kasseis Warnung vor möglichen Gefahren hatte Rashid entschieden, dass die drei deutschen Männer gemeinsam mit zwei Gewehrträgern am Ende laufen sollten. So hatten sie vom eigentlichen Überfall überhaupt nichts mitbekommen.

«Hat jemand Rashid gesehen?», fragte Amelie.

«Er wollte Leute einfangen, die in Richtung Morogoro getürmt sind.» Es war das erste Mal, dass der junge Schneider antwortete, ohne dass Amelie ihn direkt gefragt hatte.

Ohne auf Anweisungen zu warten, ließ Kassei das Lager aufbauen. Als nunmehr einziger Arzt nahm Amelie es in die Hand, ein improvisiertes Lazarett aus den beiden größeren Wohnzelten von Klemm und Stein sowie drei Vorratszelten errichten zu lassen. So schnell es ging, begann sie mit der Behandlung der Verletzten. Die Kisten mit der medizinischen Ausrüstung trafen zwar erst allmählich ein, aber Amelie gewann schnell den Eindruck, dass keine fehlte. Die Medizin der Weißen taugte nicht als Diebesgut.

Bei zwei Trägern war schnell klar, dass ihnen nicht zu helfen war. Beiden war ein Stück vom Arm abgerissen worden, sie verbluteten. Zwei Männer hatten tiefe Fleischwunden, in denen Metallsplitter steckten. Mit der Pinzette zog Amelie sie heraus und legte die Splitter beiseite. Mit Borsäure und in Karbol getränkten Verbänden behandelte sie die Wunden. Die anderen hatten eher leichte Verletzungen wie Abschürfungen und Platzwunden. Einige litten unter einem Explosionstrauma und hörten nichts. Andere hatten Probleme mit den Augen und mit der Atmung. Die Pfeile der Angreifer hatten den Männern jedoch keine so schweren Verletzungen zugefügt, dass ein Leben in Gefahr gewesen wäre.

Hohlbein wich keine Minute von Amelies Seite. Jeder Handgriff dieses schweigsamen Mannes saß. Er machte den Eindruck, als ob ihm solche Verletzungen schon oft vor Augen gekommen wären. Auch er hatte Splitter gesammelt: Auf einem davon waren noch zwei Buchstaben zu erkennen, ein zusammenhängendes r und i.

«Können Sie sich das erklären?», fragte Amelie, sobald sie eine ruhige Minute hatten.

«Wohl die Munition», sagte Hohlbein.

Amelie nahm die Splitter vorsichtig hoch. *Sand*, hatten die drei Diebe in den *hatari*-Kisten vorgefunden. Munition ähnelte nicht *Sand*.

Der kleinere von Klemms Gewehrträgern stürzte ins Zelt: «*Bwana matako manene!*», rief er aufgeregt.

«Herr dicker Arsch?» Hohlbein sah Amelie fragend an.

Amelie streckte den Kopf aus dem Zelt: Der kräftige Sergeant Schmitt wurde von zwei seiner Askaris durch das zwischenzeitlich erstandene Lager getragen. Rasch um sich blickend sah Amelie, dass Doll und Schneider es fertig gebracht hatten, die unterschiedlichen Lasten zu sortieren und an verschiedenen Stellen zu sammeln. Mit Papier und Bleistift notierten sie, was noch übrig war. Auch die drei weiteren Zelte der Europäer befanden sich ganz in der Nähe. Die wesentlich einfacheren Unterkünfte der Einheimischen waren dieses Mal näher an den Zelten der Weißen aufgeschlagen worden.

«Die Saukerle haben mich erwischt», schimpfte Schmitt. Blut tränkte seine Schutztruppenhose am Oberschenkel.

Amelie ließ ihn im Krankenzelt auf ein Bett legen, Hohlbein schnitt Schmitts Hose auf.

Der Sergeant blickte zu Amelie: «Sie fassen mich nicht an.»

«Wie Sie wollen.» Amelie widmete sich einem auf dem Boden kauernden Jungen.

«Das muss aufgeschnitten werden, Schmitt», hörte sie Hohlbein sagen. «Die Kugel steckt im Muskel. Lass das die Frau Doktor machen.»

«Unsinn. Wo ist Doktor Klemm?»

«Das wissen wir nicht.»

«Was heißt das?»

«Was ich sage.»

«Bring mir mal ’ne Pulle Cognac, Hohlbein.»

«Habe ich nicht.»

Während Amelie einem höchstens zehn Jahre alten Jungen die durch einen Metallsplitter am Kopf gerissene Wunde mit Borsäure betupfte, bat sie auf Kisuaheli einen der Boys, die am Zelteingang warteten: «Geh zu *bwana* Doll und hole Cognac.» Sie blickte nicht auf, während sie laut sagte: «Herr Schmitt, was war in den Kisten, die explodiert sind?»

«Das ist Sache von Rashid.»

«Der ist nicht hier.»

Amelie tränkte eine Mullbinde mit Karbol und wickelte sie um den Kopf des Jungen. Sie lobte ihn auf Kisuaheli für seine Tapferkeit, obwohl sie nicht wusste, ob der Junge die von den Arabern landesweit eingeführte Sprache überhaupt verstand. Als der Boy mit der Weinbrand-Flasche eintraf, nahm Amelie sie ihm ab und trat zu Schmitt.

«Hier sind Menschen, die eine Expedition mitmachen, um die Schlafkrankheit zu erforschen. Und dann explodiert etwas, von dem ich bezweifle, dass es Munition war.

Unschuldige Menschen wurden verletzt, einige wurden getötet.» Ihre Wut wuchs, je länger sie in das rote Gesicht des dicken Mannes blickte.

Schmitt wandte sich ab. «Ich brauche etwas zu trinken. Ich habe Schmerzen.»

«Wir werden noch wochenlang marschieren. Was, wenn so etwas wieder geschieht? Herr Schmitt, was ist mit diesen Kisten?»

Schmitt schwieg.

Hohlbein nahm Amelie den Cognac aus der Hand und flößte ihn Schmitt ein.

Um zu verhindern, dass Jago sie in den Krankenzelten suchte, hatte sie ihn davor anbinden müssen. Jetzt hockte sie sich zu ihm und untersuchte seine Pfoten. Die Laufflächen waren rissig. Sie fettete sie dick mit Vaseline ein.

Inzwischen war es fast dunkel geworden. Die offenen Feuer der Träger und Boys täuschten ein Bild friedlichen Lagerlebens vor. Die Askaris patrouillierten. Doll und Schneider saßen inzwischen in der Nähe des Lazaretts vor dem einzigen Kochzelt, in dem noch gekocht wurde. Sie unterhielten sich aufgekratzt. Der Überfall hatte ihre Laune offensichtlich nicht getrübt.

«Wir haben Lebensmittel an die Neger verteilt», erzählte Hansl Schneider von sich aus. Eigentlich wäre dies die Aufgabe von Kassei und den Trägerführern gewesen. Doch Kassei versorgte Kranke.

«Wussten Sie denn, wie viel jeder bekommen sollte?», fragte Amelie.

«Ein paar Säcke davon, ein paar davon», meinte Schneider unbekümmert. «Die Neger waren alle ganz glücklich.» Was auch die edlen Spender fröhlich stimmte.

Amelie gab sich den Anschein, mit der Arbeit der beiden Männer zufrieden zu sein: «Das haben die Leute sich verdient.» Von ihrer Sorge, dass die großzügige Herausgabe der genau errechneten und durch den Überfall zudem dezimierten Vorräte die künftige Versorgungslage erschweren würde, erwähnte sie nichts. Im Moment kam es darauf an, für Harmonie zu sorgen. Wie wichtig das war, stand Hermines Mann ins Gesicht geschrieben. Herr Doll sagte kein Wort. Wie er es die ganze Expedition über vermieden hatte, mit Amelie zu sprechen.

«Sie haben die Vorräte gezählt», wandte sich Amelie an den Tischlermeister. «Haben die Banditen viel gestohlen?»

«Geht so», gab Doll zurück.

«Wir glauben, etwa jeden dritten Sack», präzisierte Schneider nach einem Seitenblick auf Doll. «Die zwei Rinder, die wir noch mitführten, sind weg. Und eine Menge von den Eseln. Wie viele wissen wir nicht.»

«Haben Sie Rashid denn noch mal gesehen?», fragte Amelie.

Doll schüttelte den Kopf. «Wie denken Sie sich das eigentlich mit den Zelten? Jetzt, wo Sie die Neger in unserem behandeln.»

Die Verbitterung des Mannes war nachvollziehbar: Erst durch ihr Eingreifen auf der *Admiral* hatte sich Dolls höchstwahrscheinlich ruhiger Aufenthalt als Missionstischler in ein Abenteuer verwandelt. Es konnte ihn Kopf und Kragen kosten, wie er heute eindrücklich vorgeführt bekommen hatte. Amelie erwartete nicht, dass diese Entwicklung ihr Wilhelm Dolls besondere Sympathie eingebracht hatte.

Bislang hatte Amelie vor den Männern gestanden. Jetzt holte sie sich einen der Klappstühle und setzte sich zu ihnen, Jago legte sich neben sie. Doll verschränkte automatisch die Arme vor der Brust, während sich Hansl Schneider in seinem Stuhl nach vorn beugte, die Unterarme auf die Knie gestützt.

«Ich habe mein eigenes Zelt hergegeben, Herr Doll», begann Amelie ihre Rechtfertigung. «Und jenes von Dr. Klemm, der bislang nicht gefunden wurde.»

«Wo werden Sie denn schlafen, Frau Doktor?», fragte Schneider sofort.

Darüber hatte sie noch nicht nachgedacht. «Vielleicht könnten Ihre Frau und ich uns ein Zelt teilen, Herr Doll. Dann könnten Sie ...»

«Sie schieben mich mal hier hin und mal da hin.» Doll starrte Amelie aus zusammengekniffenen Augen an. «Und mit meinen Kindern machen Sie es auch so. Weil es Ihnen so in den Kopf kommt. Mich haben Sie nicht gefragt, Frau Doktor.»

Amelie hatte ihre Berufsbezeichnung selten zuvor so voller Abscheu aussprechen gehört.

Jetzt, wo Doll dabei war, endlich seinen ganzen Unmut herauszulassen, räumte er gründlich auf: «Sie und dieser Messingnagel haben sich das fein ausgedacht. Schon auf dem Schiff. Ja, sehen Sie mich nur so an! Ich weiß alles. Ein Wilhelm Doll ist nicht dumm. Den Doll können wir gebrauchen für unsere Expedition, haben Sie sich gedacht.» Er hob angriffslustig das Kinn. «Und meiner Frau haben Sie 's Kind weggemacht. Weil das ja nur stört, wenn man auf Reisen ist.»

«Um Gottes willen, Herr Doll! Was reden Sie denn da! So war das doch nicht.»

«Sie nennen sich Doktor. Meiner Frau können Sie viel erzählen. Mir nicht. Ich habe Ihnen auf dem Schiff gesagt, Sie sollen nicht rumpfuschen an meiner Frau.»

Hansl Schneider hatte sich während Dolls Schimpfkanonade in seinem Stuhl weit zurückgelehnt, Entsetzen im Blick.

Als Amelie sich zu den beiden gesellt hatte, hatte sie das genaue Gegenteil dessen erreichen wollen, was nun eingetreten war: Doll hatte ihr offen den Kampf angesagt. Gleichzeitig war sie nicht bereit, Hermines Notlage auf dem Schiff vor fremden Ohren auszubreiten.

Doll blickte zornig um sich. «Und jetzt sitzen wir hier. Vor ein paar Stunden sind Wilde aus den Büschen gesprungen und haben uns fast alle in die Luft gesprengt. Und warum sitzen wir hier? Weil die Frau Doktor Allwissend es so angeordnet hat. Aber jetzt hören Sie mal, was Ihnen Wilhelm Doll sagt: Diese Neger werden wiederkommen. Und dann werden sie uns alle abschlachten. Wie wir hier sitzen. So, Frau Doktor, nun sind Sie dran.»

«Ich kann sagen, was ich will. Sie wissen es besser.» Amelie hatte nicht nachgedacht, als sie geantwortet hatte. Es war jene Stimme, die tief in ihrem Inneren verborgen war und sich nur selten Gehör verschaffte. Eigentlich nie.

Doll zuckte in seinem Stuhl zurück.

«Wissen Sie eigentlich irgendetwas über mich?», legte Amelie nach. Sie spürte in ihrem Bauch ein eigentümliches Gefühl, das sie nicht kannte. «Sie setzen Behauptungen in die Welt. Und glauben, das wäre die Wahrheit.»

Ihre Vernunft mahnte Amelie zu schweigen; doch sie ignorierte diese Stimme, auf die sie in Zürich und Berlin zu hören gelernt hatte. Zu viel Grausames war an diesem Tag geschehen, zu viel Blut Unschuldiger vergossen worden. Zu viel Gewalt lag in der Luft, als dass der mühsam antrainierte Gehorsam des Anstands hier noch ein Recht hatte, Gehör zu finden.

«Ich bin nicht hier, weil ich eine Abenteurerin bin. Oder weil ich mit Herrn Messingnagel einen ausgeklügelten Plan verfolgte. Sie, Herr Doll, haben mich nie interessiert. Ich brauche keinen Tischlermeister. Ich bin Ärztin.

Ich will helfen. Menschen helfen, die zu Hunderten an einer Seuche sterben. Und ich habe Ihrer Frau geholfen. Sie brauchte Hilfe. Nur darum ging es. Erst Wochen, nachdem ich Ihre Frau operiert hatte, tauchte Herr Messingnagel auf der Farm meines Bruders auf und fragte mich, ob ich die Expedition mitmachen möchte.»

Amelie brach ab. Doll schien überhaupt nicht zugehört zu haben. Auf Schneider hatte sie während ihres emotionalen Monologs nicht geachtet. In dessen Augen stand ein Leuchten der Begeisterung.

«Herr Messingnagel sagt, Sie haben als Kind einen Leoparden erschossen», sagte der junge Mann. «Ist das wahr?»

Wahrscheinlich hatte Messingnagel diese Geschichte für viel interessanter gehalten als ihre Erfahrung als Ärztin, dachte Amelie. Doch möglicherweise half dieser ungeliebte Teil ihrer Vergangenheit, eine Brücke zu bauen.

«Jener Leopard hatte ein Baby aus einer Hütte geholt. Ich wollte dem Baby zu Hilfe kommen.» Sie bog die Geschichte zurecht, damit sie passte. Aber wurde sie nicht allgemein so empfunden? War sie deshalb weniger wahr? «Darum geht es, Herr Doll: Wir können nicht nur zusehen, wie Schlimmes geschieht. Wir müssen helfen. Darum sind Sie hier. Weil Sie in Afrika etwas Gutes tun wollten. Sie wollten den Missionaren helfen. Sie haben recht: Es ist anders gekommen, als Sie wollten. Jetzt nehmen Sie teil an einer Expedition, die verhindern soll, dass Menschen sterben.»

«Heute sind Menschen gestorben», konterte Doll bitter. «Was hat das mit Ihrer Hilfe zu tun?»

«Nichts», antwortete Amelie rundheraus.

«Nichts?», echote Wilhelm Doll. «Ich hätte heute sterben können, wenn ich dort gelaufen wäre, wo ich sonst immer lief – wegen nichts?»

«Rashid hat Ihnen und Herrn Schmitt die Verantwortung für diese Kisten gegeben. Warum haben Sie ihn nicht gefragt, was da drin ist?»

«Steht mir nicht zu.»

«Aber es steht Ihnen zu, mir die Explosion vorzuwerfen? Machen Sie es sich nicht vielleicht etwas einfach? Kann es sein, dass Sie Männern einfach deshalb vertrauen, weil sie Männer sind? Und Frauen misstrauen, weil sie Frauen sind?»

«Ich fasse es nicht!» Doll stand so abrupt auf, dass sein Stuhl umkippte. Die Hände in den Hosentaschen vergraben, stapfte er in die Dunkelheit hinein.

«Das Zelt von Hohlbein und mir ist zwar eng.» Hansl Schneider sprach gedämpft. «Aber Wilhelm könnte bei uns schlafen. Dann hätten Sie und Hermine das Zelt der Dolls.»

Genau diesen Vorschlag hatte Amelie machen wollen, bevor dieses eigentlich harmlose Gespräch zu einer Debatte über Sein und Nichtsein missraten war. «Sagen Sie's ihm?», fragte Amelie.

«Ehrensache, Frau Doktor», erwiderte Schneider.

Hermine kam vom Kochzelt herüber. «Et jibt so 'ne Art afrikanischer Kartoffelsuppe», sagte sie wohlgemut. «Schmeckt ulkig, aber man könnt' sich dran jewöhnen.»

Aus dem Krankenzelt, in dem Hohlbein Schmitt behandeln wollte, drang ein unmenschlich lauter Schrei.

«Da will wohl eener partu nich jesund werdn», sagte Hermine.

«Ich seh mal nach.» Amelie machte sich auf den Weg.

Hohlbein hatte die Einschussstelle aufgeschnitten und die Kugel aus Schmitts Oberschenkel herausgeholt. Alles war voller Blut – Patient, Operateur, Bett, Boden. Die Behandlung selbst, der Cognac und das zusätzlich zur Beruhigung verabreichte Opiat Laudanum taten ihre Wirkung: Schmitt hatte das Bewusstsein verloren. Hohlbein, dessen schneeweißes Gesicht an der Stirn die blutigen Spuren seiner eigenen Finger trug, hielt Amelie mit der Pinzette eine Kugel entgegen. Sein Blick war glasig, die Cognacflasche leer.

«Danke, Herr Hohlbein. Ich mache hier weiter. Wenn Herr Schmitt später fragt, sagen Sie, dass Sie es waren. Das wird ihm beim Gesundwerden helfen.»

Hohlbein sah sie einen Moment lang an, als ob er etwas erwidern wollte. Dann ging er. Amelie untersuchte die Wunde und entschloss sich zu nähen. Nachdem sie Schmitts Puls gefühlt und in seine Augen geblickt hatte, war sie der Überzeugung, sich nicht sonderlich beeilen zu müssen.

Rashid hielt sein Pferd direkt zwischen den Zelten an. Er ließ einen von Amelies Koffern auf die Erde fallen. Amelie war bislang nicht aufgefallen, dass er gefehlt hatte. Sie hatte keine Zeit gefunden, sich um ihre eigenen Angelegenheiten zu kümmern. Sie erhob sich vom Tisch, an dem sie die eigenwillige afrikanische Kartoffelsuppe gegessen hatte.

«Danke!», rief sie dem Ägypter auf Kisuaheli zu. «Haben Sie viele Träger einfangen können?»

Anstatt Amelie zu antworten, fragte Rashid Hohlbein auf Englisch: «Wo ist Doktor Klemm?»

Der Sanitätssergeant hob die Schultern. Er hing kraftlos in einem Klappstuhl, das Gesicht noch immer von Blutspuren gezeichnet.

Nachdem von Hohlbein, dem wohl einzigen Ansprechpartner, den Rashid akzeptierte, keine große Hilfe zu erwarten war, nahm Amelie einen neuen Anlauf: «Können Sie die Askaris ausschicken, um Doktor Klemm zu suchen?»

Die Antwort kam auf Englisch: «Wir suchen nach ihm.»

Hieß das, dass man bereits damit beschäftigt war? Amelie sah ein, dass es keinen Sinn machte, weitere Fragen zu stellen.

«Wir brechen morgen früh auf nach Kilossa», verkündete Rashid auf Englisch.

Hermine verstand ebenso wenig Englisch wie der ebenfalls anwesende Schneider. Nur Hohlbein zeigte Reaktion: Er schüttelte den Kopf. Amelie war der gleichen Meinung. Es gab viel zu viele transportunfähige Verletzte. Und es war nicht mal ansatzweise klar, ob genügend Träger und Maulesel zur Verfügung standen.

«Weiß Kassei, dass Sie morgen aufbrechen wollen?» Amelie unterdrückte ihre aufflammende Wut über Rashids Verhalten nur mit Mühe.

«Er wird es wissen.»

Das Herz schlug Amelie bis zum Hals. Mit leichtem Zittern in der Stimme erwiderte sie auf Kisuaheli: «Doktor Klemm ist nicht hier. Also entscheide ich, wann wir weiterziehen. Morgen gehen wir nicht.»

Nur eine Sekunde lang sah Rashid Amelie in die Augen. Dann wendete er sein Pferd und stob davon.

Amelie kehrte zum Tisch zurück und sank in den Stuhl. Was für eine unmögliche Situation! Hätte sie doch nur auf Damassos so simple und so einleuchtende Warnung gehört. *Schlechtes Wasser*. Es war mehr als das – es war vergiftet. Was hatte sie für Möglichkeiten? Sie schüttelte ratlos den Kopf. Im Grunde hatte sie gar keine. Eine Frau galt hier nicht viel mehr als ein Tragesel. Sie fühlte bleierne Müdigkeit, ihre Augen brannten.

«Wat hat er jesacht?», erkundigte sich Hermine.

Amelie gab einen Abriss des eigentümlichen, in zwei verschiedenen Sprachen geführten Gesprächs.

«Schmitt kann nicht reiten», stellte Hohlbein fest.

«Vor allem fehlt Doktor Klemm», sagte Amelie. «Wozu sollen wir eine Expedition an den Tanganjika machen, wenn der leitende Arzt nicht dabei ist?»

«Können Sie das nicht allein, Frau Doktor?» Der junge Hansl Schneider schwärmte Amelie mit glühenden Augen an. «Ich traue Ihnen das zu.»

«Hansl, das geht nicht: Frau Doktor ist eine *Frau* Doktor», stellte Hohlbein mit schwerer Zunge klar.

Amelie lockerte die Schleife, die den durchgeschwitzten Kragen ihrer Bluse wie eine Schlinge umschloss.

«Ick würd' et Sie ooch zutrauen, Frau Doktor», meldete sich Hermine zu Wort. «Ick trau' Sie allet zu.»

«Ich bin sicher, dass Doktor Klemm wiederkommt», sagte Amelie. «Bis dahin muss Kassei Rashid beruhigen.» Sie nahm Jago an die Leine und ging los.

Fast wäre sie an Kassei vorbeigelaufen. Der Medizinmann hatte seinen Umhang ausgezogen und trug nur einen unscheinbaren kittelartigen Kanzu. Vor ihm am offenen Feuer waren einige Kalebassen ausgebreitet, in denen sich Kräuter oder Flüssigkeiten befanden. Kassei band gerade eingeweichte Baumrinde wie einen Verband auf die Wunde eines älteren Mannes, den ein Speer verletzt hatte. Zwei weitere Männer warteten auf Behandlung.

Amelie setzte sich in die Nähe des Medizinmannes und gab Jago Zeichen, sich neben sie zu legen. «Wie machst du das, Kassei? Du hast nichts bei dir, wenn du unterwegs bist, und dennoch kannst du die Leute mit deiner Medizin behandeln?»

«Das ist besser als eine Karawane mit Medizin, *bibi dactari*.» Sein mit Narben geschmücktes Gesicht verzog sich zu einem breiten Grinsen, das eine Reihe strahlend weißer Zähne zeigte. «Meine Medizin macht keinen Knall, wenn auf sie geschossen wird.»

Amelie war zu erschöpft, um sich auf diese Art von Gespräch einzulassen. «War Rashid bei dir?», fragte sie.

Nachdem Kassei seinen Patienten behandelt hatte, wandte er sich Amelie zu. «Ja. Er war voller Zorn.»

«Es ist falsch, morgen aufzubrechen. Wir haben zu viele Verletzte. Wir sollten den morgigen Tag hier abwarten.»

«Du bist es, die sagen muss, wann wir gehen, *bibi dactari*. Aber ich stimme dir zu.»

«Rashid hört nicht auf das, was ich sage, Kassei.»

«Vielleicht hört er nicht, was deine Zunge spricht.»

Amelie verstand nicht recht, was das zu bedeuten hatte. Doch die ruhige Autorität des Karawanenführers gab ihr das Gefühl, dass sie sich keine Sorgen machen musste. Ihr Blick schweifte über die rätselhafte Ansammlung von Medizin und den danebenliegenden bunten Mantel. Sie hoffte immer noch einen passenden Zeitpunkt zu finden, um zu fragen, was das zu bedeuten hatte.

Amelie drehte die Petroleumlampe aus und legte sich auf das schmale Bett neben Hermine. Nach diesem langen Tag tat es gut, sich endlich ausstrecken zu können.

«Der Herr Messingnagel, der hat mal wat janz Ulkiges jesacht: Die Frau Doktor Freyer, hat er jesacht, die zieht noch 'nem Krokodil die Zähne.»

«Ach, das würde ich denn doch nicht tun.» Ihre Schläfrigkeit hinderte Amelie daran, sich zu fragen, worauf Hermine hinauswollte.

«Als Se mir operiert ham ... ham Se det schon öfter jemacht? Oder war det so wie mit de Safari? So kopfüber rin innet kalte Wasser?»

Offenbar hatte Herr Doll seiner Frau von dem Gespräch erzählt. Amelie war auch bereit, Rede und Antwort zu stehen. Aber musste es gerade jetzt sein? In einer wieder einmal viel zu kurzen Nacht vor einem wahrscheinlich viel zu langen Tag?

«Sie müssen et nich sagen», erwiderte Hermine. Es klang, als wollte sie sagen: Ich wüsste es lieber nicht.

«Doch, ich glaube schon, dass ich das muss. Ihr Mann hat mir vorhin vorgeworfen, ich hätte an Ihnen herumgepfuscht. Ich konnte ihm darauf nicht antworten, weil es eine Sache zwischen Ärztin und Patientin ist.»

«Männer verstehn det allet nich. Aber, wissen Se, ick muss wissen, ob Se det ehrlich mit mich meinen. Weil meen Willem, also, der will morjen in aller Herrjottsfrüh mit Rashid verduften. Der hat die Nese voll, sacht er.»

Jetzt war Amelie hellwach. «Großer Gott, Hermine, was reden Sie da! Sie dürfen nicht mit Rashid gehen.»

«Wilhelm ist mein Mann. Wo er hingeht, gehe auch ich hin», sagte Hermine in gestochen scharfem Hochdeutsch.

O Gott, was geschah hier mitten in der Nacht? Der Tischlermeister! Amelie hatte diesen Mann von der ersten Minute an unterschätzt. Wenn ihr nicht jetzt und sofort etwas einfiele, dann würde Hermine in ihr Verderben rennen. Daran hatte sie nicht den geringsten Zweifel.

«Damals auf dem Schiff», sagte Amelie, «da haben Sie etwas sehr Schönes zu mir gesagt. Wissen Sie, was ich meine?»

«Wat hab ick denn jesacht? War ja janz beduselt.»

«Wir hatten so wie jetzt auch nebeneinandergelegen. Mein Blut floss in Ihre Venen. Erinnern Sie sich?»

«Nee, Frau Doktor. Allet wech.»

«Ich weiß es noch, als wäre es gestern gewesen. Sie hatten sehr hohes Fieber, wir sprachen über Ihren Zustand, und Sie sagten: Sie hätten mir doch nich Ihr Blut jejeben, wenn ick todjeweiht wär'. Ne tote Blutsschwester taugt ja nischt.» Amelies Berlinerisch klang, als ob die letzten 21 Jahre nicht gewesen wären.

«Klingt wie icke.»

«Sie wissen das alles nicht mehr?» Amelies müden Körper schüttelte ein plötzliches Frösteln.

«Da war wat. Aber wat et war, det is wech wie der Schnee vonne letzte Winter.» Es lag kein Zweifel in Hermines Stimme.

Amelie starrte in die Dunkelheit des Zeltes. Aus dem Grashain klangen die feinen Stimmen von Zikaden und das dumpfe Grunzen dicker Kröten herüber. Doch Amelie nahm die Geräusche der nächtlichen afrikanischen Wildnis nicht wahr. Sie kämpfte gegen das Zittern an, das sie stets überkam, wenn sie an den Tod ihrer Mutter dachte. Und sie meinte, dass sie Hermine endlich in das Geheimnis ihrer wahren Herkunft einweihen müsse.

«Ich war sechs, als meine leibliche Mutter nach einer Todgeburt starb. Wir wohnten damals in der Ackerstraße. Mein Vater war ein paar Monate zuvor gestorben, meine drei anderen Geschwister einige Jahre davor; ich kann mich nicht an sie erinnern. In der Nacht, in der meine Mutter starb, war ich ganz allein mit ihr. Damals habe ich mich nicht gefragt, wieso ist man in einer Stadt voller Menschen so allein? Aber später, als ich in meiner neuen Familie aufwuchs, bei Menschen, die einfach halfen, weil das der Sinn ihres Lebens war und ist, da habe ich immer wieder an diese einsamsten Stunden meines Lebens gedacht. Und dann kam auf der *Admiral* ein kleines Mädchen in den Salon und sagte: Ich glaube, meine Mutter ist tot. Ich sah es an und erkannte in diesem Mädchen mich selbst wieder. Das Mädchen führte mich zu einer Frau, die ohnmächtig auf der Toilette lag.»

Hermine sagte kein Wort. Ihr Schweigen schien eine Ewigkeit zu dauern.

Schließlich fuhr Amelie fort: «Ich untersuchte Sie, Hermine. Und plötzlich war meine Mutter wieder bei mir.» Tränen rollten über Amelies Wangen. «Ihr hatte ich nicht helfen können. Und auch Ihnen hätte auf der *Admiral* niemand geholfen. Der Schiffsarzt hätte gar nicht gewusst, was zu tun war. Dann floss mein Blut in Ihre Adern. Und Sie sagten: Blutsschwester.» Amelie wischte sich die Tränen aus dem Gesicht und lächelte in die Nacht hinein, Hermine konnte es nicht sehen. «Da hatte ich das Gefühl, ich hätte wieder zurückgefunden. In die Ackerstraße. Dorthin, wo meine Wurzeln sind. Ich wollte gutmachen, was ich als Kind nicht zuwege bringen konnte.»

Amelie schwieg. Von der so nahen anderen Seite des Zeltes drang kein einziger Laut zu Amelie. Nur die Grillen und die Frösche waren zu hören.

«Aber Sie sind doch eine Frau Doktor?», fragte Hermine schließlich in klarem Hochdeutsch. Sie sprach ganz leise.

«Natürlich», erwiderte Amelie zerstreut. Sie war viel zu aufgewühlt, um sich zu fragen, wieso sich Hermine ausgerechnet danach erkundigte. Stattdessen setzte sie ihre Erzählung fort: «Nach dem Tod meiner leiblichen Mutter wurde ich von Familie Freyer adoptiert und lebte in Charlottenburg. Und als ich zwölf wurde, zog meine neue Familie mit mir nach Afrika. Wir lebten im Usambaragebirge. Die Einheimischen vom Stamm der Wapare lehrten mich einen wunderbaren Brauch: Wenn dort zwei Frauen ewige Freundschaft schließen, dann ritzen sie sich die Haut ein und vermischen das austretende Blut. Sie nennen das Blutsschwesternschaft. Und sie stehen einander ihr Leben lang bei.» Amelie streckte die Hand hinüber zu Hermine und ergriff ihre Hand.

Hermine zog ihre Hand fort. «Det stimmt nich, wat Se sagen. Mein Willem hat schon recht.»

«Womit?»

«Er sacht, det Se nich mich ham helfen wollen. Sondern sich selbst. Weil Se dem reichen Koofmich ham Eindruck machen wollen. Damit er Se mitnimmt uffe Safari. Ick jloob, Se sind jar keene Frau Doktor. Ne Frau darf doch jar nich studieren. Ne Schwindlerin sind Se.»

«Ich habe in Zürich ...», begann Amelie vehement. Mitten im Satz verstummte sie.

Hermine war langsam aufgestanden. Nun drückte sie sich die viel zu warme Mütze auf das in einem Netz steckende Haar, legte sich ihre alte Jacke um die Schultern und ging aus dem Zelt hinaus.

Amelie blieb zurück. Sie war wie gelähmt.

11.

Wie eine Furie stob Rashid auf Bann durch das Lager. Seine Peitsche sauste durch die Luft, er schrie Unverständliches. Wo er vorbeikam, zogen die Menschen die Köpfe ein, aber niemand lief davon, nur ein paar Kinder klammerten sich ängstlich an ihre Mütter. Vergeblich blies der Trompeter zum Aufbruch. Die Söldner standen zwar stramm und präsentierten ihre Gewehre mit aufgepflanzten Bajonetten. Doch die Träger weigerten sich aufzubrechen. Amelie, die das Geschehen abwartend beobachtete, war noch nicht klar, was wirklich vor sich ging. Sie konnte nur vermuten, dass Kassei wegen der vielen Verletzten den mit ihr verabredeten Ruhetag angeordnet hatte.

Schließlich stoppte der Ägypter sein schnaubendes Ross neben dem aus ein paar Stöcken und einer Plane bestehenden Zelt eines Trägerführers, der wie Kassei dem Stamm der Wanyamwesi angehörte. Rashid sprang vom Pferd, riss die dürftige Behausung um, trat herumstehende Kalebassen fort und schrie den Trägerführer an. Offenkundig erwartete er Auskunft, warum kein Träger seinen Befehlen gehorchte. Seine Nilpferdpeitsche zischte auf den Mann herab, der es kaum schaffte, seinen Kopf mit den Armen zu bedecken.

Amelie hatte nach dem Gespräch mit Hermine die ganze Nacht über wach gelegen. Gegen vier Uhr hatte sie ihre Safarikleidung angezogen und anschließend von Mundu Tee kochen lassen. Ob sie wie von Rashid angekündigt an diesem Morgen aufbrächen, hatte Mundu gefragt, und sie hatte ihm geantwortet, dass sie das nicht tun würden.

Offensichtlich gelang es Rashid, dem Opfer seines Wutanfalls zu entlocken, was er wissen wollte. Er trat Bann in die Flanken und galoppierte quer durch das Lager davon. Amelie rannte ihm nach; sie hatte keinen Zweifel, dass Rashid nun den Karawanenführer zur Rede stellen würde. Und sie erinnerte sich an die Narben auf Kasseis Rücken ... Sie musste unbedingt verhindern, dass Rashid seinen Zorn an dem Medizinmann ausließ. Amelie rannte durch das Lager hinüber zu Kassei. Doch auf Bann war Rashid wesentlich schneller. Aus der Ferne sah Amelie, wie sich Kassei aus der Menge der am Boden Lagernden erhob. Sein gescheckter Umhang erweckte den Eindruck, als wäre er mit der Erde verwurzelt. Regungslos blickte Kassei dem heransprengenden Reiter entgegen, der seine Peitsche am ausgestreckten Arm bedrohlich von sich hielt. Er unternahm nicht einmal den Versuch, wenigstens seinen Kopf zu schützen. Plötzlich stieg Bann hoch. Rashid, die Peitsche zum Schlag bereit, musste mit beiden Händen in die Zügel greifen, um das scheuende Tier zu bändigen. Amelie hielt den Atem an. Sie war ohnehin zu weit entfernt, um eingreifen zu können. Was hatte den Rasenden aufgehalten?

Bann schnaubte laut. Rashid und Kassei sagten kein Wort. Doch Amelie spürte, dass die beiden Männer einen Kampf ohne Worte, Taten oder auch nur Gesten austrugen.

Das eigentümliche Schauspiel dauerte vielleicht eine Minute, dann drehte Rashid sein Pferd weg von Kassei, ritt mit majestätischer Langsamkeit davon. Erst als er in einiger Entfernung war, trat er Bann in die Flanken und galoppierte zu den strammstehenden sudanesischen Askaris. Auf Rashids Befehl hin ließen sie die Gewehre sinken und gingen auseinander. Rashid verschluckte der Staub, den sein Pferd aufwirbelte.

Kassei hatte sich bereits wieder auf seine Grasmatte gesetzt und blickte Amelie entgegen. Keineswegs triumphierend, sondern mit der abwartenden Offenheit eines Mannes, der sich für seinen Besucher Zeit nehmen wollte.

«Darf ich mich setzen?», fragte Amelie, von dem vorangegangenen Auftritt zutiefst beeindruckt.

«Hast du gut geschlafen, *bibi dactari*? Wie geht es dir heute?», erkundigte sich Kassei und deutete einladend auf den Platz neben sich.

«Danke, mir geht es gut», erwiderte Amelie automatisch und erkundigte sich nach dem Befinden des Medizinmannes. Der antwortete mit einer gleichlautenden Floskel.

Vor vielen, lange zurückliegenden Jahren hatte Damasso dem ungestümen Mädchen, das Amelie damals war, den Sinn der umständlichen Begrüßungszeremonien erklärt, mit denen sich seine Landsleute willkommen hießen: Die Aufregungen und Erlebnisse des zurückgelegten Weges sollten von dem Besucher zunächst einmal abfallen, bevor er sein eigentliches Begehr vortrüge.

Amelie wischte sich den Schweiß von der Stirn. «Wie hast du das gemacht?», fragte sie endlich.

«Ein guter Schlangenfänger fürchtet sich nicht vor der Speikobra. Er nähert sich ihr ruhig, aber er schützt seine Augen mit dem Arm. Denn das Gift der Schlange zielt auf die Augen. Der unbedachte Mann jedoch kennt nur das Ziel, und so trifft die Schlange und blendet ihn.» In Kasseis Augen lag ein warmes Lächeln, das seinen bedrohlichen Worten die Schärfe nahm.

Instinktiv sah Amelie sich um. Stand vielleicht ein Korb mit einer Schlange in der Nähe? Aber da war nichts. Ein wenig fürchtete sich Amelie vor diesem Mann. Es musste wohl Kasseis schiere Präsenz gewesen sein, die Rashid hatte einlenken lassen.

Aber wie konnte ein Pferd so etwas spüren?

Seit Stunden kümmerte sich Amelie gemeinsam mit Hohlbein um Verletzte. Gleichwohl hatte sie den Eindruck, der traditionell behandelnde Medizinmann Kassei hätte wesentlich größeren Zulauf als sie. Als auch Hohlbein sie auf diesen Umstand aufmerksam machte, gestand sie sich ein, dass sie das überhaupt nicht wunderte. In gewisser Weise erschien ihr das sogar logisch.

«Die Einheimischen wissen nicht, ob unsere Medizin wirkt», sagte sie.

Hohlbein blickte sie erstaunt an; dieser Gedanke war ihm noch nicht gekommen. «Ein eigentümlicher Mann, dieser Kassei», meinte Hohlbein. «Schade, dass ich das heute Morgen nicht mitbekommen habe. Hermine sagt, sie hätte richtig Angst bekommen.»

«Rashid wirkte wie der Teufel persönlich», erwiderte Amelie.

Gemeinsam mit Hohlbein war sie gerade damit beschäftigt, das angebrochene Bein eines Trägers zu schienen, der erst kurz zuvor gefunden worden war.

«Nicht Rashid. Vor Kassei fürchtet Hermine sich», präzisierte der Sanitätssergeant.

«Tatsächlich?» Eigentlich war es nicht verwunderlich, dass Hermine so empfand. In jener Welt, in der Hermine zu überleben gelernt hatte, war Gewalt etwas Selbstverständliches. Körperliche Auseinandersetzung verschaffte das Gefühl von Freiheit, die Illusion von Selbstbestimmung. Da erschien das Verhalten des düpierten Rashid logischer als der stumme Widerstand des Weisen.

«Wie geht es weiter, Frau Doktor?», fragte Hohlbein.

«Den morgigen Tag lassen wir noch verstreichen und kehren dann zurück nach Morogoro», sagte Amelie.

«Darf ich einen Vorschlag machen, Frau Doktor?»

«Ja, natürlich, Herr Hohlbein!»

«Selbst mit diesen vielen Verletzten kann es nicht weiter als ein Tagesmarsch bis Kilossa sein. Dort befindet sich ein Fort der Schutztruppe. Es ist zwar nicht mehr so stark besetzt wie in den vergangenen Monaten des Aufstandes. Aber man könnte Schutz finden.»

«Das wäre gewiss sicherer», räumte Amelie ein. Die Schutztruppenoffiziere würden große Augen machen, wenn eine junge Frau an der Spitze einer Karawane um Hilfe bäte ... «Allerdings frage ich mich, warum die Strapaze auf sich nehmen, wenn wir letzten Endes nach Morogoro zurückmüssen.»

«Natürlich, Sie haben recht.» Hohlbein widmete sich wieder seiner Arbeit.

Nein, habe ich nicht, dachte Amelie, Hohlbeins Vorschlag ist richtig. Und wenn sie ein Mann gewesen wäre, hätte sie es wie von ihm vorgeschlagen gemacht. Aber als Frau war sie auf Klemm angewiesen.

Eine seltsame Unruhe machte sich im Lager breit. Nach einer Weile sah Amelie Hansl Schneider näher kommen. Er strahlte über das ganze Gesicht.

«Der Doktor ist wieder da!», rief er von weitem.

«Gott sei Dank!», entfuhr es Amelie.

«Der Doktor redet gerade mit Rashid», wusste Schneider zu berichten. «Ich konnte noch nicht viel mit ihm sprechen. Aber ich habe ihm gesagt, dass wir ihn sehr vermisst haben.» Schneider blickte erschrocken. «Das durfte ich doch?»

«Das durften Sie allerdings, Herr Schneider!», sagte Amelie nachdrücklich.

Hohlbein räusperte sich. «Frau Doktor, wenn ich etwas sagen darf? Sie sind, ähm, sozusagen nicht in der Verfassung, den Herrn Doktor zu treffen.»

Hohlbein hatte zartfühlend umschrieben, dass Amelie wie eine Wilde aussah. Das war der Ausdruck, den Charlotte von Freyer zu gebrauchen pflegte, wenn Amelie die Tatsache ignoriert hatte, dass sie eben doch kein Junge war.

Amelie murmelte eine Entschuldigung und eilte ins Zelt. Während sie in den kleinen Handspiegel sah, seufzte sie resigniert und bürstete sich das Haar, das staubig und verklebt war. Alle Mühe war vergeblich; sie steckte das Haar zusammen, tat einige Spritzer Kölnisch Wasser auf ein Taschentuch und wischte sich Schweiß, Staub und Spuren von Blut aus dem Gesicht. Ungerecht, dachte sie, einen Mann, der so aussieht, hält man für einen verwegenen Kerl. Im Spiegel wirkten ihre blonden Haare jetzt eher grau. Mundu berichtete, dass die Wanne nicht gestohlen worden war, und sie bat ihn, schon mal Wasser einzulassen.

Alle hatten sich um Klemm versammelt: Hohlbein, Schneider, sogar das Ehepaar Doll war wieder erschienen, nur Kriegsheld Schmitt fehlte.

«Ich bin froh, Sie zu sehen!», sagte Amelie mit ehrlichem Lächeln.

«Bin ich auch.» Klemms Augen glänzten.

«Die Frau Doktor hält det schon aus, wenn Se se umarmen», meldete sich Hermine zu Wort.

Aber Klemm streckte ihr nur die Hand entgegen, und Amelie ergriff sie. Mundu brachte Tee und stellte ein Essen in Aussicht, das Ahmet gerade bereitete. Dann setzten sich die sechs Weißen im Kreis zusammen zwischen den

Zelten. In diesem Moment schien es so, als gäbe es weder gesellschaftliche Schranken noch Streit zwischen ihnen. Die Erleichterung über Klemms Rückkehr hatte sie wieder zu einer Gemeinschaft zusammengeschweißt.

«Ick dachte schon, Se hätten sich dünne jemacht, Herr Doktor», sagte Hermine.

Klemm sah sie leicht irritiert an. «Ich war inzwischen in Kilossa», sagte er.

«Donnerwetter», staunte der sich sonst so emotionslos gebende Hohlbein. «In so kurzer Zeit.»

«Mit den Wilden uffe Fersen jeht et fixer.» Hermine erkannte, dass sie zu weit gegangen war. «Tschuldigung, Herr Doktor.»

Klemm ignorierte ihre Spitze. «Leider traf ich im Fort Kilossa nur einen Sergeanten an. Der einzelne Mann konnte mir natürlich keine rechte Hilfe sein. Doch er erbot sich, nach Morogoro zu telegrafieren. Heute Morgen erhielt ich dann gute Nachrichten. Oberleutnant Brelow wird morgen früh mit einigen Askaris aufbrechen. Er will bereits in vier Tagen hier sein.»

«Das sind wirklich gute Nachrichten.» Hohlbein klang erleichtert.

Klemm, anfangs sehr zurückhaltend, erkannte, dass man sein Verschwinden nun geradezu positiv auffasste. Er lockerte seinen einstmals weißen und nunmehr grauen Seidenschal. «Es gibt noch mehr gute Neuigkeiten», begann er. «Mir wurde in Kilossa ein Araber, ein Vertrauen erweckender Mann, vom Sergeanten empfohlen. Bei ihm können wir Verpflegung erstehen.»

«Wir haben zu wenige Maultiere und keine Rinder mehr, Herr Doktor», sagte Schneider rasch.

«Die wird er auch haben», wiegelte Klemm leichtfertig ab.

In Hohlbeins Gesicht glaubte Amelie Skepsis zu erkennen. Doch der in militärischen Maßstäben denkende Mann wagte keinen Widerspruch. «Wir haben sehr viele Verletzte», warf er nur ein.

«Ja, ja», sagte Klemm und nahm Mundu dankbar eine Schale Reis ab. Er begann hastig zu essen. Als er die Blicke der anderen wahrnahm, guckte er kurz auf: «Das erste Essen seit heute Morgen.» Plötzlich fiel ihm noch etwas ein: «Einige unserer Träger habe ich übrigens wieder mitgebracht. Auch Ihre beiden Boys mit dem Atoxyl, Amelie. Leider habe ich kein Wort von dem verstanden, was sie mir erzählten. Aber ihre Gesichter sprachen Bände.» Er lachte, und alle anderen stimmten ein.

Auch Amelie lachte mit, aber ihr widerstrebte, dass er sich als Retter des ganzen Unternehmens feiern ließ. Als der Beschuss begonnen hatte, war ihr erster Impuls gewesen, abzusteigen, dann war sie wegen möglicher Verletzter umgekehrt. Klemm jedoch war davongerannt. Genau genommen hatte er seine Karawane im Stich gelassen. Und was waren denn das schon für gute Nachrichten? Von den Soldaten aus Daressalam hatte auch Forsell schon berichtet. Doch das wussten die anderen natürlich nicht. Und Amelie wollte durchaus, dass es so blieb. Wenn die gerade zu einer Einheit zurückgefundene Gemeinschaft erführe, dass Klemm bereits in Morogoro von der Verstärkung erfahren hatte, würde mancher wohl endgültig den Glauben an diese Expedition verlieren.

«Ich habe noch mehr gute Neuigkeiten.» Klemm griff in die Brusttasche seiner Jacke. «In Kilossa lag diese Nachricht für Sie, Amelie.» Er reichte ihr einen Zettel.

«Wollen Sie sich die Verletzten ansehen, Herr Doktor?», fragte Hohlbein, während Amelie den Zettel auseinanderfaltete.

Messingnagels Geld erhalten, las sie. *Karl Gustav Brelow in Tanga getroffen. Ist auf dem Weg nach Udjidji. In Liebe Hanns.*

Amelie starrte die dürren Worte an. Ohne, dass sie etwas dagegen tun konnte, traten ihr die Tränen in die Augen. Sie suchte in ihren Taschen nach einem Tuch. Natürlich war wieder keines da. Sie rieb sich die Tränen mit der flachen Hand aus dem Gesicht und starrte auf das Blatt in ihren Händen.

«Schlechte Nachrichten, Frau Doktor?», hörte sie Hansl Schneider besorgt fragen.

«Nein», stieß sie hervor. «Unglaubliche Nachrichten.» Sie hatte das Gefühl, um sie herum würde sich alles drehen. «Wie, sagten Sie, Eduard, heißt der Leutnant, der die Soldaten aus Morogoro heranführt?»

Klemm stutzte. «Oberleutnant Brelow, ja, Brelow», wiederholte er und zündete sich eine Zigarre an, die Mundu ihm gereicht hatte. Er blies amüsiert den Rauch aus: «Sie werden ihn doch nicht etwa kennen?»

«Ich denke schon», antwortete sie gedehnt.

«Ein alter Afrikaner?», mutmaßte Hohlbein.

Aller Augen waren jetzt auf Amelie gerichtet.

«Inzwischen wird er es wohl sein.»

«Das ist ja phantastisch», sagte Hohlbein mit einem erneuten Anfall unerwarteter Begeisterungsfähigkeit. «So einen Mann brauchen wir!»

Schneider nickte eifrig: «Dann tanzt uns Rashid nicht mehr auf der Nase herum.»

«So ein Zufall aber auch», meinte Klemm. Er schien etwas anderes sagen zu wollen, schwieg dann jedoch.

«Trifft Herr Zufall Frau Liebe, isset aus Zufall Liebe», sagte Hermine. Sie erntete Hohlbeins erbosten Blick. «Na, kieken Se doch de Frau Dokter an», schnappte Hermine.

«Herr Brelow ist ein Freund aus Kindertagen», sagte Amelie errötend. Sie hoffte, dass man ihr es bei diesen Lichtverhältnissen nicht ansah.

«Wenn Gottlieb auf Leutnant Forsell gehört hätte, dann

hätte dieser Brelow gewiss schon durch seine Anwesenheit den Überfall verhindert», sagte Klemm.

Es war ein unbedacht hingesagter Satz. Möglicherweise aus verletzter männlicher Eitelkeit ausgesprochen, gewiss ironisch gemeint.

Amelie erkannte die Wirkung sofort und sagte schnell: «Wir wurden angegriffen, weil die Menschen Hunger hatten.»

Wilhelm Doll, der die ganze Zeit über geschwiegen hatte, schob sein Kinn nach vorn. «Herr Messingnagel wusste, dass Soldaten der Schutztruppe in unsere Richtung marschieren?»

«Willem, wat du immer denkst!», sagte Hermine lachend.

Klemm erkannte nicht, was auf dem Spiel stand: «Wir konnten nicht warten. Und ehrlich gesagt, hätte ich nicht erwartet, dass wir so kurz nach der anderen Karawane angegriffen ...»

Hermine starrte Klemm mit offenem Mund an, und dem ging nun endlich auf, welche Dummheit er gerade beging.

«Da hört sich denn doch Vaschiedenes uff!», rief Hermine empört.

«Beruhigen Sie sich Hermine», bat Amelie. «Herr Messingnagel hat gewiss nicht gewollt, dass wir überfallen werden. Ich denke, Doktor Klemm hat recht.»

Mitgegangen, mitgehangen. Ganovensprache traf auf Expeditionsteilnehmer bestens zu.

Wilhelm Doll stand auf. «Sie spielen falsch», sagte er zu Klemm. «Ich wette, Sie wissen auch, warum diese Kisten explodiert sind!»

Jetzt war es an Klemm, verdutzt in die Runde zu blicken.

«Während Sie jetürmt sind, Dokter, sind weiter hinten

vier Kisten von det Zeugs inne Luft jeflogen und ham Menschen umjebracht. Det sollten Se vielleicht mal wissen. Det meen Willem noch lebt, det is puret Glück und sonst jar nischt. Aber wir steigen aus!» Hermine hakte sich bei ihrem Mann ein. «Jute Reise, die Herrschaften!»

Das Paar spazierte in jene Richtung, in der Rashid lagerte.

Mundu stand seit einiger Zeit abwartend neben Amelie. «Das Wasser ist gut, *bibi dactari»,* sagte er.

Klemm erhob sich. «Eine Badewanne!» Er strahlte übers ganze Gesicht.

«Ich überlasse sie Ihnen doch gern, Eduard», sagte Amelie süßlich lächelnd. «Ich versuche lieber die Dolls umzustimmen.» Mit schnellen Schritten holte sie das Ehepaar ein. «Hermine! Wo wollen Sie denn hin?»

«Det jeht Se eijentlich jar nischt an, Frau Doktor.» Hermine war stehen geblieben, ihr Mann ging einfach weiter.

«Es tut mir leid, Hermine.» Sie konnte die Verärgerung der *Blutsschwester* gut verstehen. «Dies ist eine Männerwelt. Bitte, Hermine, lassen Sie nicht zu, dass wir darin zerrieben werden. Ich habe es immer nur gut gemeint. Gewiss, ich habe von den nachrückenden Soldaten gewusst, ja. Aber es war mitten in der Nacht in Morogoro, als der Leutnant uns vom Überfall berichtete. Herr Messingnagel sagte mir klipp und klar: In sechs Stunden ist Aufbruch. Ich konnte doch nicht alleine die ganze Karawane aufhalten!»

Hermine blickte Amelie offen ins Gesicht. «Wissen Se, mit uns beede isset wie mit dem Löwen. Sie sagen, ick soll kieken. Ick kiek hin – und nischt is da.»

«Und was nun, Hermine? Gehen Sie nach Morogoro und holen Heinrich und Maria?»

Hermine schüttelte den Kopf. «Nee, wir marschieren

weiter. Morjen inner Früh. Rashid hat 'ne neue Karawane, und da sind wa dabei.»

«Ich flehe Sie an: Gehen Sie nicht!» Amelie wollte nicht einsehen, dass sie endgültig verloren hatte. «Rashid ist ein gefährlicher Mann. Der geht wirklich über Leichen. Doktor Klemm und ich, wir haben Fehler gemacht. Ja, das stimmt. Aber doch nur, weil wir beide zu gutgläubig waren. Aber das waren Sie doch auch. Sie wollten sogar Ihre Kinder mitnehmen. Jetzt wissen wir es besser und müssen zusammenhalten!» Sie atmete durch. Ihr Herz raste.

Aus dem Augenwinkel sah sie, dass Rashid sich gerade mit Herrn Doll besprach. Er beugte sich von seinem Pferd herunter und gab dem Tischlermeister etwas, das aus der Ferne aussah, als könnte es ein dünner Packen Geld sein.

Hermine folgte Amelies Blick, dann sah sie die Ärztin an. Sie wirkte verzweifelt. «Is zu spät, Frau Doktor. Auch wenn Se det vielleicht wirklich ehrlich mit mich meinen.»

«Wir sehen uns in Udjidji wieder. Passen Sie bis dahin auf sich auf, Hermine», sagte Amelie mit einem Kloß im Hals.

«Ick hab ja nun Ihr Blut, Frau Doktor. Is doch 's Blut vonne Afrikanerin.»

Blitzschnell riss Hermine Amelie an sich, drückte sie fest und ließ sie ebenso rasch wieder los. Dann ging sie zu ihrem Mann.

Bislang hatte Amelie geglaubt, dass Kasseis Einfluss ausreichen würde, um Rashid aufzuhalten. Der Abschied von Hermine machte ihr bewusst, dass sie sich geirrt hatte. Amelie konnte diese Entwicklung nicht aufhalten: Rashid nahm sie nicht ernst. Aufgeregt lief sie zum Badezelt, in dem Klemm gerade wieder mal ein Lied aus der *Zauberflöte* schmetterte.

«Eduard», fragte Amelie durch die Zeltwand, «wollen Sie Rashid denn einfach so mit mehr als der Hälfte der Leute ziehen lassen?»

Mundu, der die eigentümliche Szene beobachtete und wohl kaum etwas verstand, grinste breit.

«Warum sollte ich ihn daran hindern?», kam es zurück. «Rashid wird dann eben vor uns in Udjidji eintreffen.» Amelie hörte, dass er sich über ihre Sorge lustig machte. «Oder werden Sie den Herrn Rashid etwa vermissen?»

Wutentbrannt eilte Amelie davon und hörte Klemm wohlgemut singen: «Oh, erzittre nicht, mein lieber Sohn ...» Es war die Arie der Königin der Nacht.

Kassei war wie stets von zahlreichen Einheimischen umgeben. Gerade tunkte er eine Stelle seines bunten Mantels in eine der zahllosen Kalebassen, die um ihn herum verteilt waren. Es sah aus, als würde er das ständig getragene Stück gerade waschen.

Während Amelie ihn beobachtete, merkte sie, wie ihre Wut auf den jeder Konfrontation aus dem Wege gehenden Klemm allmählich verrauchte. Sie gestand sich ein, dass es möglicherweise besser war, wenn Rashid mit seinem Teil der Karawane vorausmarschierte. Und da er weder Hohlbein noch Schneider mitnehmen wollte, machte sie sich eigentlich nur Sorgen um Hermine.

Aber Kassei teilte ihre Befürchtung erstaunlicherweise nicht. «Die Schlange streift ihre Haut ab, wenn ihr eine neue gewachsen ist», sagte der Medizinmann. «Und so wird auch dir eine neue Haut wachsen, und deiner Freundin wird es ebenso ergehen. Das Reisen ist ein ewiger Abschied. Aber hier», er deutete auf sein Herz, «bleiben die, die dort wohnen.»

Amelie verabredete mit Kassei, dass der verbleibende Teil der Karawane weiterziehen würde, sobald Rashid mit seinen Leuten das Feld geräumt hätte. In Kilossa würde man dann auf die aus Daressalam anrückenden Soldaten warten. Als Amelie sich von Kassei verabschiedete, war ihr Herz leichter.

Mundu hatte ein neues Bad für sie eingelassen. Das Wasser war zwar nicht gerade klar, aber lauwarm und tat ausgesprochen gut. Amelie war froh, Schweiß und Schmutz endlich loszuwerden. Im warmen Licht der Petroleumlampe, die das Zelt erleuchtete, wusch sie sich die langen Haare. Es ziepte sehr unangenehm. Als sich die Locken so anfühlten, als könne man sie durchkämmen, quälte sie sich mit dem Kamm ab. Aus dem kleinen Handspiegel blickte sie ihr mit Sommersprossen gesprenkeltes Gesicht an.

Sie wurde nie braun, schon als Kind hatte sie das geärgert. Die Brüder, Hanns und Georg, hatten stets jene gesunde Farbe, die sie auch ersehnt hatte. Ihre Haut wurde rosa wie die von frisch geborenen Ferkeln. Und dann kamen die Sommersprossen. Ein Mädchen sollte ohnehin nicht braun werden, gewiss, aber dieses Ferkelrosa? Amelie fand, es ließ sie hilflos wirken, schutzbedürftig. In den ersten Jahren in Salama hatte es dagegen einen Trick gegeben – Matsch, hauchdünn aufgetragen, wirkte auch als Sonnenschutz. Diese Behandlung hatte leider regelmäßig Charlottes Unwillen nach sich gezogen. Und ausgiebiges Waschen, oftmals mit der Bürste. Was weder dem blassen noch dem brauen Teint zugute gekommen war, jedoch dem verhassten Ferkelrosa.

Goldlocke, hörte sie die Stimme Theodors sagen. Und wie hatte Kassei gemeint? Es wie die Schlange machen? Die *Goldlocke* wie eine alte Haut abstreifen?

Die Näschere, die Amelie mit sich führte, um eventuell zerrissene Kleidung reparieren zu können, war einfach aber scharf. Amelie hielt das Schneiderwerkzeug an ihre sich feucht kringelnden Haare. Mal etwas höher, dann tiefer. Zu lang würde das Problem nicht lösen. Zu kurz würde ein neues aufwerfen – die Kämme würden nicht halten. Und ganz ohne Kämme? Wie eine Dame würde sie dann nicht mehr wirken. Aber viel weniger schwitzen! Doch konnte sie sich das erlauben, als Frau eine fast männliche Frisur zu tragen? Andererseits: wen würde es stören?

Noch ein prüfender Blick in den Spiegel, dann die Augen fest geschlossen, die Haarsträhne lang gezogen ... und es war geschehen. Nachdem sie erst mal angefangen hatte, ging es ganz schnell. Strähne um Strähne fiel auf den Zeltboden und bildete dort einen immer größeren Haufen, an dem Jago neugierig schnupperte.

Sobald Amelie ihre Häutung beendet hatte, ging sie zur Reinigung des Hundes über. Als sie ihn losließ, schüttelte er sich. Wäre er ein Mensch gewesen, hätte Amelie in seinem Blick den Vorwurf gelesen: Einen waschechten Jagdhund badet man nicht, Frauchen! Doch noch war Jago nicht erlöst: Das Lavendelöl im Badewasser erleichterte es ihr, die zahlreichen Zecken, die sich im trockenen Gras ins Fell geheftet und sich letztendlich festgebissen hatten, herauszudrehen. Sie konnten sogar bei Hunden Rheuma verursachen und mussten dringend entfernt werden. Geduldig ertrug der Hund die ihm wohlbekannte Prozedur.

Das Abendessen war kurz, und Amelie verzog sich mit einer Entschuldigung in ihr Zelt; den Männern war kaum aufgefallen, dass sie sich die Haare abgeschnitten hatte. Zumindest hatten sie es keiner Erwähnung für wert befunden. Amelie drehte die Petroleumleuchte auf. Es war an der Zeit, endlich mit Mary Kingsley Reisen durch Westafrika zu unternehmen.

Schon nach wenigen Seiten – Mary Kingsley wunderte sich gerade über die Unzulänglichkeiten des Hafens der nigerianischen Hauptstadt Lagos anno 1895 – schweiften ihre Gedanken ab. Morgen früh würde Karl Gustav sich auf jenen Weg machen, den sie schon gegangen war. Und jeden Tag würde er ein Stück näher kommen. Wie er wohl inzwischen aussah?

Doch, sie würde ihn sofort erkennen. Anderthalb Jahre veränderten einen Menschen nicht so sehr. Als sie ihn zuletzt getroffen hatte, war er so fern, so ernst und so förmlich gewesen. Aber sie hatte nichts anderes erwarten können. Er war Offizier und sie frisch verlobt mit einem anderen Mann. Da blieb kein Freiraum für Vertrautheit. Wenn doch Theodor nicht unbedingt darauf bestanden hätte, sie ins Café des Westens am Kurfürstendamm zu begleiten! Im Grunde hatten sich an jenem trüben Novembertag nur die beiden Männer unterhalten. Dann hatte man sich die Hände geschüttelt und war auseinandergegangen. Und ihr war, als hätte er ein Stück ihres Herzens mitgenommen. Seitdem hatte sie nichts mehr von ihm gehört.

Karl Gustav Brelow auf dem Weg nach Udjidji …

Livingstone, Stanley, die alten Helden der Kindheit! Der britische Forscher David Livingstone war eine Legende seiner Zeit gewesen: Mit zehn Jahren stand er in seiner schottischen Heimat in der Baumwollspinnerei, mit 17 machte er dennoch das Abitur, und mit 31 brach er nach Afrika auf. Und wurde der erste Europäer, der Afrika von Ost nach West durchquerte und dabei die Victoriafälle entdeckte. Und dann galt er jahrelang als in Afrika verschollen. Bis der für eine amerikanische Zeitung schreibende Abenteurer Henry Morton Stanley den Auftrag bekam, Livingstone zu suchen. 236 Tage lang war Stanley unterwegs und bestand unglaubliche Abenteuer. 1871 gelang es ihm, Dr. Livingstone endlich in Udjidji am Tanganjikasee ausfindig zu machen. Über die Suche nach Livingstone schrieb Stanley den Klassiker seiner Zeit schlechthin. Jenes Buch, das in der Folge Zigtausende von Menschen faszinierte. Hanns und Gustav hatten sich die 1890 gerade erschienene deutsche Übersetzung gekauft; mal las der eine, dann der andere. Für die beiden Gymnasiasten war es der denkbar spannendste Abenteuerroman. Sie erzählten sich gegenseitig noch einmal das Gelesene. Und die elfjährige Amelie saß dabei und lauschte mit großen Ohren.

Udjidji. Mochten andere von El Dorado oder Shangri-La träumen. Udjidji war das Zauberwort der drei aus der Lietzenburger Straße.

Amelie erinnerte sich, wie Hanns dem ein Jahr jüngeren Freund die Hand auf die Schulter schlug: «Wir treffen uns in Udjidji!» Auch, wenn sie sich nur für ein paar Stunden trennten. Und dann war die Stunde des wirklichen Abschieds gekommen. Jener schreckliche Tag, an dem Gustav zurückbleiben musste, während Hanns und Amelie gemeinsam mit den Eltern und Georg in den Zug stiegen, der sie auf den Weg brachte in das ersehnte Afrika.

Die zwölfjährige Amelie und der 16jährige Hanns reckten die Köpfe aus dem Abteilfenster und winkten. Gustav rief irgendetwas, beide Hände wie einen Trichter an den Mund gelegt. Es klang wie «... Udjidji ...»

Aber es konnte auch das schnelle Zischen der anfahrenden Dampflok gewesen sein. Sie hatte es nie erfahren. Hanns wollte nicht mehr nach Berlin zurückkehren. Und als sie selbst für kurze Zeit nach Berlin kam, sechs Jahre später, war Gustav längst fort, in die Kadettenschule Potsdam, auf dem Weg, ein Offizier zu werden.

Karl Gustav Brelow auf dem Weg nach Udjidji …

Dies war keine Nachricht im eigentlichen Sinne. Sondern ein Satz, der für die Sehnsucht stand.

Wie hatte sie das nur vergessen können? Wie konnte es geschehen, dass ihr zu Udjidji lediglich Schlafkrankheit und Trypanosomen einfielen?

Sie blickte auf das Buch in ihren Händen. Die ersten 32 Jahre ihres Lebens hatte Mary Kingsley nur für ihre Eltern gelebt, war nicht einmal zur Schule gegangen. Und dann war sie einfach so nach Westafrika aufgebrochen. Ein Kellerkind wie Livingstone, wie Stanley, wie Gustav, wie Amelie selbst. Sie alle hatten denselben Traum: Mit eigenen Augen die Sterne über Afrikas unendlichen Weiten sehen! Ihr Licht, das auf dem schwarzen Himmel in einer Klarheit funkelte, das es an die Brillanz von Diamanten erinnerte, hingestreut auf schwarzem Samt.

Amelie löschte die Lampe und trat hinaus. Das Schnarchen der Männer drang aus den Zelten. Aber Amelie hörte auch die süße Melodie afrikanischer Nächte. Den Zauber, der hinter der harten Wirklichkeit lag, den galt es wieder zu entdecken. Sie setzte sich vor das Zelt, suchte die vier Sterne, die als schief im Himmel stehendes Kreuz des Südens Karawanen den Weg durch die Nacht wiesen und heller als alle anderen leuchteten.

Es lag ein höherer Sinn darin, auf Gustav zu warten. Während er auf dem Weg nach Udjidji war.

12.

Die Tage in Kilossa vergingen wie im Flug. Während Kassei mit den Trägern und deren vielköpfigem Gefolge ein kreisrundes Lager nahe der deutschen Festung angelegt hatte, durften die nunmehr verbliebenen fünf Weißen in der Boma übernachten. Das verdankten sie der Bekanntschaft Hohlbeins mit dem einzigen anwesenden weißen Soldaten. Er hatte mit Sergeant Wildgruber in Iringa im Südwesten von Kilossa bei der 2. Kompanie Dienst getan.

Nach anderthalb Wochen Wildnis genoss Amelie den Komfort eines sauberen Betts. Der Preis, den sie dafür zahlen musste, waren unzählige Geschichten aus dem Maji-Maji-Aufstand. Die mit Rücksicht auf eine Dame noch zurückhaltend geschilderten Gräuel waren entsetzlich. Ein einziger getöteter Weißer war eine dramatische Erzählung wert, Hunderte von Gewehren niedergemähte Einheimische nur eine knappe Erwähnung. Je länger Amelie den Geschichten zuhören musste, desto mehr begriff sie, warum der freundliche Wildgruber das so sah: Wenn die Afrikaner getötet hatten, hatten sie es im Kampf Mann gegen Mann getan. Mit Messern, Pfeilen oder Speeren und nur selten mit erbeuteten deutschen Schusswaffen. Die Deutschen jedoch drückten auf den Abzug von Flinte oder Maschinengewehr, und die Menschen fielen in vielen Metern Entfernung reihenweise in den Staub.

Das erlebt haben zu müssen, erklärte wohl die Schweigsamkeit des einstigen Sanitätssergeanten Hohlbein und seine eisgrauen Haare. Mit Erstaunen erfuhr sie, dass Hohlbein nur drei Jahre älter als ihr Bruder war. Sie hatte ihn auf mindestens Anfang vierzig geschätzt.

«Verzeihen Sie meine Offenheit, Herr Hohlbein. All das kann noch nicht lange her sein – warum sind Sie dennoch im Schutzgebiet geblieben?», fragte Amelie.

Hohlbein lächelte unglücklich. «Ach wissen Sie, Frau Doktor, mit 34 sah mich ein alter Mann im Spiegel an. Da habe ich nach fünf Jahren in der Schutztruppe meinen Abschied genommen. Aber nicht, um in meiner Heimat Schwaben in einem Krankenhaus zu arbeiten. Ich wollte noch einmal ein anderes Afrika sehen. Eines, das nicht nur von Gewalt und Gewehren regiert wird. Es gibt so viel Schönes zu entdecken, darum bin ich doch hierhergekommen.» Er bemerkte, dass die anderen ihn argwöhnisch ansahen und endete schlicht: «Nun ja.»

Sergeant Wildgruber hatte inzwischen ein neues Fass deutschen Bieres angezapft. Der trotz seines geselligen Lebenswandels schlanke Mann hob seinen Humpen in die Höhe: «Fredl, auf dich!»

Der Geehrte deutete auf seine Tasse warmen Tees: «Beim nächsten Mal, Walter.»

«Das bringt Unglück!», rief Wildgruber.

Bevor Gustav mit seinen Mannen eintraf, wollte Amelie die notwendigen Einkäufe erledigt haben. Die Karawane sollte sofort zum Aufbruch bereit sein; der ursprüngliche Zeitplan war ohnehin längst hinfällig. Gemeinsam mit Kassei machte sie sich auf den Weg. Klemm ließ es sich nicht nehmen, sie zu begleiten und bestand darauf, zu dem arabischen Händler geführt zu werden, den Wildgruber ihm empfohlen hatte. Obwohl der Karawanenführer Händler kannte, die billigere und bessere Ware anboten.

Der Araber hatte sich auf die besonderen Wünsche der Weißen spezialisiert. Auf einem Tisch lagen einige dunkle Peitschen. Interessiert griff Klemm zu.

«So ein Ding hatte Rashid», sagte er.

Sofort ließ der Händler die Nilpferdpeitsche durch die Luft pfeifen. «*Kiboko* – Geschenk für Leutnant!», schmeichelte er dem Zivilisten auf Deutsch.

Amelie und Kassei tauschten einen entsetzten Blick.

«Die *kiboko* macht einen kleinen Mann groß», sagte Kassei auf Kisuaheli.

Der Händler zeigte dazu sein freundlichstes Lächeln.

Das ging Amelie zu weit. «Eduard, das passt nicht zu Ihnen», sagte sie. «Sie sind doch Arzt und kein Sklaventreiber.»

Klemm legte die Waffe zur Seite und orderte Reis-, Bohnen-, und Maissäcke sowie Tee, Kaffee, Zucker, Salz, Fleisch- und Fischkonservendosen in einer Menge, die für den ganzen Marsch ausreichte. Außerdem sollte der Araber lebende Hühner und Ziegen in die Boma liefern. Kassei halbierte beim Übersetzen die Menge der von Klemm georderten Verpflegung und bestellte gar kein lebendes Getier. Er hatte mit Amelie vereinbart, dass sie an anderer Stelle den Rest erstehen würden – ohne Klemm, der ohnehin nichts merkte und mit sehnsüchtigem Blick die Peitsche musterte. Der Händler bemerkte es und drückte Klemm die Nilpferdpeitsche zum Abschied in die Hand.

«*Asante sana*, Leutnant», dankte der Araber.

«*Asante sana*», grüßte Klemm zum Abschied; es war die einzige Kisuaheli-Floskel, die er inzwischen kannte. «Amelie, fragen Sie Kassei, warum es Nilpferdpeitsche heißt?»

«Das kann ich Ihnen auch sagen: Sie heißt genau so wie das Flusspferd, *kiboko*, weil sie aus dessen Haut hergestellt wird», antwortete Amelie.

«Tatsächlich?» Klemm spielte mit der *kiboko.* «Haben wohl eine dicke Haut, solche Tiere.» Die Art, wie er das sagte, gefiel Amelie ganz und gar nicht.

An diesem Abend machte ein Kompaniezug aus Tabora für eine Nacht Station in der Boma. Der ihn anführende Leutnant Senner kannte Karl Gustav Brelow.

«Ein guter Kamerad», sagte er bei deutschem Bier und Schweinebraten im Offizierskasino.

«Sie kennen den Mann?», fragte Klemm interessiert. «Kann man ihm trauen?»

Senner musterte den Zivilisten mit einer hochgezogenen Augenbraue. «Oberleutnant Brelow ist ein feiner Mann. Gustav und ich waren gemeinsam auf der Kadettenanstalt in Potsdam und dann auf der Hauptkadettenanstalt in Berlin-Lichterfelde.» Senner lächelte. «Gustav war schon damals ein Afrikaner. Er wusste manches, wovon unsere Ausbilder keine Ahnung hatten.» Senner trank einen Schluck Bier. «Dass ich hier bin, verdanke ich Gustav. Und ein paar andere unseres Jahrgangs übrigens auch. Er hat uns mit seiner Schwärmerei für Afrika angesteckt. Eigentlich wollte Gustav immer nach Deutschost, aber ein Soldat geht, wohin er geschickt wird. Uns verschlug es mit einigen Kameraden zunächst nach Windhuk. War anfangs eine schöne Zeit. Dann ging es los mit den Hereros. Schwere Gefechte, gute Männer starben. Auch Gustav erwischte es. Hier: Schulter.» Senner tippte sich auf seine linke Seite. «Wir dachten, er packt es nicht. Aber einer wie er, der steht so was durch.»

Amelie griff sich instinktiv an die linke Schulter.

Klemm registrierte es, sagte aber nichts.

«Gustav ging auf Heimaturlaub, um sich zu kurieren. Und dann erwischte es mich. Nicht so schlimm wie Gustav, aber es reichte, um nach Hause zu dürfen. In Berlin traf ich Gustav wieder. Er war völlig verändert, sagte aber nicht, was los war. Doch nach so vielen Jahren kennt man sich. Kein Arzt kann ein gebrochenes Herz heilen.» Senner lachte wie ein verständnisvoller alter Kamerad.

«Ein gebrochenes Herz ...?»

Kaum waren ihr die wenigen Silben entschlüpft, da wünschte Amelie, sie wären ungesagt geblieben.

«Frau Doktor von Freyer ist eine gute Bekannte des Herrn Leutnants.» Wie die spitzen Pfeile der Räuber im Graswald prasselten Klemms Worte auf sie hernieder.

«Freyer? Ach, dann sind Sie die Frau von Hanns. Deshalb kam mir Ihr Name so bekannt vor. Hanns und Gustav sind doch die dicksten Freunde gewesen. Er hat mir oft von Hanns erzählt. Muss ein formidabler Bursche sein, ein echter Afrikaner. Ihr Mann lebt auf ... warten Sie ... Salama, die Friedliche. Meine Güte! Und Sie sind hier! Welch eine Freude, Sie kennenlernen zu dürfen!» Der Leutnant stand auf, eilte um den Tisch herum und verbeugte sich mit einem Handkuss. «Stets zu Diensten, Frau von Freyer.»

Sollte sie den Irrtum aufklären und sich einem weiteren Beschuss von Klemm ausliefern, der gewiss noch mehr Pfeile im Köcher seiner Eifersucht verwahrte? Amelie zögerte nicht lange. «Sie sind herzlich nach Salama eingeladen, wenn Ihre Wege Sie in die Nähe führen, Herr Leutnant.» Dann konnte sie ihn ja immer noch über die wahren Verhältnisse aufklären.

«Wir sind alle davon ausgegangen, Sie wären nicht verheiratet. Sie tragen keinen Ehering», sagte Klemm. Es klang wie eine Anklage.

«Die Hitze», erwiderte Amelie leichthin. «Meine Finger schwellen leicht an.»

Den nächsten Vormittag nutzte Amelie dazu, mit Jago einen weiteren Besuch auf dem Markt von Kilossa zu machen. Sie hatte sich einen Herrensattel bei einem einheimischen Sattler bestellt, um nicht weiterhin in dem unbequemen Damensattel unterwegs sein zu müssen. Sie probierte ihn aus und war zufrieden. Für Kassei kaufte sie Schnupftabak, als Mitbringsel für einen der abendlichen Besuche an dessen Lagerstatt.

Als sie zur Boma zurückkehrte, bemerkte sie auf dem Weg nach Morogoro eine lange Staubwolke und blieb stehen. Konnte das ... ? Aber Karl Gustav wurde erst übermorgen erwartet. Doch da tauchte schon die Karawane auf, und Amelie sah die schwarz-weiß-rote Fahne über den Köpfen zweier deutscher Offiziere wehen, die vorneweg ritten. Aus der Boma hinter Amelie ertönte bereits ein Trompetensignal.

Amelies Herz schlug bis zum Hals. Einer der deutschen Offiziere löste sich von der Karawane und ritt voraus. Im flotten Trab erreichte er die leichte Anhöhe, auf der Amelie wartete. Der schlammbraune Helm, weit ins Gesicht gezogen, verschattete zwar die Augenpartie, doch sie erkannte Gustav an dem glücklichen Lächeln, das sie vor so langer Zeit an einem Jungen, der nach Udjidji wollte, gemocht hatte. Amelie ging ihm einige Schritte entgegen. Gustav sprang aus dem Sattel, nahm das Zaumzeug seines Maultiers und kam näher. Langsam, vorsichtig. Ein Mann auf unbekanntem Terrain.

Er nahm den Tropenhelm vom Kopf. Und strahlte sie stumm vor Glück an, unfähig ein Wort zu sagen.

Amelie erging es nicht anders. So sehr hatte sie diesen Moment herbei gesehnt! Und nun fiel ihr nicht ein, was sie sich überlegt hatte, um ihn zu begrüßen.

«Udjidji», sagte sie endlich. Und die beiden Sch-Laute klangen wie das Zischen einer Lok.

Gustav stand immer noch die entscheidenden zwei Schritte von ihr entfernt. «Du weißt es noch.» Mehr sagte er nicht.

Sie nickte heftig.

Er machte einen Schritt, streckte ihr die Hand entgegen, und sie ergriff sie. «Doktor Livingstone, wie ich vermute.»

«Ja.»

«Ich danke Gott, dass es mir gestattet ist, Sie zu sehen.»

Es war der exakte Begrüßungsdialog zwischen Livingstone und Stanley in Udjidji.

Amelie dachte angestrengt nach. Was hatte Livingstone geantwortet? Es war ihr entfallen. «Hat ein paar Jahre gedauert, bis Sie es bis hier geschafft haben», erwiderte sie stattdessen.

«Fünfzehn Jahre und zwei Monate.»

«Ich freu mich so, dich zu sehen, Gustav.» Sie sah so viel Nähe in Gustavs Augen. Es wäre der richtige Moment für eine Umarmung gewesen. Da griff Gustav mit der Linken zu und umschloss Amelies schmale Hand, als wollte er sie nicht wieder loslassen.

Gustavs Kamerad kam heran, sprang von seinem Maulesel und trat, wie es die Form erforderte zu ihnen, die Hände an die Oberschenkel gelegt, um dann die Rechte an den Helm zu führen und den Kopf zu neigen. Der Offizier hatte einen Männern vorbehaltenen Weg gefunden, sein Gesicht vor den sengenden Sonnenstrahlen zu schützen – jene Partien, die der Helm nicht verschattete, bedeckte ein rotblonder, am Kinn spitz zugeschnittener Rauschebart.

«Amelie, darf ich dir Leutnant Paasche vorstellen? Ein treuer Kamerad aus Rostock.» Karl Gustav wies auf Amelie. «Frau Doktor von Freyer aus Berlin». Er beugte sich zu Jago hinunter, um nun auch den Hund zu begrüßen.

Dabei sah Amelie, dass sich das einst so feste braune Haar des Jugendfreundes gelichtet hatte. Es war ihr bei ihrer letzten Begegnung nicht aufgefallen. Überhaupt hatte er sich sehr verändert. Eine Melancholie lag in seinen graugrünen Augen, die sie nicht an ihm kannte. Kleine Falten in den Augenwinkeln ließen ihn zielstrebiger wirken, aber sie entdeckte auch jene senkrechten Falten um die Mundpartie, die dort bei einem so jungen Mann noch nicht sein sollten.

Im sandigen Hof der Boma ließ Sergeant Wildgruber einen dreißig Mann zählenden Zug schwarzer Askaris antreten. Leutnant Paasche hieß seine lediglich zehn Mann starke Mannschaft ihre Gewehre präsentieren. Die Offiziere salutierten, und Gustav trat zwischen beide Züge, die Hand korrekt an den Helm gelegt.

«Willkommen auf der Station», sagte Wildgruber. «Oberleutnant, ich übergebe Ihnen das Kommando.»

«Sergeant, ich übernehme. Weggetreten.»

Bei Senners Ankunft am Vortag hatte Amelie mehr Zeremoniell erlebt. Auch Sergeant Wildgruber wirkte überrascht.

«Die Männer sind stramm marschiert», sagte Gustav erklärend zu Wildgruber. «Da muss man nicht zu viel Theater machen.»

«Verstehe, Oberleutnant», sagte Wildgruber zu dem ranghöheren Gustav. «Wir hatten Sie erst übermorgen erwartet. Die Köche beeilen sich.»

«Ich hatte erfahren, dass eine Karawane überfallen wurde. Mir erschien es sinnvoll, baldmöglichst an Ort und Stelle zu sein.»

Wie verantwortungsbewusst, wie ernsthaft Gustav wirkte. Den Oberleutnant Brelow kannte Amelie überhaupt nicht. Dem just abgereisten Leutnant Senner zufolge musste er ihr bei jenem tristen Novembertreffen vor anderthalb Jahren im Café des Westens mit einer gerade verheilenden Schulterverletzung gegenübergesessen haben. Und sie hatte nicht das Geringste bemerkt.

Karl Gustav beendete sein Gespräch mit Wildgruber und trat auf sie zu. «Darf ich dich kurz sprechen?»

Am liebsten hätte Amelie sich bei ihm eingehakt, um ihm zu zeigen, dass sie sich ihm verbunden fühlte. Aber so viele Augen folgten jedem Schritt eines Mannes und einer Frau, die bestenfalls als gute Bekannte galten. Dies war zwar Afrika, aber deutsche Benimmregeln waren eisern zu befolgen. Amelie wurde schmerzhaft bewusst, wie weit die unbeschwerten Zeiten zurücklagen.

Gustav lenkte ihre Schritte in den Schatten der weiß getünchten Innenhofmauern. «Wir haben unterwegs Leutnant Senner getroffen. Er sagte, dass mich die Ehefrau meines Freundes Hanns hier erwartet.» Er grinste und wurde für Sekunden der Junge aus der Lietzenburger Straße.

«Ein dummes Missverständnis. Aber ich glaube inzwischen, dass es hilfreich sein kann.» Sie holte tief Luft. «Würdest du bitte mitspielen, Gustav? Zumindest eine Weile? Ich bin eine verheiratete Frau. Verheiratet mit Hanns von Freyer.»

Gustav schüttelte amüsiert den Kopf. «Doktor Livingstone, stehe zu Diensten.»

«Wissen Sie, Stanley, ich lebe schon so lange in einer Welt von Wilden. Manche Häuptlinge neigen dazu, einem den Kopf abschneiden zu wollen.»

«Du meinst unsere wilden Gesellen in diesem Land?» Gustavs Augen blitzten schelmisch. «In solchen Fällen muss man in der Tat besonders achtsam sein.»

Ein Boy war in ein paar Meter Entfernung stehen geblieben. Gustav wandte sich ihm zu. «Welche Nachricht bringst du?», fragte er auf Deutsch.

«Der *bwana* Sergeant meldet, das Essen ist in einer Stunde bereit.»

«Danke, Badili. Sage, die *bibi dactari* und der *bwana mkubwa* kommen.»

Der Junge verbeugte sich und lief flink davon.

Gustav sah ihm kurz nach. «Badili ist ein wacher Junge. In einem der Küstendialekte bedeutet sein Name: Der, der die Veränderung bringt. Klingt gut, oder? Ich habe ihn schon seit etwas über einem Jahr, anfangs konnte er kaum ein deutsches Wort. Irgendwann lief er los, bevor ich mein Kisuaheli rausgekramt hatte. Er hatte verstanden, was ich mit einem Kameraden besprochen hatte. Seitdem machen wir jeden Tag ein bisschen Deutschunterricht.» Gustav lächelte. «Und er muss mir mit meinem Kisuaheli helfen.»

«Du hast einen netten Ton mit ihm.»

«Ach, ich kann diese arroganten Pinsel nicht ausstehen, die immer sagen, dass der Neger dumm wie ein Kind ist. Wie töricht sie sind! Es sind doch die Kinder, die am schnellsten lernen.»

Amelie blickte zu ihm auf. «Ich weiß kaum etwas von dir, Gustav. Wir hatten so wenig Zeit miteinander.»

«Irgendeine Macht will, dass sich das ändert. Es liegt nun an uns, ob wir das zu schätzen wissen.» Ein leicht bitteres Lächeln spielte um seine weichen, von der Sonne ausgetrockneten Lippen.

Amelie gab sich einen Ruck und fragte im leichten Plauderton, während sie gefolgt von Jago nebeneinander über den Hof zu den Gästeunterkünften gingen: «Du bist also schon seit mehr als einem Jahr hier?»

«Ende Januar war es ein Jahr.»

«Dann warst du nur sehr kurz in Berlin!»

«So ist es.»

Amelie spürte, dass dies kein gutes Thema war. *Kein Arzt kann ein gebrochenes Herz heilen.* Deshalb war der Jugendfreund gewiss so rasch aus seiner Heimatstadt verschwunden: eine unglückliche Liebe. Nicht einmal der enge Freund Senner hatte dazu etwas aus Gustav herausgebracht. Was hätte Gustav sonst in der Stadt halten sollen? Seine Eltern waren fünf Jahre zuvor gestorben. Zu jener Zeit, als Amelie in Zürich studiert hatte.

Beim Anblick ihres Spiegelbildes erschrak Amelie. Dann brach sie in schallendes Lachen aus. Quer über ihre Wange zog sich ein Streifen schwarzer Krümel, und ein Nasenflügel war ebenfalls schwarz. Kasseis Tabak! Sie hatte eine Prise prüfend an die Nase geführt und sich anschließend eine der nunmehr kurzen Lockensträhnen aus dem Gesicht gewischt. Und so hatte sie Gustav empfangen, aber er hatte es mit keinem Ton erwähnt. Welch vornehme Zurückhaltung! Und dieser Safarianzug, den sie trug! Bei solch einer wichtigen Begegnung. Gustav musste sie für eine seltsam originelle Erscheinung halten ... Und schließlich diese dumme Geschichte, dass Hanns ihr Ehemann war. Ein geglückter Start war das nicht gerade.

Sie entschied sich für das leichtere ihrer beiden Kleider. Jenes, das die Drapierung mit einem Schal erforderte. Ebenso wie das andere war es von einem Boy gewaschen worden. Als sie zum Essen eintraf, standen die Herren im Gespräch zusammen. Schmitt hatte sich eine Krücke anfertigen lassen, die er unter die Achsel klemmte. Leutnant Paasche hatte es bereits übernommen, Gustav den Teilnehmern von Amelies Expedition vorzustellen. Sobald man zu Tisch saß, drehte sich die Konversation um den Aufstand im Schutzgebiet, fand jedoch rasch zu dem noch blutigeren Geschehen in Deutschsüdwest. In einer Militärstation waren solche Gespräche wohl unvermeidbar. Amelie hörte kaum zu.

Gustav saß ihr schräg gegenüber, aß schweigsam Ochsenbrust in Senfsauce und wirkte geistesabwesend. Die schneeweiße Tropenuniform unterstrich seine gesunde Bräune. Die goldgefasste Brille, die Amelie an ihm noch nicht kannte, ließ ihn gleichzeitig würdevoll erscheinen. Er wirkte wesentlich älter als 30 Jahre. Fast schien es, als gäbe es mindestens zwei Gustavs: Jenen intellektuell blickenden Offizier und den frech grinsenden Burschen, der sie als Livingstone begrüßt hatte. Amelie bemerkte, dass sie sich bemühen musste, Gustav nicht die ganze Zeit anzustarren. Und dass sie ihn insgeheim mit Theodor verglich. Das irritierte sie zutiefst.

Doktor Klemm war äußerst guter Dinge. «Sie werden die Station in Udjidji leiten?», fragte er an Gustav gewandt. «Dann können Sie uns ja künftig vor den Wilden schützen!»

Amelie horchte auf; Gustavs Pläne waren ihr unbekannt.

«Es wird sich zeigen, wie lange ich bleibe. Ich bin als Stabsoffizier zur besonderen Verwendung des Herrn Gouverneurs abgestellt. Der Gouverneur meint, der Hinterhof des Schutzgebiets habe wegen des Aufstandes zu wenig Beachtung gefunden. Meine Aufgabe ist es, mich umzusehen und ihm zu berichten», erklärte Gustav. In Wildgrubers Richtung fügte er hinzu: «Die Kameraden dort oben brauchen jeden Beistand, den sie bekommen können.» Es kam ihm offensichtlich darauf an, nicht für den Kontrolleur einer Garnison gehalten zu werden.

Klemm wirkte beunruhigt. «Was bedeutet das, wenn der Gouverneur vom Hinterhof spricht?»

Gustav wählte seine Worte bedächtig. «Um die Lage in

Udjidji richtig einschätzen zu können», sagte er, «müssen Sie die Verhältnisse auf der westlichen Seite des Tanganjikasees in Betracht ziehen. Im Kongo wütet die Schlafkrankheit seit Jahren. Gleichzeitig fliehen Eingeborene über den See ins deutsche Schutzgebiet, um der Sklaverei zu entgehen, die drüben bekanntlich noch nicht abgeschafft ist. Leider betrachtet der belgische König den Kongo als sein Privateigentum. Doch wir müssen endlich verhindern, dass die unglücklichen Flüchtlinge die Seuche ins Schutzgebiet einschleppen. Und natürlich gilt es den Kranken zu helfen. In diesem Zusammenhang werden die Forschungen von Professor Koch sehr zeitaufwändig sein. Der Gouverneur verfolgt deshalb die Bemühungen des Kaufmanns Messingnagel mit Interesse.»

Gustavs Sachkenntnis und die Bedeutung, die der Gouverneur Gustavs Arbeit zumaß, war beeindruckend. Er war wohl sehr nahe daran, seinem Vorbild Livingstone nachzueifern. Der hatte sich schon vor Jahrzehnten gegen die Sklaverei eingesetzt und die englische Öffentlichkeit überhaupt auf dieses Unrecht aufmerksam gemacht.

«Deshalb hat mein verstorbener Freund Doktor Stein in Zusammenarbeit mit dem Bezirkshauptmann von Udjidji ein Lager für die Schwerkranken errichten lassen», sagte Klemm mit deutlichem Stolz in der Stimme.

Gustav räusperte sich. «Dieses Lager existiert nicht mehr, Doktor.»

«Wie ist das geschehen?», fragte Klemm entsetzt.

«Einzelheiten sind mir nicht bekannt. Der dortige Bezirkshauptmann schickte nur eine kurze Nachricht nach Daressalam. Er schrieb von einer Art Meuterei gegen die Methoden der Internierung.» Gustav blickte nacheinander Amelie und Klemm an. «Die Aufgabe, die Sie erwartet, erfordert also sehr viel Umsicht.»

«Dann werden Sie dem Gouverneur wohl melden, was wir tun?», erkundigte sich Klemm. Sein Misstrauen war unüberhörbar.

Gustav schob seine leichte Brille mit der Spitze des rechten Mittelfingers zurück auf die Nasenwurzel. Er wirkte verlegen. «Oh. So war das nicht gemeint. Ich wollte damit nur sagen, dass Sie mit der Unterstützung der Schutztruppe rechnen können.»

Genau betrachtet bestand ein Teil seiner Arbeit darin, Klemm zu beobachten. Sowie ausgerechnet Amelie, mit der er in Kindertagen auf Bäume geklettert war. Während Klemm es wohl nicht schätzte, dass der Stabsoffizier ihm auf die Finger sehen würde, erfreute Amelie die Aussicht, mit Gustav zusammenzuarbeiten. Und das tröstete sie über die schlimme Nachricht hinweg, die Gustav eher nebenbei hatte fallenlassen: Von Steins Arbeit war wohl nichts mehr übrig. Klemm und sie würden bei null anfangen müssen. Ob Klemm dazu der richtige Mann war?

Sergeant Schmitt saß wie ein dicker König in einem Tragestuhl, den vier Boys schleppten. Obwohl es noch dunkel und zudem kühl war, schwitzten die Träger jetzt schon. Dabei hatten sie den übergewichten einstigen Sergeanten nur wenige Minuten lang von der Boma hinunter zum Sammelplatz der Karawane transportiert.

«Max, der Oberleutnant hat straffe Führung angesagt. In der *kitanda* hältst du die ganze Safari auf», sagte Hohlbein. «Du musst auf den Esel.»

«Fred, ich bin verwundet», antwortete Schmitt zutiefst gekränkt.

«Dann sollten Sie hierbleiben, Sergeant.» Gustav war herangeritten und deutete einen Gruß an. «In der Station können Sie Ihre Verletzung auskurieren.»

«Unmöglich», protestierte Schmitt. «Ich erhalte meinen restlichen Sold erst, wenn ich in Udjidji eintreffe.»

«Diese Karawane umfasst dreihundert Leute. Möchten Sie, dass die sich nach dem Tempo Ihrer Träger richten?» Gustav wartete die Antwort nicht ab. «Ich wusste, dass Sie ein kluger Mann sind.» Er gab den vier Trägern einen Wink; der laut protestierende Schmitt wurde zurück in die Boma getragen. Gustav rief Schmitts acht Lastenträger heran und gab ihnen etliche Rupienscheine, um die sie sich sofort heftig stritten.

Gemeinsam mit Kassei hatte Gustav am Vorabend eine neue Marschordnung festgelegt. Der Karawanenführer ging an der Spitze, dann folgten Gustav und sein Kamerad Paasche, sodann drei schwarze Soldaten, von denen einer die Fahne trug. Erst danach kamen Amelie, Klemm, Schneider und Hohlbein mit ihren Gewehrträgern und Boys. Die restlichen Askaris verteilten sich über den Zug, drei bildeten das Schlusslicht. Diese Marschordnung nannte sich straffe Führung, weil so niemand zurückbleiben konnte.

«Ihre Träger haben sich zu lange ausgeruht, das macht faul. Die werden keine große Lust zum Marschieren haben», hatte Gustav am Abend zuvor Klemm erklärt.

Nach dem Komfort der Station empfand auch Amelie das Reisen als unangenehm: Die Morgendämmerung war kühl und feucht. An manchen Stellen war der Weg so eng, dass die nassen Gräser gegen sie schlugen. Der leichte Mantel, den sie über dem Safarizeug trug, war schnell durchnässt. Sobald die Sonne an Kraft gewann, wurde es schwül, die Kleidung trocknete, doch die Stiefel blieben noch lange feucht. Staub legte sich auf Kleidung und Haut und verschmolz mit dem Schweiß zu einem schmierigen Film. Die Erinnerung an das letzte Bad in der Boma erschien bald wie ein Traum.

Die Landschaft war abwechslungsreich, Gruppen nackter Felsen wechselten sich mit laublosen Wäldern ab. Auf den bergan führenden Strecken bewegte sich die Gruppe fast lautlos, talwärts setzte der gewohnte, gleich klingende Singsang erneut ein. Kassei hatte gesagt, dass es in den nächsten Tagen zu regnen beginnen würde. Dem Regen würde man wohl nicht enteilen können, doch es war sinnvoll, so weit wie möglich vorangekommen zu sein.

Erst am späten Nachmittag erreichte die Karawane ihren nächsten Rastplatz. Er lag oberhalb eines idyllischen Sees. Die eigentümliche Stimmung des sich rasch ausbreitenden Lagers faszinierte Amelie jedes Mal aufs Neue: Hunderte von Menschen verteilten sich unter den Bäumen, schleppten Äste und bauten Pferche für die in Kilossa erstandenen Ziegen und Rinder. Hühner, von denen viele den nächsten Morgen nicht mehr erleben würden, gackerten in Holzverschlägen. Kinder, die an diesem Tag zweimal vier Stunden gelaufen waren, tollten noch mit unerschöpflicher Energie herum, während Klemm sich bereits beschwerte, wo das Essen bliebe.

Gustav und sein Kamerad Paasche hatten ihre beiden Einmannzelte oberhalb des übrigen Lagers aufschlagen lassen. Von dort aus konnten sie den Platz besser überblicken. Amelie beobachtete, wie Gustav langsam durch die Menschen ritt. Obwohl es sich nicht um seine Schutzbefohlenen handelte, fühlte er sich offenkundig verantwortlich. Sie sah ihn mit Kassei sprechen und mit den *waniampara* genannten Trägerführern, die ihm mitteilten, ob es unter ihren jeweiligen Trägergruppen Ausfälle zu melden gab. Schließlich erreichte Gustav Amelie und ihre drei Begleiter. Er hatte ein leichtes Jagdgewehr umgehängt.

Nachdem er sich erkundigt hatte, ob alle heil angekommen wären, fragte er unternehmungslustig: «Ich habe die Losung zahlreicher Wildschweine entdeckt. Kommt jemand mit auf die Jagd?»

Er blickte Amelie nicht direkt an. Doch sie sagte sofort: «O ja!»

Während des Marsches hatte sie keine Gelegenheit gehabt, ein paar Worte mit Gustav zu wechseln, da sie stets weit hinter ihm geritten war. Jetzt bot sich endlich eine Gelegenheit dazu. Und Jago konnte wieder einmal Jagdhund sein. Während sie ihren Boy heranrief, um das Maultier zu satteln und das Gewehr zu holen, bemerkte sie, dass Hohlbein sich ebenfalls erhoben hatte. Doch der asketische Mann setzte sich wieder.

Nun erschien auch Leutnant Paasche. «Meine Herren, wie sieht es aus?», fragte er aufmunternd in die Runde. «Schönes zartes, dunkles Wildschweinfleisch. Wir brauchen eine Menge davon. Die Leute haben Hunger.» Er blickte Hohlbein an. «Na, Sergeant, Sie sind doch dabei! Sie sollen ein vorzüglicher Schütze sein.»

Erst jetzt stand Hohlbein entschlossen auf. «Gerne, Herr Leutnant.» Auch er ließ sich Reittier und Waffe bringen.

«Frau Doktor Freyer und ich, wir reiten auf der rechten Flanke. Jago stöbert uns das Wild auf», sagte Gustav. «Leutnant Paasche und Sie, Sergeant Hohlbein, reiten weiter links. Da hinten läuft das Tal spitz zu, sagt unser Karawanenführer. Dort versuchen wir zum Schuss zu kommen. Gibt es Fragen?»

«Keine Träger?», fragte Hohlbein.

«Die holen wir, wenn die Jagd erfolgreich war. Sonst rennen die armen Kerle umsonst den Schweinen nach!» Gustav grinste frech und gab seinem Maulesel die Sporen.

Von Jago aufgeschreckt, stob schon bald eine Brache mit vier recht großen Frischlingen aus dem Gehölz. Da es im

Dickicht kein freies Schussfeld gab, trieben Gustav und Amelie die Wildschweine dem See zu, an dem die beiden Gefährten entlangritten.

«Feiner Kerl, dieser Hohlbein», rief Gustav herüber.

«Du hast es bemerkt?»

«Aber ja doch, er wollte Livingstone und Stanley die Gelegenheit geben, mal zu zweit zu sein.»

Die Wildschweine rannten vor ihnen her um ihr Leben.

Es war Zeit für ein Geständnis. «Gustav, ich kann nicht schießen!», rief sie ihm zu.

Er blickte erstaunt zu ihr herüber, sah das Jagdgewehr auf ihrem Rücken. «Warum?»

«Das ist eine lange Geschichte.»

Jago stöberte einen mächtigen Keiler auf, der sich ihm entgegenstellte. Gustav schoss ohne Zögern und streckte das kapitale Tier mit einem einzigen Schuss nieder. Amelie hatte nicht einmal nach ihrer Waffe gegriffen. Gustav drehte sich in Richtung des Lagers um und pfiff auf vier Fingern.

«Den können sie schon mal holen», sagte er. Er strahlte wie der Junge, der damals im Hof der Lietzenburger Straße von großen Abenteuern in den Wäldern Afrikas geträumt hatte. «Gut gemacht, Jago, mehr davon, und Mama Schwein hat Schwein gehabt!»

«Dass aus dir mal ein Jäger wird!», rief Amelie ihm zu.

«Haben sie mir in Südwest beigebracht. Anfangs gab's da ja sonst nicht viel zu lernen.»

Noch zwei Mal hatte Jago Erfolg, und das eingeübte Spiel mit den Trägern wiederholte sich. Das Ende des Tals nahte, aus der Richtung von Hohlbein und Paasche fiel ein Schuss, kurz darauf noch einer. Zwei Pfiffe alarmierten die Träger. Durch die Bäume und Büsche war zu erkennen, dass die beiden Jagdgefährten umdrehten.

«Mama Schwein hat Glück gehabt!», lachte Amelie.

«Reiten wir am See entlang zurück?», fragte Gustav, und Amelie war einverstanden. Sobald sie angekommen waren, stiegen sie ab und ließen die Tiere trinken. Gustav setzte sich auf einen umgestürzten Baum. «Für solche Momente bin ich hier. Ringsum Frieden, die Leute haben Quartier, für Essen ist gesorgt, die Arbeit getan.»

Er nahm seinen Helm ab und atmete die klare Waldluft tief ein. Amelie setzte sich neben ihn.

«Als ich von Gouverneur Rechenberg den Auftrag bekam, die Stationen im Norden zu besuchen, da wusste er, dass er mir damit einen großen Gefallen tat. Wir waren einander in Berlin vorgestellt worden und verstanden uns auf Anhieb. Letzten Monat haben wir uns wieder getroffen.» Gustav lächelte versonnen. «Oberleutnant, verschaffen Sie mir einen Eindruck vom Schutzgebiet, hat er gesagt. Sie sehen mit meinen Augen, was ich aus Zeitgründen nicht sehen kann.» Gustav machte eine Pause. «Udjidji. Der Gouverneur gab mir die Chance, einmal dorthin zu kommen, wovon ich als Junge geträumt hatte. Nach all dem Krieg hoffte ich, dass ich die friedlichen Seiten dieses Landes sehen werde.» Er breitete euphorisch die Arme aus. «Schöne Seiten wie dieses wunderbare Fleckchen Erde.» Er musterte Amelie neugierig. «Genug von mir. Warum kannst du nicht schießen, Amelie? Was für eine lange Geschichte ist das?»

Sie lachte überrumpelt. Dann erzählte sie ihm die Geschichte vom Leoparden und wie Kassei sie kürzlich erst an Damassos Andeutungen über das Seelentier erinnert hatte. «Ich hoffe zwar, dass ich nicht direkt das Wildschwein als Seelentier habe ...» Gustav stimmte in ihr Lachen ein. «... ich weiß, es ist Unsinn. Aber es sind Säugetiere. Wie wir.»

«Ich habe dich Fleisch essen sehen.»

«Aber ich kann kein Tier töten.»

«In Südwest hatten wir einen Fährtenleser, einen Buschmann. Der hat mit einer bestimmten Art von Grille gesprochen, die sie dort Gottesanbeterin nennen. Sie führt sie angeblich zum Wasser.» Er lächelte. «Zumindest sind wir nicht verdurstet.»

Es war, als legte sich ein Schatten über sein Gesicht, und Amelie vermutete, dass die Begegnung mit dem Buschmann auch mit einer negativen Erinnerung des Soldaten verbunden war: Sie hatte gehört, dass die Truppen in Deutschsüdwest die aufständischen Hereros in die Wüste getrieben hatten, wo sie verdursteten.

Im nächsten Moment gab Gustav sich einen Ruck. «Ich mochte Kassei, bevor du ihn mir vorgestellt hattest. Da lag so eine Hochachtung in deiner Stimme, als du von ihm sprachst. Man kann gewiss von ihm viel lernen.»

Wieder hatte er vom Lernen gesprochen, fiel Amelie auf.

Gustav griff vertraut nach ihrer Hand. Wie er es vor so langer Zeit schon einmal getan hatte ... Und ließ sie sofort wieder los. Als hätte er sich bei etwas Verbotenem ertappt.

«Livingstone erzählt in einem seiner Reiseberichte, wie er stundenlang mit seinen Leuten unterwegs war. Alle waren erschöpft. Aber die Männer brauchten Fleisch. Also ist Livingstone losgezogen. Ganz allein, ohne einen einzigen Träger. Er schoss Wild, lief zurück zu seinen Trägern und führte sie noch einmal zu der Stelle, wo das Wild lag. Ich glaube, es war eine Antilope; er konnte sie jedenfalls nicht allein schleppen.»

«Er ist den Weg doppelt gelaufen, obwohl er den gleichen Marsch wie seine Männer gemacht hatte? Warum? Um seine Leute zu schonen?»

«Ja. So war dieser Mann. Und nun guck dir an, auf wen

du hier triffst. Das sind Leute mit der Mentalität von Tresorknackern. Sprengen den ganzen Laden in die Luft und klauen das Gold. Ich finde das abstoßend.»

«Du meinst also, ich soll mich nicht mit meinem Seelentier herumschlagen, sondern dafür sorgen, dass die Leute satt werden.»

Jago legte sich zu ihren Füßen. Ohne weiter darüber nachzudenken, pflückte sie ihm die neuen Zecken aus dem Fell.

«So, wie du den Hund pflegst», sagte Gustav. «Jago wäre schließlich auch nicht hier, wenn du es nicht wärst.»

«Dann werde ich wohl wieder schießen müssen», sagte Amelie.

«Muss ja kein Leopard sein.» Er strich ihr flüchtig über den Rücken.

Sie spürte ein warmes Gefühl im Bauch.

«Du trägst die Haare ungewöhnlich kurz», sagte Gustav.

«Gefällt es dir?»

Er nahm eine Locke, ließ sie gleich darauf wieder los. «Sieht aus wie selbst geschnitten. Wie lang waren sie denn?»

Sie deutete auf ihre Achselhöhe. Bei dem Treffen in Berlin hatte sie das Haar hochgesteckt getragen.

Gustav lachte übermütig: «Da hat Jago wohl versäumt, sich zu revanchieren und die Zecken rauszuzupfen.»

Amelie knuffte ihn gegen den Oberarm.

Er wurde sofort ernst. «Verzeih. Ich habe mich hinreißen lassen.»

«Nein, Gustav, sag so etwas nicht. Du musst nicht um Verzeihung bitten. Das letzte Mal, als wir uns sahen ... Ich habe in den letzten Tagen oft darüber nachgedacht. Gustav, ich habe ... Ich bin ...»

Aus Richtung des Lagers drang lautes Rufen herüber. Es

klang, als schrie jemand gellend um Hilfe. Gustav stülpte sich im Aufspringen seinen Helm über und sprang auf seinen Maulesel. Amelie ritt ihm nach. Morsche Baumstämme machten es schwer, vorwärtszukommen. Unvermittelt scheute Gustavs Maulesel, ein dunkler Schatten schob sich auf kurzen Beinen dem Wasser zu. Sobald das Krokodil im See verschwunden war, setzten Amelie und Gustav ihren Weg fort. Das Geschrei wurde immer lauter. Vom Ufer aus war zu erkennen, dass jemand mit den Armen wild in der Luft fuchtelnd um sein Leben kämpfte.

Die Einheimischen riefen entsetzt: «*Ngwena, ngwena!*» – Krokodil, Krokodil!

«Es ist Hansl», brüllte Hohlbein mit sich überschlagender Stimme.

Leutnant Paasche, Klemm und Hohlbein hielten mit den Gewehren bereits auf das Wasser. Gustav und Amelie sprangen von ihren Maultieren. «Gib acht, Melli, da drin könnten noch mehr sein», warnte Gustav und deutete auf die nahen Farne und dann auf die Seerosen am Ufer. Bei vielen war die grüne Oberseite umgedreht, das sonst dem Wasser zugewandte Braun zeigte nach oben. «Da drinnen wimmelt es von Krokodilen!» Gustav richtete seine Aufmerksamkeit auf das Wasser.

Schneider schwamm um sein Leben. Ein Krokodil bewegte sich auf ihn zu. Gustav schoss, das Ungetüm tauchte ab.

«Weg hier von den Farnen, Melli. Komm da rüber!» Er sprang wie ein Junge auf ein gut zu überblickendes Stück Erde. Einem der Askaris, die in sicherer Entfernung schussbereit standen, befahl er, stärkere Munition und ein Kanu zu bringen.

Amelie bemerkte, wie sich ein Krokodil träge aus dem Farn – nur wenige Meter von dort entfernt, wo sie und Gustav gestanden hatten – ins Wasser schob. Ihr Zeigefinger krümmte sich um den Abzug, der Lauf zielte auf den Rumpf. Doch mit der Winchester war die Panzerechse gar nicht zu erlegen! Sie visierte das ihr zugewandte Auge an, schoss ohne Zögern. Das Krokodil zuckte, drehte sich blitzschnell um und rannte mit ungeahnter Geschwindigkeit direkt auf Amelie zu. Es war ein riesiges Tier. Amelie zielte auf das noch gesunde Auge. Sobald das Reptil den Kopf ein wenig wandte, schoss sie. Die Echse blieb geblendet liegen. Erst jetzt sprangen zwei der Askaris herbei und feuerten auf das Tier, das sich ins Wasser flüchtete.

Inzwischen hatten die Askaris das Kanu zu Wasser gelassen. Leutnant Paasche, ein Gewehr umgehängt, wollte mit zwei Askaris einsteigen, die das Boot mit langen Stangen bewegten.

«Lass mich, Paul!», rief Gustav, und ohne weitere Diskussion tauschten die Männer die Plätze. Das Gewehr im Anschlag, blickte der Oberleutnant konzentriert auf das Wasser. Die Askaris manövrierten das Kanu Hansl Schneider entgegen, der um sein Leben schwamm. Mit weit aufgerissenem Rachen schoss in diesem Moment ein Krokodil aus dem Wasser.

«Schwimm, Hansl, schwimm! Du schaffst es!», brüllte Hohlbein aus Leibeskräften, und Paul Paasche stimmte ein.

Gustavs Kugel zerschmetterte den Oberkiefer des Reptils, es tauchte ab. Kurz darauf kauerte der am ganzen Körper zitternde Hansl Schneider im Kanu. Vom Ufer brandete Beifall auf, die Träger jubelten laut, Trommeln wurden geschlagen. Alle versammelten sich um Schneider, klopften ihm auf die Schultern.

Der junge Mann, schneeweiß im Gesicht, blickte eingeschüchtert in die Runde. «War knapp», keuchte er außer Atem.

«Sind Sie verletzt, Schneider?» Eduard Klemm hielt einen Arztkoffer in der Hand, hinter ihm warteten zwei Träger.

Der Laborgehilfe blickte an seinem klatschnassen, geringelten Männerbadeanzug hinab, fasste seine Beine an, seine Arme. «Alles dran», sagte Hansl Schneider. «Ich dachte, ich muss sterben.» Ein Zittern überlief ihn, er begann gleichzeitig zu lachen und zu weinen und sank zu Boden.

Schlagartig war alles still.

«Laudanum, Eduard!», rief Amelie geistesgegenwärtig.

Dr. Klemm erwachte wie aus einer Starre und kniete sich neben Schneider, um ihm das Medikament zu verabreichen. Die Träger brachten Hansl zu seinem Zelt.

«Alle hören zu!», rief Gustav auf Kisuaheli. «Niemand geht allein zum Wasser holen. Die *waniampara* stellen heute Nacht Wachen auf.»

«Hört, hört!», antworteten die Leute zustimmend und gingen auseinander. Über den Hang hatten sich bläuliche Rauchschwaden offener Feuer gelegt, man roch den Duft der am Spieß gebratenen Wildschweine.

Amelie lief neben Gustav und Paul Paasche zum Zelt zurück. «Warum habt ihr im entscheidenden Moment die Plätze getauscht?», fragte sie.

Die Kameraden wechselten einen Blick.

«Paul hat zwei Söhne», antwortete Gustav.

Diese vier Worte machten Amelie bewusst, dass sie nicht einmal wusste, ob der Jugendfreund überhaupt verheiratet war. *Gebrochenes Herz* ... Oder es gewesen war.

Seine Hand, die ihre Locken berührte, auf ihrem Rücken lag. Jugendfreunde ...

«Du hast geschossen», stellte Gustav sachlich fest.

«Und verdammt gut!», lobte Paul Paasche. «Zweimal ins Auge. Respekt, Frau Doktor. Hat Ihnen das Ihr Bruder, ähm, Ihr Mann ...», er zwinkerte Gustav zu, «... beigebracht?»

Ein eingespieltes Paar, dachte Amelie. Sie empfand ein wenig Neid auf Paul Paasche, der so viel Vertrautheit mit Gustav teilte. «Hanns. Ja, der hatte viel Geduld mit mir.»

Die Europäer trafen bei ihren Zelten ein.

«Hansl schläft», sagte Hohlbein. «Morgen wird er wieder bei bester Gesundheit sein.»

«Sie sollten ein Auge auf ihn haben, Sergeant», meinte Paasche. «Der junge Mann hat einen schweren Schock erlitten.»

«Dafür bin ich ja da, um auf meine Leute aufzupassen», mischte sich Klemm forsch ein.

Gustav sah in die Runde. «Meine Herren ...», er blickte kurz zu Amelie, «... Frau Doktor, das war ein sehr eindrucksvolles Zusammengehen heute. Ich habe einen Vorschlag zu machen: Wollen wir nicht das Abendessen gemeinsam einnehmen? Leutnant Paasche und ich haben uns schon alle Anekdoten erzählt, die wir kennen.»

«Und wir haben keinen Koch», schnappte Klemm. Er zündete sich eine Zigarre an, denn Hohlbein hatte ihm gesagt, das vertreibe die Moskitos.

Rashid hatte Ahmet mitgenommen, und Aleppo war kein wahrer Ersatz. Amelie kam in den Sinn, dass Rashids Verschwinden auch eine gute Seite hatte – die beiden Offiziere und die Zivilisten rückten dadurch zusammen.

Nach einem weiteren Tag durch das wilde, romantische Gebirge zog die Karawane durch unwirtliche Landschaft. Anfangs nahm tagsüber oftmals fast schwarzer Staub Sicht und Atem. Dann brachte ein Sturm den Regen. Heftige Güsse verwandelten den Weg in Schlamm. Die Maulesel sanken im Morast ein und gingen nur widerstrebend weiter. Träger rutschten aus, die schweren Lasten stürzten auf sie. Prellungen und Verstauchungen waren noch das geringste Übel. Gebrochene Gelenke, Beine und Arme mussten verbunden oder geschient werden.

Die Stiefel waren durchweicht und scheuerten, die nasse Safarikleidung schützte schon lange nicht mehr. Danach kamen die Mücken und Tsetsefliegen. Zwar nicht jene Sorte, die als Überträger der Schlafkrankheit ausgemacht war. Aber die Insekten krochen hartnäckig in jede Öffnung der Kleidung und stachen schmerzhaft.

Das Lager musste über Tage immer wieder auf durchnässtem Boden aufgeschlagen werden. Die sechs Europäer hatten ihre Zelte längst nebeneinander aufstellen lassen. Davor brannten mühselig entzündete, unruhig flackernde Feuer. Brunnen, wenn sie gefunden wurden, waren voll brackigen Wassers, das lange mit Alaun abgekocht, durch Tücher gefiltert und erneut abgekocht werden musste. Viele Träger litten an Durchfall und schlugen sich während des Marschs in die Büsche, was die ganze Karawane immer wieder ins Stocken brachte. Und dennoch wusste Amelie: Es konnte alles noch viel schlimmer kommen. Bislang waren nur wenige Menschen an Rückfallfieber erkrankt, das die Temperatur rasch bis an die fatale 41-Grad-Schwelle treiben konnte.

Sie hatten so viel Verpflegung mitgeschleppt, dennoch kam der Hunger rasch. Die mitgeführten Tiere waren schon lange geschlachtet. Inzwischen gab es nur noch Büchsenfleisch. An Jagd, die frisches Fleisch gebracht hätte, war nicht mehr zu denken. Sogar um Gespräche zu führen, war man abends zu erschöpft. Der anstrengende Marsch und die stundenlange Sorge für die Erkrankten saugte die letzte Kraft aus den müden Körpern. Es reichte gerade noch, um sich Mut zu machen, dass all das auch wieder vorüberginge.

«Morgen erreichen wir Kilimatinde», verkündete Gustav endlich. «Dort erwartet uns eine trockene Boma.»

«Na, dann: Auf dass wir den morgigen Tag überleben.»

«Werden wir, Doktor.»

«Angenehme Nachtruhe, Stanley.»

«Schlaf gut, Livingstone.»

«Was für ein Geheimnis ist das zwischen Ihnen beiden eigentlich?»

«Nichts von Belang, Doktor Klemm», sagten eine weibliche und eine männliche Stimme im Gleichklang.

Im Schein der Petroleumlampe machte Amelie sich noch Notizen in ihrem Tagebuch. Wie hatte ich nur vergessen können, wie unangenehm eine Safari bei solch einem Wetter ist, fragte sie die leeren Seiten. Und setzte hinzu: Mutter hat nach der ersten verregneten Safari keine weitere mehr mitmachen wollen. Bei aller Liebe zu Vater.

Ihre Gedanken schweiften ab. Sie hatte noch keine Gelegenheit gefunden, Gustav zu sagen, dass sie die Verlobung mit Theodor aufgelöst hatte. Aber wie sagte man so etwas einem Jugendfreund, bei dessen Anblick einem das Herz höher schlug? Selbst, wenn der völlig verdreckt durch den Matsch stapfte.

Jago lief schwanzwedelnd zum Zelteingang. Draußen war jemand, den er mochte.

«*Bibi uleia* ...» Es war Kasseis Stimme. «Bei dir brennt noch Licht.»

Die Umstände hatten es nicht zugelassen, dass Amelie seit dem Überfall mehr als ein paar die Safari betreffende Dinge mit Kassei besprechen konnte; auch er hatte jeden Abend zahlreiche Leute um sich versammelt, um ihnen *daua* zu verabreichen – die Medizin des afrikanischen Arztes.

Der schmächtige Mann stand im Regen vor dem Zelt, eine fast schwarze, mit Tierfett eingeriebene Decke um die Schultern gelegt. Seinen bunt gefleckten Mantel rollte der Medizinmann bei solchem Wetter in seine Schlafmatte ein. Eine Erklärung hatte Amelie dafür von Kassei nicht erhalten. Doch inzwischen vermutete sie, dass die bunten Flecken von Medizin herrührten, mit der der Mantel getränkt war.

Amelie bat Kassei vergeblich ins Zelt; er blieb im Regen stehen. «Morgen treffen wir in Kilimatinde ein. Du besuchst den Sultan. Er ist ein mächtiger Mann. Die Menschen leben in Furcht vor ihm.» Obwohl er sonst mit ihr Deutsch sprach, benutzte er jetzt Kisuaheli. «Du nimmst mich mit zum Sultan», sagte er leise.

Amelie spürte, dass der geheimnisvolle Mann ein wichtiges Anliegen hatte. «Was wird die Schlange mit dem Sultan machen?», fragte sie aufs Gratewohl.

«Der Sultan spürt die Kraft der Schlange, wenn die Schlange in seiner Nähe ist.»

Die verklausulierte Formulierung ließ Amelie darauf schließen, dass Kassei einen Strauß mit dem Herrscher auszufechten hatte. Diese wie auch immer geartete, persönliche Fehde könnte die ganze Karawane in Gefahr bringen. Man würde über Tage hinweg auf Gebiet unterwegs sein, das der Sultan kontrollierte. Die Gewehre von Gustavs Askaris konnten unmöglich Hunderte von Menschen vor den Schergen eines missgestimmten Sultans schützen.

«Bitte, komm ins Zelt, Kassei», sagte sie.

Dieses Mal hatte er keine Einwände. Er setzte sich auf den Boden, Jago legte sich neben ihn. Einen größeren Vertrauensbeweis gab es nicht.

«Sprich offen mit mir, Kassei. Was hat es mit der Schlange auf sich? Sie ist dein Seelentier, nicht wahr?»

Immer, wenn Amelie dieses Thema berührte, überlief sie ein Frösteln.

«Du weißt, was ein Seelentier ist?» Wie auch bei den vorherigen Gesprächen sah Kassei sie kaum an.

«Zu wenig, um zu wissen, was du vorhast», antwortete sie. «Aber genug, um zu wissen, wen die Schlange ausgesucht hat, um dir zu helfen. Ich bin keine Maus, Kassei. Ich möchte nicht, dass die Schlange mich verschlingt.»

«*Bibi dactari*», sagte er erschrocken, «die Schlange will dir nichts tun. Sie bittet dich um Hilfe.»

«Dann sprich offen», wiederholte Amelie. «Warum ist der Sultan böse auf dich?»

«Er weiß, dass ich komme, um meinen Neffen von ihm zu holen.»

Eine Mischung aus Ärger und auch ein wenig Angst wühlte Amelie auf. Von wegen: *Wir Wanyamwesi reisen gern*! Kassei hatte sich ursprünglich Stein ausgesucht, damit der ihm gegen den Sultan beistand. Doch Stein war tot. Klemm hielt er wohl für keinen geeigneten Ersatz, so war der kluge Mann auf sie gekommen.

«Warum ist dein Neffe bei dem Sultan?», fragte sie sachlich.

«Was man dem Sultan nicht gibt, das holt er sich.»

«Er hat deinen Neffen entführt? Warum? Ein alter Streit?»

«Der Sultan will die Macht der Schlange brechen», sagte Kassei.

«Du bist kein gewöhnlicher Medizinmann», erwiderte Amelie langsam. «Du bist der Diener der Schlange.» Sie schüttelte den Kopf. «Nein, kein Diener. Du bist so etwas wie ein heiliger Mann, nicht wahr?»

«Ein großes Wort, und ich bin ein unbedeutender Mann», lautete die Antwort.

Ob heiliger Mann oder unheiliger Sultan, dachte Amelie,

es waren Menschen. Menschen, die einander zuwiderlaufende Interessen hatten. Das war in Afrika nicht anders als an der Charité. Dieser Vergleich beruhigte sie. Sie hasste solche Spiele zwar, wusste aber, dass sie durchaus nützlich sein konnten – wenn man sie beherrschte. Doch wer lehrte einen den richtigen Umgang mit einem *mganga*?

Sie beschloss, sich an die Fakten zu halten. «Was geschieht mit deinem Neffen, wenn er beim Sultan bleiben muss?»

«Großes Leid liegt dann auf den Menschen. Leid, das größer ist, als das Unglück schon ist.»

Obwohl Amelie fand, dass es reichlich mühsam war, von Kassei Konkretes zu erfahren, gab sie nicht auf: «Und wenn dein Neffe mit uns geht, was geschieht dann?»

«Dann kommt Frieden über die Menschen. Kolelo ist ein bedeutender Junge.»

«Für den Schlangenkult», ergänzte Amelie spontan.

Kassei sah sie entsetzt an. «Schweig, *bibi uleia*!»

Der Regen schlug hart gegen das Zelt. Man würde außerhalb ohnehin nichts verstehen. Vermutlich hatte Kassei deshalb so lange mit seinem Kommen gewartet.

«Er heißt Kolelo? Was bedeutet sein Name?»

«Du sprichst Kolelos Namen aus, *bibi uleia*. Nun bist du mit Kolelo verbunden. Kolelo ist der Hüter der Schlangen.» Kassei erhob sich, wünschte eine gute Nacht und entschwand im Regen. Amelie blickte hinaus, ob in einem der Zelte noch Licht brannte. Doch es war alles dunkel. Niemand hatte gesehen, dass Kassei sie besucht hatte.

Was hatte Kassei vor Wochen gesagt? *Lange bevor der Mensch sie erreicht hat, kriecht die Schlange in ihr Erdloch.*

Schlangenkult, Hüter der Schlangen – was hatte das zu bedeuten? Und Amelie war mit all dem *verbunden* ...

Schweig, bibi uleia!

Sie tat in dieser Nacht kein Auge zu.

13.

Der vergangene Tag hatte weitere Verletzte gefordert. Auf Maultieren festgebunden, vor Schmerzen stöhnend, wurden sie dem ersehnten Etappenziel Kilimatinde entgegen getragen. Die Europäer benutzten ihre Reittiere gar nicht erst, sondern führten sie. Selbst der angeschlagene Hansl Schneider plagte sich durch den Schlamm bergauf. Nicht so Klemm, der einen schlechten Tag erwischt hatte. Kurz nachdem er morgens den brackig schmeckenden Kaffee getrunken hatte, hatte der Arzt über Kopf- und Bauchschmerzen geklagt. Kurz vor dem Aufbruch erwies sich Durchfall als Ursache. Nun hing er mehr, als dass er saß, im Sattel. Die Nilpferdpeitsche hielt er wie stets in der Hand. Wenn das Tier im Schlamm einsank, versetzte er ihm mit der Peitsche einen kurzen Schlag. Und das Tier plagte sich weiter.

Amelies Lederstiefel, von Dreck verklebt, waren auf das Doppelte des ursprünglichen Umfangs angeschwollen und bleischwer. Immer wieder musste sie den Schlamm abkratzen, um weitergehen zu können. Wie schnell man vorankam, zählte nicht. Hauptsache, die Karawane blieb überhaupt in Bewegung. Immer steiler wurde die Strecke, die jetzt in die Berge des ostafrikanischen Grabens hinaufführte. Felsbrocken, die im aufgewühlten Boden nicht erkennbar waren, ließen die Tiere straucheln, Träger stürzten.

Eine gemächliche Bewegung weckte Amelies Aufmerksamkeit. Eine Schlange, dick wie der muskulöse Oberarm eines Mannes und wohl an die drei Meter lang, glitt mühelos über die von Mensch und Tier aufgewühlte Erde. Ihre braune Haut, die nahezu perfekte Tarnung bot, war völlig sauber.

Dieses Bild ließ Amelie nicht los, die nächtlichen Gedanken kehrten zurück. Wofür, fragte sie sich, stand eigentlich die Schlange?

In der Welt der Medizin war sie ein wichtiges Symbol: für ärztliche Heilkunst. Die Griechen und die Römer hatten Äskulap, den Sohn Apollos, als Gott verehrt. Sie hatten ihn als einen gütigen Mann dargestellt, um dessen knotigen Stock sich eine Schlange wand. Auch dem Reptil selbst wurden Heilkräfte zugeschrieben. Im Laufe der Jahrtausende war aus dem Gott vorchristlicher Zeit ein Gelehrter geworden, ein Vorbild der Ärzte. Den Namen von Äskulaps Tochter Hygieia hatte Robert Koch zur Patin des Gelingens seiner Kunst erkoren: Hygiene. Ohne sterile Sauberkeit starben Patienten an Infektionen!

Schlange, Hygiene, Leben und Tod. Was für eine faszinierende Verkettung! Und wenn es nun, grübelte Amelie mit dem Schlamm kämpfend, in Kasseis Schlangenkult eine ähnliche Verknüpfung gäbe? Schlangen verkrochen sich unter die Erde, darauf hatte Kassei Amelie selbst hingewiesen. Tote wurden unter der Erde bestattet. Ohnehin wurde die Schlange wegen ihres Giftes mit dem Tod in Verbindung gebracht. Der Schlangenkult ein Totenkult? Allerdings wollten alle Ärzte den Tod besiegen, nicht ihm opfern. Von Äskulap hatte es gar geheißen, er könne Tote zum Leben erwecken.

Symbolisierte die Schlange die Verbindung zwischen Leben und Tod?

War der Medizinmann Kassei demnach so etwas wie ein Nachfahre des Gottes Äskulap, des Patrons der Ärzte? Eine unglaubliche Assoziation! Das scheinbar Primitive und die hochentwickelte Kunst zeitgenössischer Ärzte gemeinsam auf einem Weg? Bestand die Aufgabe darin, hinter das Mysterium zu blicken? Sich zu lösen von der Vorstellung, dass die Schlange gefährlich, feige und eklig ist ...

Kollege Medizinmann, hatte Stein gesagt. Hatte der Deutsche gar gewusst, wer Kassei wirklich war? Oder hatte sein zu früher Tod es verhindert?

Ihr Maulesel bockte und riss Amelie aus ihren Gedanken. Geduldig sprach sie auf das Tier ein, bis es sich endlich weiterbewegte. Einzig Jago schien sich weder um Regen noch Dreck zu kümmern; er schüttelte gelegentlich den Matsch aus seinem drahtigen Fell und lief stur weiter.

Von hinten wurde gerufen: «*Bibi dactari*, komm helfen!»

Mühsam drehte sie den Maulesel herum und stapfte den glitschigen Weg zurück, während ihr die Träger weiterhin entgegenkamen. Schneiders Maulesel war ausgerutscht und unglücklich auf ihn gefallen. Dabei hatte sich Schneider den linken Unterarm gebrochen. Bei Amelies Eintreffen hatte der Pechvogel bereits das Bewusstsein verloren.

«*Bwana ngwena* hat große Schmerzen», riefen die Leute mit besorgten Gesichtern. Seitdem Schneider den Krokodilen entkommen war, trug er den Ehrennamen *Herr Krokodil*. Man sah in ihm einen Helden.

Amelie ließ den Arztkoffer holen. Inzwischen kam Schneider wieder zu sich. Er litt furchtbare Schmerzen, gab aber keinen Laut von sich, obwohl ihm die Tränen in den Augen standen. Eine genaue Untersuchung des dreckverkrusteten Bruchs war kaum möglich, aber zumindest musste Amelie den Arm am Oberkörper fixieren. Klaglos ließ Schneider sich jeden Handgriff gefallen. Währenddessen zog die Karawane gemächlich vorbei. Die Ärztin verabreichte ihrem künftigen Laborgehilfen einen Löffel Laudanum, der ihm den Weiterritt ertragen half. Die Boys hoben den *bwana ngwena* auf seinen Maulesel, auf jeder Seite quälte sich ein Mann neben dem Reiter und seinem Tier durch den Dreck. Es war unglaublich, mit welcher Fürsorglichkeit die Männer sich um den weißen Jüngling kümmerten.

Vielleicht sahen die Afrikaner in Schneider sogar mehr als einen Helden, dachte Amelie. Einem Schwarm Krokodile entkam man wohl nicht allein durch Glück. Seelentier – wieder blitzte der Gedanke auf. Wie wenig sie, die in den langen Jahren des Studiums in der Welt der Logik heimisch geworden war, sich doch in die Mysterien Afrikas hineindenken konnte.

Als die Ärztin endlich ihre Arbeit beendet hatte, bildete sie erstmals die Nachhut des langen Menschenzugs. Gustav wartete im strömenden Regen neben seinem Maulesel, bis Amelie herangekommen war. Nebeneinander gingen sie den Berg hinauf, die Maulesel am Zügel hinter sich her ziehend. Als Letzte einen von Hunderten Füßen zertretenen Weg entlangzustapfen, kostete noch mehr Kraft.

«Ich habe mir Sorgen gemacht», sagte er. «Es geht Ihnen hoffentlich gut, Livingstone?»

Sie wischte sich den Regen aus den Augen. «Man müsste eine Schlange sein», sagte sie.

«Ist das nicht ein wenig viel Erdverbundenheit – noch dazu bei diesem Wetter?», fragte er mit deutlicher Ironie in der Stimme.

«Schlangen ist das egal, Stanley. Hast du die vorhin gesehen?»

«Ich hatte schon erwogen, sie zu erschießen.»

«Tu das lieber nicht», sagte sie spontan und wusste selbst nicht genau, warum.

«Magst du etwa Schlangen, Livingstone? Da wärst du die erste Frau, die ich kenne.»

«Kennst du denn viele, Stanley?»

«Schlangen?»

«Frauen.»

«Oh.» Er ging schweigsam weiter. «Soldaten treffen für gewöhnlich selten auf Frauen», sagte er schließlich.

«Diplomatische Antwort, Stanley.»

«Wusstest du, dass Doktor Livingstone viele seiner Reisen durch Afrika gemeinsam mit seiner Frau gemacht hat?»

«Ich habe meine Verlobung mit Theodor Brach übrigens vor einigen Monaten gelöst.» Es war raus! Sie hatte es gesagt, einfach so, bei Regen und bei Matsch. Und es war gar nicht schwer gewesen!

«Oh.» Der Offizier brauchte eine Weile, um eine Antwort in so delikater Angelegenheit zu finden. «Du wirst gewiss triftige Gründe gehabt haben.»

Amelie hatte etwas mehr Begeisterung erwartet. «Theodor passte nicht zu mir.» Sie wurde rot. Aber Gustav konzentrierte sich ganz auf den Weg.

«Ich habe deine Briefe sehr vermisst, Melli.»

«Wann hast du den letzten bekommen?»

«Vor drei Jahren, am 7. Mai. Du schriebst, dass du in Zürich deinen Doktor summa cum laude gemacht hast. Und dass du dich auf Berlin freust. Da war ich schon seit einem Jahr in Windhuk.»

«Du hast mir nie geantwortet.»

«Doch!», rief er gegen den Regen an. «Ich habe! Ich war zwar viel im *Veld*, wie man dort sagt. Aber wie ein Tagebuch habe ich meine Notizen an dich und Hanns geschrieben. Immer im Wechsel. Die Nächte in der Wüste waren oft sehr lang. Sobald wir eine Poststation erreichten, gab ich die Briefe ab.»

«Ich habe nie einen bekommen, Gustav. Nie!»

«Das ist schade», sagte Gustav. «Die an Hanns sind nämlich alle angekommen.»

Charlotte! Sie hatte von Gustav, dem Hausmeistersohn aus der Lietzenburger Straße, nie viel gehalten. Darum hatte sie es wahrscheinlich für das Beste gehalten, den Briefwechsel zwischen dem mittellosen Soldaten und ihrer hübschen, gebildeten Adoptivtochter zu unterbinden.

Amelie wechselte rasch das Thema; es ziemte sich nicht, schlecht über ihre tote Adoptivmutter zu sprechen, die sich nicht mehr rechtfertigen konnte. «Hattest du schon Gelegenheit, Hanns in Salama zu besuchen?»

«Ich habe ihn kürzlich in Tanga nur für eine Stunde treffen können. Dann musste ich aufs Schiff. Aber er hat mir so viel von Salama geschrieben. Ach, Livingstone, das ist noch eines der Ziele, die es zu erreichen gilt!»

«Es wäre schön, wenn wir gemeinsam hinfahren könnten, Stanley!» Allein der Gedanke ließ ihr Herz schneller schlagen. Wie mochte das sein – mit Gustav auf der Terrasse sitzen und in die Sterne gucken? Gemeinsam mit Hanns natürlich. Und sie setzte ihn in Gedanken rasch dazu.

«Oh», sagte Gustav mit schiefem Lächeln, «Sergeant Wildgruber hat den Aufpasser des Gouverneurs wohl gebührend angekündigt.»

Ein ganzer Zug Askaris, geführt von zwei deutschen Offizieren, erwartete die Nachzügler. Die Karawane war schon weitergezogen, um ein Lager aufzuschlagen, bevor es dunkel wurde. Nur Leutnant Paasche und seine zehn

Askaris leisteten der Abordnung aus Kilimatinde noch Gesellschaft.

Die Stadt Kilimatinde lag auf einem Hochplateau am Abriss des Großen Afrikanischen Grabens. Die von der Küste kommenden Winde hatten sich an jenem Hang abgeregnet, den Amelies Karawane erklommen hatte. Die Stadt selbst schien nur wenig Regen abbekommen zu haben. Die Häuser leuchteten im milden Licht des baldigen Sonnenuntergangs.

«Oberleutnant Brelow», rief Leutnant Gontermann seinem Gast entgegen, «willkommen in Kilimatinde!» Er grüßte militärisch. «Wir haben noch fix den Regen für Sie abgestellt.»

«Danke, Leutnant. Das ist sehr freundlich. Darf ich vorstellen: Frau Doktor Freyer.»

Gontermann reichte ihr die Hand. «Erlaube mir, den Handkuss für später aufzusparen.»

Der Offizier hatte lustige Augen, fand Amelie. Er war ein afrikaerfahrener Mann von bald fünfzig Jahren.

«Sie würden auch nur Schlamm schmecken!», gab sie zurück.

Als sie zwei Stunden später frisch gewaschen und in der Kleidung einer Dame zum Abendessen erschien, holte Gontermann den Begrüßungshandkuss nach.

Nach zwei Wochen Wildnis war die zivilisierte Umgebung ungewohnt. Gontermann und seine Männer ließen Semmelknödel und Kalbshaxe servieren; der Koch stammte aus Bayern. Die Wände des Offizierskasinos waren reich geschmückt mit Speeren, Schilden, Statuen und Masken. Manches Museum mochte sich nach solchen Schätzen sehnen.

Schon bald drehte sich das Gespräch um den Sultan und seine eigenwilligen Launen. Amelie gewann rasch den Eindruck, dass die deutschen Soldaten den einheimischen Fürsten nicht recht beeindrucken konnten.

«Wir haben hier sehr viele Geier», erzählte Gontermann. «Sie kommen bis in den Ort, weil die Leute ihren Unrat einfach liegenlassen. Auf die Geier folgten die Hyänen. Zurzeit haben die Bauern im Tal sehr unter einem hartnäckigen Rudel zu leiden.» Der Kommandant hatte Wachen aufstellen lassen und die Bevölkerung dabei einbinden wollen. Doch der Sultan hatte die Hilfe abgelehnt. «Dabei wird es immer schlimmer mit den Biestern. Mir wurde von einem Mädchen berichtet, das in der Nähe der Hütte seiner Eltern angefallen und böse zugerichtet wurde», fuhr der Leutnant fort. «Aber der Sultan ist zu stolz, um sich von uns *wazungu* helfen zu lassen.»

«Wir brauchen viel Verpflegung», sagte Amelie. «Was Sie sagen, klingt nicht ermutigend.»

«Hoffen wir, dass Ihr Charme den Sultan erweicht, Frau Doktor», erwiderte Gontermann. «Packen Sie eine große Portion davon ein! Und vergessen Sie nicht, genügend Gold und Schmuck obendrauf zu legen. Der Herr Sultan hat fünfzig Frauen!»

Anerkennendes Männergemurmel machte sich breit.

«Vielleicht», schlug Amelie vor, «könnten wir ihm ein anderes Gastgeschenk machen.» Sie blickte auf den Zementboden, wo sich der gründlich vom Dreck gesäuberte Jago eine Kalbshaxe schmecken ließ.

Zwei Tage später stand eine mit zwei Eseln bespannte Karre vor dem weißen Palast des Sultans von Kilimatinde. Darauf lagen die Kadaver von acht *kama fissi*. Allesamt von Jago, den Hanns zum Hyänenjäger abgerichtet hatte, den Askaris vor die Gewehre getrieben. Ein Bote überbrachte dazu eine Nachricht von Oberleutnant Brelow, der um eine Audienz beim Sultan ersuchte. Die Antwort erfolgte in Form von dreißig lebenden Hühnern und vier Rindern.

Sowie der Einladung für den folgenden Tag in den Sultanspalast.

Gustav brachte Amelie die gute Nachricht in die Offizierswohnung, die ihr in einem der Offiziershäuser der Station zur Verfügung gestellt worden war.

«Ich möchte gern zum Sultan mitgehen. Ist das möglich?», fragte Amelie.

«Livingstone, ohne Sie wären wir da gar nicht reingekommen!»

«Und Kassei muss auch mitkommen, Stanley.»

«Meinen Sie nicht, wir finden den Weg allein, Livingstone?»

Amelie sah ein, dass sie so nicht weiterkam und erzählte ihm die Geschichte des vermutlich entführten Neffen Kolelo.

Gustavs Miene verdüsterte sich. «Melli!», rief er aus und sprang auf. Seit der Krokodiljagd hatte er ihren Spitznamen aus Kindertagen nicht mehr verwandt. «Wir müssen zusehen, dass wir genug Verpflegung bekommen. Ich bin heilfroh über deine Idee mit den Hyänen, das hat den Sultan milde gestimmt. Da können wir keine Extrawurst für Kassei braten!»

Amelie strich ihren Rock glatt. «Ich hatte dabei von Anfang an Kolelo im Sinn. Ich dachte mir, das wäre ein eindeutiger Beweis, wozu du und deine Askaris fähig sind.»

«Melli ...» Gustav lief wie ein Gefangener im Raum auf und ab. «Ich bin Stabsoffizier. Ich darf die Truppe nicht in die Ranküne eines Medizinmannes und eines Sultans hineinziehen. Das geht einfach nicht. Solche Dinge können Auswirkungen haben, die wir beide nicht abschätzen können. Weil wir diese Leute schlichtweg nicht kennen. Weißt du, was hinter dieser Entführung steckt? In diesem Land klauen die Leute sich ständig die Rinder. Beispielsweise. Sollen wir da Partei ergreifen, indem wir Kasseis Neffen auslösen?»

«Gut», sagte sie. «Dann lassen wir das.»

Er blieb stehen und starrte sie verwundert an. «So schnell gibst du auf?»

«Natürlich. Du hast die besseren Argumente. Im Grunde habe ich keines. Nur Mitleid mit einem kleinen Jungen, der gefangen gehalten wird.»

Gustav nahm seine Brille ab und putzte sie mit seinem Taschentuch. «Wie alt ist der Junge denn?»

«Ich weiß es nicht», gab sie zu. «Das habe ich vergessen zu fragen.»

«Warum sollte er klein sein? Kassei ist in dem Alter, wo man auch durchaus zwanzigjährige Neffen haben kann.»

«Ich werde Mundu nach Kassei schicken.»

Sie erhob sich, doch Gustav hielt sie zurück. «Ich denke, es ist besser, wenn ich Badili bitte, Kassei zu rufen. Er ist verschwiegen.» Er ging hinaus, und Amelie war überzeugt, dass Gustav ein Mann war, wie Theodor es eben gerade nicht war: Er mochte anderer Meinung sein als sie, aber er respektierte ihre Absichten und suchte nach einem Kompromiss. Amelie nahm sich vor, die beiden nie wieder miteinander zu vergleichen.

Der grauhaarige Medizinmann hockte mit angezogenen Beinen unter einer der Palmen in der Nähe der Boma. Er hatte sich geweigert, die Festung der deutschen Soldaten zu betreten. So musste Amelie unter dem sternenklaren Abendhimmel mit ihm verhandeln.

«Der *bwana* Oberleutnant hat verboten, dass ich zum Sultan gehen darf», stellte er gleich eingangs fest.

Amelie hatte vorgehabt, die Sache diplomatischer zu

regeln. «Woher weißt du eigentlich stets, was geschehen wird?», fragte sie überrascht.

Der Medizinmann deutete auf den nächtlichen Himmel. «Sieh die Sterne, *bibi uleia*. So, wie sie dem Reisenden in der Nacht den Weg weisen, zeigen sie den Träumenden ihr Schicksal.»

«Die Träume? Das heißt, du legst dich schlafen und wenn du aufwachst, dann kennst du die Zukunft? Und daher weißt du, dass du nicht zum Sultan darfst? Wie macht man das?»

«Höre auf deine Träume, *bibi uleia*», riet der weise Mann.

Die Zeiten lagen weit zurück, in denen Amelie sich morgens an ihre Träume erinnern konnte.

«Ich weiß nicht einmal, wie alt Kolelo ist», sagte sie.

«Er ist elf Jahre alt», sagte Kassei. «Der jüngste Sohn meiner Schwester.»

Also doch ein Kind! Das würde die Sache zumindest vom moralischen Standpunkt her leichter machen.

«Was soll ich dem Sultan sagen, weshalb er deinen Neffen freigeben soll, Kassei? Ich fürchte, ich werde alles falsch machen.»

Der *mganga* schüttelte den Kopf. «Deine Träume sagen dir, was geschieht. Folge ihnen.»

Der Sultan lag ausgestreckt auf einem Diwan, in einen schneeweißen, goldbesetzten Kaftan gekleidet. Sein schwarzes Gesicht wurde von einem mächtigen grauen Bart gerahmt, ein weißer Turban mit einem rot funkelnden Edelstein schmückte seinen Kopf. Am meisten überraschte Amelie, dass der sich mit so viel Pomp umgebende Herrscher etwas müde, freundlich wirkende Augen hatte, die überhaupt nicht streng, sondern eher gütig blickten.

Ketten um Hals und Handgelenke schmückten ihn, Diener fächelten ihm mit harten Palmwedeln Luft zu. Er hatte alles aufgeboten, um seine Macht zu demonstrieren. Seine zahlreichen Frauen hatten sich um ihn versammelt, selbst einige Kinder waren da. Sie versteckten sich jedoch ängstlich hinter den weiten Kleidern ihrer Mütter; weiße Besucher wurden ihnen wohl selten vorgeführt.

Dem Anlass entsprechend trug Amelie den Schal lose um den Kopf geschlungen. So, wie sie es zuletzt bei den Gemahlinnen der arabischen Händler in Daressalam gesehen hatte.

«Sie sind ein großer Mann.» Gustav neigte leicht den Kopf. «Ihre Arbeit ist wohlgetan.»

Ein breites Lächeln antwortete ihm.

Der Sultan blickte auf Amelie. «Ist das deine *bibi*?»

«N ...» Gustav korrigierte sich. «Ja.»

«Wo sind deine anderen *bibis*?»

«Ich habe keine ... anderen ... *bibis*.»

«Wie viele Kinder hast du?»

«Noch ... keine.»

«Du bist in dem Alter eines Mannes, der viele Kinder hat.»

«Ja ... möglicherweise. Aber wir ... ich bin gekommen, um Geschenke zu bringen für Sie und Ihre ... *bibis*.»

Der Sultan winkte einer seiner Frauen. Sie trat vor. Badili hielt den Koffer bereit. Amelie nahm einen der Spiegel, die sie in Daressalam gekauft hatte und bot ihn ihr an. Die Frau lächelte glücklich. Eine nach der anderen trat nun vor. Die Augen gesenkt, nahmen sie einen Ring, einen Armreif oder einen Spiegel in Empfang. Wer zu schüchtern war, sich richtig zu bedanken, wurde vom Sultan noch einmal zurückgeschickt und musste es nachholen.

«Wie Weihnachten», kommentierte Gustav leise.

Nachdem dieser Teil der Zeremonie abgeschlossen war, trug Gustav seinen Wunsch nach Verpflegung für die Karawane vor. Die Antwort bestand aus einem huldvollen Neigen des Kopfes.

Amelie spürte, dass der entscheidende Moment gekommen war. Ihr Herz schlug bis zum Hals, als sie zwei Schritte nach vorn trat und sich verneigte.

«Exzellenz», sagte Gustav, «meine *bibi* möchte einen Wunsch äußern. Hört sie bitte an.»

Das war nicht abgesprochen gewesen! Ganz im Gegenteil: Gustav hatte sie eigentlich darum gebeten, dass sie Kasseis Anliegen zu ihrer persönlichen Sache machen sollte.

Sie wartete die Reaktion des Sultans ab und dachte an Kassei. Heute Morgen hatte ihr erster Gedanke ihren Träumen gegolten. Doch Amelie hatte sich an nichts erinnern können.

Mit gönnerhaft ausgestreckter rechter Hand erteilte der Sultan der weißen Frau das Wort.

«Ich habe geträumt, dass Ihr in Eurem Palast eine Schlange gefangen haltet.» Sie machte eine kurze Pause.

Der Sultan, der sich den Anschein entspannten Abwartens gegeben hatte, wirkte auf einmal angespannt.

«Wenn Ihr diese Schlange tatsächlich habt, so möchte ich sie Euch abkaufen, Exzellenz.»

Der Sultan setzte sich auf und scheuchte den Diener mit dem Palmwedel beiseite. «Warum willst du das tun?»

«Weil die Schlange euch bedroht, Exzellenz. Mein Traum sagte, dass sie bald sterben wird.»

Amelies Knie zitterten. Sie hatte sich weit aus dem Fenster gelehnt und konnte nur hoffen, dass sie mit ihrer Vermutung richtig lag: Nur wenn der Sultan sich vor der Macht des Schlangenkultes fürchtete, würde es einen

Sinn machen, sie zu brechen. Und das versuchte er, indem er Kolelo als Geisel hielt.

Der Sultan lachte sie aus, aber Amelie spürte, dass sich dahinter tödlicher Ernst verbarg: «Wenn sie tot ist, die Schlange, wie soll sie mich dann bedrohen?»

«Wenn die Schlange tot ist, Exzellenz, kann man sie nicht mehr gefangen halten. Dann ist sie frei. In meinem Traum nahm sie die Gestalt einer Giftschlange an. Euer Leben ist nicht mehr sicher, Exzellenz, wenn die Schlange in Eurem Haus stirbt.» Amelie lächelte höflich. «Aber das ist natürlich nur ein Traum.»

Gustav guckte gebannt auf Amelie. Er verstand überhaupt nichts von dem, was sie da erzählte.

Doch Amelie schien mit ihrem tollkühnen Vorgehen Erfolg zu haben. Denn der Sultan erhob sich und trat einen Schritt vor. Er war ein großer, kräftiger Mann. «Warum sollte ich deinen Träumen glauben, *bibi*?»

Amelie neigte den Kopf. «Es gibt dafür keinen Grund. Doch ich dachte, ich erzähle Euch von meinem Traum, Exzellenz. Ich bin Gast in Eurem Land und es Euch deshalb schuldig.»

Sie sah zu Gustav und nickte ihm unmerklich zu.

Gustav salutierte. «Vielen Dank für Eure Zeit, Exzellenz. Es ist angenehm, mit einem großen Mann Geschäfte zu machen.»

Amelie beugte erneut den Kopf und steckte ihren Schal straff um den Kopf fest. Ihr Herz raste. Es musste klappen!

«Deinen Arm, Stanley», flüsterte sie und raffte ihren Rock. «Ich muss mich einhaken, und dann gehen wir langsam raus.»

Die Diener öffneten die doppelflügelige Tür aus altem, geschnitztem Holz. Amelie und Gustav gingen hindurch. Nichts geschah. Niemand rief sie zurück. Gustav half ihr auf den Maulesel, und gemeinsam ritten sie durch die in der Mittagshitze schlafende weiße Stadt zurück zur auf der Felskante erbauten Boma.

«Was hatte das eben zu bedeuten, Melli?», fragte Gustav.

«In Salama haben Hanns und Georg mir Pokern beigebracht. Ich hatte nie eine Chance, weil ich verbissen auf die Karten achtete. Und Hanns gewann immer.»

«Ich hatte schon in der Lietzenburger keine Chance gegen ihn», pflichtete Gustav bei.

«Irgendwann verlor ich die Lust daran. Ich ließ es locker angehen und beobachtete meine Brüder. Und irgendwann wusste ich, worum es geht. Dabei spielen die Karten nur eine untergeordnete Rolle.»

«Du hattest nichts auf der Hand, gerade eben!» Gustav lachte lauthals.

«Es wäre übertrieben, von nichts zu sprechen», sagte sie so leise, dass es im Getrappel der Hufe unterging.

«Du hast gar nicht protestiert, Livingstone!», rief Gustav guter Laune.

«Wogegen?»

«Ich habe dich meine *bibi* genannt.»

«Sagtest du nicht, Livingstone reiste gemeinsam mit seiner Frau?» Sie grinste ihn fröhlich an. Das war alles ganz schön verrückt. Aber ein großes Vergnügen. Bislang.

Um die Lasten besser überblicken zu können, hatten sich Klemm und Gustav darauf geeinigt, die Vorräte einer gemeinsamen Trägergruppe anzuvertrauen. Nun rechneten sie mit Kassei durch, ob ausreichte, was der Sultan geliefert hatte. Für jeden Mann musste pro Tag ein Kilo Nahrung eingerechnet werden; bei 300 Trägern waren das 15 Traglasten à zwanzig Kilo – allein für die Nahrung eines

Tages. Doch es musste für mindestens vier Tage Vorrat mitgeführt werden, was insgesamt 60 Träger erforderte. Doch auch diese brauchten Verpflegung und somit weitere Träger ... Andererseits verbrauchte sich die Verpflegung, man würde also manche Träger nur für ein, zwei oder drei Tage anheuern müssen. Es war eine schier unendliche Rechnung! Am folgenden Morgen schon sollte es weitergehen.

Amelies Gedanken schweiften ab. Sie hatte mit Kassei nicht mehr über Kolelo gesprochen. Sie war entschlossen abzuwarten, was geschehen würde. Das jedoch fiel ihr zunehmend schwerer.

Einer der Askaris von der Station schlug die Hacken zusammen und salutierte.

«Melde, dass Herr Oberleutnant auf der Boma erwartet werden.»

Gustav erwiderte den militärischen Gruß. «Was gibt es?»

«Ein Junge will zu Ihrer *bibi*, Herr Oberleutnant.»

Als Amelie auf ihr Maultier stieg, hörte sie Klemm zu Hohlbein so laut sagen, dass sie es verstehen musste: «Ob Herr von Freyer weiß, was seine fidele Gemahlin tut?»

Amelie ritt mit Gustav zurück auf das Bergplateau. Wie schon in den Tagen zuvor sah sie zahlreiche Aasgeier auf den Felsen sitzen. Geduldig wartend. Die Hyänen, ihre Konkurrenten, waren vorerst besiegt ...

Der Junge kauerte vor dem Eingangstor der Station. Es war ein schmächtiges, in Lumpen gekleidetes Bürschchen. Amelie schätzte ihn auf allerhöchstens neun Jahre.

Während Gustav auf seinem Maulesel abwartete, sprang Amelie aus dem Sattel. Sie überlegte kurz, wie sie sich vorstellen sollte. «Ich bin *bibi uleia*», sagte sie schließlich.

Der Junge trug auffällige Schmucknarben im Gesicht,

die jenen von Kassei ähnelten. Obwohl er so zierlich war, wirkte sein Gesicht verwirrend alt. Knaben seines Alters waren für gewöhnlich nur mit einem Tuch um die Lenden bekleidet. Dieses Kind jedoch trug ein Paar löchrige, knielange Hosen und ein kittelartiges Hemd. Lange, senkrechte Narben, dicht nebeneinander, bedeckten den gesamten Hals. Auf den ersten Blick sah es aus, als hätte der Junge in einer Würgeschlinge gesteckt. Auch auf den Armen befanden sich dunkle Narben, manche rund, andere rautenförmig.

Welche Schmerzen musste dieser Knabe schon ertragen haben!

«Du bist Kolelo?», fragte Amelie auf Kisuaheli. Der Junge nickte. «Bist du allein gekommen?» Erneut stimmte er schweigend zu.

Kassei hatte gesagt, dass sein Neffe elf Jahre alt war. Wie konnte sie wissen, ob der Sultan das richtige Kind ausgeliefert hatte? Sie schlug Gustav vor, den Knaben zu Kassei zu bringen und bat ihn, den Jungen auf seinem Maulesel ins Tal mitzunehmen.

Sobald der Soldat den Burschen hochheben wollte, wich der zurück. «Gehen», lautete das einzige Kisuaheli-Wort, welches das Kind von sich gab.

Langsam ritten Amelie und Gustav durch die aus dem Mittagsschlaf erwachende Stadt. Kolelo folgte ihnen. Sein Gepäck bestand lediglich aus einem abgewetzten Lederbeutel, den er vor dem Bauch trug.

«Wenn das ein mächtiger Schlangenhüter sein soll, dann machen wir Deutschen mit unseren Orden und Uniformgepränge etwas ganz falsch», sagte der aufrecht in seinem Sattel sitzende Offizier unvermittelt.

«Aber der Sultan macht es noch falscher, Stanley. Fünfzig Frauen nehmen ihm nicht die Angst vor einem schmächtigen Burschen.»

«Glaubst du, der da ist es?»

«Ich bin ziemlich sicher.»

«Livingstone, ich beneide Sie um Ihre Träume!» Gustav grinste spöttisch.

«Kassei sagt, man soll auf seine Träume hören. Leider kann ich das nicht, Stanley. Aber ich beginne, mich in das Denken der Afrikaner einzufühlen.»

«Das ist so, wie die Gottesanbeterin angeblich Wasser findet. Und dann ist da welches, meinst du das?»

«Stell dir vor, wir könnten das auch! Und das kombiniert mit der Logik der Wissenschaft.» Amelies Augen funkelten unternehmungslustig.

«Weißt du, was Livingstone am Ende seines Lebens gesagt hat?», fragte Gustav und beantwortete seine Frage gleich selbst: «Nach so vielen Jahrzehnten in Afrika verstehe ich die Afrikaner immer noch nicht.»

Im Lager angekommen bat sie Gustav, sie allein zu Kassei gehen zu lassen. Gustav zeigte seine Enttäuschung nicht, aber Amelie spürte, dass es ihm wehtat, jetzt ausgeschlossen zu werden. Er musste sich benutzt fühlen.

Dennoch war sie sicher, dass ihr Entschluss richtig war. Sie sah sich suchend um, doch Kasseis Lager war nicht zu sehen. Viel zu viele Menschen hatten in den vergangenen Tagen ihre Zelte aufgeschlagen. Händler liefen herum, verkauften Ware an die morgen Abreisenden. Mädchen aus dem Ort oder von anderen Karawanen, die in der Ebene lagerten, hatten rasch Bekanntschaft mit den Männern der Safari geschlossen und brachten Leben ins Lager. Es wurde gelacht, gestritten, Musik gemacht. Doch keine Spur von Kassei. Schließlich erkundigte sich Amelie bei Hohlbein nach seinem Verbleib.

«Der ist gleich nach Ihnen fort. Er sagte, er erwartet Sie, Frau Doktor», antwortete Hohlbein.

Amelie wandte sich an Kolelo. «Führe mich zu deinem

Onkel», sagte sie zu dem Jungen. Ohne zu zögern lief Kolelo los und geleitete sie an den Platz, an dem Kassei unter einer üppig grünen Schirmakazie seine spezielle Art von Praxis eröffnet hatte.

Es sah nicht so aus, als ob Kassei sie tatsächlich erwartete: Der Medizinmann saß mit geschlossenen Augen auf seiner Matte. Er wiegte seinen Oberkörper langsam vor und zurück. Um ihn herum standen die üblichen Utensilien. Der Junge setzte sich schweigend neben den *mganga*, schloss die Augen und begann sich in der gleichen Art zu bewegen.

Amelie stand daneben und wusste nicht, was sie tun sollte. Sie fühlte sich überflüssig. Nur eines war offenkundig: Sie hatte den richtigen Knaben gebracht. Aber hatte sie dafür keinen Dank verdient?

Sie ließ die beiden alleine und kehrte zu Hohlbein und Klemm zurück, die gemeinsam mit Hansl Schneider das Verschnüren der medizinischen Ausrüstung überwachten. Der heldenhafte *bwana ngwena* war von Klemm behandelt worden und trug nun den linken Arm in einer Schlinge. Er radebrechte ein aberwitziges Kauderwelsch aus Kisuaheli, Englisch und Deutsch, aber jeder verstand ihn. Seine Unglücksfälle hatten dem scheuen Jüngling offenkundig einen Schub an Selbstbewusstsein gegeben. Afrika mochte manchen guten Mann zerstören, wie Stein gesagt hatte, aber es formte auch Jünglinge zu Männern. Auf Doktor Klemm jedoch hatte das afrikanische Abenteuer keinen positiven Einfluss. Ständig die *kiboko* schwingend, gab er seine Wünsche in ungeduldigem Kommandoton kund.

Bevor sich Amelie nach dem Abendessen zum letzten Mal in ihre behagliche Offiziersunterkunft zurückzog, teilte sie Gustav ihre Sorge mit: «Klemm erscheint mir wie ein Pulverfass, das jeden Moment explodieren kann.»

Der einstige Jugendfreund lehnte sich zu ihr und flüsterte: «Badili sagt, der *bwana dactari* braucht dringend eine *bibi*.»

«Stanley, dieser Aufgabe sind wir nicht gewachsen.»

Die Karawane verließ das weite Land jenseits des Großen Grabens. Schnurgerade zog sich der von ungezählten Füßen ausgetretene Sandweg durch eine Landschaft von karger Schönheit. Nicht weit vom Weg entfernt lagen immer wieder Dörfer mit spitzkegeligen Rundhütten. Kassei ließ die Karawane zumeist in der Nähe dieser kleinen Siedlungen Rast machen, da man sich dort ohne große Umstände mit Federvieh und Gemüse eindecken konnte.

Tagelang kam man rasch voran. Doch dann erkrankte Doktor Klemm am Rückfallfieber. Seine Temperatur stieg bis auf fast 41 Grad, was eine Fortsetzung des Marschs unmöglich machte. Da die Erkrankung in Schüben verlief, blieb nur Abwarten. Der Arzt war ein ungeduldiger Patient, der seine beiden Boys ständig zu Botengängen ausschickte. Als er einmal mitten in der Nacht seinen schlanken, baumlangen Boy rief, erschien an seiner Stelle der kräftigere der beiden. In fiebrigem Zorn beharrte Klemm auf dem zuerst gerufenen. Da gestand der andere Boy, dass sein Gefährte nicht im Lager sei. Sondern stattdessen in einer der Hütten des nahe gelegenen Dorfes nächtigte.

«Er ist bei einer *bibi*», sagte der Junge.

Der aufgebrachte Doktor schilderte die Geschichte am nächsten Morgen Hohlbein, und der sagte in seiner oftmals wortkargen Art: «Dann ist wenigstens geklärt, wieso Sie an Rückfallfieber leiden.» Klemm verstand nicht, und Hohlbein musste notgedrungen ausholen: «In den Hütten der Einheimischen gibt es Zecken, die das Fieber übertragen. Die Boys nehmen ihre Schlafmatten mit in die

Hütten, und die Zecken setzen sich darin fest. Wenn wir weitermarschieren, rollt der Boy seine Matte mit Ihrem Bettzeug zusammen. So gelangen die Zecken zu Ihnen, Doktor.»

Als der Boy wieder im Lager erschien, prügelte der Doktor ihn so lange mit der Nilpferdpeitsche, bis sich der Afrikaner am Boden wand.

Weder Amelie noch Gustav hatten davon etwas mitbekommen, da sie gemeinsam mit Hohlbein und Paasche auf der Jagd gewesen waren. Es war Gustavs Boy Badili, der von dem Vorfall berichtete.

«Beide Boys vom *bwana dactari* sind weggelaufen», sagte Badili.

Amelie war empört. «Ich finde Ihr Verhalten unverantwortlich, Eduard», hielt sie ihm schroff entgegen. «Wie können Sie sich so gehenlassen? Sie haben einen jungen Mann verprügelt, der eine Dummheit begangen hat, von deren Auswirkung er gewiss nichts geahnt hat.» Sie musterte den in Schweiß gebadeten Mann. «Woher hatten Sie überhaupt die Energie? Wenn Sie so viel Kraft haben, dann wären wir besser weitergezogen!»

Als Amelie nach dem Abendessen mit Gustav zusammensaß, zog sie ihn ins Vertrauen. «Ich mache mir Sorgen, wie sich das mit Doktor Klemm weiter entwickeln wird. Das Atoxyl, mit dem wir die Schlafkranken in Udjidji behandeln wollen, ist gefährlich. Es enthält Gifte wie Arsen, die auf die Nerven wirken. Vom Quecksilber vermutet man, dass es blind macht. Wenn Doktor Klemm nicht mit Geduld die richtige Dosierung herausfindet, spritzt er zu viel Atoxyl.»

«Das ist ja ein Teufelszeug, Melli!»

«Nur, wenn es in die Hände eines Teufels fällt.»

Gustav trank seine Tasse aus und drehte sie bedächtig in den Händen; er hatte Geschmack an Amelies Teesorte gefunden. «Was sich Klemm mit dem Boy geleistet hat», sagte er leise, «so etwas kann ich nicht dulden. Wenn das noch einmal vorkommt, dann ...» Er brach ab.

Sie wussten beide, dass ihm die Hände gebunden waren. Auf dem *bwana mkubwa* ruhte ein Kartenhaus namens Expedition.

Gustav entschloss sich, keine weitere Rücksicht auf die Gesundheit des Doktor Klemm zu nehmen und setzte den Marsch fort. Allerdings ließ er den Arzt in einem aus Bambus und Seilen gebastelten Gestell tragen. Schon am frühen Nachmittag wurde das Lager erneut aufgeschlagen. Amelie legte sich mit Kopfschmerzen ins Zelt und fiel bald in unruhigen Schlaf. Als sie wach wurde, war es immer noch hell, doch die dunklen Zeltplanen sorgten für eine Dämmrigkeit, die es schwer machte, zwischen Schlafen und Wachen zu unterscheiden. Sie rieb sich die Augen und stellte verwirrt fest, dass sie sich an ihren Traum erinnerte. Eine Schlange war unter dem Bett hervorgekrochen und ...

Amelie setzte sich ruckartig auf. Durch die Gaze des Moskitonetzes hindurch erkannte sie eine kriechende Bewegung. Jago lag schlafend auf der Seite, die Beine ausgestreckt. Das Reptil war gleich bei ihm.

Amelie hob das Moskitonetz, beugte sich aus dem Bett, um nach dem Gewehr zu greifen. Das letzte Ende des Schlangenleibs glitt über die in eine Zeltplane eingeschlagene Winchester. Packte sie das Gewehr, so hatte sie keine Zeit für ihre eigene Verteidigung. Es war eine unlösbare Situation: Entweder sah sie zu, wie das Reptil Jago angriff. Oder sie fiel selbst der Schlange zum Opfer.

Jago war aufgewacht und stellte sich Zähne fletschend dem Angreifer. Der Vorderkörper der Schlange richtete sich auf, tänzelte nach rechts und links. Bereit, wie eine Peitsche auf Jago niederzuschnellen und sofort zuzubeißen. Der Hund hätte keine Chance zu überleben. Das Gift der Kobra würde sein Herz nur noch für wenige Minuten schlagen lassen. «Jago! Aus!» Amelie packte das Gewehr, sprang aus dem Bett und spannte den Hahn.

In diesem Moment warf jemand etwas ins Zelt. Eine Art Wiesel huschte über den Boden und attackierte die Schlange. Das Reptil wandte sich zwar dem Angreifer zu, konnte seine Taktik jedoch nicht mehr dem neuen Herausforderer anpassen. Sein aufgerichteter Oberkörper klatschte nieder, verfehlte aber das etwa einen halben Meter lange, schattenhafte Wesen. Immer wieder wich es aus, die Schläge der Schlange gingen ins Leere.

Amelie starrte auf das Geschehen, den Lauf des Gewehres bald hier-, bald dorthin richtend, bereit, bei sich bietender Gelegenheit abzudrücken.

«*Bibi uleia*, kommen», sagte eine Knabenstimme auf Kisuaheli.

Kolelo stand im Zelt, hinter sich die geschlossenen Planen.

«Langsam, *bibi uleia*. Hund rufen.»

«Jago, komm», sagte Amelie wie stets auf Deutsch.

Das Gewehr im Anschlag, ging sie an dem Jungen vorbei rückwärts aus dem Zelt. Draußen wurde sie von der Helligkeit des Nachmittags geblendet. Jago blickte fragend zu ihr auf. Langsam ließ sie das Gewehr sinken. Minuten verstrichen, und nichts geschah.

Mundu näherte sich.

«*Bibi dactari* schlafen nicht gut?», erkundigte sich der Boy. «Tee ist fertig.»

«Ja, danke, Mundu. Du darfst servieren», sagte Amelie geistesabwesend und starrte unverwandt auf den Zelteingang.

Endlich erschien Kolelo, ein braunes, fast graues Tier krabbelte auf seinen Schultern. Es erinnerte Amelie an eine Ratte. Der schmächtige Junge trug eine hell- und dunkelgrau geringelte Schlange auf den Armen, die etwa zwei Meter lang war. Seine Hand umschloss das Maul des Reptils. Die Art, wie der Junge mit dem todbringenden Tier umging, ließ die Gefahr vergessen, die von ihm ausging. Der Herr der Lage war Kolelo, ein Kind.

Hinter Amelie fiel das Teegeschirr laut scheppernd zu Boden, Mundu suchte schreiend das Weite: «*Mamba, mamba!*»

Ohne ein Wort der Erklärung wandte Kolelo sich ab. Nach einer Schrecksekunde erwachte Amelie aus ihrer Starre und folgte, Jago an ihrer Seite.

«Was machst du mit der *mamba*?», fragte sie auf Kisuaheli.

«Bringe *mamba* weg», sagte der Knabe mit größter Selbstverständlichkeit.

«Du musst sie töten, Kolelo! Sie wird wiederkommen. Und dann bist du vielleicht nicht da.»

Woher auch immer er gekommen war.

Unbeirrt setzt der Junge seinen Weg fort. Vorbei an erschrocken zurückweichenden Trägern, Kindern und Frauen, die ebenso wie Amelie noch nie ein solch eigentümliches Schauspiel erlebt hatten. Amelie kam sich reichlich töricht dabei vor, einem Kind mit einem zu groß geratenen Rattentier und einer Schlange um den Hals nachzueilen.

Ob Kolelo vielleicht gar nicht verstand, was sie zu ihm sagte? Sie musterte neugierig den Jungen, der höchstens ein Meter zwanzig groß war. Immer noch wusste sie praktisch nichts über ihn. Seit dem Abmarsch aus Kilimatinde hatte sie ihn allenfalls flüchtig gesehen und stets an der Seite Kasseis, mit dem er an der Spitze der Karawane marschierte. Dann war er wieder über Tage verschwunden gewesen, und Amelie hatte schon angenommen, ihn nie wieder zu sehen. Plötzlich war er wieder aufgetaucht. So, wie gerade eben.

Warte, was geschieht, hatte Kassei geraten. Amelie beschloss, sich daran zu halten. Egal, was die vielen Träger dachten, die ihnen nachsahen. Amelie war barfuß, sie trug ihre Safarihose, dazu eines der weißen Herrenhemden, das Hanns ihr überlassen hatte. Es hing aus der Hose, ihr Haar war zersaust. Sie scherte sich nicht darum.

Kolelo hatte einen verlassenen, anderthalb Meter hohen Termitenhaufen aus steinharter, rötlicher Erde entdeckt. Er wand sich den Schlangenleib vom Körper, ohne dabei den Griff hinter dem Kopf des Reptils zu lockern. Dann schob er den Schlangenkopf in ein Loch des von den Termiten errichteten Turms. Blitzschnell ließ er los. Ohne Eile kroch die Kobra in den Termitenhaufen. Nun ergriff Kolelo sein eigentümliches Haustier und stopfte es in den ledernen Sack, den er vor den Bauch gebunden trug.

Er sah Amelie an und verzog sein schmales, ausgezehrtes Gesicht zu einem breiten Grinsen. Es ließ ihn beinahe kindlich wirken. Dann blickte der Junge zu Jago.

«Jago, komm», sagte er auf Deutsch und kniete sich hin. Der Jagdhund lief schwanzwedelnd auf den Jungen zu, und der ließ es zu, sich von Jago beschnüffeln zu lassen.

Amelie hatte das Gefühl, die beiden seien gute alte Bekannte. Fast ausnahmslos hatten Einheimische Angst vor den Hunden der Weißen. Jene, die im Land herumstreunten, wurden bestenfalls mit Steinen beworfen oder mit Tritten verscheucht. Sich so wie Kolelo von einem Hund kosen zu lassen, war mehr als ungewöhnlich. Und woher kannte der Junge den deutschsprachigen Befehl, mit dem Amelie Jago zu sich rief? Ihr kam eine Idee, und sie beschloss, sie auszuprobieren. «Kolelo, komm», sagte sie und ging zurück zum Lager. Der Junge folgte tatsächlich. Zufall? Der gleiche Weg?

Auf Kisuaheli sagte sie: «Danke, Kolelo.»

Der Junge legte die Hand auf die Brust: «Kolelo.»

Da sie ja wusste, wie der Knabe hieß, folgerte sie, dass es weniger um seinen Namen als um seine Aufgabe ging – der Schlangenhüter. Dass er das war, hatte er in der Tat bewiesen: Er hatte Leben gerettet.

Amelie deutete auf den Beutel, in dem der Junge seinen eigenwilligen Gefährten verbarg. «Was für ein Tier ist das?», fragte sie auf Kisuaheli.

Seine Antwort bestand aus zwei Worten: «*Mnyama nguvu*» – Tierkraft.

Amelie fragte sich, ob Kolelo ein Krafttier meinte. Gewissermaßen den Gefährten des Seelentieres? Doch wie sollte sie das ausdrücken? Wie konnte sie mehr über diesen eigenwilligen kleinen Kerl herausbekommen?

Direkt vor ihren Füßen lag ein Stock, den sie aufhob, Jago zeigte und weit von sich schleuderte. Der Hund apportierte, und Amelie reichte den Stock an Kolelo. Ein Strahlen verwandelte das alte Gesicht des Jungen in das eines Kindes. Er warf den Stock. Und das wiederholte sich etliche Male.

Amelie rief Jago zu sich, er gehorchte, und sie legte den Stock zu ihren Füßen ab. Sie hockte sich neben ihn. «Hund», sagte sie auf Deutsch. Und blickte Kolelo an.

«Hund», wiederholte der Junge.

Sie streichelte Jago. «Lieber Hund.» Kolelo wiederholte die zwei Worte. Und hockte sich neben Amelie, um Jago mit einer ähnlich zarten Geste über den Kopf zu fahren. Auf Kolelos Handrücken zeichneten sich zwei frische kleine Wundlöcher ab.

Amelie erschrak und fasste nach seiner Hand. «Die *mamba* hat dich gebissen! Oh, mein Gott, Kolelo. Du musst zu Kassei, sofort! Ohne Gegengift stirbst du.»

Aber dann hätte er schon längst tot sein müssen ...

Das Kind blieb ruhig, natürlich verstand es kein Wort. Oder doch? Kolelo machte seine Hand frei und deutete auf die unzähligen Narben, die senkrecht über seinen Hals verliefen. Dann hob er sein Hemd und drehte ihr den Rücken zu.

Der Anblick ließ Amelie das Blut in den Adern gefrieren. Beidseits der Wirbelsäule trug der Junge unzählige, winzige Narben, die jenen von Schlangenbissen nicht unähnlich waren.

Der Junge ließ den Kanzu los und guckte sie an. Er legte die mit einer anderen Sorte Narben geschmückte Hand auf seine Brust. «Kolelo», sagte er.

Es schien alles zu erklären, was Amelie fürchtete niemals zu verstehen.

Kassei war damit beschäftigt, *daua* an die Träger zu verteilen. Amelie setzte sich in der Nähe auf den Boden. Der Vorrat an Kräutern des Medizinmannes schien unerschöpflich. Die Erklärung konnte nur sein, dass er sie in der Nähe des jeweiligen Lagers fand. Amelie traute dem *mganga* zu, dass er Rastplätze sogar unter diesem Gesichtspunkt auswählte. Nachdem sie eine kleine Ewigkeit gewartet hatte, beendete Kassei die Behandlungen. Oder die Patienten verschwanden freiwillig, so genau durchschaute Amelie das Prinzip nicht. Von Kolelo war nichts zu sehen.

Amelie überreichte jenen Beutel mit Tabak, den sie auf dem Markt in Kilossa erstanden hatte. Kassei nahm ein paar Krümel, führte sie prüfend an die Nase und konsumierte eine so verschwindend geringe Menge davon, wie sie noch nie einen Mann hatte schnupfen sehen.

«Gut», sagte der Medizinmann. Er grinste. «Medizin für Medizinmann.» Aber wieder kam ihm kein Wort des Dankes über die Lippen. «Du willst reden über Kolelo.»

«Ja. Ich habe festgestellt, dass dein Neffe ein Talent für Sprachen hat.» Sie hatte sich entschlossen, jenem Beispiel zu folgen, das Gustav mit Badili gab. «Erlaubst du, dass Kolelo mein Boy wird?», fragte sie.

Kassei blickte sie an, die Schatten des offenen Feuers tanzten in seinem Gesicht. Er lächelte. «Ein Beutel Tabak für einen Boy, *bibi uleia*?»

«O nein!», rief Amelie. So etwas Dummes hatte sie selten angestellt. Solch eine Gedankenlosigkeit! Sie hätte sich ohrfeigen können. «Den Tabak ... ich hatte ihn vergessen, er lag unten in meinem Gepäck und ... Kassei, ich habe ihn mitgebracht, weil ich mich bedanken wollte. Kolelo hat Jago und mir das Leben gerettet. Und ...»

Der *mganga* hob abwehrend die Hände. «Du hilfst Kolelo dem Sultan zu entkommen. Kolelo ist da, wenn du Kolelo brauchst. Du willst Kolelo lehren. Das ist danke, *bibi uleia*. Helfen ist besser als reden. Das wahre Wort kommt nur von Gott. Darum bleibt dem Menschen die Tat.» Er nahm den Tabaksbeutel und reichte ihr ein Säckchen. Als sie hineinsah, entdeckte sie darin Zweige mit trockenen Blättern. «Davon tue in Wasser und koche es zwei Stunden. Es ist gegen das Fieber der Malaria.»

Bislang hatte niemand Malaria. Und wenn, so gab es dagegen Chinin-Tabletten. Doch Amelie schwieg, Kasseis Träume waren ihr wohl wieder ein paar Schritte voraus.

«Ich schicke Kolelo zu dir», teilte Kassei ihr mit.

Der Junge kam am nächsten Morgen noch vor dem Aufbruch der Karawane, nur mit seinem Bündel vor dem Bauch. Amelie stellte ihn Mundu vor und sagte ihm, er solle Kolelo anlernen. «Der *bwana mkubwa* hat keine Boys mehr. Also wirst du für ihn arbeiten und Kolelo alles zeigen, damit er mein Boy sein kann. Behandle ihn gut, Kolelo steht unter meinem Schutz.»

Mundu verneigte sich: «Ja, *bibi dactari*.»

Dann stellte sie Kolelo allen anderen vor, auch Gustavs Boy Badili. Die beiden unterhielten sich nach kurzem Wortwechsel in einer Sprache, die Amelie nicht kannte. Sie verstanden sich gut, lachten miteinander.

In den folgenden Tagen marschierte die Karawane bei strömendem Regen. Bäche schwollen zu Flüssen an, die Moskitos wurden mit jedem Tag aggressiver, Ungeziefer setzte den Reisenden zu. Der Hunger kam zurück, und Essensrationen mussten halbiert werden, obwohl die Menschen unter den viel größeren Strapazen umso mehr zu leiden hatten. Dann erwischte es Hohlbein. Er klagte nicht, doch man sah ihm das Fieber an.

Kolelo kochte ungefragt Wasser mit jenen Zweigen ab, die Kassei Amelie gegeben hatte: «Für *bwana mbafu mbili.*»

«Der Herr der zwei Rippen?» Amelie musste lachen. Hohlbein war wirklich ein extrem dünner Mensch. Sie brachte Hohlbein den intensiv nach Kräutern duftenden Tee in sein Zelt. «Kassei sagt, das hilft gegen Malaria», sagte die Ärztin. «Wollen Sie es probieren?»

«Sie würden es mir nicht bringen, wenn Sie nicht auch von der Wirkung überzeugt wären.» Hohlbein trank und verzog nicht einmal das Gesicht.

Um ihn aufzuheitern, erzählte sie ihm von dem Spitznamen, den Kolelo ihm gegeben hatte.

«Ja, ich weiß», erwiderte Hohlbein. «Das kommt von Badili. Er kann Hohlbein nicht aussprechen. Wenn Sie nicht dabei sind, nennt er Sie *dactari mganga.*» In seinen fiebrig glänzenden Augen lag ein Lächeln.

Am nächsten Morgen stellte Amelie fest, dass sein Fieber nicht gestiegen war.

«Lassen Sie uns nach Tabora kommen», sagte der tapfere Mann und ließ sich auf seinen Maulesel helfen. Zuvor hatte er noch einmal den Malaria-Tee getrunken. Wenige

Tage später war Hohlbein völlig fieberfrei. Er hatte nicht einen Tag im Zelt liegen bleiben müssen. Lediglich nach jeder Tagesetappe hatte er strenge Bettruhe gehalten.

«In Iringa hatten wir einen Kameraden. Der schwor nach einer solchen Therapie mit *daua* auf die Medizin der Einheimischen», erzählte Hohlbein. Er lächelte. «Der konnte auf keinen Neger mehr schießen. Ein Feind ist nur ein guter Feind, solange man ihn nicht kennt.»

Unter schweren Regenwolken zog die Karawane durch ausgedehnte Wälder und erreichte die von weiten Hügelketten gesäumte Ebene von Tabora. Zwei Stunden lang lief man durch Ortschaften und bestellte Felder. Die auf einer Anhöhe gelegene Festung von Tabora war die größte im Inland. An dem von den Arabern gegründeten Ort führten die großen Karawanenrouten in alle vier Himmelsrichtungen.

«Hier herrscht Friede», sagte der Kommandant der zehnten Kompanie der Schutztruppe. «Und das bekommt dem Handel gut.» Oberleutnant Rupprecht war ein Mann von untersetzter Statur mit Stoppelhaarfrisur; er erinnerte Amelie an einen Igel. Die Schnellladekanonen und Maschinengewehre waren sein ganzer Stolz. Seine 140 Askaris hatten zur Begrüßung von Gustav und Paasche strammstehen müssen.

Drei Wochen waren vergangen, seitdem Amelies Karawane aus Kilimatinde aufgebrochen war.

«Für dieses Stück haben wir so lange gebraucht, wie die Bahnreise von Berlin nach Neapel und die Schiffsfahrt von dort nach Tanga dauert», rechnete Klemm nach. Mit einem Schluck deutschen Bieres spülte er beim Abendessen die Strapazen hinunter.

Gustav hob seinen Humpen und blickte aufmunternd

in die Runde: «Prost, meine Herren!» Er trank. «Das Gute daran ist: Wir haben nur noch ein Viertel vor uns.»

«Oberleutnant, das Viertel wird Ihnen länger erscheinen als der ganze Rest.» Oberleutnant Rupprecht wollte dem Stabsoffizier offensichtlich keinen Mut machen. «Das Tal des Mlagarassi steht kilometerweit unter Wasser. Sie werden Kanus brauchen. Sie haben Pech, dass die Regenzeit dieses Jahr so spät begonnen hat.»

Die ganze Zeit über hatte Amelie das Gefühl, etwas vergessen zu haben. «Wissen Sie, ob eine Karawane durch Tabora gezogen ist, die von einem Araber namens Rashid angeführt wird?», fragte sie.

«Wir haben einen Teil unserer Karawane nach Udjidji vorausgeschickt», assistierte Dr. Klemm, das Geschehen eindeutig beschönigend.

«Es ist eine weiße Frau dabei», betonte Amelie. «Das fällt gewiss auf.»

«Das denke ich auch», pflichtete der Kommandant bei. «Ich werde Ihnen Bescheid sagen.»

Am nächsten Tag erstand Amelie neue Vorräte. Sie kehrte gerade mit Badili und Kolelo, die für sie übersetzt hatten, sowie einigen Trägern in die Boma zurück, als Oberleutnant Rupprecht ihr entgegenkam.

«Frau Doktor, meine Männer haben sich überall nach diesem Rashid erkundigt. Die Karawane, von der Sie sagen, dass Sie nach Udjidji marschieren soll, ist nicht durch die Stadt gekommen.»

«Sind Sie sicher, Oberleutnant?»

Der Offizier schüttelte bedauernd den Kopf. «Es tut mir leid. Tabora ist zwar eine große Stadt. Aber wer vorbeikommt, kauft bei den Händlern. So viele Menschen und eine weiße Frau ... Nein, hier waren sie nicht.»

«Könnten Sie einen anderen Weg genommen haben?»

«Kaum, Frau Doktor. Nicht, wenn sie nach Udjidji wollen. Alle anderen Wege sind von den Regenmassen fortgeschwemmt worden. Und selbst bei Trockenheit gibt es keinen besseren Weg.»

Amelie sah das Gesicht des verärgerten Tischlermeisters Doll vor sich, der sich von ihr hintergangen gefühlt hatte und die Angst in Hermines Augen, als der Abschied gekommen war.

Sie hörte sich sagen: *Wir sehen uns in Udjidji wieder.*

14.

Gustav hatte die deutschen Teilnehmer der Atoxyl-Expedition in seine geräumige Offizierswohnung gebeten, um die neue Entwicklung zu besprechen. Sie lag im zweiten Stockwerk eines der vier massiven Häuser auf dem weitläufigen Gelände der Kaiserlichen Station erster Klasse, wie man die bedeutende Boma nannte. Vom Fenster aus übersah Amelie weite Teile der aus ungezählten Hütten bestehenden Siedlung. Üppige Gärten und Haine mit Mangobäumen bewiesen, wie fruchtbar das Land war. Und die breiten Sandwege zeigten an, wie gut man von hier aus wieder verschwinden konnte in den Weiten der Wildnis.

«Mehrere hundert Mann! Die können sich doch nicht in Luft auflösen!», hörte Amelie Eduard Klemm poltern.

«Ich glaube», meldete sich Hohlbein sehr leise zu Wort, «ich muss etwas sagen.»

Amelie drehte sich um und sah ihn aufmerksam an.

«Vielleicht hätte ich es schon längst erwähnen sollen», sagte Hohlbein.

«Sergeant, Sie haben eine Erklärung für das Verschwinden dieser Menschen?» Gustav saß hinter seinem mit Expeditionsunterlagen bedeckten Schreibtisch. Er machte auf Amelie den Eindruck, als würde er die Runde ins Verhör nehmen.

Hohlbein blickte Gustav an. «Nicht direkt, Herr Oberleutnant. Aber vielleicht ist das, was ich zu sagen habe, ein wenig erhellend. Ich muss dazu erklären, dass ich davon erst erfuhr, als ich nichts mehr unternehmen konnte.»

«Sergeant, kommen Sie auf den Punkt», sagte Gustav knapp.

Hohlbein räusperte sich. Er wandte sich an Amelie. «Der Überfall, Frau Doktor. Sie und meine Wenigkeit hatten anschließend aus den Verletzten Splitter herausoperiert.»

«Die Kisten mit der Aufschrift *hatari*», sagte Amelie. «Ich sagte Schmitt, dass ich nicht glaube, dass darin Munition wäre. Weil die Diebe von Sand gesprochen hatten, den sie darin gefunden hatten.»

«Moment», warf Gustav ein. «Wovon ist die Rede?»

Amelie setzte ihn ins Bild.

«Weder Waffen noch Munition wird in Blechkoffern transportiert», stellte Gustav klar. «Man legt die Gewehre in Segeltuch und packt die Munition dazwischen. Das Ganze wird mit Bambusstäben stabilisiert. Das wissen Sie doch, Sergeant. Und Sie hegten dennoch kein Misstrauen, als behauptet wurde, in den *hatari*-Kisten wäre Munition?» Er war bemüht, seine Verärgerung nicht deutlich zu zeigen.

«Gewiss, Oberleutnant», räumte Hohlbein ein. «Aber all das ist unter der Verantwortung von Doktor Stein geschehen. Ein wirklicher Ehrenmann, müssen Sie wissen. Es stand mir als Sanitätsgehilfen nicht zu, Fragen zu stellen.»

Gustav hob beschwichtigend die Hand. «Schon gut, Sergeant. Fahren Sie fort.»

«Sie, Frau Doktor, hatten Schmitt Ihre Zweifel auf den Kopf zugesagt. Aber er hatte geschwiegen. Dann ließen Sie uns allein. Der Weinbrand vor der Operation machte Schmitt gesprächig.» Er blickte Amelie um Verständnis bittend an. «Die härtesten Männer haben mir kurz vor einer Operation schon die furchtbarsten Geheimnisse anvertraut. Einer gestand sogar einen Mord.»

Dieser Mann hatte bislang ein Leben geführt, für das er

nicht gemacht worden war. Er tat Amelie leid. «Und was gestand Ihnen Schmitt?», fragte sie sanft.

«Ich musste ihm mein Ehrenwort als Kamerad geben, dass ich schweige.»

«Was war da drin!», brüllte Klemm ungeduldig.

«Dynamit», sagte Hohlbein endlich.

«Dynamit?!» Klemms Stimme überschlug sich. «Was, bei Gott, tut eine medizinische Expedition damit?»

Der Sanitätsgehilfe, ein lange vor der Zeit gealterter Mann, schüttelte den Kopf. «Das hat Schmitt nicht gesagt.»

Klemm stapfte aufgebracht durch den Raum. «Friedel kann nichts von dem Dynamit gewusst haben! Für so etwas hätte er sich nie hergegeben!»

«Es fällt mir schwer, das zu glauben», sagte Gustav trocken. Er ging um seinen Schreibtisch herum und setzte sich auf die Kante. «Da ich Doktor Stein nicht mehr kennenlernen konnte, würde es mich natürlich schon interessieren, wer er war. Wären Sie so freundlich ...» Gustav bedeutete Klemm, sich zu setzen.

Klemm ignorierte ihn. Niemand sprach ein Wort.

Gustav straffte seinen Körper. «Doktor Klemm, als Leiter der Expedition Messingnagel sollte Ihnen bekannt sein, dass der Transport von Dynamit beim Gouvernement unter Angabe der Menge und des Verwendungszwecks angemeldet sein muss. Dies ist, wie ich vermuten darf, nicht geschehen. Damit ist die Expedition Messingnagel hier in Tabora beendet. Und zwar so lange, bis der Verdacht aufgeklärt ist, dass einer ihrer Zwecke darin bestand, verbotenerweise Dynamit zu schmuggeln. Ich muss Sie darüber aufklären, dass ich Sie alle unter Arrest setzen kann.»

«Das können Sie nicht machen!» Klemm, puterrot im Gesicht, packte Gustav am Kragen.

Gustav rührte sich nicht. Er blickte lediglich auf die

Hand des Arztes. «Doktor, würden Sie bitte Platz nehmen?»

Amelie hatte das Gespräch vom Fenster aus verfolgt. Die Situation hatte etwas Beklemmendes. Wie sehr konnte sie dem einstigen Jugendfreund trauen? Er hatte bereits in Kilossa ziemlich deutlich zu verstehen gegeben, dass er Klemms und ihre Unternehmungen an den Gouverneur berichten würde. Oder war das ein Kräftemessen zwischen Klemm und Gustav, das nichts zu sagen hatte? Sie beschloss, der Diskussion die Schärfe zu nehmen.

«Ich kann mir nicht vorstellen, dass wir uns bis hierher gequält haben, damit wir nun zurück nach Daressalam laufen», sagte Amelie. «Vor allem aber fühle ich mich hintergangen. Ganz außer Acht gelassen haben wir bei all dem das Ehepaar Doll. Zivilisten, die mit Rashid und dem Dynamit irgendwohin unterwegs sind.»

«Rashid ist selber wie Dynamit», sagte Hansl Schneider mit gequältem Lachen.

«Eduard, wie gut kannten Sie Doktor Stein und wie gut kennen Sie Herrn Messingnagel?», fragte Amelie.

«Livingstone», sagte Klemm mit triefender Ironie, «sagen Sie Ihrem Stanley lieber, dass er uns nicht wie Verbrecher behandeln soll. Ich bin Arzt!»

«Ich finde, Frau Doktor Freyer hat ein Recht, von Ihnen eine Antwort zu bekommen», erwiderte Gustav.

«Friedel, Gottlieb und ich sind Freunde. Alte Freunde!», schnaubte Klemm. «Friedel und ich haben uns beim Studium in Halle kennengelernt. Gottlieb ist ein Schulkamerad aus Hildesheim, der früh nach Berlin gegangen ist, um dort sein Glück zu machen.»

Amelie registrierte verwundert, dass der chamäleonhafte Messingnagel bestenfalls gelernter Berliner war. Nicht mal in diesem Punkt hatte sie ihn durchschaut.

«Eines Tages», fuhr Klemm nun ruhiger fort, «gab Gottlieb in Hildesheim ein Fest. Ich nahm Friedel mit und machte ihn mit Gottliebs Schwester bekannt; die beiden verliebten sich Hals über Kopf. Ich war selbstverständlich der Trauzeuge.»

«Wenn das so ist», sagte Amelie, «dann werden Sie und Herr Messingnagel sich ja wohl nicht hintergehen.» Sie erzählte, dass sie die Blechkisten mit der Aufschrift *hatari* erst am Morgen des Aufbruchs entdeckt hatte, da sie in einem Magazin verborgen gewesen waren. «Ich könnte mir vorstellen, dass diese Kisten schon dort waren, bevor Messingnagel in Morogoro eintraf. Ist einem von Ihnen aufgefallen, dass Gupta oder Rashid solche Kisten heranschaffen ließen?», fragte Amelie die drei infrage kommenden Männer.

Hohlbein, Schneider und Klemm verneinten. Doch Amelie beruhigte das nicht; Hohlbein hatte sein Wissen wochenlang für sich behalten. Warum? Nur wegen eines Ehrenwortes, das er einem Mann wie Schmitt gegeben hatte? Männer, dachte sie, handelten manchmal nach nicht nachvollziehbaren Gesetzen, die mit Logik nicht das Geringste zu tun hatten. Aber Frauen warfen sie gern vor, dass sie von logischem Denken nichts verstünden. *Die Leidenschaft des Weibes*, hatte Koch ihr unterstellt.

Bei diesem Gedanken musste sie lächelnd den Kopf schütteln.

«Sie amüsieren sich gut, Amelie?», fragte Klemm scharf.

Die Askaris in der Boma von Tabora hatten ein neues Maskottchen gefunden: einen kleinen Jungen, der mit einem deutschen Jagdhund über den sandigen Exerzierplatz tollte. Und ihm dabei deutsche Kommandos gab: «Jago, komm, bring Stock!»

Die einheimischen Soldaten bogen sich vor Lachen.

Der Stationskommandant, die Arme über dem runden Bauch verschränkt, sah dem Schauspiel wohlwollend zu. Neben ihm wartete Gustav im weißen Ausgehanzug darauf, dass Amelie ihre Toilette beendete und bereit zu einem Spaziergang über den nahen Markt war. Im Vertrauen auf die Waschkünste der Boys trug sie ein Kleid und weiten Sonnenhut, als sie sich zu den Herren gesellte.

«Hunde und Kinder», kommentierte der Kommandant das Geschehen, «sind am gelehrigsten von allen Geschöpfen.»

«Und was ist mit den Herren der Schöpfung?», fragte Amelie mit zuckersüßem Lächeln.

Gustav bot ihr seinen Arm. «Kommen Sie lieber mit zum Markt, Frau Doktor, bevor Sie das Weltbild von uns wackeren Offizieren weiter erschüttern.» Nach ein paar Schritten erzählte er, was er versprochen hatte herauszufinden: «Ich habe nach Kilimatinde telegrafiert, und Leutnant Gontermann hat mir geantwortet, dass Rashids Karawane dort noch durchgezogen ist.» Er hob die Schultern. «Leider hat der Kamerad nicht mitgeteilt, wohin.»

«Hast du eine Vermutung, Gustav?»

«Kilimatinde liegt so zentral! Rashid kann überallhin gegangen sein. Eine so große Karawane hinterlässt zwar Spuren, doch es gibt leider Wichtigeres, als ihnen zu folgen.» Gontermann sei damit beschäftigt, einen östlich seiner Station aufgeflammten Aufstand niederzuschlagen.

Der Markt schwirrte von Stimmen, die unterschiedlichste Dialekte sprachen. Fliegende Händler hatten ihre Waren ausgebreitet, ansässige Araber und Inder hatten sich Holzhütten errichtet. Die beiden Weißen wurden so sehr bedrängt, dass eine Fortsetzung des Gesprächs unmöglich war. Tabora, mit seinem überbordenden Angebot an Kostbarkeiten, wirkte wie das letzte Aufatmen vor einer großen Anstrengung. Manche Träger, die Amelie in zurückliegenden Wochen behandelt hatte, traf sie auf dem Markt. Sie erstanden das billige Hirsebier, das die schwere Arbeit vergessen ließ. Amelie und Gustav kauften edle Stoffe, Perlen, Ringe, Armreifen und andere Kleinode. Amelie hoffte, dass beim nächsten Mal nicht alles auf einmal bei einem Sultan abgeliefert werden musste.

Als sie die Träger mit den Einkäufen musterte, fiel ihr ein, dass Gustav mit Arrest gedroht hatte. «Ist das jetzt eigentlich für den Weg nach Udjidji oder den Rückweg?», fragte sie.

Gustav grinste lausbübisch. «Ein Pfiffikus, dieser Messingnagel, sagt der Gouverneur. Er hält übrigens große Stücke auf ihn, nennt ihn einen Entrepreneur.»

«Du hast ihm schon telegrafiert?»

«Ich kann euch doch nicht hier festsetzen, ohne mich zu erkundigen, ob Messingnagel nicht vielleicht sogar den Transport des Dynamits beantragt hat.»

«Und? Hat er?», fragte Amelie gespannt.

«Er hat. Und zwar für Sprengarbeiten in der Saline.»

Gustav berichtete, dass die fragliche Saline zu Messingnagels Unternehmungen gehörte. Sie lag hundert Kilometer östlich von Udjidji und bezog ihren im ganzen Schutzgebiet gerühmten Rohstoff aus mehreren Solequellen.

«Warum ist Rashid dann mit dem Dynamit verschwunden?»

Gustav bot ihr lächelnd seinen Arm. «Ich vermute, Herr Messingnagel und sein Kompagnon Gupta sind rechte Schlitzohren. Und deshalb werden sie die Rätsel, die sie der Welt aufgeben, nicht vor aller Augen lösen wollen. Doch wir werden ihnen schon noch auf die Schliche kommen, verehrte Frau Doktor Livingstone.»

Am Abend vor dem Aufbruch aus Tabora gab Amelie beim Postmeister der Kaiserlichen Station einen Brief an Hanns auf. Sie fragte, ob David ihm dabei helfe, das Poliklinikum aufzubauen und unterrichtete ihn über den Fortgang der Safari. Schließlich bat sie darum, dass er den Ordensschwestern der französischen Mission in Morogoro Geld schicken möge für Hermines Kinder. So, wie die Dinge sich entwickelt hatten, würden die Eltern wohl nicht so rasch zurückkehren.

Dann schrieb sie noch darunter: *Livingstone und Stanley hoffen, das Gelingen ihrer Safari mit Dir in Salama feiern zu können. Es wäre zu schön, wenn wir alle drei wieder vereint wären. Ich hoffe, das bleibt nicht nur ein schöner Traum!*

Der Sammelplatz der Karawane vor den Toren der Boma war voll mit Menschen, Tieren und Lasten. Obwohl die Menge kaum überschaubar war, war Leutnant Paasche unzufrieden: «Uns fehlen Träger. Die Männer haben gestern Abend so viel *Pombe* getrunken, dass sie heute nicht aufstehen wollen.» Eduard Klemm lief mit seiner Nilpferdpeitsche in der Hand hektisch herum. Er schrie deutsche Befehle, die kaum ein Einheimischer verstand. «Der Doktor hat heute sehr schlechte Nerven», sagte Paasche.

Da für die anstrengende, entbehrungsreiche Wegstrecke besonders viele Träger gebraucht wurden, verzögerte sich der Aufbruch so lange, bis die Sonne schon am Himmel stand. Kassei hielt dennoch am Tagesziel fest. Umso rascher musste das Lager am späten Nachmittag aufgebaut werden.

Vom folgenden Tag an führte der Weg durch immer unwirtlicher werdendes, karges Land. Als eine Gruppe von Aasgeiern sich auf die Karawane stürzte, riss der Zug der Menschen auseinander, Träger warfen ihre Lasten von sich und rannten schreiend davon. Gustav ließ die Spitze der Karawane umkehren. Gerade jetzt war es unmöglich, auf Träger zu verzichten. Es blieb nichts anderes übrig, als die verängstigten Männer zur Umkehr zu zwingen.

«Haben Angst», sagte Kolelo, dessen Deutsch enorme Fortschritte gemacht hatte. «In große Vögel leben tote Menschen.»

Eduard Klemm hatte höchstselbst Gefangene gemacht: Vier Träger hatte er in flottem Ritt eingeholt und mit der *kiboko* «erzogen», wie er sich brüstete.

«Wir müssen hart durchgreifen, Oberleutnant», sagte er zu Gustav. Seine Stimme klang wie Metall.

«Sie haben mich in Tabora daran erinnert, dass Sie Arzt sind!»

«Ein *bwana mkubwa* muss sich Respekt verdienen, sonst ist er verloren», gab Klemm zurück.

Nach einem weiteren Tag ließ Kassei bereits am Mittag das Nachtlager aufschlagen. Er rief die Weißen sowie die Trägerführer zusammen. «Ein großer Sturm kommt», warnte Kassei. «Der Sturm reißt alles mit, was nicht festgebunden ist.»

«Wie viel Zeit bleibt?», fragte Gustav.

«Nicht viel», erwiderte der Karawanenführer. Er deutete auf den Himmel, der sich schwefelgelb zu verfärben begann. Dahinter zogen Unheil verkündende dunkelgraue Wolken auf. In jener Ödnis, in der sie sich befanden, war der Boden steinhart. Die Befestigung der Zelte war für die Boys eine Qual.

«Wir bauen nur drei Zelte auf!», rief Gustav gegen das Brausen des Windes. «Das ist sicherer.»

Klemm war gezwungen, sich ein Zelt mit Hohlbein und Schneider zu teilen, Paasche und Gustav nahmen das zweite, nur Amelie erhielt ihr eigenes. Schon wenige Augenblicke nachdem das Zelt befestigt war, brach der

Sturm los. Er rüttelte mit ungeheurer Wucht an den Planen und riss schon bald das Vorzelt davon. Die mühsam ins Erdreich geschlagenen Pflöcke lockerten sich. Amelie versuchte den Boden mit Koffern zu beschweren – doch es war absehbar, dass ihre Behausung den Naturgewalten nicht standhalten würde. Jago stand hechelnd neben ihrem Bett. Schließlich bellte er mehrmals, als wollte er sie auffordern, endlich mitzukommen.

Geduckt rannte sie aus dem Zelt. Der aufgewirbelte gelbe Staub nahm ihr die Sicht, die feinen Sandkörner prasselten schmerzhaft auf die Haut. Jaulend fuhr der Sturm unter Amelies Zelt und trieb es vor sich her. Schließlich erreichte Amelie Gustavs und Paasches Zelt. «Lasst mich rein!», schrie sie gegen den Sturm an.

Gustav öffnete. «Wo ist dein Zelt?», fragte er verblüfft.

«Weg!»

Gustav zog sie ins Zelt, das von den Boys besser im Boden verankert worden war. Paul Paasche rief Askaris herbei, mit denen gemeinsam er rettete, was von Amelies Zelt und Habe zu retten war. Während Jago sich vor den Eingang legte, stand Amelie – von Kopf bis Fuß mit Staub bedeckt – Gustav in dem engen Zelt gegenüber. Sie spürte eine ungekannte Verlegenheit. Sollte sie sich setzen oder stehen bleiben? Ob sie wenigstens die schmutzige Jacke ablegen konnte?

Gesellschaftliche Umgangsformen? Jugendfreundschaft? Notgemeinschaft? Welche ungeschriebene Regel galt?

Gustav streckte die Hand nach ihrem Safarihelm aus, den sie in aller Eile aufgesetzt hatte. Wortlos öffnete sie den Riemen unter dem Kinn und ließ sich den Helm abnehmen. Vorsichtig half Gustav ihr aus der Jacke und legte sie auf den Boden.

«Ich kann dir leider keinen Tee anbieten», sagte er.

«Macht nichts.»

Der Sturm drückte die Planen an ihre Köpfe. Ihre Gesichter waren nur wenige Zentimeter voneinander entfernt.

«Was hast du damals gerufen?», fragte Amelie rau. Ihre Kehle war ausgetrocknet.

«Wann?»

«Am Bahnhof. Als meine Familie aus Berlin wegfuhr.»

«Oh.» Seine graugrünen Augen schimmerten feucht. «Etwas gewiss sehr Dummes.»

«Stimmt nicht. Ich glaube, du hast etwas mit Udjidji gerufen.»

«Du hast es dir gemerkt?»

«Es tat weh, dich da so allein stehen zu sehen.»

Ganz zart strich Gustav über ihre verstrubbelten Locken. «Wenn ich an dich gedacht habe, sah ich das Mädchen, das du damals warst. Ich versuchte mir dann vorzustellen, wie du dich wohl verändert hast.»

Amelie hob ganz langsam ihre Hand und legte sie auf seine, um sie auf ihre Wange zu führen. «Genau dort. Dorthin hattest du mich geküsst. Nur ein einziges Mal. Deine Lippen waren ganz trocken. Mein Herz schlug wie wild. Es war so zart. So wunderbar und so schnell vorbei. Du wolltest nicht, dass Hanns es sieht.»

«Nachdem wir im Tierpark gewesen waren», sagte Gustav.

«Es war Frühling, die ersten zarten Blätter zwängten sich aus ihren Knospen. Ich kaufe uns allen Eis, sagte Hanns. Er rannte davon, und wir standen uns so wie jetzt gegenüber. Wir waren Kinder. Aber wir wussten, es war zu spät, um nur noch Kameraden sein zu können.»

Sie setzten sich gleichzeitig auf Gustavs schmales Feldbett, die Augen ineinander versunken. Der tosende Sturm war vergessen. Sie sprachen kein Wort, sahen sich nur tief in die Augen. Die Bilder der Erinnerung huschten vorbei. Ihre Gesichter kamen einander näher, ihre Lippen berührten sich. So zart, als könnte etwas zerbrechen.

Der Sturm hatte noch mehr Regen gebracht. Mit jedem Tag, den sie dem großen Fluss Mlagarassi näher kamen, dessen Wassermassen sich dem Tanganjikasee zuwälzten, wurden die Etappen kürzer, die zurückgelegt werden konnten. An einigen Stellen gab es schmale Hängebrücken, die immer nur ein Träger gleichzeitig überqueren konnte. An anderen Passagen waren die Stege fortgeschwemmt, und oft musste das Kanu benutzt werden. Stunden dauerte es, Hunderte von Menschen von einer Seite zur anderen überzusetzen. Maultiere mussten schwimmen, wurden manchmal fortgerissen und mit ihnen etliche Traglasten. Mühsam wurden die Esel eingefangen und die Lasten aufgefischt. Viele Wege standen hüfthoch unter Wasser. Regnete es nicht, so fielen dicke schwarze Bremsen und Fliegen über die Gepeinigten her und ließen sich kaum vertreiben. An die unzähligen Mücken hatte man sich längst gewöhnt. Dies war die Wildnis des Urwalds, von der es hieß, dass nur die Stärksten sie aushielten.

Eines Tages standen sie vor einem besonders reißenden Zufluss des Urwaldstroms. «Bald haben wir die Wasserfälle des Mlagarassi erreicht», sagte Paul Paasche. «Das Kanu treibt bei dieser Strömung ab.»

Kassei hielt nichts von Paasches Vorschlag, den Flusslauf weiter oben zu durchqueren, wo er ruhiger wäre: «Krokodile und Flusspferde!»

«Und weiter unten?», fragte Gustav.

«Der Fluss ist dort noch tiefer!»

Die Männer wechselten lange Blicke. «Dann eben hier», beschloss Gustav.

Die Beratung ergab, dass man den Fluss paarweise überqueren wollte. Kinder sollten getragen werden.

Paul Paasche sah Amelie an: «Mir wäre es lieber, auch Sie ließen sich tragen, Frau Doktor.»

Gustav grinste. Er ahnte, wie Amelie reagieren würde.

Leutnant Paasche verstand Gustavs Gesichtsausdruck richtig: «War nur ein Vorschlag.»

Kassei legte sich seine Decke auf den Kopf. Kolelo tat es dem Onkel gleich, dann stapften die beiden dicht nebeneinander als Erste durch den Fluss, wobei Kassei mit seinem Stecken die Tiefe des Flusses auslotete und sich damit abstützte. Es sah harmlos aus, obwohl das Wasser an den Körpern brusthoch aufspritzte. Auf jeden Fall war es flacher, als Amelie befürchtet hatte.

«Ich werde mich von einem der Träger durch die Fluten tragen lassen», verkündete Klemm trotzig. «Dafür sind die Männer da.» Er winkte einen der Männer heran, der ohne viele Worte begriff, was von ihm erwartet wurde. Er ging in die Hocke, und Klemm setzte sich auf seine Schultern. Etwa in der Mitte des Flusses strauchelte der Mann, beide stürzten. Paasche und Gustav warfen sich fast gleichzeitig ins Wasser, um beiden nachzukraulen. Es gelang ihnen, Klemm und den Träger ans andere Ufer zu bugsieren, wo die Männer klatschnass zwischen hohem Papyrusgras an Land krochen.

«Das können wir besser, Hansl», sagte Hohlbein. «Du hältst dich an mir fest. Mit einem Arm wirst du nicht kraulen können.» Der Laborgehilfe trug den gebrochenen Arm noch immer in der Schlinge. Das Gespann stapfte langsam, aber stetig voran, und als sie drüben waren, dachte Amelie, dass sie das auch bewerkstelligen könnte. Mundu und Badili waren inzwischen drüben angekommen, Kleidung und Schuhe auf dem Kopf tragend.

Bevor Amelie sich mit einem kräftigen Askari auf den

Weg machte, ergriff sie einen Ast, mit dem sie sich so wie Kassei im Flussbett abstützen wollte. Der Soldat, in voller Uniform, hob sein Gewehr über den Kopf und marschierte los, als wäre er auf dem Exerzierplatz. Auf diesen Schutz konnte Amelie nicht bauen. Erschrocken stellte sie fest, dass ihre Stiefel auf dem glitschigen Untergrund kaum Halt fanden. Und der Stecken brach sofort durch. Sie hätte umkehren und es barfuß probieren müssen. Doch da war ihr Ehrgeiz, es den Männern gleichzutun. Sie versuchte noch einen Schritt und wusste endgültig: Das geht nicht gut.

Da sah sie den Baumstamm. Er trieb quer auf sie zu. Amelie hörte die Rufe von beiden Seiten des Ufers, dann war es schon zu spät. Der Baumstamm traf sie an der Brust. Amelie verlor das Gleichgewicht und wurde von den Fluten mitgerissen.

Sie hatte schwimmen gelernt, in Zürich, als sie dort studierte. Zumindest ein wenig, das Wasser war ihr zu kalt gewesen. Vorher, in Afrika, durfte sie nie im Fluss schwimmen, weil die Mutter Angst vor Blutegeln gehabt hatte.

Vergeblich versuchte Amelie, wenigstens den tückischen Baumstamm zu fassen zu bekommen. Plötzlich tauchte ein Fels direkt vor ihr im Fluss auf; sie bemerkte ihn zu spät. Sie schlug mit dem Kopf dagegen, spürte den Schmerz kaum. Alles verschwamm ineinander, das Wasser, das Ufer.

«Melli ... Melli ... kletter' rauf zu uns! Das schaffste schon. Mutter sieht et nich!»

Gustav saß oben im Baum. Noch ein Stück über ihm war Hanns. Der große Bruder winkte ihr aufmunternd zu.

Amelie blickte nach unten. Zwei Meter hatte sie schon geschafft; wie sollte sie je wieder herunterkommen? Sie sah nach oben zu Gustav.

«Melli ... bitte! Melli!»

«Ihr Puls ist flach. Warum hat sie sich auch nicht tragen lassen!»

Amelie sah in Gustavs Augen. Sie waren dicht über ihr. Darüber spannte sich ein grünes Blätterdach.

«Sind Sie wieder da?» Klemm stand neben Gustav.

Jetzt schob sich auch noch Paul Paasches besorgtes Gesicht vor die Blätter.

«Ja», sagte Amelie, «ich glaube, ich bin wieder da.» Ihr Kopf schmerzte, und sie befühlte ihn; er war dick bandagiert. Amelie vermutete, dass Klemm sie versorgt hatte. «Gustav, hilf mir bitte, mich aufzusetzen.»

Nicht nur er, alle drei Männer fassten mit an, als wäre sie eine Porzellanpuppe. Sie sah an sich herab, das durchweichte Safarizeug klebte an ihr. Das Rauschen des wohl immer noch nahen Flusses dröhnte in den Ohren. Mücken umschwirrten sie. Sie schlug reflexartig nach ihnen und bat darum, auf die Beine gestellt zu werden.

Kassei war in seine Regendecke gehüllt. Er reichte ihr eine dampfende Kalebasse. «Meine *daua* gibt dir neue Kraft, *bibi dactari*.» Er stützte ihre Hand, während sie das würzige, warme Getränk an die Lippen führte.

«Seien Sie vorsichtig. Sie wissen nicht, was darin ist», warnte Kollege Klemm.

Zunächst schmeckte das Getränk, in dem zerkleinerte Kräuter schwammen, nach nichts. Doch dann spürte sie ein Brennen auf der Zunge und gleich darauf am Gaumen und im Hals.

«Trink, *bibi dactari*», sagte Kassei eindringlich.

Nachdem sie die kleine Kalebasse geleert hatte, begann der Druck in ihrem Kopf zu weichen. Das laute Rauschen des Flusses schwoll ab. Sie blickte um sich und stellte erstaunt fest, dass sie sich gar nicht mehr in der Nähe des Flusses befanden. An den fertig errichteten Europäerzelten erkannte Amelie, dass sie lange ohnmächtig gewesen war. Zahlreiche Feuer brannten bereits, Rauchschwaden standen in der Luft. Gustav und Paasche hakten sie unter und führten sie in ihr Zelt.

«Melli, du musst unbedingt die nassen Kleider ausziehen. Schaffst du das allein?» Gustav warf einen verunsicherten Seitenblick zu seinem Freund Paul.

Der sah peinlich berührt zu Boden.

Amelie musste an die Abenteurerin Mary Kingsley denken. Die war in den gleichen Kleidern durch den Urwald gezogen, mit denen sie zu einem Empfang hätte gehen können. Hatte diese unerschrockene Frau an einer Stelle ihres Buchs erwähnt, was sie in vergleichbaren Situationen tat? Wie meisterte eine Dame von Sitte und Anstand eine derart prekäre Lage?

«Es wird schon gehen», sagte Amelie. «Wenn du nur bitte Kolelo rufen würdest.»

«Ich suche ihn», sagte Paul Paasche geschwind und ließ die beiden allein.

«Hast du mich gerettet, Gustav?»

«Es war Paul. Ich bin dir nachgeschwommen. Paul war geistesgegenwärtiger, er rannte am Ufer entlang und sprang später rein. So bekam er dich gleich zu fassen. Ich schob nur noch ein wenig nach.» Er lächelte sie ermutigend an. «Wirkt Kasseis *daua* schon?»

Gustavs Augen schimmerten diesmal eher grün, stellte Amelie fest. «Kannst du mich mal in die Arme nehmen?», fragte sie.

«Ist dir schwindlig, Melli?»

«Nein.»

Da hatte er verstanden.

Die Versorgung jener, die sich ebenso wie Amelie verletzt hatten, und das mühselige Einsammeln der weit abgetriebenen Lasten machte einen ganzen Tag Rast erforderlich. Doch es war kein guter Platz, den Kassei der Not gehorchend hatte wählen müssen. Die Menschen lagerten weit verstreut in der dichten Vegetation, die Askaris mussten unaufhörlich Patrouillengänge machen. Um einer Malaria vorzubeugen, nahmen die Europäer schon seit Tagen hohe Dosen Chinin. Gegen die Horden von Pavianen, die im Dickicht des Urwalds lebten, gab es jedoch kein Mittel. Kreischend schwangen sie sich von Baum zu Baum über die Köpfe der Menschen und klauten alles, was unbeaufsichtigt war.

Amelie lernte eine neue Seite an Jago kennen: Er hasste Affen. Sobald sich einer dem Zelt näherte, raste er hinzu, bellte oder fletschte die Zähne. Die flinken Gesellen waren ihm überlegen. Verfolgte er einen, der sich auf einen Baum flüchtete, tauchten dessen Verwandte bereits auf. Die Pavianhorde erkannte rasch, dass der Hund gegen sie keine Chance hatte. Immer frecher und näher kamen sie ihm. Die Einheimischen verscheuchten die Affen mit Knüppeln. Vor den fingerdicken grünen Schlangen, die sich aus den Bäumen fallen ließen, liefen sie panisch davon. Kolelos rattengroßer Begleiter biss manche Baumschlange tot, die aus dem Nichts aufgetaucht war.

Den Verband, den Kollege Klemm ihr angelegt hatte, ertrug Amelie nicht lange. Es war feuchtheiß, der Verband völlig durchweicht. Sie bat Kolelo, ihn vorsichtig abzuwickeln. Als sich schließlich die bräunlich einfärbte Binde um seine Füße ringelte, zeigte er mit ausgestrecktem Finger darauf und wollte nicht mehr aufhören zu lachen. «Große Schlange, große Schlange!», jubelte er. Jago sprang Schwanz wedelnd um den Jungen herum.

Mithilfe zweier Handspiegel besah sich Amelie die

mit Jodtinktur betupfte Wunde in ihrem dichten Haar. Sie konnte sie nicht unbedeckt lassen; es wimmelte von Spinnen, Raupen und Käfern, die sich aus den Bäumen herabfallen ließen. Amelie kannte sich zu wenig mit dem Krabbelgetier aus, doch sie war sicher, dass eine Spezies darunter war, die ihre Eier in die Wunde legen würde. Kolelo holte seinen Onkel herbei.

Kassei besah sich die Verletzung. Unter seinem mysteriösen bunten Mantel trug der Medizinmann zahlreiche kleine, auf Schnüren aufgefädelte Kalebassen auf der blanken Haut. Der Mann war eine wandelnde Apotheke – dies also war das Geheimnis seines nie versiegenden Vorrats an *daua*! Er träufelte ein wenig Medizin auf die Wunde. Sodann suchte er nach einem ihm geeignet erscheinenden Baum, rupfte ein Blatt davon ab und legte es obenauf.

«Das reicht?», fragte Amelie skeptisch, die ihre Behandlung mit Hilfe des Handspiegels beobachtet hatte.

«Kassei ist ein Kollege», antwortete der Medizinmann vielsagend lächelnd.

Kolelos trockene, harte Hand griff nach einem der Spiegel. «Was ist das?», fragte er auf Deutsch. Es war mittlerweile seine Lieblingsformulierung. Nachdem sie es ihm erklärt hatte, blickte er in den Spiegel. «Spiegel macht zwei Kolelo.» Er gab den Spiegel zurück und schüttelte den Kopf. «Nicht gut.»

«Warum?», fragte Amelie.

Der Knabe sah sie ernst an. «Kolelo zwei nicht hat ...» Er suchte das Wort.

«Seele?», versuchte Amelie zu helfen.

Kassei hatte zugehört. «Ein Medizinmann darf keinen Spiegel haben. Das bringt großes Unglück.»

Amelie legte den Spiegel fort. Seit Tabora befanden sich davon etliche in ihrem Gepäck.

Rhythmischer Gesang und das Schlagen von Trommeln klangen durch den Wald. Eine Karawane kündigte sich an! Die Trägerführer, die beiden Offiziere und sogar Klemm begleiteten Kassei. Solche Begegnungen hatte es auf dem langen Marsch zwar gelegentlich gegeben, doch hier in der verwunschenen Wildnis des Dschungels war das Treffen besonders wichtig, um sich über die bevorstehende Wegstrecke auszutauschen. Amelie war nicht in der Verfassung, sich dem ausgiebigen Palaver zu stellen. Die beiden Offiziere berichteten ihr später, dass die alte Karawanenroute kaum noch passierbar war. Deshalb wählte Kassei für den Weitermarsch einen Umweg.

Doch auf dieser Strecke war es unmöglich zu reiten. Die Ranken hingen so dicht, dass die Maulesel geführt werden mussten. Amelie quälte sich bei jedem Schritt. Die mühsam getrockneten Stiefel waren am Schaft steinhart geworden. Sie scheuerten ausgerechnet an einer Stelle, an der die Haut bei dem unfreiwilligen Bad im Fluss an einem Stein aufgerissen worden war.

Mit sich selbst beschäftigt, bemerkte Amelie erst spät, dass der Boden unter ihren Füßen federte. Mutter Erde schien den Menschen daran erinnern zu wollen, dass er nur auf ihr zu Gast war. Während Schneider übermütig lachend auf und ab hüpfte, taumelten die schwer beladenen Träger wie betrunkene Matrosen, und mancher stürzte mitsamt seiner Last.

«*Daua, daua!*» wurde von hinten gerufen. Wieder geriet der Zug der Menschen ins Stocken.

Kassei, Klemm und Amelie gingen über den mit dichtem, verfaulendem Laub und Wurzeln überdeckten Boden zurück. Mundu und Kolelo schleppten je einen der schweren Arztkoffer.

«Was ist hier mit der Erde los? Fühlt sich an, als wäre man auf einem Schiff», sagte Klemm.

«Erde schwimmt auf Wasser», erklärte Kassei.

Klemm sah ihn verwundert an. «Das heißt, hier drunter befindet sich Wasser?»

Kassei nickte. Er schien sich keine Sorgen zu machen.

«Ist das denn nicht gefährlich?», fragte Klemm.

Kassei blickte den deutschen Arzt vielsagend an. «Safari ist immer gefährlich, *bwana mkubwa*.»

«Wenn Kassei uns das bloß früher gesagt hätte, Eduard!»

Klemm warf Amelie einen empörten Blick zu und machte sich daran, die gequetschte Hand eines Trägers zu bandagieren. Der Mann behauptete, dieser Wald würde von Zauberern und Hexen bewohnt, die Übles vorhätten. Während Amelie und Kassei sich um mehrere Männer bemühten, die sich übergeben hatten und Symptome von Seekrankheit zeigten, stellte sich Jago der Übermacht der Paviane entgegen. Amelie drehte sich gelegentlich zu ihm um und befahl ihm, aufzuhören. Doch der Hund ließ sich diesmal nicht zur Vernunft bringen. Plötzlich hörte sie Jago aufjaulen. Sie sah sich um, konnte ihn aber nirgends entdecken. Beunruhigt bat sie Kolelo, Jago zu suchen. Der Junge verschwand im Dickicht, den Namen des Hundes rufend. Nervös versorgte Amelie die Träger; Jago gehorchte stets aufs Wort.

Dann erschien Kolelo. Er war allein. Tränen liefen über sein mit Narben geschmücktes Gesicht. Ihr erster Gedanke war, dass der Junge sich verletzt hatte. Doch zu dem meistens so unkindlichen Jungen wollten Tränen nicht passen.

«*Bibi dactari*, komm!», presste Kolelo hervor.

Amelie klappte instinktiv ihren Arztkoffer zu und folgte dem Jungen. Sie mussten sich durch Buschwerk und Lianen kämpfen.

Jago lag auf der Seite, seine Flanken hoben sich so

schnell, als hätte er gerade eine rasende Jagd hinter sich gebracht. Als er Amelie nahen fühlte, hob er den Kopf und blickte sein Frauchen an, als bäte er um Verzeihung.

Über und um Amelie herum kreischten die siegestrunkenen Paviane. Ein besonders großer Bursche kam immer wieder mit gebleckten Zähnen heran und trommelte sich mit den Fäusten auf die Brust. Dann stieß er gegen Jago, um zu überprüfen, ob der Hund noch lebte.

Amelie blickte dem Affen direkt in die Augen und breitete beide Hände schützend über ihren Hund; in den Usambarabergen hatte sie als Kind gelernt, dass man sich mit aggressiven Pavianen nicht stritt, sondern ruhig blieb. Der Pavian kreischte laut auf und zog sich zurück; er hatte das Gefühl, Sieger zu sein. Was offenkundig auch der Fall war: Jagos hell gefleckter Bauch war aufgerissen, aus einer langen blutigen Wunde quoll Gedärm.

«Um Gottes willen, was ist passiert?» Gustav kniete sich neben Amelie. «Kannst du ihm helfen, Melli?»

«Ich weiß nicht», sagte Amelie. «Ich habe noch nie einen Hund operiert.»

Sie spürte Gustavs warme Hand auf ihrem Rücken. «Ein Hund ist ein Säugetier. Wie der Mensch.»

Sie blickte in das ernste Gesicht des Freundes. «Ich habe Angst, Gustav.»

«Das musst du nicht.» Er öffnete den Arztkoffer und drehte ihn zu ihr herum. «Du kannst es, Melli. Versuche es.»

Durch die vorsichtige Untersuchung Jagos waren Amelies Hände voller Blut. Gustav spülte sie mit Wasser aus seiner Trinkflasche ab. Jago hatte seinen Kopf auf die vermodernden Blätter und Wurzeln sinken lassen, sein Atem ging flach und schnell.

«Ich werde ihm Laudanum geben», sagte Amelie. Sie tat eine Menge, von der sie nicht wusste, ob sie ausreichte oder zu viel war, auf einen Löffel, schob ihn dem Hund in den Rachen und hielt sein Maul zu. Jago schluckte. Kurz danach fielen seine Augen zu.

«Jago tot?» Kolelos Stimme zitterte. Der ganze kleine Kerl, dem der Biss einer Kobra nichts ausmachte, bibberte.

Jetzt erschien auch Paul Paasche. «O nein, dieser treue Hund!», rief er aus. «Kann man noch etwas machen?»

Nach und nach versammelten sich Hohlbein, Schneider und Badili um Jago. Selbst einige muslimische Askaris, die von Hunden nicht viel hielten, sahen mit versteinerten Mienen zu. Es war, als wäre der Anführer der Karawane den Affen zum Opfer gefallen.

Als Amelie bereits die Gedärme wieder in Jagos Körper geschoben hatte und konzentriert nähte, tauchte schließlich auch Klemm auf. «Was stehen Sie hier denn rum? Das ist doch nur ein Hund», sagte er.

«Sie sind doch das gefühlloseste Individuum auf Gottes weitem Erdboden!», brüllte Hohlbein.

Paul Paasche bugsierte den verdutzten Doktor Klemm fort.

Als die Bauchwunde genäht war, hob Badili den bewusstlosen Jago hoch. Jetzt zeigte sich, dass einer der Affen Jago auch noch ins Genick gebissen hatte. Die Wunde war zwar nicht sehr tief, doch um nähen zu können, mussten zunächst die dichten Nackenhaare entfernt werden. Während Gustav mit seinem eigenen Rasiermesser behutsam zu Werk ging, straffte Amelie die Haut des Hundes. Nachdem sie die Wunde vorsichtig gereinigt und genäht hatte, legte sie einen mit Karbol getränkten Verband an.

«Jago wird nicht laufen können», sagte Hansl Schneider.

«Wir suchen etwas Geeignetes, um ihn zu tragen, Hansl», antwortete Hohlbein.

Als man schließlich wieder aufbrach, ruhte der schlafende und mit Verbänden umwickelte Jago in einer aus einem Vorzelt gebastelten Trage. Kolelo trug vorne, Badili hinten. Dass der Boden, über den sie liefen, ungemütlich schwankte, bemängelte niemand mehr. Die hinterhältigen Affen wirkten viel bedrohlicher.

Am Abend suchte Kassei einen Lagerplatz in der Nähe eines Dorfes aus. Der Untergrund wirkte stabil, es schien, als ob der schlimmste Teil des Dschungels vorüber sei. Jago kam zu sich. Sein Instinkt wollte ihn hochtreiben, doch seine Kraft reichte nicht aus. Amelie horchte auf seinen Herzschlag; er ging gleichmäßig. Gerade, als sie überlegte, ob sie den Hund weiter mit einer kleinen Menge Laudanum ruhig stellen sollte, erschien Kassei an Amelies Zelt. Er hockte sich zu Amelie und seinem Neffen, der nicht mehr von Jagos Seite wich, und fragte, ob er dem Hund helfen dürfe. In einer mitgeführten Kalebasse schwappte eine unansehnliche braune Brühe.

«*Mbwa*», sagte Kassei und gebrauchte damit das Kisuaheli-Wort für Hund, «ist Tier und Mensch zugleich. Mein Neffe weint um *mbwa* wie um einen Menschen. Meine *daua* ist für den Menschen und das Tier.»

Kassei nahm einen Schluck der unansehnlichen Brühe in den Mund, legte eine Hand auf Jagos Augen. Der Hund bewegte kurz den Kopf und ließ ihn dann sinken, sein schneller Atem wurde ruhiger. Kolelo blickte angestrengt und schweigend auf den Hund. Nach einer Weile reichte Kassei die Kalebasse an seinen Neffen weiter, der ebenfalls eine kleine Menge in den Mund nahm. Amelie rechnete damit, jeden Augenblick selbst an der Reihe zu sein. Sie hielt sich bereit. Um Jagos willen. Doch die beiden Schlangenkenner schienen sie für ihre eigenwillige Behandlung nicht zu benötigen. Kolelo legte seine Hand auf die des Onkels, der seine von Jago nahm und die Brühe aus seinem Mund in die Kalebasse spuckte. Kurz darauf tat Kolelo dasselbe. Dann flößte Kassei die Medizin dem Hund ein, massierte nach jedem Schluck dessen Kehle. Die Behandlung mutete ausgesprochen unappetitlich an; Amelie atmete tief durch.

Kasseis nachsichtiger Blick nahm ihr den Mut zu fragen. «Du willst wissen, was ich deinem Hund gab? Es ist ein Stück Leber vom Affen, etwas Schädel der Schlange, Haare von deinem Kopf, Blätter des Baumes und Wurzeln der Ranken.» Er lächelte. «Und *daua* von Kassei.»

«Davon wird Jago gesund?», fragte Amelie ungläubig. Sie hatte jahrelang die harten Holzbänke der Hörsäle gedrückt, um nun steinzeitlich wirkende Methoden als unfehlbare Heilmittel präsentiert zu bekommen!

«Warte, was geschieht.»

Sie erinnerte sich an ihren Vorsatz, auf den Spuren Äskulaps wandeln zu wollen und stimmte folgsam zu. Letzten Endes war Jago auch ein Afrikaner ...

«Es gibt hier ein seltsames Problem», sagte Gustav, als sie sich später zur Lagebesprechung trafen. «Die Leute reden von einem Häuptling, den sie *simba* nennen, den Löwen. Er ist gestorben und es heißt, er wäre vergiftet worden. Nun wollen die Männer des Dorfs einen Mann vor ein Gericht stellen. Das soll heute Nacht stattfinden. Deshalb verkaufen sie uns nichts. Nicht gegen Gold und gute Worte.» Er wandte sich an Badili. «Erzähle du.»

Badili hatte Gustav und Paasche begleitet und für sie übersetzt. Doch auch er schien nicht weiterzuwissen. Er besprach sich mit dem Karawanenführer in einer fremden Sprache.

Kassei erklärte, was die Offiziere nicht verstanden hatten: «Ein Gottesurteil soll gesprochen werden. Wir können nichts tun. Wir müssen das essen, was wir haben.»

«Gottesurteil?» Paul Paasche gab sich mit dieser Auskunft nicht zufrieden, obwohl Kassei sich bereits zum Gehen wandte. «Ich habe davon gehört. Aber was hat es zu bedeuten?»

Der Medizinmann blickte den Offizier an. «Herr Leutnant», sagte er langsam auf Deutsch, «ich kann nicht helfen. Wir gehen morgen noch lange vor Sonnenaufgang weiter.» Er lächelte und ließ Paasche stehen.

Nun kam Eduard Klemm dazu, der aus der Brusttasche seines Anzugs eine angerauchte Zigarre fischte. «Meine Herren, lassen Sie sich von diesen Heiden doch nicht ins Boxhorn jagen! Die Felder des Dorfes sind voll mit Mais. Holen wir uns, was wir brauchen und lassen etwas Geld zurück. Das kann doch nicht so schwierig sein.» Er entzündete die Zigarre und blies dicke Rauchwolken aus.

«Rauben und dann bezahlen, Doktor?», fragte Gustav. «Mein Stil ist das nicht. Und ich denke, es ist auch nicht der Ihre.» Er rief seinen Koch und erteilte ihm den Auftrag, Büchsenfleisch und Maisbrei zu kochen.

Das Thema ließ die Runde auch bei Tisch nicht los. Wildeste Phantasien wurden geäußert. Der Urwald war auch in dieser Nacht voller dicker Glühwürmchen, die in der Dunkelheit ihre eigentümlichen Tänze aufführten.

«Frau Doktor, Sie haben noch nichts gesagt zum Thema Gottesurteil», meinte Hohlbein. «Als alte Afrikanerin wissen Sie gewiss mehr als unsereiner.»

Amelie überlegte, ob sie den Männern erklären sollte, was sie wusste. Doch das hätte Klemms Vorurteile gegen die Eingeborenen nur bekräftigt. Und was wusste sie schon ... Pavianleber, Schlangenschädel und blonde Locken heilten Wunden! «Ich muss Sie enttäuschen, Herr Hohlbein», sagte sie schließlich.

Gustavs kurzer Blick sprach Bände.

In dieser Nacht konnte Amelie lange nicht einschlafen. Die Geräusche der Nacht klangen unheilvoll. Das Kreischen der Paviane gellte in ihren Ohren, und in der Ferne hörte sie das dumpfe Schlagen der Trommeln aus dem Dorf. Nicht weit von Amelies Zelt würde einem Menschen ein Trank gereicht werden; überlebte er, so hatte er den *simba* genannten Häuptling nicht getötet. Starb er, so war der Schuldige gefunden. Amelie nahm zumindest an, dass es so war.

Vor vielen Jahren hatte sie ein Gespräch zwischen dem Vater und Damasso belauscht, bei dem es um einen ähnlichen Fall ging. «Sie dürfen nichts tun, Professor *dactari*», hatte Damassos Stimme eindringlich gewarnt. «*Ni dasturi.*» *So ist es Brauch.*

Welches Recht hatte man, Urteile über etwas zu fällen, das man nicht verstand?

«Psst, psst, *bibi uleia*!»

Amelie war gerade eingedämmert, als Kolelos Stimme sie weckte. Ihr erster Blick galt Jago. Der schlief fest. «Komm rein!», flüsterte sie zurück. «Was gibt es?»

Kolelo war sehr aufgeregt, er redete mit Händen und Füßen gleichzeitig, mischte alle Sprachen durcheinander: Seinen wirren Worten entnahm Amelie, dass der Mann, über den das Gottesurteil gesprochen werden sollte, aus dem Dorf geflohen war. Der Unglückliche versteckte sich im Zelt von Badili. In dieser verzwickten Situation hatte Badili nicht etwa seinen *bwana* ins Vertrauen gezogen, und auch Kolelo war nicht zu seinem Onkel gelaufen ...

Was auch immer Amelie jetzt tat, irgendjemand würde

enttäuscht sein. Kolelo und Badili erwarteten Hilfe von ihr, Gustav und Kassei hingegen würden strikt dagegen sein. Die Sicherheit der Karawane hatte Vorrang vor allem. Und sie hörte Damassos Warnung: *Sie dürfen nichts tun, Professor dactari.*

Wie war es dem Vater nur gelungen, sich nie einzumischen?

Oder hatte Amelie nur nicht erfahren, wenn er sich doch nicht herausgehalten hatte?

«Geh zu Badili», sagte sie zu Kolelo. «Ich komme.»

Während sie Safarikleidung und Stiefel anzog, überlegte sie, was sie tun sollte. Am besten wäre es, wenn sie den Unglücklichen zum Gehen überreden könnte.

Die Nacht war pechschwarz, nicht einmal der Mond war zu sehen. Inzwischen hörte man laute, aufgeregte Stimmen. Gewiss suchte man den Delinquenten. Ob die Dorfbewohner das Lager betreten würden? Amelie fragte sich, ob es nicht besser wäre, die Askaris zu alarmieren.

«Stanley», flüsterte sie an Gustavs Zelt.

«Melli?» Sekunden später stand Gustav vor ihr, den Offiziersmantel übergeworfen.

«Entschuldige bitte. Im Dorf drüben gibt es Ärger. Ich denke, man muss die Wachen informieren.»

Obwohl aus dem Schlaf gerissen, verstand Gustav sofort: «Gottesurteil?»

«Der Beschuldigte ist ausgebüxt.»

«Du weißt, wo er ist.»

Einem Jugendfreund, mit dem man so manchen Streich ausgeheckt hatte, konnte man nichts vormachen. Sie zögerte, aber nur kurz. «Badili.»

«Heiliges Kanonenrohr.» Er wandte sich dem Zelt zu. «Paul! Aufwachen. Du hattest recht.»

«Lass mich versuchen, die Sache zu regeln. Bitte, Gustav.» Sie wollte schon gehen, da fiel ihr ein: «Macht bitte kein Licht. Sonst wissen die Leute, wo sie suchen müssen.»

Im selben Augenblick flammte bei Paul Paasche und Gustav die Petroleumlaterne auf.

«Paul, Licht aus!» Es verlosch sofort.

Amelie umfasste Gustavs Schultern mit beiden Händen. «Ich bin so froh, dass ich dich wieder gefunden habe. Ist wie in der Lietzenburger!»

Seine Hand glitt flüchtig über ihre Wange. «Fast.»

«Ja», sagte sie atemlos.

In Badilis Zelt war es stockdunkel. Für ihre Unterkunft hatten die Boys nur eine Zeltplane zur Verfügung, die sie mit Stöcken befestigten. Es lag an Geschicklichkeit und Einfallsreichtum des Boys, mit wie viel Ästen oder auch Kisten aus dem Gepäck seines *bwana* er seine Unterkunft sicherte. Badili hatte sich zumindest eine Bleibe geschaffen, die blickdicht war. Amelies Augen gewöhnten sich nur langsam an die Finsternis. Es roch intensiv nach Tierfett und Kräutern. Und Angst.

Badili erzählte, dass jener zusammengekauerte, zitternde und fast nackte Mann, den Amelie nur als Schemen erkannte, seine Unschuld am Tod des Häuptlings beteuerte. Der Häuptling sei schon ein alter Mann gewesen, und seine Zeit sei einfach gekommen. Aber vor seinem Tod hatte der Häuptling behauptet, dass man ihn vergiftet hatte. Der Mann war angeklagt worden, weil die Leute im Dorf schon seine Mutter als Hexe bezeichnet hätten.

«Was sollen wir tun, *bibi dactari*?», fragte Badili. «Immer wieder geschieht das. Auch zu Hause in meinem Dorf», setzte er hinzu.

«Psst», machte Kolelo.

Kurz darauf hörte man Männer am Zelt vorbeigehen. Sie sprachen für Amelie Unverständliches. Das starke Zittern des Gesuchten zeigte an, dass seine Häscher nahe waren. Sie brachte es nicht übers Herz, den Mann seinem Schicksal auszuliefern.

Sobald die Stimmen nicht mehr zu hören waren, trug Amelie leise ihren Plan vor: «Badili, wenn du dem Mann helfen willst, besorge ihm Kleidung. Er muss aussehen wie einer unserer Träger. Einen Tag lang kann er mit uns marschieren, aber er muss etwas tragen.»

Vielleicht, überlegte Amelie, hatte es ihr Vater alle die Jahre so gemacht und stets um einen Kompromiss zwischen deutschem und afrikanischem Gerechtigkeitsempfinden gerungen. Schließlich hatte sie sich diesmal nicht eingemischt, sondern auf Badilis und Kolelos Bitte um Hilfe reagiert.

Draußen in der warmen Nachtluft erwartete sie Gustav. «Ich hab's gehört», sagte er. «Das war sehr im Sinne Livingstones!»

Amelie stutzte: «Tatsächlich?»

«O ja», bekräftigte Gustav. «Livingstone hat gesagt, dass uns nur fortgesetztes Wohltun aufrichtige Hochachtung sichern wird.»

Sobald die Karawane bei Dunkelheit aufbrach, versuchte Amelie unter den vielen Trägern jenen Mann zu erkennen, der ohne Badilis und ihr Einschreiten diesen Morgen nicht erlebt hätte. Es war unmöglich zu sagen, welcher es war. Jeder hätte es sein können.

Wie eine aus Ebenholz geschnitzte Statue stand der Koloss auf dem Pfad. Nur seine winzigen, runden Ohren waren in ständiger Bewegung. Das mächtige Flusspferd mochte wohl die Schulterhöhe eines Mannes von Kasseis Größe haben.

Der Karawanenführer hatte seinen langen Stecken rechtzeitig in die Höhe gehoben und so die Folgenden zum sofortigen Stehenbleiben gemahnt. Dennoch trennten ihn und das urzeitliche Tier nur gut zwanzig Schritte. Gustavs Soldaten hielten ihre Gewehre schussbereit.

Eduard Klemm ritt an die Spitze der Karawane, in seinem Gefolge Mundu, der sein Gewehr trug. «Das Vieh wiegt gut und gerne eine Tonne», sagte Klemm. «Das ist eine Menge Fleisch, meine Herren. Und unsere Träger haben Hunger.»

«Doktor, wie wollen Sie diesen Riesen fortschaffen? Dafür brauchen Sie Hunderte von Trägern. Und die haben wir nicht.» Gustavs Argument klang einleuchtend.

«Kann man denn Flusspferd essen?», fragte Hansl Schneider. Er schüttelte sich. «Da ist doch bestimmt nur traniges Fett dran.»

«Es greift an!», brüllte Paul Paasche. «Schießt!»

Durch den bläulichen Pulverdampf von zehn gleichzeitig abgefeuerten Karabinern tauchte der breite Kopf des Flusspferds auf. Die weiche Erde erbebte. Eine Katastrophe schien unausweichlich: Die Maultiere und die Männer, die teilweise nebeneinander standen, bildeten eine Wand aus Mensch und Tier und Traglasten, auf die der wutschnaubende Koloss zudonnerte. Ein Entkommen war unmöglich – das Gewirr aus Lianen, Bäumen und harten Gräsern ließ nur diese schmale Gasse frei. Unaufhörlich feuerten die Askaris. Und bogen sich dann vor Lachen. Das Flusspferd hatte zwei der Schützen die Karabiner entrissen. Seine malmenden Kiefer knickten den Stahl der Gewehre. Gustav zielte sorgfältig. Der Schuss traf hinter dem Ohr in die Schulter. Der Riese drehte mit erstaunlicher Wendigkeit um und wandte seinen Peinigern die beeindruckende Kehrseite zu. Gustav gab das Kommando, dem Flusspferdbullen nachzusetzen.

Zusammen mit der übrigen Karawane erreichte Amelie

wenig später einen kleinen See, in dem der gigantische Bulle Zuflucht gesucht hatte. Sein Blut färbte das schlammige Wasser in dunklem Rot. Nicht weit entfernt badeten zahlreiche Gefährten des verendeten *kiboko*. Von ihnen waren nur gelegentlich Augen und Ohren zu sehen. Der Held der Wildnis war ein Haufen leblosen Fleisches.

«Ein Jammer drum», hörte man Hohlbein sagen.

«Was tut ein so sentimentaler Mensch wie Sie in Afrika!», schnauzte Klemm.

Der asketische *bwana mbafu mbili* funkelte jenen Mann, dem er in den nächsten Monaten zuarbeiten sollte, aus zusammengekniffenen Augen an. «Wollen Sie den Braten etwa hier im Sumpf filetieren?»

«Selbstverständlich! Allein die Zähne dieses Monstrums sind ein Vermögen wert.» Klemm wedelte mit Rupienscheinen, und einige mit Äxten ausgerüstete Männer folgten ihm, um sich an die Arbeit zu machen.

Die Männer wussten, dass hier ein Zuverdienst zu holen war: Das bräunliche Gebiss des Flusspferdes wurde in europäischen Manufakturen zur Aufbewahrung von Schreibutensilien oder zum Knauf von Spazierstöcken verarbeitet.

Gleich einem Heer von Ameisen schnitten die Afrikaner große Fleischbrocken aus dem Kadaver, die sie sich auf die Schultern luden. Der Magen schien eine besondere Delikatesse zu sein, um ihn entwickelte sich Gerangel. Überall standen die Lasten herum; die Aussicht auf frisches Fleisch ließ jede Disziplin vergessen.

Kassei hatte sich auf einer der Kisten niedergelassen. Mit abgeklärter Gelassenheit verfolgte er das Treiben und nahm eine winzige Prise des Schnupftabaks.

Amelie stieß das grausige Geschehen ab. «Kann man das Fleisch wirklich essen?», fragte sie den schweigsamen Mann.

«*Kiboko* ist gut für die Träger, *bibi dactari*. Es gibt Kraft», antwortete er.

«Was isst du, wenn du es dir aussuchen kannst?»

«Wenn wir in Udjidji sind, isst du mit Kolelo und mir geräucherten Fisch», sagte Kassei.

Seine Augen folgten dem Flug eines Reihers, der mit majestätischem Flügelschlag über den Tümpel flog. Entlang des Ufers standen Palmen mit weiten Fächern, unter denen die jungen Früchte golden wie kleine Sonnen schimmerten. Um ihre Stämme rankten sich bunt blühende Orchideen. In der Ferne stieg eine Elefantenherde in den See; mit den Rüsseln spritzten sie sich das Wasser in Fontänen über die Haut. Es war ein Idyll, hässlich gestört von hungrigen Menschen.

Kasseis Bemerkung erinnerte Amelie daran, dass ihr Ziel in gut einer Woche erreicht wäre. Der Gedanke, Kassei dann womöglich niemals wiederzusehen, machte wehmütig. «Wie lange wirst du in Udjidji bleiben?»

Der Karawanenführer blickte in die Ferne. «Es sind noch viele Tage», sagte er.

«Du hast doch gewiss eine Familie, Frauen, Kinder? Erwarten sie dich nicht?»

Amelie hatte den Eindruck, als suchte der grauhaarige Mann nach einer Formulierung, mit der er sie abspeisen konnte. Schließlich schüttelte Kassei den Kopf.

«Meine Schwester hat einen Platz für mich zum Schlafen.»

«Du hast ihren Sohn gerettet. Dafür bist du weit gelaufen», sagte Amelie.

«Wenn Kolelo so alt ist wie ich, ist er ein wichtiger Mann. Ist der Weg dafür zu weit?»

Amelie versuchte den *mganga* aus der Reserve zu locken, indem sie erzählte, dass sie fünf Jahre lang in die Universität und dann noch einmal drei Jahre als Assistenzärztin gelernt hatte, wie man Patienten behandelt. Um dann zu fragen, wie lange es dauerte, bis man Medizinmann wäre.

«Du möchtest eine Antwort, *bibi dactari*, die so ist wie du denkst.» Kassei nahm seinen Stecken und malte acht Striche in das feuchte Erdreich. Er tippte auf den dritten von unten. «Das bin ich», sagte er. Dann deutete er auf den obersten Strich. «Das ist Kolelo, wenn er ein alter Mann ist, wie ich es bin.» Er lächelte. «*Dactari* Stein hat es so gemalt. Ich habe ihm eine Nacht lang vom Haus der Schlangen erzählt.»

Amelie starrte auf den drittletzten Strich. Sie war nicht nur überrascht, sondern geradezu enttäuscht, dass dieser in ihren Augen so weise Mann seine eigene Position so niedrig bewertete. Sie sagte nichts, aber der *mganga* schien zu ahnen, was in ihr vorging. Vielleicht hatte Doktor Stein ähnlich reagiert.

Kassei zeichnete einen Strich, der einen Bogen nahm, sich kreuzte, einen weiteren Bogen beschrieb und zum Ausgangspunkt zurückfand. Es sah aus wie eine Acht. «Die Schlange ist das Leben.»

In der Zeichnung verschmolzen Anfang und Ende zu einer Einheit. Und Amelie musste an Äskulap denken, den Patron der Ärzteschaft, von dem es geheißen hatte, er könne Tote zum Leben erwecken. Dass seine Kunst also mächtiger wäre als der Tod.

«Wenn ein Mensch stirbt ... Kassei, sag: Glaubst du, man ist dann nicht wirklich tot?», fragte Amelie.

Der Medizinmann hob kurz seine Augen von der Schlangenzeichnung. «Du sagtest vor vielen Wochen: Seelentier. Gibt es das Seelentier, *bibi uleia?*»

«Ich weiß es nicht, *mganga*. Sag du es mir.»

«Warte, was geschieht. Dann kennst du die Antwort auf deine Frage. Ich bin nur ein *mganga*.»

«Wird Kolelo von dir lernen? Hast du ihn deshalb geholt? Bist du sein Lehrer?»

«*Ein* Lehrer», betonte Kassei. «Ich weiß nicht viel», wiederholte er. «Kolelo ist noch nicht klug. Er tat etwas sehr Dummes.» Sein Stecken zerstörte sorgfältig die gemalte Form der Acht. «Er lebte lange mit Menschen, die nichts wissen. Das Gottesgericht enthüllt das Geheimnis des Lebens.»

«Der Mann war unschuldig! Wir mussten ihm helfen.»

«Nein, *bibi uleia*. Du wolltest dir helfen. So, wie Kolelo sich selbst helfen wollte.» Kassei hob seine schwieligen Hände, die für einen Mann seiner Statur groß waren. «Die Hände gehören einem Mann. Sein Leben gehört Gott. Die Hände sind klein, Gott ist groß. Wie können die Hände tun, was Gottes Aufgabe ist?»

«Das heißt, deine Heilkunst hat nur Erfolg, wenn Gott es zulässt», folgerte Amelie.

Der *mganga* lächelte vielsagend: «Kannst du heilen, wenn Gott es nicht will?»

15.

Kassei hatte die Expedition wieder auf die alte Karawanenstraße nach Udjidji zurückgeführt. Das vom Mlagarassi geschaffene Tal war fruchtbar, aber weitgehend von den vorangegangenen Regenfällen überschwemmt. Auf dem durchweichten Boden kam man nur langsam vorwärts. Unerwartet hob Kassei seinen Stecken, der Fahnenträger riss die Flagge des Kaiserreichs in die Höhe, und der Trompeter stieß eine Fanfare aus.

«Eine Karawane kommt entgegen!», brüllte Paul Paasche. Dann rief er Amelie zu sich. «Die andere Karawane wird von einer Dame angeführt. Das habe ich noch nie erlebt.»

Die Träger und Soldaten, an denen Amelie vorbei an die Spitze ritt, reckten neugierig die Hälse.

Die weiße Frau saß stolz und aufrecht im Sattel. Gekleidet war sie wie eine Dame mit langem Rock, Rüschenbluse und Hut. Die Offiziere grüßten militärisch, Paul Paasche gab seinen Askaris den Befehl, strammzustehen. Kassei begrüßte unterdessen den Führer der Fremden.

«Guten Tag, die Herren», rief die Fremde auf Deutsch. Jetzt war sie nah genug, um Amelie zu bemerken. «Eine Dame begleitet Sie? Ich freue mich, Sie zu sehen. Ich wünsche eine erfolgreiche Safari.»

Eduard Klemm ging auf die Reiterin zu. «Gesine? Bist das du? Welch eine Freude, dich hier zu treffen!»

Die Fremde glitt aus ihrem Damensattel, streifte ihre feinen, aus Ziegenleder gefertigten Handschuhe ab und ließ sich von Klemm die Hand küssen. Der Doktor war von oben bis unten mit Schlamm und Spitzern von Flusspferdblut bekleckert, was seiner Galanterie keinen Abbruch tat; er benahm sich, als wäre er in einem Salon.

«Eddi! Welch angenehme Überraschung. Wie ist es möglich?»

Die beiden Offiziere, Hohlbein und Schneider guckten einander verblüfft an. Bislang war es Doktor Steins Privileg gewesen, Klemm mit dem verniedlichenden Eddi anzusprechen.

Doktor Klemm erinnerte sich seiner Begleiter: «Es ist mir eine große Freude und ...», er neigte den Kopf, «... wahrhaftige Ehre, Ihnen Gesine Messingnagel vorstellen zu dürfen.»

«Sie sind eine Verwandte Gottlieb Messingnagels?» Amelie ärgerte sich sofort über ihre voreilige Frage. Natürlich musste sie eine Verwandte sein, wohl die Schwester oder eine Cousine. Messingnagels bedeutende Saline war nur noch wenige Tagesmärsche entfernt. Ein weiterer Gedanke schoss Amelie durch den Kopf: Gesine Messingnagels Erscheinen – Tages-, gar Wochenmärsche entfernt von jeglicher Zivilisation – erklärte mit einem Schlag, weshalb sie selbst von Messingnagel für tauglich befunden worden war, an einer Expedition teilzunehmen. Der Mann wusste ganz einfach, dass Frauen keineswegs nur dazu bestimmt waren, sich um Kinder und Küche zu kümmern.

Eduard Klemm hob zu einer formellen Rede an, doch Frau Messingnagel schnitt ihm das Wort mit einem eigentümlich kalten Lächeln ab: «Gottlieb ist mein Mann! Ich bin auf dem Weg zu ihm.»

Eduard Klemm erklärte umständlich das Wer und Wohin und Weshalb. Frau Messingnagel verblüffte mit der Information, dass sie mit ihrem Gemahl in einigen Wochen in der Hafenstadt Muansa am Viktoriasee verabredet sei.

«Seit einem Jahr schon haben wir uns nicht mehr gesehen», sagte sie.

Gesine Messingnagel war eine sehr schlanke Frau, die Amelie auf Anfang bis Mitte dreißig schätzte. Sie hatte einen kleinen festen Mund, ihre Augen waren von lichtem Blau und schräg geschnitten, wie jene einer Asiatin. Sie war nicht als schön, eher als apart zu bezeichnen. Eine Frau, von der eine gewisse Härte und Zielstrebigkeit ausging. Rein äußerlich das Gegenteil ihres Mannes, der einen weichen, nachgiebigen Eindruck machte. Was er, wie Amelie inzwischen erkannt hatte, durchaus zu seinem Vorteil nutzte.

«Vor Ihnen liegt ein beschwerlicher Weg, gnädige Frau», sagte nun Gustav. «Sie werden, nehme ich an, über Schinjanga reisen?»

«Gewiss, Oberleutnant. Dies ist meine gewöhnliche Route. Ein vorzüglicher Weg.»

«Sie und Ihr Herr Gemahl haben sich dort geschäftlich engagiert, wie ich zum Wohl des Schutzgebietes anzunehmen beliebe», sagte Gustav mit ausgesuchter Freundlichkeit.

«In aller Bescheidenheit: durchaus mit Erfolg, Herr Oberleutnant.» Gesine Messingnagels Lächeln wurde immer eisiger. Sie wandte sich Amelie zu. «Frau Doktor, ich habe in Udjidji ein recht komfortables Haus erbauen lassen. Es liegt oberhalb des Tanganjika und ist praktisch frei von diesen unangenehmen Insekten. Darf ich Ihnen anbieten, es zu nutzen? Es ist wesentlich angenehmer als die Zelte, in denen man zu wohnen gezwungen ist. Mein Personal steht Ihnen zur Verfügung.»

Amelie bedankte sich, und Gesine Messingnagel sprach die gleiche Einladung an Eduard Klemm aus: «Natürlich bist du dort ebenso willkommen, Eddi. Sei versichert, das Haus ist groß genug.»

Sie winkte ihren Boy heran, notierte eine Nachricht für ihren Hausdiener Ali, überreichte sie Amelie und ließ sich dann wieder auf ihr Maultier helfen. «Ich bedaure, mich verabschieden zu müssen. Der Weg ist weit.» Sie blickte sich suchend nach ihrem Karawanenführer um, der sich angeregt mit Kassei unterhielt. «Unsere Boys haben alles Notwendige besprochen, hoffe ich. Und so wird das Fortkommen leichter sein. Eine schöne Safari!»

Ohne auf Abschiedsworte zu warten, trat Gesine Messingnagel ihrem Reittier energisch in die Flanken. Ihre Karawane, bestehend lediglich aus rund fünfzig Trägern, die Gepäck und etliche, in Jutesäcke verpackte Lasten Salz transportierten, zog rasch vorbei.

«Diesmal hattest wohl du recht, Gustav», hörte Amelie Leutnant Paasche zu seinem Kameraden sagen.

«Das werden wir bald erfahren», erwiderte Gustav.

«Wie meinen Sie?», fragte Eduard Klemm.

«Nichts von Belang, Doktor», beschied Gustav ihn.

Am Rande des Urwalds, dort, wo es am wenigsten zu erwarten war, reckte sich ein viereckiger, gemauerter Schornstein als Wahrzeichen deutschen Unternehmergeistes dem Himmel entgegen. Messingnagels Saline sah wie eine richtige Fabrik aus, mit mehreren langen, aus Steinen gemauerten Hallen, die zum Sieden und Lagern genutzt wurden. Aus der Ferne hatte man den Eindruck, als hätten die Fluten ihnen nichts anhaben können. Doch noch immer stand das Tal knietief unter Wasser. Hunderte von Menschen wateten durch Morast. Barfuß, in Fetzen gehüllt, unermüdlich beschäftigt. Kassei ließ die Karawane ohne Halt weiterziehen. Amelie schlug Gustavs Angebot aus, ihn und Paasche zur Saline zu begleiten: Der Weg bergab musste zu Fuß bewältigt werden, und Amelies Stiefel scheuerten schmerzhaft am Schaft. So gingen die beiden ohne sie zu einer kurzen Inspektion der Fabrik, von der sie bald darauf zurückkehrten, um sich zu Amelie zu gesellen.

Gustav erzählte ihr, dass das salzhaltige Solewasser die Fundamente der Häuser und des stolzen Schornsteins unterspült hätte. Voller Anerkennung sagte er, dass die Messingnagels sich von den Verwüstungen nicht unterkriegen ließen. Nicht einmal die Salzproduktion sei zum Erliegen gekommen; man würde das Salz so wie früher mit kleinen Pfannen am offenen Feuer sieden. Und demnächst wollte man alles größer als bisher aufziehen. Frau Messingnagel habe bei ihrem soeben beendeten Besuch neue Industrie-Siedepfannen, Pumpen, Rohre und allerhand anderes herbeischaffen lassen.

Amelie teilte Gustavs Lob für Gesine Messingnagel, die es schaffte, sich in einer Männerwelt zu behaupten. Doch ihr war nicht entgangen, dass Gustav und sein Kamerad Paasche durch das kurze Gespräch etwas herausgefunden hatten, das ihren Argwohn bestätigt hatte. «Womit hattest du recht, Gustav? Hat dir der Besuch in der Saline dabei weitergeholfen?»

Der Offizier erinnerte sie an das Gespräch in Tabora über den Verbleib von Rashids Karawane mitsamt dem Dynamit. «Frau Messingnagel erwähnte mit Stolz, dass sie Unternehmungen in Schinjanga betreibe», sagte er. «Einer der möglichen Wege, die Rashid von Kilimatinde aus genommen haben könnte, könnte ihn nach Schinjanga geführt haben. Das würde erklären, warum sie in Tabora nicht aufgetaucht sind.» Gustav beugte sich von seinem Maultier weit zu ihr herüber und sagte verschwörerisch: «In der Saline gibt es kein Dynamit, und Messingnagels Verwalter, ein ehrenwerter einstiger Zimmermann, erwartet auch keines, das hat er Paul und mir gerade erzählt.»

«Was treiben die Messingnagels in Schinjanga?»

Gustav lächelte hilflos. «Dynamit wird für Sprengungen gebraucht. So viel ist sicher. Meldet man den Zweck nicht wahrheitsgetreu an und hat noch dazu eine solch große Menge dabei, gibt es wohl sehr gute Gründe dafür. Leider war ich noch nie in Schinjanga. Ich muss mich also aufs Raten verlegen. Doch das ist keine gute Taktik.»

Amelie ahnte, dass Gustav auf der richtigen Fährte war. Es passte einfach alles zusammen: Forsells Angebot, die Karawane schon ab Morogoro von Soldaten begleiten zu lassen, hatte Messingnagel ausgeschlagen. Weshalb es Rashid wohl auch gleich nach dem Überfall vermeiden wollte, dass man der Verletzten wegen lagerte und somit das Risiko einging, eingeholt zu werden. Als Klemm dann berichtet hatte, dass Gustav in Eilmärschen unterwegs war, hatte Rashid sofort das Weite gesucht. Frau Messingnagels rascher Themawechsel, sobald Gustav sie auf den mysteriösen Ort Schinjanga angesprochen hatte, war ein weiteres Indiz. In Verbindung mit Gottlieb Messingnagels radikalem Pragmatismus bedeuteten diese Erkenntnisse für Amelies Unterfangen nichts Gutes: Gustav war drauf und dran, dem Mann in die Quere zu kommen, der ihr eine große Chance als Ärztin gegeben hatte. Während sich *Blutsschwester* Hermine Doll – überzeugt, von Amelie hintergangen worden zu sein – in aller Unschuld dem falschen Teil der Karawane angeschlossen hatte.

In ihre schweren Gedanken vertieft ritt Amelie weiter. Gustav, der ihr in den vergangenen Wochen wieder so nah gekommen war, wie in den glücklichen Zeiten in der Lietzenburger Straße, spürte ihre Qualen: «Warum, Melli, hängt dein Herz eigentlich so an dieser Hermine, von der du mir erzählt hast? Weil du auf dem Schiff ihr Leben gerettet hast? Oder gibt es einen anderen Grund?»

Amelies Blick schweifte über die üppige Wildnis, durch

die sich die ausgetretene Karawanenstraße oberhalb des Mlagarassi wand. Es war eigenartig, ausgerechnet hier über die Wurzeln ihrer grauen Kindheit zu sprechen. Zu erzählen, dass Hermine jenem Wedding entstammte, dem sie durch eine Laune des Schicksals als Sechsjährige entkommen war.

«Wir beide, Melli, kurz vor Udjidji. Dieses Lied hat keine Amme an unserer Wiege gesungen», sagte der Offizier mit unüberhörbarer Melancholie in der Stimme. «Kohlen-Karl», sagte er unvermittelt.

Die drei Silben klangen wie eine Ohrfeige. Amelie sah zu Gustav hinüber, der den Blick abwesend geradeaus richtete.

«Du wusstest das?», fragte sie.

«Von Georg. Er konnte mich nie leiden, weil ich besser in der Schule war.» Gustav lachte gequält. «Georg hat schnell durchschaut, warum der Hausmeistersohn ständig mit Kohlen vor der Dienstbotentür stand. Und ich hatte keinen Zweifel, dass er sich den Kohlen-Karl nicht ausgedacht hatte. Wenn ich heute daran denke, bin ich deiner Adoptivmutter sogar dankbar.»

Es war auffällig, dass er Charlotte von Freyer diesmal so bezeichnete. Als wollte er den Unterschied zwischen Amelies wahrer Herkunft und ihrem jetzigen Familiennamen betonen.

«Wofür denn dankbar?», fragte Amelie vorsichtig. Auch sie war Charlotte dankbar, weil sie ihrem Leben die entscheidende Wende gegeben hatte. Doch der Preis dafür war Charlottes eisige Kompromisslosigkeit gewesen. Gesine Messingnagel hatte sie entfernt an ihre Adoptivmutter erinnert.

«Sie weckte dadurch in mir den Wunsch aufzusteigen. In die *bel étage*, dorthin, wo Hanns und du lebten. Als ich mich an der Kadettenschule anmeldete, ließ ich den Karl zurück.» Gustavs schelmisches Grinsen bekräftigte den späten Triumph. «Seitdem bin ich Gustav. Und nur du und Hanns wissen noch von Kohlen-Karl.»

Seine Ehrlichkeit schmerzte so sehr, dass Amelie den Tränen nah war. Der Kampf um Anerkennung hatte Gustav in diesen entlegenen Winkel der Welt geführt. Anerkennung, die er von Charlotte nie bekommen hatte. Bis zu ihrem Tod war Gustav «Kohlen-Karl» geblieben. So wie Charlotte in manch dunklen Stunden in ihrer Adoptivtochter wohl die verstockte Amalia Patzkopp aus dem Wedding gesehen haben musste. Aus einem Kellerkind hatte sie die strahlende Amelie von Freyer geformt.

«Werden wir uns jemals von unserer Kindheit befreien, Gustav?»

«Sind wir nicht deshalb hier, Melli? Um genau das zu tun: uns zu finden?»

«Uns? Oder uns beide?»

Er streckte die Hand nach ihr aus. «Und wenn das nun dasselbe ist?»

Sie ergriff seine Hand, und sie ritten schweigend weiter. Udjidji war nicht mehr weit.

Am Nachmittag ließ Kassei das Lager unweit eines Dorfes aufschlagen. Im Lager sangen die Träger und kochten das Nilpferdfleisch an offenen Feuern; das Ziel war bald erreicht! Paul Paasche hatte Klemm mit auf die Pirsch genommen. Der Soldat jagte, um für Verpflegung zu sorgen. Doch Amelies Beobachtung nach war das Erlegen von Wild dem zu Beginn der Safari so zögerlichen deutschen Doktor zur Leidenschaft geworden. In den letzten Wochen war er mehrfach zum Schuss gekommen und fachsimpelte seither bei jeder Gelegenheit mit Paul Paasche über die Finessen der Jagd.

Da Amelie keine Kranken zu versorgen hatte, nutzte sie die Gelegenheit zu einem ausgiebigen Bad. Sie wusch ihr Haar und stellte fest, dass die von Kassei versorgte Kopfwunde vollständig verheilt war. Allerdings war die Stelle am Unterschenkel noch immer offen und wund; die eng anliegenden, harten Stiefel hatten keine Luft an die Haut gelassen. Doch Amelie maß dem keine große Bedeutung zu. In Udjidji würde sie Zeit finden, sich zu kurieren.

Stattdessen widmete sie sich ihren selbst geschnittenen Locken. Die waren ungleichmäßig nachgewachsen. So konnte sie nicht in Udjidji auftauchen! Sie setzte sich in einen schwer einzusehenden Winkel zwischen den Zelten. Der zu Hilfe gerufene Kolelo weigerte sich, einen der Spiegel auch nur anzufassen, den sie benötigte, um sich die Haare am Hinterkopf zu schneiden. Er sagte, das brächte ihm Unglück. Während Amelie mit Schere und Spiegel kämpfte, entdeckte sie, dass ihre Hände von Dornen eingerissen waren. Und erst jetzt wurde ihr bewusst, dass sie seit der Saline mehrfach Ranken zur Seite geschoben hatte, die im Wege gehangen hatten. Sie nahm sich vor, später Salbe auf die beginnenden Entzündungen aufzutragen.

Wie aus dem Nichts tauchte Gustav auf und nahm einen der beiden Spiegel zur Hand, die Kolelo nicht hatte anrühren wollen. «Kann ich dir vielleicht helfen?», bot er an.

Amelie nahm sein Angebot an und setzte ihre Versuche fort, die Frisur zu retten. Sie spürte, dass es ihr nicht recht gelang. Gustav begann sie zu dirigieren, sagte, dass sie hier besser etwas lassen oder fortnehmen solle. Amelie sah sein Gesicht hinter sich im Spiegel. Er lächelte sie auf eine Weise an, die ihr Herz schneller schlagen ließ. Schließlich überließ sie ihm wortlos die Schere, und der weißgekleidete Offizier verwandelte sich im Urwald in einen Friseur. Immer wieder trat er einen Schritt zurück und betrachtete ihren Kopf wie ein Kunstwerk, nahm eine Locke in die Hand und schnitt, begutachtete. Er fasste in ihre dichten Haare, lockerte sie.

Ein Schauer des Wohlbehagens überlief Amelie. Ewig hätte sie so sitzen können.

Seine Fingerspitzen fuhren sanft durch ihr Haar. «Du siehst so jung aus», sagte er. «So zart. Und doch voller Stärke. Eine Antilope, die mit kraftvollen Sprüngen über die trockene Savanne dahinfliegt. Uneinholbar, voll eleganter Schönheit.»

Den Kopf in den Nacken gelegt, blickte Amelie zu ihm auf.

«Ich springe nicht davon.» Sie hoffte, er würde sie küssen.

Gerade, als er sich zu ihr herunter beugen wollte, hörten sie die Stimmen von Eduard Klemm und Paul Paasche, die von der Jagd zurückkamen. Wie Kinder, die von den Erwachsenen bei verbotenem Spiel ertappt worden waren, gingen die Verliebten auseinander.

In der Nacht schlug Jago an. Seit dem Angriff durch die Paviane hatten Badili und Kolelo ihn ohne Murren getragen. Aber Amelies Gefährte war wegen seiner Verletzungen immer noch zu schwach, um aufstehen zu können. Amelie nahm das Gewehr unter dem Bett hervor. Da hörte sie schon den Warnruf der Askaris: «*Simba!*» Schon am vergangenen Morgen hatte Amelie unweit der Europäer-Zelte die Spuren von Löwen entdeckt.

Draußen traf sie auf Klemm, das Gewehr bereits im Anschlag. «Aus süßen Träumen gerissen, Frau von Freyer?» Seine Stimme troff vor Ironie.

Amelie ließ ihn ziehen und sah sich in der Nähe der Zelte um. Seitdem Jago als ihr Begleiter ausfiel, fühlte sie sich unsicher, wenn sie auf Pirsch ging. Da sie keine Löwenspuren entdecken konnte, hüllte sie sich in ihre Decke und schob in einem der Klappstühle Wache. Aus der Ferne hörte sie Schüsse und lehnte sich beruhigt zurück, um den Nachthimmel zu genießen.

Gustav setzte sich wortlos ganz nah neben sie und folgte ihrem Blick in die Ferne.

«Wenn du nach Salama kommst», sagte Amelie fast flüsternd, «wirst du Damasso kennenlernen. Er hat gesagt, dass die Wapare dem Gesang der Sterne lauschen könnten. Sie flüstern und säuseln. Doch nur mit dem Herzen kann man ihre Sprache verstehen. Und wenn Wapare Kinder bekommen, dann heben sie ihre Neugeborenen den Sternen entgegen. Sie nennen einen Namen, den sie dem Kind geben wollen und bitten die Sterne um Zustimmung. Sind die Sterne einverstanden, so sind es auch die Ahnen. Das Schicksal meint es dann gut mit ihnen.»

Gustav sah gebannt auf ihre Lippen.

Amelie fuhr fort: «Wusstest du, dass Sterne auch am Tage leuchten? Man sieht sie nur nicht. Aber sie beschützen unsere Wege ebenso wie in der Nacht, wenn ihr Funkeln uns den Weg weist.»

Sie nahm seine Hand und hielt sie fest. Die Stimmen der Männer auf Löwenjagd entfernten sich immer weiter. Es wurde plötzlich so still, dass sie glaubte, das Flüstern der Sterne hören zu können.

Weiter, immer weiter führte der Weg den Berg hinauf. Löcher, dick wie Baumstümpfe und voller Wasser, waren in das weiche Erdreich getreten worden und machten das Fortkommen schwierig. Offensichtlich waren Elefanten vor ihnen diesen Weg entlanggezogen und hatten den Karawanenpfad in einen Hindernisparcours verwandelt. Die Maultiere glitten immer wieder aus und mussten geführt werden.

«Alle mal herhören!», rief Gustav von vorn mit jugendlichem Überschwang. «Kassei sagt gerade, auf der anderen Seite des Berges liegt Udjidji!»

Die Karawane zog das Tempo an, um das Ziel möglichst rasch zu erreichen. Man stolperte, rappelte sich auf, eilte weiter, dem Bergkamm entgegen. Obwohl auch Amelie es nicht mehr abwarten konnte, endlich anzukommen, fiel ihr das Laufen schwer. Sie schob es auf ihre Müdigkeit; die vergangene Nacht – die unvergesslichste der ganzen langen Safari – war nicht dem Schlaf vorbehalten gewesen. Die Gedanken an Gustavs einfühlsame Zärtlichkeit retteten sie über jeden Schritt.

Die Stiefelschäfte, durchnässt vom brackigen Wasser der Elefantenfährte, scheuerten unerträglich an der Wunde am Unterschenkel.

«Der Tanganjika!» Paul Paasche war als Erster auf dem Kamm angelangt. «Seht nur», sagte er andächtig. Mit letzter Kraft erreichte Amelie die anderen.

Wie ein breites Bett reinen Silbers leuchtete tief unten der See. Überspannt von einem klaren blauen Himmel, umsäumt von hohen Bergen, deren dichte, dunkle Wälder bis an die Ufer herabflossen. In ihrem Glück vereint sahen die sechs Europäer auf Udjidji herab. Die hell leuchtenden Strände und Buchten, die Palmenhaine. Keiner sprach ein Wort. Sie mochten wohl alle denselben Gedanken haben. Eintausendzweihundert Kilometer weit waren sie marschiert. Monatelang, durch Hitze, Regen und Sandstürme, durch Wüste und Sümpfe. Hatten Hoffnungen aufgegeben und neue gewonnen.

Amelie spürte Gustavs Nähe. «Livingstone, wir sind am

Ziel», sagte er. Da die anderen zuhörten und er Amelie nicht kompromittieren wollte, konnte er nicht anders ausdrücken, was er empfand. Aber sie wusste, was er gesagt hätte, wenn sie allein gewesen wären.

«Den Berg hinunter, und wir sind da!», rief Paul Paasche auf Kisuaheli. «Abmarsch!»

Vielstimmiges Freudengeschrei antwortete ihm, und schon setzte sich die lange Kolonne mit Trommelwirbel und fröhlichem Gesang in Marsch. Amelie jedoch ließ sich auf einen Felsbrocken nieder.

«Amelie!», rief Gustav. «Kommst du?»

«In einer Minute!»

«Ich treffe Sie in Udjidji, Doktor Livingstone!»

«Bis gleich, Stanley!»

Gustav konnte nicht auf sie warten. Amelie verstand ihn nur zu gut. Die Erfüllung seines Kindheitstraums war in greifbare Nähe gerückt. Wie sein Idol Stanley würde der zur besonderen Verwendung des Gouverneurs abgestellte Stabsoffizier an der Spitze der Karawane in Udjidji einziehen ...

Amelies Gefühle schwankten zwischen Sentimentalität und Glück. In ein paar Stunden würde sich alles ändern. Steins mahnende Worte gingen ihr durch den Kopf: *Sie werden in den Lagern der Schlafkranken mit Ihrem Schicksal hadern!* Der weißbärtige Professor Koch blickte sie durch kreisrunde Brillengläser wie eine Unheil verkündende, altersweise Eule an: *Gefühle sind der Feind der Wissenschaft!*

Und Gustav würde in der Boma von Udjidji wohnen, sie in Gesine Messingnagels Haus – unter einem Dach mit Eduard Klemm. Klemm würde sie belauern, Gustav musste den Kaiser vertreten. Ihre junge Liebe wäre in beständiger Gefahr, niedergetreten zu werden wie die Grashalme am Rande des Karawanenwegs.

Sie fühlte sich mit einem Schlag klein und unbedeutend. *Die Hoffnungen sind oftmals nicht so groß wie die Enttäuschungen, die ihnen folgen*, sagte das müde Gesicht Professors Kochs.

Amelies Unterschenkel juckten zum Verrücktwerden! Vergeblich versuchte sie, in die engen Stiefelschäfte zu greifen, um sich zu kratzen. Während die Träger an ihr vorbeizogen, zerrte Amelie an den harten, feuchten Stiefeln, schaffte es endlich, sie abzustreifen. Sie zog ihre dünnen Lederhandschuhe aus, die sie in den letzten Monaten je nach Laune angezogen oder fortgelassen hatte; die Haut an den Händen war rissig und wund. Mit den Fingernägeln fuhr sie über die Haut der Unterschenkel – der beißende Schmerz ließ sie fast aufschreien. Entsetzt bemerkte sie, dass die von angetrocknetem Schlamm beschmierte Haut übersät war mit rötlichen Pusteln, von denen einige bereits nässten.

Es wurde Zeit, dass sie nicht mehr ständig die Stiefel trug; dennoch quälte sie sich wieder hinein. Auch, wenn es unsäglich wehtat. Luft, Trockenheit und Sonne würden alles wieder heilen lassen. Für den Moment musste dieser Optimismus über den Schmerz hinweghelfen – der Abstieg zum See stand noch bevor. Als sie die Handschuhe anziehen wollte, sah sie zunächst nur das Blut und die Hautreste unter den Fingernägeln. Dann drehte sie die Handflächen nach innen. Winzige Einrisse, die von den Dornen der Büsche stammten, hatten sich entzündet. Durch das Leder der Handschuhe war Dreck gedrungen. Zwar war es noch nicht so schlimm wie an den Unterschenkeln. Doch es bestand kein Zweifel: Die Ursache war dieselbe.

Kritisch betrachtete sie ihre Hände, das wichtigste Werkzeug zur Bewältigung der großen Aufgabe! Welch ein Fluch hatte sich darauf gelegt? Die Wunden mussten dringend ausgewaschen werden, aber die Trinkflasche war leer. Und sie hätte Zinkpuder gebraucht! Hilfesuchend blickte Amelie sich um.

Fröhlich singend marschierten die Träger an ihr vorbei, weit fort waren Medikamente und Arztkoffer.

Amelie ritt an übermannshohem Schilfgras entlang, erreichte die ersten Häuser. Je nach Herkunft der Besitzer mal rund, mal viereckig erbaut, aus Lehm, Stein oder Gras. Große alte Mangobäume standen in dichtem, sattem Grün, wechselten sich mit Dattel-, Kokos- und Ölpalmen ab. Es roch nach würziger Seeluft, der zarte Duft von Zitronen und Apfelsinen mischte sich sanft darunter. Ein Paradies.

Niemand beachtete Amelie, die mit schmerzenden Händen die Zügel umklammerte und die herrliche Aussicht gar nicht genießen konnte. Sie blickte sich hilfesuchend um, doch sie erblickte kein bekanntes Gesicht. Sie sah, wie die Träger der Karawane von allen Seiten bestürmt wurden. In den nächsten Stunden würden diese Männer ihren Lohn erhalten und Geld für Bier und Frauen haben. Schon in der kommenden Nacht würde mancher all sein sauer verdientes Geld verschleudern, um zu vergessen, dass er diese Safari überlebt hatte. Nur Tage später würde er sich erneut verdingen müssen. Aber was zählte das schon, wenn doch der Moment so unvergleichlich schön war! Der Garten der Lüste lag vor einem! Die Erfüllung der Sehnsüchte war zum Greifen nah.

Doch in Amelie wollten solch schöne Gefühle nicht aufkommen. Für einen kurzen Moment sah sie den bunten Mantel des Karawanenführers aufleuchten. Und schon verschluckte die Menge Kassei. Bald würde er endgültig fortgehen, dachte Amelie wehmütig. Sie suchte Kolelo und Badili, die irgendwo mit Jago sein mussten. Immer weiter ritt sie und immer langsamer, denn ein Durchkommen war kaum mehr möglich. Im Gedränge stolperte ein Mann vor ihr Maultier, taumelte unkontrolliert, starrte aus glasigen Augen. Ein Betrunkener? Kurz darauf wiederholte sich ein ähnlicher Zwischenfall, doch ehe sie genauer hinschauen konnte, hatten die Menschenmassen auch ihn wieder verschluckt.

Schließlich erreichte Amelie die Station der Schutztruppe, deren niedrige, fest gemauerte Türme die von mehr als zwölftausend Menschen bewohnte weitläufige Ortschaft überblickten. Vor der Boma hatten die Askaris der dort stationierten 6. Kompanie zum Appell Aufstellung genommen. In langen Reihen standen sie nebeneinander, die Karabiner auf der linken Schulter, die Augen geradeaus. Weit mehr als hundert schwarze Soldaten waren angetreten, am Ende jeder Reihe ein in die weiße Paradeuniform gekleideter Offizier. Auf ein Kommando hin wurden Salutschüsse abgefeuert. Der blaue Pulverdampf breitete sich als dichte Wolke aus und zog langsam vom See fort in Richtung des Urwalds, aus dem die Karawane herabgestiegen war. Von oben bis unten verdreckt nahm Gustav – Amelie konnte nur ahnen, dass er es war – die Ehrenbezeugungen seiner Kameraden entgegen. Der Stabsoffizier, Auge des Gouverneurs und somit jenes Seiner Majestät des Kaisers, war am Ziel.

«Bibi uleia!»

Amelie wandte sich um. Kolelo! Endlich ein Mensch, der sie anlachte, sich einfach nur freute, sie gefunden zu haben. Und da war auch Badili. Die beiden, die das Schicksal zu Gefährten zusammengeschmiedet hatte, trugen Jago, der aus seiner Bambus- und Zeltbahntrage aufmerksam zu ihr aufsah.

«Ich frage, wo du wohnen. Jetzt ich weiß!», verkündete der Junge stolz auf Deutsch.

«Wirklich? Kolelo, das hast du gut gemacht!», lobte Amelie. Sie wäre gern abgestiegen. Doch jeder Schritt bedeutete eine Qual. «Badili, sag deinem *bwana*, dass ich zum Haus Messingnagel reite.»

«Heißt *nyumba chui*», wusste Gustavs Boy zu berichten.

«Das Leopardenhaus?», fragte Amelie verwundert.

Doch Badili konnte die eigentümliche Bezeichnung für Messingnagels Unterkunft nicht erklären. Sie würde schon sehen, meinte der Bursche frohgemut und lief Richtung Boma, um Gustav die Botschaft auszurichten.

Inzwischen waren die Leute aus Udjidji auf die weiße Frau aufmerksam geworden. Bettelnde Kinderhände streckten sich zu Amelie hoch, Frauen hielten ihr tote Fische entgegen, die wohl am Morgen noch frisch gewesen waren und über die nun Fliegen krochen. Dicke, gelbgrünlich leuchtende Fliegen, die sie an ihre Mission erinnerten.

Und dann sah sie genauer hin. Da war sie, die erste Glossine, die Amelie bewusst wahrnahm. Ein schmales, zentimetergroßes Insekt, das die schlanken Flügel in Ruhestellung auf dem Rücken übereinanderlegte. Die charakteristische Zweiteilung des Körpers, die den spitz zulaufenden Hinterleib so deutlich erscheinen ließ.

Das Biest saß direkt in Kolelos Nacken.

«Fliege! Schlag zu, Kolelo!», rief Amelie und tat, als klatschte sie in ihren eigenen Nacken. Der Junge übernahm ihre Bewegung und zeigte ihr Sekunden später seinen Fang. «Gefahr, wenn sticht», sagte Amelie. Sie führte den im Handschuh steckenden Zeigefinger in die Handfläche, um zu demonstrieren, was sie meinte. Der leichte Druck, den sie dabei unbeabsichtigt ausübte, schmerzte.

Der Knabe schnipste die tote Tsetsefliege achtlos fort. Was die *bibi uleia* für ein Theater um so ein Ungeziefer machte!

Die winzige Begebenheit schärfte Amelies bislang mehr mit sich selbst beschäftigte Sinne. Sie schaute die Menschen an, suchte nach geschwollenen Lymphdrüsen, dem Anzeichen der Seuche. Und wurde mehr als fündig. Selbst die größten, stämmigsten Burschen hatten dicke Beulen im Nacken. Sie liefen herum, wirkten frei von Beschwerden. Und würden in wenigen Monaten tot sein.

Kolelo hatte einen Jungen gefunden, mit dem gemeinsam er Jago trug. Er schwatzte fröhlich mit dem Gleichaltrigen, und gemeinsam bahnten sie sich den Weg durch das Gewühl der Menschen. Eine Karawane mit Trägern folgte, Amelies Blechkoffer schaukelten hinter ihr her. Immer länger wurde die Karawane, die sich bildete, auch Klemms Träger schlossen sich an, obwohl der Kollege nicht zu sehen war.

Udjidji mit seinen Bananenplantagen, Dattelhainen und Mangobaumalleen war zwar ein wohlhabender Ort mit hübschen Häuschen und sogar einigen arabischen Palästen. Doch zwischen all der Pracht entdeckte Amelie immer wieder verfallene Hütten. In deren Schatten Menschen dösten oder schliefen, manche hatten die Augen schwachsinnig verdreht. Sie waren nur zu entdecken, wenn man danach suchte. Oder wie Amelie wusste, worauf man achten musste.

Gleich daneben bot sich Amelie der See in bilderbuchhafter Schönheit dar. Arabische Segelboote, die hölzernen *Dhaus*, glitten über das von leichten Wellen bewegte Wasser. Unzählige Fischerboote lagen am Ufer, Fischer sortierten ihre Netze. Und überall wuchs hohes Schilf. In diesem Moment sah Amelie, wie einige Männer ein Kanu aus dem Wasser durch das Gras zogen. Kleine Wolken von Fliegen stiegen auf, die Fischer schenkten ihnen keine große Beachtung. Nur gelegentlich, wenn mal jemand eine Hand frei hatte, schlug er zu. So viele der

Männer trugen die Beulen im Nacken, stellte die zur Bekämpfung der Seuche angereiste Ärztin mit wachsendem Entsetzen fest.

Je weiter Amelie sich mit ihrer geschrumpften Karawane von der im Süden gelegenen Boma gen Norden bewegte, desto karger wurde die Küste. Die hohen, das Ufer säumenden Gräser verschwanden gänzlich. Bald schon passierte Amelie den in einer weiten Bucht gelegenen Hafen. Erst seit wenigen Jahren befuhr ein einziger Dampfer den sechshundertsiebzig Kilometer langen See, den sechstgrößten der Erde.

Nach anderthalb Stunden erst erreichte die Karawane eine felsige Landzunge, die in den See hineinragte. Frau Messingnagel hatte sich einen idealen Ort für ihr Haus ausgesucht. Die Wellen des Sees brachen sich weit unterhalb ihres Hauses an den Felsen, zu beiden Seiten erstreckte sich feiner, weißer Sandstrand. Eine leichte Brise wehte beständig. Ließ Amelie den Blick über das Wasser schweifen, so wähnte sie sich am Meer. Siebzig Kilometer breit war der Tanganjika an dieser Stelle, rief Amelie sich in Erinnerung. Und dachte daran, wie Gustav davon gesprochen hatte, dass fliehende Sklaven von der Kongoseite herüberkämen. In Kanus, die oft kenterten ...

Amelie löste sich von dem grandiosen Ausblick und wandte sich Gesine Messingnagels Haus zu. Es war ein in Fachwerktechnik errichtetes Steinhaus mit weiter Veranda. Zur Landseite hin befanden sich mehrere Stein- und Grashäuser für das Personal. Dazwischen lag der von einem Mangobaum beschattete Innenhof, in dem die Träger sich zu versammeln begannen.

Getarnt durch hellen Sand und den Schattenfall des Laubes ruhte ein Leopard nahe dem Stamm des Baumes. Die Vorderpfoten ausgestreckt, die Hinterbeine angewinkelt, den Kopf aufmerksam emporgestreckt, hielt Amelie ihn fast für eine Statue. Um den Hals trug er einen breiten schwarzen Lederriemen, an dem eine Kette befestigt war. Amelie trug Kolelo auf, eine Schale voll Wasser zu holen, die sie dem *chui* vorsichtig hinstellte. Wie eine Hauskatze schlabberte das Raubtier. Vierzehn Jahre war es her, dass Amelie einem Leoparden zuletzt so nah gewesen war. Doch die Begegnung freute sie nicht: Der gezähmte Jäger diente Gesine Messingnagel zur Demonstration ihrer Macht.

Amelie begann die Männer, die monatelang hinter ihr hergelaufen waren, zu entlohnen. Manche wollten Geld, andere freuten sich mehr über die verbliebenen Stoffe, Goldmünzen oder Perlen. Die langwierige Prozedur war Amelie von den Lohn-Schauris auf Salama vertraut. Doch es war ihr wichtig, dass die Männer die *bibi dactari* in guter Erinnerung behielten. Livingstone – der Spitzname war ihr zur Verpflichtung geworden ...

Kolelo hatte Amelie die ganze Zeit aufmerksam beobachtet. Neben ihm lag Jago in seinem Tragegestell. Der Hund war immer noch zu geschwächt, um mehr als nur ein paar Schritte machen zu können. Doch ins Haus durfte Amelie ihren Gefährten nicht mitnehmen. Denn Ali, der das Leopardenhaus leitete, hatte kein Verständnis für die innige Beziehung der weißen *bibi* zu ihrem Hund, der selbst wie manche weiße Frau getragen werden musste. Wenigstens gestattete der Araber auf Amelies eindringliche Bitte hin, dass Jago bei Kolelo in einer Grashütte übernachtete. Kolelo war glücklich über seine Aufgabe und ließ keine Neigung erkennen, Amelie zu verlassen. Kassei, dem seine Träume die Zukunft wiesen, würde wohl nicht überrascht sein.

Oder war es seine Absicht, den Neffen hierzulassen? Aber warum?

Die leichten Wildlederhandschuhe ließen sich kaum ausziehen. Amelie suchte jene Schere heraus, mit der Gustav ihre Locken in Form gebracht hatte. Vorsichtig schnitt sie das feuchte Leder vom Handgelenk her auf, pellte jeden einzelnen Finger wie aus einem Futteral. Die gerötete Haut nässte an vielen Stellen. An einzelnen, bislang noch kleinen Flächen, hatte das Abziehen des Handschuhs die obersten Hautschichten mit entfernt. Das darunterliegende Fleisch sah aus, als wäre es gekocht worden. Dann war die rechte Hand dran, wo sich alles – durch die Ungeschicklichkeit der linken – wesentlich schwieriger gestaltete. Die Stiefel auszuziehen war allein unmöglich. Der herbeigerufene Ali war an den Umgang mit robusten Männerbeinen gewöhnt und verließ fluchtartig das Zimmer, als er Amelies blutdurchtränkter Hosenbeine gewahr wurde. Sie ging mit der Hose vor wie mit den Handschuhen. Als sie endlich den Stoff vom Bein geschnitten hatte, war der Anblick ebenso erschütternd wie an den Händen.

An das ihr von Ali in Aussicht gestellte Bad war nicht zu denken. Woher auch immer dieser schmerzende, nässende Ausschlag rührte, sie befürchtete, dass Wasser könnte ihn auf dem ganzen Körper verteilen. Völlig entkleidet öffnete Amelie unter Schmerzen die schweren Verschlüsse des Arztkoffers, holte ihr Mikroskop heraus und stellte es auf Gesine Messingnagels Frisiertisch. Da es im Zimmer zu dunkel war, um mikroskopieren zu können, musste sie zwei Petroleumlampen herbeischleppen und sie entzünden. Nackt beugte sie sich über das Mikroskop und schob ihren linken Zeigefinger, an dessen Kuppe sich knisternde Blasen gebildet hatten, unter das Vergrößerungsglas. Vorsichtig zupfte sie mit der Pinzette ein Hautstück ab und legte es unter großen Mühen auf einen gläsernen Objektträger: Die Bakterien hatten die Form von kleinen Keulen, die sich rasend schnell bewegten. Nun betrachtete Amelie eingehend die Haut ihrer Unterschenkel. Die Zahl der wunden Stellen hatte sich in den letzten paar Stunden verdoppelt, aus einigen trat eine schwärzliche Flüssigkeit aus.

Der Anblick erinnerte sie an eine ihrer Patientinnen an der Charité. Der Frau war im winterlichen Matsch ein Fuhrwerk über das Bein gefahren. Dreck war in die Quetschung geraten. Das, was sich gebildet hatte, nannte ein Kollege den Gasbrand.

«Dies ist der Beginn einer Sepsis», hatte einer der Mediziner gemeint.

Dummheit, Frau Kollegin, führt zum Tode, hörte sie den todgeweihten Friedemann Stein sagen.

Im Arztkoffer fand sie noch zwei Flaschen Lysol. Sie leerte die bernsteinfarbene Flüssigkeit zur Hälfte in eine der Waschschüsseln und benetzte die Wunden unter höllischen Schmerzen mit dem Desinfektionsmittel. Immer wieder musste sie sich tief durchatmend im Stuhl zurücklehnen, um dann weitermachen zu können.

Wieso musste das ausgerechnet jetzt geschehen? Jetzt, wo sie so viel vorhatte.

Gefühle sind der Feind der Wissenschaft! Am liebsten hätte Amelie die Stimme Robert Kochs zum Schweigen gebracht, indem sie sich die Ohren zuhielte. Doch gerade das wäre falsch gewesen. Sie musste dankbar sein für diese Mahnung und gegen ihre Schwäche ankämpfen. Schließlich hätte sie jeden Patienten genauso behandelt, wie sie sich jetzt selbst zu kurieren hoffte. Keine Sekunde lang stellte sie sich die Frage, ob sie bei der Beurteilung ihres Zustandes objektiv genug war ...

Sobald das Lysol getrocknet war, ging sie zum Arztkoffer. Irgendwo da drin war der Heilung versprechende Zinkpuder. Aber wie sollte sie mit diesen Händen irgendetwas anfassen? Wie sich ankleiden, um Hilfe zu rufen? Wie sollte sie ihre Hände bandagieren? Und diese Schmerzen! Das in den Wunden pochende Blut ließ sie jeden Herzschlag spüren.

Amelie begutachtete die von Frau Messingnagel zurückgelassene Garderobe, die sie benutzen durfte. Die Kleider mussten geschnürt werden und erforderten Korsetts. Undenkbar. Es gab nur eine Möglichkeit: Im Zimmer bleiben und warten, bis Hilfe käme. Woher auch immer. Klemm! Sollte der sie etwa splitternackt sehen? Das hätte gerade noch gefehlt.

So vorsichtig wie möglich angelte sie Zinkpuder und Verbandsmull aus dem Arztkoffer. Sie bestreute erst ein Bein mit dem Puder und bandagierte es anschließend, dann machte sie es mit dem zweiten genauso. Nun die Hände. Wenn sie beide einschnürte, war sie hilflos wie ein in der Falle sitzendes Tier. Aber konnte sie riskieren, mit den nur vom Puder geschützten Händen herumzulaufen? Hier, wo überall Bakterien lauerten? Nein, es musste sein. Unter Zuhilfenahme der Zähne bandagierte sie sich beide Hände.

Aus dem von Luftfeuchtigkeit leicht blinden Spiegel an Gesine Messingnagels Kleiderschrank sah Amelie eine nackte junge Frau an, die wie eine Mumie bis zu den Knien und den Ellenbogen eingewickelt war. Welch absonderliches Bild! Sie wusste nicht, ob sie darüber lachen oder weinen sollte.

«Du meine Güte! Melli, was ist dir zugestoßen?»

Gustav, frisch gewaschen und in weißer Uniform, war gemeinsam mit Dr. Klemm und Paul Paasche, die sich gleichfalls in der Boma erfrischt hatten, ins Leopardenhaus gekommen. Sie hatten Amelie im Lehnstuhl sitzend auf der Veranda vorgefunden, bekleidet mit einem weiten Rock aus grober hellblauer Baumwolle und weißer Bluse. Alis Frau hatte ihr beim Anziehen geholfen.

Amelie erklärte ihren eigenwilligen Zustand.

«Sie werden für Wochen ausfallen», konstatierte Klemm bitter.

«Hohlbein hatte recht», sagte Paasche. «Ihr Mitgefühl ist unübertrefflich, Doktor.»

Gustav setzte sich neben Amelie. «Die Boma verfügt über ein Lazarett. Wir bringen dich hinauf», sagte er. Die Sorge um Amelie stand ihm ins Gesicht geschrieben.

Sie schüttelte den Kopf. «Ich brauche nur mehr Lysol, Zinkpuder und Verbandsmaterial. Ich werde die Frau des Verwalters anlernen, damit sie mir helfen kann.» Es war ihr peinlich, auf so unangenehme Weise im Mittelpunkt zu stehen. «Wo sind Hohlbein und Schneider untergekommen?», fragte sie, um von sich selbst abzulenken.

Paul Paasche lachte kurz auf. «Sie sind unverbesserlich, Amelie!»

Amelie hob ihre mit Mull umwickelten Hände. «Ach, da täuschen Sie sich!»

«Dann lassen Sie wenigstens zu, dass ich Ihre Wunden behandle, Frau Kollegin.» Klemm hatte sich endlich seiner Profession erinnert.

«Einverstanden», sagte sie. Ahnend, dass er in Zukunft anderes zu tun haben würde. «Was wurde nun aus Hohlbein und Schneider? Sind sie gut untergekommen?»

Die beiden hatten in den Ärztequartieren des Lazaretts Unterkunft gefunden; das Krankenhaus befand sich nur wenige Schritte von der Boma entfernt, sagte Klemm.

Und dann berichtete Gustav, was sie über das Schlafkrankenlager in Erfahrung gebracht hatten: «Der Bezirkshauptmann sagt, dass es durch ein Feuer vernichtet worden ist. Er hatte keine Erklärung dafür.»

«Nun ja», warf Paasche mit einem Seitenblick zu Doktor

Klemm ein, «wenn verzweifelte Menschen monatelang ohne Aussicht auf Hilfe eingesperrt sind, muss man über die Gründe einer Meuterei nicht lange spekulieren.»

Klemm verschränkte zwar die Arme vor der Brust, aber kein Wort der Rechtfertigung für das Vorgehen seines verstorbenen Freundes Stein kam über seine Lippen.

«Jedenfalls haben sich die Kranken inzwischen über die gesamte Region verteilt.» Gustav fasste den gegenwärtigen Wissensstand knapp zusammen: «Wir müssen also in der Tat bei null anfangen.»

«Wir?», fragte Amelie.

Der resolute Stabsoffizier in Gustav antwortete: «Angesichts der Lage erscheint ein gemeinsames Vorgehen von Seiten der Schutztruppe und der Ärzte dringend angebracht.»

«Du willst Askaris einsetzen?»

Er nickte entschlossen. «Wenn es ratsam erscheint, ja.»

Amelie hielt das für keinen guten Plan. Die Soldaten hatten den Aufstand niedergeschlagen und Tausende in den Tod geschickt. Hier jedoch ging es darum, die Einheimischen vor einer tödlichen Seuche zu schützen. Dafür musste man das Vertrauen der Menschen gewinnen. Und dabei waren Gewehre eher hinderlich. Amelie überlegte rasch. Gustav als ranghöchstem Vertreter der Staatsmacht offen zu widersprechen erschien ihr unklug. Auch Klemms wegen, der nicht den Eindruck gewinnen sollte, dass Amelie den Jugendfreund dirigierte.

«Es gibt doch in jedem Ort einen Jumben», sagte sie dann. «Viele Ortsvorsteher verfolgen zwar nur ihre eigenen Interessen. Doch vielleicht hat man es hier mit einem vernünftigen Mann zu tun.»

«Du denkst an Zusammenarbeit mit dem Jumben, Livingstone?», fragte Gustav nach kurzem Nachdenken.

Er bat Paul Paasche, Badili zum Ortsvorsteher zu schicken und für den nächsten Morgen ein Gespräch zu vereinbaren.

«Einverstanden, wenn ich den Mann erst mal selbst in Augenschein nehme?», fragte Paasche mit einem Zwinkern. Als Gustav dankbar nickte, schlug Paasche Klemm nach Kameradenart auf die Schulter. «Kommen Sie, Doktor, lassen Sie mich mal vorher einen neidvollen Blick auf ihr komfortables Quartier werfen!»

«Kann man hier waschen lassen?», fragte Klemm.

Sobald er erfahren hatte, dass er auf keinen Komfort verzichten musste, verschwand er mit Paasche im Schlepptau. Amelie fragte sich, ob jedes Mal ein solcher Aufwand nötig sein würde, um Klemm loszuwerden.

Amelie wandte sich Gustav zu. «Geht es dir gut?», fragte sie. «Du wirkst sehr angespannt.»

Er beugte sich zu ihr vor und küsste sie auf die Wange. «Wie es mir geht?» Er lachte gequält auf. «Um dich mache ich mir große Sorgen, Melli. Hast du Schmerzen? Du bist tapfer wie ein Soldat. Komm, sei ehrlich, mach wenigstens mir nichts vor! Die Entzündungen könnten einen üblen Verlauf nehmen, das weißt du besser als ich. Ich bin nicht so weit gelaufen, um dich zu verlieren.»

«So was darfste nich sagen!» Törichte Tränen liefen ohne Vorwarnung über ihr Gesicht, hilflos hantierte sie mit den zu Mullpfropfen verwursteten Händen herum. Sie zog den Rotz durch die Nase hoch, da tupfte Gustav schon die Tränen fort und half ihr, sich zu schnäuzen.

Er küsste sie sanft auf beide Augen. «Ich liebe dich. Ich habe dich immer geliebt.»

«Sieh mich doch an, Gustav. Mit mir kannste keinen gold'nen Heller jewinnen!» Sie lachte und heulte gleichzeitig.

Sein Gesicht war dicht vor ihrem. «Det schad' ja nischt,

det schad' ja nischt. Det wird ja wieda abjewischt!», imitierte er zärtlich den Tonfall eines Berliner Gassenjungen, dem der Schutzmann eine geschmiert hatte. Dann küsste er sie lange auf den Mund.

«Wird nich wieda abjewischt!», versprach sie atemlos.

Obwohl Gustav sie gebeten hatte, sich zu schonen, wollte Amelie nicht untätig in Messingnagels Haus herumsitzen. Dafür hatte sie diese weite Reise nicht unternommen ... Eduard Klemm hatte an diesem Morgen ihre Wunden versorgt und war ebenso wie sie der Ansicht, dass Desinfizierung die Infektionen aufhalten würde. So bemühte sich Amelie nun, ihre beginnenden Kopfschmerzen zu ignorieren. Sie ließ sich von Gustav auf eine Eselkarre heben, die Badili zu den Überresten des Lagers lenkte. Es bot einen traurigen Anblick. Auf dem weiten Sandplatz oberhalb des Tanganjikasees fanden sie nur noch die verkohlte Ruinen einstiger Hütten. Der Zaun war umgerissen und weitgehend verschwunden.

«Friedel würde sich im Grab umdrehen!», rief Klemm entsetzt.

«Was wissen Sie von Ihrem Freund Stein über den Sinn dieses Lagers, Doktor?», fragte Gustav.

«Wie ist Ihre Frage zu verstehen, Herr Oberleutnant?»

«Wie wird meine Frage von Ihnen verstanden, Doktor?»

Amelie horchte auf. Zwischen beiden baute sich eine ungute Spannung auf.

«In gewisser Weise feindselig, um ehrlich zu sein.»

«Dazu besteht kein Anlass. Ich möchte wissen, welche Ziele Sie hier verfolgen werden, wenn das Lager wieder aufgebaut ist.»

«Das dürfte Ihnen bereits bekannt sein, Oberleutnant.

Ich werde Schlafkranke mit Atoxyl behandeln.» Es fiel Amelie auf, dass Klemm von sich selbst als einzig Handelndem sprach. Und in seiner Stimme lauerte Aggression. «Worauf wollen Sie hinaus?»

«Mir geht es um das Gespräch mit dem Jumben, das wir sogleich führen werden, Doktor. Leutnant Paasche gewann gestern den Eindruck, der Ortsvorsteher würde seine Unterstützung aufgrund der mit Doktor Stein gemachten Erfahrungen verweigern. In dem hier zerstörten Lager wurden Menschen gefangen gehalten. Ohne dass ihnen jemand half. Wie, Doktor, wollen Sie den Jumben davon überzeugen, seine Leute erneut einsperren zu lassen?»

«Sie erwähnten gestern selbst die Möglichkeit, Askaris abzustellen, Oberleutnant.»

«Ich sagte: Wenn es ratsam erscheint. Ratsam kann es mir nur erscheinen, wenn ich Ihr Vorgehen insofern als richtig erachte, als es dem Interesse des Schutzgebietes dient.»

Gustavs Miene war undurchdringlich. Was ging in ihm vor? Sprach er als Stabsoffizier oder als der Mann, der schon als Kind die Ideale Livingstones verehrt hatte?

«Verstehe», erwiderte Dr. Klemm überaus frostig. Und jeder der Anwesenden wusste, dass dem nicht so war. Die beiden so unterschiedlichen Männer hatten aneinander vorbeigeredet.

Wussten sie eigentlich beide, wovon sie sprachen? Amelie war sich da nicht so sicher. Dabei ging es doch um so viel! «Haben wir noch Zeit, bevor wir den Jumben sehen?», fragte sie. «Ich möchte Sie auf etwas aufmerksam machen.»

Am See angekommen, ließ Amelie Badili die Karre anhalten. Zahllose Fischer zogen Kanus aus dem Wasser, flickten Netze und sortierten Fische. Der See schien über immensen Fischreichtum zu verfügen. Amelie deutete mit ihrer verbundenen Hand auf die hohen Gräser, die das Ufer dicht säumten.

«Sehen Sie bitte mal genau hin», sagte sie.

«Fischer», sagte Klemm trocken.

Gustav knöpfte die Brusttasche seiner weißen Uniformjacke auf. Er zog seine Brille hervor, die er während der Safari nie trug, weil sie einstaubte. «Die Fliegen», sagte er.

«Ist es möglich, dass davon welche eingefangen werden?», fragte Amelie.

«Ist das die Tsetse?», erkundigte sich Paul Paasche.

«Das weiß ich nicht mit Sicherheit», antwortete Amelie. «Um das zu überprüfen, brauche ich von genau dieser Sorte, die hier aufsteigt, eine ganze Menge. Hundert mindestens, am besten mehr. Und es wäre gut, wenn sich einige der hier arbeitenden Fischer untersuchen ließen. Achten Sie mal auf die Schwellungen, die einige der Männer im Nacken haben.»

«Das ist in der Tat beeindruckend», sagte Klemm. «Groß wie Kinderfäuste. Und diesen Negern scheint das nicht das Geringste auszumachen.»

«Vielleicht gewöhnt man sich daran», vermutete Paul Paasche.

Die Fischer hatten die Fremden bemerkt und brachten den vermeintlichen Käufern Fische. Mit beiden Händen stemmte ein Mann einen Fisch in die Höhe, der annähernd seine eigene Größe hatte. Aber niemand schenkte den gigantisch anmutenden Fischen Beachtung, alle starrten auf die Beulen im Nacken der Männer.

«Warum schwillt das so an?», fragte Gustav.

«Das sind die Lymphknoten», erklärte Klemm.

«Wir sollten Fische kaufen», sagte Amelie, «sonst werden die Leute misstrauisch.»

Kurz darauf bedeckten zwei Dutzend Riesenbarsche, Nilhechte, Stachelwelse und Zahnkarpfen die Ladefläche des Karrens. Eine Ausbeute, die überwältigte und dennoch nur bescheidene zwei Rupien kostete.

Gustav bewunderte die Vielfalt der Fische. «Bei uns in Berlin gab es nur schrumplige Heringe. Und nun sehe sich das einer an: Ist das nicht das Paradies! Badili, organisiere ein paar Träger und lass das sofort in die Boma bringen.»

Acht Burschen waren nötig, um die Ausbeute fortzuschleppen.

Klemm ließ sich nicht ablenken. «Amelie, warum glauben Sie, dass ausgerechnet diese Fliegen hier am Ufer die Schlafkrankheit übertragen?», fragte er. «Dafür gibt es keine Beweise.»

Amelie fühlte sich unwohl. Das Blut unter den Verbänden pulsierte heftig, ihr Kopf schien zerspringen zu wollen. Dennoch erzählte sie von ihrer Kindheit in den Usambarabergen: «Dort gibt es einen wilden Fluss, den Pangani. An manchen Stellen wächst das Schilf so hoch wie hier. Die Einheimischen gingen dort nur vor Sonnenaufgang oder nach Sonnenuntergang hin. *Mbungo* schläft, wenn die Sonne schläft, sagten sie.»

Badili hatte das Wort aufgeschnappt und nickte bestätigend. «*Mbungo* ganz schlecht!», rief er.

«Meint er damit die Tsetse?», fragte Klemm sichtlich entnervt.

Badili konnte die Antwort nicht wissen. Das Kisuaheli-Wort bedeutete lediglich Fliege. Und davon gab es viele. Einige stachen eben. Also war es am besten, man unterstellte allen böse Absichten. Und schaute deshalb genau hin, wann sie da waren. Und wann nicht. So einfach konnte eine Überlebensstrategie aussehen.

Während Amelie auf die schwärmenden Fliegen starrte, die über dem sumpfigen Rand des Sees schwirrten, begriff sie, dass der wortkarge Robert Koch recht hatte. In der Höhe, in Amani, mochte es keine so genannten Glossinen geben. Doch Koch musste sie nur unten im Tal, am Pangani, einsammeln lassen. Das hatte er deutlich gesagt. Oben auf dem Berg, im sicheren Labor, konnte er sie in aller Ruhe sezieren und unter dem Mikroskop herausfinden, auf welche Weise die kleinen Quälgeister die Seuche weitergaben. Er musste sie züchten, hatte er gesagt. Woraufhin Heim gescherzt hatte, dies wäre keine angenehme Vorstellung. Züchten – um was zu entdecken? Wie ging ein Nobelpreisträger vor, wenn er der Wahrheit auf der Spur war? Der Wahrheit? Nein, den Rätseln des Lebens galt es nachzuforschen. Welch elektrisierender Gedanke!

Wenn die Kopfschmerzen ihr nur nicht die Konzentration so schwer machen würden.

Paul Paasche riss sie aus ihren Gedanken. «Amelie, man kann hören, wie Sie denken!», scherzte der Leutnant. «Lassen Sie uns daran teilhaben!»

«Ich habe Robert Koch in Tanga getroffen. Und nicht verstanden, was er vorhat», gestand sie. «Aber ich glaube jetzt, es zu ahnen. Und vielleicht können wir das auch, Eduard», sagte sie an Klemm gewandt.

«Bei allem Respekt: Sehen Sie sich Ihre Hände an, Amelie.»

«Die heilen!», erwiderte sie trotzig. Sie wollte loswerden, was ihr soeben als Gedankenblitz durch den Kopf geschossen war: «Nehmen wir mal an, Eduard, eine Glossine sticht einen Schlafkranken und sodann einen Gesunden. Wir wissen, dass der Gesunde hinterher ebenfalls krank wird. Aber wie geschieht dies? Das ist doch die Frage! Und die Antwort muss in dem Insekt verborgen sein. Irgendetwas geht in der Tsetse vor sich, wodurch sie zum Überträger wird. Wenn man wüsste, was es ist, wäre die Seuche aufzuhalten.»

«Und wie stellen Sie sich das vor?» Klemm klang unwillig, sich auf Amelies Gedanken einzulassen.

«Ein Impfstoff, Eduard, würde die Menschen immun machen gegen den Stich der Tsetse!»

Klemm schüttelte den Kopf. «Dafür haben wir doch das Atoxyl.»

«Atoxyl kann nur helfen, wenn die Menschen bereits krank sind, Eduard. Es ist kein Impfstoff, sondern dazu gedacht, bereits vorhandene Qualen zu lindern oder vielleicht sogar zu beenden.»

«Du willst also der Tsetsefliege zuvorkommen. Meinst du das?», fragte Gustav.

«So würde man den Menschen am wirkungsvollsten helfen», bestätigte Amelie.

Und schon meldete sich Eduard Klemm entschlossen zu Wort: «Gottlieb Messingnagel hat mir einen Auftrag gegeben. Und Sie mir als Assistenz zugeteilt, Amelie. Dieser Auftrag ist eindeutig definiert. Sie werden nicht die Übertragungswege der Glossinen erforschen. Sondern Kranken Atoxyl spritzen, um zu erproben, ob dies das Mittel der Wahl ist. Ich bitte doch sehr darum, die Prioritäten zu akzeptieren!»

Der üppige Mangobaum stand nicht weit entfernt vom quirligen Marktplatz, dessen breiteste Seite sich zur silbernen Fläche des Tanganjikasees hin öffnete. Gustav hielt seinen Maulesel an, Badili stoppte auf Höhe seines *bwana*.

«Hier war es», sagte Gustav zu Amelie. «Hier hat Livingstone am zehnten November 1871 Stanley empfangen.» Er deutete auf eine angerostete Messingtafel, die am Baum angebracht war.

«Gleich da drüben wohnt der Ortsvorsteher», sagte Paul

Paasche. Er wies auf ein schmuckes, weiß getünchtes Haus mit breiter Veranda, etwas größer als alle anderen. Davor hatten sich bereits zahlreiche Menschen versammelt, die zumeist in bodenlange arabische Gewänder gehüllt waren.

«So mag es damals gewesen sein», sagte Gustav mit leicht verklärtem Blick.

«Ich finde, Sie sollten uns verraten, was es mit diesem Livingstone auf sich hat», verlangte Klemm. «Seit Monaten hören wir davon. Ich dachte nicht, dass es den wirklich gegeben hat.» Als er Gustavs ungläubigen Blick wahrnahm, setzte er hinzu: «Nicht jeder teilt Ihre Begeisterung für Afrika.»

«Vom missionarischen Gedanken der Nächstenliebe geprägt, war Livingstone ausgezogen, um die Sklaverei zu bekämpfen. Quer durch ganz Afrika reiste er, wurde dabei zum Entdecker und zu einem Mann, der die Afrikaner verstehen lernte.»

«Verstehen? Die Neger verstehen?» Klemm lachte zornig. «Sie tragen die Uniform der Schutztruppen, Herr Oberleutnant!»

Sehr langsam knöpfte Gustav seine Brusttasche auf, zog die darin zwischenzeitlich verstaute Brille hervor und musterte Klemm eingehend. «Mir scheint, Sie interpretieren den Begriff Schutztruppe etwas einseitig, Doktor. Gewiss sind wir angetreten, um die Interessen des Vaterlands zu vertreten. Aber jene Menschen, die hier leben, sind damit auch unserem Schutz anbefohlen.»

«Ich bedanke mich für die Belehrung!» Klemm warf einen letzten verächtlichen Seitenblick auf das Schild am Mangobaum und wandte sich ab. Als hätte er in dem toten Livingstone seinen wahren Feind ausgemacht.

Die drei weißen Männer und die weiße *bibi* erregten die Aufmerksamkeit der Einwohner. Vom Markt her und aus den Gassen strömten sie zum Haus des Jumben, als gelte es ein Fest zu feiern. Die beiden deutschen Offiziere stiegen gemessen von ihren Maultieren, Klemm folgte ihrem Beispiel. Alle drei banden ihre Tiere am Eselkarren fest und richteten ihre Konzentration auf die Abordnung des Jumben, die ihnen entgegentrat. Dabei vergaßen sie, dass Amelie wegen ihrer Bandagen zur Bewegungsunfähigkeit verdammt war. Hilflos harrte sie in der prallen Sonne auf dem primitiven Kutschbock aus. Sie fühlte sich wie ein exotisches Tier, das in einen Käfig gesperrt ausgestellt wurde. Es war zwar anzunehmen, dass manche schon eine weiße Frau gesehen hatten; immerhin war die Erbauerin des Leopardenhauses eine auffällige Person. Doch die saß gewiss nicht regungslos bandagiert auf einem Kutschbock. Amelie schwitzte unter den Verbänden. Sie war sicher, Fieber zu haben.

Sie musste schnellstens in den Schatten.

Unterdessen lief vor dem Jumben-Haus die übliche Begrüßungszeremonie ab. Sie konnte nicht verstehen, was gesprochen wurde. Das war ärgerlich, denn Amelie wollte verhindern, dass Klemm und Gustav ihre unterschiedlichen Ziele ausgerechnet vor den Ohren des Jumben definierten. Sie musste bei diesem Gespräch dabei sein! Es war so entscheidend für alles, was folgen würde.

Von Badili gestützt, schleppte sich Amelie mit schlurfenden Schritten zum Haus des Jumben. Jeder Schritt schmerzte. Sie fühlte sich jetzt so, wie Henry M. Stanley Doktor Livingstone beschrieben hatte – wie ein alter, kranker Mann. Ihr Kopf dröhnte, das Herz raste, die Wunden an den Beinen pochten, ihre Kehle war ausgedörrt. Die Menge der vor dem Haus Versammelten teilte sich, Gustav fuhr herum. Amelie sah Entsetzen und Schuldbewusstsein in seinem Blick. Sich seiner großen Aufgabe bewusst, hatte er sie schlichtweg vergessen!

Kurz darauf saß sie im Schatten der Veranda, eine Frau brachte einen Krug mit Wasser und Gläsern auf einem Silbertablett. Amelie spürte die Blicke der Männer. Mit den verbundenen Händen führte sie zittrig ein Glas des kostbaren Nasses an die aufgesprungenen Lippen. Sie konnte keine Rücksicht darauf nehmen, dass Wasser auf die weiße Bluse tropfte. Erleichtert schloss sie die Augen und merkte, wie ihr schwindlig wurde.

«Amelie, was ist mit dir?» Gustavs besorgte Worte drangen wie durch Watte gedämpft zu ihr.

«Tut mir leid. Ich brauche mehr Wasser, bitte.»

«Nicht Wasser. Minztee gut!»

Jemand aus der Runde verstand Deutsch und sprach es sogar. Amelie versuchte herauszufinden, wer es war. Doch jeder, den sie ansah, verdoppelte sich. Und alles drehte sich im Kreise.

«Sie sprechen Deutsch», sagte Amelie auf gut Glück.

«Große Ehre in meinem Haus *bibi dactari*», erwiderte ein fülliger Mann, der ihr schräg gegenübersaß. Jemand hatte sie wohl vorgestellt; es war ihr entgangen.

Amelie spürte, dass sie nicht viel Zeit hatte, um hier etwas auszurichten. Sie musste zurück ins Bett. Es war nicht die Hitze, die ihr zu schaffen machte. Es war hohes Fieber. Und es stieg weiter. Dabei wollte sie doch noch mit zum Bezirkshauptmann, mit dem man anschließend verabredet war. Wie konnte sie sich selbst nur so im Wege stehen!

«Eine große Ehre auch für uns. Danke. Wir wollen den Menschen von Udjidji helfen. Darum sind Doktor Klemm und ich hier.» Sie sprach mit schwerer Zunge, konzentrierte sich auf jedes Wort. Eigentlich hätte sie in diesem Moment schweigen müssen, doch auf die Gepflogenheiten ihrer arabischen Gastgeber konnte sie jetzt keine Rücksicht nehmen. «Es gibt viele Menschen, die an

Schlafkrankheit leiden. Wir möchten für sie ein Lager errichten, um sie zu behandeln.»

Sie hatte gewollt, dass sich das alles langsam in einem Gespräch entwickelte. Wie es Sitte war. Doch dazu reichte ihre Kraft nicht. Entweder ging es so, oder es würde darauf hinauslaufen, dass man die Kranken mit Gewehren in Lager trieb und dort gewaltsam festhielt.

Jemand brachte warmen Tee aus frischer Minze, der die Kehle labte. Sie trank ungeschickt und kleckernd.

Ganz in Amelies Sinn betonte Gustav nun, dass es im Gegensatz zu Steins Arbeit um Hilfe für Kranke ginge. Darum müssten neue Hütten errichtet werden, wofür man viele Männer benötigte. Paul Paasche assistierte wie immer kongenial, erwähnte, dass man die Arbeiter selbstverständlich bezahlen werde. Nur Klemm, um dessen Arbeit es eigentlich ging, schwieg.

Schüsseln mit heißen Fleischpasteten, gekochtem Ziegenfleisch und scharf gewürztem Huhn wurden in großen silbernen Schalen auf den vielen niedrigen Tischen verteilt. Die Männer redeten, während sie mit den Fingern nach dem Essen griffen und aus kleinen Gläsern schwarzen Tee tranken. Amelie rührte keinen einzigen Bissen an, der Duft der kostbaren Gewürze verursachte ihr Übelkeit. Sie sehnte sich nach Ruhe und schloss die Augen. Die Lehmmauer in ihrem Rücken fühlte sich angenehm kühl an.

Du musst beten, dann wird alles gut, hörte sie die Stimme ihrer Mutter sagen.

Der Raum lag in dämmrigem Licht. Es war unheimlich still. Die Wände waren weiß, der Boden dunkel. Nur diese Farben schien es zu geben – hell und dunkel. Und Rot, sobald Amelie die Augen wieder schloss.

«Frau Kollegin?»

Amelie spürte, wie jemand mit der flachen Hand sanft gegen ihre Wange schlug.

«Frau von Freyer? Hören Sie mich? Ich bin Doktor Hirsch. Ich leite das Lazarett. Verstehen Sie, was ich sage?»

Nein, Amelie verstand es nicht. Zwar die Worte, aber nicht deren Sinn. Wo war sie? In Berlin? Nein, dies war nicht Berlin. Afrika, sie war in Afrika. Und Afrika war Salama. Das Zimmer schien auf der Farm zu sein.

«Frau Freyer, ich habe den Priester von der Katholischen Mission gerufen. Möchten Sie beichten?»

Ein Priester wurde gerufen, wenn man starb. Diese Erkenntnis riss den Vorhang, der ihre Wahrnehmung verhüllte, für einen Moment beiseite. «Ich will nicht sterben. Ich habe so viel vor.»

«Ich habe kaum Hoffnung, Frau Kollegin. Sie waren zwei Tage lang bewusstlos. Wir sind in großer Sorge. Sie sind Ärztin. Ich muss Ihnen nicht sagen, was der Gasbrand ... Ich kann nichts mehr für Sie tun. Ich hätte Ihnen beide Beine und Arme amputieren müssen ... Sie sind eine schöne junge Frau. Es tut ... es tut mir so unendlich leid um Sie, Frau Freyer.» Die Stimme des Fremden brach.

Es klopfte.

«Entschuldigen Sie mich ... Ich werde nachsehen.» Schritte entfernten sich. Das Leben wich von ihr, sie spürte es. Und es war gar nicht so schlimm, wie sie angenommen hatte. Das Gesicht Friedemann Steins schien auf, aber es wirkte nicht mehr so konzentriert wie das jenes Mannes, der noch die letzten Dinge regeln wollte, bevor seine Zeit ablief. Er schien mit ihr zu sprechen, streckte die Hand nach ihr aus.

Amelie versuchte, seine Geste zu erwidern, aber etwas hielt sie zurück.

«Melli? Hörst du mich?»

Eine andere Stimme drang von fern zu ihr. Amelie konnte sie nicht zuordnen, aber sie fühlte, dass jemand gekommen war, der sie liebte. Und sie Melli nannte. «Hanns?», fragte sie und lächelte. «Du hattest recht. Wir müssen keinem goldenen Stern nachjagen, weil alles da ist. Hanns, stell dir vor, ich habe Gustav getroffen. Du wärst stolz auf ihn, wenn du ihn sehen könntest. Er ist so klug.» Plötzlich war da ein Schmerz – sie würde etwas versäumen, wenn sie jetzt sterben würde. «Wir wollten uns in Salama treffen.»

«Melli ... ich bin's doch selbst, Gustav!»

«Sie kann Sie nicht verstehen, Oberleutnant Brelow. Es ist das letzte Aufbäumen des Körpers vor dem Tode.»

«Nein! Nein! Nein! Amelie von Freyer stirbt nicht, Hirsch! Ich lasse das nicht zu!»

«Wir müssen unsere Grenzen akzeptieren, Herr Oberleutnant. Jeder Arzt kennt sie, auch Frau von Freyer. Lassen Sie die Kollegin ihren Frieden mit Gott finden.»

«Gott! Was wissen Sie von Gott! Wir rufen ihn, wenn wir keinen Ausweg wissen. Und glauben, das Elend der Welt in seine Hände legen zu können. Anstatt selbst zu handeln. Gehen Sie zur Seite, Hirsch. Draußen ist ein Mann, der Amelie von Freyer helfen will. Ein Eingeborener. Ein Medizinmann. Ach ..., ich hole ihn rein.»

Amelie verstand nicht mehr, was vor sich ging. Aber es war nicht Hanns, der da gewesen war, das begriff sie allmählich. Sie versuchte, die Wirrnis in ihrem Kopf zu sortieren.

Gustav, es war Gustav. Aber woher kam er?

«Gustav? Bist du das?», fragte sie, wusste jedoch nicht mehr, ob man sie überhaupt noch hören konnte oder ob sie träumte. Sie versuchte sich aufzurichten. Was sie sah, war verschwommen. Ein Brei aus Licht und Schatten. Sie wollte sich die Augen reiben. Ihre Hände waren ans Bett gebunden.

Drei Gestalten kamen auf sie zu, zwei große und eine kleine.

«Heidenkram ist das, Oberleutnant», schimpfte die Stimme, die vor nicht allzu langer Zeit zu ihr gesprochen hatte. Der Mann, dem sie gehörte, war ängstlich.

«Frau Freyer vertraut diesem Mann, Hirsch. Lassen Sie ihn gewähren.»

Langsamer rhythmischer Gesang setzte ein, schwoll an, ebbte ab, erhob sich von neuem. Amelie war, als würde sie auf den Wellen eines Sees getragen, sanft geschaukelt. Eine warme zuversichtliche Stimme sprach zu ihr: *«Bibi uleia*, Kassei nimmt dich mit in das Reich der Schlangen. Vertraue den Schlangen.»

Die Wellen trugen Amelie weiter, aber etwas störte. Menschen sprachen, sie hörte Worte, verstand den Sinn nicht.

«Bibi uleia, öffne den Mund.» Amelie gehorchte der warmen Stimme. Jemand ergriff ihre Zunge und streute ein Pulver darauf. Dann wurde ihr eine süßliche Medizin eingeflößt.

«Was tust du mit der Patientin?», rief die Stimme des ängstlichen Mannes.

«Ich mache sie bereit für eine Reise», sagte die warme Stimme mit Selbstverständlichkeit.

«Hier macht niemand eine Reise! Die Patientin bleibt, wo sie ist!», rief der ängstliche Mann.

«Seit vielen Tagen ist alles vorbereitet. Ich nehme sie mit.» Die warme Stimme war voller Kraft.

«Das werde ich nicht erlauben. Du befindest dich in einem Lazarett des Deutschen Kaisers. Was bildest du dir ein!»

«Seien Sie still, Hirsch», sagte die Stimme des Mutes.

«Ich übernehme keine Verantwortung, Oberleutnant.»

«Ich tue es für Sie, Doktor.»

Amelie wurde mit sanftem Druck auf die Seite gedreht. Sie spürte, wie jemand ihren Rücken berührte.

Der ängstliche Mann sprach: «Was, um Himmels willen, tust du da! Du ritzt ja die Haut der Patientin ein. Schmierst du etwa Gift hinein?»

«Das stärkste, das ich kenne.»

«Großer Gott, steh ihr bei.» Die Stimme des Mutes war voller Angst.

Es waren die letzten Worte, die Amelie hörte. Dann überflutete grelle Helligkeit alles andere. Griff der Tod nach ihr? Oder das Leben? Die Frage schien Amelie jetzt ohne Bedeutung, denn beides verschmolz in diesem Augenblick ineinander.

16.

Die Ziege war schneeweiß, kein einziger Fleck verunzierte ihr struppiges Fell. Groß war sie und kräftig. Als der Python sich um sie wand und zu Boden warf, blökte sie nur kurz und ergab sich in ihr Schicksal; sie war dazu da, verschlungen zu werden. Die Schlange öffnete ihr Maul, dehnte es immer weiter. Der dunkelrote, fast lilafarbene Schlund stülpte sich über das Tier und begann in majestätischer Langsamkeit zu schlingen. Der verzierte Leib des Python, der dem Schattenspiel des Laubs auf dem Sandboden glich, dehnte sich und zog sich zusammen. Die reglosen Augen der Schlange glotzten Amelie starr an.

Es kam Amelie nicht so vor, als würde sie dabei zusehen, wie eine Schlange eine Ziege in sich hineinwürgte. Sie bewertete nicht, was sie wahrnahm, und darum stieß es sie nicht ab. Vielmehr hatte sie den Eindruck, ein Leben würde das andere einatmen. Es gab weder Gut noch Böse. Nur das Leben an sich. Und die sich nährende Schlange war für Amelie so etwas wie ein Beweis dafür, dass sie das Leben und nicht den Tod gefunden hatte.

Amelie hatte nicht den Wunsch, einzugreifen. Sie hatte überhaupt keinen eigenen Willen. Vielmehr war sie wie ein Kind, das in einem dunklen Keller saß und aus einem kleinen Fenster heraus neugierig nach oben ins Licht guckte. Ein Kind, das nur sah, was da draußen geschah, jedoch keinen Einfluss auf diese Vorgänge nehmen wollte. Sie fanden außerhalb seiner Reichweite statt. Es war nur Zuschauer. So, wie Amelie Gast im eigenen Körper war.

Ohne sich dabei zu fragen, wo sie sich überhaupt befand. Auch das spielte keine Rolle.

Mit der gleichen passiven Selbstverständlichkeit registrierte sie, dass auf ihrem Körper winzig kleine Wesen herumkrabbelten. Millimeterkleine, gelblichweiße Maden ernährten sich unaufhörlich von ihrem abgestorbenen Gewebe, säuberten die Wundränder und nahmen die bräunlich stinkende Flüssigkeit auf. Sie schwollen durch das, was sie fraßen, in Kürze auf das Hundertfache ihrer ursprünglichen Größe an.

Kassei sammelte die dicken Maden von Amelies nackter Haut, tat sie beiseite und setzte neue darauf. Wie die Schlange wurden auch sie dicker und runder. Wenn sie fett genug waren, nahm Kassei auch sie fort und ersetzte sie durch winzig kleine neue. So machte er es Stunde um Stunde. Und währenddessen lag die Schlange in Amelies Nähe und verdaute.

Der apathische Zustand, in dem sich Amelie befand, wich einem allmählichen Verstehen. Sie realisierte, dass sie im Schatten eines großen Baobab-Baumes lag und die Schlange über ihr Leben wachte. Sie war da, damit niemand in Amelies Nähe vordringen konnte. Niemand außer Kassei, der die Maden brachte und wieder fortnahm.

Schließlich setzte der Medizinmann keine Maden mehr auf Amelies Körper aus. Sie fühlte sich wie ein Kind hochgehoben und ließ sich forttragen in die grelle Sonne. Dort wurde sie auf eine reine Tierhaut gebettet. Die Kraft der Sonne trocknete Amelies jetzt saubere Haut. Noch immer fragte Amelie nicht, was mit ihr geschah. Sie nahm es hin. Als die Dämmerung kam, ritzte Kassei mit Schlangenzähnen die Haut ihres Rückens ein und verrieb darin Gift. Er trug Amelie in eine fensterlose Hütte und legte sie auf ein aus Raphiaseilen gefertigtes Bett. Mit stoischem Gleichmut beobachtete sie, wie er darum herum aus Tierfellen und senkrecht in den Boden gesteckten Zweigen eine Art Zelt baute, das nur ihren Kopf frei ließ. Unter ihrem Bett stellte er Räuchergefäße auf. Die ganze Nacht über wurde ihr wunder Körper mit unterschiedlichsten Kräutern beräuchert. Der Medizinmann reichte ihr währenddessen ständig bitter schmeckendes Wasser. Ihre Haare hielt er feucht, die Schweißperlen auf ihrem Gesicht wischte er mit Baumwolltüchern ab. Sie spürte die sorgende Gegenwart des alten Heilers, fühlte sich geborgen und getragen.

Mit dem nächsten Sonnenaufgang setzte der Medizinmann Amelie wieder der prallen Sonne aus. Sie blickte auf ihre Hände. Die Maden hatten die todbringende Fäulnis weggefressen. Über der wunden, alten Haut bildete sich neue, rötlich und zart, empfindlich wie die eines Embryos. Es erschien nicht ratsam, sie zu berühren, sondern besser, sie als ein Wunder zu bestaunen.

Das Fieber und die Apathie der vergangenen Tage wichen. So, wie ihr Körper wieder zum Leben erwachte, so konnte sie wieder in Zusammenhängen und zeitlichen Abläufen denken. Es war die Schlange, die ihr das bewusst machte. Die unförmige Ausbuchtung am Körper des Reptils war länglicher geworden. Während Amelie noch darüber nachdachte, dass sie Zeuge geworden war, dass dieses Tier eine komplette Ziege verschlungen und dass sie dabei gar nichts empfunden hatte, riss das Reptil den Schlund auf und würgte blitzsaubere Ziegenknochen hervor.

Irgendwann fing die Schlange an, sich zu bewegen. Amelies Augen folgten ihrem langen Leib, der wohl mehr als sechs Meter maß und an seiner schmalsten Stelle den Umfang von ihrer Taille hatte. Der Python schob sich auf jenen Baobab zu, unter dem Amelie lag. Es wäre dem Reptil ein Leichtes gewesen, die zarte Frau als Nachspeise zu verdrücken. Amelie hätte nicht die Kraft gehabt, aufzustehen oder sich fortzurollen. Sie zog es auch gar nicht in Erwägung, sondern sah in der Riesenschlange so etwas wie eine Vertraute. Wenngleich eine mit gewöhnungsbedürftigen Essmanieren. Das Einzige, was sie sich fragte, war, wie der Python seine Absicht, den dicken Baum zu erklimmen, umzusetzen gedachte. Interessiert verfolgte sie, dass dies ohne sichtbare Anstrengung möglich war, sogar mit einer gewissen Anmut. Schließlich ruhte das Tier einige Meter oberhalb von Amelie dicht am Stamm im Geäst. Wenn sie nicht gewusst hätte, dass es da war, hätte sie es nicht gesehen. Es war da und gleichzeitig auch nicht.

Geduldig wartete Amelie darauf, dass Kassei am Abend erschien, um seine Patientin wieder in die Hütte zu tragen. Die Schlange erwähnte sie mit keinem Wort. Sie gehörte zu ihrem Tag wie die Behandlungen, die Kassei durchführte. Der Medizinmann bestreute Amelies Haut mit grüngelbem Mehl und träufelte ölige braune Flüssigkeit dazu. Er berührte sie dabei nie direkt, doch alles was er tat, war sanft und zart. Das Auftragen der Medizin fühlte sich an wie der Hauch des Windes, der an einem sonnigen Tag durch die Haare fährt. Anschließend bedeckte er die sich neu bildende Haut mit länglichen Stücken einer elastischen Baumrinde, die würzig und aromatisch roch. Er gab ihr stündlich Medizin zu trinken; sie schmeckte bitter und war gleichzeitig Nahrung, enthielt oft harte Stückchen. Die deutsche Ärztin nahm alles zu sich, ohne Klagen, ohne Fragen, voll Vertrauen.

Nach einer weiteren Nacht der Räucherung kehrte der Medizinmann mit einem braunen Umhang in die Hütte zurück. Er legte ihn über Amelies nackte Haut. Das feine, kunstvoll verflochtene Gewebe bestand aus der Rinde des Miombebaumes, der in lichten Hainen wuchs und besonders schön war nach dem Ende der Regenzeit, wenn die Sonne durch seine zarten grünen Blätter auf den Boden schien. In diesen Mantel gehüllt, setzte Kassei die Genesende an den dicken Stamm des Baobab. Sie war geschützt und dennoch umspielte ein leichter Luftstrom ihre empfindliche Haut.

Ihre Gedanken waren nun wieder klar, das Fieber war verschwunden. Sie beobachtete interessiert, wie Kassei zwischen der Hütte, die nur für sie reserviert war und seinem nur aus einer Grasmatte bestehenden Lager hin und her ging. Er reinigte Kalebassen, schürte das Feuer unter einem Tiegel, in den er die Spitzen zarter Gräser legte und kurz darauf herausholte, um sie zwischen Steinen zu Pulver zu malen. Der milde Duft der geräucherten Kräuter lag in der Luft.

«Frag, *bibi uleia*, ich höre dir zu», sagte er.

«Ich weiß nicht, wie ich hierhergekommen bin. Ich erinnere mich daran, dass ich beim Jumben gewesen bin. Ich bekam Fieber. Dann ... Ich weiß es nicht, Kassei. War da ein Lazarett, ja?»

«Du musst es nicht wissen, *bibi uleia*.»

«Doch», beharrte sie, «ich muss wissen, was geschehen ist. Ich werde wieder zurückkehren in die andere ...» Sie hatte sagen wollen, dass sie in ihre Welt zurückkehren müsse. Doch das wäre nicht richtig gewesen. Es war dieselbe. Sie stand nur unter anderen Vorzeichen. Hier zählte nichts von dem, was sie kannte oder gelernt hatte.

Kassei setzte sich neben sie. «Hebe deinen Kopf, sieh hinauf in den Baum.»

Die Äste wanden sich aus dem runden Stamm wie Hunderte von Armen, die sich in alle Richtungen reckten. Je länger Amelie emporblickte, umso mehr verschob sich ihre Wahrnehmung. Der Baum streckte sich, schien alles umarmen zu wollen.

Sie senkte den Blick und suchte das Gesicht des Medizinmannes, hob fragend die Schultern.

«Sieh dich an», riet Kassei.

Sie tat es und musste über ihr Kleid aus Rinde lachen. «Ich sehe wohl auch aus wie ein Baum, ein Bäumchen.»

Kassei stand auf, schürte kurz das Feuer unter dem Tiegel und warf etwas hinein, das klang, als wären es kleine Steine. Dann kehrte er auf den Platz neben ihr zurück, schüttete die kleinen Steine, die geröstete Samenhülsen waren, auf eine Steinplatte und mahlte sie sorgfältig. «Ich gebe dir Leben. Aber ich kann die Schlafkrankheit nicht vertreiben. Doch du willst es versuchen.» Er deutete in die weitverzweigte Krone des Baobab. «So wie der Baum nimmt, gibt der Baum auch.»

In den Zweigen des Baums, direkt über Amelies Kopf, schlief der Python.

Amelie dachte kurz an ihre Theorie über Äskulap, auf die sie so stolz gewesen war. Die Behandlung, die sie durch Kassei erfahren hatte, bestätigte sie. Und noch etwas begriff sie in diesem Augenblick: Sie kannte nun die Antwort auf die Frage, die am Anfang ihrer großen Reise gestanden hatte. Weder im Herzen noch im Kopf musste sie eine Afrikanerin sein, wie Kassei ein Afrikaner war. Das Wissen, das sie an den europäischen Universitäten erlernt hatte und Kasseis Heilkunde durften niemals in Konkurrenz zueinander stehen oder gar versuchen, einander zu verdrängen. Sie mussten sich respektieren und ergänzen.

Die Botschaft, die der Medizinmann in seinem Vergleich mit dem Baobab versteckt hatte, war so simpel. Und würde dennoch von so wenigen ihrer Zeitgenossen verstanden werden, überlegte Amelie: Wir müssen einander helfen. Egal, welche Hautfarbe wir haben.

Kasseis Patientin wurde zu seiner Schülerin. Sie lernte von ihm die kleinen Geheimnisse – wie man Fieber senkt, welches Mittel gegen Husten hilft oder wie man eine bestimmte Sorte Blätter zu einer Art Seife macht. Während sie anfangs vor Schwäche kaum einen Schritt ohne Kasseis Hilfe tun konnte, wurde sie rasch kräftiger. Und dann begann die Zeit, in der Kassei sie in die größeren Geheimnisse seines Wissens einweihte. Was zu tun ist, wenn die Speikobra ihr Gift in die Augen gespritzt hat und weshalb die *bibi uleia* nicht einschreiten durfte, wenn es zu einem Gottesurteil kam.

Amelie vergaß ihre Krankheit und dass sie wieder zurück zu ihrer Arbeit musste. Doch eines Morgens bereitete Kassei einen großen Fisch zu, den er am offenen Feuer briet.

«Weißt du noch, dass ich dir versprach, mit dir am Ziel unserer Reise Fisch zu essen?», fragte er.

Amelie erinnerte sich lebhaft an das schreckliche Schlachten des Flusspferdes und an das gleichzeitig mit Kassei geführte Gespräch über seine Familie.

«Dies ist unser Abschiedsessen», sagte Kassei. «Ich verlasse dich heute.»

«Du gehst? Warum? Wohin?» Amelie fühlte sich mit einem Mal wieder so allein wie ein Kind, das von seiner Mutter verlassen wird. Und wusste doch, dass sie beide nicht für immer ein Leben führen konnten, als wären sie aus der Welt gefallen.

«Ich bringe Kolelo zu seiner Mutter», antwortete Kassei, ohne sich seine Gefühle anmerken zu lassen.

«Kolelo! Ich habe ihn völlig vergessen! Ich war so mit mir selbst beschäftigt.» Amelie überschüttete Kassei mit Fragen und erhielt beruhigende Antworten; dem Jungen ging es im Leopardenhaus gut, er kümmerte sich dort um Jago, der wieder genesen war. Doch Kasseis Bericht machte ihr auch schmerzhaft bewusst, dass ihr jegliches Zeitgefühl abhandengekommen war.

«Wirst du wieder zurückkommen?», fragte Amelie.

«Es ist ein weiter Weg bis Schinjanga. Dort erwarten mich neue Aufgaben. Meine Schwester braucht mich», erklärte der *mganga*.

Zu gerne hätte sie gefragt, welche Aufgaben dies waren. Doch sie wusste, dass sie keine Antwort bekommen würde. Ihre Gedanken kreisten um das Ziel seiner Reise. Schinjanga ... So weit fort war Amelie gewesen von all ihren Sorgen – der Name des mysteriösen Ortes katapultierte sie direkt hinein. Messingnagel und seine dubiosen Unternehmungen. Hermine, die möglicherweise mit Rashid unterwegs nach Schinjanga war. Nein, sie wäre gewiss schon lange dort. Wie es ihr wohl ging? Amelie bat Kassei, dort nach Hermine zu suchen und berichtete ihm über die enge Verbindung zu ihr.

«Blutsschwester.» Kassei wiederholte das Wort lächelnd. Offenbar gefiel es ihm. Er sagte ihr, dass er Hermine schon längst gefunden hätte, wenn sie ihn nur darum gebeten hätte. «Die Bruderschaft der Schlange ist überall. Dein Leben steht unter ihrem Schutz, *bibi uleia*. Und das Leben aller, die du um den Schutz der Schlange bittest.»

Die Schlichtheit seiner Worte, die ein so großes Versprechen enthielten, rührte Amelie so sehr, dass sie den zähen, kleinen Mann, der über die Kraft verfügte, sie wie ein Kind zu tragen, am liebsten umarmt hätte. Doch sie wusste, dass das natürlich nicht ging.

Kassei hob den Blick zu der im Baum ruhenden Riesenschlange. «Bevor du Satos Haus verlässt, musst du eine Ziege opfern. So ist es der Brauch.»

«Sato? Sie hat einen Namen?»

Kassei lächelte nachsichtig. «Sato war ein mächtiger

Sultan. Jetzt hat er diese Gestalt. Wer ihm opfert, den schützt er. Wer jedoch Sato tötet, der muss sterben.»

Amelie lag auf der Zunge zu fragen, ob dies eine düstere Prophezeiung war. Oder ob es bedeutete, dass der Sultan auch in seiner jetzigen Gestalt über ungebrochene Macht verfügte. Doch sie ahnte Kasseis Antwort; sie würde warten müssen, was geschähe.

Nachdem sie gemeinsam gegessen hatten, erlaubte Kassei ihr dabei zuzusehen, wie er sich die kleinen Kalebassen an den Körper band. Dann legte er sich den bunten Mantel um die Schultern, über dessen eigentümliche Färbung Amelie inzwischen wusste, dass sie von verschiedenen Medizinen herrührte, mit denen er die Stoffe und Tierhäute getränkt hatte. Er sammelte seine übrigen Utensilien zusammen und rollte seine Grasmatte ein.

Den Stecken in der Hand, schenkte er ihr ein letztes Lächeln. «Ich gehe, *bibi uleia*. Gleich kommt Besuch für dich. Du brauchst mich nicht mehr.»

«Werde ich Kolelo nicht mehr wiedersehen, Kassei?»

«Deine Träume sagen es dir.»

Wie gern hätte sie ihm gesagt, dass sie sich niemals an ihre Träume erinnerte! Und wie sehr schmerzte es, kein Wort der Erklärung zu bekommen. «Du willst nicht, dass Kolelo ein *bwana uleia* wird. Habe ich recht?», fragte sie.

Statt einer Antwort erhielt sie einen Rat: «Habe Geduld bei allem, was du tust, *bibi uleia*.»

Der bunt betupfte Mantel bot Kassei rasch Tarnung in den Büschen, nicht einmal das Knacken von trockenen Ästen verriet seinen Weg. Amelie setzte sich unter den Baum, auf dem Sato wachte und fühlte eine große innere Ruhe. Kassei würde auf irgendeine Weise dafür gesorgt haben, dass sie hier gefunden würde.

Das Meckern einer Ziege weckte Amelie aus einem leichten Schlummer. Noch bevor sie richtig wach war, war Jago bei ihr. Ein wenig mager war er, aber munter und glücklich. Unter ihren Liebkosungen drehte er sich auf den Rücken, wie um ihr zu zeigen, dass die Nähte an seinem Bauch verheilt waren.

«Wo ist Gustav?», fragte Amelie ihn wie selbstverständlich.

Gustav traf wenig später ein. Er war zu Fuß, führte einen voll bepackten Esel und eine Ziege mit sich. Das brachte ihn in sichtliche Nöte, denn eines von beiden Tieren verweigerte abwechselnd jede Fortbewegung. Als er Amelie sah, blieb Gustav erstaunt stehen.

«Oh», machte er schließlich. Dann stieß er hörbar die Luft aus. «Livingstone, mir scheint, Sie übertreiben es ein wenig mit der Anpassung an die Bräuche der Eingeborenen.»

Amelie war in den Umhang aus der Rinde des Miombebaumes gehüllt, unter dem sie nichts als ihre Haut trug. Das Kleid, mit dem sie gebracht worden war, war nicht viel mehr als ein Fetzen.

Gustav grinste sie lausbübisch an. «Kassei hat dich in einen Waldschrat verwandelt!» Er ließ Esel und Ziege los, die sich an den saftigen Blättern der Büsche labten.

«Das trägt sich sehr angenehm», widersprach Amelie. Sie fand, dass Gustavs schneeweiße Ausgehuniform im wilden Busch wesentlich deplatzierter wirkte.

Das nun so ungleiche Paar stand sich verlegen gegenüber.

«Bist du allein gekommen?»

«Kolelo hat mich von Udjidji aus geführt, dann haben wir Kassei getroffen. Er wies mir die Richtung und nahm den Jungen mit. Ich hatte zwischendurch ernsthafte Zweifel, ob Jago und ich dich überhaupt finden würden. Und diese vielen Schlangen, die es hier überall gibt! Wenn ich das gewusst hätte! Ich hätte niemals erlaubt, dass Kassei dich in ein Schlangennest entführt.» Er strich zart über ihre Wange. «Wie geht es dir, Melli?»

«Ich glaube, ich bin wieder gesund. Sieh!»

Amelie streckte ihm ihre nackten Arme entgegen. Seine Fingerspitzen berührten sanft ihre Handrücken, streichelten ihre Arme. Ein wohltuender Schauer überlief Amelies ganzen Körper.

«Es ist ein Wunder, Melli. Dein Kassei ist ein Genie. Ich weiß nicht, was ich sagen soll.» Er zog seine Hände zurück, als fürchtete er, etwas Zerbrechliches zerstören zu können.

Amelie teilte die Falten ihres Mantels. Eigentlich, um ihm zu zeigen, dass auch ihre Beine wieder verheilt waren. Immer weiter schlug sie den Mantel zurück, bis er schließlich ganz zu Boden fiel. Völlig nackt stand sie vor ihm und streckte die Arme nach ihm aus. Sein Mund näherte sich ihrem. Ihre Lippen fanden sich in einem ersten Tasten. Amelie spürte das ungestüme Verlangen, mit dem Gustav sie begehrte. Sie schmiegte sich mit einem leidenschaftlichen, langen Kuss an ihn.

«Du duftest wie die Tropen ...»

«Du nach Soldat ...»

Sie half ihm aus seiner Uniform, voller Ungeduld, ihn ganz bei sich zu spüren. Die Liebenden sanken auf die weiche Erde unterhalb des Baumes. Sie zog ihn hinüber in jene Wildnis, der sie sich vor Wochen ausgeliefert hatte. Irgendwann hörte sie das Blöken der Ziege und registrierte zufrieden, dass Sato das Opfer annahm, das Gustav ihm unwissentlich mitgebracht hatte.

Als es dunkel wurde, sammelten sie Feuerholz, entzündeten es mit trockenem Gras und einem zwischen den Händen geriebenen Stöckchen, wickelten sich gemeinsam in den Rindenmantel, sahen dem prasselnden Feuer zu und liebten sich erneut. Eng umschlungen schliefen sie unter dem Baum ein.

Auch am nächsten Tag verließen sie ihr Versteck nicht. Doch Jagos Hunger erinnerte sie an den eigenen. Gustav fragte, ob sie nicht die Ziege schlachten sollten, die er mitgebracht hatte. Erst als Amelie lachend auf den runden Schlangenleib deutete, entdeckte Gustav den riesigen Python, der die ganze Zeit in unmittelbarer Nähe gewesen war. Er wollte aufstehen und sein Gewehr holen, doch Amelie hielt ihn sanft zurück.

«Dies hier ist das Paradies», sagte sie. «Du brauchst kein Gewehr.»

Für Jago gab es später Büchsenfleisch, das Gustav mitgebracht hatte. Amelie grub zarte Wurzeln aus, die Kassei sie gelehrt hatte zuzubereiten. Gustav hatte währenddessen den Platz unter dem Baum mit den Blüten wilder Orchideen bedeckt, deren süßer Duft berauschte. Nach dem Mahl streichelten seine Hände ihren Rücken und ertasteten die vielen kleinen Narben, die ihr der Medizinmann längs der Wirbelsäule beigebracht hatte.

«Im Lazarett hat Kassei gesagt, er gäbe dir die stärkste Medizin, die er hätte. Und jetzt hast du Dutzende winziger Narben auf dem Rücken, die aussehen wie die Schmucknarben der Eingeborenen. Hat er dir mehr dazu verraten?»

«Nicht alles hat er mir erklärt», antwortete sie vorsichtig. Obwohl sie von Kassei erfahren hatte, dass er unter anderem Schlangengift verwendet hatte. Ein Gefühl riet ihr, dieses Geheimnis für sich zu behalten. Denn sie wusste nicht, ob alles nur zu ihrer Genesung geschehen war oder ob es im Zusammenhang mit jenem Schutz stand, den der Schlangenkult ihr künftig gewähren wollte. Es spielte eigentlich auch keine Rolle – sie lebte, und Gustav war bei ihr. Alles andere würde sich ergeben, dachte sie mit einem Fatalismus, den sie an sich nicht kannte.

Ein anderes Geheimnis aber durfte sie verraten. Kassei hatte ihr einen verzaubert schönen Platz gezeigt. Dort ergoss sich ein kleiner Wasserfall aus den Felsen in ein seichtes Becken. Gemeinsam badeten sie darin und wuschen sich gegenseitig mit Schaum, den sie aus den saftigen Blättern eines Baumes schlugen.

«Wir bleiben für immer hier, Melli!»

«Einmal diese wilde Natur zu genießen. Ohne an die guten Sitten zu denken. Das war schon mein Traum, als ich ein Kind war.» Sie legte den Kopf in den Nacken und ließ sich von Gustav die Haare waschen. «Habe ich dir erzählt, dass wir in Salama einen dressierten Affen hatten, der uns Kindern die Läuse vom Kopf gepickt hat?»

«Sehr schmeichelhaft, dein Vergleich!»

«Nein, wirklich. Das war eine grüne Meerkatze. Die konnte das. Man musste nur ganz still halten.»

«Das hätte Charlotte von Freyer doch nie zugelassen!»

«Hat sie auch nicht!» Amelie lachte. «Sie hat mir die Haare stoppelkurz schneiden lassen. Da war fortan kein Platz mehr für Läuse!»

Gustavs kräftige Finger massierten ihren Nacken. «Wie konnte solch eine Frau nur in der Wildnis Afrikas zurechtkommen?»

«Wenn sie uns hier sehen würde, würde sie die Mundwinkel herunter ziehen und sagen: Amelie, du bist wie die Wilden.»

«Das würde nicht nur Charlotte sagen!»

Eng umschlungen tollten sie durch das seichte, klare Wasser. Prustend tauchten sie wieder auf und ließen sich auf glatten breiten Steinen von der Sonne trocknen. Jago hatte es den beiden gleichgetan und ein Bad genommen; nun schlief er in der Sonne.

Gustav richtete sich auf und beugte sich über Amelie: «Ich liebe dich. Ich möchte, dass du meine Frau wirst. Das, was uns beide verbindet, ist so schön und so stark. Wir gehören zusammen. Für immer.»

Sie konnte nichts erwidern, zu sehr überwältigten sie ihre Gefühle.

«Ich möchte dich heiraten, Melli. Willst du meine Frau werden?»

«Ja. Ich will.»

«Wann?»

«Jetzt und für immer!» Sie küsste ihn und genoss die Nähe des Mannes, auf den sie so lange gewartet hatte.

Gustav reckte sich. Völlig nackt stand er in der Wildnis vor dem Wasserfall. «Diese Uniformen! Und Zwänge und Formalitäten! Wenn man das doch alles nicht mehr bräuchte!», rief er aus. «Einfach nur leben. So wie hier. Glücklich sein.» Er seufzte und ließ die Arme fallen.

Er hätte das Glück nicht beschwören dürfen; wer es benennt, weiß um seine Endlichkeit. «Wir müssen zuruck», sagte Amelie. «Wissen deine Kameraden, wo du bist?»

«Paul weiß, dass ich dich hole.»

«Wie lange bin ich eigentlich schon fort? Wie lange bist du hier? Wird Paul dich nicht suchen?»

Er setzte sich neben sie, küsste zuerst sanft ihren Nacken und arbeitete sich dann zu den kleinen Narben auf ihrem nackten Rücken vor. «Oh, Paul wird annehmen, dass wir beide das Paradies gefunden haben. Wie Soldaten eben so denken.» Er wurde ernst. «Ja, wir müssen zurück, mein Liebling. Ich denke, es werden mehr als drei Wochen sein, dass du fort bist.»

«O Gott, Gustav! All die vielen Menschen, die krank sind! Klemm wird alles falsch gemacht haben!»

«Ach, ich habe ihm einen Landvermesser besorgt. Gemeinsam mit Hohlbein und Schneider bauen die Leute aus dem Ort ein Lager für Schlafkranke auf. Die haben zu tun. Es wird schon nichts passiert sein.» So sprach er von all den Dingen, die in der Zwischenzeit geschehen waren. Gute Entwicklungen, gewiss. Fortschritte, die in rascher Zeit erreicht worden waren. Aber eben auch Verpflichtungen, die daraus erwuchsen und die dem Fortbestand des privaten Glücks im Wege standen. Die Welt zerfiel wieder in zwei Teile, der schönere würde an diesem Wasserfall zurückbleiben. Sie saßen zwar noch nackt im Paradies, aber sie bemerkten ihre Nacktheit, wurden verlegen, grinsten und kicherten wie Kinder. Schließlich nahmen sie sich an den Händen und liefen zurück zum Baobab. Jago folgte ihnen.

Da hörten sie zwei Männer, die sich unterhielten. Sofort zog Amelie Gustav seitwärts hinter dichte Büsche und bedeutete Jago, sich still zu verhalten.

«Hier ist der Esel! Und ein Lager! Sie müssen bis vor kurzem noch hier gewesen sein!», rief jemand, und Amelie erkannte Hohlbeins Stimme.

Paul Paasche war nur noch wenige Schritte von Amelie und Gustav entfernt; gleich würde er sie entdecken.

«Kommen Sie mal, Leutnant! Hier ist der größte Python, den Sie gesehen haben dürften!», rief Hohlbein.

Gustavs Kamerad entfernte sich vom Versteck Amelies und des nackten Vertreters kaiserlicher Macht; er hatte sie nicht gesehen.

«Was für eine Jagdtrophäe, Hohlbein! Und sehen Sie nur, das Biest muss gefressen haben. Das greift nicht an. Wollen Sie zum Schuss kommen?»

Amelie überlief ein Zittern, gegen das sie machtlos war.

Gustav umarmte sie, als wollte er sie wärmen. «Er darf Sato nicht töten, Gustav», flüsterte sie aufgeregt.

Aber da sagte Hohlbein schon: «Ach, Herr Leutnant, diesen Riesen können wir beide sowieso nicht fortschleppen. Und bis wir Träger geholt haben, vergeht zu viel Zeit.»

«Ja, Sie haben recht, Hohlbein. Suchen wir weiter.» Paasche rief ihre Namen, die Männer entfernten sich.

Amelie und Gustav schlüpften hinter dem Busch hervor und versteckten sich in der von Kassei erbauten Grashütte. Gustav hatte ein Kleid für Amelie mitgebracht, das aus Gesine Messingnagels Schrank stammte. Während er die umständliche Schnürung auf Amelies Rücken zuband, fragte Gustav: «Warum hast du so gezittert und gesagt, Hohlbein dürfe den Python nicht töten?»

Sie schwieg; er würde es nicht verstehen.

«Melli, was hat Kassei mit dir hier gemacht? Ich meine, abgesehen von der ...», er zögerte, «... Behandlung.» Gustavs Stimme klang nüchtern; seine schneeweiße Uniform hatte den Geliebten wieder in einen Offizier verwandelt.

Amelie drehte sich zu ihm um und hauchte ihm einen Kuss auf die Wange. «Die Schlange hat auf uns aufgepasst. So empfinde ich es. Das ist alles.»

In Gustavs Augen lag ein Flackern. «Ist Sato ein Seelentier?»

«Warte, was geschieht ...», erwiderte sie leichthin und schob sich an ihm vorbei hinaus in die Sonne.

Jago lag unter dem Baobab und bearbeitete einen Ast mit den Zähnen. Er unterbrach seine Beschäftigung und blickte Amelie fragend an.

«Gib Laut», sagte sie zu ihm. Der Hund schlug an und rief die Wirklichkeit endgültig an diesen verzauberten Platz zurück.

Unter Eduard Klemms Leitung war ein völlig neues Lager zur Bekämpfung der Schlafkrankheit errichtet worden. Es bestand aus mehreren Grashütten und einem länglichen Lehmbau, der einer Baracke ähnelte. Zentraler Punkt waren jene zwei großen Zelte, die schon in Kilossa als Krankenzelte gedient hatten. Jetzt befanden sich darin vorn am Eingang Tische, auf denen Mikroskope aufgebaut waren, damit die Untersuchungen bei Tageslicht durchgeführt werden konnten. Im hinteren Teil der Zelte war die Laborausrüstung untergebracht. Ein fast mannshoher Zaun, der von zwei mit Gewehren bewaffneten Askaris rund um die Uhr bewacht wurde, verhinderte, dass die Erkrankten das Lager verließen.

Amelie traf kurz nach Sonnenaufgang ein. Eduard Klemm, Hansl Schneider und Manfred Hohlbein begrüßten sie je nach Temperament mehr oder weniger zurückhaltend.

Klemm, in weißem Anzug mit vom Binder am Hals sorgfältig verschlossenem Hemd, saß bereits über das Mikroskop gebeugt. Die ersten Freiwilligen standen an, um sich von Hohlbein Blut abnehmen zu lassen. Schneiders Aufgabe war es, jedem Afrikaner in der Schlange ein an einem Bindfaden befestigtes Brett um den Hals zu hängen. Darauf befand sich eine Zahl. War derjenige an der Reihe, so wurde die entsprechende Nummer auf einen Objektträger geschrieben, auf den ein großer Blutstropfen aufgetragen wurde. Hohlbein ging dabei sehr umsichtig vor: Er reinigte die Stelle, in die er mit einer Nadel zu stechen gedachte – entweder Ohrläppchen oder Fingerkuppe –, zuvor gründlich mit Alkohol und ließ den Blutstropfen dann auf das dünne Glas fallen. Eine Reihe von Objektträgern trocknete bereits in der Sonne.

Überall im Lager verteilt saßen, standen oder gingen Menschen herum. So, wie Amelie es von Wilkenings

Buschklinik kannte, hatten auch hier Patienten sich Fäden aus Bast um jene Körperstellen gebunden, die schmerzten. Die meisten litten demnach unter Kopfweh und Brustschmerzen. Sehr viele erwarteten Hilfe gegen Geschwüre am Bein oder hatten von den Bissen der Sandflöhe blutig entzündete Fußnägel. Es würde schwer sein, den Kranken klarzumachen, dass dieses Lager für eine solche Behandlung nicht gedacht war, überlegte Amelie.

Die offensichtlichen Symptome der Schlafkrankheit – dick geschwollene Lymphdrüsen oder verquollene Augen – entdeckte Amelie zu ihrer Verwunderung kaum. Stattdessen standen kerngesund wirkende Burschen in der Schlange an, um sich von Hohlbein Blut abnehmen zu lassen. Der Sanitätshelfer machte seine Arbeit, ohne auf solche Äußerlichkeiten zu achten. Amelie erschien es nicht ratsam, ihn mit Fragen zu behelligen. Es war an Klemm, seine Mitarbeiter einzuteilen. Andernfalls würde sie, die zu spät Gekommene, sich den Unmut der bereits eingespielt arbeitenden Mannschaft zuziehen.

Von Gustav hatte Amelie bereits erfahren, dass Klemm einige Tage zuvor mit den Untersuchungen der Patienten begonnen hatte. Allerdings wusste der Geliebte nichts über den Stand von Klemms Arbeit: «Ich kann nicht mal eine Tsetse von einer gewöhnlichen Fliege unterscheiden!»

Amelie setzte sich an den Klemm am nächsten stehenden Tisch. Er wies sie an, Giemsa-Lösung herzustellen, mit der die Blutpräparate gefärbt wurden, sobald sie trocken waren – Laborroutine, wie sie Amelie aus der Charité vertraut war. Doch die Umstände, unter denen sie arbeitete, waren mehr als ungewöhnlich: Sie saß nicht in einem stickigen, engen Labor, sondern gewissermaßen im Freien, und die Patienten, denen die Proben entnommen worden waren, beobachteten ihre Tätigkeit.

Die vom Vortag zurückgelassene Arbeit erklärte ihr Klemms Vorgehensweise. Nach dem Färben folgte wieder eine anderthalbstündige Trocknungszeit, dann wurde das Präparat in stehendem Wasser gespült und wieder luftgetrocknet. Das Ergebnis dieser Geduldsarbeit war bereits zu besichtigen. Sobald Amelie die Vorbereitung abgeschlossen hatte, begutachtete sie einen der gekennzeichneten Glasträger mit dem Mikroskop.

«Ich habe gerade erneut eine Reihe gestriger Proben durchgesehen», sagte Klemm. Schon sein Tonfall verriet das Ergebnis. «Ich finde praktisch nichts. Eine von zwanzig Proben!»

Gerade einmal vier Objektträger waren mit einem roten Kreuz als positive Befunde markiert. Klemm hatte also rund achtzig Menschen untersucht und dabei nur vier positive Befunde gehabt. Von einer Seuche konnte unter diesen Umständen kaum noch die Rede sein. Allerdings hatte schon der bloße Augenschein Amelie mehr als vier Menschen mit den auffälligen Nackenbeulen gezeigt. Sie blickte durch das Okular des Mikroskops. Klemm wusste durchaus, was er tat. Die Erreger der Schlafkrankheit waren in der tausendfachen Vergrößerung deutlich zu erkennen: Würmern gleich lagen die Geißeltierchen zwischen den roten Blutkörperchen. Die Lösung hatte den Leib aus Plasma blassblau gefärbt, den Kern rötlich-violett. Nachdem die am Morgen von Hohlbein gezogenen und präparierten Blutproben getrocknet waren, wurden sie von Klemm und Amelie untersucht. Für jede Probe nahm Amelie sich rund zwanzig Minuten Zeit. Dennoch kam sie auf ein ebenso unbefriedigendes Ergebnis wie Klemm. Der tückische Erreger schaffte es, sich irgendwo zu verstecken.

Klemm schob seinen Stuhl zurück und stand auf. Er war verschwitzt, seine dunklen Locken fielen ihm wirr in die Stirn. «Ich habe Gottlieb versprochen, ihm gesunde Männer zu schicken. Ich habe ein riesiges Lager aufgebaut. Aber was bringt das alles? Bin ich denn vergeblich diesen weiten Weg gegangen? Ist hier am Ende niemand krank?» Er rieb sich seine geröteten Augen. «Schneider», rief er, «bringen Sie mir mal einen Wein. Ich brauche etwas zur Stärkung.»

Schneider reichte ihm ein Glas Rotwein. «Herr Doktor», sagte er, «der Mann dahinten ist gerade gebracht worden. Es heißt, er wäre ein wichtiger Häuptling. Er kann nicht mal mehr allein gehen. Ob Sie sich den mal ansehen? Ich glaube, der ist wirklich schwer erkrankt.»

In der gewiesenen Richtung lagerte unter einem der Bäume auf einer improvisierten Trage ein in die weißen Gewänder eines Sultans gekleideter, jüngerer Mann. Er war umgeben von einer Handvoll Diener.

«Wir brauchen keine Häuptlinge, Schneider! Ich habe Ihnen doch erklärt: nur kräftige, gesunde Arbeiter», sagte Klemm unwillig.

Erst jetzt, wo Amelie den Blick vom Mikroskop hob, sah sie, wie viele Menschen seit dem Morgen gekommen waren. Es waren Hunderte. Sie alle setzten Erwartungen in die *wazungu*, die so viele seltsame Gerätschaften herbeigeschafft hatten. Doch die Weißen waren hilflos. Ob die Afrikaner es ihnen bereits anmerkten? Oder hatten sie sich längst daran gewöhnt, dass die Weißen stets einen so großen Aufwand betrieben? Bomas und Lazarette bauten, mit Gewehren in knallig heißer Sonne aufmarschierten ...

Amelie beugte sich wieder über ihr Mikroskop, und da schoss ihr ein Gedanke durch den Kopf: Was würde einer der einheimischen Fischer oder Ruderer wohl sagen, wenn er wüsste, dass die *wazungu* Jagd auf einen Wurm in seinem Blut machten, den er mit bloßem Auge gar nicht sehen konnte? Ein Lebewesen von zwanzig bis dreißig Tausendstel Millimeter Länge, das sich dadurch vermehrte, dass es sich der Länge nach teilte.

In diesem Moment wurde ihre Geduld belohnt. «Ich habe wieder einen!», rief Amelie glücklich aus.

Klemm eilte herbei. «Wirklich? Lassen Sie sehen!» Er guckte angestrengt durchs Okular. «Gott sei Dank», stöhnte er.

«Eduard, haben Sie diejenigen nachträglich untersucht, deren Befund positiv ist?», fragte Amelie.

Er war irritiert. «Wozu soll das gut sein? Die kommen in einen separaten Teil des Lagers. Sobald wir genügend zusammenhaben, erhalten sie das Atoxyl.» Das Atoxyl war zu kostbar, um es nach der aufwändigen Zubereitung schlecht werden zu lassen.

Der letzte positive Befund gehörte zu dem Eingeborenen mit der Nummer 124 und erhielt nun eine rote Markierung in Form eines Kreuzes. Amelie fragte, wo sie den Patienten mit Nummer 124 fände, und Schneider schickte einen Boy los, um den Mann zu suchen. Inzwischen schleppten seine Träger den schwer erkrankten Sultan heran. Seinen Nacken verunstalteten die typischen dicken Beulen.

«Der nicht!» Obwohl Klemm Deutsch sprach, verrieten Mimik und Tonfall den Sinn der beiden Worte.

Die Begleitung des Sultans widersprach ebenso heftig, ein Dolmetscher übersetzte ins Kisuaheli.

Hansl Schneider, der die zurückliegenden Monate genutzt hatte, um Kisuaheli zu lernen, übersetzte für Klemm ins Deutsche: «Man hat den Sultan zwei Tage lang vom Süden des Sees hergetragen. Er ist ein wichtiger Mann und braucht die Hilfe der Weißen.»

«Sagen Sie seinen Begleitern, sie sollen ihn fortschaffen», erwiderte Klemm.

Schneider war anzusehen, dass er protestieren würde, wenn er gedurft hätte. Seine untergeordnete Position verurteilte ihn jedoch zum Schweigen. Er übersetzte Klemms Anweisung wortreich. Der Arzt bekam nicht mit, dass Schneider dem Sultan versicherte, er käme später an die Reihe.

Amelie besah sich den Mann mit Nummer 124 genauer. Er wies keinerlei äußerlich erkennbaren Symptome auf. Nach seinem Blutergebnis zu urteilen, wäre er jedoch in wenigen Monaten tot. Auffällig an ihm waren lediglich zwei kreisrunde, kahl rasierte Stellen an seinem Hinterkopf. Ein einheimischer Übersetzer erklärte, es wäre hier Brauch, auf diese Weise Kopfschmerzen zu behandeln; die Rasur würde für Kühlung sorgen.

«Sind Sie nun klüger, Amelie?», fragte Klemm, der ihre Untersuchung schweigend verfolgt hatte.

Sie schüttelte entmutigt den Kopf. «Nein», gestand sie.

Im Laufe des Nachmittags machten sie noch zwei weitere mit dem Erreger infizierte Männer ausfindig. Diese beiden klagten über keinerlei Schmerzen, die Verständigung mit ihnen war jedoch kaum möglich. Eine umständliche Befragung ergab, dass sie erst seit wenigen Tagen im Schutzgebiet waren; sie stammten von der anderen Seite des Sees, aus dem Kongo.

«Und schleppen die Schlafkrankheit ein», sagte Eduard Klemm bitter. Er blickte Amelie an: «Hat Ihr Stanley nicht genau das gesagt: Die Leute fliehen vor der Sklaverei über den See?» Er seufzte: «Hat jemand eine Vorstellung, wie lang der Tanganjika ist?»

«Soweit bislang bekannt: mehrere hundert Kilometer, Doktor», erwiderte Hohlbein, der ehrenamtliche Kartograph.

Klemm reckte sich. «Meine Herren und, natürlich, meine Dame: Es reicht für heute. Soll Sisyphos morgen den Stein wieder bergan wälzen!» Er rief Mundu, der ihm seinen an einem nahen Baum angebundenen Esel brachte. «Bevor ich es vergesse: Der Bezirkshauptmann gibt am Abend einen kleinen Empfang. Ihnen zu Ehren, Amelie», meinte er. «Die Herren wollen Ihre Wiederauferstehung feiern. Und den Abschied von Doktor Hirsch.»

«Wer ist Doktor Hirsch?» Amelie sagte dieser Name nichts.

«Der Kollege wollte Ihnen im Lazarett Arme und Beine amputieren», erklärte Klemm trocken.

«Wollte er das?» Amelie war verblüfft. «Dann werde ich ihm wohl danken müssen, dass er es unterlassen hat», sagte sie gefasst.

«Ich denke, der Kollege hat sich seinen Urlaub rechtschaffen verdient.» Klemm verabschiedete sich und ritt zum Leopardenhaus zurück.

Amelie blickte ihm nach. Was ging in diesem Mann eigentlich vor? War er Zyniker oder von eisiger Gefühlskälte? Oder gar beides? Wenn es wirklich ein Seelentier gab, welches mochte Klemm entsprechen? Oder war dieser Gedanke zu absurd, gar eine Beleidigung für jedes Tier?

Hohlbein und Schneider halfen die zuletzt gezogenen Proben zu präparieren. Amelie nutzte die Gelegenheit, um Schneiders geschickten Umgang mit dem Sultan zu loben.

«Man kann doch solch einen wichtigen Mann nicht einfach liegen lassen», sagte Schneider im Brustton des Gerechten.

«Darf ich ein vertrauliches Wort an Sie richten, Frau Doktor?», fragte Hohlbein.

Nachdem sie ihn drei Wochen lang nicht gesehen hatte, waren dies die ersten persönlichen Worte zwischen ihnen. Den ganzen Tag lang hatte Amelie in der Nähe des früh ergrauten Sanitätssergeanten gearbeitet, und erst jetzt fiel ihr auf, dass seine Gesichtshaut ungesund gelb wirkte.

«Soll ich gehen?», fragte Schneider.

«Nein, bleib nur, Hansl. Weißt ohnehin Bescheid.» Obwohl kein Fremder zuhörte, senkte Hohlbein die Stimme. «Doktor Klemm ist doch gar nicht daran interessiert, Schwerkranken wie dem Sultan zu helfen. Wenn es wirklich darum ginge, die Verbreitung der Seuche zu verhindern, dann müssten doch möglichst viele Menschen untersucht werden.»

«Ich habe sowieso nicht verstanden, was wir machen», sagte Hansl Schneider und reinigte Objektträger, die am folgenden Tag gebraucht wurden.

Hohlbein stimmte ihm zu. «Wenn ich es recht bedenke: ich auch nicht.» Trotzdem wagte er es nicht direkt, die für das Lager mitverantwortliche Ärztin um eine Erklärung zu bitten.

Amelie fühlte sich unvermittelt in die gleiche unangenehme Lage versetzt, in der sie sich schon mit Hermine befunden hatte: Sie musste Messingnagels Plan verteidigen, obwohl sie ihn selber nicht wirklich gutheißen konnte. Doch während sie sich bemühte, die beiden Männer nicht zu entmutigen, erinnerte sie sich an Kasseis Worte. Er hatte gesagt, dass sie jene Hilfe leisten könne, die er nicht zu geben imstande wäre. Doch durfte man nur jenen helfen, die ohnehin die besseren Aussichten auf Genesung hatten?

Doktor Hirsch hatte Amelie sterben lassen wollen. Dort drüben lag ein todgeweihter Sultan, dem Klemm Hilfe verweigerte ...

Hohlbein hatte begonnen, Präparate zum Trocknen unter eine als Insektenschutz genutzte Gaze zu stellen. Amelie half ihm, tief in Gedanken. Nicht nur, dass Klemms

Vorgehen gegen das ärztliche Ethos verstieß. Auch fachlich hatte Amelie den ganzen Tag lang Zweifel gehabt. Sie hatte das beunruhigende Gefühl gehabt, etwas Wichtiges außer Acht gelassen zu haben. Und während sie auf die eingefärbten Blutproben starrte, hörte sie wieder die Stimme von Robert Koch und sah ihn vor sich am Esstisch der Heims in Tanga sitzen.

Sie begann das Zelt zu durchsuchen. Als sie die Injektionsnadeln gefunden hatte, bat sie den Sultan herbeiholen zu lassen.

«Was haben Sie vor, Frau Doktor?», fragte Hohlbein interessiert.

«Als ich Professor Koch in Tanga traf, hat er gesagt, man müsse die Lymphdrüsen punktieren. Nur dann würde man sicher gehen, die Trypanosomen finden zu können. Und das, Herr Hohlbein, machen wir jetzt mit dem Sultan.»

«Der wird sich nicht freuen, wenn er die große Spitze sieht», sagte Schneider.

«Andererseits: Wenn er es zulässt und Professor Koch Recht hat, dann können wir zu Ergebnissen kommen. Das sollten wir zumindest versuchen», meinte Amelie zuversichtlich.

«Wenn Ihnen, Frau Doktor, der Beweis gelingen sollte, dass Doktor Klemm die Sache falsch angegangen hat ...», sagte Hohlbein. Doch er beendete den Satz nicht.

Amelie hatte die weiße Bluse und den grauen Rock den ganzen Tag lang getragen. Beides war eine weitere Leihgabe aus Gesine Messingnagels Schrank. Die Bluse hatte bläuliche Flecken von der Färbelösung, mit der Amelie hantiert hatte. Der Rock war staubig und zerknittert. So konnte sie eigentlich nicht zum Empfang des Bezirkshauptmanns gehen. Doch wenn sie nicht fehlen wollte, hatte sie keine andere Wahl. Wegen des jeweils fast anderthalbstündigen Weges zwischen Lager und Leopardenhaus hätte sie der Kleiderwechsel drei Stunden gekostet. Diese Zeit hatte wegen der Punktion des Sultans nicht mehr zur Verfügung gestanden. Allerdings wollte Amelie den Bezirkshauptmann unbedingt endlich treffen; die Gelegenheit war ihr schon beim letzten Mal verwehrt gewesen! Und diesmal erschien ihr die Begegnung noch viel wichtiger.

Gustav erwartete Amelie unter dem geschwungenen Torbogen in der mit Zinnen bewehrten weißen Einfassungsmauer der Boma. «Livingstone, so etwas hatte ich schon befürchtet», sagte er zur Begrüßung. Er versteckte etwas hinter dem Rücken, während er ihr förmlich die Hand küsste.

«Was haben Sie befürchtet, Stanley?»

«Dass Sie wie eine Wilde aussehen.»

«Stanley, wissen Sie, dass Sie sich alle Mühe geben, wie meine Mutter zu klingen?»

«Oh», machte Gustav. Er wirkte betreten. «Das war nicht meine Absicht.»

«Ich weiß», sagte sie sanft. Sein Ringen um ihr standesgemäßes Auftreten entsprang der Sorge, dass man sie respektierte. Und nicht der Angst, ihn zu blamieren.

Er trug seine Brille, hatte den Tropenhelm auf und seine weiße Uniform an. An den Mann, der sich nackt vorm Wasserfall stehend gewünscht hatte, auf all diese Zwänge verzichten zu dürfen, erinnerte nichts mehr. Fast nichts. Wenn da nicht der sehnsüchtige Blick in seinen Augen gewesen wäre.

«Ich habe dir ein Kleid schneidern lassen», sagte er und entfaltete vor ihren Augen, was er verborgen gehalten hatte. Es war tailliert, azurblau und aus Seide. Und es musste nicht geschnürt werden.

«Wie hast du denn das hinbekommen?»

«Ich hoffe, es passt. Ich habe es einen indischen Schneider im Ort nach einem deiner Kleider nähen lassen. Gefällt es dir?»

«Es ist wunderschön. Danke. Ich würde dir so gern einen Kuss geben.»

«Ich dir mehr als nur einen.» Dann küsste er sie auf die Wange.

«Nanu! Darf ein Offizier das?», fragte sie verwundert. Rechts und links vom Tor standen zwei einheimische Askaris, den Blick starr geradeaus, die Sinne wach.

«Ja», sagte Gustav mit großem Ernst. «Ein Geheimnis daraus zu machen, hieße, unsere Liebe zu beschmutzen.»

Amelie fand nicht, dass dies Bekenntnis theatralisch klang. Sondern wie das mannhafte Versprechen eines echten Offiziers, zu seinen Gefühlen zu stehen.

Gustav führte Amelies Maultier, Jago folgte. Der Offizier geleitete die Dame, wie es die Sitten geboten, zum Quartier des Bezirkshauptmanns. Dem Vorsteher der Boma stand eine Unterkunft für weibliche Gäste zur Verfügung. Dort konnte Amelie sich frisch machen und umziehen.

Bis es ihr endlich gelungen war, sich dem Anlass entsprechend zurechtzumachen, waren die Herren im Offizierskasino längst beim Aperitif angekommen. Das Gespräch verstummte schlagartig, als Amelie eintrat. Gustav löste sich sofort aus der Runde und eilte Amelie entgegen, bot ihr seinen Arm. Er stellte sie korrekt mit ihrem akademischen Titel vor.

Einer der Herren, den die vier silbernen Winkel am Oberarm als Stabsarzt auswiesen, starrte Amelie unverwandt an. Er war gedrungen, hatte Glatze und einen Schnauzbart, der an ein Walross erinnerte. Er gab Amelie einen Handkuss.

«Gnädige Frau ...» Seine Augen wurden feucht. «Frau Kollegin, wenn ich es nicht besser wüsste, würde ich an ein Wunder glauben. Ich stehe tief in Ihrer Schuld.»

Die Emotionalität des Fremden rührte Amelie. «Sie sind Kollege Hirsch?», fragte sie. Als er es bestätigte, sagte sie: «Ich muss wohl ein erschreckendes Bild abgegeben haben.»

«Wir hatten Sie aufgegeben, Frau Kollegin. Erzählen Sie, was hat dieser Medizinmann mit Ihnen angestellt? Wir alle hängen an Ihren Lippen und sind überglücklich, Sie bei bester Gesundheit zu sehen. Sie sehen – als Kollege darf ich das sagen – blendend aus. Ja, wie neugeboren!»

Erst, als sie sich mit dem neuen Kleid im Spiegel angesehen hatte, war ihr aufgefallen, dass ihre früher bleiche Haut gebräunt war. Mehr noch, als sie es sich immer gewünscht hatte; sie war trocken, nahezu gegerbt wie Leder. Das lockige, von der Sonne gebleichte Haar strahlte hell und kontrastierte mit dem Blau der Seide.

Dennoch war Amelie verlegen. Sie wusste nicht, wie sie diesen Männern, die die Welt nach einer festgelegten Ordnung verwalteten, Bericht erstatten sollte. «Ach», sagte sie so leichthin wie möglich, «ich habe in diesen Wochen selbst einiges über Bord werfen müssen, was mein Wissen betrifft. Gewonnen habe ich die Überzeugung, dass wir in einem Land leben, in dem Menschen zu Hause sind, die uns in vielen Dingen ebenbürtig sind.»

«Jetzt gehen Sie eindeutig zu weit, Frau Kollegin!», protestierte Eduard Klemm vehement, das Aperitifglas fest umfassend, in der anderen Hand eine Zigarre.

«Doktor, erlauben Sie: Ich muss Ihnen widersprechen!» Der Mann, dessen kräftige Stimme den ganzen Saal füllte, war fast zwei Meter groß. Sein grauer Vollbart war kurz geschnitten, das Haupthaar bürstenartig. «Gestatten: Wohlgeburt, Hermann. Ich bin der Bezirkshauptmann.

Ich darf mich mit Fug und Recht als alten Afrikaner bezeichnen. Gewiss gibt es unter den Negern faule und nichtsnutzige Individuen. Aber, seien wir ehrlich!» Mit großer Geste schloss er alle Anwesenden ein. «Finden wir die nicht in unserem schönen Vaterlande ebenso? Was Ihnen widerfahren ist, Frau Doktor Freyer, offenbart die geheimen Fähigkeiten des Negers. Vieles ist mit abenteuerlichem Tamtam verbunden. Aber: Sie leben, Frau Doktor! Und das zählt doch wohl.» Er erkundigte sich, ob Amelie mit ihrer Unterbringung im Hause Messingnagel zufrieden wäre, und ließ einfließen, Frau Messingnagel diesen Vorschlag gemacht zu haben.

Amelie bedankte sich für den Komfort, doch sie hielt es für angebracht, auf die langen Wege hinzuweisen, die sich daraus für sie ergaben. «Wenn Oberleutnant Brelow nicht so liebenswürdig gewesen wäre, mir dies Kleid zu bringen, stände ich jetzt verschwitzt und verschmutzt vor Ihnen.»

Eduard Klemm räusperte sich vernehmlich. «Ein Stanley weiß, was er Livingstone schuldig ist», sagte er anzüglich.

Der Bezirkshauptmann ignorierte Klemms Bemerkung. «Der Herr Stabsoffizier hat mir von Ihrer gemeinsamen Jugend erzählt, Frau Doktor. Ich war sehr gerührt, das dürfen Sie mir glauben. Stanley war auch der Held meiner Jugend. Sonst stünde ich wohl heute nicht hier. Und Kamerad Brelow hat mir noch etwas anderes anvertraut. Ich fühle mich sehr geehrt ...»

Er unterbrach sich und gab zwei Boys einen Wink. Sie trugen auf einem Tablett Sektkelche herbei, dazu eine Flasche Champagner. Amelie sah zu Gustav, der seine Brille abnahm und nervös an seiner Brusttasche nestelte. Ihre Knie fühlten sich weich wie Pudding an.

Der Bezirkshauptmann wandte sich an Gustav. «Oberleutnant, Sie haben jemandem eine sehr wichtige Frage zu stellen», sagte er mit bewegter Stimme. «Und ich wüsste nicht, ob solch eine Frage jemals in einer Garnison gestellt wurde. Bitte, Kamerad Brelow.»

Gustav trat vor Amelie, ließ sich auf sein rechtes Knie nieder und blickte zu ihr auf. «Amelie von Freyer, ich frage dich, und meine Kameraden werden es bezeugen: Willst du meine Frau werden?»

«Ja, Gustav Brelow, das will ich», sagte sie mit einem Kloß im Hals. «Das will ich wirklich!»

Alle Anwesenden klatschten begeistert, und Amelie nahm kaum wahr, dass Eduard Klemm es nicht tat. Ihr war etwas schwindlig, als Gustav sie in die Arme nahm und ihr einen langen Kuss gab. Es ging alles so schnell und kam so überraschend. Doch Amelie fühlte, dass es richtig war. Es würde kein Geheimnis und kein Versteckspiel mehr geben. Gustav gehörte zu ihr und sie zu ihm. Der Zauber, den sie im Paradies gefunden hatten, durfte in der Wirklichkeit fortbestehen.

«Udjidji wird uns beiden Glück bringen», flüsterte Gustav nah an ihrem Ohr.

Hauptmann Wohlgeburt ließ es sich nicht nehmen, den französischen Schaumwein selbst zu öffnen. Er war viel zu warm, der Korken flog an die Decke, der Champagner schäumte und floss in die Gläser.

Der Bezirkshauptmann hob sein Glas und blickte in die Runde. «Meine Herren», begann er feierlich, «trinken wir auf das Wohl dieses glücklichen Paares, das einen so weiten Weg gegangen ist, um sich hier zu finden. Dies ist, fürwahr, der schönste Augenblick meines langen Soldatenlebens. Und der ergreifendste.» Er wischte sich lächelnd eine Träne aus dem Augenwinkel. «Prosit!»

Paul Paasche war einer der ersten Gratulanten, und schließlich stand Amelie auch Klemm gegenüber.

«Es gibt wenige Ehemänner, die es gutheißen, wenn der beste Freund ihnen die Frau ausspannt», sagte er hinterhältig lächelnd. Amelie verstand nicht sogleich. «Gibt es da nicht einen Ehemann? Hanns von Freyer?»

Gustav hatte die letzten Worte aufgeschnappt. Er ergriff Amelies Hand. «Keine Sorge, Doktor. Hanns ist nicht nur mein bester Freund; er ist auch der Bruder meiner Verlobten.»

Klemm suchte nach Worten. «Sie ... Sie haben uns gefoppt, Amelie! Uns glauben zu machen, Sie wären verheiratet!» Er trank sein Champagnerglas in einem Zug leer und stapfte erzürnt zu Hohlbein und Schneider, um sie über seine Erkenntnisse zu informieren. Der Sanitätssergeant hielt als Einziger kein Champagnerglas in der Hand, aber er lächelte ihr mit einem leichten Nicken zu, das mehr als jede wortreiche Gratulation aussagte.

Schließlich war Doktor Hirsch an der Reihe, dessen Abschied von der Station mit weiterem Champagner begossen wurde. «Ich habe leider kein Geschenk. Aber lassen Sie mich wissen, wenn ich etwas für Sie tun kann.»

«Welchen Weg nehmen Sie zurück in die Heimat, Doktor?», fragte Gustav. Amelie ahnte, dass er die Antwort kannte. «Reisen Sie zufällig über Schinjanga?»

«Gewiss, so sind meine Pläne, Oberleutnant!»

«Dann können Sie etwas für uns tun», nahm Amelie Gustavs Gedanken auf. «Dort lebt eine Freundin, Hermine Doll. Wären Sie so freundlich und würden Frau Doll und Ihren Mann für uns finden und einen Boten schicken, sobald es Ihnen gelungen ist?»

«Wenn es nichts weiter ist, Frau Kollegin!»

«Doch, da ist noch eine Kleinigkeit, Doktor», sagte Gustav. «Dies erfordert allerdings ein wenig Fingerspitzengefühl. Wobei ich selbstredend keinen Zweifel habe, dass Sie als Arzt darüber verfügen.»

Hirsch fühlte sich geschmeichelt. «Zu Ihren Diensten, Herr Stabsoffizier!»

«Ich wüsste zu gerne, welche Unternehmungen das Ehepaar Messingnagel in Schinjanga betreibt.»

17.

Robert Kochs Methode des Punktierens erwies sich aus Gründen, für die weder Amelie noch Klemm Erklärungen hatten, dem Bluttest als weit überlegen. In Kürze waren Dutzende von Trägern des Erregers der Schlafkrankheit identifiziert. Unter den Bewohnern von Udjidji sprach sich herum, dass nun viele Menschen jenes rote Kreuz neben ihrer Nummer trugen. Ohne je eine Injektionsnadel gesehen zu haben, hielten sie bereits die Markierung für die wirksame Medizin des weißen Mannes. Selbst jene, deren Blut schon untersucht und die als gesund bezeichnet worden waren, reihten sich erneut in die Schlange ein. Klemm befahl Hansl Schneider, diese Männer abzuweisen. Denn die Punktion der Lymphdrüsen ließ sich nur dann durchführen, wenn sich diese bereits als dick geschwollene Beulen im Nacken abzeichneten.

«*Daua, daua!*», flehten die Enttäuschten in der Hoffnung, doch noch behandelt zu werden.

Schneider war rasch überfordert von den ihn bedrängenden Massen. Die beiden als Wachen abgestellten Askaris mussten eingreifen, was die Situation kurzfristig beruhigte.

«Schicken Sie einen Boten zur Boma», sagte Dr. Klemm zu Schneider. «Der Bezirkshauptmann soll die in Aussicht gestellten Askaris jetzt abstellen.»

«Eduard, halten Sie das wirklich für nötig?», wagte Amelie zu fragen.

«Sonst bäte ich nicht darum», erwiderte Klemm.

«Ein verstärkter Einsatz von Soldaten erweckt den Eindruck, unser Lager hätte militärischen Charakter», wandte Amelie ein.

«Nun», schnappte Klemm schmallippig, «dies ist ja nicht ganz falsch, wie die Anwesenheit Ihrer Person dokumentiert.» Er blickte Schneider verärgert an. «Nun tun Sie schon, worum ich bat.» Der Arzt wandte sich an Amelie im Befehlston:. «Frau Kollegin, ich bereite das Atoxyl zur Injektion vor. Sie mikroskopieren ab sofort allein.» Er verschwand im hinteren Teil des Zeltes.

Nur zu gern hätte Amelie ihn gefragt, in welcher Verdünnung er Atoxyl zuzubereiten und in welcher Menge er es zu spritzen gedachte. Da er jedoch behauptet hatte, in die richtige Dosierung gemeinsam mit seinem verstorbenen Freund Friedemann Stein in Berlin eingewiesen worden zu sein, musste sie ihm vertrauen. Sie hatte bisher nicht erwähnt, dass sie Atoxyl bei Frauen angewandt hatte, die an Syphilis im Endstadium litten. Klemms Selbstbewusstsein erschien ihr nicht so ausgeprägt, als dass er es ertragen hätte, wenn seine Assistentin mehr Erfahrung hätte als er. Sie konnte sich Klemm gut in jenem Auditorium voller Kollegen vorstellen, das ihren Vortrag verlacht hatte. Wie lange war das jetzt her, überlegte sie – war seitdem tatsächlich erst ein knappes Jahr vergangen? Amelie beugte sich über das Mikroskop. Ein Präparat nach dem anderen begutachtete sie. Inzwischen wies jedes dritte die Trypanosomen auf. Dann hätten sie es in der Tat mit einer Seuche von erschreckendem Ausmaß zu tun! Allerdings sah man außerhalb des Lagers längst nicht so viele Infizierte. Verzerrte die Auswahl der Patienten das Ausmaß der tatsächlichen Durchseuchung? Nur eine gründliche Besichtigung von Udjidji und der weiteren Umgebung würde darüber Aufschluss geben. Doch dazu würde wohl kaum Zeit sein.

Hohlbein arbeitete konzentriert, der Schweiß lief ihm in Strömen über das Gesicht. Dabei war es nicht heißer als sonst.

«Herr Hohlbein», rief Amelie zu ihm hinüber, «machen Sie doch mal eine Pause. Wir haben im Moment genügend Proben. Kommen Sie in den Schatten.»

«Geht schon noch, Frau Doktor.»

Der Sanitätshelfer sah ungesund aus, seine Haut wirkte eigentümlich fahl. Doch bevor sie nachfragen konnte, bekam Amelie mit, dass Klemm Schneider beauftragte, nun die ersten Patienten zu holen, damit er mit dem Spritzen beginnen konnte. Amelie sah sich um, doch ein Heft, in das er Namen, Tag und Menge der Dosis einzutragen gedachte, war nirgends zu entdecken. Die ganze Aufmerksamkeit des Arztes galt dem Mittel, von dem nicht nur er Wunder erwartete. Amelie jedoch wollte die Arbeit wissenschaftlich dokumentieren. Sie machte sich auf die Suche nach einer geeigneten Kladde, fand jedoch in der Eile keine und erkundigte sich bei Klemm, ob er eine hätte.

«Wollen Sie Tagebuch schreiben?», fragte Klemm spitz.

«Ja, Eduard, zur Dokumentation der Dosierung.»

«Daran hätten Sie auch früher denken können!»

«Ich habe eine Kladde als Tagebuch», bot Hohlbein an.

«Ja, dann holen Sie diese doch, Hohlbein!», rief Klemm ungeduldig.

Der Sanitätssergeant war gerade im Begriff, vor dem Zelt einen Wartenden zu punktieren. Er ließ die Nadel sinken. Er erhob sich, machte einen Schritt ins Leere, taumelte und fing sich. Instinktiv sprang Amelie hinzu.

«Was ist mit Ihnen, Hohlbein?»

«Der Blutdruck, Frau Doktor. Sorgen Sie sich nicht um mich.»

Hohlbein verschwand in einem der beiden Zelte und kam kurz darauf mit einem Büchlein heraus. Er blieb stehen, schlug es auf und riss eilig zahlreiche Seiten heraus, die er achtlos in die Tasche seiner Jacke stopfte. Der ganze Vorgang hatte etwas Endgültiges. So, als ob das, was auf den eng beschriebenen Seiten stand, nie mehr eine Bedeutung haben würde. Mit einem schwer zu deutenden Lächeln reichte Hohlbein das der Erinnerungen beraubte Tagebuch Amelie. Den schwarzen Karton des Einbandes zierte ein weißes Etikett mit abgeschrägten Ecken. *Mein Afrika*, stand in sorgfältiger Schrift darauf.

Amelie spürte, dass es nicht der richtige Zeitpunkt war nachzufragen. Hohlbein hatte sich wieder hingesetzt und punktierte weiter, als sei nichts geschehen; die herausgerissenen Tagebuchseiten spitzten aus der Tasche seiner abgetragenen Jacke.

Schneider führte das erste Dutzend Patienten mit rot angekreuzten Holztafeln heran. Alle diese Männer waren kräftig und wirkten bis auf die Beulen gesund, kaum einer klagte über Schmerzen. Die geschwollenen Drüsen waren nicht mehr als ein Alarmzeichen, das Menschen leicht ignorieren mochten, für die der Körper ein Werkzeug war.

«Welche Nummer hat der erste Patient?», fragte Klemm in diesem Moment.

Amelie musste aus dem Stand eine Systematik finden, die für die nächsten Monate taugte. Sie wählte eine Mischung aus dem System der Lohn-Schauris auf Salama und den Syphilis-Untersuchungen in der Charité.

«Wir brauchen auch den Namen jedes Patienten», rief sie Schneider zu. Dann schrieb sie Datum der Injektion, Namen und Nummer des Patienten und Menge des Atoxyls nebeneinander auf den Kopf der Seite. Bei jedem Patienten wären Kontrollpunktionen nötig, die über den Erfolg der ersten Einspritzung Auskunft gaben, überlegte sie. Dafür hielt sie ausreichend Platz frei. Die letzten beiden Eintragungen sollten dem Datum einer möglichen Wiederholung der Injektion, die nach Amelies Erfahrung wahrscheinlich nötig sein würde, dienen. Sowie den abschließenden Kontrollpunktionen, bevor man den betreffenden Patienten entlassen konnte.

Klemm reinigte eine Stelle zwischen den Schulterblättern des ersten Mannes mit Alkohol. Die nun folgende Injektion erforderte seine ganze Konzentration. Die Nadel musste direkt neben der Wirbelsäule in einen Hautlappen gestochen werden, den der Arzt mit der linken Hand bildete. Dazu musste der Patient still stehen, die Hände auf dem Kreuzbein verschränkt. Klemm gestikulierte, um sich verständlich zu machen, was ihm jedoch nicht gelang. Er rief Schneider hinzu, erklärte ihm sein Vorgehen, und der Laborgehilfe erklärte dem Patienten die richtige Position. Jetzt konnte Klemm die Spritze ansetzen.

«Wie viel Atoxyl geben Sie dem Patienten?», fragte Amelie, den Bleistift über der entsprechenden Stelle der noch fast leeren Seite.

Klemm teilte ihr mit, dass er ein Gramm Atoxyl spritzen würde.

«Vielleicht sollten Sie mit einer niedrigeren Dosierung anfangen, Eduard», riet Amelie. «Dann untersuchen wir die Lymphflüssigkeit erneut und wiederholen die Einspritzung, falls es nötig ist.»

Klemm hielt mitten in der Bewegung inne, sein Gesicht war zornesrot. «Sie assistieren, Amelie! Oder wollen Sie, dass ich Ihnen assistiere?» Er blickte sie missbilligend an. «Wir machen das anders: Schneider schreibt nach jeder Injektion auf. Sie mikroskopieren weiter.»

Amelie ärgerte sich über sich selbst. Sie hätte Klemm nicht schonen dürfen! Hätte ihm schon längst sagen müssen, dass sie im Gegensatz zu ihm praktische Erfahrungen mit der grau schimmernden Flüssigkeit in der Spritze gesammelt hatte. Doch die jahrelangen, negativen Erlebnisse mit ihren sich selbst überschätzenden Kollegen hatten sie so vorsichtig werden lassen, dass sie ausgerechnet jetzt jenes Wissen nicht anwenden konnte, dessentwillen Messingnagel sie angeheuert hatte!

Aber nun war es zu spät.

Nachdem sie den ersten Eintrag beendet hatte, übergab sie an Schneider und setzte sich ans Mikroskop. Doch sie war unkonzentriert und beobachtete, was Klemm machte. Im Lauf des Tages schwankten die Atoxyl-Dosen, die er verabreichte, zwischen 0,4 und 1,5 Gramm. Ob er dabei den Plan verfolgte, durch die spätere Überprüfung die richtige Menge zu erfahren – das wagte sie nicht mehr zu fragen. Mit den höheren Dosierungen konnte er zweifellos rasche Ergebnisse erreichen. Damit riskierte er jedoch, dass die Patienten unter den Nebenwirkungen litten.

Bisher hatten die meisten Wartenden ihr Los mit Gelassenheit ertragen. Doch dann begann ein junger Mann zu schreien, als Klemm sich ihm mit der Spritze näherte. Er schlug in Panik um sich. Der überraschte Schneider schrak zurück, und Klemm ließ die Spritze fallen. Der Patient rannte davon.

«Schneider, holen Sie Nummer 417 zurück!» Klemm ging mit energischem Schritt an Amelie vorbei ins Zelt.

Der Laborgehilfe gab den Befehl an die Askaris weiter. Er schien sich durch den Zwischenfall nicht aus der Ruhe bringen zu lassen und reinigte einfach nur die Spritze.

In den beiden Schlangen, die vor Hohlbeins und Schneiders Tisch anstanden, machte sich Unruhe breit. Einige Männer verzogen sich unauffällig. Einer mit einem roten Kreuz hinter seiner Nummer strebte geradewegs dem nun unbewachten Ausgang des Lagers zu, ein weiterer folgte ihm. Da schoss Eduard Klemm an Amelie vorbei aus dem Zelt. Er hielt die Nilpferdpeitsche in der Hand und schnitt den beiden sich davonmachenden Männern den Weg ab. Im nächsten Augenblick sauste die *kiboko* durch die Luft. Die Erkrankten rannten in Panik ins Lager zurück und versteckten sich in einer der Hütten. Inzwischen hatten die Askaris den Mann mit der Nummer 417 gefunden, der die Unruhe ausgelöst hatte, und zerrten ihn zu Klemms Tisch zurück.

Eduard Klemms Gesicht war schweißüberströmt, er nahm seinen Tropenhelm vom Kopf, lockerte den Hemdkragen. In seinen Augen loderte das Feuer kaum kontrollierter Wut. «Was glaubst du eigentlich, warum wir hier sind, du Dummkopf! Wir wollen dich gesund machen, Mann. Und was machst du? Du bringst nur Unruhe rein. Aber ich werde dich lehren, was geschieht, wenn man sich so benimmt!» Klemm umfasste die Nilpferdpeitsche mit beiden Händen, bereit auszuholen.

«Soll ich das nicht erst übersetzen, Doktor Klemm?», fragte Hansl Schneider betont ruhig.

Der Arzt fuhr herum, glotzte den Gehilfen wie irre an. «Was?», brüllte er.

«Der hat Sie nicht verstanden, Doktor», präzisierte Schneider ungerührt.

«Ich habe doch laut und deutlich gesagt, dass ...» Klemm hielt mitten im Satz inne, schleuderte die Peitsche in den Sand und stapfte ins Zelt.

Hansl Schneider musste sich ein triumphierendes Lächeln verkneifen. Auch in Hohlbeins Augen erkannte Amelie ein seltenes Schmunzeln. Im Zelt entzündete sich Klemm eine Zigarre und blies den Qualm stoßweise von sich wie eine anfahrende Lokomotive.

«Ich löse Sie mal für eine Weile ab, Eduard», sagte Amelie leichthin und trat hinter ihrem Tisch hervor, wobei sie elegant über die *kiboko* hinwegstieg.

«Lassen Sie den Mann los!», befahl Amelie auf Kisuaheli den Askaris, die den Patienten mit Nummer 417 festhielten. «Und dann beziehen Sie Posten am Eingang und lassen keinen raus und auch erst mal niemanden mehr rein.» Sie bat Schneider, den Sultan holen zu lassen, den Klemm sich geweigert hatte mit Atoxyl zu behandeln. Sobald der Sultan vor Amelie auf der Trage lag, kniete sie sich neben ihn, reinigte die geplante Einstichstelle am Rücken sorgfältig und injizierte 0,8 Gramm. Dabei sprach sie beruhigend auf den Patienten ein; in der Charité hatte sie die Erfahrung gemacht, dass die Patientinnen mehr Vertrauen zu ihr hatten, wenn sie ihre Stimme hörten.

Schneider vermerkte den Vorgang in der Atoxyl-Kladde. «Frau Doktor, wann wissen Sie, ob das Atoxyl wirklich hilft?», fragte er.

Amelie erhob sich, dankte den Leuten des Sultans und wandte sich Schneider zu: «Ich denke, wir sollten die ersten Kontrolluntersuchungen in ein paar Tagen machen. Und dann täglich. Bis wir sicher sind, ob die Trypanosomen wirklich verschwunden sind. Und nach wie viel Tagen.»

Eduard Klemm hatte schweigend zugehört, die Zigarre zwischen den Zähnen. Äußerlich schien er sich beruhigt zu haben. In der Folge suchte Amelie Männer aus, denen die Krankheit bereits schwer zugesetzt hatte. Ihre Gesichter waren verquollen, sie waren apathisch oder konnten sich kaum aufrecht halten. Amelie führte einen nach dem anderen zu einem Klappstuhl und setzte die Injektionen mit Schneiders Assistenz ohne Zwischenfall fort. Und schließlich gelang es ihr und Schneider auch, den Angsthasen mit Nummer 417 zu spritzen.

Klemm hatte seine Kollegin die ganze Zeit über beobachtet und trat nun an ihre Seite. «Was versprechen Sie sich davon, wenn Sie meine Position untergraben?» In seiner Stimme lag Feindseligkeit.

Amelie war gerade im Begriff, die Nadel unter die Haut eines Patienten zu führen. Sie zögerte einen Moment und machte weiter, nannte Schneider die verabreichte Dosis und wandte sich dann an den Kollegen. «Glauben Sie wirklich, Friedemann Stein hätte gewollt, dass Sie so mit mir reden, Eduard?»

«Sie kannten Friedel nicht!»

«Nicht so gut wie Sie, da haben Sie recht. Aber er hat gesagt, dass wir zusammenarbeiten sollen. Nicht, dass wir gegeneinander arbeiten. Haben Sie mir fachliche Fehler vorzuwerfen, Eduard? Dann sagen Sie es. Wenn Sie jedoch wie der Teufel durchs Lager toben, dann schwächen Sie Ihre Position. Die Afrikaner blicken zu Ihnen auf. Und ich habe Ihnen auch nichts vorzuwerfen. Außer, dass ich es angenehmer fände, wenn wir uns abstimmen würden.»

«Sehr richtig!», trumpfte Klemm auf. «Gottlieb Messingnagel möchte, dass wir arbeitsfähige Männer gesund machen. Und nun sehen Sie sich die da an.» Er meinte jene geschwächten Männer wie den Sultan, die Amelie im Gegensatz zu Klemm bevorzugt behandelt hatte.

«Sie wollen doch schnelle Ergebnisse. Die werden Sie nur bekommen, wenn Sie die eindeutigen Fälle zuerst behandeln, Eduard.» Amelie sprach mit ihm so geduldig wie mit einem lernunwilligen Kind. «Wenn Männer wie der Sultan gesund werden, erkennen das die anderen Patienten umso leichter. Das wirkt auf sie wie ein Zeichen. Und wir haben weniger Probleme, sie zu behandeln.»

«Für Probleme gibt es diese Herren dort», sagte Klemm.

Mit Entsetzen registrierte Amelie, dass ein schwarzer

Sergeant mit sechs Askaris ins Lager einrückte. Alle sieben Mann hatten Gewehre geschultert.

«Da ist doch nur ein Mann ausgerastet», stellte Hansl Schneider fest.

«Unterstehen Sie sich, Schneider. Ich raste nicht aus!», bellte Klemm als Antwort.

«Ich meinte doch gar nicht Sie», sagte Schneider kaum noch hörbar. Er versteckte sich hinter der Atoxyl-Kladde.

Klemms Blick fiel auf Jago, der im Schatten des Zeltes liegend einen Ast zerlegte. Der Hund begleitete Amelie morgens zum Lager und abends zurück zum Leopardenhaus. Niemand hatte sich bislang an ihm gestört.

«Der Hund bleibt nicht hier!», schnaubte der ein Ventil für seine aufgestaute Wut suchende Arzt. «Er stört den Frieden des Lagers.»

Jago hob aufmerksam den Kopf; er schien Klemm regelrecht zu mustern. Als spürte er die Schwäche dieses Mannes.

«Dann werde ich jetzt wohl besser mit ihm fortgehen», erwiderte Amelie, rief Jago und stieg auf ihr Maultier.

Gesine Messingnagel hatte ihr Haus so errichten lassen, dass man von der rückwärtigen, offenen Veranda aus einen traumhaften Blick über den See hatte. Amelie setzte sich in einen Liegestuhl und genoss den Augenblick der Ruhe. Die Luft des späten Nachmittags war so klar, dass sich die Berge auf der anderen Seite des Tanganjika abzeichneten. Ali brachte gekühltes Zitronenwasser und versprach zartes Antilopenfleisch zum Abendessen.

Amelie lehnte sich zurück und versuchte sich zu entspannen. Doch die Bilder des vergangenen Tages ließen ihr keine Ruhe. Sie holte Briefpapier herbei und begann einen Brief an Hanns. Es gab so viel zu erzählen, doch abgesehen von ihrer Verlobung mit Gustav kam ihr wenig in den Sinn, das sie Hanns mitteilen wollte. Entweder klang es so, als wolle sie sich beklagen. Oder ihre Erlebnisse waren so dramatisch, dass Hanns sich nur unnötig sorgen würde. Sie knüllte die Blätter zusammen, und Jago machte sich einen Spaß daraus, das Papier zu zerfetzen. Als es dunkel wurde, entzündete Ali eine Petroleumlampe und brachte fürsorglich eine Decke. Unten auf dem See wurden nach und nach Lichter sichtbar. Es sah aus, als wäre der See voller kleiner Lagerfeuer, die sich im Wasser spiegelten. Ali erklärte ihr, dass die Fischer mit den Fackeln eine bestimmte Sorte Fische anlockten, um sie fangen zu können.

Das war ein schöner Anfang für den Brief, fand Amelie und schrieb endlich drauflos. Sie war fast fertig, als Gustav auf die Veranda trat. Er war in Begleitung eines Zivilisten, den Amelie noch nicht gesehen hatte. Der Verlobte gab ihr einen keuschen Wangenkuss und erklärte, dass er mit einem Boten sein Kommen angekündigt hätte. Ali hatte zwar vergessen, die Botschaft auszurichten, dafür hatte er ein Abendessen für fünf Personen vorbereiten lassen.

Der unbekannte Gast war Büroschreiber auf der drei Stunden nördlich des Messingnagel-Hauses gelegenen Nebenstation. Um das Gebiet zu erkunden, hatte Gustav bereits mehrere kleine Expeditionen unternommen. Dabei hatte er die die Bekanntschaft des zuvor in Udjidji stationierten Büroschreibers gemacht.

«Ich habe die Schlafkrankheit», sagte der Beamte. «Aber Doktor Hirsch hat mir nicht geglaubt.»

Dies also war der Beamte, dessen Erkrankung es Hermines Kindern erspart hatte, die gefährliche Safari mitzumachen. Dem Augenschein nach litt der Mann in der Tat nicht an der Schlafkrankheit. Soweit Amelie inzwischen über deren Verlauf informiert war, müsste er nach so vielen Monaten zumindest die auffälligen Nackenbeulen haben.

Als sie den Beamten darauf aufmerksam machte, sagte er mit etwas schleppender Sprache: «Aber ich fühle mich ständig müde, kann aber keinen Schlaf finden, mich nicht konzentrieren ...» – ein Wort, das er erst im dritten Anlauf korrekt formulieren konnte – «... und mir ist oft schwindlig.»

Amelie bat ihn die Zunge herauszustrecken. Sie zitterte. Die Hände konnte er ebenfalls nicht ruhig halten. Dieses Krankheitsbild war Amelie recht vertraut. Ihren Verdacht auszusprechen, wagte sie jedoch nicht. Sie sagte lediglich: «Für eine genaue Diagnose müsste ich Ihr Rückenmark punktieren.»

«Tut das weh, Frau Doktor?»

«Ja, leider. Das müssen wir im Lazarett machen.»

Der Kranke schluckte. «Muss ich sterben?»

«Sie hatten vor einiger Zeit Syphilis?»

Der Mann wurde noch bleicher. «Ich weiß nicht», sagte er. «Der Doktor hatte einen Verdacht. Aber dann ging es wieder weg, Frau Doktor.»

Auch diese Auskunft war Amelie von ihren Charité-Patienten her bekannt. Dank Schaudinns Forschung konnte man den Erreger, der den Trypanosomen so ähnlich war, seit kurzem identifizieren. Hätte man den Beamten zu jener Zeit schon mit Atoxyl behandeln können, wäre der Verlauf der Syphilis aufzuhalten gewesen; doch das Atoxyl war gerade erst erfunden worden. Patientengeschichten wie jene des Beamten bestanden aus einer langen Kette von «wäre» und «hätte». Irgendwann – und Amelie war überzeugt, dies zu erleben – würde ein Medikament erfunden werden, dass die Syphilis besiegte. Im Moment drängte sich nur der Verdacht auf, dass die sich im Blut unaufhörlich vermehrenden Würmer es schafften, in das

Gehirn der Patienten vorzudringen, um es allmählich und für immer zu zerstören.

Glücklicherweise rief in diesem Moment Ali zum Essen, zu dem sich auch Eduard Klemm und Paul Paasche einfanden. Es war eine schweigsame Runde, aus der sich schon bald ein schlechtgelaunter Klemm und der niedergeschlagene Beamte zurückzogen.

«Was ist mit dem Beamten?», fragte Gustav.

«Wahrscheinlich Syphilis im Endstadium. Gehirnerweichung. Wenn ich es sicher weiß, gebe ich ihm Atoxyl. Aber es wird wohl kaum noch helfen.»

«Der arme Mann!», riefen Gustav und Paul wie aus einem Munde.

Zu dritt gingen sie hinaus auf die Veranda, um das stille Schauspiel der nächtlichen Fischer zu beobachten. Der schwarze Nachthimmel war mit Tausenden von Sternen gesprenkelt. Gustav legte den Arm um Amelie, um sie zu wärmen.

«Ich brauche eine andere Unterkunft», sagte Amelie.

«Schöner werden Sie nicht so bald wohnen, Amelie», gab Paasche zu bedenken.

«Ja, Paul. Aber die Wege sind mir zu weit.»

Paul Paasche zeigte sich überzeugt, dass sie in der Gästewohnung der Boma Quartier beziehen könnte. Doch Amelie bat ihn, sich nach einem Haus mitten in Udjidji umzusehen.

«Auf Livingstones Spuren?», scherzte Paasche.

«Ja, vielleicht.» Sie schmiegte sich an Gustav. Die beiden Verliebten tauschten einen einvernehmlichen Blick.

«Natürlich», sagte Paul Paasche. «Ihr seid nicht so weit gereist, um euch von Soldaten bewachen zu lassen.» Er grinste. «Pardon, das gilt natürlich auch für mich.» Er wünschte eine gute Nacht und zog sich in eines der Gästezimmer des großen Hauses zurück.

Gustav erkundigte sich, wie ihr Tag gewesen war, und Amelie schilderte die Situation im Krankenlager. Es tat gut, sich alles von der Seele reden zu können. Schließlich gingen sie ins Haus hinein. Auf Amelies Nachttisch lag der Brief an Hanns, und Amelie fragte, ob Gustav nicht etwas dazuschreiben wolle.

«Ich habe bereits einen Brief an Euren Vater abgeschickt», sagte ihr Verlobter.

Amelie öffnete die Knöpfe seiner Uniformjacke. «Hast du eine besondere Bitte an ihn gerichtet?»

«Ich hätte gern einen Körperteil von dir.»

Sie küssten sich und sanken aufs Bett.

«Bist du im wilden Afrika zum Kannibalen geworden, Stanley?»

«Ich bitte den Professor nur um deine Hand, Liebling ...» Er umarmte sie leidenschaftlich. «Den Rest hole ich mir selbst ...»

Paul Paasche hatte schon nach ein paar Tagen ein Haus für Amelie in Udjidji gefunden. Noch bevor sie ihre Arbeit im Lager wieder aufnahm, traf sie sich mit Gustav unter Livingstones Baum in der Ortsmitte, um ihr neues Heim zu besichtigen. Ihr Verlobter hatte Jago bei sich. Da Ali den Jagdhund in Amelies Abwesenheit nicht in Frau Messingnagels Haus duldete und Amelie Klemm nicht weiter provozieren wollte, hatte Gustav den treuen Hund zum ständigen Begleiter erkoren. Sogar zu seinen Erkundungsreisen nahm er den Jagdhund mit.

«Ihr passt gut zusammen», sagte Amelie zur Begrüßung.

«Du bist doch nicht etwa eifersüchtig?»

«Ein wenig schon. Weil Jago dich immer in der Nähe hat.»

Gustav sah sie verliebt an. «Manchmal rede ich mit ihm. Dann stelle ich mir vor, du wärst da.»

Sie erreichten ein hübsches, aus Stein gebautes Haus mit weit überstehendem Grasdach. Der indische Besitzer hatte sich ein neues gebaut und war bereit, es zu vermieten. Im Haus wartete Badili bereits auf die Verlobten.

«Er ist ab jetzt dein Boy», sagte Gustav.

Und Badili stand die Freude ins Gesicht geschrieben. Den ersten Auftrag, den er zu erledigen hatte, nahm er gleich in Angriff: Er holte Amelies Sachen mit der Eselkarre aus dem Leopardenhaus ab. Amelie blieb keine Zeit, ihn zu begleiten. Gemeinsam mit Gustav brach sie sofort auf. Die Arbeit im Lager war immer umfangreicher geworden. Und auch Gustav hatte sich für diesen Tag ein ehrgeiziges Ziel gesteckt, wie er ihr nun verriet, während sie Seite an Seite durch die Ortschaft ritten.

«Weißt du noch, wie wir die Fische gekauft haben?», fragte er. «Da erzähltest du, dass die Tsetsefliege nur am Tage schwärmt.»

Amelie dachte angestrengt nach; der ganze Tag lag im Nebel des Vergessens.

«Ich habe das danach mal beobachtet. Es stimmt, Amelie!» Gustav war voller Enthusiasmus. «Nach Sonnenuntergang kann man sich dort aufhalten, ohne Gefahr zu laufen, gestochen zu werden. Ich ziehe daraus den Schluss, dass die Fliege das Sonnenlicht braucht, um auszuschwärmen. Wird es dunkel, so scheint sie in das Seegras zurückzukehren. Wenn meine Vermutung stimmt, kann man die Tsetse bei Dunkelheit vernichten, weil sie dann sozusagen zu Hause ist. Genau das werden wir heute Abend versuchen: Im See werden wir das Gras auf einer Strecke mit Messern umschlagen und parallel dazu am Ufer so weit wie möglich abbrennen. Was hältst du davon?»

«Das ist eine brillante Idee!» Sie sah ihn schwärmerisch an. Dieser Mann war klug, und er handelte. Ohne Zögern. Sie stöhnte. «Wenn Klemm nur einen Funken von deiner Begeisterungsfähigkeit für unser Unterfangen hätte! Ach, Gustav, was könnten wir hier bewirken.»

Der Offizier an ihrer Seite saß wie immer aufrecht im Sattel. Inzwischen kannten ihn viele Menschen und grüßten ihn. Er antwortete jedem mit einem Lächeln und der Andeutung eines militärischen Grußes.

«Du darfst nicht zu viel von Leuten wie Klemm erwarten», sagte er. «Bevor Messingnagel ihn losschickte, hatte Klemm keine Ahnung davon, dass es Udjidji gibt. Für ihn ist das nur eine Arbeit.» Er lächelte sie liebevoll an.

Amelie beendete seinen Satz: «Für uns ist es eine Mission.»

In einer der schmalen Gassen fiel Amelie eine Frau auf, die in völliger Apathie unter einem Mangobaum lag. Ihr Oberkörper war entblößt, an ihrer Brust trank ein Säugling. Es war ein schmerzhafter Anblick.

Obwohl sie eigentlich beide ihren jeweiligen Zielen zustreben mussten, bat Amelie Gustav zu warten: «Ich werde sie rasch untersuchen.»

Die junge Mutter war kaum mehr ansprechbar, und selbst als Amelie sie rüttelte, schlug die Frau nur kurz die Augen auf. Dies war das Endstadium, in dem ein Mensch in jenen langen Schlaf fiel, aus dem er nie wieder erwachen würde. An den Baum gelehnt saß ein Mann, vielleicht der Ehemann und Vater. Auch bei ihm zeichneten sich die Beulen im Nacken ab. Er verstand kein Kisuaheli und somit auch nicht Amelies Ansinnen, sich zur Behandlung ins Lager zu begeben.

Das Schicksal der jungen Mutter machte Amelie auf ein Dilemma aufmerksam, über das sie sich schon seit einiger Zeit den Kopf zerbrach. Es war unmenschlich, dass Frauen und Kinder von der Behandlung ausgeschlossen wurden. Jedoch würden die Kontrolluntersuchungen erst in Kürze beginnen. Erst, wenn sie deren Auswertung kannte, würde sie wissen, ab welcher Menge das Atoxyl wirkte. Bislang dosierten sowohl sie als auch Klemm mehr oder weniger auf gut Glück. Dies hatte zur Folge, dass die mit hohen Dosen Gespritzten darüber klagten, dass sie schlechter sahen und Gliederschmerzen hatten. Bei einigen hatte sich an der Einstichstelle ein Abszess gebildet. Sobald diese für den Beginn einer Reihenbehandlung typischen Schwierigkeiten beseitigt waren, wollte sie um der Frauen willen die Auseinandersetzung mit Klemm suchen.

Als sie ihren Maulesel bestieg, musste Amelie schmerzhaft einsehen, dass sie gezwungen war, Mutter und Kind ihrem Schicksal zu überlassen. Doch sie erzählte Gustav von ihrer Überlegung, die Frauen einzubeziehen, sobald sie sich Klarheit über die richtige Dosierung verschafft hatte. Und von ihrer Befürchtung, dass Klemm dies nicht zulassen würde.

«Es wird für mich nicht einfach sein, dir dabei zu helfen», gab der sonst so einflussreiche Stabsoffizier zu bedenken. «Schließlich ist Klemm nicht mir unterstellt, sondern arbeitet für Messingnagel.» Er seufzte. «Ach, wenn Ihr nur endlich Ergebnisse hättet, dann könnte ich von Amts wegen die Interessen des Schutzgebietes geltend machen. Die wären den Unternehmungen des Geschäftsmannes Messingnagel übergeordnet. Somit hätte ich dann Klemm gegenüber eine Weisungsbefugnis.»

Was für eine komplizierte Welt, dachte Amelie. Andererseits war sie froh, dass Gustav seine Leidenschaft, die dem Schutz der Afrikaner galt, nicht mit seinen dienstlichen Aufgaben vermischte. Denn das war es gerade, was das Arbeiten mit Klemm so schwierig gestaltete.

Gustavs Worte klangen Amelie noch im Ohr, als sie wenig später im Lager eintraf. Es war inzwischen übervoll, denn tagsüber hielten sich auch Frauen, die ihren Männern das Essen brachten, und deren Kinder darin auf. Die ersten Hütten reichten längst nicht mehr aus, weitere waren von den Bewohnern selbst errichtet worden. Und bei der Nummerierung der Patienten war man längst bei Nummer 1000 angekommen.

Hansl Schneider kam ihr mit glühenden Wangen entgegen.

«Frau Doktor, es ist ein Wunder!», rief der junge Mann. «Der Sultan kann gehen! Das Atoxyl wirkt. Die viele Arbeit hat sich gelohnt! Es war richtig, was Sie gemacht haben. Frau Doktor», Hansl verschränkte seine Finger, als würde er beten, «Sie haben goldene Hände.»

Amelie war so gerührt über die unverhohlene Freude des jungen Mannes, dass ihre Augen feucht wurden. «Hansl, das war nicht nur ich. Im Grunde waren Sie es doch, der uns auf den Sultan aufmerksam gemacht hat. Ihnen gebührt daran ein ebenso großer Anteil. Lassen Sie uns rasch zu ihm gehen, ich will den Sultan sehen.»

Hansl wurde auf einmal unsicher. «Herr Doktor Klemm will den Sultan gerade fortschicken. Weil er ja nun geheilt ist.»

«Das darf er nicht tun!», entfuhr es Amelie. «Wir brauchen den Sultan jetzt mehr als zuvor.»

Sie fanden Klemm beim Sultan und dessen Gefolge in einer der neu errichteten runden Grashütten. Der Mann, der acht Tage zuvor noch kaum ansprechbar gewesen war, stand aufrecht, ordentlich gekleidet in einen weißen Umhang, der eine Schulter frei ließ. Seine zuvor mattgraue Haut hatte wieder Glanz, sein Blick war klar. Doch er brauchte noch einen langen Stecken, um die Balance zu halten. Das lange Liegen hatte seine Muskulatur geschwächt. Gleichwohl war die Veränderung beeindruckend.

Der Sultan neigte leicht den Kopf, als er Amelie erkannte. Er bedankte sich mit den wenigen Brocken Kisuaheli, die er beherrschte und sagte auf Amelies Frage, dass es ihm gutginge.

«Ich bitte Sie, noch einige Tage zu bleiben», erwiderte Amelie auf Kisuaheli, was dem Fürsten in seine Sprache übersetzt wurde.

Klemm versuchte vergeblich zu ergründen, was Amelie sagte. «Es wäre angebracht, mich ins Bild zu setzen», kommentierte er knapp das Geschehen.

«Eduard, können wir uns bitte unter vier Augen besprechen?»

Sie entfernten sich ein Stück, und Amelie erklärte dem Kollegen, dass sie den weiteren Verlauf des Genesungsprozesses beobachten wollte. «Ich möchte sichergehen, dass die Trypanosomen tatsächlich aus seinem Blut verschwunden sind. Wenn ich zu wenig gespritzt habe, wird es einen Rückfall geben.»

Klemm schüttelte verstimmt den Kopf. «Der Mann ist geheilt. Sie haben selbst gesagt, Sie brauchen ihn nur, damit er für jene ein Zeichen setzt, die sich nicht behandeln lassen wollen. Diesen Zweck hat er nun erfüllt.»

Amelie wäre am liebsten aus der Haut gefahren, so sehr ärgerte sie sich über die menschenverachtende Wortwahl des Kollegen. Doch sie riss sich zusammen; sie konnte Klemm nur für sich gewinnen, wenn sie ihn mit seinen eigenen Waffen schlug. «Angenommen, Eduard, wir bleiben dabei, stets jene Dosis zu verwenden, die den Sultan anscheinend geheilt ...»

«Der ist geheilt!»

«... geheilt hat», fuhr sie unbeirrt fort, «und wenden das auf alle anderen Männer an, die Sie zu Herrn Messingnagel schicken. Und dann stellt sich heraus, dass diese Männer einen Rückfall erleiden. Weil die richtige Dosierung vielleicht von der Menge der Erreger oder der Konstitution des Patienten abhängt. All das wissen wir noch nicht. Und es wird dauern, bis wir es wissen. Warum diese Eile, Eduard?» Sie machte eine Kunstpause. «Mich wird Herr Messingnagel nicht verantwortlich machen, wenn ihm die Männer wegsterben.»

«Geben Sie sich keine Mühe, Amelie. Ich habe bereits einen Boten nach Schinjanga geschickt, um Gottlieb meinen raschen Erfolg zu melden. Es ist abzusehen, dass die ersten Männer als Arbeiter eingesetzt werden können. Gesunde Männer.»

«Eduard, wie können Sie so unwissenschaftlich vorgehen? Man könnte fast denken, Ihnen ginge es nur darum ...» Den Rest des Satzes verschluckte Amelie. Sie hatte ihm die Mentalität eines Sklaventreibers vorwerfen wollen. Und beinahe wäre ihr durch ihre Tollkühnheit etwas Wichtiges entgangen: «Sagten Sie Schinjanga?»

«Sagte ich das?»

«Ja, das taten Sie.»

«Sie werden sich verhört haben.» Es war offensichtlich, dass Klemm etwas ausgeplaudert hatte, das Amelie nicht wissen sollte. «Gut», gab er plötzlich nach, «ich gehe auf Ihren Vorschlag ein. Der Sultan bleibt und ebenso alle anderen, die Atoxyl bekommen haben. Punktieren und untersuchen Sie die Drüsenflüssigkeit. Und dann sehen wir weiter.»

Amelie wandte sich wortlos ab, um Schneider entsprechend zu informieren, damit er den in Aufbruch begriffenen Sultan zurückholte. «Und suchen Sie bitte den Mann mit Nummer 417 sowie alle weiteren, die an jenem Tag Atoxyl erhielten. Bringen Sie die Leute zu Herrn Hohlbein.»

Schneider zögerte, offensichtlich hatte er noch etwas auf dem Herzen. «Frau Doktor, verzeihen Sie, wenn ich offen bin: Sie sind mir ein wahres Vorbild.» Er errötete. Bevor Amelie etwas erwidern konnte, lief der junge Mann dem Sultan nach, der würdevoll dem Ausgang zustrebte.

An diesem Tag hatte Hohlbein sich so an seinen Untersuchungstisch gesetzt, dass er völlig im Schatten saß. Da Schneider keine Zeit hatte, ihm zu assistieren, erledigte er alle mit der Punktion verbundenen Aufgaben selbst. Als Amelie zu ihm trat, notierte er gerade die Daten eines neuen Patienten. Ein Blick in die Kladde zeigte, dass seine Schrift fahrig war, die Kolonnen der Namen und Werte waren aus dem vorgesehenen Gefüge geraten. Seine Hand zitterte beim Schreiben. Amelie nahm sich einen Stuhl und setzte sich neben den Sergeanten.

«Herr Hohlbein, Sie müssen sich schonen», sagte sie sanft. «Ich sehe doch, dass Sie krank sind. Und Sie selbst wissen es auch. Also, sagen Sie es mir bitte: Was haben Sie?»

Hohlbein drehte ihr schweigend sein Gesicht zu und zog ein Augenlid herunter: Der Augapfel war quittegelb, die Äderchen stark gerötet.

«Mein Gott, Hohlbein! Seit wann?» Plötzlich war ihr alles klar: Darum trank dieser Mann niemals einen Tropfen Alkohol! Nicht einmal bei besonderen Anlässen. Weder wenn auf ihn angestoßen wurde, noch als der Bezirkshauptmann zu ihrer Verlobung Champagner spendiert hatte. Der ausgemergelte Körper, die fahlgelbe Gesichtsfarbe!

Und Schneider nannte sie sein Vorbild ... Wo sie nicht einmal mitbekam, wenn ein Mensch in ihrer engsten Umgebung schwerkrank war!

«Eine schwere Malaria», sagte Hohlbein. «Als ich sie überstanden hatte, nahm ich meinen Abschied.» Er schlug die Kladde zu, sodass das Etikett sichtbar wurde. «Mein Afrika. Ist nicht viel draus geworden.»

«Sie müssen ins Lazarett, Hohlbein. Sofort. Ich werde Sie begleiten. Kommen Sie. Sie können doch nicht einfach hier sitzen bleiben, bis Sie umfallen.»

«Ich lege mich nie mehr in ein Lazarett, Frau Doktor», widersprach Hohlbein gefasst. «Ich habe begonnen, Hansl anzulernen. Dann kann er mich ersetzen, wenn ich nicht mehr kann. Finden Sie nicht auch, dass der Junge sich ganz phantastisch entwickelt hat?»

Amelie konnte nicht glauben, was sie hörte. Hohlbein ging mit sich selbst so um wie mit seinem umgewidmeten Afrika-Tagebuch. Er beurteilte sein Leben nur noch nach dessen Nutzwert. Es tat Amelie weh, einen Mann im Alter ihres Bruders mit dem Leben abschließen zu sehen. «Seien Sie nicht so verzweifelt, Frau Doktor», sagte Hohlbein.

«Mir erscheint alles so sinnlos. Man macht zwei Schritte vorwärts und drei zurück.» Sie wischte sich die Tränen mit dem Handrücken aus dem Gesicht.

«Während dieser Safari waren Sie schon zweimal fast auf der anderen Seite, Frau Doktor. Da haben Sie doch gemerkt, dass das alles nicht so schlimm ist.» Er blickte in den wolkenlosen Himmel. «Da oben ist ewiger Frieden.»

«Ich liebe das Leben, Hohlbein. Und Sie sollten es auch lieben.»

«Verzeihen Sie, Frau Doktor. Aber mir ist das, was Sie meinen, abhandengekommen.» Er stand auf. «Ich mache eine Pause. Wenn Sie mich inzwischen ablösen könnten.» Sein Schritt war unsicher, als er zu einem der beiden Zelte ging, in dem eine Liege aufgebaut worden war.

Hansl Schneider rückte mit seinen Atoxyl-Patienten an. Es waren mehr als dreißig Männer, die punktiert und deren Blut untersucht werden musste. Und von Klemm war nichts zu sehen.

Aber Hansl Schneider strahlte Amelie an. Er hatte die Nackendrüsen der behandelten Männer befühlt. «Die Beulen sind weg!», rief er begeistert.

Amelie wiederholte seine Untersuchung und konnte seine Beobachtung bestätigen: die Beulen waren auf winzige Knoten geschrumpft. Das war zwar sehr erfreulich, machte jedoch die Entnahme der Lymphflüssigkeit sehr viel komplizierter oder gar unmöglich. Sie mussten teilweise darauf ausweichen, Blut zu entnehmen.

Dabei stellte sich heraus, dass das Atoxyl nicht ganz so einfach wirkte, wie Amelie sich das erhofft hatte. So fand sie im Blut des ängstlichen Mannes mit der Nummer 417 immer noch Trypanosomen. Amelie erinnerte sich, dass sie nur eine niedrigere Dosis gegeben hatte. Denn ausgerechnet der Angsthase sollte nicht unter eventuellen schmerzhaften Nebenwirkungen zu leiden haben. Es war eine gefühlsmäßige, keine sachliche Entscheidung gewesen, wie Professor Koch wohl gerügt hätte. Nun musste Amelie einsehen, dass 0,4 Gramm nicht ausgereicht hatten, um den gefährlichen Wurm zu vertreiben. Der arme Kerl würde sich nun noch einmal der Prozedur unterziehen müssen ...

Der Afrikaner mit der Nummer 417 zitterte am ganzen Leib, als ihn einer der zu diesem Zweck eingeteilten Askaris am nächsten Morgen brachte. Amelie bat den Soldaten, den verängstigten Mann loszulassen und dirigierte ihn auf den Hocker. Sie blickte dem Mann ins Gesicht und sprach beruhigend auf ihn ein, um ihm die Angst zu nehmen. Erst jetzt sah Amelie, dass er gar kein richtiger Mann war, allenfalls gerade einer geworden. Er erinnerte Amelie entfernt an David, dem sie einst das Leben gerettet hatte. Der hübsche Kerl hatte schöne, scheue Augen und runde Tätowierungen auf den Wangen, deren Zweck Amelie nicht kannte. Amelie säuberte gründlich die Stelle zwischen seinen Schulterblättern, an der sie erneut zu injizieren gedachte. Sie zog das vorbereitete Atoxyl auf eine Spritze aus Kristallglaskarat und hob sie hoch, um die Luft herauszudrücken.

«Null Komma sechs Gramm», diktierte sie Schneider, der das Buch führte. Der geschwächte Hohlbein punktierte ein paar Meter entfernt unter sichtbaren Mühen, Klemm mikroskopierte direkt neben Amelie. Sie wollte eben dem Askari Bescheid geben, die Arme des Patienten in die richtige Position zu bringen, als sie das Messer sah. Wieso hatte der Askari es nicht bemerkt, schoss es ihr durch den Kopf. Der Angsthase trug doch nur einen Lendenschurz! Die Klinge blitzte im Licht der Sonne auf, Amelie schlug instinktiv in die Armbewegung des Burschen und rammte ihm dabei die Spritze in den Unterarm. Das Messer fiel zu Boden. Der Askari sprang erschrocken zurück und erstarrte.

Der Mann mit Nummer 417 hielt seinen Arm hoch, in dem die Spritze noch drinsteckte, und brüllte aus Leibeskräften.

«Sheitani! Sheitani!»

Vor Angst fast wahnsinnig, führte er einen regelrechten Tanz auf. Von allen Seiten strömten jetzt die Kranken herbei.

Amelie war zu geschockt, um klar denken zu können.

Mit festem Schritt ging Eduard Klemm an Amelie vorbei. «Hör damit auf, du Bastard!», schrie er.

Erst jetzt wurde Amelie klar, dass Klemm nicht die Peitsche in der Hand hielt, sondern ein Gewehr. Und bevor sie reagieren konnte, knallte direkt neben ihr ein Schuss. Eine bläuliche Wolke Pulverdampf zog an ihr vorbei.

Der Mann mit Nummer 417 lag bäuchlings im Staub,

ein blutiges Loch dort, wo eigentlich die Injektion hätte erfolgen sollen. Der Arm mit der in die Luft stakenden Spritze war eigentümlich abgespreizt. Klemm trat neben den Mann, guckte auf ihn herab, beugte sich schließlich zu ihm hinunter, fühlte den Puls und ließ den leblosen Arm achtlos fallen. Erst jetzt griffen die Askaris ein und drängten die Patienten mit vorgehaltenen Gewehren ab.

Eduard Klemm nahm seinen Tropenhelm vom Kopf, wie er es unter Anspannung häufig tat. Sein lockiges Haar war klatschnass, sein Gesicht mit Schweiß überzogen. Sein Blick flackerte.

«Was heißt das, was der Mann gerufen hat?», fragte er Schneider.

«Teufel», antwortete der kaum hörbar.

«Nun ist er tot, der Teufel», sagte Klemm lakonisch. Sein Grinsen wirkte eher hilflos als wie das eines Triumphators.

Amelie lehnte sich an den Untersuchungstisch. Sie zitterte. Sobald Klemm nahe genug war, sagte sie mit schwankender Stimme: «Doktor Klemm, Sie haben soeben einen Patienten erschossen.»

«Wie bitte, Frau Kollegin?» Klemms Gesicht war wie aus Stein gemeißelt. «Soll das etwa heißen, Sie werfen mir den Tod dieses Negers vor? Das war der typische Furor der Trypanosomasis. Ich habe Sie beschützt! Sie sollten mir dankbar sein. Der Pöbel war drauf und dran, uns alle anzugreifen. Nur meiner Geistesgegenwart ist es zu verdanken, dass nichts Schlimmeres geschehen ist.» Sein Blick suchte den Beistand von Schneider und Hohlbein.

Schneider starrte auf die Präparate, die er gerade zum Mikroskopieren vorbereitete. Hohlbein umklammerte seinen Leib, als litte er unter starken Schmerzen. Zwei Askaris waren damit beschäftigt, den toten Angsthasen mit der Nummer 417 aufzuheben und wegzutragen.

Eduard Klemm blickte in die Atoxyl-Kladde. «Erste Injektion null Komma vier Gramm. Das ist ausgezeichnet», sagte er. «Schneider, sagen Sie den Askaris, sie sollen die Leiche herbringen.»

«Doktor?» Schneiders Stimme war ein Flüstern. «Warum?»

«Wir werden obduzieren. Kollegin Freyer, Sie assistieren mir. Dies ist eine Gelegenheit, die wir nutzen müssen. Hohlbein, Sie bereiten alles vor. Lassen Sie die Tische leer räumen. Wir werden das jetzt sofort machen. Hier vor den Zelten. Das Licht ist gut.»

Die Sonne stand senkrecht am Himmel, es war brütend heiß.

Hohlbein stand auf. «Bitte mich entfernen zu dürfen, Doktor», presste er hervor. Er hielt sich am Tisch fest. «Mir ist nicht wohl.»

«Ach, Hohlbein, wird doch nicht Ihre erste Leichenöffnung sein. Stellen Sie sich nicht so an, Mann! Sehen Sie unsere Amelie an. Hat sich schon wieder erholt. So sind die Frauen unserer Soldaten, nicht wahr, Kollegin?»

Hohlbein raffte sich auf. Mit letzter Kraft trat er vor Klemm: «Wir sind nicht in einer deutschen Pathologie, Doktor.»

«Ach, das weiß ich selbst, Hohlbein», entgegnete Klemm unwirsch. «Was ist überhaupt mit Ihnen?»

«Herr Hohlbein hat eine Leberzirrhose im Endstadium, Herr Kollege», sagte Amelie sachlich.

«Großer Gott, warum sind Sie dann überhaupt hier, Mann!»

Hohlbein sah Klemm so eindringlich an, als wollte er sich dessen Gesicht für immer einprägen. «Damit es mir leichter fällt zu gehen, Doktor.» Er schleppte sich zum Zelt.

Die Askaris brachten den Toten herbei. Klemm leerte

hektisch die Tische, wobei Schneider ihm nach kurzem Zögern behilflich war. Amelie trat lediglich zur Seite. Sie hatte das Gefühl, sich jeden Augenblick übergeben zu müssen.

«Alles muss man selbst machen», schnaubte Klemm, während er und Schneider die leeren Tische aneinanderstellten. Er gab den schwarzen Soldaten ein Zeichen, woraufhin sie den Leichnam ablegten. Mit einem Ruck riss Klemm die blutige Injektionsnadel aus dem Arm des Toten. Purer Zufall hatte das gläserne Instrument heil gelassen, es war noch mit Atoxyl gefüllt. Klemm gab es dem Laborgehilfen.

«Reinigen Sie das», sagte Klemm schroff. «Aber achten Sie auf das Atoxyl. Wir haben ohnehin wohl nicht genug davon vorrätig.» Er starrte auf den fast nackten Mann vor sich. Dann wandte er sich ab und verschwand kommentarlos im Zelt.

Hansl Schneider trat dicht neben Amelie. «Das können wir doch nicht hier machen. Vor all den Negern», flüsterte der junge Mann. «Die werden sich zu Tode erschrecken.»

«Ich wüsste nicht, wie ich es verhindern kann», sagte Amelie.

Sie wusste, dass Klemm recht hatte: Im Prinzip war eine Obduktion sinnvoll. Vorausgesetzt, man wusste, in welchen Organen man nach den Trypanosomen suchen musste. In der Pathologie der Charité hatte sie selbst einige Male Leichenöffnungen beigewohnt. Um der wissenschaftlichen Erkenntnis willen waren vor ihren Augen die Körper von Patientinnen aufgeschnitten worden, die sie bis in den Tod begleitet und deren Hand sie gehalten hatte. Dadurch und nicht durch Professor Kochs Ermahnung hatte sie gelernt, dass Gefühle in solchen Augenblicken fehl am Platz waren.

Dennoch konnte Amelie nicht umhin, Hansl Schneider

recht zu geben. Die Einheimischen würden das Vorgehen der Weißen nicht als jenes von sachkundigen Ärzten begreifen können. Sie würden es eher für ein Ritual halten, mit dem man einen mächtigen Gegner endgültig besiegen wollte.

Amelie sah den jungen Mann offen an. «Ich weiß, Herr Schneider, was gleich geschieht, wird Ihnen schrecklich erscheinen. Doch wenn Doktor Klemm seine Arbeit versteht, können wir trotz allem einen Schritt weiter sein. Dann wird anderen Patienten geholfen. Und der Tod dieses Mannes war nicht völlig sinnlos. Sagen Sie den Askaris, sie sollen sich mit dem Rücken zu uns aufbauen. So dicht wie möglich vor dem Tisch. Und sie sollen die Gewehre unten lassen», setzte sie hinzu.

Schneider warf einen letzten Blick auf den Toten. Er schluckte. «Ist trotzdem nicht richtig, Frau Doktor.»

Er wollte schon gehen, da rief sie ihn zurück. «Bitte besorgen Sie eine Zeltbahn und erkundigen Sie sich, wo Tote beigesetzt werden. Und wie.» Sie besann sich eines Besseren. «Nein, Hans, lassen Sie nach dem Jumben schicken. Das ist besser. Aber die Zeltbahn brauchen wir dennoch, ja?»

Er nickte und sah Amelie mit offenem Mund an.

«Haben Sie noch einen Vorschlag?», fragte sie.

«Sie haben mich Hans genannt.»

«Entschuldigung, das war in der Eile. Ich wollte natürlich Herr Schneider sagen.»

«Noch nie hat mich jemand Hans genannt. Ich war immer nur Hansl.» Der junge Kerl strahlte, als ihm bewusst wurde, dass er nie mehr ein Hansl sein würde.

Sobald Eduard Klemm mit dem Operationsbesteck eines Chirurgen zurückgekehrt war, machte er sich daran, die Leiche zu öffnen. Er ging, wie Amelie rasch bemerkte, ausgesprochen geschickt vor. Seine Schnitte waren sauber und sachkundig. Er hatte Petrischalen mitgebracht, in die er Lymphknoten aus dem Nacken, den Armbeugen und den Leisten legte. Dann untersuchte er die inneren Organe, entnahm winzige Stücke von Leber, Galle und Herz. Amelie spreizte das Gewebe und die Muskeln und beschriftete die Petrischalen entsprechend der entnommenen Stücke.

«Das haben Sie schon öfter gemacht», stellte sie fest.

«Pathologie hat mich schon immer fasziniert», erwiderte er konzentriert.

«Darf ich Sie um etwas bitten?», fragte sie.

«Nämlich?»

«Den Mann hinterher zuzunähen.»

«Warum? Dem dürfte das ziemlich gleich sein.»

«Nicht jedoch den Leuten, die seine Leiche sehen.»

«Neger essen Menschen. Müssten Sie doch wissen. Als Afrikanerin.»

«Eduard, seien Sie nicht so borniert! Hier in Udjidji gibt es keine Menschenfresser. Die Leute haben tiefe religiöse Überzeugungen. Die muss man respektieren.»

«Ich nähe keine toten Neger zu. Mache ich nicht mal in Deutschland. Die kommen in die Kiste und der Deckel drauf.»

«Dann werde ich es tun, Eduard.»

Klemm hatte jene Organteile entnommen, die er für notwendig hielt. «Sie werden Präparate herstellen und mir dann helfen zu mikroskopieren. Schließlich fällt schon Hohlbein aus. Wir haben keine Zeit für Kindereien, Amelie. Seien Sie vernünftig.»

«Es ist Vernunft, Eduard, wenn man auf die Gefühle der Menschen Rücksicht nimmt.»

Er tippte der Leiche auf die Schulter. «Na, der hat auf Ihre Gefühle auch keine Rücksicht genommen. Also, fangen wir an.» Er rief Schneider zu sich. «Schaffen Sie den weg! Und dann lassen Sie sauber machen.» Nicht nur die Tische, auch der Sand vor dem Zelt war voller Blut.

Schneider hatte zwar eine Zeltbahn mitgebracht, doch die Askaris transportierten die Leiche so ungeschickt, dass sie bereits nach wenigen Metern herausfiel. Der mit klaffenden Schnitten übersäte Leichnam lag im Sand. Den Blicken der Menschen ausgeliefert. Sie wichen entsetzt zurück. Einige Frauen, die gekommen waren, um ihren Männern Essen zu bringen, rannten kreischend durch das Lager und machten immer mehr Leute auf den blutigen Leichnam aufmerksam.

Die Askaris, selbst verwirrt und aufgeregt, schafften es nicht, die Leiche wieder einzuwickeln. Erneut fiel sie aus der Zeltbahn.

«*Sheitani! Sheitani!*», klang es aus vielen Mündern. Weiter und weiter setzte sich das furchtbare Wort fort.

Klemm stand breitbeinig vor dem Lazarettzelt, die Hände in die Hüften gestemmt, das dichte schwarze Haar wirr in die Stirn fallend. Er lachte. Immer heftiger. Und verrückter.

«Alles Gute zum neuen Heim, Liebling!» Gustav zauberte eine langstielige Rose mit zartrosa Blüte hinter seinem Rücken hervor. «Ich wünsche dir viele erholsame Stunden hier.»

Amelie, die selbst erst kurz zuvor aus dem Schlafkrankenlager zurückgekommen war, umarmte und küsste ihn. «Danke. Woher hast du die denn? Ich wusste nicht, dass man in Udjidji Rosen bekommen kann!» Sie genoss den Duft, der zart wie ein Versprechen war.

Gustav erklärte, dass der Bezirkshauptmann es sich zum Hobby gemacht hatte, im Garten der Boma Rosen zu züchten. Um ein kleines Stück deutscher Heimat zu haben, wenn ihm danach war. Eine mühsame Leidenschaft, denn Schädlinge gediehen in dem fruchtbaren Klima schneller, als der Botaniker mit der Pflege seiner Schützlinge nachkam.

«Nur wahre Liebe belohnt der Hauptmann mit einer Rose», meinte Gustav schelmisch. Er legte den Arm um Amelies Taille. «Du siehst erschöpft aus. Hatte Doktor Klemm wieder mal einen seiner gefürchteten Anfälle?»

Zwei Tage waren seit dem Tod des ängstlichen Mannes mit der Nummer 417 vergangen. Klemm und Amelie hatten Trypanosomen in sämtlichen Lymphknoten gefunden. Jedoch waren die Nackendrüsen so klein, dass eine Punktion nicht mehr möglich gewesen wäre. Der Kampf, für den sie nach Udjidji gekommen waren, war also nur mit sehr viel Geduld zu gewinnen. Bei einigen Patienten traten die unerwünschten Nebenerscheinungen des vermeintlichen Wundermittels Atoxyl zutage. Viele der Behandelten litten unter Nervenschmerzen und schrien tagelang in Panik. Manche erblindeten allmählich, da Klemm in vielen Fällen unverhältnismäßig hoch dosiert hatte. Und erst heute war ein kräftiger Mann nur wenige Stunden nach der Injektion an Herzversagen gestorben. Klemm hatte auf sofortiger Obduktion bestanden. Obwohl Amelie ihn warnte, dies in aller Öffentlichkeit zu tun, ging er wie bei dem Mann mit der Nummer 417 vor und ließ die Askaris mit schussbereiten Gewehren aufmarschieren – als würde es ihm ein Vergnügen sein, die Lagerinsassen zu bedrohen. Unter diesen makaberen Umständen obduzierte er in Seelenruhe. Zurufe, der weiße Mann würde dem Toten die Seele stehlen, quittierte der gefühllose Arzt mit höhnischem Gelächter. Das Ergebnis der Obduktion hatte Amelie vorhergesehen – Arsenvergiftung war die Todesursache. Allerdings waren die Trypanosomen aus dem Blut verschwunden.

«Der Patient hat die Kur mit dem Leben bezahlt», erzählte Amelie Gustav nun voll Bitterkeit. «Klemm will nicht heilen; er experimentiert mit lebenden Menschen. Er tritt das Ansehen deutscher Ärzte mit Füßen. Ich schäme mich so.»

«Das musst du nicht, Melli», sagte Gustav und legte den Arm schützend um ihre Schulter. «Die Patienten sehen auch dich. Und sie merken, dass du nicht wie Klemm bist. Du bist ihre Hoffnung.»

«Aber ich bin machtlos, Gustav! Mir sind die Hände gebunden. So wie damals, am ersten Tag. Das war wie ein Vorzeichen.»

Er küsste sanft ihre Locken. «Ja», sagte er mit einem traurigen Lächeln, «an so etwas hatte ich damals schon gedacht.»

Während ihrer Erzählung hatte Amelie Gustav in den Innenhof ihres neuen Hauses geführt. Sie setzten sich an den von Badili mit einer Decke und silbernem englischem Kerzenleuchter geschmückten Tisch. Jago lag vor Amelies Füßen, müde von einer Tagesexkursion mit Gustav.

Der indische Erbauer des Hauses hatte sich von der arabischen Tradition inspirieren lassen und die Zimmer um den Innenhof herum gruppiert. Die Wände waren mit Fliesenornamenten geschmückt. Zwei lange Palmen reckten ihre Wipfel malerisch aus dem Geviert empor, in dem vor einem kleinen Brunnen zahlreiche Blumenschalen das Ambiente eines tropischen Gartens verströmten. Es war ein Platz, um die Schrecken der Welt draußen vergessen zu können. Und dennoch lebten sie in den Köpfen der Bewohner fort. Badili servierte Huhn mit Reis und Bohnen.

«Ich komme gerade aus dem Lazarett. Unserem Büroschreiber geht es ein wenig besser», sagte Gustav, um Amelie aufzumuntern. «Er hat sich entschlossen, in die Heimat zurückzukehren.»

Amelie hatte das Rückenmark des Beamten punktiert, analysiert und später Atoxyl verabreicht. Den Kollegen Klemm hatte sie erst hinterher über die Entnahme des Atoxyl informiert. Wie nicht anders zu erwarten, hatte Klemm darauf bestanden, dass Amelie die Kosten für das teure Medikament ersetzen müsse. Dann hatte er gefragt, ob sie etwa lumbal punktiert hatte, was sie wahrheitsgemäß bejaht hatte; es war das normale Vorgehen.

Große Sorgen machte Amelie sich um den zunehmend schwächer werdenden Hohlbein: «Unter normalen Umständen dürfte er gar nicht arbeiten. Er braucht Ruhe und gehört in ärztliche Obhut.»

«Da ist er bei euch doch gut aufgehoben!»

«Gustav, du weißt, was ich meine.» Ihr kam eine Idee. «Du hast recht!»

Gustav verstand nicht sofort, doch dann ergriff er beschwörend ihre Hand. «Nein, Doktor Livingstone! Sie werden doch nicht Ihr schönes Haus in ein Lazarett verwandeln wollen!»

Amelie boxte spielerisch gegen Gustavs Schulter. Er zuckte wie unter Schmerzen zusammen. Sie nahm an, er ginge auf ihren Scherz ein. «Hohlbein punktiert und hantiert und tut und macht. Und stirbt jeden Tag ein Stückchen. Das hat er nicht verdient, Gustav. Ich finde, er sollte es schön haben. Das Haus ist groß genug, und Badili kann sich um ihn kümmern.»

Gustav küsste sie zart auf die Wange. «Du hast ein gutes Herz. Auch das liebe ich an dir.»

Später standen sie vor der Tür zu Amelies Schlafzimmer. Gustav hielt sie zurück. «Nicht so schnell», sagte er. Ehe Amelie sich versah, wurde sie hochgehoben.

Sie schlang verliebt die Arme um seinen Hals. «Noch eine vorgezogene Hochzeitsnacht, Herr Offizier?»

Er legte sie sanft auf das mit gestärktem Leinen bezogene Bett. Als er sich aufrichtete, durchfuhr ihn ein Schmerz, den er nicht verbergen konnte. Instinktiv griff er sich an die linke Schulter.

Amelie zog ihn sanft neben sich. «Was hast du?», fragte sie besorgt.

«Die alte Schussverletzung», sagte er und biss die Zähne zusammen.

Die kleine Narbe unterhalb seines linken Schlüsselbeins hatte sie wohl bemerkt. Doch sie war ihr unbedeutend erschienen, er war ein muskulöser Mann mit kräftigen Schultern. Jetzt half Amelie ihm aus der Uniformjacke und dem Hemd und ließ es sich nicht nehmen, die äußerlich gut verheilte Wunde zu untersuchen.

«Die Kugel steckt noch drin», gestand Gustav. «Der Doktor in Südwest wollte nicht operieren. Er befürchtete, er könnte wichtige Nerven zerstören. Außerdem sitzt die Kugel direkt an der Arterie.» Gustav lächelte sie liebevoll an. «Mach dir keine Sorgen, Liebling. Es ist nicht weiter schlimm.» Er löschte das Licht und zog sie in seine Arme. Seine zärtlichen Küsse hinderten sie an weiteren Fragen.

Während Amelie am nächsten Tag ihrer Arbeit nachging, dachte sie ständig an die Kugel in Gustavs Schulter. Sie hatte den Eindruck, er schämte sich mehr dieser Schussverletzung, als dass er sie als Beeinträchtigung empfand. Für ihn schien die Kugel etwas zu sein, das ihn schwächte, wenn er stark sein wollte. Doch als Ärztin fürchtete Amelie, dass die alte Verletzung durchaus mehr bedeuten konnte. Vielleicht bedrohte sie sein Leben, doch mit Schussverletzungen kannte sie sich kaum aus; sie musste sich Rat holen.

Klemm hätte ihr weiterhelfen können. Doch er war gerade damit beschäftigt, sich vom Zimmermann der Boma einen seltsamen Untersuchungsstuhl anfertigen zu lassen. Martialisch sah das Ding aus, es erinnerte Amelie an Zeichnungen historischer Folterstühle. Kaum einer der Patienten würde sich freiwillig hineinsetzen.

Amelie wandte sich an Hohlbein, der Schneider nur noch ein wenig assistieren konnte. Der schwerkranke Sanitätshelfer hatte Amelies Angebot, in ihr Haus zu ziehen, noch nicht angenommen. Er wolle warten, bis seine Stunde käme, hatte er gesagt. Und Amelie hatte es so akzeptieren müssen. Sie konnte nur vermuten, dass er noch den bevorstehenden Jahreswechsel abwarten wollte, bevor er endgültig den Kampf gegen seine Krankheit aufgab. Vielleicht war es das letzte Ziel, das er in seinem Leben noch erreichen wollte.

Ohne Gustavs Namen zu erwähnen, fragte Amelie, wie groß Hohlbein die Gefahr einer an dieser Stelle in der Schulter steckenden Kugel einschätzte.

«Sie sitzt in der Nähe der Schlagader, sagen Sie? Das kann zu Komplikationen führen, wenn die Kugel jemals wandern sollte», erklärte der kriegserfahrene Sanitäter. «Die Arterie versorgt das Gehirn mit Blut.»

Amelie las in Hohlbeins Augen, dass er ahnte, um wen es ging. Er musste auch gar nicht weiter ausholen; sie hatte verstanden, dass die Kugel Gustavs Leben bedrohen konnte, wenn sie ihre Lage verändern würde.

18.

Amelie hatte den Empfang im neuen Haus spätestens zur Weihnachtszeit geben wollen, um sich für die Unterstützung Paul Paasches und auch des Bezirkshauptmanns zu bedanken. Da sie jedoch auch Klemm einladen musste, hatte sie lieber darauf verzichtet; an solch einem schönen Tag wollte sie diesen Garanten für schlechte Laune nicht dabeihaben. Ausgerechnet an Silvester war Hohlbein bewusstlos im Lager zusammengebrochen. Damit war der Zeitpunkt gekommen, den Schwerkranken in ihr Haus zu holen. Seine gleichzeitige Pflege und die Arbeit hatten sie aufgerieben. Und als Amelie kurzfristig einen Termin festsetzte, mussten Gustav und Paul zu einer überraschenden Inspektion der Station in Bismarckburg ans Südende des Tanganjika reisen. Schließlich wurde es der 27. Januar, ein bedeutsamer Tag im Kalender des Deutschen Reichs. Es war Kaisers Geburtstag, ein Festtag überall dort, wo die deutsche Flagge wehte.

Der bis aufs Skelett abgemagerte Hohlbein hatte das Bett seit Wochen nicht mehr verlassen. Amelie kam direkt nach der Arbeit im Lager zu ihm, um ihn dennoch zu ermuntern, sich wenigstens für eine Weile zu den demnächst eintreffenden Gästen zu setzen. Als sie ihm einen feuchten Lappen auf die Stirn legte und seine fiebrig glänzenden Augen sah, verwarf sie ihr Vorhaben und setzte sich einfach nur zu ihm ans Bett.

«Es wird Ihnen kein Glück bringen, wenn ich in Ihrem Haus sterbe», sagte der Todkranke.

«Wer weiß, wie viele Menschen in diesem Haus schon gestorben sind. Und es steht immer noch.»

«Wissen Sie, wie Doktor Stein gestorben ist? Nein, nicht wahr?», fragte Hohlbein, und Amelie war noch nicht klar, worauf er hinauswollte. «Klemm hatte nicht den Mut, ihm die Morphium-Spritze zu geben. Machen Sie das, Hohlbein, hat er gesagt. Obwohl Stein seinen Freund um diesen letzten Gefallen gebeten hatte. Doktor Stein hatte es zunächst selbst versucht. Aber ihm fehlte die Kraft. So habe ich ihm den Tod gegeben. Ich träume heute noch davon.»

Amelie glaubte zu verstehen; Hohlbein spürte den nahen Tod. «Wir beide haben schon so viele Menschen sterben sehen, Herr Hohlbein. Und haben wir je einen Toten gesehen, der unglücklich aussah? Sie wurden erlöst. Man muss den Tod nicht fürchten.» Sie nahm Hohlbeins eiskalte Hand.

«Sie wissen ja auch, wie der Tod sich anfühlt, Frau Doktor.»

«Ich kann mich nicht erinnern», sagte sie mit kloßiger Stimme. «Aber als ich wieder zu mir kam, lag da diese große Schlange. Sie haben sie gesehen, als Sie und Leutnant Paasche nach Gustav und mir suchten. Sato fraß eine Ziege. Nein, das stimmt nicht. Er atmete sie ein.»

«Wer ist er?»

«Einige Eingeborene glauben, dass man nach dem Tod eine neue Gestalt annimmt», sagte Amelie vage, denn sie wollte Satos Geheimnis auch jetzt nicht verraten. «Und die Schlange, so ist mir erzählt worden, steht für das Verschmelzen von Leben und Tod. Das habe ich gesehen, als ich wieder zu mir kam.»

«Das ist eine schöne Geschichte. Glauben Sie daran?»

«Ich weiß nicht», antwortete Amelie nachdenklich. «Doch, ich glaube daran. Aber», sie lächelte, «ich habe natürlich keine Beweise.» Sie wollte sich erheben, um Badili zu bitten, Tee zu bringen.

Doch Hohlbein hielt sie zurück. «Hören Sie mir zu, Frau Doktor: Diese Safari stand von Anfang an unter keinem guten Stern. Als der Oberleutnant mich in Tabora befragte, habe ich nicht alles gesagt, was ich wusste. Ich hatte gelauscht, als Messingnagel und Gupta in Morogoro miteinander sprachen. Gupta hatte das Dynamit für Schinjanga besorgt. Sie legen dort ein Bergwerk an, um nach Diamanten zu graben.»

«O Gott, Hohlbein, warum haben Sie das nicht eher gesagt?»

Er lachte bitter. «Weil ich nicht eher gestorben bin.»

«Wenn ich das gewusst hätte ...» Amelie hatte das Gefühl, ihre Kehle würde zugedrückt werden. «Ich hätte Frau Doll warnen können.»

«Sie hätte Ihnen nicht geglaubt. Gehen Sie fort aus Udjidji, Amelie.» Sie erinnerte sich nicht, dass er sie je mit ihrem Vornamen angesprochen hätte. «Klemm bringt noch größeres Unglück, als er bisher angestellt hat. Der Mann hat einen Tropenkoller. Ich habe so etwas schon mal erlebt. Das geht nicht gut.» Hohlbeins geschwächte Stimme klang beschwörend.

Amelie wusste, dass er recht hatte. Doch wie konnte sie gehen, wenn Gustav hier war! Sie waren doch nicht bis ans Ende der Welt gegangen, um Reißaus zu nehmen vor einem «Eddi» Klemm.

Aus heiterem Himmel wurde ihr bewusst, dass nicht nur Stein seinen Freund so genannt hatte, sondern auch Gesine Messingnagel. Hatte es bei ihr nicht eher abschätzig geklungen? Als wüsste sie: Eduard Klemm war nur ein «Eddi» ...

Von draußen waren Stimmen zu hören. Gustav war aus der Boma eingetroffen und mit ihm Paul Paasche.

Amelie drückte die Hand des Todkranken. «Versuchen Sie zu schlafen, Hohlbein. Ich sehe später nach Ihnen.»

«Bitte vergeben Sie mir mein Schweigen. Ich wollte Sie nicht belasten. Aber ich musste jetzt – wie sagten Sie so treffend – das Leben ausatmen.»

Nun erklang von draußen die kräftige Stimme des Bezirkshauptmannes. Er sagte, dass er Champagner mitgebracht hätte, weil man die Feste feiern müsste, wie sie fielen.

«Kommt Doktor Klemm auch?», erkundigte sich Hohlbein, und als Amelie es bestätigte, bat der Kranke: «Schicken Sie ihn mir bitte rein, wenn er kommt? Ich möchte noch mit ihm reden. Geht das?»

«Ja, natürlich. Gute Nacht, Herr Hohlbein.» Sie zog die Tür hinter sich zu.

Badili hatte einen langen Tisch festlich eingedeckt mit englischem Porzellan und dreiarmigen Silberleuchtern, in denen weiße Kerzen im Luftzug flackerten. Amelie begrüßte die drei in Ausgehuniformen gekleideten Offiziere. Sie selbst trug noch Rock und Bluse, die sie den ganzen Tag über angehabt hatte. Bezirkshauptmann Wohlgeburt lobte den milden Cognac, den Badili einschenkte. Der Boy hatte sein Organisationstalent bewiesen und französischen Cognac aufgetrieben. Amelie vermutete, dass er ihn Händlern abgekauft hatte, die aus dem Kongo herübergekommen waren.

Amelie gab Gustav einen Wangenkuss. Er hatte Jago mitgebracht, der bereits seinen Lieblingsplatz neben dem Springbrunnen aufgesucht hatte. Sie eilte in ihr Zimmer, es war höchste Zeit, das Seidenkleid anzuziehen. Gustav folgte ihr und half ihr beim Ankleiden.

«Ich habe den Schneider gebeten, viele Haken anzubringen. Damit ich dir so oft und so lange wie möglich helfen kann.» Während er einen Verschluss nach dem anderen umständlich einhakte, küsste er sie zart in den Nacken. Sie schloss die Augen, eine wohlige Gänsehaut lief ihr über den Rücken, die sie alles um sich herum vergessen ließ.

«Alles zu. Soll ich es wieder aufmachen?»

Amelie drehte sich zu ihm um und freute sich über das jungenhafte Grinsen in seinen Augen. «Ich bräuchte jetzt keine Gespräche über Schlafkranke und Schwarze und Weiße und was weiß ich. Ich möchte nur dich.» Sie küsste ihn auf den Mund und seufzte schwer. «Auf in den Kampf, Soldat.»

Badili hatte die dicken Schwänze von Seekrabben braten lassen und reichte sie auf einem silbernen Tablett herum.

«Woher kann Badili das?», fragte Amelie Gustav. «Wie kann ich jemals wieder ohne ihn sein?»

«Wir sollten ihn heiraten», sagte Gustav trocken.

«An Kindes statt annehmen.»

«Einverstanden.»

Paul Paasche unterhielt sich gerade mit dem Bezirkshauptmann über den ersten Erfolg, den man erzielt hatte. Das erste Stück abgebrannten Ufergrases am Tanganjika war tatsächlich frei von der lästigen Tsetsefliege geblieben.

«Etwa dreihundert Meter», sagte Paul Paasche. «Das mag vielleicht nicht viel sein. Es ist aber immerhin die Wohnstatt von Millionen dieser Biester. Und das Schilfband zieht sich bis weit in den Süden hin. Es wird Jahre dauern, bis wir die Tsetse auf diese Weise besiegt haben.»

Gustav legte seine neueste Überlegung dar: «Man könnte den Schiffsverkehr in Ufernähe verbieten. Sodass nur dort an Land gegangen werden kann, wo das Gras vernichtet ist. Doch wie soll man das durchsetzen auf mehreren hundert Kilometern?», fragte er wohl mehr sich selbst als die Anwesenden.

«Es wird nur in der Nähe größerer Siedlungen möglich sein, Oberleutnant», sagte Hauptmann Wohlgeburt. «Wie sind Sie mit Ihren Fortschritten zufrieden, Amelie?», fragte er in der Hoffnung, wenigstens von dieser Seite positive Nachrichten zu bekommen.

Amelie seufzte; es fiel ihr nicht leicht, Hohlbeins Geständnis preiszugeben. Doch es musste sein. Vielleicht, um endlich Eduard Klemms Treiben Einhalt zu gebieten. Und wenn sie es in diesem Rahmen täte, so kam es nicht dem Ausplaudern eines Schlafzimmergeheimnisses gleich. «Ich glaube, es geht Herrn Messingnagel und Herrn Klemm nur in zweiter Linie um die Bekämpfung der Schlafkrankheit. In erster Linie geht es ihnen darum, gesunde Arbeiter zur Diamantenmine in Schinjanga zu schicken.»

«Diamanten also», sagte Gustav in das allgemeine Schweigen hinein.

«Eine Diamantenmine in Schinjanga? Das ist ja ein Ding», ergänzte der Bezirkshauptmann betroffen. «Höre ich zum ersten Mal.»

«Hattest wieder mal den richtigen Riecher, Gustav», sagte Paul Paasche.

«Ich hatte auf Gold getippt, Paul», widersprach Gustav.

Amelie war verblüfft. «Du hast es geahnt?»

Gustav zögerte mit der Antwort. So, als wäre er nicht sicher, ob er offen sprechen sollte. Immerhin galt der rührige Kaufmann Messingnagel als Hoffnungsträger des Schutzgebietes. «Auch in Schinjanga gibt es gewiss viele gute Arbeiter», sagte er schließlich. «Ich habe mir die Frage gestellt, warum sich jemand die Mühe macht, Menschen von Udjidji aus auf einen gut zweiwöchigen Marsch dorthin zu schicken.»

Hauptmann Wohlgeburt nickte nachdenklich. «Das ist eine gute Frage, Oberleutnant. Fürwahr.» Er blickte Gustav gespannt an. «Welche Antwort haben Sie gefunden?»

«Die Sprache», sagte Gustav.

«Die Sprache?», echote Wohlgeburt verständnislos.

«Wie Sie wissen, haben Leutnant Paasche und ich in den letzten Wochen das Gebiet gemeinsam mit einem Übersetzer bereist. Doch der Mann konnte uns oft nicht helfen», berichtete Gustav. «Schon vier Stunden nördlich von hier wird eine andere Sprache gesprochen. Und drei Stunden südlich wieder eine andere. Männer, die von der anderen Seite des Sees kommen, reden wiederum anders. In Schinjanga würde es ihnen schwerfallen, sich gegen schlechte Arbeitsbedingungen zusammenzurotten, weil sie sich nicht untereinander verständigen können. Und niemand würde sie verstehen, wenn sie erzählten, dass sie Gold suchen. Oder eben Diamanten, wie wir nun wissen. Es ist das aus Sklavenzeiten bekannte Prinzip, nicht wahr?»

«In Ihnen, Herr Oberleutnant, hat der Kaufmann wohl seinen Meister gefunden», erkannte Wohlgeburt an.

«Wenn man von der alltäglichen Verantwortung für eine Garnison befreit ist, weitet sich der Blick, Hauptmann», sagte Gustav.

Diese Bemerkung tat dem Soldaten offensichtlich gut. Gustavs Worte bedeuteten, dass der Hauptmann sich keine Vorwürfe machen musste. In diesem Moment führte Badili Eduard Klemm in den Innenhof. Er habe sich noch in Gesine Messingnagels Haus umgezogen, begründete der Arzt seine Verspätung.

«Herr Hohlbein verlangt nach Ihnen, Eduard», sagte Amelie.

«War ein guter Kerl. Alles in allem», bekannte Klemm.

«Er *ist* einer», erwiderte Paul Paasche scharf.

«Natürlich ist er das.» Klemm trank seinen Cognac in einem Zug aus und begab sich in jenen Raum, in dem Hohlbein auf den Tod wartete. Nach Klemms Ankunft widmete sich die Runde nur noch unverfänglichen Themen. Kurz darauf kehrte er zurück. «Der Mann stirbt bald. Wir werden ohne ihn zurechtkommen müssen. Was schmerzlich ist, denn die Arbeit wird ja nicht weniger.» Klemm griff zu den inzwischen erkalteten Krabbenschwänzen. «Sieht delikat aus.» Er hob sein Weinglas. «Auf Seine Majestät den Kaiser», rief er gutgelaunt. «Und darauf, dass Sie eine schöne Zeit in diesem Hause haben, Amelie!»

«Vielen Dank, Eduard.»

Als Gastgeberin machte Amelie gute Miene zum makabren Spiel. Doch sie war etwas enttäuscht, dass das wahrscheinlich letzte Zusammentreffen der beiden Männer nur so kurz gewesen war. Sie hatte gehofft, dass Hohlbein versuchen würde, Klemm ins Gewissen zu reden.

Es sah nicht danach aus, als ob er es getan hätte.

Gustav wollte keine Zeit mehr in Sachen Messingnagel verstreichen lassen. Mit Eilmärschen hofften er und Paasche, Schinjanga in der Hälfte der üblichen zwei Wochen zu erreichen. Doch am Nachmittag vor seiner Abreise traf ein Bote aus Schinjanga ein, den Doktor Hirsch geschickt hatte.

«Es ist so, wie wir vermutet haben», deutete Gustav an, als er gleich anschließend Amelie im Lager aufsuchte. Sie schoben sich vorbei an den Wache schiebenden Askaris durch eine vielköpfige Menschenmenge, die ins Lager wollte. Erst, als Amelie und Gustav sicher waren, dass sie niemand belauschte, wagten sie es, offen zu sprechen.

In Gustavs Augen stand Jagdfieber. «Ich werde Messingnagel festnageln, wenn er mir nicht die Konzession für die Schürfrechte vorzeigen kann.»

Amelie freute sich zwar über Gustavs greifbaren Erfolg, doch ihr war durchaus mulmig zumute. Immerhin war sie bei Messingnagel angestellt. Ohne sein Geld würde die Expedition platzen. Die ganze Arbeit wäre vergebens, die Kranken würden wieder ihrem Schicksal überlassen. Selbst wenn es Gustav gelänge, Gouverneur Rechenberg zu überzeugen, so würde dies nicht automatisch bedeuten, dass das Kaiserreich Geld für eine Fortführung ihrer Arbeit bereitstellen würde. Zunächst müsste das Außenministerium dies befürworten. Ob es dies täte, war fraglich. Schließlich finanzierte der Kaiser bereits Robert Kochs Forschung am Victoriasee. Zwei solch aufwändige Unternehmungen würde man sich kaum leisten können. Auf jeden Fall würden darüber Monate ins Land gehen.

Ihr Gerechtigkeitsempfinden und Mitleid mit den Misshandelten hatten Amelie und Gustav in eine ausweglose Situation gebracht. Man konnte keine edlen Ziele erreichen, wenn man mit den falschen Partnern zusammenarbeitete. *Schlechtes Wasser* – Damasso hatte endgültig recht behalten.

«Eigentlich müsste ich Messingnagel ungeschoren davonkommen lassen», bilanzierte Gustav Amelies Überlegungen bitter. «Aber ich kann nicht, Melli. Es ist meine Pflicht, Hinweisen nachzugehen. Verstehst du das?»

Es war eine rhetorische Frage, denn sie waren beide der Überzeugung, dass die persönlichen nicht den beruflichen Interessen in die Quere kommen durften. Mochte der Preis auch hoch sein, den sie für diese Prinzipientreue bezahlten.

«Hat Doktor Hirsch wenigstens Hermine Doll gefunden?», fragte Amelie in der Hoffnung, doch noch eine gute Nachricht zu erfahren.

Gustavs Miene verdüsterte sich schlagartig: «Wie konnte ich das vergessen! Verzeih, Liebling. Das ist ja der Grund, weshalb Hirsch erst jetzt den Boten geschickt hat.» Er schien zu überlegen, wie er ihr die schlechte Nachricht überbringen konnte. «Es hat dort eine Explosion gegeben mit vielen Verwundeten und Toten», sagte er schließlich.

«Ist Hermine etwas zugestoßen?», fragte sie bestürzt.

«Hirsch schreibt, er hätte keine Frau Doll in Schinjanga angetroffen. Aber Herr Doll ist tot. Es tut mir leid, Amelie.»

«Oh Gott!», rief sie. Gustav wollte sie in den Arm nehmen, doch sie ließ es nicht zu. «Die arme Hermine! Was mag aus ihr geworden sein? Sie kommt hier alleine doch überhaupt nicht zurecht! Und die Kinder! Sie muss doch zu Maria und Heinrich! Tausend Kilometer weit, in wochenlangen Märschen!»

Amelie ging mit raschen Schritten hin und her, als könnte sie die Distanz zwischen Hermine und sich mit Siebenmeilenstiefeln überwinden. Gustav beobachtete sie hilflos. Für ihn waren dies alles nur Namen, mit denen er keine Gefühle verband. Gleichwohl litt er mit der Geliebten, wusste jedoch nicht, wie er ihr helfen konnte. Amelie hatte zwar Maria und Heinrich kurz erwähnt, doch das lag Monate zurück, in denen so viele andere Dinge wichtiger gewesen waren.

Amelie blieb abrupt stehen: «Ich muss Hermine helfen! Ich werde mit dir nach Schinjanga gehen! Ich werde sie schon finden. Hirsch wird nicht richtig nach ihr gesucht haben.»

Gustav wusste nicht, was er sagen sollte. Wenn sie mit ihm reiste, hätte er sie zwar in seiner Nähe. Aber ihr Entschluss hätte auch andere Auswirkungen: «Was ist mit deinen Patienten? Traust du Klemm zu, dass er allein mit der Lage zurechtkommt?»

Die Erwähnung dieses Namens brachte Amelie endgültig aus der Fassung. «Ach, was soll das alles noch, Gustav! Das hier ist doch ohnehin der reinste Irrsinn!», rief sie. «Ich kann es nicht länger mit meinem Gewissen vereinbaren, mit Klemm zu arbeiten. Weißt du, was er sich als Neuestes hat einfallen lassen? Einen Stuhl für Rückenmarkspunktionen. Die Männer werden darin festgebunden, und er sticht ihnen bei vollem Bewusstsein in die Nervenbahnen, um die Flüssigkeit zu entnehmen. Dieser Mann ist wahnsinnig. Und ich habe ihn auch noch auf die Idee gebracht, weil ich ihm erzählt hatte, dass ich dem Beamten auf diese Weise Rückenmark entnommen habe. Aber im Lazarett und unter Betäubung!» Sie gestikulierte wild mit den Händen, um ihren Gefühlen Luft zu machen. «Klemm kümmert das nicht. Sind doch nur Neger, sagt dieser Berserker. Die müssten das aushalten um der Forschung willen. Heute Mittag ist er dann aus dem Lager verschwunden. Er wollte irgendetwas in Udjidji erledigen. Da habe ich den Stuhl kurzerhand von ein paar Askaris fortschaffen lassen.» Sie nahm ihren Tropenhelm vom Kopf und wischte sich den Schweiß von der Stirn. «Noch ist Klemm nicht zurück. Aber er wird einen Tobsuchtsanfall bekommen.»

Gustav umfasste ihre Schultern und drehte sie mit festem Griff so, dass sie ihn ansehen musste. «Geliebte Frau Doktor Livingstone», sagte er eindringlich, «ich werde deine Hermine finden. Ich verspreche es dir. Hermine wird – wie auch immer – Karawanenstraßen benutzen, in einer Boma um Hilfe bitten. Ich werde sie alle durch Boten benachrichtigen lassen. Du musst hier bleiben. Wenn du gehst, verrätst du die Menschen, die du schützen willst. Führe den Kampf gegen Klemm fort. So, wie du den Stuhl beseitigt hast. Du bist stärker als er, vergiss das nicht, mein Liebling.»

Die große Nervosität, die Amelie angefallen hatte wie ein Raubtier, legte sich allmählich. Gustav gab ihr die Ruhe zurück, die sie brauchte. «Aber du musst dich doch um Messingnagel kümmern», wandte sie noch ein.

«Das schaffe ich trotzdem. Und Paul ist ja auch noch da, Liebling. Hier wird dich Hauptmann Wohlgeburt in allem unterstützen, das weißt du. Du musst ihm nur Bescheid geben.» Gustav deutete den leichten Abhang hinab, auf dem sich das Lager befand. «Da kommt Klemm zurück. Ich gehe besser. Sonst hast du noch ein Problem.» Er küsste sie auf den Mund. «Ich liebe dich. Und bin so schnell wie möglich zurück.»

«Ich vermisse dich jetzt schon, Stanley. Und pass auf deine Schulter auf.»

Sie umarmten sich noch einmal, dann stieg er auf seinen Maulesel.

«Sie haben den Stuhl fortgeschafft?» Eduard Klemms Stimme überschlug sich. Er starrte auf den leer geräumten Platz zwischen den beiden Lazarettzelten. «Was erlauben Sie sich! Ich bin der Leiter dieses Lagers. Sie dürfen nicht hinter meinem Rücken eine Verschwörung gegen mich anzetteln!»

«Wenn, dann bin ich allein die Verschwörung, Eduard. Machen Sie sich nicht lächerlich.» Amelie sah ihn ruhig an.

Die Gefasstheit, die sie ausstrahlte, machte Klemm sprachlos. Seine Hand zuckte nach der *kiboko*, die für Amelie inzwischen zum Symbol seiner Ohnmacht geworden war. Sie rührte sich nicht. Er würde es nicht wagen, sie zu schlagen. Doch Schneider – nur wenige Schritte entfernt mit den Lumbalpunktaten beschäftigt, die den Afrikanern am Morgen unter großen Schmerzen entnommen worden waren – sprang hinter dem Tisch hervor. Der ausholende Schlag, der vermutlich nicht gegen Amelie ausgeführt worden wäre, traf den Falschen im Gesicht. Hans Schneider taumelte zurück, hielt sich die Wange. Blut rann zwischen seinen Fingern hervor.

«Hans, um Himmels willen!» Amelie führte Schneider zu einem der Mikroskopiertische und drückte ihn vorsichtig in einen Stuhl. «Bleiben Sie ruhig sitzen, ich hole den Arztkoffer.» Ohne auf Klemm zu achten, unternahm sie alles, was zur Versorgung der stark blutenden Wunde notwendig war. Das harte Ende der Nilpferdpeitsche hatte Schneider so unglücklich erwischt, dass die Haut vom Jochbein bis nah an den Mundwinkel gerissen war. Sie nähte mit großer Konzentration, bemüht, möglichst saubere, kleine Stiche zu machen. Doch es war ihr sehr schnell klar, dass der junge Mann für immer eine Narbe behalten würde.

Keiner von beiden, weder die Ärztin noch der Patient, sagten ein Wort in dieser Zeit, in der sie sich so nah wie nie zuvor waren. Und Amelie, die nur die Wunde sah, bemerkte nicht den Ausdruck unverhohlenen Glücks in Schneiders Augen, die jeden sanften Schwung ihrer Lippen, ihrer Wangen, ihrer Wimpern, jeden zarten Tupfer der Sommersprossen auf ihrer Nase und ihren Wangen in sich aufsaugten wie eine Biene den Nektar einer kostbaren Blüte.

«Man wird denken, Sie hätten sich mit Säbeln duelliert, Hans», sagte Amelie, als sie ihr Werk vollendet hatte. Sie richtete sich auf. «Sie sind ein tapferer Mann.»

Hans errötete leicht. Und als er sich bedanken wollte, musste er sich räuspern. Da erst bemerkte Amelie seine Verlegenheit, schob sie jedoch nicht auf die Nähe, die sie gerade geteilt hatten. Sondern auf das Missgeschick, das geschehen war, als er helfen wollte.

«Wir sollten für heute Schluss machen», sagte sie. «Legen Sie sich hin, Hans. Sie werden gewiss Kopfschmerzen haben. Und morgen ruhen Sie sich in ihrem Lazarettzimmer aus.»

«Ach nein, Frau Doktor. Das ist nicht so schlimm», widersprach er sofort.

«Na gut. Warten wir den morgigen Tag ab. Aber nehmen Sie das nicht auf die leichte Schulter. Die Wunde darf sich nicht entzünden, das wissen Sie ja.» Sie blickte sich suchend um. «Wo ist Doktor Klemm?» Keinen Gedanken hatte sie in der Zwischenzeit an den unbeherrschten Mann verschwendet.

Der Arzt war nirgends zu sehen. Schließlich erkundigte sich Amelie bei den beiden Askaris, die am Tor Wache standen.

«Der *bwana mkubwa dactari*», erwiderte einer der Soldaten in absurd unterwürfiger Anhäufung der Anrede, «ging fort mit Männern.»

«Welche Männer?» Amelie ahnte Schlimmes.

Der Askari klopfte sich zur Antwort auf die Brust, an jene Stelle, wo die Kranken ihre Nummern trugen.

«Wie viele Patienten hat er mitgenommen?», fragte sie besorgt.

«Zehn? Oder fünfzehn? Ich weiß nicht genau, *bibi dactari*.»

Amelie machte auf der Stelle kehrt und fragte Schneider, ob Klemm ihm gegenüber erwähnt hätte, dass er Patienten zu entlassen gedächte. Der junge Mann, der sich wieder über seine Präparate gebeugt hatte, schüttelte den Kopf.

«Vielleicht wäre es besser, der Doktor würde nicht zurückkommen», sagte Hans Schneider.

Am folgenden Tag schickte Schneider einen Boten zu Amelie. Er bat in einem umständlich verfassten Brief um Entschuldigung, dass er ihrem Rat gefolgt war, das Bett zu hüten. Amelie stellte sich darauf ein, nur mit Klemm arbeiten zu müssen. Doch als er sich bis zum Vormittag nicht im Lager blicken ließ, entschloss sie sich, die Gunst der Stunde zu nutzen und die Untersuchungsergebnisse auszuwerten. Sie fand heraus, dass eine wesentlich geringere Menge Atoxyl ausreichte, als sie vermutet hatte. Und sie entdeckte, dass Klemm bei drei Patienten, die bereits am Vortag behandelt worden waren, eine Injektion wiederholt hatte. Vermutlich hatte er es des erhofften schnelleren Ergebnisses wegen getan.

Gerade hatte sie sich mit der Begeisterung der Wissenschaftlerin entschlossen, diese Vorgehensweise anhand von Stichproben zu überprüfen, als ein Bote vom Postmeister der Boma mit einem Brief für Eduard Klemm eintraf. Sie legte ihn achtlos beiseite und setzte ihre Arbeit fort. Kurz vor Einbruch der Dunkelheit fand sie ihre Vermutung bestätigt: Die Menge von lediglich 0,4 Gramm Atoxyl, an zwei aufeinanderfolgenden Tagen verabreicht, ließ die Trypanosomen aus den Lymphen und dem Blut verschwinden. Sie beschloss, die Patienten fortan nur noch auf diese Weise zu behandeln. Wenn sich dann herausstellen sollte, dass sie recht hätte, wäre dies eine Sensation! Es würde bedeuten, dass sie einen Weg gefunden hätte, die Schlafkrankheit zu besiegen.

Amelie hätte mit Gustav durch Udjidji tanzen mögen! Wenn er nur da gewesen wäre. Oder wenigstens Hans Schneider, der hätte ihre Freude verstanden und geteilt. Amelie hoffte, zumindest Hohlbein mit dieser Nachricht eine erlösende Botschaft zu bringen: Die letzte Expedition seines so früh verblühenden Lebens versprach von einem Erfolg gekrönt zu werden!

Mit diesem Hochgefühl machte sich Amelie im Schein der Petroleumlampen daran, aufzuräumen. Da fiel ihr der an Klemm gerichtete Brief in die Hände: Der Absender waren die Herstellerwerke des Atoxyls. Vielleicht war der Brief auch für sie wichtig. Er konnte neue Erkenntnisse über die richtige Verwendung oder gar das Versprechen einer neuen Lieferung enthalten. Kurz entschlossen schob sie ihn in die Tasche ihres verschlissenen Safarianzugs.

Als Amelie in ihrem großen Haus eintraf, das ihr gespenstisch leer erschien, ging sie zu Hohlbeins Zimmer. Er antwortete nicht auf ihr Klopfen, und so trat sie leise ein. Der Raum lag im Dunkeln. Badili hatte gesagt, Hohlbein hätte den ganzen Tag über nicht einmal mehr trinken wollen.

«Herr Hohlbein», sagte Amelie ein wenig zu fröhlich, «es gibt wundervolle Neuigkeiten. Unsere Expedition steht doch nicht unter einem schlechten Stern. Ich hab's, Herr Hohlbein! Ich habe wohl die richtige Dosierung entdeckt.»

Vom Bett kam keine Reaktion, nicht einmal ein Atmen war zu hören. Inzwischen hatten sich Amelies Augen an die Dunkelheit gewöhnt. Sie setzte sich auf die Bettkante, fasste nach der Hand des Kranken. Sie war eiskalt, ebenso die Stirn. Den Puls musste sie schon nicht mehr fühlen, um zu wissen, dass ihre gute Nachricht Manfred Hohlbein nicht mehr erreichen würde. Sie blieb wie betäubt neben dem Toten sitzen. Die Freude, die sie eben noch empfunden hatte, war bedeutungslos geworden.

So fand Badili sie. Er entzündete die Lampe. «Ich mochte *bwana* Hohlbein gerne. Er war ein guter Mensch», sagte Badili schlicht.

Besser konnte man es nicht ausdrücken, dachte Amelie. Sie wollte mit einem letzten Blick Abschied nehmen, da sah sie das Papier auf dem Nachttisch liegen. Noch bevor sie danach griff, wusste sie, dass es die Seiten aus dem Tagebuch waren. *Mein Afrika*. Hohlbein hätte die Notizen wegwerfen können, doch er hatte sie so hinterlassen, dass Amelie sie entdecken musste.

Die ganze Nacht über las Amelie, was der Sanitätssergeant erlebt hatte. All das Grauen des Krieges, sein wochenlanger Aufenthalt im Lazarett mit Malaria, seine Begegnungen mit Eingeborenen, sein anfängliches Unverständnis über die Sitten des Landes, seine sich verändernde Wahrnehmung, seine Abscheu über die Verachtung, mit der seine Kameraden und schließlich Klemm die Afrikaner misshandelten. Vieles überflog sie; die Schrift war so klein, dass es schwerfiel, sie zu entziffern.

Ganz am Ende kam sie selbst in diesem Tagebuch vor, und beim Lesen lief ihr ein Schauer über den Rücken: *Das Lager befand sich unter einem Baobab, in dem Sato ruhte. Der Schlangenmann Kassei hat Doktor Freyer unter Satos Schutz gestellt.*

Wie eine Traumwandlerin kehrte Amelie zurück in das Sterbezimmer, entzündete die Lampe. Der Tote lag wächsern bleich auf dem Bett, die weiße Leinendecke bis ans Kinn gezogen. So, wie Amelie ihn zurückgelassen hatte.

«Herr Hohlbein», sagte sie mit tränenerstickter Stimme, «was haben Sie gewusst? Sie Dummkopf, warum haben Sie so wenig geredet in Ihrem Leben?» Sie dachte an den Abend der Hauseinweihung, an das kurze Gespräch mit ihm, in dem es auch um die Schlange gegangen war. «Sie hätten mir doch vertrauen können», sagte sie und löschte das Licht.

Auf ihrem Bett lagen die Tagebuchseiten. Erneut nahm sie die Blätter zur Hand. Irgendwo darin stand, warum und wie viel Hohlbein über Sato gewusst hatte. Sie versuchte die Blätter erneut zu lesen, doch der Schlaf übermannte sie. Als sie wieder aufwachte, stand Badili vor ihr. Er sah sie besorgt an.

«*Bibi dactari*, ich habe einen starken *chai* für Sie gemacht. Möchten Sie ein Bad? Es ist schon fertig.»

Sie nahm den mit Honig und Milch sorgsam zubereiteten Tee mit in die Badewanne und lehnte sich zurück. Die Sonne ging gerade auf und schien durchs Fenster herein. Glutrot brach sich ihr Licht auf dem Lehmboden. Amelie spürte eine große innere Unruhe; sie hatte geträumt in dieser kurzen Nacht. Es war ein schlechter Traum gewesen, voll großer Gefahren. Aber es wollte ihr nicht einfallen, wovor genau er sie gewarnt hatte. Doch der Traum hatte ihr eine Botschaft gesandt: Sie musste endlich tun, was sie sich vor so langer Zeit vorgenommen hatte. Denn wenn sie es jetzt nicht endlich täte, dann würde sie es nie tun. Sie stand auf, trocknete sich ab und kleidete sich hastig an.

Sie fand Badili im Hof, wo er die Blumen wässerte. Amelie trug ihm auf, in die Boma zu gehen und den Hauptmann vom Tod Hohlbeins zu informieren, damit der Leichnam ins Lazarett geschafft wurde. Bei Sonnenuntergang solle der Sanitätssergeant beigesetzt werden, ließ sie ausrichten und dass sie anwesend sein würde. «Und sag dem Hauptmann, ich brauche sofort Männer, die Hütten bauen können. Anschließend, Badili», sagte sie, «kommst du in das Lager der Schlafkranken. Ich habe heute eine besondere Aufgabe für dich.»

Der Boy strahlte sie an; er schien nur auf diesen Satz gewartet zu haben.

Badili enttäuschte sie nicht. In kürzester Zeit fand er 27 Frauen, die in die Behandlung einwilligten. Alle hatten die auffälligen Beulen im Nacken. Amelie erklärte Badili, wie er die Holztafeln anzufertigen hatte, dann punktierte sie. Da Schneider noch ausfiel, war sie Ärztin und Laborantin zugleich. Badili wies die Leute des Hauptmanns in den Bau der neuen Grashütten ein und half ihr danach bei den Injektionen. Dabei war er so geschickt, dass sich nicht eine Frau wehrte oder hysterisch wurde. Alles lief reibungslos. Amelie arbeitete wie in Trance. Am nächsten Morgen würde sie die Gruppe erneut mit Atoxyl behandeln und bald wissen, ob sie recht hatte. Erst der niedrige Stand der Sonne machte Amelie darauf aufmerksam, dass es höchste Zeit war, sich auf den Weg zur Boma zu machen.

Hauptmann Wohlgeburt hatte einen Pater gebeten, eine Messe für Hohlbein zu lesen. Da über ihn nur bekannt war, dass er aus Schwaben stammte, hoffte man, dass es ihm recht gewesen wäre, wenn ein katholischer Priester für sein Seelenheil betete. Sechs Askaris trugen den mit der schwarz-weiß-roten Fahne bedeckten Sarg des einstigen Sanitätssergeanten zum Grab. Der Trompeter spielte das Lied vom treuen Kameraden, und der Hauptmann sprach einen letzten Gruß.

«Manfred Hohlbeins Leben war der Hilfe gewidmet. Doch Afrika kennt kein Mitleid mit dem weißen Mann», sagte er sichtlich bewegt im Schein zahlreicher Fackeln.

Amelie starrte auf das dunkle Rechteck und dachte daran, dass nicht viel gefehlt hätte, und ihre eigene Reise hätte an diesem Punkt geendet. Sie stellte sich vor, dass Gustav hier gestanden hätte und ihr Herz verkrampfte sich bei diesem Gedanken. Der Hauptmann warf eine Schaufel Erde in das Grab, und in diesem Moment war eine schnelle Bewegung wahrzunehmen. Ein Schatten schlängelte sich davon in die Dunkelheit. Niemand schien es bemerkt zu haben. Die Männer waren mit ihren eigenen Gefühlen beschäftigt; der Tod machte ihnen bewusst, wie weit entfernt sie von der Heimat waren.

«Leben Sie wohl, Herr Hohlbein», sagte Amelie mit fester Stimme und warf ihrerseits eine Schaufel Erde auf den Sarg. Dann war Hans Schneider an der Reihe. Die ganze Zeit über hatte er sich zusammengerissen, doch nun konnte er die Tränen nicht mehr zurückhalten.

Es wurde viel getrunken an diesem Abend im Offizierskasino. Amelie hätte dem Hauptmann gern von ihren Erfolgen erzählt. Doch das hatte für den Soldaten in dieser Nacht keine Bedeutung. Um nicht unhöflich zu sein, blieb sie eine Weile und verabschiedete sich dann mit dem Hinweis, dass sie todmüde sei. Was nicht stimmte; all ihre Sinne waren hellwach, geradezu überreizt. Während der Maulesel gemächlich vor sich hin trottete und sie das Kreischen der Paviane in den Mangobäumen hörte, legte sie den Kopf in den Nacken und blickte hinauf zu den Sternen, die in brillanter Klarheit am Himmel funkelten.

Der Anblick ließ sie voller Sehnsucht an Salama denken. In stillen Nächten könne man das Flüstern der Sterne hören, hatte Damasso gesagt. Sie war ein Kind gewesen, und Kinder glauben, was man ihnen sagt. Wenn man aber doch schon das Grauen der Welt entdeckt hatte, wie konnte man dann mit dem reinen Herzen eines Kindes darauf warten, dass einem die Sterne eine erlösende Botschaft sandten? An welchem Ort der Welt blieb der Schrecken ausgespart?

Jetzt war es Amelie, als spräche aus dem Sternenzelt Damasso direkt zu ihr, und sie sah ihn die Hand auf sein Herz legen. *Hier musst du zu Hause sein, bibi Amelie.*

Mit dem ersten Tageslicht begann Amelie gemeinsam mit Badili die zweite Reiheninjektion mit Atoxyl bei den Frauen. Sie hatte Jago mitgenommen, auch auf die Gefahr hin, dass Klemm sich erneut aufregen würde. Der treue Begleiter hatte ihr gefehlt, und nachdem sie ihn in der Boma wieder getroffen hatte, war er nicht mehr von ihrer Seite gewichen. Hans Schneider, den Kopf immer noch verbunden und in sehr ernster Stimmung, traf erst im Lager ein, als Amelie nur noch wenige Frauen zu behandeln hatte. Da sie auf der Beerdigung nicht mit ihm über ihre Fortschritte und die Behandlung gesprochen hatte, setzte sie ihn nun ins Bild.

«Hat Herr Hohlbein es noch erfahren?», war seine erste Frage. Als er die Antwort kannte, sagte er mit großer Bestimmtheit: «Frau Doktor, ich habe nachgedacht. Ich möchte hier nicht mehr arbeiten.»

Amelie ließ die Spritze sinken und sah den jungen Mann an. «Oh, Hans! Es tut mir weh, das zu hören. Ist es wegen Klemm?»

«Auch», gestand er. «Aber ich will nicht wie Herr Hohlbein sterben, Frau Doktor. Wir Weißen haben hier nichts zu suchen. Dieses Land gehört den Negern. Die haben doch ihre eigenen Medizinmänner. Wir bringen nur Unglück. Und Afrika bringt uns Unglück.»

Zu verblüfft, um etwas Vernünftiges zu entgegnen, widmete Amelie sich schweigend ihrer Arbeit. War Schneiders Einsicht dumm oder von großem Weitblick? Amelie fand, dass eine Antwort darauf schwer zu finden war. Sie war Ärztin, er nur Gehilfe. Er konnte nur ausführen, was sie oder Klemm ihm auftrugen und sich entsprechend wundern oder ärgern, bestenfalls sich freuen. Nachdem er sich nun nicht einmal mehr mit Hohlbein über seine Sorgen austauschen konnte, blieb nur noch sie. Und Amelie gestand sich ein, dass Hans Schneider in sie verliebt war. Aber sie wusste auch, dass er klug genug war, um nicht an eine Erfüllung dieser Liebe zu glauben.

Aber war all das tatsächlich Afrika anzulasten ...?

«Wie lange werden Sie noch bleiben, Hans?», fragte Amelie schließlich.

«Sobald Doktor Klemm wieder auftaucht, gehe ich», sagte er entschlossen.

«Und wohin?»

«In Udjidji habe ich gehört, dass bald eine Karawane an die Küste zieht, Frau Doktor. Der schließe ich mich an. Ich möchte noch einmal im Meer schwimmen, und dann fahre ich zurück nach Deutschland.»

«Was werden Sie mit Ihrem Leben machen? Wenn ich Sie das so offen fragen darf.»

Hans Schneider lächelte sie an, er wurde rot. «Vielleicht ist es nicht zu spät für mich, doch noch Arzt zu werden. Das wollte ich immer.» Er reichte ihr eine neue Spritze mit Atoxyl.

«Dann zeigen Sie mal, ob Sie gut aufgepasst haben», sagte Amelie und trat beiseite.

«Ich soll ...?» Er verstand, und dann bewies er, dass er wirklich genau zugesehen hatte, wie man das Atoxyl injizierte. Als sie am Nachmittag mit den Blutuntersuchungen begannen, konnte sich Amelie ganz auf das Mikroskopieren konzentrieren. Badili und Schneider erwiesen sich als hervorragende Helfer.

Einen Doktor Klemm brauchte man gar nicht, dachte Amelie. Männer wie er kamen nach Afrika in der Meinung, hier ein Problem lösen zu können. Doch in Wahrheit waren sie selbst das Problem. Weil sie sich nicht auf die Andersartigkeit der Fremde einzulassen bereit waren. Wollte dies nicht gelingen, dann reagierten solche Männer im Extremfall mit Gewalt.

Und Messingnagel? Ließ er tatsächlich nur um des Profits willen andere die Drecksarbeit machen, wie es auf den ersten Blick aussah? Nein, diese Antwort erschien Amelie als zu einfach. Denn sie hätte bedeutet, dass sie nicht mehr als ein austauschbares Werkzeug in Messingnagels Händen war. Die Atoxyl-Expedition erforderte eine andere Geisteshaltung, denn sie war zu riskant und kompliziert, um lediglich des schnöden Mammons wegen veranstaltet worden zu sein. *Der Geist der ersten Afrikaner*, hatte Heim damals in Tanga gesagt. Etwas Ähnliches hatte ihr Bruder gemeint, als er vor dem Leopardenfoto geschwärmt hatte: *Hierher kommen Menschen, die sich zu einem neuen Selbst aufschwingen wollen.* Und dann hatte er vom *Triumph des Willens* gesprochen.

Welchen Geist, welchen Triumph beschworen die alten Afrikaner eigentlich? So, wie es aussah, hatte dieser Sieg den hässlichen Beigeschmack der Unterdrückung, damit man die Welt Afrikas nach eigenem Gutdünken neu ordnen konnte.

Während sie darüber nachdachte, sah sie sich unter dem Baobab liegen, in dessen Geäst Sato ruhte. *So wie der Baum nimmt, gibt der Baum auch*, hörte sie Kassei sagen. Und sie stellte sich die Frage, was gaben eigentlich die Klemms und Messingnagels der Welt dafür zurück, dass sie ihr so viel nahmen?

Ihr wollte keine befriedigende Antwort einfallen. Es lief eigentlich auf Hans Schneiders simple Formel hinaus: *Wir Weißen bringen nur Unglück.* Somit war es konsequent, wenn er sich bei Klemms Auftauchen davonmachen wollte. Amelie kam zu dem Schluss, dass es das Beste wäre, wenn sie dasselbe täte. Sie trug die Daten in die Kladde ein und erinnerte sich an Messingnagels Versprechen, dass sie ihre Forschungsergebnisse veröffentlichen durfte. Wenn sie abreiste, konnten ihre Erkenntnisse zumindest der Bekämpfung der Schlafkrankheit einen Dienst erweisen.

Sobald die Frauen zum zweiten Mal mit Atoxyl gespritzt worden waren, begann Schneider mit der Abnahme des

Bluts jener Frauen, die am Morgen die erste Injektion erhalten hatten. Keine klagte über Schmerzen oder Probleme mit den Augen. Es sah ganz so aus, als hätte Amelie die richtige Dosierung gefunden. Während sie die Präparate vorbereitete, schweiften ihre Gedanken zu Gustav. Sie erinnerte sich an jenen erhabenen Moment, als Gustav an der Spitze seiner Askaris auf die Boma von Kilossa zugeritten war. Wie sie dort mit klopfendem Herzen gestanden hatte. Und er sie als Doktor Livingstone begrüßt hatte.

Welche Zukunft hatte eine Liebe, die auf einer Reise entstand? Wohnte dieser Liebe nicht bereits der Abschied inne?

Amelie verscheuchte die trüben Gedanken und konzentrierte sich mit aller Kraft auf die Blutausstriche, in denen sich die Krankheitserreger verstecken mussten. Aber sie fand keine. Lag es daran, dass sie nicht da waren, weil das Atoxyl tatsächlich wirkte? Oder sah sie nicht richtig hin, weil sie nicht bei der Sache war? Sie rieb sich die brennenden Augen.

«*Bibi dactari*, Sie müssen Pause machen.» Badili lächelte sie mit so unverstellter Freundlichkeit an, wie sie sie weder in Deutschland noch in der Schweiz je erfahren hatte. Er hatte gleich neben dem Zelt eine Plane ausgebreitet und einen Imbiss vorbereitet. Schneider setzte sich zu ihr. Dankbar nahmen sie beide von Badili *chapati*-Brot und frisch geräucherten Fisch entgegen und tranken das aus Deutschland stammende kohlensaure Mineralwasser Apollinaris, auf das man im Schutzgebiet schwor, weil es angeblich gegen alle Magen- und Darmkrankheiten half.

Vom Eingang des Lagers her machte sich Unruhe breit, und Badili ging, um nachzusehen. Nach wenigen Augenblicken stürzte er herbei. «Der *bwana dactari* bringt eine riesige Schlange mit!» Der Boy streckte beide Arme weit vom Körper weg, um das Ausmaß anzudeuten.

«Eine Schlange?» Hans Schneider sprang auf. «Was will er damit?»

«Manche Männer brauchen Trophäen, um sich besser zu fühlen.» Amelie wunderte sich selbst, dass sie so ruhig blieb. Sie verharrte reglos auf der Plane.

Eduard Klemm marschierte an der Spitze jener – Amelie zählte rasch durch – vierzehn Männer, die er mitgenommen hatte, in das Lager ein. Ängstlich wichen die Menschen zurück. Satos langer, so schön verzierter Leib bog sich zwischen den Trägern, von denen mancher schmächtiger war als der Durchmesser des gewaltigen Python. Klemm hielt geradewegs auf eine der von seinen Patienten bewohnten Hütten zu. Die darin lagernden Menschen stoben schreiend heraus. Die *kiboko* in der Hand, hieß der *bwana mkubwa* die Träger, die Schlange vor der Hütte abzulegen. Der deutsche Arzt sah sich um, Triumph in den Augen.

Amelie bat Badili, das übrige Essen an die Patienten zu verteilen und begab sich zurück ans Mikroskop; es war noch die Mehrzahl der Blutproben auf Trypanosomen zu untersuchen. Nach einer Weile gesellte sich Schneider zu ihr, doch Amelie sah nicht auf. Sie spürte jetzt schon den Schmerz, den seine Worte bei ihr auslösen würden. Der Laborgehilfe holte sich einen Stuhl und setzte sich neben sie.

«Ich weiß, dass Sie jetzt böse auf mich sind, Frau Doktor.»

«Nein, Hans, ich verstehe Sie sehr gut.» Sie drehte sich zu ihm um. «Ich wünsche Ihnen alles Gute. Passen Sie auf sich auf. Und gehen Sie nie wieder dort schwimmen, wo Krokodile baden, ja?»

Er lachte und weinte gleichzeitig.

«Bevor Sie gehen, wechseln wir Ihren Verband.» Sie holte den Arztkoffer und machte sich an die Arbeit. Die

Narbe war gut verheilt, aber es war noch zu früh, um die Fäden zu ziehen. Dieses Mal spürte sie die verliebten Blicke des jungen Mannes und lächelte ihn an. «Die Frau, die Sie heiratet, wird eine glückliche Frau werden.»

«Sie und der Oberleutnant sind ein schönes Paar.» Er erschrak ein wenig. «Das durfte ich doch sagen?»

«Ja, das durften Sie.»

Die Ärztin erklärte ihm noch, wann und wie er die Fäden selbst ziehen konnte. Dann reichte sie ihm die Hand zum Abschied, Hans Schneider gab ihr einen galanten Handkuss. Dann ging er davon. Eilig, ohne sich noch einmal umzudrehen. Wie ein Mann, dessen Ziel zwar weit entfernt, aber klar definiert war. Amelie beugte sich wieder über die Kladde und trug den Befund der letzten Untersuchung ein; es war eigentlich ein Anlass zum Jubeln.

Erst kurz vor Sonnenuntergang erschien Eduard Klemm an ihrem Tisch. Er war verdreckt vom Dschungel und dem Blut der Schlange. Sato hatte er in den vergangenen Stunden häuten und zum Trocknen in einer der Hütten aufhängen lassen. Ein Askari war davor postiert, damit niemand dem Jäger seinen Schatz stehlen konnte.

«Sie könnten mir gratulieren», sagte Klemm. «Das ist der größte Python, den hier jemals jemand erlegt hat. Sechs Meter fünfundachtzig. Man wird mir ein Vermögen dafür zahlen.»

«Herr Hohlbein ist inzwischen übrigens verstorben», informierte ihn Amelie. «Da hat er Ihnen doch noch ein schönes Abschiedsgeschenk gemacht.»

Klemm konnte keinen missbilligenden Unterton heraushören. «Ja, er war wohl doch ein guter Kerl», sagte er versöhnlich gestimmt.

Bald darauf verabschiedete er sich, Amelies Ergebnisse hatten ihn nur am Rande interessiert. «Da sind wir ja auf einem guten Weg», hatte er vieldeutig gesagt. Dass den

Nummern und Namen der letzten 27 Patienten das Frauensymbol zugeordnet war, war ihm nicht aufgefallen.

Als Amelie an diesem Abend das Zelt aufräumte, war es wieder spät geworden. Die Mücken surrten um das Licht der Petroleumlampe. Als Letztes lag noch die aufgeschlagene Kladde auf dem Tisch, die einst Hohlbeins afrikanisches Tagebuch gewesen war.

Einen Moment lang verharrte Amelie unentschlossen. Dann klappte sie das wichtigste Dokument der Expedition zu und nahm es mit.

19.

Als Amelie am Abend Badili ihren Safarianzug zum Reinigen gab, kehrte der Boy wenige Augenblicke später zu ihr zurück.

«Ein Brief war noch in der Tasche», sagte er und gab ihr jenes Schreiben aus Berlin, das eigentlich an Klemm adressiert war.

Amelie drehte den Brief unschlüssig zwischen den Fingern. Dann siegte ihre Neugier. Über Wasserdampf öffnete sie den Umschlag und zog das Schreiben hervor. Die Herstellerwerke in Berlin lobten die schnellen Erfolge des Herrn Doktor bei der Erprobung des Atoxyls. Durch sein Engagement hätte man interessierte Kreise schon zu diesem frühen Zeitpunkt davon unterrichten können, dass Atoxyl die hohen Erwartungen erfüllte: *Wir wollen nicht verschweigen, dass sich Ihre Entdeckung, verehrter Herr Doktor, ausgesprochen positiv auf den Verlauf der Aktie entwickelt hat. Sie dürfen Ihrer Heimkehr in die dankbare Heimat mit der Gewissheit entgegensehen, ein vermögender Mann zu sein.*

Darum also hatte Klemm alle Regeln ärztlichen Anstands verletzt: weil es ihm ums schnelle Geld gegangen war. Ihm und natürlich Messingnagel, doch dem konnte man im Gegensatz zu einem dem Wohl der Patienten verpflichteten Arzt nicht vorwerfen, dass er kaufmännisch dachte. Ein Doktor Stein, vermutete Amelie, hätte seinen Schwager lenken können. Nicht jedoch ein so schwacher Charakter wie «Eddi» Klemm.

Nachdenklich setzte sich Amelie in den in nächtlicher

Ruhe liegenden Innenhof. Jago legte sich ihr zu Füßen. Nur das Plätschern des kleinen Brunnens war zu hören, das süßliche Aroma einer tropischen Blüte lag in der schwülfeuchten Luft. Mehr denn je sehnte Amelie sich zurück nach Salama. Der Brief lag in ihrem Schoß. Badili fragte, ob er noch etwas bringen dürfe, und Amelie hätte am liebsten gesagt, er solle ihr raten, was sie mit ihrem Fund machen solle. War es ein Beweis, den sie gegen Messingnagel verwenden konnte? Um zu dokumentieren, wie das Chamäleon sogar den Gouverneur hereingelegt hatte – eine Spekulation mit Aktien, die sich als großzügige Hilfsaktion fürs Schutzgebiet tarnte. Ob am Ende doch auch Stein mit von der Partie gewesen war? Amelie wollte es dem Toten nicht unterstellen. Es hätte ihr den letzten Rest ihres Glaubens an das Gute im Menschen geraubt.

Sie erhob sich, nahm die Kladde und sagte Jago, dass es Zeit wäre, schlafen zu gehen. Der Hund spitzte plötzlich die Ohren.

«Na, komm schon, Jago, da wird irgendwo draußen ein Pavian sein. Den lässt du besser in Ruhe.»

Der Hund lief zur Eingangstür, die auf die Straße führte und schlug an. Amelie gehorchte ihrer Neugier und folgte ihm. Da hörte sie das Klopfen. Es war zaghaft, beinahe so, als ob jemand nicht stören wollte.

«Wer ist da?», rief sie auf Kisuaheli.

«Frau Doktor? Sind Sie det? Ick bin's. Die Hermine Doll is da. Lassen Se mir rin?»

Amelie riss die beiden schweren Türriegel zur Seite. In der pechschwarzen Finsternis stand eine Frau, in der Amelie kaum mehr ihre *Blutsschwester* erkannte. So dünn und so abgerissen war sie. Amelie packte Hermines Hand und zog sie in den Innenhof, Jago führte einen kleinen Freudentanz auf. Hermine rannen die Tränen über das

Gesicht, und auch Amelie verlor jede Zurückhaltung. Die beiden Frauen umarmten sich schweigend, als wollten sie einander gar nicht mehr loslassen.

Schließlich machte Badili mit einem höflichen Räuspern auf sich aufmerksam. Im weißen Kanzu, eine Lampe in der Hand, verneigte er sich. «*Karibu*», sagte er. Und Hermine erwiderte den Willkommensgruß.

«Ihr beiden kennt euch ja noch gar nicht», fiel Amelie ein, und sie stellte sie einander vor. «Sie müssen Hunger haben, Hermine. Badili, bring rasch etwas zum Essen!» Sie blickte zur Tür hinaus in der Erwartung, dass jemand Hermine begleitet hätte.

«Is keener da, Frau Doktor. Bin janz alleene.»

«Den ganzen Weg von Schinjanga bis hier? Ohne Maultier? Ohne Führer? Wie haben Sie das geschafft?»

«Na, Se ham mir doch den Kassei jeschickt, Frau Doktor.»

Hermine sprudelte los. Ohne Punkt und Komma und alles durcheinander. Erzählte, dass ihr Mann bei einer Explosion unter herabstürzenden Felsbrocken begraben worden war. Man ihn aber noch lebendig geborgen hatte. Dass die inneren Verletzungen jedoch so schwer gewesen waren, dass Wilhelm Doll kurz nach seiner Rettung gestorben war. Und dann war Kassei aufgetaucht und hatte sie noch am selben Tag mitgenommen. Da sie ihn ja gekannt hatte, hatte sie keine Sekunde gezögert, diesen schrecklichen Ort zu verlassen. Drei Wochen lang waren die beiden unterwegs gewesen, zu Fuß. Hatten unter Büschen und Bäumen geschlafen, waren durch reißende Flüsse und trockene Ebenen marschiert, hatten sich von Kräutern, Wurzeln und gelegentlich einem wilden Tier ernährt.

«Und Würmer, Frau Doktor, janz dicke, die so knacken, wenn man sie im offenen Feuer röstet. Hab mir ja so wat von jeekelt. Aber jut jeschmeckt ham se trotzdem, die Dinger. Na, man wird ja zum Wilden, wenn man inne Wildnis lebt.»

«Jetzt sind Sie eine Afrikanerin, Hermine!»

«Nee, nee, Frau Doktor, nich icke. 'n Himmelreich für 'n Bett!»

Badili brachte fett schäumende Büffelmilch und *chapati*-Brot. Hermine griff mit beiden Händen zu.

«Und der Dünnschiss! Verzeih'n Se, Frau Doktor. Ick dachte, ick krepier. Der Kassei is ja 'n Wunderdoktor. Hat mir immer wieder hinjekricht. Ooch, als ick die Malaria hatte. Verstanden hab ick ja man nur die Hälfte von die Hälfte, wat der jute Mann so jesacht hat. Aber von die Menschlichkeit von so 'nem Mann, also da können sich die Weißen mal 'ne Scheibe von abschneiden.»

«Haben Sie denn nun Ihre Elefanten gesehen, Hermine?»

Badili reichte noch Tomaten, Cervelatwurst und holländischen Käse und machte die ausgehungerte Frau damit glücklich. «Ja, hab ick. Kleene, Frau Doktor, janz neu war'n die, so niedlich. Mitten im Urwald. Psst, hat der Kassei jemacht. Die Mütter von die, die fanden uns Menschen nich so possierlich. Aber ick hätt die schon klauen können!»

Amelie bemühte sich, Hermine nicht zu deutlich anzustarren. Am liebsten hätte sie die *Blutsschwester* die ganze Zeit fest an sich gedrückt, so glücklich war sie, dass Hermine so gesund und munter war. Sie hatte mindestens zwanzig Kilo abgenommen und war jetzt so schlank wie Amelie selbst. Was ihr gut stand, weil es sie jünger machte. Sobald sie ihr die verfilzten und viel zu langen Haare geschnitten haben würde, würden Hermines Kinder ihre Mutter kaum mehr wiedererkennen. Doch davon wollte Amelie jetzt lieber nicht sprechen. Monate noch würde es dauern, bis Hermine Maria und Heinrich wiedersehen würde.

«Wo ist Kassei jetzt eigentlich?», fragte Amelie.

«Irjendwo im Nirjendwo hat er mir 'nen Jungen besorgt. Der wusste, wo Se wohnen, Frau Doktor. Sie kennt wohl jeder hier, wa? Tja, dann war der Kassei weg. Konnte nich mal mehr rasante sahne sagen, so fix, wie der weg war.»

«Ach», sagte Amelie, «der wird schon wieder auftauchen. Keine Sorge. Aber Sie brauchen ihm nicht zu danken. Er mag das nicht.» Sie lachte, und dann musste sie doch mit den Tränen kämpfen.

Hermine griff nach Amelies Hand. «War nich jut, wie ick mir uffjeführt hab. Det tut mich leid, Frau Doktor. Ick hab ville nachjedacht. Det können Se jloob'n.»

Amelie wollte den schönen Augenblick nicht mit schweren Erinnerungen belasten. «Hauptsache, Sie sind heil geblieben.»

Hermine nickte und starrte nachdenklich auf die noch immer reichlich vorhandenen Speisen.

«Der arme Willem.» Sie sah Amelie mit leerem Blick an. «Eijentlich wollte der nie nach Afrika. Wie ick da so lag, mitten im Urwald mit die Malaria und det hohe Fieber, da dacht ick so bei mich, unsereiner der stirbt und keener fragt nach eenem. Ejal, ob man uffm Wedding stirbt oder in so 'nem Bergwerkdings. Man is nur 'n Nichts.»

Hermine griff in die weite Tasche ihres verdreckten und eingerissenen Rocks. Schwungvoll knallte sie einen unansehnlichen, bräunlich matt schimmernden, gut zehn Zentimeter großen Klumpen auf den Tisch.

«Hab ick in seiner Hose jefunden. Und dafür isser jestorbn, meen Willem. Für so'n ollen Stein.»

An diesem Vormittag war Amelie zu spät dran, sie hatte sich Zeit gelassen für Hermine. Ihr nach dem Bad die Haare geschnitten und den indischen Schneider kommen lassen, denn Hermine besaß nur das, was sie auf dem Leib trug. Wovon nichts mehr zu gebrauchen war.

Während Amelie jetzt auf das Lager zu ritt, sah sie mit Entsetzen, dass etwas geschehen war, was niemals hätte eintreten dürfen: Unter den mehr als tausend Menschen war Panik ausgebrochen. Sie schrien und rannten in blinder Verzweiflung gegen den mannshohen, solide befestigten Zaun, kletterten einander auf die Schultern. So schnell wie möglich wollten sie diesem Lager entkommen. Jene, die es geschafft hatten, liefen in alle Himmelsrichtungen davon. Und immer wieder fielen Schüsse; woher sie kamen, konnte Amelie noch nicht ausmachen.

Weiterreiten war unmöglich, sie stieg ab und band den Maulesel an einen Baum. Glücklicherweise hatte sie Jago bei Hermine gelassen. Sobald sie versuchte, das Tor zu erreichen, drängte ihr eine Mauer von Menschen entgegen. Manche hatten die Nummerntafeln um den Hals, einige mit roten Kreuzen, viele sogar mit den inzwischen zwei roten Kontrollpunkten. Doch es waren auch Männer darunter, die bislang niemand untersucht hatte, die aber offensichtlich krank waren. Amelie sah sie inmitten der Pulks zusammenbrechen, die Nachdrängenden traten auf sie drauf, hasteten weiter. Schließlich gab der Zaun unter dem Ansturm nach, und Amelie fand einen Weg hinein ins Lager.

Der Anblick, der sich ihr bot, war gespenstisch. Inmitten verzweifelter Menschen schwang Klemm die Nilpferdpeitsche. Er drosch auf jeden ein, den er traf. Sein Gesicht war eine einzige wutverzerrte Fratze, während er immer wieder die Askaris anschrie, dass sie auf die Leute schießen sollten. Der Sinn dieses angesichts einer Massenpanik völlig unsinnigen Befehls schien darin zu liegen, die Leute zurückzutreiben. Doch die schwarzen Soldaten feuerten nur in die Luft. Klemm stürmte zu einem der Soldaten, entriss ihm das Gewehr und schoss einem Mann in den Bauch. Er brach zusammen. Klemm feuerte erneut, traf eine jener Frauen, die Amelie erfolgreich behandelt hatte, ins Bein.

«Hören Sie auf, Sie Wahnsinniger! Stopp! Aufhören!», schrie Amelie, während sie durch die in blinder Angst umherlaufenden Menschen zu ihm hin rannte. Die panischen Schreie der Lagerinsassen übertönten sie. Als Amelie endlich Klemm erreichte, lud er gerade nach. Sie packte den wesentlich kräftigeren Mann an der Schulter, rüttelte ihn.

«Klemm! Was ist los? Lassen Sie das! Sind Sie verrückt geworden?»

Er ließ sich nicht beirren, spannte den Hahn und legte an.

«Eddi, lassen Sie das!», brüllte Amelie ihn an.

Das wirkte.

Klemm ließ das Gewehr sinken und drehte sich zu ihr um, blickte sie aus glasigen Augen an. «Was ist?»

«Legen Sie das Gewehr weg, Eddi», sagte Amelie mit einer Stimme, die nicht mehr ihr zu gehören schien. «Sie richten großen Schaden an.»

Der Blick des Deutschen flackerte, sein Gesicht war hochrot und schweißnass. «Die Schlange lebt», sagte er. «Da! Alle sagen, dass sie lebt.»

Amelie näherte sich vorsichtig der dunklen, aus Gräsern errichteten Hütte und blickte hinein, was sie am Vortag vermieden hatte. Wenn man nicht richtig hinsah, konnte man wirklich annehmen, dass Sato noch lebte. Doch es war nur die Haut, die auf unzählige Holzstecken gespannt gewesen war. Die Konstruktion war zusammengebrochen. Die von zahllosen, sinnlos abgefeuerten Schüssen durchlöcherte Haut zitterte, als würde sie davonzukriechen versuchen. Amelie ging beherzt näher, ihre Augen gewöhnten sich an das diffuse Licht. Und sie erkannte, dass Millionen weißlicher kleiner Larven über und in der Haut herumkrabbelten. Sie fraßen von Sato, nährten sich vom restlichen Fleisch des Sultans, wurden so schnell dick, dass man ihnen beim Wachsen zusehen konnte.

Amelie wandte sich Klemm zu, der mit dem Gewehr auf die Haut Satos zielte. Sie drückte den Lauf der Waffe nach unten. «Es sind Fliegenlarven, Eduard», sagte sie. «Sie müssen keine Angst haben. Aber zum Trocknen hätten Sie die Haut wohl besser in der Sonne aufgespannt.»

Ein lautes Prasseln weckte ihre Aufmerksamkeit. Amelie drehte sich um und sah, dass bereits zwei Hütten in Flammen standen. In diesem Moment flog ein brennender Holzprügel gegen die Hütte mit Satos Haut. Es zischte, und im Nu stand die leichte Graskonstruktion in hellen Flammen.

«Sheitani! Sheitani!» Immer lauter wurde der Ruf. Männer mit brennenden Stecken rannten durch das Lager und zündeten Hütte um Hütte an. Schon eilten sie auch auf die beiden Untersuchungszelte zu.

«Eduard! Das Atoxyl!», rief Amelie.

Klemm guckte mit weit aufgerissenen Augen um sich, seine Hände krampften sich um das Gewehr.

Amelie rannte zu ihrem Arbeitsplatz. Die äußere Plane stand bereits in Flammen.

«Nein, *bibi uleia*! Nicht weitergehen!», rief eine Stimme.

Amelie zuckte zusammen, sah sich reflexartig um. «Kassei?!»

Sie konnte ihn in dem Durcheinander nirgendwo entdecken.

Ihr Zögern hatte gereicht, um ihr Leben zu retten. Denn eine der Chemikalien im Zelt explodierte, eine Stichflamme schoss zum Himmel, kurz darauf geschah mit dem anderen Zelt dasselbe. Die Druckwelle ließ Amelie rückwärtstaumeln. Fassungslos beobachtete sie, wie das gesamte Lager in Flammen aufging. Da hörte sie das laute Schreien des Esels, den Klemm wie immer unter einem dürren Baum bei den Zelten angebunden hatte. Es klang, als riefe ein Baby verzweifelt um Hilfe. Der Funkenflug hatte das Fell des Esels angezündet, er riss verzweifelt an seinem um den Baum geschlungenen Zügel. Plötzlich tauchte Klemm auf, legte an und erschoss sein brennendes Reittier.

«Es ist der Teufel, nicht wahr, es ist der Teufel!», sagte Klemm mehrmals.

«Eduard, Sie haben nicht nur eine sehr lange, sondern eine ganz besondere Schlange erschossen. Das hätten Sie nicht tun dürfen. Aber Hohlbein wollte es so.» Amelie sah ihrem Kollegen an, dass er kaum ein Wort verstanden hatte. Wie sollte er auch? «Es ist vorbei, Eduard. Kommen Sie, wir müssen hier weg! Die Leute sind außer Rand und Band.»

«Ja, es ist vorbei», sagte Klemm so leise, dass Amelie ihn kaum noch verstehen konnte. «Es ist alles aus. Aus und vorbei.» Er ließ das Gewehr fallen, es war ungesichert, und ein Schuss löste sich. Amelie erschrak, aber Klemm ging einfach fort. Wie ein Schlafwandler tauchte er unter in der Masse der Fliehenden.

Amelie nahm Klemms Gewehr an sich und machte sich daran, alle Hütten abzusuchen. Glücklicherweise konnte sie niemanden mehr entdecken, und als sie auf die Askaris traf, sagten die ihr, dass das Lager in der Tat geräumt war. Sie schickte einen der Soldaten los, um in der Boma sofortige Hilfe anzufordern und gab den übrigen Askaris den Befehl, aus den Resten des Zauns Tragen zu bauen. Nach und nach schafften die Soldaten die Verletzten fort und lagerten sie im Schatten einiger Bäume. Dutzende um Hilfe bittende Hände reckten sich Amelie entgegen.

«*Bibi dactari*, ich habe Schmerzen! Hilf mir!»

Doch Amelie hatte nichts mehr, womit sie die Verletzten behandeln konnte. Nach einer Zeit, die ihr wie eine Ewigkeit erschien, sah sie Hauptmann Wohlgeburt an der Spitze von etwa dreißig Askaris herankommen. Amelie berichtete so sachlich, wie es ihre Kraft noch zuließ, was geschehen war und bat um medizinische Versorgung der Verletzten im Lazarett.

«Es tut mir leid, Frau Doktor», sagte Wohlgeburt, «das kann ich leider nicht zulassen. Neger dürfen wir nicht im Lazarett behandeln. Aber ich lasse unverzüglich medizinisches Material hierherschaffen.» Er schien erst jetzt zu bemerken, was Amelie gerade durchmachte. Der erfahrene Soldat legte ihr die Hand auf die Schulter und sprach in fast väterlichem Ton: «Ach, Frau Doktor, wenn Sie erst mal so alt sind wie ich, dann wissen Sie: Eine verlorene Schlacht bedeutet nicht, den Krieg verloren zu haben.»

Angesichts des herrschenden Chaos war der Vergleich zwar treffend, doch ein Trost waren Wohlgeburts Worte nicht. Und von den Bergen des Kongo wälzten sich schwere, schwarze Wolken auf den See zu. Nicht lange, und ein heftiger Regen würde einsetzen.

«Können Sie wenigstens Zelte für die Verletzten zur Verfügung stellen?», bat Amelie. «Und Sänitätssergeanten, die mir helfen?»

«Gewiss, Frau Doktor!» Er erteilte die entsprechende Order, und Amelie versorgte bis spät in die Nacht hinein die Opfer. Als sie endlich auf ihrem Maultier saß und im Regen nach Udjidji ritt, wurde ihr bewusst, dass der

Hauptmann nicht recht gehabt hatte. Sie hatte nicht nur eine Schlacht, sondern den ganzen Krieg verloren.

Es war Mitte Februar 1907; zehn Monate lang hatte sie gehofft, etwas Bedeutendes erreichen zu können. Und nun war in wenigen Stunden alles zerstört worden. Gewiss, sie hatte sich vom ersten Moment an über Klemm geärgert. Dennoch hatte sie an ihrem Traum festhalten wollen, Wiedergutmachung vom Leben verlangt für die Schmach, damals in der Charité verhöhnt worden zu sein.

Sie hatte nicht versagt; aber beruhigte dieser Gedanke?

Am nächsten Morgen setzte Amelie die Versorgung der Verletzten fort. Gegen Mittag traf aus der Boma ein Bote ein und richtete ihr aus, sie möge ins Lazarett kommen, der Hauptmann würde sie dort erwarten. Gutes konnte diese Nachricht kaum bedeuten. Und der Anblick der Leiche Eduard Klemms war in der Tat erschütternd. Der Tote lag im Operationssaal auf einem Tisch. Er trug noch den gleichen Safarianzug, in dem Amelie ihn in der Menge der Fliehenden hatte verschwinden sehen. Und er war völlig verdreckt. Die Glieder des einst so kräftigen Mannes waren seltsam verrenkt. Klemms Abschied von dieser Erde musste furchtbar gewesen sein: Seine gebrochenen Augen starrten mit einem Blick ins Leere, in dem Amelie das nackte Entsetzen zu sehen glaubte. Erst wenige Wochen zuvor hatte sie Hohlbein getröstet, dass der Tod eine Erlösung wäre ...

«Sie sind der einzige Arzt, der ...» Hauptmann Wohlgeburt rang nach Worten. «Ich wusste nicht, wen ich rufen sollte, Frau Doktor Freyer», gestand er. «So etwas habe ich noch nie gesehen. Was ist mit dem Mann geschehen? Haben Sie eine Erklärung?»

Amelie konnte kaum klar denken. «Wo wurde er gefunden?», fragte sie mit erzwungener Ruhe.

«Etwa auf der Hälfte zwischen dem Leopardenhaus und dem einstigen Lager. Ein Neger fand ihn. Der Mann war völlig verstört. Es ist auszuschließen, dass er Doktor Klemm getötet hat.»

Amelie zwang sich dazu, die Leiche zu untersuchen. «Es sieht nach Frakturen sämtlicher Rippen und Knochen aus. Der Tod trat vermutlich durch innere Blutungen ein», sagte sie leise.

«Wer tut so etwas?» Wohlgeburt war schneeweiß im Gesicht.

Ein plötzliches Frösteln schüttelte Amelie. Der Hauptmann legte den Arm um ihre Schulter und führte sie hinaus.

Sie wusste, dass sie ihm eine Antwort schuldete. Eine, die ein normal denkender Mensch verstehen konnte. «Ich nehme an, dass Doktor Klemm von einer sehr großen Würgeschlange angegriffen worden ist. Es dunkelte, er war zu Fuß unterwegs ...»

«Ja, so könnte es gewesen sein», erwiderte der Hauptmann. Es klang, als wäre er fast dankbar für diese Erklärung. Nach einer Pause sagte er mit deutlichem Zweifel in der Stimme: «Aber die Bestie hat ihn nicht gefressen.»

Diesen Gedanken hatte Amelie schon früher gehabt. Mit Rücksicht auf Hauptmann Wohlgeburt hatte sie ihn jedoch nicht ausgesprochen. Dass ein Python einen körperlich gesunden Mann tötete, war ungewöhnlich genug. Dass er es obendrein nicht getan hatte, um seinen Hunger zu stillen – diese Kombination passte nicht mehr in das Schema vernünftigen Denkens. Amelie bot sich nur eine Erklärung an, und die ließ sie schaudern: Als Hohlbein Klemm ein «Abschiedsgeschenk» gemacht hatte – wusste er da bereits, was er damit anrichten würde?

«Kommen Sie, meine Liebe», sagte Wohlgeburt mitfühlend. «Ich werde Sie nach Hause bringen.» Er rief seine Boys, die eine Eselkarre anspannten. Damit brachte der Hauptmann sie persönlich bis zu ihrem Haus. Er wartete, bis geöffnet wurde.

Hermine trug ein indisches Seidenkleid. Sie sah Amelie an, als wäre sie ein Geist. «O Jott, o Jott! Frau Doktor, wat is passiert? Sie sehn ja aus wie 's wandelnde Elend!»

Amelie sagte ihr nur, dass Klemms Leiche gefunden worden war.

«Meine Mutter hat immer jesacht, et jibt Menschen, um die weinste keene Sekunde. Und et jibt welche, um die weinste 'n Leben lang. Wat für 'ne Sorte war Doktor Klemm, Frau Doktor?»

«Meiner unmaßgeblichen Meinung nach gehörte er zu keiner von beiden.» Hauptmann Wohlgeburt hatte Amelie die Worte aus dem Mund genommen.

Nach den vorangegangenen Ereignissen überforderte Amelie die Situation. Ohne weiter nachzudenken, sagte sie: «Hermine Doll, meine Blutsschwester.» Es hätte ohnedies keine bessere Einführung geben können. Aber das fiel ihr erst auf, als sie das Strahlen in Hermines Gesicht wahrnahm.

«Hermine? Is ja nett. Ich bin Hermann.» Amelie glaubte nicht richtig zu sehen. Der gestandene Soldat errötete doch tatsächlich! Er bemühte sich sichtlich, sofort zu den erforderlichen Umgangsformen zurückzufinden und fragte ungelenk nach Hermines Woher.

«Ach, nu komm'n Se doch rin! Ick wollte schon immer mal 'nen richtijen Hauptmann treffen.» Sie blickte an Wohlgeburts zwei Metern empor. «Sind aber eener von den langen Kerls.»

Badili richtete unaufgefordert ein rasches Abendessen und servierte eine Flasche Rotwein. Als das erste Glas getrunken war, hatten sich Hermine und Hermann bereits auf diese unkomplizierte Anrede geeinigt. Zwar stellte sich heraus, dass Wohlgeburt ein Bergmannssohn aus Bochum war, aber die Erfahrungen, die er in seiner Jugend gemacht hatte, waren ähnlich jenen einer Schuhmachertochter und Köchin aus dem Wedding. Eine Weile hörte Amelie noch den Erzählungen der beiden zu und erkannte dabei, dass sie überflüssig war.

Mit Hohlbeins Tagebuchseiten setzte sie sich in das Sterbezimmer des Mannes, den sie als jemanden kennengelernt hatte, dem Mitgefühl so viel bedeutet hatte. Irgendwo in diesen Seiten hatte sie etwas übersehen. Es musste versteckt sein in winzig klein geschriebenen Buchstaben. Worte, die Worte beschützten, um die Wahrheit zu verbergen.

Die ganze Nacht verbrachte Amelie im Schein der Petroleumlampe. Jeden Satz durchforstete sie. Dann endlich fand sie die Passage, die des Rätsels Lösung enthielt. Sie hatte sie beim ersten Lesen überschlagen. Denn Hohlbein ließ sich seitenweise über die Dummheit und die Schikanen eines vorgesetzten Leutnants aus, der ein fanatischer Trophäensammler gewesen war.

Es war im Uluguru-Gebirge gewesen, das Amelie kurz hinter Morogoro selbst überquert und dessen Gneis im Morgenlicht so verzaubert geglitzert hatte, als wären Tausende von Sternen darauf herabgefallen.

Hohlbein beschrieb den entscheidenden Vorfall so: *Dem Leutnant war zu Ohren gekommen, dass sich dort eine Riesenschlange verbarg, und er pirschte Tage, um sie zu finden. Man warnte ihn, die Schlange auf keinen Fall zu töten. Und er tat es dennoch. Kurz darauf brach ein furchtbares Unwetter mit Blitz und Donner und Sturm los. Alle Zelte wurden vernichtet, man musste im Freien kampieren, fror in der Höhe von 1800 Metern erbärmlich. Und am Morgen lag der Leutnant tot in der Nähe des*

Lagers. Er war äußerlich unverletzt, doch es gab nicht einen Knochen in seinem Leib, der nicht gebrochen war. Der Leutnant hat den Sultan erschossen, und der Sultan hat sich gerächt, sagten die Träger. Wenn ein Führer des Schlangenkults stirbt, verwandelt er sich in einen mächtigen Python. Man dürfe deshalb niemals einen Python töten. Denn sonst stirbt man selbst. Ich habe keinen Beweis für diesen Aberglauben, aber gibt es einen Beweis für unseren Gott, der derart eindrucksvoll wäre?

«Kein Glaube der Welt braucht Beweise. Wussten Sie das nicht, Herr Hohlbein?», fragte Amelie laut in das leere Zimmer hinein, und Jago hob kurz den Kopf. Amelie starrte auf die Blätter in ihrer Hand, um deren Bedeutung nur sie selbst wusste.

Inzwischen lag das Haus in tiefem Schlummer. Auf dem Esstisch im Hof standen eine geleerte Flasche Rotwein und zwei Gläser. Der Hauptmann war ein sympathischer Mann, dachte Amelie, als ihr Blick auf dieses Bild fiel. In der Küche machte sie ein Feuer im Herd und legte die sorgfältig beschriebenen Seiten hinein. Die Flammen umschlängelten das Dokument einer sinnlosen Rache wie eine vielköpfige Kobra.

Hauptmann Wohlgeburt strahlte in die Runde der Sergeanten und Leutnants, die sich wenige Tage später im Offizierskasino versammelte. Er neigte den Kopf in Amelies Richtung. «Frau Doktor, liebe Kameraden. Es ist Zeit für eine Ansprache. Keine Sorge», er lachte, «ich fasse mich kurz. Man sagt: Afrika nimmt und Afrika gibt. Afrika hat mir viele Jahre meines Lebens genommen. Aber es wird mir noch die besten schenken.» Die Augen des Hauptmanns wurden feucht. «Ich werde meinen Abschied einreichen.» Er streckte die Hand nach der neben ihm sitzenden Hermine aus. «Um an der Seite dieser prächtigen Frau ins Leben zurückzukehren.» Er küsste Hermines Hand. «Hermine, willst du meine Frau werden?»

«Ja, Hermann!»

Die Männerschar klopfte zur Beifallsbezeugung auf das nackte Holz des Kasinotischs. Verblüfft und erfreut über die unerwartete Wendung stand Amelie auf und schloss Hermine in die Arme.

«Sie haben mir keinen Ton verraten, Hermine, dass Sie und der Hauptmann sich so schnell ... einig geworden sind.» Vor lauter Arbeit hatte sie sich viel zu wenig um Hermine gekümmert; die vielen Verletzten hatten versorgt werden müssen. Einige der behandelten Frauen hatte sie mit Badilis Hilfe aufgespürt und erfahren, dass sie dem Anschein nach gesund waren.

Hermine blickte verliebt zu ihrem Bräutigam. «Och, Frau Doktor, Se wissen doch, det Glück wartet nich.»

«Ich wünsche Ihnen alles Gute. Sie werden glücklich, da bin ich mir sicher.» Sie drückte die Hand des Hauptmanns. «Passen Sie gut auf Hermine auf.»

Champagnerkorken knallten, und man stieß an. «Wie hast du neulich so treffend gesagt, Minchen?», fragte der Hauptmann seine frisch Verlobte.

Hermine hob ihr Glas, ihre Wangen glühten. «Wat kann det schlechte Leben nutzen! Jenießen wa det schöne!»

Amelie blieb noch eine Weile, dann entschuldigte sie sich. Sie wollte nicht, dass ihre melancholische Stimmung auf die fröhliche Runde übersprang. Gustav hätte schon längst zurück in Udjidji sein müssen. Hoffentlich war ihm nichts passiert. In ihre trüben Gedanken versunken, schlenderte sie mit Jago unter der Mangobaumallee zurück in den Ort. Zumindest für ihre *Blutsschwester* hatte diese Safari einen guten Ausgang genommen. Sie hatte keinen Zweifel, dass der verantwortungsbewusste Hauptmann Hermines Kindern ein guter Vater sein würde.

«Entschuldigung, gnädige Frau!»

Amelie blieb stehen und blickte sich um. Jago spitzte die Ohren, dann rannte er los.

«Ich suche Frau Doktor Livingstone!»

Gustav trat hinter einem der dicken Mangobäume hervor. Er grinste über die gelungene Überraschung. Amelies Herz schlug Purzelbäume. «Ich habe mir solche Sorgen gemacht! Wo hast du so lange gesteckt?»

Er nahm sie in die Arme und küsste sie leidenschaftlich. «Ich bin gerade erst angekommen. Verdreckt wie ich war, wollte ich dir nicht um den Hals fallen.»

«Lieber dreckig als gar nicht!» Sie lehnte sich an ihn, und gemeinsam schlenderten sie nach Hause. Gustav berichtete in knappen Worten von seiner Reise. «Paul musste in Muansa bleiben», sagte er; er schien nicht näher darauf eingehen zu wollen. Und Amelie wollte auch gar nichts wissen; alles hatte seine Zeit.

Der Hunger nach Liebe sperrte die Welt aus.

Später tischte Badili im Innenhof köstlich zubereiteten Wels mit Süßkartoffeln auf, und das Paar erzählte sich seine Erlebnisse. Mit der erstaunlichsten Nachricht rückte Gustav erst spät heraus: «Messingnagel ist übrigens in Udjidji. Ich bin mit ihm gemeinsam hergekommen.»

«Wie bitte? Du hast eine Safari mit Herrn Messingnagel gemacht?!» Amelie lachte beinahe hysterisch auf. Sie griff beschwörend nach Gustavs Hand. «Ich habe ihm stets misstraut. Und dennoch – ich bin ihm auf den Leim gegangen. Er ist ein Menschenfänger.»

«Ja, das ist er. Da hast du recht», stimmte der Offizier nachdenklich zu. «Er hat eine besondere Art, einen für sich einzunehmen. Aber ich habe nichts gegen ihn in der Hand, Liebling. Er hat die Konzession für die Schürfrechte an einer Diamantenmine.»

«Das kann nicht wahr sein!»

Der Stabsoffizier war verlegen. «Es tut mir leid. Es ist wie bei der Fabel von Hase und Igel. Messingnagel war in der Zwischenzeit in Berlin, hat Geld für eine neue Aktiengesellschaft aufgetrieben, und seine Frau ist inzwischen beim Gouverneur gewesen, hat das Land gekauft und die Schürfrechte bekommen. Ich habe die von Gouverneur Rechenberg unterschriebene Urkunde gesehen. Es ist alles legal.»

«Wir wissen, dass er gegraben und gesprengt hat, als das Land ihm noch nicht gehörte, Gustav! Ist es denn völlig unwichtig, ob etwas richtig oder falsch ist? Gewinnt nur derjenige, der die besten Tricks beherrscht?»

«Es gibt Diamanten in Deutschland. Herr Messingnagel hat sie entdeckt. Und das ist ebenso wahr, wie der Kilimandscharo unser höchster Berg ist, Amelie. Nur das zählt in diesen Zeiten.» Gustavs Blick bat um Verzeihung für seine bitteren Worte. «Du weißt, dass ich nicht von hier fort bin, um Messingnagel in die Hände zu arbeiten.»

«Messingnagel in die Hände arbeiten! Ein gutes Stichwort. Ich zeig dir mal etwas.» Sie ging in ihr Schlafzimmer, um die Atoxyl-Kladde aus ihrem Nachttisch zu holen. Doch als sie das schicksalschwere Büchlein in der Hand hielt, fühlte sie sich mit einem Schlag so leer, dass sie sich kraftlos auf ihr Bett fallen ließ. Nach einer Weile kam Gustav, setzte sich neben sie und legte den Arm um ihre Hüfte.

«Mich überkommt eine ohnmächtige Wut, wenn ich bedenke, dass ich in Messingnagels Auftrag auch noch obendrein Erfolg hatte. Hier.» Amelie reichte ihm das Protokoll monatelanger Arbeit und erklärte, was die Aufzeichnungen bedeuteten.

«Aber dieser Erfolg gehört dir, Liebling. Du solltest dich darüber freuen!»

«Sollte ich das wirklich, Gustav? Messingnagel wird das

zu seinen Gunsten nutzen. Er wird Kranke gesund spritzen lassen, in seine Mine schicken, und die Aktien werden auch steigen. Er wird steinreich werden.»

«Schon als Kind habe ich gelernt, dass der Teufel auf den größten Haufen scheißt.» Er zog Amelie an sich, und sie spürte die Kraft, die Gustav aus bitteren Erfahrungen gewonnen hatte. «Das wird niemals anders sein. Auch, wenn wir uns eine bessere Welt wünschen: Wir müssen mit dieser zurechtkommen, Melli. Und wir können es. Das haben wir bewiesen. Also, mach dich nicht wegen eines Herrn Messingnagel verrückt.»

In diesem Moment meldete sich von draußen Badilis Stimme: «Ein *bwana* ist gekommen, *bibi dactari*. Er heißt Messingnagel.»

«Siehste, der Teufel hat seine Ohren auch im Himmel», sagte Gustav und küsste Amelie auf die Wange. «Bist du bereit, dich ihm zu stellen?», fragte er.

Amelie bemühte sich um ein Nicken, das entschlossen wirken sollte. Fast hätte sie die Atoxyl-Kladde mit hinausgenommen. Im letzten Moment machte sie kehrt und verwahrte das Heft in der Nachttischschublade. Es würde schon noch eine Bedeutung bekommen. Und sie erinnerte sich an Kasseis Mahnung: *Warte, was geschieht.* Gustav ließ ihr den Vortritt, um Messingnagel zu begrüßen.

Der Kaufmann hielt sich nicht lange mit unnötigen Höflichkeiten auf, er war orientiert über Klemms Tod und den Brand im Lager. «Erzählen Sie mir für mein Geld wenigstens, warum ich es verloren habe, Frau Doktor?»

Amelies Bericht schonte Klemm nicht.

«Eddi war ein Dummkopf. Herr Gott, ich hab es doch gewusst!» Messingnagel war sichtlich empört. «Ich habe auf das falsche Pferd gesetzt. Aus Freundschaft. Aber bei Geschäften sollte man das nicht tun. Die sollte man mit seinem stärksten Feind abschließen. Da weiß man, woran man ist.» Er angelte eine Zigarre aus der Brusttasche seines frisch gebügelten Anzugs. Der Kaufmann hatte abgenommen; der Anzug spannte nicht mehr. «Wissen Sie, warum Sie hier sind?», fragte er und zündete die Zigarre an.

«Weil ich Sie in irgendeiner Weise an Ihre Frau erinnere. Und Ihre Frau hat nichts von Eddi Klemm gehalten, nicht wahr?»

«Aber Sie, Frau Doktor, haben meiner Frau gefallen.» Messingnagel sog am Tabak, stieß den Rauch aus und sah dem Qualm nach, der sich in der feuchten Luft nur langsam verflüchtigte. «Ich werde das Schlafkrankenlager wieder aufbauen lassen», verkündete er aufgeräumt. «Und darum möchte ich Ihnen ein Angebot machen.»

«Ich weiß nicht, ob ich ein neues Angebot von Ihnen möchte, Herr Messingnagel. Die Atoxyl-Aktie hat sich doch auch ohne mein Zutun prächtig entwickelt», sagte sie eisig.

«Das wissen Sie?» Messingnagel lachte. «Wir passen gut zusammen.» Er suchte Gustavs Beistand. «Finden Sie nicht auch, Herr Oberleutnant?»

«Meine Antwort würde Sie enttäuschen, Herr Messingnagel.»

In den Augen des Kaufmanns lag ein vorwitziges Blitzen, das ihr verriet, dass er noch längst nicht am Ende seiner Möglichkeiten angelangt war. «Robert Koch ist seit Monaten auf den Sese-Inseln im Viktoriasee, um dort über die Tsetse zu forschen. Aber der alte Herr hat wohl eine besondere Art, seine Mitarbeiter zu behandeln.»

Amelie hörte zum ersten Mal, dass Koch nun doch die strapaziöse Reise an den Viktoriasee unternommen und das angenehme Klima in den Usambarabergen verlassen hatte. Was für ein willensstarker Mann, dachte sie, sich in dem Alter noch einmal an die Feldforschung zu wagen!

«Kurz und rund», fuhr Messingnagel fort, «einer der Doktoren ist dem Professor von der Fahne gegangen. Er hat sich in Muansa niedergelassen. Ich bin sicher, er wird begeistert sein, seine Forschung hier in Udjidji fortzusetzen.» Er sah Amelie neugierig an. «Sie, hier gemeinsam mit Robert Kochs einstigem Mitarbeiter. Wie klingt das, Frau Doktor?»

«Geh'n Se dem nich uff'n Leim, Frau Doktor!»

Niemand hatte bemerkt, dass Hermine heimgekommen war. Ihr Gesicht glühte. Sie war beschwipst.

«Tausend Märker, Herr Messingnagel. Dafür vakoofen Se 'ne Seele.» Sie griff in die Tasche ihres Kleides und legte den bräunlichen Stein schwungvoll auf den Tisch. «Det sind Ihre falschen Träume! Wertlose Klumpen.»

Gottlieb Messingnagel griff behutsam nach dem Stein, hob ihn hoch und betrachtete ihn eingehend. «Den hat Ihr Mann in meiner Mine gefunden?», fragte er mit einem leichten Zittern in der Stimme.

«Hm», machte Hermine. «Für det Ding isser jestorb'n.»

Messingnagel ergriff die Hand der verdutzten Hermine, legte den Stein hinein und schloss ihre Finger darum. «Passen Sie gut darauf auf, Hermine. Das ist ein echter Rohdiamant.» Er stand auf und nahm seinen Hut. «Ihr Willem hat Sie zu einer sehr, sehr reichen Frau gemacht.» Er verneigte sich. «Leben Sie wohl, meine Herrschaften. Und, Frau Doktor, fragen Sie irgendwann mal Frau Doll, ob ich nur leere Versprechungen mache.»

Badili öffnete ihm die Tür, und Gottlieb Messingnagel verschwand aus Amelies Haus.

Hermine starrte den keineswegs schönen Stein an. «Ick dachte, 'n Diamant strahlt wie 'n Stern.»

Gustav fingerte seine Brille aus der Brusttasche und beugte sich über den Klumpen. Vorsichtig hob er ihn hoch und hielt ihn gegen das Licht. «Ich habe in Schinjanga einen wesentlich kleineren gesehen. Man hat ihn auf zwanzigtausend Mark geschätzt.» Er legte das unscheinbare Juwel zurück in Hermines Hand.

«Den Stein hätt' er mich doch wechnehm' könn', der Herr Messingnagel», sagte Hermine. Sie blickte Amelie und Gustav ratlos an. «Isser nu 'n juter Mensch oder 'n schlechter?»

Als Amelie sehr früh am nächsten Morgen aufwachte, schlief Gustav noch fest. Es war noch nicht einmal richtig hell. Sie sah den Geliebten so lange an, tastete mit den Augen jede Kontur seines Gesichts ab, bis er aufwachte. Schlaftrunken blinzelte er sie an. Er wollte sie in seine Arme ziehen, doch sie bat ihn, so liegen zu bleiben.

«Du siehst aus, als wärst du ein wenig glücklich, aber vor allem voller schwerer Gedanken», sagte Gustav.

Sie wusste, dass es eine unsinnig klingende Frage war, die sie beschäftigte. Aber die Antwort war umso wichtiger ... «Glaubst du, dass es einen goldenen Stern gibt?», fragte sie.

Gustav verschränkte die Arme hinter dem Kopf, bereit sich auf ihr Spiel einzulassen. «Wie ich dich kenne, ist dir die Antwort, dass es der Mond ist, viel zu dumm. Denn der ist ja kein Stern. Viel zu dick ist er dafür. Gerade hier am Äquator kann man ja oftmals glauben, der fette Mond fiele auf die Erde runter.» Er lächelte sie zärtlich an. «Du meinst das, was unser Auge nicht sieht, wenn es den Sternenhimmel absucht. Wenn ich dir jetzt sage, dass du mein goldener Stern bist, macht dich das auch nicht glücklich. Weil du dir nicht vorstellen kannst, dass ganz allein deine Anwesenheit etwas Kostbares ist. Und dennoch ist es so. Du warst es schon vom ersten Augenblick an, als ich dich sah.»

Amelie zeichnete mit dem Finger die Falten nach, die sich in Gustavs ernsten Momenten auf beiden Seiten seines Mundes steil abzeichneten und gerade jetzt kaum zu erkennen waren. «Das hast du wunderbar gesagt. Und wenn du es mir früher gesagt hättest, dann hätte ich diese ganze Safari nicht machen müssen.»

Gustav dachte einen Moment lang nach, dann sagte er bedächtig: «Das ist richtig und falsch zugleich, Livingstone. Wären Sie zu Hause geblieben, hätten Sie kein Menschenleben retten können.» Er hob die Schultern. «Und dazu zählt auch meines. Doktor, dafür bin ich Ihnen sehr dankbar.»

«Dann brauchen wir keine neue Mission, Stanley? Nichts, das uns glauben lässt, dass es einen goldenen Stern zu entdecken gibt?»

«Sie missverstehen die Aufgabe des goldenen Sterns, Doktor. Er ist da, um uns glauben zu machen, dass wir ihn jederzeit erreichen können.»

«Denn wovon sollten wir sonst träumen?» Amelie sprang aus dem Bett. «Komm! Um diese Uhrzeit ist es wunderschön. Du siehst die rot aufgehende Sonne, und gleichzeitig verblassen die Sterne. Und dabei ist der Himmel so blau, wie er nur dann ist, wenn die meisten Menschen noch schlafen.»

Sie kleideten sich hastig an und liefen hinaus, der aufgehenden Sonne entgegen.

ENDE

Folgende Fundstücke, die ich von meiner Expedition auf den Berg der Literatur mitbrachte, halfen beim Verfassen dieses Buches:

Ankermann, Bernhard: Ostafrika. Das Eingeborenenrecht; Stuttgart 1929

Asmus, Gesine: Hinterhof, Keller und Mansarde; Hamburg 1982

Baumann, Dr. Oscar: In Deutsch-Ostafrika; Wien 1890

Bebel, August: Die Frau und der Sozialismus, Stuttgart 1903

Besser, Hans: Natur- und Jagdstudien in Deutsch-Ostafrika; Stuttgart 1922

Beta, Ottomar: Das Buch von unseren Kolonien; Leipzig 1908

Bleker, Johanna: Ärztinnen aus dem Kaiserreich; Weinheim 2000

Brinkschulte, Eva: Weibliche Ärzte; Berlin 1995

Bülow, Frieda von: Im Land der Verheißung; Berlin 1943

Cohors-Fresenborg, Barbara: Frau Onkel Doktor; Münster 1989

Danneskjold-Samsoe, Axel: Der Schlangenkult; Leipzig 1907

Deutsche Militärärztliche Zeitschriften für die Sanitätsoffiziere der Armee, Marine und Schutztruppen; Berlin 1910 und 1911

Fischer, Walter O.: Unter der Geißel der Schlafkrankheit; Berlin 1938
Fitzner, Rudolf: Deutsches Kolonial-Handbuch; Berlin 1901
Haupt, Werner: Die deutsche Schutztruppe; Utting 1988
Hauer, August: Ärztlicher Berater für Übersee und Tropen; Berlin 1936
Hauer, August: Ali Mocambique; Berlin 1921
Hesse, M.: David Livingstone; Stuttgart 1900
Hesse, Peter G.: Friedrich Schaudinn; Frankfurt 1995
Hoesch, Kristin: Ärztinnen für Frauen: 1877–1914; Weimar 1995
Hoffmann, Erich: Die Behandlung der Haut- und Geschlechtskrankheiten; Berlin 1941
Hoffmann, Erich: Lebenserinnerungen und Ringen um Vollendung; Hannover 1948
Kandt, Richard: Caput Nili; Berlin 1921
Kiaulehn, Walter: Der richtige Berliner in Wörtern und Redensart; München 1996
Kingsley, Mary: Travels in West Africa; London 1897
Kleine, Friedrich Karl: Ein deutscher Tropenarzt; Hannover 1949
Kleine, F. K.: Robert Kochs Protozoenuntersuchungen und ihr Einfluss auf die weitere Forschung; in: DMW 50 (1924)
Koch, R., Beck, M., Kleine, F.: Bericht über die Tätigkeit der zur Erforschung der Schlafkrankheit im Jahr 1906/07 nach Ostafrika entsandten Kommission; Berlin 1909
Koch, R.: Ein Tagebuch von Robert Koch während seiner deutsch-ostafrikanischen Schlafkrankheitsexpedition i.J. 1906/1907, in: DMW 50 (1924)
Koelling, Manfred: Ergebnisse der direkten Blutübertragung in der Geburtshilfe und Gynäkologie; Greifswald 1935

Kolonial-Abteilung des A.A.: Medizinal Berichte über die Deutschen Schutzgebiete für das Jahr 1904/05; Berlin 1906
Kotz, Ernst: Im Banne der Furcht; Hamburg 1922
Lange, Helene: Kampfzeiten; Berlin 1928
Lettow-Vorbeck, Paul v.: Meine Erinnerungen aus Ostafrika; Leipzig 1920
Lindenstead, Arthur: Woman in Domestic, Social, and Professional Life; Berlin 1906
Martin, Eduard: Transfusion bei Blutungen Neuentbundener; Berlin 1859
Medger, Ruth: So fand ich Deutsch-Ostafrika; Berlin 1940
Möbius, Paul Julius: Über den physiologischen Schwachsinn des Weibes; Berlin 1900
Paasche, Hans: Im Morgenlicht; Neudamm 1925
Prince, Magdalene v.: Eine deutsche Frau im Inneren Deutsch-Ostafrikas; Berlin 1908
Schloifer, Otto: Bana Uleia; Leipzig 1939
Schroot, A.: Der praktische Universalratgeber; Stuttgart 1905
Speiser, Paul: Karl Landsteiner, Entdecker der Blutgruppen; Wien 1975
Stanley, Henry M.: Wie ich Livingstone fand; Leipzig 1891
Weule, Karl: Negerleben in Ostafrika; Leipzig 1909
Winkle, S.: Zur Geschichte der Trypanosomiasen, in: Hamburger Ärzteblatt Heft 42, Seite 312 323

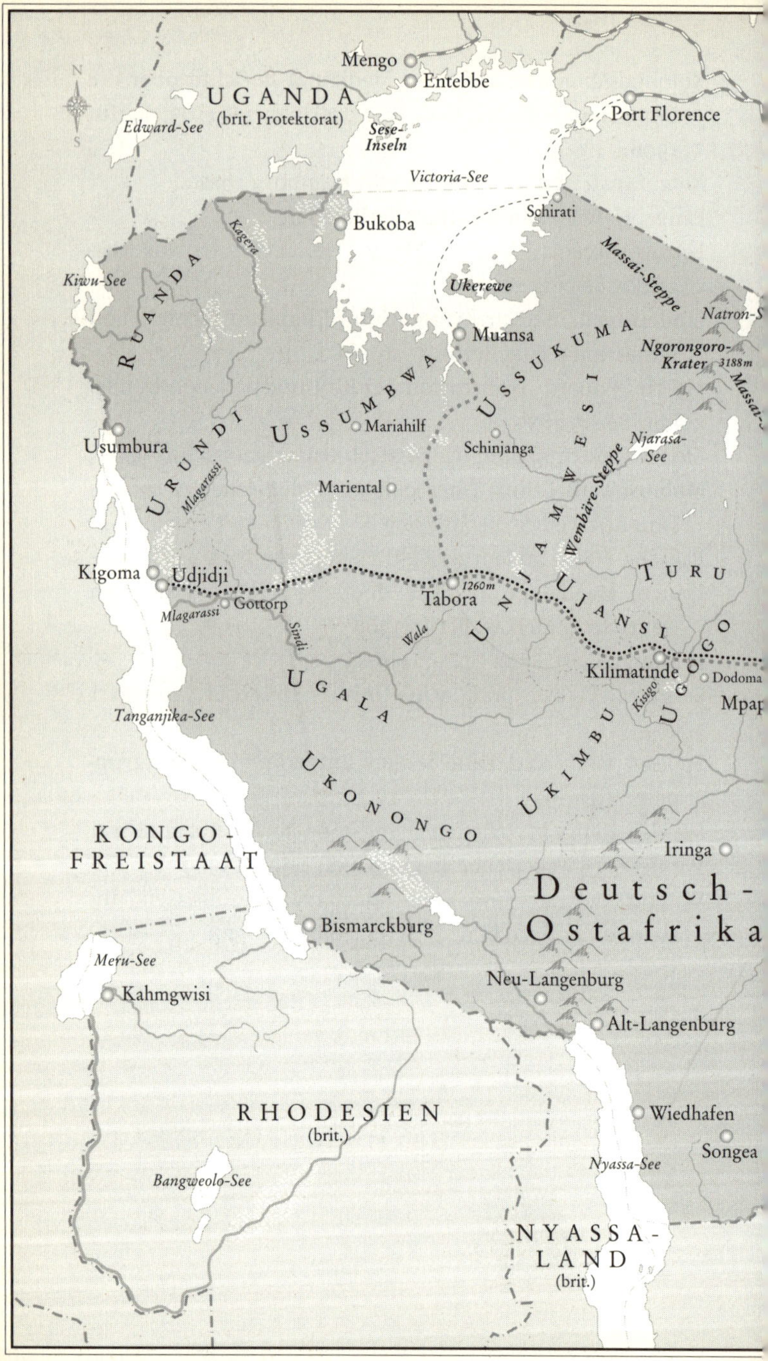

N
S
Mengo
Entebbe
UGANDA
(brit. Protektorat)
Port Florence
Edward-See
Sese-Inseln
Victoria-See
Schirati
Bukoba
Kagera
Kiwu-See
RUANDA
Massai-Steppe
Ukerewe
Natron-S
Muansa
USSUKUMA
Ngorongoro-Krater 3188m
Massai-
USSUMBWA
Mariahilf
URUNDI
Usumbura
Schinjanga
Njarasa-See
Mlagarassi
Mariental
Wembäre-Steppe
UNJAMWESI
Kigoma
Udjidji
TURU
Tabora
1260m
UJANSI
Gottorp
Mlagarassi
Sindi
Wala
Kilimatinde
Dodoma
UGOGO
Kisigo
Mpap
UGALA
Tanganjika-See
UKIMBU
UKONONGO
KONGO-FREISTAAT
Iringa
Deutsch-Ostafrika
Bismarckburg
Meru-See
Kahmgwisi
Neu-Langenburg
Alt-Langenburg
RHODESIEN
(brit.)
Wiedhafen
Songea
Nyassa-See
Bangweolo-See
NYASSA-LAND
(brit.)

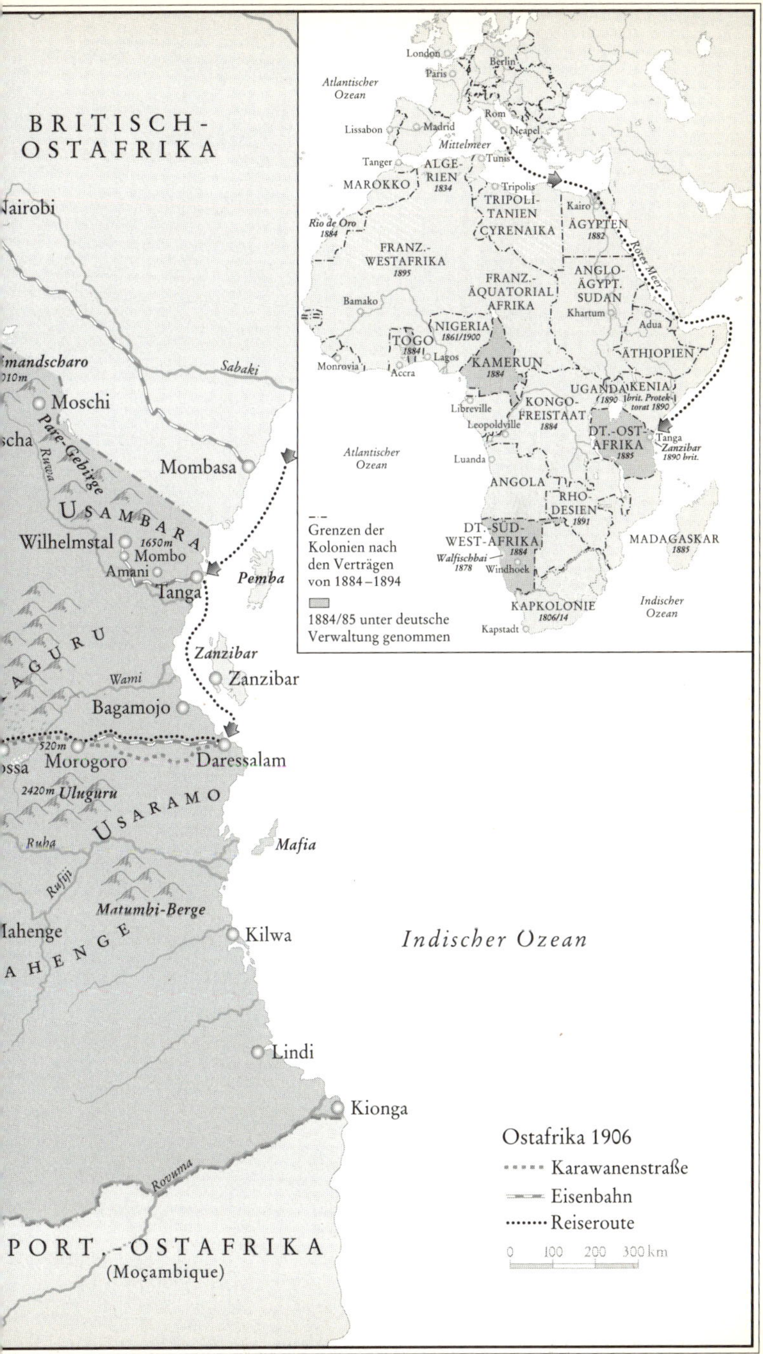

BRITISCH-
OSTAFRIKA
Nairobi
Sabaki
Moschi
Pare-Gebirge
Mombasa
USAMBARA
Wilhelmstal
1650m
Mombo
Amani
Tanga
Pemba
Zanzibar
Zanzibar
Wami
Bagamojo
520m
Morogoro
Daressalam
2420m Uluguru
USARAMO
Ruha
Mafia
Rufiji
Matumbi-Berge
Kilwa
Indischer Ozean
Lindi
Kionga
Rovuma
PORT.-OSTAFRIKA
(Moçambique)
Ostafrika 1906
Karawanenstraße
Eisenbahn
Reiseroute
0 100 200 300 km
Atlantischer Ozean
London
Paris
Berlin
Lissabon
Madrid
Rom
Neapel
Mittelmeer
Tanger
Tunis
ALGERIEN 1834
MAROKKO
Tripolis
TRIPOLITANIEN
CYRENAIKA
Kairo
ÄGYPTEN 1882
Rotes Meer
Rio de Oro 1884
FRANZ.-WESTAFRIKA 1895
FRANZ.-ÄQUATORIAL AFRIKA
ANGLO-ÄGYPT. SUDAN
Khartum
Bamako
Adua
NIGERIA 1861/1900
TOGO 1884
Lagos
Monrovia
Accra
KAMERUN 1884
ÄTHIOPIEN
UGANDA 1890
KENIA (brit. Protektorat 1890)
Libreville
KONGO-FREISTAAT 1884
Leopoldville
DT.-OSTAFRIKA 1885
Tanga
Zanzibar 1890 brit.
Atlantischer Ozean
Luanda
ANGOLA
RHODESIEN 1891
Grenzen der Kolonien nach den Verträgen von 1884–1894
1884/85 unter deutsche Verwaltung genommen
DT.-SÜDWEST-AFRIKA 1884
Walfischbai 1878
Windhoek
MADAGASKAR 1885
KAPKOLONIE 1806/14
Indischer Ozean
Kapstadt